STARTUP
सक्सेस स्टोरीज

STARTUP
सक्सेस स्टोरीज

नीति जैन

गगन जैन

विद्या विहार, नई दिल्ली

प्रकाशक : **विद्या विहार**
19, संत विहार (पहली मंजिल) गली नं. 2, अंसारी रोड, नई दिल्ली–110002
 / संस्करण : 2025 / मूल्य : पाँच सौ रुपए
मुद्रक : यश प्रिंटोग्राफिक्स, नोएडा अनुवाद : स्वेता परमार

STARTUP SUCCESS STORIES
by Neeti Jain • Gagan Jain ₹ 500.00
(Hindi translation of 'THE STARTUP DIARIES')
Published by **VIDYA VIHAR**
19, Sant Vihar (First Floor), Street No.2, Ansari Road, New Delhi-2
by arrangement with Orient Publishing, Delhi

ISBN 978-93-89471-05-2

स्वर्गीय श्री महेंद्रजी

को

जुझारू, आदर्श, पिता

प्रस्तावना

उद्यमियों को केंद्र में रखकर तमाम पुस्तकें लिखी गई हैं, उनके सफर, संघर्ष और उन नसीहतों को भी लिखा गया है, जो उन्होंने तमाम थपेड़ों को सहकर सीखीं, साथ ही उनकी शैक्षिक दिलचस्पी और अंतर्ज्ञान को भी उभारा जा चुका है। अक्सर लेखक अपने लेखन और कल्पनाओं के विशाल फलक पर उनका जीवन चित्रण भी बखूबी करते रहे हैं। हम उनकी नजर से ऐसे लोगों को जान पाते हैं और उनके अनुभवों से प्रेरणा पाते हैं। लेखक उनके जीवन को करीब से देखता है और इस तरह वह उनका सबसे बड़ा गवाह होता है, वह उनकी भावनाओं और उनकी मनोदशा को दर्ज करता है और पुस्तक के माध्यम से हम सबके सामने उन अहम घटनाओं को प्रस्तुत करता है। इसमें वह सबकुछ समाहित होता है, जो एक सशक्त स्क्रीनप्ले की तरह हमारे सामने घूमने लगता है, मानो यह एक फिल्म हो, जिसमें तमाम उतार-चढ़ाव होते हैं और उन्हें बखूबी बयाँ करते शब्द, जो हमारे अंदर भी भावनाओं का ज्वार ला देते हैं। पुस्तक पढ़ने के साथ-साथ आप ऐसे चरित्रों को अपने सामने जीवंत पाते हैं और उनके साथ खुद को शामिल कर लेते हैं, उनके दर्द को महसूस करते हैं और उनकी खुशी में खुद को भी खुश पाते हैं। मैं खुद तमाम पुस्तकों में एक किरदार की तरह इन सब बातों को महसूस कर चुका हूँ, और इसे बेहद प्रभावशाली मानता हूँ कि पुस्तकें युवाओं को प्रेरित कर सकती हैं और उन्हें विकास के पथ से भटकने नहीं देतीं।

नीति और गगन जैन की पुस्तक, 'Startup सक्सेस स्टोरीज', बिल्कुल इसी तरह अपनी भूमिका निभाती है और आगे बढ़ती जाती है। अगली पीढ़ी के उद्यमियों, जिनके पास चमकदार विचार और सफल होने की मजबूत इच्छाशक्ति है, लेखकों ने उनके हिस्से के अनुभव को कहानी के रूप में हमारे सामने रखा है, जो कि आमतौर पर अपनाए जानेवाले निबंध/साक्षात्कार जैसे बोझिल स्वरूप से जरा हटकर है। इससे

यह पुस्तक बेहद दिलचस्प हो जाती है। यह तकनीक हमारी महान् भारतीय परंपरा को आगे बढ़ाती है, जिसमें कहानी कहने की कला शामिल है, जिसमें पात्रों के वार्त्तालाप से पाठकों की कल्पनाशीलता को उभारकर उनकी दिलचस्पी बढ़ाने का काम सफलतापूर्वक किया गया है।

इस पुस्तक की एक और विशेषता है, इसका कई तरह के उद्यमियों के चरित्र-चित्रण को लेकर एक विस्तृत फलक अपनाया गया है, जिसमें उत्तर प्रदेश के एक गाँव के रहनेवाले एक बच्चे से लेकर इवी लीग स्कूल से एम.बी.ए. करनेवाले और एक शानदार मोटी पगार वाली नौकरी छोड़ने का हौसला रखनेवाले पेशेवर तक की विविधता इस पुस्तक में सहेजी गई है।

उद्यमियों ने सफलता के लिए जिस राह को चुना और जिसे दूसरे लोग अव्यावहारिक समझते हैं, को इस पुस्तक में बेहद दिलचस्प और प्रेरणादायक तरीके से बयाँ किया गया है। उनका जीवन भी आसानी से हमारे जैसा हो सकता है, वे बहसें, उनकी कठिनाइयाँ, अकेलापन हमारे घरों में भी आसानी से पाया जा सकता है। मैंने उनकी कहानियों और अपने घर की परिस्थिति में बेहद समानता पाई, जो कमियाँ उनके जीवन में थीं, कमोबेश वे हमारे, आपके आसपास भी नजर आती हैं।

लेखकों ने मूल सच्चाई सामने लाने के लिए बेहद कड़ी मेहनत की है, जो तमाम लोगों को उद्यमी बनने के लिए प्रेरित करेगी, साथ ही उन्हें यह भी एहसास दिलाएगी कि जिन लोगों का जिक्र इस पुस्तक में किया गया है, वे अनोखे या विलक्षण प्रतिभा के धनी लोग नहीं हैं, और यह भी एक तथ्य है कि उनके जीवन की पटकथा व्यवस्थित तरीके से नहीं लिखी गई थी। इस पुस्तक में शामिल लोगों का चित्रण बताता है कि उन्होंने तमाम गलतियाँ कीं, उन गलतियों से सबक लिया, मिले अवसरों को ज्यादा-से-ज्यादा भुनाने का प्रयास किया, वे भटके नहीं और संभवत: अपनी सफलता की राह पाने को लेकर किस्मतवाले भी रहे। इस पुस्तक का यह एक और पहलू है, जिसने मुझे इसका प्रशंसक बना दिया।

दरअसल, गगन ने उद्यमियों के साथ काफी वक्त भी बिताया है और अच्छी तरह सोच-समझकर उन बातों व घटनाओं को छाँटने का प्रयास किया है, जो पहले भी लिखी जा चुकी हैं। उनका खुद एक उद्यमी होना भी इसमें सहायक रहा।

जो लोग उद्यमिता की राह पर आगे बढ़ना चाहते हैं, उन्हें मेरी सलाह है कि वे Startup सक्सेस स्टोरीज जरूर पढ़ें, क्योंकि यह पुस्तक उनके लिए प्रेरणादायी साबित हो सकती है और विपरीत हालात में उन्हें हिम्मत बँधाने में सक्षम साबित होगी। यह बहुत संभव है कि आप भी ऐसे लोगों में शामिल हो जाएँ, हो सकता है वह एक अलग दौर हो और आपका नाम भी सफल उद्यमियों में शुमार हो।

मैं लेखकों की तारीफ करता हूँ, जिन्होंने विशेष प्रयास किया और कहानियों की तह तक गए और बड़ी खूबसूरती से शब्दों का चयन कर उन्हें सजाया।

मैं नीति और गगन को इस पुस्तक और उनकी उद्यमिता के आगे के शानदार सफर के लिए शुभकामनाएँ देता हूँ।

—के. पांडिया राजन

संस्थापक और प्रबंध निदेशक

मा फोई स्ट्रैटेजिक कंसल्टेंट्स प्राइवेट लिमिटेड

आमुख

अगर आप उड़ नहीं सकते, तो दौड़ें, अगर दौड़ नहीं सकते तो चलें, अगर चल नहीं सकते तो रेंगें। आप कुछ भी करें, पर रुकें नहीं। चलते रहें। आगे बढ़ते रहें।

—मार्टिन लूथर किंग जूनियर

''आओ हम इ-कॉमर्स कंपनी शुरू करें।'' मैंने अपने बड़े भाई से कहा। मेरे भाई ने उपहास उड़ाने वाले अंदाज में कहा, ''हम ट्रेडर हैं इसलिए हमें ट्रेडिंग के बारे में ही सोचना चाहिए। तुम जो कह रहे हो, वह नए जमाने का काम है, जैसे इ-कॉमर्स, अलग तरह के लोगों का काम है, ज्यादा पैसेवाले, ज्यादा दिमागदार और पेशेवर शिक्षा हासिल करनेवालों को इन सबके बारे में सोचना चाहिए—कुछ समझे तुम, ये लोग ज्यादा काबिल होते हैं।''

बड़े भाई के एक झटके में इनकार ने मुझे बहुत कुछ सोचने पर मजबूर कर दिया। मेरे दिमाग में सवाल उमड़ने लगे। ज्यादातर लोग इंटरप्रिन्योरशिप को एक विकल्प के तौर पर क्यों सोचते तक नहीं हैं ? इस देश में उद्यमियों की कोई कमी नहीं है, जैसे कि मेरे भाई, जिन्होंने खुद अपना काम शुरू किया; धीरे-धीरे अपने कारोबारों को आगे बढ़ाया, अपने क्लाइंट्स को आश्वस्त किया, तमाम स्तरों पर सौदे दूसरों के हाथ में जाने से बचाया और इस क्रम में दूसरों के लिए रोजगार भी तैयार किया। फिर भी हम देखते हैं कि उद्यमी शब्द कम ही लोगों के साथ जुड़ सका है।

उनके जवाब से मुझे मेरे अपने स्टार्टअप के दिनों के अनुभव याद आने लगे, जब मैंने जैस्पर इन्फोटेक मैं काम किया था, जिसने हाल-फिलहाल 'स्नैपडील' ब्रांड का अधिग्रहण किया है। वहाँ भविष्य में बड़ी वृद्धि या विकास को ध्यान में रखकर कोई बहुत बड़ी रणनीति नहीं बनानी थी, बल्कि रोज पेश आनेवाली दिक्कतों को दूर करने से जुड़ी थी, जिसने बाद में चलकर रणनीतिक रूप अख्तियार किया। वहाँ मैंने महसूस

किया कि उद्यमिता सिर्फ और सिर्फ गतिशीलता पर ही निर्भर नहीं होती, बल्कि इसमें धैर्य और धुन या जुनून की भी जरूरत होती है।

उद्यमियों की शुरुआत देखें तो वे शायद ही कभी शानदार चमचमाते बोर्ड रूम से अपना काम शुरू करते हों। उनकी शुरुआत अमूमन छोटी सी चाय की दुकान पर होनेवाली चर्चाओं से होती है। वे बड़ी-बड़ी तस्वीरें, जो हम बड़ी कंपनियों के इर्द-गिर्द पाते हैं, वे छोटी-छोटी चर्चाओं और उन पर किए जानेवाले कामों की एक शृंखला के नतीजे के रूप में हमारे सामने होते हैं।

जब मैं इस सवाल की तह में गया कि लोग क्यों उद्यमिता से दूर भागते हैं और उनका नजरिया कुछ ऐसा होता है कि मानो यह ऐसी चीज हो, जो पाई ही नहीं जा सकती या की ही नहीं जा सकती, तब मैंने महसूस किया कि ऐसा या तो सूचनाओं की कमी के चलते होता है या अधिक सूचनाओं के मिलने से या दोनों की वजह से होता है।

उस पारिस्थितिकी या ईको सिस्टम के बारे में जानकारी का भी अभाव है, जो स्टार्टअप्स को खड़ा करने में सहयोग दे सके। आज तो उद्यमी अपने विचारों को तमाम कारोबारी योजना प्रतिस्पर्धाओं की कसौटी पर कस सकते हैं; विशेषज्ञ गुरुओं की भरमार है, जो संगठन के रूप में उन्हें राह दिखा सकते हैं, जैसे—TiE (द इंडस इंटरप्रिन्योर्स), जो कि उद्यमिता की देखभाल करता है और प्राइवेट इक्विटी तथा वेंचर कैपिटलिस्ट्स से उसके लिए फंड भी उगाह सकता है। ऐसी जानकारी का अभाव लोगों को इस दिशा में कदम बढ़ाने से हतोत्साहित करता है।

दूसरी तरफ मीडिया ने उद्यमियों को काफी ज्यादा बढ़ा-चढ़ाकर प्रस्तुत कर दिया है। उनके कद को अनावश्यक रूप से बढ़ा-चढ़ाकर पेश किया जाता है मानो कि वे कोई सुपर हीरो हों। इसका नतीजा यह होता है कि जो उद्यमिता के बारे में सोचते भी हैं, तो वे भी हीनता का शिकार हो जाते हैं और संशय में पड़ जाते हैं कि वे वैसी ऊँचाई हासिल नहीं कर पाएँगे।

ऐसी स्थिति में, उनमें यह भरोसा जगाने के लिए कि जानकारी और सूचनाओं के अभाव के चलते उद्यमियों की संख्या इतनी कम है और दूसरी तरफ उद्यमियों की निजी जिंदगी और अनुभव के बारे में लोगों को बताने के लिए मैंने, अपनी पत्नी के साथ, यह तय किया कि हम उद्यमियों से मिलेंगे और उनसे उन छोटे-छोटे पहलुओं पर बात करेंगे, जिन्हें टर्निंग प्वॉइंट कहा जा सकता है, साथ ही उनकी गलतियों, हास्यास्पद पलों का भी जिक्र करेंगे, जो कि किसी भी अन्य शख्स के जीवन में आ सकता है।

हम इस बात को लेकर स्पष्ट थे कि हमें यह पुस्तक साहित्यिक नहीं बनानी थी, बल्कि अपने आपमें उद्यमिता विकास पर केंद्रित रखना था। हमने कहीं पढ़ा था कि अगर कोई विचार लगातार सात हफ्ते तक आपको आंदोलित करता है तो उस पर आगे

बढ़ना ही बुद्धिमानी है। जब हम कंपनियों के बारे में शोध कर रहे थे, तब इस सोच ने हमें उत्साह से भर दिया था। हमारा दृष्टिकोण बेहद सरल था, हम उन कंपनियों पर ध्यान केंद्रित रखना चाहते थे, जो सन् 2000 के बाद अस्तित्व में आईं। क्यों? हम उन कंपनियों का अध्ययन करना चाहते थे, जो युवा थीं और विकास कर रही थीं, जिनके संस्थापकों के लिए सफलता का स्वाद बिल्कुल नया-नया था और उनके संघर्ष की दास्तान उनके मानस-पटल पर बिल्कुल तरोताजा थी। हम उन संस्थापकों की कहानियाँ गहराई से सुनना चाहते थे, उन पलों को समझना चाह रहे थे, जब उन्होंने इस राह पर आगे बढ़ने की शुरुआत की, किन भावनात्मक पलों से वे गुजरे, किस अंदाज में उनके परिवार ने उनके फैसले को देखा और उस पर प्रतिक्रिया दी, पहला कर्मचारी नियुक्त करते समय, परदे के पीछे से तमाम गतिविधियों को संचालित करते समय, अप्रत्याशित हालात से निपटने की तैयारी आदि अनुभवों को समेटना चाहते थे।

कंपनियों के नाम छाँटने के बाद, और उद्यमियों से संपर्क साधने से पहले, हम कुछ अनुभवी लोगों के पास पहुँचे और उनसे अपने इस इच्छा की बाबत राय जानी। चूँकि हमने पहले कोई पुस्तक लिखी भी नहीं थी, इसलिए उद्यमियों के जीवन पर केंद्रित कहानियाँ लिखने का हमारा निर्णय कुछ ज्यादा ही महत्त्वाकांक्षी लग रहा था और हम अपने इस विचार को दूसरों के नजरिए से भी परखना चाहते थे और उसी अनुसार आगे बढ़ना चाहते थे। जब हम लोगों से मिले और उन्हें इस बारे में बताया तो लोगों ने कहा कि इस काम में हाथ डालने से पहले कम-से-कम अपनी भाषायी कुशलता को जरूर परख लें, अच्छे लेखकों की पुस्तकें पढ़ना शुरू करें, और ब्लॉग वगैरह लिखकर अपनी लेखन क्षमता को जाँच लें। हमारे कुछ शुभेच्छुओं ने तो आगे बढ़ते हुए यहाँ तक सलाह दे डाली कि हमें एक साल तक लिखने का अभ्यास जरूर करना चाहिए, क्योंकि उनकी राय में हमें या तो शानदार पुस्तक लिखनी चाहिए या बिल्कुल नहीं लिखना चाहिए।

हमारे शुभचिंतकों की यह चिंता कि औसत दरजे की पुस्तकों के साथ आलोचक बहुत बदतर व्यवहार करते हैं, हमें एक वाजिब वजह नजर आई। वास्तविकता भले ही जरा दुःखदायी हो, लेकिन आलोचकों की प्रतिक्रिया हमें सोचने पर मजबूर तो करती ही है। हमने सोचा कि अगर हम अच्छे विचारों के साथ आगे नहीं बढ़े और आलोचकों ने हमारी बखिया उधेड़ दी या लोगों को ही अगर हमारा काम पसंद नहीं आया, तो हम जीवन में वह सब हासिल नहीं कर पाएँगे, जो हमने सोच रखा है। इन सब बाधाओं के बीच, हमें मिले श्री किशोर अहीर, www.mygreatstay.in के संस्थापक, जिन्होंने हमारी गतिशीलता ही बढ़ा दी। उन्होंने कहा, 'अगर आप लिखना ही चाहते हैं तो आज से, अभी से लिखना शुरू कर दें।' यह वाक्य जितना सरल था, उतना ही सशक्त भी था और हमने यह महसूस किया कि एक उद्यमी बनने के लिए आपको महज एक शुरुआत

भर करने की जरूरत होती है, और आप उस पल का इंतजार नहीं करते, जब आप कौशल से भरपूर होकर एक दिन उद्यमी बनने की ओर कदम बढ़ाएँगे। असली मंत्र है—'काम लगातार करते रहें और धीरे-धीरे आप सीखते जाएँगे और सुधार करते जाएँगे।'

हमारा दूसरा कदम यह था कि हमने जिन कंपनियों का चयन किया था, उनसे संपर्क साधें। हमारे मन में ढेर सारे सवाल थे। 'कोई हमें क्यों इंटरव्यू देगा? क्या हमें मजबूत प्रमाण-पत्र जैसे कि आई.आई.एम. की डिग्री जैसा कुछ दिखाने की जरूरत होगी? क्या हम उन लोगों का इंटरव्यू लेने में सफल हो पाएँगे, जिनके नाम हमने अपनी पुस्तक के लिए चुन रखे हैं।' जब हमें www.redbus.in की तरफ से इंटरव्यू की रजामंदी मिली, तो वह हमारे लिए बेहद उत्साहपूर्ण अनुभव था। धीरे-धीरे, हर इंटरव्यू के साथ, हमारा आत्मविश्वास भी बढ़ता ही गया।

जब हमने पुस्तक लिखने का फैसला किया, तो शुरुआत हमने इस आधार के साथ की कि उद्यमी भी हमारी-आपकी तरह साधारण इनसान ही हैं, न कि कोई हीरो। उनकी खासियत यह है कि वे हमसे कहीं ज्यादा दृढ होते हैं। हमने उन्हें बढ़ा-चढ़ाकर पेश करने की कोई मंशा नहीं पाली, बल्कि सफलता की ओर उनके सफर की एक वास्तविक तस्वीर पेश की। और उनकी बातें सुनने के बाद हमारा आधार और पुख्ता साबित हो गया।

हमने हर दास्ताँ को दिलचस्प और पैनी नजर से प्रस्तुत करने का प्रयास किया है। इस पुस्तक का निचोड़ यह है कि सफलता का कोई तय फॉर्मूला नहीं है, या कोई तय नियम और बाध्यताएँ नहीं हैं और ऐसा भी नहीं है कि 'यह करें' और 'यह न करें' जैसा ही कुछ हो, जो उद्यमिता के मामले में सफलता की गारंटी दे सकता हो। हर कहानी एक अलग नजरिया ही प्रस्तुत करती है।

शुरुआत करते हुए, कुछ उद्यमियों, जैसे—कोलोसियम मीडिया के अजित अंधारे, जिन्होंने कारोबार की दुनिया में कदम रखने से पहले योजना बनाई, फंड हासिल किए, वे बिल्कुल स्पष्ट थे कि उन्हें क्या हासिल करना है। अन्य जैसे यो! चाइना के आशीष देव कपूर, जिन्होंने रेस्तराँ की शृंखला शुरू करने के अपने सपने को पूरा करने के लिए अपनी अच्छी-खासी नौकरी की बलि दे दी, उन्हें तो अपने आगे की राह ही धुँधली नजर आ रही थी। आशीष तो यह भी नहीं तय कर पाए थे कि वे अपने रेस्तराँ में ग्राहकों के आगे किस तरह की डिश परोसेंगे, न ही उनके पास पर्याप्त पूँजी थी, जो कि उनके काम को आगे बढ़ाने में मदद करती। यही नहीं, उन्हें तो अपने नए काम के सिलसिले में विशेष जानकारी भी नहीं थी और न ही उनकी पृष्ठभूमि ही कुछ ऐसी थी। कुछ उद्यमियों को तो ऐसा आशीर्वाद मिला हुआ है कि उन्हें अचानक से यह ज्ञान प्राप्त होता है कि यह काम शुरू करना है और वे बगैर सोचे-समझे उसी राह पर निकल पड़ते हैं। इस कड़ी में redbus.in के फनींद्र समा का जिक्र करना जरूरी होगा, जो किन्हीं घटनाक्रमों के

चलते कारोबार की दुनिया में आ गए। इन सभी ने अलग-अलग हालात में शुरुआत की और उनका रवैया भी बिल्कुल अलग था, उन्होंने संघर्ष किया और भयानक गलतियाँ कीं, अपनी विफलताओं को स्वीकारा; लेकिन आगे बढ़ते रहे। उन्होंने कभी भी यह विचार अपने मन में आने नहीं दिया कि 'छोड़ दो'।

हम उम्मीद करते हैं कि इस पुस्तक में प्रस्तुत की गई सोच की प्रक्रिया, उल्लेखनीय पहलू और घटनाक्रम आपको उद्यमियों की हकीकत के और करीब ले जाएँगी। नहीं, वे महामानव नहीं हैं—हमारे बीच मौजूद हर बंदा उन लोगों जैसा बनने की काबिलीयत रखता है। अंतत: जीवन में आगे बढ़ने का केवल एक ही तरीका है, यहाँ तक कि उद्यमिता के मामले में भी वही लागू होता है।

—नीति जैन

—गगन जैन

आभार

हम उन लोगों का तहेदिल से शुक्रिया अदा करना चाहते हैं, जिन्होंने इस पुस्तक को पूरा करने में हमारी मदद की—

उन उद्यमियों को, जिन्होंने इस पुस्तक के लिए अपना कीमती वक्त दिया और इस पूरी प्रक्रिया में हमें बरदाश्त किया और हमारे द्वारा लगातार इ-मेल पर वे फॉलोअप के साथ जवाब भी देते रहे। दिव्या दुग्गड़ को, जिन्होंने हमें भरपूर सहयोग दिया और इस पुस्तक को बिल्कुल अपनी पुस्तक के अंदाज में लिया। स्नैपडील के रोहित और कुणाल को, जिन्होंने संभावनाओं से भरी स्टार्टअप की दुनिया से मेरा परिचय कराया, यह दुनिया उद्यमियों की दुनिया है। प्रो. सुंदरराजन, श्री महेंद्र रांका, श्री सुमित मारू, श्री राहुल सिंह को उनके अनवरत मार्गदर्शन और प्रेरणा के लिए सहस्त्र धन्यवाद। nextbigwhat.com, yourstory.in, iamwire.com, venturebeat.com, trak.in, vcircle.com, Nurture Talent Academy और तमाम ऐसे लोगों का शुक्रिया, जिन्होंने भारत में स्टार्टअप्स के पक्ष में शानदार माहौल तैयार किया और इस क्षेत्र में रोजगार के तमाम अवसर उपलब्ध कराए। मेरे बड़े भाइयों श्याम और प्रशांत को, जो पूरे समय हमारी मदद के लिए तत्पर रहे। अंत में सबसे महत्त्वपूर्ण, आप, पाठक वर्ग, जिन्होंने इस पुस्तक को उठाने और उसकी गहराई में जाने का भरोसा दिखाया।

अनुक्रम

प्रस्तावना *7*

आमुख *11*

आभार *17*

1. वन 97/ पेटीएम 21
2. ईको 77
3. कोलोजियम मीडिया 125
4. रेडबस 169
5. द लूट 225
6. यो! चाइना 277

one 97 paytm

'आइए हम ब्रह्मांड में निशान छोड़ जाएँ...!'

वन97 कम्युनिकेशंस लिमिटेड, जो अपने फ्लैगशिप उत्पाद—पेटीएम—के लिए ज्यादा जानी जाती है, वह भारत की सबसे बड़ी डिजिटल उत्पाद और मोबाइल कॉमर्स प्लेटफॉर्म है। यह आर.बी.आई. से मान्यता प्राप्त सेमी क्लोज्ड वॉलेट है, जो इ-कॉमर्स कारोबारियों को भुगतान सुविधा मुहैया कराती है।

यह भारत में व्यापक रूप से स्थापित टेलीकॉम एप्लिकेशन क्लाउड प्लेटफॉर्म के जरिए लाखों मोबाइल फोन ग्राहकों को मोबाइल कंटेंट और वाणिज्यिक सेवाएँ प्रदान करती है।

वन97 का मुख्यालय दिल्ली में है और इसके अलग-अलग जगह स्थित क्षेत्रीय और वैश्विक कार्यालयों, जैसे—अफ्रीका, यूरोप, मध्य एशिया और दक्षिण-पूर्व एशिया में 2900 से ज्यादा कर्मचारी सारी व्यवस्था को सुचारु बनाने में अपना योगदान दे रहे हैं।

इसे बड़े निवेशकों, जैसे—ऐंट फाइनेंशियल (अलीपे), सैफ (SAIF) पार्टनर्स, सफायर वेंचर और सिलिकॉन वैली बैंक का भी विशाल आवरण हासिल है।

वन97 उन मोबाइल कंपनियों में भी निवेश करती है, जो बिल्कुल शुरुआती अवस्था में होती हैं और इसके लिए उसने वन97 मोबिलिटी फंड (OMF) भी बना रखा है।

1

वन 97

विजय शेखर शर्मा

'मैं गरीबी हूँ, और मैं तुमसे प्यार करती हूँ,
पर सच तो ये है कि तुम मुझसे और भी ज्यादा प्यार करते हो
क्योंकि तुम मुझे ज्यादा प्यार करते हो,
इसलिए मैं तुम्हें छोड़ के नहीं जा जाती
मैं गरीबी हूँ!'

उत्तर प्रदेश के अलीगढ़ जिले के एक छोटे से गाँव में हिंदी के एक शिक्षक ने जब यह कविता अपनी ही कक्षा के एक छात्र द्वारा एक कागज पर लिखी हुई पाई तो उन्हें सहसा 21वीं सदी में प्रेमचंद के पुनर्जन्म का आभास हुआ। उन्होंने पूरी कक्षा को सुनाने के लिए ऊँची आवाज में कविता पढ़ी; कक्षा में बैठे तमाम छात्रों, जिनकी उम्र 11-12 साल रही होगी, के लिए यह कविता उनकी समझ और बौद्धिक स्तर से परे थी।

मास्टरजी ने जब इस कविता को लिखने वाले के बारे में पूछा तो चटाई पर कोने में बैठे विजय ने अनिच्छित रूप से अपना हाथ खड़ा कर दिया। मास्टरजी को उस युवा लड़के की परिपक्वता पर बहुत आश्चर्य हुआ और उन्होंने पूछा, 'इस कविता को लिखने के लिए तुम कैसे प्रेरित हुए और गरीबी के बारे में तुम क्या जानते हो?'

विजय ने कहा, 'मास्टरजी, मैंने महसूस किया है कि छात्र ही नहीं शिक्षक भी चप्पलों में ही विद्यालय आते हैं, क्योंकि वे जूते नहीं खरीद सकते। फिर भी वे इस दिशा में कोई प्रयास नहीं करते। मास्टरजी, वे न केवल आर्थिक रूप से बल्कि मानसिक रूप से भी गरीब हैं।'

'हम्म···लेकिन विजय ये कविता अधूरी क्यों है?'

'कविता पूर्ण है, क्योंकि इसमें वह सब है, जो मैं कहना चाहता हूँ।'

~

विजय का जन्म उत्तर प्रदेश के अलीगढ़ स्थित गाँव हरदुआगंज में हुआ था। उसके पिता एक स्थानीय स्कूल में वनस्पति विज्ञान पढ़ाते थे।

विजय के पिता को शायद ही पता था कि विजय के रूप में विलक्षण प्रतिभा का धनी बच्चा मौजूद है। अंबेसडर कार के दौर में उनके पास फरारी जैसी कार थी। विजय ने तमाम मील के पत्थर आसानी से पार कर लिये। उसे पूर्व प्राथमिक से सीधे कक्षा एक में दाखिला मिल गया था। वह अपनी क्लास में हमेशा सबसे कम आयु का छात्र ही रहा। परीक्षा में वह अपना प्रश्नपत्र तीन घंटे के तय समय से काफी पहले दो घंटे में ही खत्म कर लेता था।

जब दसवीं का परिणाम आया तो वह अपने विद्यालय में अकेला ऐसा छात्र था, जिसे डिस्टिंक्शन हासिल हुआ था और उसके लगभग 72 प्रतिशत अंक थे। इतने शानदार प्रदर्शन के बावजूद वह अपनी पसंदीदा हीरो रेंजर साइकिल हासिल कर पाने से वंचित रह गया, क्योंकि माँ ने कहा था कि साइकिल तभी मिलेगी, जब वह टॉप तीन छात्रों में आएगा।

दुःख की बात यह है कि उसने केवल साइकिल ही नहीं गँवाई, बल्कि उसे पिता का गुस्सा भी सहना पड़ा। वे उसे देखते ही बिफर पड़े, 'तुम तीन घंटे की बजाय दो घंटे में ही परीक्षा हॉल क्यों छोड़ देते हो? बाकी बचे समय का सदुपयोग नहीं कर सकते क्या?' उसके पिता बहुत ही सख्त अनुशासन में रहनेवाले थे और वे विजय की जल्दबाजी वाली प्रवृत्ति से नाखुश रहते थे।

दुःख की बात यह है कि उसने केवल साइकिल ही नहीं गँवाई, बल्कि उसे पिता का गुस्सा भी सहना पड़ा। वे उसे देखते ही बिफर पड़े, 'तुम तीन घंटे की बजाय दो घंटे में ही परीक्षा हॉल क्यों छोड़ देते हो? बाकी बचे समय का सदुपयोग नहीं कर सकते क्या?' उसके पिता बहुत ही सख्त अनुशासन में रहनेवाले थे और वे विजय की जल्दबाजी वाली प्रवृत्ति से नाखुश रहते थे।

15 मिनट चिल्लाने के बाद एक फैसला सुनाया गया। विजय के पिता ने चेतावनी भरे अंदाज में कहा, 'ध्यान से सुनो, आगे से समय पूरा हुए बिना तुम कभी भी परीक्षा कक्ष से बाहर नहीं आओगे। तुम्हें वनस्पति विज्ञान विषय लेना होगा।' आखिर, विजय को गणित में 60 और वनस्पति विज्ञान में 84 अंक मिले थे। ऐसे में एक पिता का वनस्पति विज्ञान चुनने का सुझाव लाजिमी ही था। लेकिन विजय की कुछ और ही योजना थी।

उसके पिता का ज्वालामुखी गुस्सा तब खत्म हुआ, जब हरदुआगंज का विजय 'अग्निपथ' के विजय में बदल गया। उसके आक्रामक व्यवहार ने पहली बार इस ओर इशारा किया कि अब वह विद्रोही किशोरावस्था के दौर में पहुँच चुका है, उसने कहा, 'कोई फर्क नहीं पड़ता कि आप क्या कह रहे हैं, मुझे गणित विषय ही लेना है और यह मेरा आखिरी फैसला है। जब मैंने अपनी परीक्षा खत्म की थी तो मुझे पता था कि मैंने बेहतर किया है। मूल्यांकन में परीक्षक ने गलती की है और कॉपी की दोबारा जाँच करानी चाहिए।' हालाँकि विजय की किस्मत में यह संभव नहीं था, क्योंकि उस समय यू.पी. बोर्ड में दोबारा जाँच के तौर पर अंकों के जोड़ को ही जाँचा जाता था, न कि कॉपी फिर से जाँची जा सकती थी।

यह पहला मौका था, जब परिवार में किसी ने विरोध के सुर बुलंद किए थे। विजय के पिता उसके इस रूखी प्रतिक्रिया से अवाक् रह गए थे। हालाँकि विजय के अड़ियल रवैए ने उसकी मदद की और उसके पिता ने अपना फैसला वापस लेते हुए उसे गणित विषय चुनने की इजाजत दे दी।

विजय ने दसवीं और 12वीं की परीक्षाओं में 90 फीसदी अंक हासिल किए और वह भी महज दो घंटे में ही पेपर खत्म करने के अपने पुराने तरीके पर चलते हुए।

यथास्थिति को चुनौती देने की ललक उसके व्यक्तित्व में नजर आने लगी थी।

~

विजय मात्र 14 साल का ही था, जब उसने अपनी उच्च माध्यमिक की पढ़ाई पूरी कर ली थी। उसकी इच्छा थी कि वह इंजीनियरिंग में आगे बढ़े, लेकिन उसकी कम उम्र इस राह में बाधा बन रही थी। इसलिए उसने पढ़ाई को कुछ विराम देकर इंजीनियरिंग की प्रवेश परीक्षाओं की तैयारी शुरू कर दी। उन दिनों उत्तर प्रदेश में यह कुख्यात था कि जिसे कुछ नहीं करना होता था, वह प्रवेश परीक्षाओं की तैयारी करने लगता था।

जब विजय ने तैयारी शुरू की तो सबसे पहले उसका सामना सबसे बड़े अवरोध—अंग्रेजी समझ पाने की अक्षमता से हुआ। इस विकलांगता को दूर करने के लिए यह जुझारू बालक एक ही विषय को हिंदी और अंग्रेजी

जब विजय ने तैयारी शुरू की तो सबसे पहले उसका सामना सबसे बड़े अवरोध—अंग्रेजी समझ पाने की अक्षमता से हुआ। इस विकलांगता को दूर करने के लिए यह जुझारू बालक एक ही विषय को हिंदी और अंग्रेजी में बारी-बारी से पढ़ने लगा। बदकिस्मती से साल भर बाद भी वह इंजीनियरिंग कॉलेज में दाखिला पाने की उम्र हासिल नहीं कर सका।

में बारी-बारी से पढ़ने लगा। बदकिस्मती से साल भर बाद भी वह इंजीनियरिंग कॉलेज में दाखिला पाने की उम्र हासिल नहीं कर सका। उसकी किस्मत ही थी कि उसे पता चला कि दिल्ली विश्वविद्यालय के कुलपति के पास विशेष अधिकार होते हैं, जिनके जरिए वह चाहे तो किसी विलक्षण मेधावी छात्र को किसी भी कोर्स में एक सीट पर दाखिला दे सकता है। उसने सोचा कि उम्र कम होने के बावजूद इस तरह से वह आगे बढ़ सकता है। इस तरह उसने दिल्ली कॉलेज ऑफ इंजीनियरिंग में अपनी किस्मत आजमाने का फैसला कर लिया।

जिस दिन प्रवेश परीक्षा थी, उस दिन तड़के तीन बजे वह उठा और चार बजे वाली ट्रेन पकड़कर दिल्ली की तरफ चल पड़ा। किसी महानगर के लिए यह उसकी पहली यात्रा थी और साथ ही यह पहला मौका था कि बाहरी दुनिया से उसका आमना-सामना हो रहा था। दिल्ली रेलवे स्टेशन से उसने बस पकड़ी। सफर के दौरान ही उसे यह लगा कि नींद पूरी न होने के चलते वह ज्यादा लंबे समय तक जाग नहीं सकेगा, लेकिन दिल्ली की खूबियों ने उसका उत्साह चरम पर पहुँचा दिया। उसके लिए यह सपनों सरीखा अनुभव था।

वह सुबह 8.30 बजे ही परीक्षा केंद्र पर पहुँच गया। परीक्षा शुरू होने में अब भी एक घंटा बाकी था।

बजाय कि आखिरी चरण में अपनी तैयारी को दोबारा जाँचने के, वह इधर-उधर की चीजें ही निहारने में व्यस्त रहा।

वहाँ मौजूद छात्रों को देखकर उसे चिंता हुई कि वह किस तरह की प्रतियोगिता का हिस्सा बन रहा है, लेकिन वह ज्यादा कुछ कर नहीं सकता था; क्योंकि उसकी अंग्रेजी काफी कमजोर थी।

> ***पहले घंटे में उसने वे सारे सवाल हल कर दिए, जो उसे समझ में आते थे। अगले आधे घंटे में उसने कुछ और सवालों को समझकर हल करने का प्रयास किया, लेकिन उसके पल्ले ज्यादा कुछ नहीं पड़ा; क्योंकि उसकी अंग्रेजी बेहद कमजोर थी। अगले आधे घंटे में वह समझ चुका था कि चयन के लिए जरूरी सवाल वह नहीं कर सका है।***

विजय के लिए राहत वाली बात बस इतनी ही थी कि परीक्षा में बहुविकल्पीय प्रश्न ही आनेवाले थे। फिर भी उसे दो घंटे में 200 सवालों के जवाब लिखने थे और उसमें गलत उत्तर देने पर अंक कटने का भी नियम था। परीक्षा का उद्देश्य न केवल सटीकता जाँचना था, बल्कि गति का भी विशेष महत्त्व था।

पहले घंटे में उसने वे सारे सवाल हल कर दिए, जो उसे समझ में आते थे। अगले आधे घंटे में उसने कुछ और सवालों को

समझकर हल करने का प्रयास किया, लेकिन उसके पल्ले ज्यादा कुछ नहीं पड़ा; क्योंकि उसकी अंग्रेजी बेहद कमजोर थी। अगले आधे घंटे में वह समझ चुका था कि चयन के लिए जरूरी सवाल वह नहीं कर सका है।

उसने सोचा, मुझे कुछ अतिरिक्त सवाल हल करने ही होंगे। उसकी दुविधा यह थी कि उसने बाद के लिए जिन सवालों को छोड़ रखा था, वे वही सवाल थे, जो उसे समझ में नहीं आ रहे थे। उत्तरों पर एक नजर दौड़ाते समय उसने अचानक यह महसूस किया कि उसने अब तक उत्तर पुस्तिका पर जो उत्तर टिक किए हैं, वे आपस में मिलकर एक पैटर्न बना रहे हैं। अब उसके दिमाग में कई सारी बातें चलने लगीं—ज्यादातर उत्तर या तो बी हैं या सी। क्या मैं इस पैटर्न पर आगे बढ़ूँ और उसी क्रम में उत्तरों पर निशान बनाता जाऊँ? उनमें से कई अगर गलत साबित हुए, तब क्या होगा? उस पर निगेटिव मार्किंग भी है, लेकिन अगर मैं ऐसा नहीं करता, तो मैं एक हारी हुई जंग जीत नहीं पाता। यह जोखिम मुझे उठाना ही पड़ेगा। मन में शंका होने के बावजूद, उसने सभी 200 सवालों के जवाबों पर उसी पैटर्न के आधार पर निशान बना डाले।

परीक्षा कक्ष से बाहर आते समय उसे अपने ही फैसले पर हैरत हो रही थी और वह बार-बार यही सोच रहा था कि क्या उसने सही किया, क्या उसका फैसला सही था? इसके बाद वह दार्शनिक वाले अंदाज में आ जाता है, 'जीवन में कुछ भी गलत या सही नहीं होता, केवल फैसले होते हैं, जिन्हें हम लेते हैं और उनके साथ जुड़े रहते हैं। अगर मैं परीक्षा में चुन लिया जाता हूँ तो मेरा आँख मूँदकर उत्तरों को चुन लेना सही फैसला माना जाएगा, नहीं तो गलत साबित होगा।' वह अपने फैसले के साथ रहने को तैयार था।

जब परीक्षा का परिणाम घोषित हुआ, तो उसमें विजय की नौवीं रैंक चमक रही थी। कुलपति की विशेष अनुमति से उसे दिल्ली कॉलेज ऑफ इंजीनियरिंग में दाखिला भी मिल गया।

~

'मुझे कौन सी शाखा चुननी चाहिए?' विजय ने अपने साथ बैठे अन्य सफल उम्मीदवारों से काउंसलिंग सेशन के दौरान पूछा। वह यह तय नहीं कर पाया था कि कौन सी शाखा उसे चुननी चाहिए।

'तुम्हारी दिलचस्पी किस क्षेत्र में है?' साथ में बैठे एमपी पीईटी के टॉपर पीयूष ने उससे पूछा। उन दोनों की मुलाकात कैंपस में काउंसलिंग वाले दिन ही हुई थी।

'दिलचस्पी छोड़ भाई, यह बता कि जॉब किसमें मिलने के चांस ज्यादा हैं?' विजय ने पूछा।

'देखो, अगर तुम कंप्यूटर साइंस चुनोगे, तो तुम केवल कंप्यूटर और आई.टी. से जुड़े उद्योगों में काम कर पाओगे, लेकिन अगर इलेक्ट्रॉनिक्स चुनोगे, तो तुम कंप्यूटर से संबंधित और साथ ही इलेक्ट्रॉनिक्स से जुड़े उद्योगों में भी नौकरी पा सकते हो। सभी टॉपर'—पीयूष ने फिर बोलना शुरू किया, लेकिन विजय ने उसे बीच में ही रोक दिया।

'ठीक है भाई, तय हुआ। मैं इलेक्ट्रॉनिक्स ही चुनूँगा।' फैसला हो चुका था।

'देखो, अगर तुम कंप्यूटर साइंस चुनोगे, तो तुम केवल कंप्यूटर और आई.टी. से जुड़े उद्योगों में काम कर पाओगे, लेकिन अगर इलेक्ट्रॉनिक्स चुनोगे, तो तुम कंप्यूटर से संबंधित और साथ ही इलेक्ट्रॉनिक्स से जुड़े उद्योगों में भी नौकरी पा सकते हो। सभी टॉपर'—पीयूष ने फिर बोलना शुरू किया, लेकिन विजय ने उसे बीच में ही रोक दिया।
'ठीक है भाई, तय हुआ। मैं इलेक्ट्रॉनिक्स ही चुनूँगा।' फैसला हो चुका था।

'हे, रुको···सारे टॉपर्स को कंप्यूटर शाखा ही दी जाती है।' पीयूष ने उसे टोका।

'कोई फर्क नहीं पड़ता। अगर मैं इलेक्ट्रॉनिक्स चुनता हूँ, तो मेरे पास नौकरी पाने की संभावनाएँ ज्यादा होंगी, और मैं बस यही चाहता हूँ।' विजय अपना मन बना चुका था।

~

'ओए पैजामे ? किधर जा रहा है ?' किसी के चिल्लाने की आवाज आई।

विजय ने आसपास देखा तो पाया कि लड़कों का एक समूह उसी की तरफ निगाह गड़ाए हुए है। उसने एक को पहचाना, जो कि उसके कॉलेज का वरिष्ठ छात्र था।

'अरे ओ हड्डी की दुकान, तेरे से ही बोल रहे हैं।' एक अन्य छात्र ने चीखकर कहा।

विजय अवाक् रह गया। 'आप मुझसे ऐसी असभ्य भाषा में क्यों बात कर रहे हैं ?' उसने पूछा।

एक मिनट के लिए, हर कोई चुप हो गया। फिर वे एक-दूसरे की तरफ देखने लगे और ठहाके मारकर हँसने लगे। विजय यह शर्मिंदगी बरदाश्त नहीं कर सका और हॉस्टल की तरफ भागा। इससे पहले, उसने फिल्मों में तमाम रैगिंग के वाकए देखे थे और उनका काफी आनंद भी उठाया था, लेकिन फिलहाल तो वह खुद ही आँसुओं में डूबा हुआ था।

हॉस्टल जाते समय, वह अखिलेश की बगल से गुजरा, जो कि उसके ही पैतृक स्थान हरदुआगंज के पास के ही गाँव का रहनेवाला था और कॉलेज में उसका वरिष्ठ

था। दिल्ली के कठिन माहौल में वह उसके लिए राहत लेकर सामने आया।

'अब से तुम इन सबका सामना करोगे, नहीं तो मैं तुम्हारी रैगिंग करने लगूँगा, समझे तुम!' अखिलेश ने मुस्कराहट के साथ उसे होशियारी और चतुराई के टिप्स भी दिए।

जल्दी ही विजय अपने वरिष्ठों का हमजोली बन गया और उनकी रैगिंग एवं चिढ़ानेवाली हरकतों का आनंद उठाने लगा। घर के सुरक्षात्मक माहौल से दूर, यहाँ उसे एक नया परिवार मिल गया था और इसके साथ ही गुजर-बसर के नए रास्ते भी खुल गए थे।

हालाँकि उसके कुछ ही मित्र थे और उसने कॉलेज के वरिष्ठ छात्रों के बीच भी अपनी अच्छी पहचान कायम कर ली थी, लेकिन कक्षा में गति बरकरार रख पाना उसके लिए आसान नहीं था, क्योंकि विषय की तमाम पुस्तकें और पढ़ाने का माध्यम अंग्रेजी ही था। विजय के मन में फिर से शर्मिंदगी घर करने लगी, क्योंकि कक्षा में वह तमाम शब्दों के मायने ही नहीं समझ पाता था। अब वह कक्षाओं से दूर भागने लगा और उनसे अलग रहने का बहाना खोजने लगा। जल्दी ही वह कक्षाएँ छोड़ने लगा।

परेशान होकर उसने खुद से ही सवाल किया, 'मैं यहाँ क्या कर रहा हूँ, पढ़ने आया हूँ या नौकरी पाने?' और अहम सवाल का जवाब उसने खुद ही दिया कि उसका मुख्य उद्देश्य नौकरी तलाशना है। उसके कुछ वरिष्ठ साथियों ने बताया कि भर्ती करनेवाले लोग ऐसे इंजीनियर ढूँढ़ रहे हैं, जिन्हें कंप्यूटर के क्षेत्र में दिलचस्पी हो। यह बात उसके दिमाग में बैठ गई, उसका कंप्यूटर के साथ रोमांस इसी के साथ शुरू हो गया।

विजय का एक वरिष्ठ साथी, जो कैंपस में ही कंप्यूटर सेंटर भी चलाता था, ने उसे कंप्यूटर चलाने की छूट दे दी।

एक बार फिर, विजय को अंग्रेजी में दिक्कत के कारण यहाँ भी संघर्ष करना पड़ा। यहाँ तक कि उसने भार्गव के अंग्रेजी शब्दकोश का भी सहारा लिया, ताकि अंग्रेजी के समानार्थी हिंदी शब्दों से वह कुछ काम चला सके, लेकिन तमाम ऐसे तकनीकी शब्द और प्रयोग थे कि उनका समानार्थी शब्द उस शब्दकोश से परे की बात था। एक शब्द 'यूनिक्स' भी उनमें से एक था। उसने इस

परेशान होकर उसने खुद से ही सवाल किया, 'मैं यहाँ क्या कर रहा हूँ, पढ़ने आया हूँ या नौकरी पाने?' और अहम सवाल का जवाब उसने खुद ही दिया कि उसका मुख्य उद्देश्य नौकरी तलाशना है। उसके कुछ वरिष्ठ साथियों ने बताया कि भर्ती करनेवाले लोग ऐसे इंजीनियर ढूँढ़ रहे हैं, जिन्हें कंप्यूटर के क्षेत्र में दिलचस्पी हो। यह बात उसके दिमाग में बैठ गई, उसका कंप्यूटर के साथ रोमांस इसी के साथ शुरू हो गया।

शब्द का अर्थ जानने के लिए हर संभव प्रयास किया, लेकिन बात नहीं बनी। एक बार उसने कंप्यूटर के एक विज्ञापन में 'नोटबुक' लिखा देखा, तो उसका अर्थ समझने के लिए वह पुस्तकालय गया, जहाँ पर भी उसे निराशा ही हाथ लगी। इस शब्द का अर्थ खोजने में उसने 15 दिन लगा दिए, लेकिन कोई फायदा नहीं हुआ। अंततः झिझकते हुए उसने अपने एक साथी से उसका मतलब पूछा। उफ! 'नोटबुक' तो कंप्यूटर का एक प्रकार निकला।

कंप्यूटर में अपनी दिलचस्पी बढ़ाने के लिए, वह नियमित रूप से नई सड़क जाने लगा, जहाँ दिल्ली में सेकेंडहैंड पुस्तक का बाजार लगता है। एक बार फुटपाथ पर पुस्तकों के शीर्षक देखने के दौरान, उसने 'फोर्ब्स' मैगजीन पर बिल गेट्स का चेहरा और एक कंप्यूटर बना देखा। उसने वह मैगजीन उठाई और सोचने लगा, 'बिल गेट्स, यह कौन है?' उसने वह मैगजीन खरीद ली और पहले पन्ने से आखिरी तक पढ़ डाला; सिलिकॉन वैली की कहानियों ने उसे प्रेरित किया। जल्दी ही 'फोर्ब्स' और 'फॉर्च्यून' मैगजीन पढ़ना उसकी आदत में शामिल हो गया। इंटरनेट स्टार्टअप से जुड़ी कहानियाँ जैसे कि याहू, नेटस्केप, हॉटमेल और तमाम अन्य ने उसे काफी प्रेरित किया और वह भी इसी तरह का अपना स्टार्टअप शुरू करने का ख्वाब देखने लगा।

वर्ष 1997 तक इंटरनेट ने भारत में अपने पाँव जमाने शुरू कर दिए थे। किस्मत से, उसका कॉलेज उस दौरान इंटरनेट से जुड़ा हुआ था। जल्दी ही विजय ने एच.टी.एम.एल. पेज बनाना सीख लिया और अपना खुद का निजी पेज http://vss.tripod.com/old-index.htm तैयार कर लिया। इस तरह इंटरनेट के साथ उसका याराना शुरू हो गया।

वर्ष 1997 तक इंटरनेट ने भारत में अपने पाँव जमाने शुरू कर दिए थे। किस्मत से, उसका कॉलेज उस दौरान इंटरनेट से जुड़ा हुआ था। जल्दी ही विजय ने एच.टी.एम.एल. पेज बनाना सीख लिया और अपना खुद का निजी पेज http://vss.tripod.com/old-index.htm तैयार कर लिया। इस तरह इंटरनेट के साथ उसका याराना शुरू हो गया।

~

एक सेमेस्टर खत्म कर जब विजय घर लौटा, तो उसे अपने परिवार के गहरे कर्ज में डूबे होने की दर्द भरी जानकारी मिली। साथ ही, बड़ी बहन की शादी के बाद वह पहली बार घर भी आया था। बाद में उसे पता चला कि उसके पिता ने बहन की शादी के लिए निजी ऋण ले रखा था। विजय को अपने परिवार के कठिन आर्थिक हालात का पता ही नहीं चला, क्योंकि हर महीने उसके पिता घर से नियमित रूप से पढ़ाई के लिए पैसे भेज देते थे। उसके लिए यह देखना काफी दर्दनाक था कि उसके परिजन अपने

मूलभूत खर्चों में कटौती करके उसे पैसे भेज रहे थे।

मैं इस तरह से इंजीनियर बनकर नौकरी पाने का इंतजार नहीं कर सकता। मुझे अपने परिवार को सहारा देने और अपनी पढ़ाई जारी रखने के लिए तत्काल पैसे चाहिए। उसने सोचा और यह तय किया कि दिल्ली पहुँचते ही वह कोई-न-कोई काम जरूर शुरू कर देगा।

उसके कंप्यूटर शिक्षक और साथी हरिंदर ने उसे चेताया, 'तुम्हें पूरक परीक्षा में बैठना होगा। फिलहाल, अपनी पढ़ाई पर ध्यान दो। कंप्यूटरों के बारे में फिलहाल भूल जाओ।' हरिंदर ने कंप्यूटर इंजीनियरिंग को बतौर अपना स्ट्रीम चुना था और विजय के कंप्यूटर के प्रति लगन को बखूबी जानता था, इसलिए खाली समय में, वह विजय को कंप्यूटरों के बारे में पढ़ाता भी रहता था।

'यहाँ तक कि बिल गेट्स ने भी पढ़ाई छोड़ दी थी बीच में।' विजय ने दोहराया। 'फोर्ब्स' मैगजीन में वह उद्यमिता से संबंधित कहानियाँ पढ़ता रहता था और उन कहानियों ने उसके युवा मस्तिष्क पर गहरी छाप छोड़ी थी। वह भी गेट्स की तरह खरबपति बनने के सपने देखने लगा।

'सच्चाई यह है कि नौकरी पाना आसान नहीं है, लेकिन नौकरी कौन करना चाहता है! मैं अपनी खुद की कंपनी शुरू करूँगा। तुम क्या कहते हो? हम एक वेब होस्टिंग कंपनी शुरू कर सकते हैं।'

'हो सकता है कि हम ऐसा कर सकते हों? लेकिन कंपनी खोलने की बुनियादी जरूरतें क्या हैं?' हरिंदर ने अपनी जिज्ञासा उसके सामने रखी, क्योंकि वह कंपनी शुरू करने के बारे में काफी कुछ नहीं जानता था। कंपनी का मतलब (या मन में बनी छवि) उसके लिए बड़ा ऑफिस और उसमें ढेर सारे लोगों की चहल-पहल से था।

आत्मविश्वास से उछलते हुए विजय ने कहा, 'केवल एक बिजनेस कार्ड।' आखिरकार, सिलिकॉन वैली के ज्यादातर स्टार्टअप्स अमूमन गैराज से ही शुरू किए गए थे!

हरिंदर ने अपना शक जाहिर करते हुए कहा, 'क्या तुम्हें यकीन है?'

'हम क्यों नहीं कर सकते? हमें कॉलेज

हरिंदर ने अपना शक जाहिर करते हुए कहा, 'क्या तुम्हें यकीन है?'

'हम क्यों नहीं कर सकते? हमें कॉलेज के कंप्यूटर इस्तेमाल करने की खुली छूट है और हमें महज एक इंटरनेट कनेक्शन ही तो चाहिए। दरअसल, हमें तुरंत कार्ड बनाने पर ध्यान देना चाहिए,' विजय एक विजिटिंग कार्ड बनाने को लेकर पूरी तरह हरकत में आ गया। वह इस कदर उत्साहित था, मानो उसने पहले ही दिन फॉर्च्यून 500 कंपनी खड़ी कर ली हो।

के कंप्यूटर इस्तेमाल करने की खुली छूट है और हमें महज एक इंटरनेट कनेक्शन ही तो चाहिए। दरअसल, हमें तुरंत कार्ड बनाने पर ध्यान देना चाहिए,' विजय एक विजिटिंग कार्ड बनाने को लेकर पूरी तरह हरकत में आ गया। वह इस कदर उत्साहित था, मानो उसने पहले ही दिन फॉर्च्यून 500 कंपनी खड़ी कर ली हो।

'ई-37, डी.सी.ई., के-गेट, दिल्ली-6, फोन नंबर 2453789, यह हमारा पता है।' विजय ने आँख मारी। वह अपने नए विचार से काफी उत्साहित महसूस कर रहा था।

'किसका पता है यह ?' हरिंदर विजय की भयानक गति वाली सोच की ट्रेन को समझ नहीं पा रहा था।

विजय ने उसे समझाया, 'देखो, ई-37 मेरा ब्लॉक और कमरा नंबर है, डी.सी.ई. से दिल्ली कॉलेज ऑफ इंजीनियरिंग, के-गेट यानी कश्मीरी गेट। किसी को यह नहीं पता चलना चाहिए कि हम कॉलेज के छात्र हैं, नहीं तो वे हमें गंभीरता से नहीं लेंगे।'

अब हरिंदर को उसकी बातों में दिलचस्पी जग उठी थी और वह भी उत्साहित हो उठा। उसने पूछा, 'कंपनी का नाम क्या रखेंगे ?'

विजय ने आनन-फानन में वह भी ऐलान कर दिया, 'एक्सएस कॉर्प्स।'

हरिंदर को आश्चर्य हुआ कि विजय इतनी फुरती से उसकी जिज्ञासा का समाधान कैसे कर दे रहा है, हर सवाल का जवाब उसके पास पहले से मौजूद है। उसने फिर पूछा, 'एक्सएस कॉर्प्स क्यों ?'

'एस शब्द से होता है—सुप्रिया। वह मुझमें कभी दिलचस्पी नहीं दिखाती। इसलिए मैं उसका नाम अपनी जिंदगी से ही काट रहा हूँ। तो इस तरह यह XS बन जाता है। और अमेरिका की हर बड़ी कंपनी के आगे 'कॉर्प' लिखा होता है। इसलिए हमारी कंपनी XS Corp बन गई।' विजय ने तपाक से जवाब दिया।

'वाह! क्या शानदार विचार है और हमारा ग्राहक कौन होगा ?' हरिंदर ने विजय को हैरत भरी नजर से देखते हुए पूछा।

'ऐसी तमाम कंपनियाँ हैं, जो अखबारों में एच.टी.एम.एल. प्रोग्रामर्स के पद पर नियुक्ति के लिए विज्ञापन छपवाती हैं। अगर वे विज्ञापन दे रही हैं तो जाहिर है कि उनके हाथ में नौकरी है। हम ऐसे जरूरतमंद क्लाइंट तलाशेंगे, उनके सामने इंटरव्यू देंगे, और अंततः हम उन्हें यह बताएँगे कि हम फ्री लांसर के तौर पर काम करते हैं और प्रोजेक्ट पूरा करते हैं।'

इस तरह, उन्होंने अपना काम शुरू किया और कंपनियों में आवेदन करने आरंभ किए। शुरू में उन्हें छोटी-मोटी रकम प्राप्त हुई, लेकिन इससे उनकी पढ़ाई पर काफी खराब असर पड़ने लगा। रात-रात भर जागकर वे प्रोग्रामिंग कोड बनाने में व्यस्त रहने लगे, बजाय अपनी सेमेस्टर परीक्षा की तैयारी करने के। उन्होंने परीक्षा कक्ष में यह 'मंत्र'

अपनाया—माँगो, उधार लो, और चुरा लो।

'अरे मिगलानी, आंसर्स दिखा यार! सिर्फ लास्ट वाला बचा है। बाकी मैंने देख लिये,' विजय ने अपने साथी मिगलानी से मदद का निवेदन करते हुए कहा। पिछले तीन दिन से वह एक प्रोजेक्ट पर काम कर रहा था और परीक्षा की तैयारी के लिए वक्त नहीं निकाल पाया था।

'क्या? तूने बाकी के आंसर्स भी मेरे पेपर से देख लिये!' मिगलानी हैरत में पड़ गया।

'हाँ, अब तो दिखा दो,' विजय ने दोबारा कहा।

'अरे मिगलानी, आंसर्स दिखा यार! सिर्फ लास्ट वाला बचा है। बाकी मैंने देख लिये,' विजय ने अपने साथी मिगलानी से मदद का निवेदन करते हुए कहा। पिछले तीन दिन से वह एक प्रोजेक्ट पर काम कर रहा था और परीक्षा की तैयारी के लिए वक्त नहीं निकाल पाया था। 'क्या? तूने बाकी के आंसर्स भी मेरे पेपर से देख लिये!' मिगलानी हैरत में पड़ गया। 'हाँ, अब तो दिखा दो,' विजय ने दोबारा कहा।

'तुम क्लास में क्यों नहीं आते हो? मैं नहीं दिखाऊँगा तुम्हें। मुझे परेशान मत करो, नहीं तो मैं परीक्षक से शिकायत करूँगा,' मिगलानी ने खीझते हुए कहा।

विजय को यह आभास हो गया था कि इस बार वह परीक्षा पास नहीं कर पाएगा, लेकिन वह जरा भी चिंतित नहीं था। 10 हजार रुपए हर महीने कमाने से उसके अंदर आत्मविश्वास आ गया था और वह यह समझ चुका था कि डिग्री से ज्यादा महत्त्वपूर्ण है अपने अंदर का कौशल।

~

सेमेस्टर की छुट्टियाँ होने पर विजय फिर अपने घर पहुँचा और उसने सोचा था कि इस बार वह घर वालों को अपनी स्टार्टअप कंपनी शुरू करने की खुशखबरी भी देगा। 'मैं अपना कारोबार शुरू करना चाहता हूँ,' उसने घोषणा कर दी। उसके इस ऐलान से उसकी माँ का दिल टूट गया।

'बिजनेस? क्यों? हम ब्राह्मण हैं, हम बिजनेस के चक्कर में नहीं पड़ते,' उसकी माँ ने कहा, जो कि पहले ही अपने बेटे के भविष्य को लेकर चिंतित थी और रिश्तेदारों और दोस्तों से उसकी आलोचना सुनती रहती थी।

'अरे माँ, मैं घोड़ा नहीं बनना चाहता, जिसकी लगाम किसी और के हाथ में हो। मैं घोड़ों को रखकर उनसे काम करवाना चाहता हूँ,' विजय ने विजय माल्या की कही बात का जिक्र करते हुए कहा।

'हमने तुम्हें इंजीनियरिंग क्या घोड़ों का अस्तबल खुलवाने के लिए करवाई

लेकिन उसके रूढ़िवादी अभिभावकों पर इन बातों का कोई असर नहीं पड़ा।
'अरे भाई, हमें तुम ये घोड़े-गधे की बातें न समझाओ, दुनिया देखी है हमने, तुम बस एक अच्छी सी नौकरी कर लो,' अभिभावकों ने उसे समझाने का क्रम जारी रखा। 'हमें तुम्हारी छोटी बहन का भी ब्याह करना है। तुम जल्दी से नौकरी नहीं कर पाए, तो हम गंभीर संकट में पड़ जाएँगे।'

है?' उसकी माँ ने उससे पूछा। उन्होंने उसकी बातों को पकड़ते हुए पूछा, इसलिए उसने अपने कारोबार के बारे में और विस्तार से उन्हें समझाया और बताया कि वह क्या करना चाहता है। साथ ही उसने 'बिजनेस टुडे' मैगजीन भी दिखाई, जिसमें भारत में इंटरनेट बूम को लेकर एक लेख भी छपा था।

लेकिन उसके रूढ़िवादी अभिभावकों पर इन बातों का कोई असर नहीं पड़ा।

'अरे भाई, हमें तुम ये घोड़े-गधे की बातें न समझाओ, दुनिया देखी है हमने, तुम बस एक अच्छी सी नौकरी कर लो,' अभिभावकों ने उसे समझाने का क्रम जारी रखा। 'हमें तुम्हारी छोटी बहन का भी ब्याह करना है। तुम जल्दी से नौकरी नहीं कर पाए, तो हम गंभीर संकट में पड़ जाएँगे।'

अंत में, विजय अपने परिजनों के भावनात्मक अत्याचार का शिकार बन गया। उसके अभिभावकों के तर्क ज्यादा भारी और मजबूत पड़ने लगे और फोर्ब्स में गैराज से शुरू स्टार्टअप्स अपना प्रभाव खोते जान पड़ने लगे, कम-से-कम उस समय तो कुछ ऐसे ही हालात थे।

'ठीक है, मैं उसकी शादी तक नौकरी कर लेता हूँ, लेकिन उसके बाद मुझे मत रोकिएगा।' विजय ने अपना वादा निभाया। उसने कैंपस इंटरव्यू के लिए तैयारी शुरू कर दी। इलेक्ट्रॉनिक्स की पढ़ाई करते हुए वह कंप्यूटरों की काल्पनिक दुनिया में ही खोया रहता।

चूँकि वह अपने अभिभावकों को वित्तीय रूप से मदद करना चाहता था, इसलिए उसने कैंपस प्लेसमेंट सेल के पुराने रिकॉर्ड खँगाले और सबसे ज्यादा पैसे देने वाले समूहों को ढूँढ़ना शुरू किया। 'रिवर रन—इसी कंपनी का इंटरव्यू मुझे पास करना है,' उसने खुद से यह बात कही और उसकी तैयारी में जुट गया।

'कंप्यूटर एक ऐसी मशीन है, जिसकी बुद्धिमत्ता 50 लोगों के समकक्ष होती है। उच्च आईक्यू वाला एक इनसान पाँच लोगों के बराबर होता है, लेकिन 50 के बराबर नहीं। इसलिए, संयुक्त बुद्धिमत्ता हमेशा वैयक्तिक या निजी बुद्धिमत्ता से बढ़कर होती है। इसलिए हर संगठन उत्पादकता बढ़ाने के लिए कंप्यूटर की जरूरत महसूस करता है।' जॉब इंटरव्यू के दौरान रिवर रन के तकनीकी पैनल के सवाल

का जवाब देते हुए विजय ने कहा। हालाँकि विजय प्रोग्रामर नहीं था, फिर भी जॉब पाने में वह सफल रहा।

उसने ऊँची सैलरी वाली जॉब पाने का अपना एकमात्र लक्ष्य हासिल कर लिया था। हालाँकि उद्यमिता के कीड़े के काटने के चलते वह इस जॉब में ज्यादा दिन तक अपनी दिलचस्पी बरकरार नहीं रख सका और ऊबने लगा। रिवर रन में छह महीने काम करने के बाद उसने जॉब छोड़ दी, लेकिन साथ ही उसने वादा किया कि वह हर महीने 10 हजार रुपए तब तक घर भेजता रहेगा, जब तक कि बहन की शादी नहीं हो जाती।

~

'हरिंदर, मैं सोचता हूँ कि हम न केवल वेबसाइट बनाकर, बल्कि वेबसाइट पर ट्रैफिक लाकर भी पैसे कमा सकते हैं।' विजय हरिंदर के साथ फोन पर चर्चा कर रहा था। उसने रिवर रन छोड़ दिया था और वेबसाइट बनाने से कुछ ज्यादा काम करना चाहता था। विजय ने सुझाव दिया, 'क्यों न कुछ और शुरू किया जाए?'

फिर से हरिंदर और विजय एक ही नाव में सवार थे। वे याहू के भारतीय संस्करण जैसा कुछ तैयार करना चाहते थे। इसलिए दोनों ने दूसरों की वेबसाइट डिजाइन करनी शुरू की। लेकिन अब उन्होंने तय किया कि वे उनकी वेबसाइट पर ट्रैफिक बढ़ाकर पैसे कमाएँगे। उन्होंने इस वेंचर को www.indiasite.net नाम दिया। यह एक सर्च साइट थी, जो कि भारत के संदर्भ में ढूँढ़े जानेवाले कंटेंट का लिंक मुहैया कराती थी।

'भारत से जुड़ा हर लिंक हमारी वेबसाइट पर नजर आएगा।' विजय ने सर्च इंजन के ऑप्टिमाइजेशन और वेबसाइट डेवलपमेंट को लेकर अपनी योजना साझा की।

'क्या तुम जानते हो, जब मैं इंटरनेट ट्रैफिक पर गौर कर रहा था, तो मैंने पाया कि 40 फीसदी के आसपास डाटा ट्रैफिक को लिविंग मीडिया ने हासिल कर रखा था।' विजय ने हरिंदर को इस बारे में बताया। उसी समय वह अपने ऑफिस से एक प्रोजेक्ट पर प्रस्तुतीकरण देकर लौटा था। अचानक, विजय ने कनॉट प्लेस पर लिविंग मीडिया का

फिर से हरिंदर और विजय एक ही नाव में सवार थे। वे याहू के भारतीय संस्करण जैसा कुछ तैयार करना चाहते थे। इसलिए दोनों ने दूसरों की वेबसाइट डिजाइन करनी शुरू की। लेकिन अब उन्होंने तय किया कि वे उनकी वेबसाइट पर ट्रैफिक बढ़ाकर पैसे कमाएँगे। उन्होंने इस वेंचर को www.indiasite.net नाम दिया। यह एक सर्च साइट थी, जो कि भारत के संदर्भ में ढूँढ़े जानेवाले कंटेंट का लिंक मुहैया कराती थी।

साइनबोर्ड लगा देखा। 'आओ, इन लोगों से मिलकर आते हैं।' अगले ही पल उसने कहा।

हरिंदर और विजय इस पर सहमत होते हुए लिविंग मीडिया के कार्यालय में पहुँचे और बड़े अधिकारियों से मिलने के लिए समय तय कर लिया। रिसेप्शनिस्ट ने लिविंग मीडिया के इंटरनेट संबंधी बिजनेस विग के प्रमुख अरुण कटियार से उनकी बात कराई।

'हैलो, मैं www.indiasite.net से विजय शेखर शर्मा और ये मेरे सहयोगी हरिंदर हैं। हम चाहते हैं कि आप हमारी साइट को खबरें और विज्ञापन उपलब्ध कराएँ। हम उस प्रॉफिट में से आपको भी हिस्सा देंगे, जो आपके विज्ञापन से हमें हासिल होगा। और आप यह तो जानते ही होंगे कि तमाम वेबसाइटों ने indiasite.net को नंबर एक की रैंकिंग भी दे रखी है।' विजय ने अपना परिचय कराते हुए यह सब कहा। वह अरुण के केबिन में खड़े-खड़े ही बिना रुके बोलता गया।

अरुण उसके सरल आत्मविश्वास पर मुस्कराए बिना नहीं रह सका और बोला, 'ठीक है, हम इस पर चर्चा करेंगे, लेकिन पहले आप बैठ तो जाइए।' जब वे बैठ गए, तब उसने पूछा, 'अब मुझे बताएँ, आपकी सेल्स टीम का मजबूत पहलू क्या है?'

विजय हैरत में पड़ गया कि अब वह इसका क्या जवाब दे, इस बारे में तो उसे पता ही नहीं है। वह और हरिंदर तो दो लोगों का शो चला रहे थे, इसलिए उसने इस सवाल को नजरअंदाज किया और पूछा, 'पहले, यह बताएँ कि आप इसमें दिलचस्पी रखते हैं या नहीं?'

'ठीक है, हम इस पर चर्चा करेंगे। क्या लेंगे आप लोग, चाय या कॉफी?'

'जी नहीं, शुक्रिया।' उसने कहा और अपना एक्सएस कॉर्प का बिजनेस कार्ड उसके आगे बढ़ाया। कार्ड पर लिखा था—विजय शेखर शर्मा ईओ, हरिंदर ठक्कर ईओ।

यह पहला मौका था, जब अरुण ने ईओ जैसा कोई पद लिखा देखा था; हैरत में उसने पूछा, 'यह ईओ क्या है?'

'हममें से कोई भी सी.ई.ओ. नहीं है, इसलिए हम दोनों ही ईओ हैं।' विजय ने अपनी भौंहें अलग अंदाज में जरा चढ़ाते हुए और

> ***यह पहला मौका था, जब अरुण ने ईओ जैसा कोई पद लिखा देखा था; हैरत में उसने पूछा, 'यह ईओ क्या है?' 'हममें से कोई भी सी.ई.ओ. नहीं है, इसलिए हम दोनों ही ईओ हैं।' विजय ने अपनी भौंहें अलग अंदाज में जरा चढ़ाते हुए और हाथों को आपस में जोड़ते हुए और अति आत्मविश्वास से लबरेज होकर जवाब दिया। अरुण इस अपरिपक्व मजाक पर ठहाका मारे बिना न रह सका। 'यह दिलचस्प है। मुझे पसंद आया, और यह अमेरिकी पता कैसा दिया हुआ है आपके बिजनेस कार्ड पर।'***

हाथों को आपस में जोड़ते हुए और अति आत्मविश्वास से लबरेज होकर जवाब दिया।

अरुण इस अपरिपक्व मजाक पर ठहाका मारे बिना न रह सका। 'यह दिलचस्प है। मुझे पसंद आया, और यह अमेरिकी पता कैसा दिया हुआ है आपके बिजनेस कार्ड पर।'

विजय का एक साथी अमेरिका में काम करता है और उसने एक्सएस कॉर्प को छोटा सा प्रोजेक्ट दिया हुआ है। इसलिए अमेरिकी पते को कार्ड के जरिए पेश कर वे जरा इठला और इतरा लेते थे। वे यह मानकर चलते थे कि उनके काम से अमेरिका का नाम जुड़ने से उन्हें बिजनेस पाने में ज्यादा आसानी होगी, बजाय कि अपनी डिग्री दिखा कर काम पाने से।

'यह हमारे वी.सी. का पता है। आप जानते हैं वी.सी.—वेंचर कैपिटलिस्ट्स?' यह अनुमान लगाते हुए कि वी.सी. के बारे में उसे छोड़कर शायद ही कोई जानता हो, विजय ने वापस अरुण पर सवाल दागा।

अरुण उसकी बात सुनकर मुस्कराता रहा। लिविंग मीडिया जैसे शानदार कार्यालय में इस तरह का अपरिपक्व और हास्यास्पद आमना-सामना और वाकया शायद ही कभी पेश आया हो।

'ओह, ग्रेट, तो अब मुझे बताएँ कि मैं आपके लिए क्या कर सकता हूँ?' अरुण ने नम्रता के साथ पूछा।

'दरअसल, हम जानते हैं कि आप अपनी वेबसाइट पर खबरों से संबंधित लेख पोस्ट करते हैं और उसे अपडेट भी करते रहते हैं। अगर आप अपनी खबर सामग्री हमें उपलब्ध कराएँ तो हम आपकी वेबसाइट पर ट्रैफिक बढ़ाने में आपकी मदद कर सकते हैं।' विजय ने हवा में तीर छोड़ दिया था।

अरुण एक समझदार मीडिया पेशेवर था। वह समझ रहा था कि बात न्यूज सिंडिकेशन डील की हो रही है। उसने सवाल किया, 'आप कितना भुगतान करेंगे?'

'भुगतान? आप हमें खबर उपलब्ध कराएँगे और हम उस पर ट्रैफिक लाएँगे, बात इतनी सी है,' विजय ने विस्तार से बताया।

'हम मुफ्त में अपनी सामग्री उपलब्ध नहीं कराते।' अरुण ने स्पष्ट तौर पर कहा।

'ठीक है, मैं किसी तरह इसे करता हूँ। मैं आपके पास आकर पूछूँगा भी नहीं, मैं केवल इसे ऑनलाइन लिंक कर दूँगा।' विजय ने जोर देकर अपनी राय दी।

हम जानते हैं कि आप अपनी वेबसाइट पर खबरों से संबंधित लेख पोस्ट करते हैं और उसे अपडेट भी करते रहते हैं। अगर आप अपनी खबर सामग्री हमें उपलब्ध कराएँ तो हम आपकी वेबसाइट पर ट्रैफिक बढ़ाने में आपकी मदद कर सकते हैं।' विजय ने हवा में तीर छोड़ दिया था।

'क्या आप आश्वस्त हैं कि आप ऐसा कर सकते हैं?' अरुण उसकी वाक्पटुता से हैरत में पड़ गया।

'मैं पहले से ही ऐसा कर रहा हूँ। मुझे लगा कि आप हमारे साथ बिजनेस डील करने में दिलचस्पी रखेंगे। इसीलिए हम यहाँ आए भी थे।' इस बात से पूरी तरह अनजान कि इस कदम से वह मीडिया कंपनी के साथ कानूनी पेंच में फँस सकता है, विजय ने पूरे आत्मविश्वास से अपनी बात कही।

'क्या आप आश्वस्त हैं कि आप ऐसा कर सकते हैं?' अरुण उसकी वाक्पटुता से हैरत में पड़ गया।

'मैं पहले से ही ऐसा कर रहा हूँ। मुझे लगा कि आप हमारे साथ बिजनेस डील करने में दिलचस्पी रखेंगे। इसीलिए हम यहाँ आए भी थे।' इस बात से पूरी तरह अनजान कि इस कदम से वह मीडिया कंपनी के साथ कानूनी पेंच में फँस सकता है, विजय ने पूरे आत्मविश्वास से अपनी बात कही।

किस्मत से, अरुण उनकी मासूमियत से काफी प्रभावित हुआ और उन पर वैधानिक आरोप मढ़ने के विचार को टाल दिया। इसके बजाय, उसने उन्हें लिविंग मीडिया के साथ कारोबार शुरू करने का अवसर प्रदान किया।

सन् 1999 में वे एक वेबसाइट www.indiadecides.com शुरू करने के लिए लिविंग मीडिया प्राइवेट लिमिटेड के साझीदार बन गए।

अरुण, चूँकि हम आपके साथ और आपके लिए काम कर रहे हैं। क्या हम अपने दूसरे आधिकारिक कामों के लिए रात के वक्त लिविंग मीडिया के दफ्तर का इस्तेमाल कर सकते हैं? विजय अपनी बात रखने और माँग करने में झिझकता नहीं था। अपने कारोबार की बढ़ती व्यस्तता को देखते हुए, उसे अब एक कार्यालय और कुछ संसाधनों की जरूरत पड़ने लगी थी, जैसे कि कंप्यूटर और इंटरनेट कनेक्शन।

'ठीक है, लिविंग मीडिया को उससे क्या मिलेगा?' एक दक्ष पेशेवर होने के चलते अरुण ने पूछा।

'हम आपका कुछ काम फ्री में कर देंगे।' विजय ने अपना प्रस्ताव दिया। उसने अपनी योजना को लेकर तैयारी कर रखी थी, और किस्मत से बात भी बन गई, इसलिए उसने अपने कॉलेज के कुछ जूनियर छात्रों को काम का प्रस्ताव दिया और रात 11 से सुबह 5 बजे की अवधि में काम पर बुलाया। उस अवधि में वे अपनी साइट चलाते थे और बहुत सारे अन्य काम करते थे। विजय को इस बात की तसल्ली थी कि लिविंग मीडिया से हासिल संसाधनों का उच्चतम इस्तेमाल हो पा रहा है!

बाद में विजय ने www.indiadecides.com और www.indiasite.net के अपने हिस्से के शेयर, लिविंग मीडिया इंडिया लिमिटेड को नकद बेच दिए और उनके

साथ एक और डील करके अपने कारोबारी उद्‌देश्यों को आगे बढ़ाया और चुनाव कवरेज का काम भी उनसे हासिल कर लिया।

इस बीच एक्सएस कॉर्प को इंटरसॉल्यूशंस इंडिया प्राइवेट लिमिटेड को बेचने का प्रस्ताव भी मिला, जिसमें नकदी और कुछ करोड़ रुपए की इक्विटी (शेयर), दोनों देने की डील तय हुई। विजय को एक लाख रुपए महीने की तनख्वाह देने की भी बात हुई और उसे कंपनी में टेक्नोलॉजी मैनेजर का पद भी देने की पेशकश हुई। और फिर क्या था, विजय ने यह प्रस्ताव स्वीकार कर लिया।

उसके अभिभावकों को अब जाकर राहत मिली कि उनके बेटे को ज्यादा तनख्वाह देने वाली बड़ी मल्टीनेशनल कंपनी (MNC) में नौकरी मिल गई है। इतने सारे पैसों से उसके परिवार पर लदा सारा कर्ज एक बार में ही चुकता हो गया। उसके अलीगढ़ के घर में नया रंगीन टी.वी. आ गया। पहली बार जीवन में विजय को विलासिता का अनुभव हो रहा था।

उसके अभिभावकों को अब जाकर राहत मिली कि उनके बेटे को ज्यादा तनख्वाह देने वाली बड़ी मल्टीनेशनल कंपनी (MNC) में नौकरी मिल गई है।

इतने सारे पैसों से उसके परिवार पर लदा सारा कर्ज एक बार में ही चुकता हो गया। उसके अलीगढ़ के घर में नया रंगीन टी.वी. आ गया। पहली बार जीवन में विजय को विलासिता का अनुभव हो रहा था।

'मुझे गोलगप्पा शॉट्स बिना वोडका के चाहिए,' विजय ने ऑर्डर दिया।

अपनी नई रईसी का जश्न मनाने के लिए विजय अपने दोस्तों को डिनर के लिए लेकर एक पंजाबी बाई नेचर रेस्टोरेंट पहुँचा। उसके सारे दोस्तों ने बियर ऑर्डर की, लेकिन विजय, धूम्रपान से दूर रहनेवाला, चाय का तलबगार और पूरी तरह शाकाहारी ने अनोखा ऑर्डर वहाँ दिया। उसने उस रेस्टोरेंट की खास डिश 'गोलगप्पा शॉट्स विद वोडका' के लिए कहा, लेकिन उसमें वोडका मिलाने से मना कर दिया। इस ऑर्डर से वेटर जरा चक्कर में पड़ गया, एक पल के लिए हैरत में पड़कर उसने विजय को एकटक निहारा और सोचने लगा कि ये सज्जन जो उसके सामने बैठे हैं, ये संत हैं या ठग।

~

अप्रैल 2000 में उसकी छोटी बहन की शादी हो गई और एक बार फिर विजय कारोबार की तरफ जाने के लिए व्याकुल होने लगा।

'सर, प्लीज मेरा इस्तीफा स्वीकार कर लीजिए,' विजय ने अपना इस्तीफा पकड़ाते हुए कहा।

'मैंने अपना मन बना लिया है,' विजय ने दृढता के साथ अपनी बात कही। '16 लाख रुपए छोड़ने से मुझ पर कुछ बड़ा और बेहतर करने का दबाव बना रहेगा। अगर मैं आज रुक गया, तो इसका मतलब यह होगा कि मैं अपनी प्राथमिकताओं को पैसे की तरफ धकेल रहा हूँ। यहाँ बात पैसे की नहीं है, बल्कि रचनात्मकता की है।' 'तुम आग से खेल रहे हो!' राकेश ने उसकी बात पर टिप्पणी की।

'क्या तुम सनक गए हो? केवल एक महीने की और बात है। जून के अंत तक तुम्हें तुम्हारा सालाना बोनस जो कि सोलह लाख रुपए है, मिल जाएगा। और इसके अलावा कंपनी में शेयर भी,' राकेश, जो कि उसका सुपरवाइजर था, ने उससे कहा। उसने सोचा कि विजय को बोनस की विस्तृत जानकारी नहीं है।

'मैं जानता हूँ बॉस, लेकिन मुझे जाना होगा,' विजय ने कहा, और वह भी यह जानते हुए कि यह जॉब नहीं, बल्कि सोने की हथकड़ी है। उसे आशंका थी कि कहीं इस जॉब में मिल रहा सुकून और ऑफिस के माहौल का कंफर्ट जोन लंबी अवधि में उसके अंदर के उद्यमी वाले ख्वाब के आड़े न आ जाए।

इसी दौरान भारत में टेलीकॉम और इंटरनेट वेबसाइटों ने तेजी से विकास किया, और तमाम वी.सी. को इस उभरते हुए बाजार को निचोड़ने के लिए लालायित करने लगा। कुछ बड़ा हासिल करने के ख्वाब और उससे जुड़ी प्रक्रिया के क्रम में, अपनी छाप छोड़ने के लिए, वह संभावनाओं से भरे क्षेत्रों में अपनी किस्मत आजमाना चाहता था।

'तो क्या मैं अमेरिकी ऑफिस में तुम्हारी यह इच्छा जाहिर करते हुए मेल भेज दूँ कि तुम नौकरी छोड़ना चाहते हो? फिर सोच लो। केवल एक महीने की ही बात है।' राकेश ने इस उम्मीद में बात कही कि विजय दोबारा इस मुद्दे पर विचार करेगा।

'मैंने अपना मन बना लिया है,' विजय ने दृढता के साथ अपनी बात कही। '16 लाख रुपए छोड़ने से मुझ पर कुछ बड़ा और बेहतर करने का दबाव बना रहेगा। अगर मैं आज रुक गया, तो इसका मतलब यह होगा कि मैं अपनी प्राथमिकताओं को पैसे की तरफ धकेल रहा हूँ। यहाँ बात पैसे की नहीं है, बल्कि रचनात्मकता की है।'

'तुम आग से खेल रहे हो!' राकेश ने उसकी बात पर टिप्पणी की।

~

विजय के लिए जीवन ज्यादा दिनों तक फूलों की सेज नहीं रहा। अगले छह महीने, उसने कुछ अनियमित काम किए, आई.एस.पी., ब्रॉडबैंड, और इसी तरह के छोटे-मोटे काम। एक दिन, जब वह अपने कमरे की सफाई कर रहा था, विजय के फॉर्च्यून मैगजीन (अक्तूबर 1997 का अंक) हाथ लग गई, जिसमें याहू! इंक ने फोर

11 ग्रुप (ऑनलाइन कम्युनिकेशन और डायरेक्ट्री कंपनी) के अधिग्रहण पर आधारित एक लेख छपा था।

'लोगों की खोज! यही है न।' यह उसके लिए यूरेका वाले पल सरीखा था! और उसके दिमाग में अचानक ही पूरा बिजनेस प्लान घूमने लगा।

एक दिन राकेश शुक्ला, जो कि रिवर रन में उसके बॉस थे, ने उसे फोन किया।

'हाय, विजय, कैसे हो?'

'हाय, मैं ठीक हूँ। आप कैसा काम कर रहे हैं?' विजय ने पूछा।

'मेरा काम ठीक चल रहा है। आजकल क्या कर रहे हो?' राकेश ने पूछा।

'दरअसल, मैं एक नया कारोबार खड़ा करने में व्यस्त हूँ। अब तक मैं उन चीजों को करता था, जो इंटरनेट, वेबसाइट आदि से जुड़ी हुई थीं। लेकिन अब मैंने तय किया है कि मैं लोगों की खोज के सिलसिले में कुछ करूँगा। मैं एक डायरेक्ट्री बनाना चाहता हूँ, ताकि एक-दूसरे को लोग खोज सकें, स्थानीय कारोबार को सूचीबद्ध करना, फोन नंबर और पते दर्ज करना, उन तक पहुँचने का नक्शा मुहैया कराना, और इसी तरह का काफी कुछ। मैं कुछ ऐसी व्यवस्था गठित करना चाहता हूँ कि लोगों की खोजबीन आसान हो सके, यानी अगर आप किसी शख्स का नाम जानते हैं तो उसका फोन नंबर ढूँढ़ सकें, या नंबर से नाम और पता जान सकें।'

'ओह, यानी फोन डायरेक्ट्री की तरह!' राकेश ने टिप्पणी की।

'हाँ, कमोबेश वैसा ही, लेकिन उसका फोकस लैंडलाइन और मोबाइल फोन नंबर, दोनों पर रहेगा। कोई भी डायरेक्ट्री मोबाइल फोन नंबरों के बारे में उल्लेख नहीं करती है।'

'दिलचस्प है, तुम्हें पता नहीं होगा, आजकल मैं भी कुछ नया करने का मन बना रहा हूँ। मैं भी जॉब छोड़ना चाहता हूँ,' राकेश ने कहा।

'अगर आपको इसमें कुछ समझ में आता है, तो आप मेरे साथ आ सकते हैं, आपका स्वागत है,' विजय ने कहा।

'हाँ, कमोबेश वैसा ही, लेकिन उसका फोकस लैंडलाइन और मोबाइल फोन नंबर, दोनों पर रहेगा। कोई भी डायरेक्ट्री मोबाइल फोन नंबरों के बारे में उल्लेख नहीं करती है।'

'दिलचस्प है, तुम्हें पता नहीं होगा, आजकल मैं भी कुछ नया करने का मन बना रहा हूँ। मैं भी जॉब छोड़ना चाहता हूँ,' राकेश ने कहा।

'अगर आपको इसमें कुछ समझ में आता है, तो आप मेरे साथ आ सकते हैं, आपका स्वागत है,' विजय ने कहा।

'ठीक है, फिर किसी दिन मिलते हैं,' राकेश ने कहा और फोन रख दिया।

'इस परियोजना को लेकर तुम्हारा आकलन (वैल्यू प्रपोजीशन) क्या कहता है?' नेहरू प्लेस पर सड़क किनारे चाय-पान की दुकान पर चाय पीते हुए राकेश ने विजय से पूछा।

'आकलन से क्या मतलब है? क्लायंट और ग्राहक फोन नंबर और तमाम जानकारियाँ तलाशते हैं, जिसे मैं मुहैया कराऊँगा और वह भी ऑनलाइन डायरेक्ट्री के रूप में। इसमें वैल्यू की बात कहाँ से आ गई?' विजय ज़रा भ्रम में पड़ गया।

'सबसे पहला सवाल कि कोई तुम्हें क्या पैसे देगा? क्या वे इसके जरिए किसी तरह का फायदा नहीं उठाएँगे? अगर नहीं, तो तुम इससे पैसा कैसे कमाओगे?' राकेश ने उसे कारोबारी लेन-देन की आधारभूत बातें समझाने का प्रयास किया।

'वैल्यू क्या है?' विजय के चेहरे पर पहेलियोंवाला भाव नजर आने लगा तो उसने राकेश से पूछा।

'दरअसल, लोग कंप्यूटर या सेवाएँ नहीं खरीदते। वे उसकी कीमत का भुगतान करते हैं। वे उस योगदान का भुगतान करते हैं, जो फायदा वे उस कंप्यूटर या सर्विस के जरिए उठाकर अपने जीवन के कुछ कामों को आसान बनाते हैं। उदाहरण के लिए, जब आप एक शानदार रेस्टोरेंट में खाने के लिए जाते हैं, तो आप उसी खाने के लिए ज्यादा भुगतान करते हैं, जिसे आप सड़क किनारे किसी ढाबे में खाने पर कम पैसे देते। आप हमेशा रेस्टोरेंट में ज्यादा पेमेंट करते हैं, उसकी सर्विस के लिए, उसकी सहृदयता के लिए और उस माहौल के लिए, जो आपको अच्छा लगने के लिए उन लोगों ने तैयार किया होता है।' राकेश ने आम आदमी के लहजे में समझाने का प्रयास किया।

'अच्छा, तो यह बात है!' विजय ने राकेश की बात को समझ जाने की हामी भरते हुए अपना सिर हिलाया। राकेश की बातें सुनते हुए उसका चेहरा भी भोला-भाला सा बन गया था। इस दौरान वह बेहद आसान से दिखने वाले शब्द वैल्यू का मतलब समझने की जीतोड़ कोशिश कर रहा था।

'हाँ, सहयोग करना भी उसी तरह से अपने आपमें एक वैल्यू है।' राकेश ने आगे एक और उदाहरण पेश करते हुए कहा।

'सपोर्ट? किसे चाहिए सपोर्ट (सहयोग)?' विजय राकेश की तरफ बड़े ही विनीत भाव से देखते हुए बोला। उसके चेहरे

> ***'हाँ, सहयोग करना भी उसी तरह से अपने आपमें एक वैल्यू है।' राकेश ने आगे एक और उदाहरण पेश करते हुए कहा। 'सपोर्ट? किसे चाहिए सपोर्ट (सहयोग)?' विजय राकेश की तरफ बड़े ही विनीत भाव से देखते हुए बोला। उसके चेहरे पर हर तरफ अनजानापन झलक रहा था। पहली बार उसका नए जमाने की कारोबारी शब्दावली से पाला पड़ा था।***

पर हर तरफ अनजानापन झलक रहा था। पहली बार उसका नए जमाने की कारोबारी शब्दावली से पाला पड़ा था।

'तमाम सपोर्ट सर्विस ऐसी होती हैं, जो ग्राहकों का समय बचाने और उसे सुविधा मुहैया कराने से संबंधित होती हैं। यही वैल्यू है,' राकेश ने विजय की तरफ देखा और महसूस किया कि विजय के पल्ले उसका बताया एक भी शब्द पड़ नहीं रहा है।

'ठीक है, मुझे लगता है कि यह फिलहाल मेरी समझ से परे की चीज है। मुद्दे पर आते हैं, तो तुम टेक्नोलॉजी वाले हिस्से पर ध्यान दो; मैं बिजनेस डेवलपमेंट पर ध्यान देता हूँ। यही वैल्यू है, जो हम एक-दूसरे को दे सकते हैं।' विजय ने अपने ईजाद किए वैल्यू एडिशन की परिभाषा के आधार पर मुस्कराते हुए उससे कहा।

इसका परिणाम यह हुआ, राकेश और विजय ने अपना एंटरप्रिन्योरियल वेंचर शुरू कर दिया और इस तरह One97 कम्युनिकेशंस का जन्म हुआ। इस नाम का चयन बी.एस.एन.एल. द्वारा जानकारी के लिए बनाए गए नंबर 197 से प्रेरित था। हालाँकि उनकी राह कठिनाइयों से भरी हुई थी। टेलीकॉम ग्राहकों के लिए नाम और नंबर से भरपूर डायरेक्ट्री तैयार करना पहली प्राथमिकता थी। तीन महीने तक तो वे तमाम टेलीकॉम ऑपरेटरों के दरवाजे पर भटकते रहे, ताकि कुछ जरूरी डाटा मिल जाए, लेकिन उनकी किस्मत उतनी अच्छी नहीं थी।

'हे, मैं बैंगलोर जा रहा हूँ। अगर किसी टेलीकॉम ऑपरेटर से कोई डील की बात बने तो बताना, मैं लौट आऊँगा,' राकेश ने उसे फोन पर जानकारी दे दी।

'ठीक है, ठीक है। मैं प्रयास करता रहूँगा,' विजय ने कहा। उस समय वह अपना बैंक स्टेटमेंट का मुआयना कर रहा था, जिसमें लगातार पैसे घटते हुए क्रम में नजर आने लगे थे।

यहाँ तक कि वन97 की सेवाएँ शुरू होने से पहले ही, राकेश ने नई जॉब की तलाश शुरू कर दी थी।

~

'साफ है, लोगों को खोजने का आइडिया काम नहीं करेगा,' एयरटेल के सीनियर मैनेजर से मिलने पहुँचा विजय इस विचार में डूबा हुआ था। शायद मुझे किसी और चीज के बारे में बात करनी चाहिए, जिसे लेकर वे कुछ प्रस्ताव दे सकते हों। कम-से-कम, कुछ नहीं से कुछ तो भला होगा। उसने एयरटेल द्वारा कुछ और वैल्यू-एडेड सर्विस (VAS) के बारे में पता करने का भी विचार बनाया।

'हाय, विजय, आपको देखकर अच्छा लगा। मेरे पास आपके लिए कुछ काम है,' एयरटेल के एक अधिकारी सुमीत ने उससे मिलते ही कहा।

विजय का दिल धड़क उठा। 'अंततः मैं डाटा हासिल करूँगा। मैं इसे जरा जल्दी

विजय का दिल धड़क उठा। 'अंततः मैं डाटा हासिल करूँगा। मैं इसे जरा जल्दी ही छोड़ने के मूड में था। हो सकता है कि लोगों को खोजने का आइडिया काम कर जाए।' विजय के मन में उम्मीद की किरण उभरने लगी थी; उसने इस संभावना का आभास कर लिया था कि उसे एक दिग्गज टेलीकॉम सर्विस प्रदाता कंपनी के प्रोजेक्ट पर काम करने का अवसर मिल जाएगा।

ही छोड़ने के मूड में था। हो सकता है कि लोगों को खोजने का आइडिया काम कर जाए।' विजय के मन में उम्मीद की किरण उभरने लगी थी; उसने इस संभावना का आभास कर लिया था कि उसे एक दिग्गज टेलीकॉम सर्विस प्रदाता कंपनी के प्रोजेक्ट पर काम करने का अवसर मिल जाएगा।

'सर, बताएँ। जो भी आपका प्रस्ताव हो, मैं यहाँ कुछ भी करने के इरादे से आया हूँ,' विजय ने कहा, उसे उम्मीद हो चली थी कि वह यहाँ से खाली हाथ नहीं जाएगा।

'क्या आपके पास ऑफिस, कुछ कंप्यूटर, और चार या पाँच लोगों के बैठने की व्यवस्था है ?' सुमीत ने बुनियादी ढाँचे के बारे में उससे जानकारी चाही।

'हाँ, है।' विजय को खुशी हुई कि उसने पिछले महीने ही एक ऑफिस किराए पर लिया था। हालाँकि उसकी वित्तीय हालत जरा पतली थी, फिर भी उसके पास कोई विकल्प नहीं था। आखिरकार, इस समय उसके पास लिविंग मीडिया जैसा बुनियादी ढाँचा हो भी नहीं सकता था।

'तो एक काम करो। कुछ पंडितजी (ज्योतिषी) लोगों को अपने ऑफिस में बैठाओ। हम आपको ज्योतिष आधारित VAS (वैल्यू ऐडेड सर्विस) का काम देना चाहते हैं,' सुमीत ने कहा और विस्तार से बताया कि एयरटेल एक नया VAS शुरू करने जा रहा है, जिसमें ग्राहक फोन करके अपने राशिफल और अन्य ज्योतिष संबंधित जिज्ञासाओं के बारे में पता कर सकेंगे।

'ओह, तो यह लोगों की खोज से संबंधित नहीं है। यह प्रस्ताव पंडितजी से संबंधित है,' उसने प्रस्ताव खारिज करनेवाले अंदाज में जवाब दिया। विजय काँप उठा, और लोगों को खोजनेवाले प्रोजेक्ट को लेकर उसका आशावाद उसी तरह काफूर हो गया जैसे कि पिछली रात का हैंगओवर। वह निराश हो गया, लेकिन कोई बात नहीं, यहाँ भी एक अवसर था।

'मुझे इस मौके का फायदा उठाना चाहिए। अब तक तो वे मुझसे मिलने को ही तैयार नहीं थे, लेकिन अगर मैं उनका काम स्वीकार कर लेता हूँ तो कम-से-कम मुझे इनसे बातचीत का मौका मिलता रहेगा। चूँकि टेलीकॉम VAS भी उभरता हुआ कारोबार

है, इसलिए फिलहाल मैं भी व्यस्त महसूस करता रहूँगा। साथ ही दूसरी तरफ मुझे नियमित ग्राहक भी मिलते रहेंगे, जो मुझे बार-बार बिजनेस ऑर्डर उपलब्ध कराते रहेंगे। मेरे हिसाब से यह फायदे का सौदा है,' विजय ने सोचा।

'लाभ को आधा-आधा बाँटा जाएगा। बुनियादी ढाँचा, फोन और यहाँ तक कि पंडितजी के लिए आप भुगतान करेंगे। हम केवल उस सर्विस को बाजार उपलब्ध कराएँगे, यानी मार्केटिंग करेंगे। प्रीपेड के मामले में प्रति कॉल चार्ज 4 रुपए रहेगी, जबकि पोस्टपेड फोन कनेक्शन की दर 5 रुपए प्रति कॉल तय होगी। इसमें आपके लिए प्रीपेड से मिले 2 रुपए और पोस्टपेड के लिए 2.50 रुपए बतौर कमीशन तय रहेगा। क्या यह आपको ठीक लग रहा है?'

'लाभ को आधा-आधा बाँटा जाएगा। बुनियादी ढाँचा, फोन और यहाँ तक कि पंडितजी के लिए आप भुगतान करेंगे। हम केवल उस सर्विस को बाजार उपलब्ध कराएँगे, यानी मार्केटिंग करेंगे। प्रीपेड के मामले में प्रति कॉल चार्ज 4 रुपए रहेगी, जबकि पोस्टपेड फोन कनेक्शन की दर 5 रुपए प्रति कॉल तय होगी। इसमें आपके लिए प्रीपेड से मिले 2 रुपए और पोस्टपेड के लिए 2.50 रुपए बतौर कमीशन तय रहेगा। क्या यह आपको ठीक लग रहा है?'

'निश्चित तौर पर सर, यह ठीक रहेगा,' विजय ने सहमति जताई। उसकी प्राथमिकता एक अच्छा कामकाजी संबंध विकसित करना था।

'काम तो ले लिया, अब पंडितजी कहाँ से लाऊँ?' एयरटेल के ऑफिस से बाहर निकलते हुए विजय सोच में पड़ गया। आगे के रास्ते के लिए वह कुछ तय नहीं कर पा रहा था। वह बस इतना ही सोच पा रहा था कि भर्ती के लिए अखबारों में विज्ञापन दिया जाए।

अंततः विजय ने कुछ पंडितजी ढूँढ़ निकाले, लेकिन बाधाएँ थीं कि बढ़ती ही जा रही थीं।

'आपको यहाँ कॉल सेंटर में सुबह 8 बजे से शाम 6 बजे तक बैठना है और ग्राहकों के आनेवाले फोन कॉल का जवाब देना होगा, और उन्हें भविष्य के लिए मार्गदर्शन प्रदान करना होगा। सबकुछ बिल्कुल वैसे ही, जैसे आप सामान्य तौर पर करते हैं, अंतर बस इतना है कि ग्राहक आपके सामने न होकर फोन पर उपलब्ध रहेगा। और आपकी दक्षिणा महीनावार आधार पर मिलेगी, न कि प्रति ग्राहक के आधार पर,' विजय ने वहाँ बैठे पंडितजी को काम के बारे में समझाते हुए विस्तार से सब बताया।

किसी परंपरागत पंडित के लिए यह सबकुछ ज्यादा ही तकनीकी हो गया था। केवल ज्योतिष जानना ही काफी नहीं रह गया था। विजय ने उन्हें फोन पर बातचीत की

शैली, उच्चारण, आवाज की खासियत आदि व्यावहारिक चीजों का प्रशिक्षण भी दिया।

'हे विजय, मैंने सुना कि तुम सीनियर पंडितजी बन गए हो। क्या मैं अपनी जन्मपत्री लेकर आऊँ तुम्हारे पास, कुछ मेरे बारे में भी बताओ? आखिर, तुम भविष्य का भी अनुमान लगा सकते हो,' हरिंदर ने उसे चिढ़ाते हुए विजय के कामकाज के बारे में पूछा। हरिंदर ने भी एक्सएस कॉर्प के बिकने के बाद एक जॉब पकड़ ली थी।

'क्यों नहीं यार…तेरी तो मैं जन्मपत्री जरूर छपवाऊँगा। कुंडली मिलान भी करवाऊँगा। अपने कारोबार को चलाने के लिए मैं सबकुछ करूँगा।' विजय ने अपने नैसर्गिक उत्साह के साथ जवाब दिया। 'टेलीकॉम VAS निश्चित तौर पर गेम चेंजर बनकर उभरेगा, हरिंदर। तुम क्यों नहीं आकर मेरे साथ काम करते?' उसने न्योता दिया।

'ठीक है, मैं सोचूँगा।' हरिंदर ने कहा।

हरिंदर विजय को कॉलेज के दौर से जानता था। विजय में जज्बा था, एक सफल कारोबारी बनने के लिए जरूरी गुण उसमें मौजूद था। ऐसे लोग जीतने के लिए ही पैदा होते हैं; उसने बेहतरीन पैसे देनेवाली एम.एन.सी. की नौकरी ठुकरा दी थी, अपनी खुद की कंपनी बनाई, उसे बेच दिया, एम.एन.सी. में दोबारा जॉब पकड़ी, फिर जॉब और शेयर छोड़े, और फिर वन97 की शुरुआत की, जो कि उसके दिमाग की उपज थी। हरिंदर इस बात को लेकर आश्वस्त था कि उसकी लगन एक दिन विजय को सफल जरूर बनाएगी। हरिंदर को विजय की क्षमता में पूरा विश्वास था कि वह एक दिन जरूर मुकाम हासिल कर लेगा।

हरिंदर विजय को कॉलेज के दौर से जानता था। विजय में जज्बा था, एक सफल कारोबारी बनने के लिए जरूरी गुण उसमें मौजूद था। ऐसे लोग जीतने के लिए ही पैदा होते हैं; उसने बेहतरीन पैसे देनेवाली एम.एन.सी. की नौकरी ठुकरा दी थी, अपनी खुद की कंपनी बनाई, उसे बेच दिया, एम.एन.सी. में दोबारा जॉब पकड़ी, फिर जॉब और शेयर छोड़े, और फिर वन97 की शुरुआत की, जो कि उसके दिमाग की उपज थी।

'मैं वन97 में काम करूँगा,' हरिंदर ने कहा।

अंतत: 'लाइव एस्ट्रोलॉजी' सर्विस 2001 में अस्तित्व में आ गई, जिसमें चार ज्योतिषी नौकरी कर रहे थे।

~

'कितने पंडितजी को हम पैसा दे सकते हैं?' हरिंदर ने पूछा। वन97 में कुल 8 लोग थे—विजय, हरिंदर और छह पंडितजी।

'यहाँ तक कि मैं भी इस बारे में चिंतित हूँ। कॉल सेंटर काफी महँगा है और उसका दूसरा उपयोग नहीं है कोई,' विजय ने हरिंदर की चिंता से सहमति जताई।

'हम क्यों नहीं इंटरैक्टिव वॉयस रिस्पॉन्स (IVR) सिस्टम के बारे में विचार करें?' हरिंदर ने सुझाया।

'IVR तकनीक ज्योतिष संबंधी सर्विस में काम नहीं करेगी, क्योंकि हर ग्राहक की अलग-अलग जिज्ञासा होती है। यह तब बेहतरीन होता अगर हर किसी का भविष्य एक जैसा होता, जैसे बिल गेट्स का,' विजय ने एक मुस्कान के साथ कहा।

'अगर बिल गेट्स की किस्मत भी हमारी जैसी ही होती तब क्या होता?' हरिंदर ने भी मजाकिया अंदाज में जवाब देते हुए कहा।

'मुझे नहीं लगता कि बिल गेट्स बुरा मानेंगे। यह निश्चित रूप से एक बेहतर विकल्प है,' विजय मुस्कराया। 'गंभीर बात यह है कि अगर हम IVR तकनीक को ज्योतिष के लिए अमल में नहीं ला सके तो हमें कोई ऐसी सर्विस तलाशनी होगी जो हर यूजर के हिसाब से पूर्वनिर्धारित जवाब दे और उसमें किसी तरह का इनसानी दखल न हो।'

'संभवत: क्रिकेट स्कोर अपडेट जैसा कुछ कैसा रहेगा? उदाहरण के लिए, अगर कोई लाइव क्रिकेट स्कोर के बारे में जानकारी चाहता है, तो IVR या ऑटोमेटेड एस.एम.एस. का प्रयोग बेहतर होगा,' हरिंदर ने और जोड़कर बताया।

'हाँ, या हम संगीत, चुटकुले और इसी तरह की चीजें जोड़ सकते हैं। सुमीत के साथ अगली मीटिंग में मैं यह आइडिया रखूँगा,' विजय ने सलाह दी।

~

'सुमीत, चूँकि अब हमने ज्योतिष सर्विस शुरू कर दी है, ऐसे में हम ग्राहकों को VAS संबंधी संगीत और क्रिकेट की सर्विस भी शुरू करना चाहते हैं।' ये दोनों ही जबरदस्त बिक्री वाली चीजें हैं, विजय ने आइडिया बेचने का प्रयास करते हुए कहा। indiasite.net के अनुभव से उसने सीखा था कि क्रिकेट और संगीत दो ऐसी चीजें हैं, जो भारतीय ग्राहकों को बाँधकर रख सकती हैं। यहाँ तक कि क्रिकेट और संगीत जैसी सेवाएँ इंटरनेट पर मुफ्त उपलब्ध हैं, फिर भी मोबाइल पर उन्हें पैसे लेकर उपलब्ध कराना भी लोगों को मंजूर होगा, क्योंकि लोग चलते-फिरते सर्विस

'सुमीत, चूँकि अब हमने ज्योतिष सर्विस शुरू कर दी है, ऐसे में हम ग्राहकों को VAS संबंधी संगीत और क्रिकेट की सर्विस भी शुरू करना चाहते हैं।' ये दोनों ही जबरदस्त बिक्री वाली चीजें हैं, विजय ने आइडिया बेचने का प्रयास करते हुए कहा। indiasite.net के अनुभव से उसने सीखा था कि क्रिकेट और संगीत दो ऐसी चीजें हैं, जो भारतीय ग्राहकों को बाँधकर रख सकती हैं।

पाने में सहजता महसूस करते हैं और उसके लिए भुगतान भी करने को तैयार रहते हैं।

जब विजय अपने आइडिया और ग्राहकों की अपेक्षाओं के बारे में बताते-बताते चरम पर पहुँच गया, तो सुमीत, जो कि अपने चौथे दशक की शुरुआती अवस्था में था, को अपने अहम पर ठेस लगती महसूस हुई, क्योंकि यह उसका अधिकार क्षेत्र था कि वह शर्तें वगैरह के बारे में बताता न कि विजय। इसलिए उसने विजय के सुझावों को खारिज कर दिया और बोला, 'क्या आपके पास इस काम के लिए जरूरी बुनियादी ढाँचा है? आपके ऑफिस में फिलहाल कौन बैठता है? पंडितजी, सही? आप क्रिकेट और संगीत को लेकर सामग्री कैसे तैयार कराएँगे? बच्चे, जरा धीरे चलो, फिलहाल जो हाथ में है, उस पर ध्यान दो।'

विजय यह नहीं समझ पाया कि यह व्यंग्यात्मक टिप्पणी थी या एक वाकई गंभीर चिंता।

'सर, कृपया एक मौका दीजिए। आपको अफसोस नहीं होगा,' विजय ने अपील की, वह इस मौके को जाने देने को तैयार नहीं था।

'सुनो, मुझे नहीं लगता कि तुम अभी इसके लिए तैयार हो। हरीश के संपर्क में रहो। हम पंजाब सर्किल में अपना संचालन शुरू करनेवाले हैं। हरीश उस क्षेत्र में भी ज्योतिष सर्विस शुरू करने के बारे में योजना बना रहे हैं। जाओ और उनसे मिलो,' सुमीत ने कहा। हालाँकि सुमीत VAS पर क्रिकेट और संगीत पर सहमत नहीं था, लेकिन विजय ने उसे आगे जाने का मौका तो दे ही दिया था।

तीन महीने बाद, विजय ने फिर सुमीत से बात की और अपने चेक को जल्दी क्लियर करने की अपील की। 'सुमीत सर, एकाउंट डिपार्टमेंट से हमारा बिल जल्दी क्लियर करने को बोलें। तीन महीने हो चुके हैं और अब तक हमें पेमेंट नहीं मिली है।'

'लाइव एस्ट्रोलॉजी' सर्विस को चलाने में विजय की ज्यादातर बचत खप चुकी थी, और अब उसके पास पैसों की कमी पड़ने लगी थी।

~

'आपका राजयोग चल रहा है, विजय। आपके सितारों और ग्रहों की स्थिति ऐसी चल रही है, जो कि अपने चरम पर है। एक दिन आप मशहूर हो जाएँगे,' एक पंडितजी ने कहा।

'क्या सुबह से आपको किसी ग्राहक के पास से फोन नहीं आया जो आपने मुझे ही पकड़ लिया?' विजय ने खीझ से भरकर जवाब दिया।

'मैं मजाक नहीं कर रहा हूँ। आपका वाकई राजयोग चल रहा है, शानदार भविष्य है,' उसने जोर देकर कहा।

‘तब तो मुझे उम्मीद है कि मैं आपका भुगतान राजयोग में ही कर पाऊँगा,’ विजय ने व्यंग्यात्मक लहजे में कहा। उसे ज्योतिष में विश्वास ही नहीं था।

‘आपका राजयोग चल रहा है, विजय। आपके सितारों और ग्रहों की स्थिति ऐसी चल रही है, जो कि अपने चरम पर है। एक दिन आप मशहूर हो जाएँगे,’ एक पंडितजी ने कहा। ‘क्या सुबह से आपको किसी ग्राहक के पास से फोन नहीं आया जो आपने मुझे ही पकड़ लिया?’ विजय ने खीझ से भरकर जवाब दिया।

‘हा-हा-हा, मैं अपने भुगतान के बारे में बात नहीं कर रहा हूँ। मैं केवल आपको बता रहा हूँ कि आपकी नियति में क्या लिखा है,’ वे भी विजय के व्यंग्य पर हँसने लगे।

‘मेरे पास चंडीगढ़ मीटिंग में जाने के लिए पैसे नहीं हैं। मैं समय पर पैसे नहीं पा रहा हूँ कंपनी से, और आप राजयोग के बारे में बात कर रहे हैं। इस जन्म में तो यह संभव नहीं दिखता,’ विजय ने निराशा में टिप्पणी की।

विजय और हरिंदर अपनी तनख्वाह भी नहीं ले रहे थे। विजय अपनी सारी जमा पूँजी ‘लाइव एस्ट्रोलॉजी’ में लगा चुका था। उनके पास काम तो था, लेकिन उसमें लगाने के लिए पूँजी नहीं थी। उन्हें पंजाब सर्किल से मिल रहे VAS ठेके की जरूरत तो थी, लेकिन काम शुरू करने के लिए पैसे नहीं थे।

‘हरीश सर, मैं पंजाब सर्किल में लाइव एस्ट्रोलॉजी सर्विस शुरू करूँगा, लेकिन मेरे पास एक और कारोबारी प्रस्ताव भी है,’ विजय ने कहा। ‘VAS क्रिकेट और संगीत में भी जबरदस्त संभावनाएँ हैं। मुझे उसमें भी काम करने का मौका दें। हम निश्चित रूप से ढेर सारे पैसे कमाएँगे।’

‘यह तो काफी दिलचस्प लग रहा है,’ हरीश ने कहा। कुछ देर रुककर, उसने फिर कहा, ‘क्या इस बिजनेस मॉडल के बारे में विस्तार से बता सकते हो?’

‘सर, मॉडल में कोई बदलाव नहीं है। केवल अंतर इतना है कि बजाय ज्योतिषियों से फोन पर लोगों की जिज्ञासाओं का जवाब देने के, हम IVR मशीनों के जरिए जवाब ग्राहकों तक पहुँचाएँगे। ग्राहकों को क्रिकेट स्कोर या गाने, जो भी वे सुनना चाहें, चुन सकते हैं। गानों के लिए पहले से रिकॉर्ड की हुई सूची रहेगी। हम फोन कॉल या एस.एम.एस. के लिए उनसे उतना ही चार्ज करेंगे, जितना लाइव एस्ट्रोलॉजी के लिए करते रहे हैं,’ विजय ने समझाया।

‘अच्छा है, दरअसल बहुत अच्छा है,’ हरीश ने उत्साहित होकर कहा। हरीश के जवाब से विजय का जुनून फिर जाग उठा।

'VAS के लिए जरूरी सर्वर की क्या लागत आएगी?' हरीश एकदम मुद्दे पर बात कर रहा था।
'अगर वह कारोबार के वाणिज्यिक नजरिए से चर्चा कर रहा है तो इसका मतलब है कि सौदा पक्का है,' विजय अपनी स्वाभाविक अधीरता के तहत समय से पहले ही फायदे के बारे में सोचने लगा।

'VAS के लिए जरूरी सर्वर की क्या लागत आएगी?' हरीश एकदम मुद्दे पर बात कर रहा था।

'अगर वह कारोबार के वाणिज्यिक नजरिए से चर्चा कर रहा है तो इसका मतलब है कि सौदा पक्का है,' विजय अपनी स्वाभाविक अधीरता के तहत समय से पहले ही फायदे के बारे में सोचने लगा।

'यह केवल 16 लाख रुपए का आता है,' तपाक से विजय बोल पड़ा, वह अपना होमवर्क कर चुका था। मशीन की कीमत 12 लाख रुपए और चार लाख सालाना उसकी देख-रेख का खर्च, विजय ने जोड़कर बताया।

'हमारे पास इन सबके लिए पैसा नहीं है,' हरीश ने सिरे से प्रस्ताव ठुकरा दिया, और इस तरह विजय की उम्मीदों के गुब्बारे में पिन चुभ गई और वह हताशा में फट पड़ा।

'तो आपने मुझे दिल्ली से इतनी दूर किसलिए बुलाया? मैंने कम-से-कम ट्रेन के टिकट पर अपना पैसा तो न खर्च किया होता,' विजय काफी देर तक बड़बड़ाता रहा। उसने अपनी आवाज दबाने की काफी कोशिश की, लेकिन बेहद कम सफल हो सका।

'इसमें काफी बड़ा निवेश लगेगा। मेरे पास इतना पैसा नहीं है,' विजय ने अपनी हालत बताई।

'ठीक है, लेकिन तुमने मुझे बताया कि यह बड़ी सफलता में बदल सकता है, अगर तुम इतने ही आश्वस्त हो, तो निवेश क्यों नहीं करते? क्या समस्या है, गेंद तुम्हारे पाले में है।' हरीश ने कहा।

'ठीक है, मुझे अपने साझेदार से बात कर लेने दें,' विजय ने हरिंदर को फोन मिलाया।

'हरिंदर, हरीश VAS पर क्रिकेट और संगीत का प्रस्ताव देने को तैयार हैं, लेकिन उसमें 16 लाख रुपए का निवेश और तकनीकी सहयोग की जरूरत पड़ेगी। तुम क्या बोलते हो?' विजय को इस सौदे के लिए हरिंदर की सहमति चाहिए थी।

'ईमानदारीपूर्वक, यह कैसा सवाल है? क्या तुमको वाकई मेरी सहमति की जरूरत है? हमें इसे निश्चित तौर पर पकड़ लेना चाहिए।' हरिंदर ने स्टार्टअप्स से जुड़ा स्वाभाविक सच सामने रखा—ना को जबरदस्त ना; राह में मिलनेवाले हर काम को

जबरदस्त हाँ। 'चिंता न करो। मैं तकनीक से संबंधित चीजें सँभाल लूँगा और तुम बिजनेस और कंटेंट डेवलप करने पर ध्यान दो।' हरिंदर ने आश्वस्त किया।

'हालाँकि मैं भी इसी लाइन पर सोच रहा था। हमें ना नहीं कहना चाहिए। निवेश वाले हिस्से पर हम बाद में भी काम कर सकते हैं।' विजय केवल मौके पर ध्यान केंद्रित करना चाहता था, न कि उन समस्याओं पर जो उसे झेलनी ही थीं। उसने फोन काटा और हरीश से मुखातिब हुआ।

'ठीक है, हरीश। हम इसे स्वीकार करते हैं, लेकिन क्या आप हमें कुछ अग्रिम भुगतान कर सकते हैं, ताकि हम सर्वर खरीद सकें? आप इसे हमारे बकाया भुगतान से काट सकते हैं।' विजय ने एक पासा फेंका।

'नहीं, सौदा अब भी आय से आधा-आधा बाँटने का ही है। सर्वर, स्टॉफ, कंटेंट, और बाकी सबकुछ आपका सिरदर्द है। मैं केवल सर्विस को बाजार उपलब्ध कराऊँगा। ले लो या छोड़ दो।' हरीश ने बेलाग अपनी बात कही। हाथ में एक काम, लेकिन जेब खाली लेकर विजय दिल्ली लौट आया।

'ठीक है, हरीश। हम इसे स्वीकार करते हैं, लेकिन क्या आप हमें कुछ अग्रिम भुगतान कर सकते हैं, ताकि हम सर्वर खरीद सकें? आप इसे हमारे बकाया भुगतान से काट सकते हैं।' विजय ने एक पासा फेंका। 'नहीं, सौदा अब भी आय से आधा-आधा बाँटने का ही है। सर्वर, स्टॉफ, कंटेंट, और बाकी सबकुछ आपका सिरदर्द है। मैं केवल सर्विस को बाजार उपलब्ध कराऊँगा। ले लो या छोड़ दो।' हरीश ने बेलाग अपनी बात कही। हाथ में एक काम, लेकिन जेब खाली लेकर विजय दिल्ली लौट आया।

~

दिल्ली की चिलचिलाती गरमी में, उन्होंने नेहरू प्लेस की हर दुकान इस तलाश में छान मारी कि कहीं उन्हें सेकेंडहैंड सर्वर औने-पौने दाम पर मिल जाए, इस उम्मीद में कि उनकी प्रार्थना सुन ली जाए।

'क्या कोई सेकेंडहैंड सर्वर है तुम्हारे पास?' सस्ते सर्वर की तलाश में विजय और हरिंदर दुकानदारों से पूछते जा रहे थे।

'हाँ, मैं 6 लाख में एक दिला सकता हूँ।' श्याम, एक कंप्यूटर डीलर ने दिन की सबसे छोटी बोली उनके सामने रखते हुआ कहा।

वन97 इसे भी खरीदने की हैसियत में नहीं थी। 'क्या आप इसे किराए पर दे सकते हैं?' विजय ने पूछा, क्योंकि वह जानता था कि 6 लाख रुपए का जुगाड़ करना असंभव

किसी काम से विजय और हरिंदर एक संचालक के दफ्तर पहुँचे। रिसेप्शन पर जाने की बजाय, वे सीधा कॉफी मशीन के पास पहुँच गए।

'हरिंदर, हमें भी अपने ऑफिस के लिए एक कॉफी मशीन खरीद लेनी चाहिए।' विजय ने कहा, उसे वेंडिंग मशीन से हॉट चॉकलेट लेकर पीना बेहद पसंद था।

'यहाँ ठीक है, यह मुफ्त है। हम अभी इसका खर्च वहन नहीं कर सकते, भाई।' हरिंदर ने अपना कप भरते हुए जवाब दिया।

था। वह अपने शुरुआती निवेश को बचाने के उपाय कर रहा था।

'ठीक है, 50 हजार रुपए महीना किराया होगा और सर्वर हमेशा मेरी संपत्ति ही रहेगी।' नेहरू प्लेस का पुराना खिलाड़ी होने के चलते खास तरह का सड़क छाप होशियार बन चुके श्याम ने अपनी बात रखी। 'इसे पहुँचाने और इंस्टॉलेशन सर्विस से हमारा कोई लेना-देना नहीं है। सबकुछ तुम्हें ही व्यवस्थित करना है। इससे जुड़े आगे के कोई भी एप्लिकेशन डेवलपमेंट, सॉफ्टवेयर अपडेट आदि के लिए अतिरिक्त भुगतान करना होगा।'

'ठीक है, हरिंदर इसे ले चलते हैं। हम इसे खुद ही इंस्टॉल कर लेंगे।' विजय और हरिंदर ने सर्वर उठा लिया और अपने छोटे से ऑफिस में लगा डाला।

उन्होंने शुरुआत में सांग्स ऑन डिमांड सर्विस से की, जहाँ उपभोक्ता अपनी पसंद का गाना सुन सकता था। जल्दी ही यह सर्विस पंजाब में जबरदस्त हिट साबित हुई। तीन महीने बाद वे 55 हजार रुपए महीने की तनख्वाह पाने के लायक बन पाए।

'हरिंदर, हम पहले ही ब्रेकईवन पर पहुँच गए।' विजय ने कहा।

~

किसी काम से विजय और हरिंदर एक संचालक के दफ्तर पहुँचे। रिसेप्शन पर जाने की बजाय, वे सीधा कॉफी मशीन के पास पहुँच गए।

'हरिंदर, हमें भी अपने ऑफिस के लिए एक कॉफी मशीन खरीद लेनी चाहिए।' विजय ने कहा, उसे वेंडिंग मशीन से हॉट चॉकलेट लेकर पीना बेहद पसंद था।

'यहाँ ठीक है, यह मुफ्त है। हम अभी इसका खर्च वहन नहीं कर सकते, भाई।' हरिंदर ने अपना कप भरते हुए जवाब दिया।

'आज से ही हमारा यह ध्येय होगा कि हम देश के सभी संभावनाशील टेलीकॉम संचालकों से संपर्क करें और जहाँ से भी संभव हो, अपना कारोबार जोड़ लें और VAS बाजार में अग्रणी खिलाड़ियों में शुमार हो जाएँ, ताकि हम भी अपने ऑफिस में एक कॉफी मशीन लगवा सकें।' विजय ने हरिंदर को देखकर पलक झपकाई और कॉफी

का एक लंबा घूँट हलक में बेहद फख्र के साथ उतारा, क्योंकि उसने महसूस किया कि उसकी सोच और परिपक्व हो गई थी।

'वाह, क्या पवित्र उद्देश्य है! तुम्हारी यह सोच तब फलित होगी, जब हम क्रिकेट स्कोर अपडेट और रिंगटोन VAS शुरू करेंगे, जो कि अगले महीने से होना है और ज्यादा महत्त्वपूर्ण बात यह कि हम देश में हर उस जगह पहुँचेंगे, जहाँ एयरटेल पहुँचेगा।' हरिंदर ने अपनी कॉफी खत्म करते हुए कहा।

'क्यों केवल एयरटेल? हम दूसरे संचालकों से भी मिलेंगे। मैं इस बात से आश्वस्त हूँ कि हमारी रणनीति कोई भी अप-फ्रंट लागत नहीं और आय में आधी हिस्सेदारी हर किसी के साथ काम करेगी। टेलीकॉम संचालक बुनियादी ढाँचे पर ही पैसा खर्च करना चाहते हैं, सर्वर के लिए नहीं जो कि संता-बंता के चुटकुले भी चला सकता है!' विजय ने कहा। विजय सपने देखनेवाला शख्स था, एक मिनट के अंदर उसने एयरटेल के साथ चलने की रणनीति बदल दी और दूसरे संचालकों तक पहुँचने की योजना बना ली, ताकि वह VAS बाजार में सबसे आगे पहुँच सके और एक ऐसा बिजनेस मॉडल बन सके, जिसे हार्वर्ड यूनिवर्सिटी में केस स्टडी के तौर पर छात्रों को पढ़ाया जा सके।

'हाँ, लेकिन इसका मतलब यह होगा कि हमें खुद ही संता-बंता सॉफ्टवेयर में निवेश करना पड़ेगा। फिलहाल, हमारे पास उतना पैसा नहीं है। श्याम भी लगातार अपना महीने का भुगतान माँग रहा है, जबकि टेलीकॉम संचालक हमें समय पर भुगतान नहीं कर रहे हैं। इस हालात से कैसे निपटा जाए? हमारे पास फंड की कमी होती जा रही है,' हरिंदर ने विजय को उसके दिवास्वप्न वाली स्थिति से झिंझोड़ा और हकीकत की दुनिया में खींच लाया, जहाँ हर चीज उस तरह सटीक नहीं थी, जैसी कल्पना की गई थी।

'कम धनराशि! दरअसल, बैंकों के साथ भी यही समस्या है। कल मैं एटीएम गया पैसे निकालने। कार्ड मशीन में डाला तो उस पर लिखकर आ गया—कम धनराशि। मैं हैरत में पड़ गया कि ऐसा कैसे हो सकता है कि बैंक के पास भी कम हो जाए धनराशि!' विजय हँसा और अपनी वाक्पटुता दिखाने की कोशिश की।

'मजाक छोड़ो, यह गंभीर मामला है। बैंक का नहीं तुम्हारा खाता खाली हो चुका है, और यही मैं तब से समझाने की कोशिश कर

'मजाक छोड़ो, यह गंभीर मामला है। बैंक का नहीं तुम्हारा खाता खाली हो चुका है, और यही मैं तब से समझाने की कोशिश कर रहा हूँ।' हरिंदर ने एक साँस में सब कह डाला।

'चिंता मत करो, हरिंदर। कभी-न-कभी हमारा कारोबार फायदा देना शुरू करेगा, और आज नहीं तो कल, हम अपना पेमेंट पाएँगे और सारे कर्जे चुकता कर देंगे।' विजय ने कहा।

रहा हूँ।' हरिंदर ने एक साँस में सब कह डाला।

'चिंता मत करो, हरिंदर। कभी-न-कभी हमारा कारोबार फायदा देना शुरू करेगा, और आज नहीं तो कल, हम अपना पेमेंट पाएँगे और सारे कर्जे चुकता कर देंगे।' विजय ने कहा।

~

'विजय, तीन महीने हो चुके हैं। मैं अपने सर्वर उठा ले जाऊँगा अगर मुझे मेरा किराया नहीं मिला!' श्याम ने विजय को कारोबार से ही बाहर करने की चेतावनी देते हुए कहा। लगातार कहने और समय बढ़ाते जाने के बावजूद विजय उसे महीने का किराया नहीं दे सका था।

'श्याम भाई, मुझे एक हफ्ते का समय और दो, जितनी जल्दी मुझे पैसे मिल जाएँगे, मैं दे दूँगा।'

विजय ने एक टेलीकॉम संचालक को पेमेंट के लिए फोन किया।

'सर, लगभग छह महीने हो चुके हैं, मेरा पेमेंट कराएँ।' विजय अपने ही पैसों के लिए भीख माँग रहा था।

'ओह, कोई समस्या नहीं है, आपका चेक तैयार है। एकाउंट डिपार्टमेंट से आकर ले जाएँ।' संचालक के कार्यालय से एक अधिकारी ने उसे अच्छी खबर सुनाई।

विजय टेलीकॉम ऑफिस की तरफ भागा, लेकिन जैसे ही उसने चेक पर छपा आँकड़ा देखा तो उसका सारा उत्साह अविश्वास में हवा हो गया।

'जरूर कहीं गलती हुई है। यह मेरा चेक नहीं है। मेरे हिसाब से मुझे ढाई लाख रुपए मिलने चाहिए, लेकिन इस पर तो केवल 37 हजार रुपए ही दर्ज हैं।' विजय फट पड़ा।

'एक बार और जाँचिए। मैंने 5 लाख रुपए की आय अर्जित की है। समझौते के मुताबिक, मुझे ढाई लाख रुपए मिलने चाहिए,' विजय ने चिंतित मुद्रा में दावा किया।

'नहीं सर, हमारे रिकॉर्ड के मुताबिक आपने केवल 80 हजार रुपए की कमाई की है। टीडीएस और अन्य कटौतियाँ करने के बाद, यही आपका हिसाब बनता है।' अकाउंटेंट ने जोर देकर कहा।

उस पल विजय ने महसूस किया कि जरूरी नहीं कि जो वह संभावित प्राप्ति की अपेक्षा करे वह असल में उसे हासिल ही हो। टेलीकॉम संचालक का रिकॉर्ड गलत हो सकता है, लेकिन उसके पास इस बात का कोई सबूत नहीं है, जिस आधार पर वह उन्हें गलत साबित कर दे। उसे टेलीकॉम संचालक के डाटा को ही अंतिम सत्य मानना था, और इस मामले में अब कुछ नहीं किया जा सकता था।

'कोई बात नहीं, मैं टेलीकॉम के लोगों से बात करूँगा और पता लगाकर रहूँगा कि कारोबार के रिकॉर्ड को ट्रैक कैसे किया जाए। फिलहाल तो, यह पैसा मुझे श्याम को देना होगा और उससे कुछ दिनों की मोहलत और माँगनी होगी।' दौड़कर चीजें हासिल

करनेवाले विजय ने सोचा। वह इस एक बार की समस्या को लेकर बिल्कुल भी चिंतित नहीं था। लेकिन भुगतान में देरी अक्सर होने लगी थी, इसलिए विजय ने भुगतान चक्र को बरकरार रखने के लिए दोस्तों से उधार भी लेना शुरू कर दिया था।

'विजय, हम कड़ी मेहनत कर रहे हैं, फिर भी हम अपना ही पैसा नहीं पा रहे। हमने पिछले चार महीने से अपनी तनख्वाह भी नहीं उठाई।' अपने भविष्य के प्रति चिंतित हरिंदर ने उससे कहा।

'मैं जानता हूँ, और मैं काफी आशान्वित हूँ कि हम अगले हफ्ते तक अपना भुगतान पा लेंगे। इससे कुछ दबाव तो कम होगा ही।' हरिंदर को समझाते हुए विजय ने कहा। हरिंदर और विजय, दोनों ही जबरदस्त दबाव में थे, उनके परिवारों को उनके भविष्य, कॅरियर और शादी को लेकर चिंता हो रही थी।

> ***'कोई बात नहीं, मैं टेलीकॉम के लोगों से बात करूँगा और पता लगाकर रहूँगा कि कारोबार के रिकॉर्ड को ट्रैक कैसे किया जाए। फिलहाल तो, यह पैसा मुझे श्याम को देना होगा और उससे कुछ दिनों की मोहलत और माँगनी होगी।' दौड़कर चीजें हासिल करनेवाले विजय ने सोचा। वह इस एक बार की समस्या को लेकर बिल्कुल भी चिंतित नहीं था। लेकिन भुगतान में देरी अक्सर होने लगी थी, इसलिए विजय ने भुगतान चक्र को बरकरार रखने के लिए दोस्तों से उधार भी लेना शुरू कर दिया था।***

'मैं उम्मीद करता हूँ कि हमें निश्चित रूप से पैसा मिल जाए, क्योंकि अगर श्याम को इस हफ्ते पेमेंट नहीं मिली तो वह अपने सर्वर उठा ले जाएगा और हम कारोबार से बाहर हो जाएँगे।' हरिंदर ने निराशा भरी आवाज में कहा।

~

'सर, बकाया रकम तो 12 लाख रुपए है। आप मुझे केवल 6 लाख रुपए ही क्यों दे रहे हैं?' विजय ने टेलीकॉम संचालक के मार्केटिंग हेड से पूछा। लागत कम करने के उपायों के तहत, उसे बकाया का आधा ही भुगतान किया जा रहा था।

मार्केटिंग हेड ने उसे झटका देते हुए कहा, 'आपको खुश होना चाहिए इसके लिए। आप खुशकिस्मत हैं कि आधी रकम पा रहे हैं। क्या कर लेंगे आप हमारा, अगर यह रकम भी आपको न दी जाए तो?'

'लेकिन सर, आपकी इतनी बड़ी लिस्टेड कंपनी है, आप मेरा बकाया कम कैसे कर सकते हैं? यह तो अन्याय है।' विजय ने संतोषजनक जवाब जानना चाहा। वह समझ नहीं पा रहा था कि उसके साथ क्या हो रहा है, और वह समझ गया था कि जो

कुछ भी हो रहा है, वह कारोबार के लिए अच्छा संकेत नहीं है।

जब विजय ने आगे अपने सवाल जारी रखे, तो मैनेजर ने कहा, 'इसे ले जाओ नहीं तो यह रकम भी गँवा दोगे।' उसने विजय से चले जाने को कहा।

विजय समझ गया कि यह एक बार की अकाउंटिंग की गड़बड़ी नहीं है। टेलीकॉम कंपनियाँ तेजी से विस्तार कर रही थीं और उनका कोई नैतिक मापदंड नहीं रह गया था और वे वेंडर्स की जरूरतों पर बेअंदाज तरीके से व्यवहार करती थीं।

पेमेंट भुगतान में देरी के चलते वन97 में कैश फ्लो का पूरी तरह अकाल पड़ चुका था। एक लाभकारी कारोबारी मॉडल भँवर में फँसता जा रहा था, क्योंकि उसके पास जरूरत भर की भी वर्किंग कैपिटल नहीं रह गई थी।

उनकी दिक्कत यहीं तक सीमित नहीं रही, ऑनमोबाइल, जिसके पीछे इन्फोसिस जैसी कंपनी खड़ी थी, को भारतीय टेलीकॉम VAS क्षेत्र में तरजीह मिलने लगी थी। संचालक समस्त VAS सर्विसों को केंद्रित कर लेना चाहते थे। इसलिए बड़े खिलाड़ियों ने अपना रुख वन97 से हटाकर ऑनमोबाइल की ओर करना शुरू कर दिया। प्रतिस्पर्धा के नजरिए से देखें तो यह वन97 के लिए काफी बड़ा झटका था।

उनकी दिक्कत यहीं तक सीमित नहीं रही, ऑनमोबाइल, जिसके पीछे इन्फोसिस जैसी कंपनी खड़ी थी, को भारतीय टेलीकॉम VAS क्षेत्र में तरजीह मिलने लगी थी। संचालक समस्त VAS सर्विसों को केंद्रित कर लेना चाहते थे। इसलिए बड़े खिलाड़ियों ने अपना रुख वन97 से हटाकर ऑनमोबाइल की ओर करना शुरू कर दिया। प्रतिस्पर्धा के नजरिए से देखें तो यह वन97 के लिए काफी बड़ा झटका था।

विजय को दोहरा आघात लग रहा था, कठिन प्रतिस्पर्धा और पैसे की जबरदस्त तंगी, इस वजह से उसे काफी कठिन हालात से गुजरना पड़ रहा था। उस पर दोहरा बोझ पड़ गया था। वह सशंकित हो उठा कि अगर हालात नहीं बदले तो कारोबार ठप न हो जाए।

विजय अपने विचारों में इस कदर खोया हुआ था कि उसे हरिंदर के अंदर ऑफिस में दाखिल होने का पता ही नहीं चला।

'विजय, मैं तुमसे बात करना चाहता हूँ। मैं अब इससे बाहर निकलना चाहता हूँ। मैं जानता हूँ कि बेहद नाजुक मोड़ पर मैं छोड़ रहा हूँ, लेकिन मुझे उम्मीद है कि तुम समझोगे!' हरिंदर ने कहा। वह अच्छी तरह जान रहा था कि साथ छोड़ने का यह सही वक्त नहीं था, लेकिन वह भी अपने परिवार की तरफ से काफी गहरे दबाव से गुजर रहा था। महीनों तक चीजों के ठीक होने का इंतजार करते-करते, अब पानी सिर के ऊपर से निकल चुका था।

हरिंदर के कंपनी छोड़ने के ऐलान के बाद ऑफिस में सन्नाटा छा गया। विजय कुछ कहना चाह रहा था, लेकिन बात उसके गले में ही अटककर रह गई, मानो बाहर आने से ही इनकार कर दिया हो उसने। अंततः उसने हिम्मत जुटाई और शांत भाव से बोला, 'हाँ, मैं समझ सकता हूँ।'

यह खबर वाकई सदमेवाली थी। आखिरकार, वन97 में हरिंदर की अहम भूमिका थी। कठिन समय में वे एक-दूसरे के लिए सपोर्ट सिस्टम का काम करते थे। अब वन97 के संघर्ष के मैदान में केवल विजय ही योद्धा के रूप में रह गया था, एकमात्र बचा हुआ लड़ाका, और लड़ाई अभी जारी थी।

~

रात साढ़े दस बजे, मूलचंद पराँठेवाला में, एक लाइन से बने हुए ढाबों में गरम तवे पर घी और तेल अपनी पूरी गरमी के साथ मौजूद थे। वहाँ की खुशबू ही कुछ ऐसी हवा में उठ रही थी कि किसी तरह का और माहौल बनाने की जरूरत ही नहीं थी।

मूलचंद की तरफ बड़ी भीड़ को देखकर विजय को अपने पुराने दिन याद आने लगे, जब वह गोलगप्पा शॉट बिना वोडका जैसी चीजें पंजाबी बाई नेचर रेस्टोरेंट में ऑर्डर करता था और जमकर फिजूलखर्ची करता था। प्रति प्लेट डिश की कीमत ढाई सौ रुपए पड़ती थी, लेकिन वह ऑर्डर करने से पहले दोबारा नहीं सोचता था। और अब यह हालत है कि महज एक साधारण से आलू पराँठे के लिए, जो कि केवल 15 रुपए का है, उसके लिए वह आधे घंटे से इंतजार कर रहा है।

मूलचंद की तरफ बड़ी भीड़ को देखकर विजय को अपने पुराने दिन याद आने लगे, जब वह गोलगप्पा शॉट बिना वोडका जैसी चीजें पंजाबी बाई नेचर रेस्टोरेंट में ऑर्डर करता था और जमकर फिजूलखर्ची करता था। प्रति प्लेट डिश की कीमत ढाई सौ रुपए पड़ती थी, लेकिन वह ऑर्डर करने से पहले दोबारा नहीं सोचता था। और अब यह हालत है कि महज एक साधारण से आलू पराँठे के लिए, जो कि केवल 15 रुपए का है, उसके लिए वह आधे घंटे से इंतजार कर रहा है।

विजय के लिए यह बेहद कठिन समय चल रहा था, क्योंकि उसका सारा कैश फ्लो सूख चुका था। श्याम अपने सर्वर लेकर जा चुका था, क्योंकि विजय पर कर्ज बढ़कर 8 लाख रुपए हो चुका था और उसका एकमात्र सहारा ऐस्ट्रो सर्विस ही रह गया था, लेकिन एकमात्र वह सर्विस ही उसे कर्ज से नहीं उबार सकती थी। गुजारे के लिए उसने कंप्यूटर क्लास और फ्रीलांस काम भी करने लगा था। विजय के लिए जिंदगी संघर्ष से भरी हुई थी और घर लौटना एक युद्ध की तरह था। हर दिन, उसे घर में घुसने से पहले देखो और

इंतजार करो की नीति अपनानी पड़ती थी, क्योंकि दो महीने से उसने मकान का किराया भी नहीं चुकाया था।

उसका आक्रामक मकान मालिक हर पल उसे पकड़ने की फिराक में रहता था। यह रोज का नियम बन गया था कि विजय चोरों की तरह अपने घर में घुसता था। उसके और मकान मालिक के बीच चूहा-बिल्ली का खेल चल रहा था।

जिस तरह के हालात थे, उससे विजय को खुद से हताशा हो रही थी और अपने ऊपर गुस्सा भी आ रहा था। उसे लग रहा था कि हर चीज बिखरती और टूटती जा रही है। उसकी आँखों में कभी बिल गेट्स बनने का सपना हुआ करता था, लेकिन अब उनमें आँसुओं और पछतावे के सिवा कुछ नजर नहीं आता था। क्या इससे भी बदतर दिन देखने पड़ सकते हैं? मैं एकदम अकेला हूँ। मेरे पास पैसे नहीं हैं। इन सबके ऊपर, मुझे कर्ज भी चुकाना है। कोई सर्वर भी नहीं है, जिसके सहारे काम आगे बढ़ सके, वह खुद से ही बड़बड़ाता रहा, आँसू उसके गाल से नीचे बह रहे थे। पहली बार जीवन में, वह खूब रोया।

~

'कैसे हो बेटा?' एक रविवार की सुबह विजय के पास उसके पिता ने फोन कर उसका हालचाल लिया।

उसके मन में काफी आक्रोश भरा हुआ था। उसने यथासंभव शांत रहने का फैसला किया। 'मैं ठीक हूँ। आप कैसे हैं?' विजय जानता था कि यह बातचीत ज्यादा देर तक ढर्रे पर चलनेवाली नहीं है।

'बहुत घोड़े दौड़ा लिये बेटा, अब और गधे न बनो।' उसके पिता ने व्यंग्यात्मक लहजे में कहा।

'जी, मैं समझा नहीं कि आप क्या कहना चाह रहे हैं?' विजय ने अनजान बनने की कोशिश की, हालाँकि वह जानता था कि उसका अति आत्मविश्वास और बड़बोलापन उसे काफी नुकसान पहुँचा चुका है।

'लगता है हमारा नाम रोशन करने की ठान ली है तुमने। तुमने जॉब छोड़ दी, घर

'लगता है हमारा नाम रोशन करने की ठान ली है तुमने। तुमने जॉब छोड़ दी, घर पैसे भेजने बंद कर दिए और अपने कारोबार में भी नुकसान कर बैठे। लेकिन शायद यह तुम्हारे लिए काफी नहीं था। तुमने अपनी बहन के ससुर से उधार भी लेने का सोच लिया? क्या तुम अपना मानसिक संतुलन खो बैठे हो?'

'मुझे थोड़ा और समय दीजिए, मैं आश्वस्त हूँ कि मेरा कारोबार पटरी पर आ जाएगा।' विजय ने गुहार की।

पैसे भेजने बंद कर दिए और अपने कारोबार में भी नुकसान कर बैठे। लेकिन शायद यह तुम्हारे लिए काफी नहीं था। तुमने अपनी बहन के ससुर से उधार भी लेने का सोच लिया? क्या तुम अपना मानसिक संतुलन खो बैठे हो?'

'मुझे थोड़ा और समय दीजिए, मैं आश्वस्त हूँ कि मेरा कारोबार पटरी पर आ जाएगा।' विजय ने गुहार की।

'कृपा करके अपने कारोबार को पुनर्जीवित करने का खयाल मन से निकाल दो। जितनी जल्दी सब समेट सको, तुम्हारे लिए उतना अच्छा है और अपने लिए ढंग की जॉब देख लो। क्योंकि फिलहाल कोई भी अपनी लड़की से तुम्हारी शादी करने को तैयार नहीं हो रहा है। अगर तुम इसी तरह चलते रहे तो तुम्हारी शादी नहीं हो पाएगी,' उसके पिता ने कहा। उनके पास नाराज होने के कई कारण थे।

'आप मेरी शादी करने की जल्दी में क्यों हैं? अभी 25 साल ही मेरी उम्र है। मुझे कुछ समय और दीजिए।' विजय इतनी जल्दी हार माननेवाला नहीं था।

'ज्यादा समय किसलिए? ताकि तुम रिश्तेदारों से और पैसे माँग सको और हमें शर्मिंदा कर सको?' उसके पिता ने अपने गुस्से का स्तर बढ़ाते हुए कहा।

'मैं वापस कर दूँगा। कुछ भी हो, मैं 24 फीसदी की दर से ब्याज भी दे रहा हूँ।' विजय ने एक छोटी सी जानकारी पिता को यह सोचकर दी कि इससे वे कुछ सुकून महसूस करेंगे।

लेकिन इससे उसके पिता का गुस्सा और भड़क उठा, और अब वे अपने व्यंग्यात्मक लहजे से डाँट-फटकार पर उतर आए।

'24 फीसदी ब्याज दे रहे हो! हे भगवान्, अब तो मेरी चिंता और बढ़ गई। तुम अपना कारोबार कैसे आगे बढ़ा पाओगे, जब तुम इतना ज्यादा ब्याज ही दे रहे हो? और कितने साल तुम अपने बरबाद करना चाहते हो पंडितजी? खुद के भविष्य पर ग्रहण लगा हुआ है और दूसरों का बताने चले हो!'

उत्तर प्रदेश में ब्राह्मण समाज हमेशा से रूढ़िवादी ही रहा है, अच्छी नौकरीवाले एक कुँवारे लड़के को शादी के बाजार में इनाम के तौर पर देखा जाता है। ऐसे में बजाय परिवार का गौरव और सम्मान बढ़ाने के, विजय परिवार की साख ही खतरे में डाल रहा था। साथ ही, विजय के विफल होते कारोबार के चलते, शादी के प्रस्ताव भी मुश्किल से ही आ रहे थे।

उसके परिवार के दबाव ने उसे वैकल्पिक योजना पर काम करने को बाध्य किया। 'संभवत: मुझे फिर से जॉब पकड़ने की जरूरत है, लेकिन मैं किस तरह की जॉब देखूँ? न तो मैं एम.बी.ए. हूँ और न सॉफ्टवेयर इंजीनियर और मैं प्रोग्रामिंग भी करीब-करीब भूल चुका हूँ। कौन नौकरी देगा मुझे? मैं कहाँ फिट बैठूँगा?' विजय को कोई उपाय

नहीं सूझ रहा था, क्योंकि उसने इस अनिश्चितता के लिए खुद को कभी तैयार ही नहीं कर रखा था। मुझे कुछ प्रशासकीय जॉब ढूँढ़नी चाहिए, विजय ने सोचा।

~

एक नीले रंग की बी.एम.डब्ल्यू. 5 सीरीज सेडान कार नोएडा में इंडियन ऑयल के पेट्रोल पंप पर आकर रुकी। एक तरफी की खिड़की का शीशा नीचे हुआ। टैंक फुल कर दो, उसने कहा और पंप कर्मचारी को क्रेडिट कार्ड पकड़ा दिया। पेट्रोल भरवाते समय, वह कार की अंदरूनी सजावट को देखकर मन-ही-मन खुश हो रहा था, तभी उसका फोन बज उठा।

'वाह, विजय बाबू, नया ऑफिस, नई गाड़ी, बढ़िया है,' फोन पर दूसरी तरफ से आनेवाली आवाज ने एशियन पेंट्स के विज्ञापन की एक लाइन के अंदाज में उससे कहा। यह हरिंदर था, जो विजय को बधाई दे रहा था; क्योंकि विजय ने नई गाड़ी खरीदी थी। 'तो विजय बाबू, कैसा महसूस कर रहे हो?'

'बहुत-बहुत शुक्रिया,' विजय उसकी शुभकामनाओं के बराबर शुक्रिया अदा नहीं कर सका। 'सबकुछ अद्भुत है। मैं उसी पेट्रोल पंप पर हूँ, जहाँ मैं अपनी सेकेंडहैंड पुरानी मारुति 800 कार लेकर आया करता था, जिसमें न एसी होता था और न ताला। तुम्हें याद है, मैंने उसे श्रुति से 20 हजार रुपए में खरीदी थी और मुझे लगता है कि वह सौदा इस बी.एम.डब्ल्यू. से ज्यादा महँगा था,' विजय ने अपनी बात जारी रखी, अपने बीते दिनों की याद ताजा करते हुए उसने कहा।

'कभी पचास से ज्यादा का पेट्रोल डलवाया था उसमें?' हरिंदर ने चिढ़ाया।

'सही बात है। आज, मैं टंकी फुल करवा रहा हूँ। समय कितना बदल गया!' विजय सोच में डूब गया कि किस तरह नौ साल तक उसने लगातार संघर्ष किया और कैसे एक कार से वह दौड़-भाग करता रहता था।

'तुम इस आराम के हकदार हो। तुम्हारा संघर्ष अंततः रंग लाया।' हरिंदर वाकई विजय के लिए खुश था।

'हो सकता है, लेकिन मैं सोचता हूँ कि यह सिर्फ एक शुरुआत है। हमें काफी आगे जाना है। तुम बता रहे थे कि ब्लैकबेरी तुमसे किस तरह का बरताव कर रही है?'

'हम्म, ठीक चल रहा है। मैंने कभी नहीं सोचा था कि ब्लैकबेरी इतना खट्टा फल हो सकता है।'

'शुक्र है, हम उस संसार में नहीं रहते, जहाँ ब्लैकबेरी, एप्पल और ऑरेंज केवल फलों के ही नाम नहीं हैं, बल्कि नेटवर्किंग डिवाइस भी हैं। नहीं तो, मैं सड़क के किनारे खड़ा होकर केले ही खाकर गुजारा कर रहा होता और हम नॉन-एसी मारुति

800 में ही घूम रहे होते,' विजय ने जोर से कहा। काफी दिनों के बाद हरिंदर और विजय हलकी-फुलकी बातें करके हँसी-ठहाके लगा रहे थे।

> ***'शुक्र है, हम उस संसार में नहीं रहते, जहाँ ब्लैकबेरी, एप्पल और ऑरेंज केवल फलों के ही नाम नहीं हैं, बल्कि नेटवर्किंग डिवाइस भी हैं। नहीं तो, मैं सड़क के किनारे खड़ा होकर केले ही खाकर गुजारा कर रहा होता और हम नॉन-एसी मारुति 800 में ही घूम रहे होते,' विजय ने जोर से कहा। काफी दिनों के बाद हरिंदर और विजय हलकी-फुलकी बातें करके हँसी-ठहाके लगा रहे थे।***

विजय ने अपनी बी.एम.डब्ल्यू. अपने ऑफिस के बाहर खड़ी की, जो कि सात मंजिली इमारत में था और जिसके आगे का हिस्सा नीले रंग के शीशे से सजा हुआ था। वह कार से बाहर निकला और इमारत के बाहर खड़ा होकर ऊपर की ओर देखने लगा, अंततः उसकी दस साल की मेहनत और कठिन परिश्रम का परिणाम उसके सामने था। सिक्योरिटी गार्ड ने सलाम किया तब विजय, वन97 का संस्थापक और मालिक, अपने खयालों से हड़बड़ाकर बाहर आया।

'क्या हुआ, सर ?' सिक्योरिटी गार्ड ने उससे पूछा।

'नहीं-नहीं, कुछ नहीं।' विजय ने जवाब दिया और दफ्तर में दाखिल हो गया।

जैसे ही वह अंदर पहुँचा, उसने फिजाओं में एक अलग तरह का उत्साह महसूस किया। सारे कर्मचारी असाधारण रूप से कुछ ज्यादा ही खुश नजर आ रहे थे।

'गुड मॉर्निंग।' सोनिया ने लंबी मुस्कान के साथ अभिवादन किया।

'गुड मॉर्निंग। क्या मामला है ! हर कोई विशेष रूप से उत्साहित नजर आ रहा है ?'

विजय ने अपना ब्रीफकेस केबिन में रखा और नई लगाई गई कॉफी मशीन की तरफ जाने लगा। उसने बटन दबाया और उसमें से अपने मग में कॉफी डाली और कहा, 'इसका स्वाद तब और बढ़ जाता है, जब आप किसी और के ऑफिस में इसे मुफ्त में पीओ।' उसने उस दिन को याद किया, जब कुछ साल पहले वह और हरिंदर अपने क्लाइंट के ऑफिस में ऐसी ही एक कॉफी मशीन के पास खड़े थे, जहाँ उन्होंने अपनी कंपनी को लेकर अपनी सोच और उद्देश्य को एक आकार प्रदान किया था।

'हर कोई हमारे गोवा घूमने जाने को लेकर उत्साहित है, सर। कितनी कंपनियाँ ऐसी होंगी, जो चार्टर प्लेन किराए पर लेकर अपने कर्मचारियों को गोवा घुमाने ले जाती होंगी ?' सोनिया ने एक साँस में सब कह डाला। जब से कर्मचारियों को चार्टर प्लेन से गोवा ट्रिप पर जाने के बारे में बताया गया था, तब से ही बातें शुरू हो गई थीं।

'मेरा शुक्रिया अदा मत करो। फाइनेंस के लोगों का शुक्रिया अदा करो, जिन्होंने

'हाय, विजय। आइए, अंदर आइए।' सी.एफ.ओ. ने कहा और विजय से मिलने के लिए अपनी कुरसी से उठ गया। सुबह-सुबह कंपनी के मैनेजिंग डायरेक्टर (MD) का उनके केबिन में आना उन्हें चौंकानेवाला लगा।
'दरअसल, मैं आपका शुक्रिया अदा करने आया हूँ कि आपने गोवा ट्रिप को अपनी मंजूरी दी।' बच्चों सरीखी मासूमियत वाली चमक के साथ विजय ने कहा।

इसके लिए बजट पास किया है। हमारे मुख्य वित्त अधिकारी (CFO) को तो अब तक हार्ट अटैक भी पड़ गया होगा। मुझे निश्चित ही उनके पास जाना चाहिए और उन्हें शुक्रिया कहना चाहिए।'

उसने अपना कॉफी मग उठाया और सी.एफ.ओ. के केबिन की ओर चल पड़ा। 'क्या मैं अंदर आ सकता हूँ?'

'हाय, विजय। आइए, अंदर आइए।' सी.एफ.ओ. ने कहा और विजय से मिलने के लिए अपनी कुरसी से उठ गया। सुबह-सुबह कंपनी के मैनेजिंग डायरेक्टर (MD) का उनके केबिन में आना उन्हें चौंकानेवाला लगा।

'दरअसल, मैं आपका शुक्रिया अदा करने आया हूँ कि आपने गोवा ट्रिप को अपनी मंजूरी दी।' बच्चों सरीखी मासूमियत वाली चमक के साथ विजय ने कहा।

'आपने ही तो मेरे सिर पर बंदूक तान दी थी।'

'और कोई रास्ता भी तो नहीं था!' विजय मुस्कराया।

'लेकिन अब भी मुझे नहीं लगता कि यह अच्छा आइडिया है। क्या वाकई हमें अपना पैसा इस तरह अनुत्पादक तरीके से खर्च करना चाहिए?' उनके लिए यह अनावश्यक खर्च था।

'बरबादी नहीं, यह एक निवेश है, हमारे कर्मचारियों की खुशी में निवेश है यह। खुश लोग ज्यादा मेहनत से काम करते हैं और उनका प्रदर्शन भी बेहतर रहता है, क्योंकि उनके पास फिर छोटी-मोटी परेशानियों पर सोचने के लिए वक्त नहीं होता। उनका ध्यान और प्राथमिकता काम पूरा करने पर होता है, और कोई भी कंपनी यही चाहती है—कम-से-कम नाखुशी, अधिकतम उत्पादकता।'

विजय जानता था कि सी.एफ.ओ. लोग बेहद कंजूस और रूढ़िवादी होते हैं।

'मैं समझता हूँ कि हमें लोगों में निवेश करने की जरूरत है और यही हम करते भी हैं। यही कारण रहा कि पहले ही दिन, उन्हें नया ब्लैकबेरी फोन और एक लैपटॉप दिया गया। हम हर साल बाहर पिकनिक मनाने जाते हैं। पिछले साल हम धर्मशाला गए थे। मैं भी कर्मचारियों की खुशी और बेहतरी के लिए हमेशा तैयार रहता हूँ, लेकिन

किंगफिशर एयरलाइंस की उड़ान बुक करना और गोवा जाना निवेश नहीं है, बिना सोचे खर्च करने की जरूरत नहीं है। यह महज वित्तीय जल्दबाजी है। हम इस कदर दिखावा क्यों करें? ऐसा क्या है, जो हम साबित करना चाहते हैं?'

'आपको पता होगा कि सेल्स डिपार्टमेंट में काम करनेवाले रोहन ने पिछले हफ्ते अपना इस्तीफा दे दिया था। जब मैंने उसके अचानक इस फैसले की बाबत पूछा तो उसने बताया कि उसकी शादी सिर्फ इसलिए नहीं हो पा रही कि वह जहाँ काम कर रहा है, वह जाना-पहचाना ब्रांड नहीं है,' विजय ने कहा। यह अंतिम वाक्य सुनकर सी.एफ.ओ. हतप्रभ रह गया। विजय ने आगे कहा, 'आप बताइए मुझे, हम अपने आंतरिक ग्राहकों, अपने कर्मचारियों के लिए ब्रांड के रूप में खुद को कैसे स्थापित कर सकते हैं, ताकि वे हमें छोड़कर जाने की सोचें भी न? हम ऐसा क्या करें कि यह धारणा बने कि वे जहाँ काम करते हैं, उस संस्थान से वे न केवल खुश हैं, बल्कि संतुष्ट भी हैं? रोहन का मामला किसी एक से जुड़ा मामला नहीं है। हमने कई ऐसे होनहार लोग गँवाए हैं, क्योंकि हम अब तक ब्रांड के रूप में स्थापित नहीं हो पाए हैं। इसलिए हमें ज्यादा मेहनत करने की जरूरत है और ऐसी चीजें करने की जरूरत है, जो एमेजॉन और गूगल जैसी कंपनियाँ करती हैं। हमें एक बड़े ब्रांड की छवि बनाने की जरूरत है,' विजय ने अपने उद्‌देश्य को अपने तर्क से स्पष्ट करते हुए कहा।

हम ऐसा क्या करें कि यह धारणा बने कि वे जहाँ काम करते हैं, उस संस्थान से वे न केवल खुश हैं, बल्कि संतुष्ट भी हैं? रोहन का मामला किसी एक से जुड़ा मामला नहीं है। हमने कई ऐसे होनहार लोग गँवाए हैं, क्योंकि हम अब तक ब्रांड के रूप में स्थापित नहीं हो पाए हैं। इसलिए हमें ज्यादा मेहनत करने की जरूरत है और ऐसी चीजें करने की जरूरत है, जो एमेजॉन और गूगल जैसी कंपनियाँ करती हैं। हमें एक बड़े ब्रांड की छवि बनाने की जरूरत है,' विजय ने अपने उद्‌देश्य को अपने तर्क से स्पष्ट करते हुए कहा।

'ऐसा करने का क्या कोई और रास्ता नहीं है?' सी.एफ.ओ. ने पूछा।

'जरूर हो सकता है, लेकिन फिलहाल, मैं उन चीजों को लेकर चिंतित नहीं हूँ। मेरी नजर फिलहाल परिणामों पर केंद्रित है। हम ऐसे उद्योग में प्रतिस्पर्धा कर रहे हैं, जिसमें भारती, स्पाइस, ऑनमोबाइल जैसे दिग्गज भरे पड़े हैं। हम अपने कुछ होनहारों को उनके हाथों गँवाने का जोखिम नहीं उठा सकते। हमें अपनी पहचान और अपना नाम खुद बनाना होगा। हमें वन97 को सबसे सुखद कंपनी बनाने की जरूरत है, जिसके साथ लोग जुड़ना चाहें,' विजय ने कहा। उसके शब्दों से लैरी पेज की प्रतिध्वनि महसूस हो रही थी।

'जो भी हो, मैं अब भी गोवा ट्रिप को लेकर ऐसा नहीं सोचता कि हमें इस तरह खर्च करना चाहिए,' सी.एफ.ओ. ने स्पष्ट रूप से अपनी असहमति व्यक्त की।

'नहीं, केवल यही वजह नहीं है कि आप गोवा ट्रिप के लिए मना कर रहे हैं,' विजय ने कहा। आँखों में शरारत भरी चमक लाते हुए उसने अपनी बात जारी रखी, 'आप जानते हैं कि आपके दो बोतल वोडका हलक के नीचे उतारने के बाद मैं आपसे मंकी डांस के लिए कहूँगा।' विजय हँसा और सी.एफ.ओ. साहब झेंप गए।

विजय के लिए यह एक संतोषजनक बातचीत थी; वह इस बात से खुश था कि अपने आसपास उसने ईमानदारी, पारदर्शिता और लोकतांत्रिक माहौल या परंपरा बना रखी थी।

आखिरकार, वन97 की टैगलाइन ही यही थी—'Let's get talking!'

~

'हाँ मैडम, बताइए,' विजय ने पूजा के केबिन में आने पर उसका चमकदार मुस्कान से स्वागत किया।

'विजय, हमने अपने एप्लीकेशन डेवलपमेंट टीम के लिए प्रोफेशनल्स के एक बैच की भर्ती की है। यह पहली बार है कि हमने इस डिपार्टमेंट के लिए ऐसे अनुभवी और काबिल लोगों की भर्ती की है।'

इस वैचारिक टैगलाइन 'Let's get talking!', के साथ वन97 में संवादहीनता के लिए कोई जगह नहीं थी।

'हाय, विजय, मैं एक अहम मुद्दे पर बात करना चाहती हूँ। क्या मैं शाम को आकर आपसे मिल सकती हूँ?' एच.आर. प्रमुख पूजा ने उससे पूछा।

'अच्छा, अगर ज्यादा महत्त्वपूर्ण है तो अभी आ जाओ,' विजय ने कहा। उसका मानना था कि अगर कोई चीज महत्त्वपूर्ण है, तो उस पर तत्काल काम होना चाहिए।

'हाँ मैडम, बताइए,' विजय ने पूजा के केबिन में आने पर उसका चमकदार मुस्कान से स्वागत किया।

'विजय, हमने अपने एप्लीकेशन डेवलपमेंट टीम के लिए प्रोफेशनल्स के एक बैच की भर्ती की है। यह पहली बार है कि हमने इस डिपार्टमेंट के लिए ऐसे अनुभवी और काबिल लोगों की भर्ती की है।'

इससे पहले कि पूजा अपना वाक्य पूरा कर पाती, विजय बोल उठा, 'यह पहली बार है कि अनुभवी और काबिल लोग हमारे यहाँ काम करने को राजी हुए हैं। मीडिया में हमारी मजबूत मौजूदगी से हमें एक सुकूनदेह छवि बनाने में मदद मिली है।' विजय ने मुस्कराते हुए पूजा से अपनी बात कही।

'ठीक है, जो भी हो, लेकिन मुद्दा यह है कि मुझे इसमें एक विसंगति नजर आ रही है। रवि, जो कि शुरू से हमारे साथ जुड़ा हुआ है, वह ज्यादा पढ़ा-लिखा नहीं है। उसने बतौर डाटा इंट्री ऑपरेटर यहाँ शुरुआत की थी और वहाँ से आगे बढ़ता हुआ यहाँ तक पहुँचा है। मुझे लगता है कि कोई आई.आई.टी. ग्रेजुएट उसे रिपोर्ट करे, यह ठीक नहीं होगा, इससे अंतरसंघर्ष की स्थिति शुरू हो जाएगी,' पूजा ने अपनी चिंता से उसे अवगत कराया।

'हम्म, मैं मानता हूँ। दरअसल, अब जाकर हम ऐसे लोगों को भर्ती करने के लायक बन सके हैं, जिन्हें डोमेन विशेषज्ञता हासिल हो। इससे पहले, जो लोग किसी भी क्षेत्र में अच्छी नौकरी के लिए संघर्ष कर रहे थे, हमने उन्हें मौका दिया। तब, उस क्रम में नौकरी देने का हमारा पैमाना उनकी निष्ठा, गंभीरता और कौशल जैसी योग्यता ही थी। रवि के मामले में, उसकी लगन और गंभीरता का स्तर काफी ऊँचा था, इसलिए हमने उसके कौशल के स्तर से समझौता कर लिया। अब हम ज्यादा संगठित हैं, इसलिए हमें ज्यादा डोमेन विशेषज्ञों की जरूरत है। ठीक है, आपने यह मुद्दा उठाकर ठीक ही किया; क्योंकि इससे आगे दिक्कत हो सकती थी। हमें इस समस्या से भविष्य में भी जूझना होगा, लेकिन फिलहाल के लिए मैं रवि को नहीं छोड़ सकता। उसने अपने बेहतरीन साल वन97 को दिए हैं।' हालात समझते हुए, विजय ने जवाब दिया।

'चिंता न करो, मैं ज्वॉइन करनेवाले नए लोगों से बात करूँगा। वे लोग कंप्यूटर पर आर ऐंड डी का काम करेंगे, क्योंकि उन्होंने उस क्षेत्र में शिक्षा और विशेषज्ञता हासिल कर रखी है, रवि चीजों को अमल में लानेवाला हिस्सा देखेगा, क्योंकि उसके पास काम का लंबा अनुभव है। तब किसी तरह का विवाद नहीं रह जाएगा। ठीक है?' विजय ने पूजा से उसकी सहमति चाही।

'हाँ, लेकिन अभी इसे कैसे ठीक करें?' पूजा चिंतित थी।

'चिंता न करो, मैं ज्वॉइन करनेवाले नए लोगों से बात करूँगा। वे लोग कंप्यूटर पर आर ऐंड डी का काम करेंगे, क्योंकि उन्होंने उस क्षेत्र में शिक्षा और विशेषज्ञता हासिल कर रखी है, रवि चीजों को अमल में लानेवाला हिस्सा देखेगा, क्योंकि उसके पास काम का लंबा अनुभव है। तब किसी तरह का विवाद नहीं रह जाएगा। ठीक है?' विजय ने पूजा से उसकी सहमति चाही।

'ठीक है...' पूजा ने सहमति में सिर हिलाया।

~

पूजा के जाने के बाद विजय अंतरमूल्यांकन में खो गया। समस्याओं की प्रकृति और

पूजा के जाने के बाद विजय अंतरमूल्यांकन में खो गया। समस्याओं की प्रकृति और उनका स्तर पिछले कुछ सालों में काफी ज्यादा बदल चुका था। उसे वह समय याद था, जब वह एक सर्वर पाने के लिए संघर्ष कर रहा था और उसने खुद से एक वादा किया था। 'मेरे साथ बदतर चीजें हो रही हैं। मुझे इससे बाहर निकलना है, पर इस तरह से नहीं कि सबकुछ खत्म हो जाए, इस तरह से कि कुछ बचा रह जाए और फिर मैं उससे आगे बढ़ूँ।'

उनका स्तर पिछले कुछ सालों में काफी ज्यादा बदल चुका था। उसे वह समय याद था, जब वह एक सर्वर पाने के लिए संघर्ष कर रहा था और उसने खुद से एक वादा किया था। 'मेरे साथ बदतर चीजें हो रही हैं। मुझे इससे बाहर निकलना है, पर इस तरह से नहीं कि सबकुछ खत्म हो जाए, इस तरह से कि कुछ बचा रह जाए और फिर मैं उससे आगे बढ़ूँ।'

उसे वह दिन भी याद हो आया, जब उसने दोबारा सर्वर खरीदा और एक नई शुरुआत की। इसके लिए, उसे जबरदस्त कठिनाई के दौर से गुजरना पड़ा था, उसने बिना छुट्टी लिये दिन-रात मेहनत की, तमाम कंपनियों में उल्टी-सीधी जॉब की, दोस्तों और रिश्तेदारों से उधार पैसे लिये, बैंकों से कर्ज लिया, और अपने माता-पिता को समझाया कि उसकी परीक्षा की घड़ी में सहयोग करें।

अंततः 2006 के मध्य में, उसने एक बार फिर सर्वर का जुगाड़ कर लिया। नए जोश और जज्बे के साथ, विजय ने दोबारा शुरुआत की; इस समय, वह बकाया भुगतान के प्रति पहले के मुकाबले ज्यादा सतर्क था।

ज्योतिष सर्विस के साथ-साथ उसने अपना क्षेत्र विस्तारित करने का भी सोचा। वह समझ चुका था कि एक ही क्षेत्र में अगर उसने काम करना जारी रखा तो वह आगे नहीं बढ़ पाएगा। बड़ी मछलियों से प्रतिस्पर्धा के लिए, उसे अपना खास बाजार तैयार करना होगा। सिलिकॉन वैली और दूसरे देशों में टेलीकॉम क्षेत्र में हो रहे निरंतर बदलाव के बारे में पढ़ने के बाद उसने बाजार की जरूरत को भी समझ लिया था।

जबकि दूसरी कंपनियाँ कंटेंट पर काम कर रही थीं, वन97 सेल्स इंटरफेस तैयार करने पर ध्यान केंद्रित कर रही थी। जल्दी ही वन97 ने अपना ध्यान कंटेंट प्रोवाइडर से हटाकर सर्विस प्रोवाइडर बनने पर कर लिया।

एयरटेल से उसके संबंध उसके लिए मददगार बने, और वन97 ने उसके बैक-ऐंड सर्विस जैसे 121, 111 आदि को सँभालने का जिम्मा ले लिया। इन सेवाओं के जरिए, उपभोक्ता अपना मोबाइल खाता जाँच सकते थे, तमाम आकर्षक प्रस्तावों को परख सकते थे और इसी तरह की तमाम सेवाओं को हासिल कर सकते थे। वन97 ने प्रीपेड

उपभोक्ताओं को मोबाइल मार्केटिंग सर्विस के जरिए अपना पोर्टफोलियो विस्तारित करने का भी अवसर प्रदान किया।

कम समय का खिलाड़ी बनकर खेलने से उन्हें फायदा मिला। एक समय वन97 इतनी छोटी थी कि दिग्गज कभी इसे खतरा मानते ही नहीं थे। बड़े खिलाड़ी जब नई रिंगटोंस बनाने में व्यस्त थे, तब विजय वह प्लेटफॉर्म तैयार करने में जुटा हुआ था, जहाँ इन सभी कंटेंट की बिक्री की जा सकती थी। उसने बतौर फुटकर व्यापारी अपनी पहचान बना ली और सीधे उपभोक्ताओं से जुड़ गया, जबकि बड़े खिलाड़ी होलसेलर के तौर पर काम करते रहे।

कम समय का खिलाड़ी बनकर खेलने से उन्हें फायदा मिला। एक समय वन97 इतनी छोटी थी कि दिग्गज कभी इसे खतरा मानते ही नहीं थे। बड़े खिलाड़ी जब नई रिंगटोंस बनाने में व्यस्त थे, तब विजय वह प्लेटफॉर्म तैयार करने में जुटा हुआ था, जहाँ इन सभी कंटेंट की बिक्री की जा सकती थी। उसने बतौर फुटकर व्यापारी अपनी पहचान बना ली और सीधे उपभोक्ताओं से जुड़ गया, जबकि बड़े खिलाड़ी होलसेलर के तौर पर काम करते रहे।

चूँकि विजय एक ऐसे क्षेत्र में काम कर रहा था, जो बड़े-बड़े दिग्गजों जैसे भारती, टेलीसॉफ्ट, इन्फोसिस का ऑनमोबाइल आदि और बेशुमार वर्किंग कैपिटल से पटा पड़ा था, ऐसे में उसने तय किया कि वह सर्विस की गुणवत्ता पर काम करेगा। धीरे-धीरे उसने बाजार में तो साख बना ही ली, नए ग्राहकों में भी पकड़ बना ली।

विजय की वित्तीय स्थिति भी समय के साथ सुधरती गई और यह क्रम 2007 से शुरू हुआ। वर्किंग कैपिटल से जुड़े मामले को बेहद सतर्कता से सँभाला गया और इसका नतीजा यह हुआ कि बिलिंग साइकिल में समय के साथ सुधार आया। बिलिंग कैलकुलेशन को लेकर टेलीकॉम ऑपरेटर और वन97 के बीच बेहतर तालमेल बनाए जाने से चीजें ज्यादा-से-ज्यादा पारदर्शी बनाई जा सकीं।

वर्ष 2007 के आखिर में, उसने तमाम कंपनियों के बिक्री प्रस्तावों पर काम करना शुरू किया। एक कंपनी ने तो बेहद आकर्षक ऑफर दिया। कंपनी के 55 मिलियन डॉलर के मूल्यांकन के साथ, विजय को कंपनी में बहुसंख्यक शेयरों का भी मालिक बनने और बतौर मनोनीत सी.ई.ओ. पद लेने का भी प्रस्ताव दिया गया।

यह एक लुभावना ऑफर था, लेकिन विजय चाहता था कि उसे वी.सी., फंडिंग मिल जाए। यह एक कठिन काम था, लेकिन केवल इस वजह से उसने प्रयास करना नहीं छोड़ा।

'वन97 के हिस्से तमाम शुरुआतों की साख जुड़ी है। उनमें से कुछ जैसे शॉर्ट कोड एस.एम.एस., 3030 और भी तमाम चीजें। वन97 आय साझा करनेवाले मॉडल को लागू करने में अग्रणी रहा है, जिसका अनुसरण टेलीकॉम इंडस्ट्री ने बाद में करना शुरू किया। हम पिछले सात साल से इस क्षेत्र में काम कर रहे हैं, और एक बेहद दिलचस्प ट्रांजेक्शन आधारित मॉडल होने के चलते हमने लाभ अर्जित करना शुरू कर दिया है। जो भी निवेश आप लेकर आएँगे, उससे हम अपना दायरा बढ़ाएँगे और उससे हम वॉयस और डाटा प्लेटफॉर्म पर बड़े पैमाने पर एकीकृत सेवाएँ शुरू कर सकते हैं, जो कि न केवल वैश्विक टेलीकॉम ऑपरेटर्स के लिए होंगी, बल्कि फुटकर ग्राहकों को भी उसका फायदा मिल सकेगा। यह निवेश हमें ऊँची विकास दर हासिल करने में उत्प्रेरक की भूमिका निभाएगा।' विजय ने कहा, और इस तरह उसने SAIF पार्टनर्स[1] से सीरीज ए फंडिंग को लेकर अपनी दावेदारी पेश करने के लिए जरूरी प्रस्तुतीकरण का समापन किया।

'जब भी मैं आप लोगों को फोन करता हूँ, तो आपके फोन की ट्रिंग-ट्रिंग मुझे उबा देता है। केवल 30 रुपए महीने में खर्च करिए और एक अच्छी हेलो ट्यून अपनाइए।' विजय ने ऐसा कहते हुए साप्ताहिक बैठक का एजेंडा सेट कर दिया। वह हर शख्स को प्रोत्साहित कर रहा था कि वे उन चीजों को अपनाएँ, जो उनकी कंपनी उन्हें मुहैया करा रही हैं।

बैंक खाते में ढेरों पैसे होने के चलते, विजय ने अपना कारोबार ऊपर उठाने में बौद्धिक परिपक्वता और क्षमता हासिल कर ली थी। समझदार और कुशल पेशेवर लाने में उसने सफलता पा ली थी और उसने सब्सक्रिप्शन आधारित कंटेंट मॉडल का विकास करने में वह जुट गया था।

'जब भी मैं आप लोगों को फोन करता हूँ, तो आपके फोन की ट्रिंग-ट्रिंग मुझे उबा देता है। केवल 30 रुपए महीने में खर्च करिए और एक अच्छी हेलो ट्यून अपनाइए।' विजय ने ऐसा कहते हुए साप्ताहिक बैठक का एजेंडा सेट कर दिया। वह हर शख्स को प्रोत्साहित कर रहा था कि वे उन चीजों को अपनाएँ, जो उनकी कंपनी उन्हें मुहैया करा रही हैं।

हर बंदा मुस्करा उठा।

---

1. *SAIF पार्टनर्स एक वेंचर कैपिटल फंड है, जो दक्षिण एशियाई बाजारों के लिए तैयार किया गया है। इसके भारतीय पोर्टफोलियो में कुछ बड़े नाम भी शामिल हैं, जिसमें नेशनल स्टॉक एक्सचेंज, IL & FS इन्वेस्टमेंट्स, makemytrip.com, टी.वी.18 ग्रुप, justdial.com और स्लैश सपोर्ट जैसे चुनिंदा नाम प्रमुख हैं। उन्होंने वन97 में 8 मिलियन डॉलर के निवेश पर सहमति जताई थी।*

'नहीं, हम इसे और बेहतर बनाएँ। मुझे किशोर कुमार के गाने पसंद हैं। तो जो साथी किशोर कुमार की रिंगटोन लगाएगा, उसकी तनख्वाह ज्यादा बढ़ाई जाएगी।' विजय ने कहा। वहाँ मौजूद हर कोई ठहाके लगाकर हँस पड़ा और हलका महसूस करने लगा।

'अच्छा, कुछ अच्छी खबरें और भी हैं। जल्दी ही हम मोबाइल आधारित भुगतान समाधान, PayTM शुरू करनेवाले है, और…' विजय ने हलका सा विराम लिया, क्योंकि अब वह बड़ी खबर सुनाने जा रहा था, 'हमारा अगला पड़ाव है अफ्रीका, लेकिन एक चेतावनी भी है,' विजय ने कहा। हर कोई उसे संदेह भरी नजर से देखने लगा, जो उनके चेहरे पर साफ झलक रही थी। 'आप सबने कठिन परिश्रम किया है।' वह उन सबकी आँखों में सुकून देख सकता था। 'अच्छा काम करते रहिए।'

~

'क्या तुम इसके लिए खराब महसूस नहीं करते?' हरिंदर ने पूछा। वे लगभग दो साल बाद मिल रहे थे, लेकिन इस बीच, उनके बीच संबंध और गहरे होते गए।

'खराब? किस बारे में?' अपनी कॉफी पीते हुए विजय ने पूछा।

'मेरा मतलब पीयूष अग्रवाल के वन97 में अपनी हिस्सेदारी को रिलायंस के हाथों 87 करोड़ रुपए में बेचने से है। उसने यह हिस्सेदारी महज 8 लाख रुपए में खरीदी थी।' हरिंदर उस सौदे के बारे में बात कर रहा था, जो पिछले हफ्ते ही फाइनल हुई थी।

'ओह हाँ, वाकई मुझे बुरा लगा। उसे कुछ दिन और इंतजार करना चाहिए था। उसने इसे बहुत जल्दी बेच दिया।' विजय ने कहा, वाकई वह पीयूष अग्रवाल के लिए दुःखी महसूस कर रहा था।

हरिंदर ने उसकी तरफ देखा और विजय के भावों को पढ़ने की कोशिश करने लगा, लेकिन वह जानता था कि विजय आशावादी है। वह हार में हमेशा जीत की उम्मीद देखता था, लेकिन उस पल में उसने देखा कि विजय इन चीजों का आकलन कर रहा था।

'यह उतना बुरा भी नहीं है, तुम जानते हो। आज, ऐसा लग रहा है कि मानो सबकुछ कल ही हुआ हो। याद करो, मेरे पिता मेरे पीछे

'ओह हाँ, वाकई मुझे बुरा लगा। उसे कुछ दिन और इंतजार करना चाहिए था। उसने इसे बहुत जल्दी बेच दिया।' विजय ने कहा, वाकई वह पीयूष अग्रवाल के लिए दुःखी महसूस कर रहा था। हरिंदर ने उसकी तरफ देखा और विजय के भावों को पढ़ने की कोशिश करने लगा, लेकिन वह जानता था कि विजय आशावादी है। वह हार में हमेशा जीत की उम्मीद देखता था, लेकिन उस पल में उसने देखा कि विजय इन चीजों का आकलन कर रहा था।

पड़े हुए थे कि मैं जॉब करूँ, ताकि मेरी शादी हो सके। उस समय, मैं पीयूष से मिला, जो विपदा में ईश्वर के आशीर्वाद की तरह मिला था। मैंने उसकी सॉफ्टवेयर कंपनी में कुछ समय काम किया। कुछ समय बाद उसने मुझे सी.ई.ओ. बनने का प्रस्ताव दिया। लेकिन उस दौरान मैं, वन97 को लेकर अपना खुद का काम कर रहा था। उस समय मैं इस स्थिति में नहीं था कि यह प्रस्ताव स्वीकार कर पाता।' विजय ने कुछ यूँ कहा जैसे वह उन्हीं पलों में पहुँच गया हो और कुछ देर बाद हरिंदर की हामी ने उसे उसकी भाव समाधि से बाहर खींचा।

'मैं जानता हूँ कि यह फिलहाल सुनने में अच्छा नहीं लग रहा, लेकिन उस समय, उसने मुझे 25 हजार रुपए महीने की तनख्वाह सिर्फ आधा दिन काम करने के लिए देने की बात कही थी। इससे मुझे फायदा हुआ, क्योंकि इससे मुझे काफी समय अपने कारोबार को आगे बढ़ाने के लिए मिलने लगा। इस तरह की व्यवस्था ने मेरे लिए सहूलियत बढ़ाई और मैंने पिता को सूचित कर दिया कि मुझे जॉब मिल गई है।' विजय ने एक मुस्कान के साथ कहा।

'मुद्दा वह नहीं है। मुद्दा यह है कि तुमने वन97 की 40 फीसद हिस्सेदारी पीयूष को क्यों दे दी?' हरिंदर ने पूछा।

'कुछ समय बाद उसने मेरी कंपनी में निवेश करने का प्रस्ताव दिया। मैंने अपनी बहन के ससुर से ऊँची ब्याज दर पर जो कर्ज ले रखा था, वह मेरे फायदे पर बुरा असर डाल रहा था, और उसे जल्दी-से-जल्दी चुका देने को बेचैन था। इसलिए मैंने यह प्रस्ताव स्वीकार कर लिया।' विजय ने कहा।

'लेकिन तुमने 40 फीसद हिस्सा क्यों दे दिया?'

'तब मैं इन सब 10, 20 या 40 फीसद की तकनीकी जटिलताओं को नहीं समझता था। मेरा पूरा ध्यान कारोबार को बनाने और विकसित करने पर टिका हुआ था। इससे पहले, बतौर साझेदार मैंने केवल तुम्हारे साथ ही काम किया था। इसलिए तुम जानते हो···' विजय अपना वाक्य पूरा नहीं कर सका। उसने मान लिया कि हरिंदर आगे की बात समझ गया होगा।

'और इस तरह, उसने न केवल 8 लाख रुपए दिए, बल्कि ऑफिस फर्नीचर वगैरह भी दिया।' विजय हँसा। उसने अपनी कंपनी के शेयर बेचे जाने के दर्द को छिपाने का प्रयास किया।

'हाँ, ठीक है। सेकेंडहैंड ऑफिस फर्नीचर और 8 लाख रुपए निवेश के महज तीन साल के अंदर उसे जबरदस्त 87 करोड़ रुपए हासिल हो गए! तुम इसे मजाक कैसे समझ सकते हो, भाई?' हरिंदर को मजाक नहीं भाया।

'और इस तरह, उसने न केवल 8 लाख रुपए दिए, बल्कि ऑफिस फर्नीचर वगैरह भी दिया।' विजय हँसा। उसने अपनी कंपनी के शेयर बेचे जाने के दर्द को छिपाने का प्रयास किया।

'हाँ, ठीक है। सेकेंडहैंड ऑफिस फर्नीचर और 8 लाख रुपए निवेश के महज तीन साल के अंदर उसे जबरदस्त 87 करोड़ रुपए हासिल हो गए! तुम इसे मजाक कैसे समझ सकते हो, भाई?' हरिंदर को मजाक नहीं भाया।

'जीवन पर हमेशा हँसना चाहिए भाई,' विजय दार्शनिक बन गया। 'अगर पीयूष ने निवेश न किया होता वन97 में, तो शायद मैं कहीं और काम ही कर रहा होता। चीजें अब बदल गई हैं। हमने निजी इक्विटी के जरिए भी कुछ पैसे हासिल किए थे। इस साल, हमारी आय लगभग 120 करोड़ होने जा रही है। इस तरह का मामला उस समय नहीं था। मैं अस्तित्व की लड़ाई लड़ रहा था। इसलिए सब ठीक है। मुझे कोई अफसोस नहीं है।'

~

विजय अपने ऑफिस में बैठा कैलेंडर की तरफ देख रहा था। उस पर लिखा था, 'आओ, इस ब्रह्मांड में हम अपने निशान छोड़ जाएँ।' वह मुस्कराया। वन97 की मार्केटिंग टीम ने यह कैलेंडर तैयार किया था, ताकि भारतीय कारोबारी समुदाय के हर निर्णय लेने वाले शख्स की डेस्क पर इसे पहुँचा दिया जाए।

वन97 के पास भारत, अफ्रीका, मध्य एशिया और चीन में संचालन के लिए 1000 कर्मचारी थे और 2011 में इसकी आय 183 करोड़ रुपए आँकी गई थी।

'आज की बोर्ड मीटिंग का एजेंडा यह है कि इस बात की घोषणा की जाए कि वन97 के मोबिलिटी फंड को SAIF का सपोर्ट मिल गया है। इस फंड का निवेश मोबाइल क्षेत्र में स्टार्टअप्स को प्रोत्साहन देने के लिए किया जाएगा।'

'हाय विजय।' विभोर ने विजय के केबिन में झाँककर कहा। विभोर वन97 के कुछ निदेशकों में से एक था और SAIF पार्टनर्स के साथ काम करता था।

'हैलो सर, कैसे हैं?' विजय ने नम्रता के साथ जवाब दिया।

'अच्छा हूँ, तो मीटिंग के लिए तैयार हैं?' उसने पूछा।

'हाँ, मुझे उम्मीद है कि हमारा फंड युवा साथियों के सामने उन समस्याओं को नहीं आने देगा, जिन्हें मैंने झेला है।' विजय अपने सफर को लेकर जरा अभिभूत हो गया।

'बिल्कुल वैसा ही होगा। आप अच्छा काम कर रहे हैं।' विभोर ने बधाई देते हुए कहा।

'शुक्रिया, सर। हमारा अगला लक्ष्य होगा मोबाइल इंटरनेट पर फोकस करना। हमें अब आईफोन और एंड्रॉयड प्लेटफॉर्म के लिए मोबाइल एप्स बनाने के क्षेत्र में उतरने की

जरूरत है। हमें एम-कॉमर्स एप्लिकेशन विकसित करने की जरूरत है। हम साल-दर-साल 100 फीसद की दर से आगे बढ़ेंगे। मैं इसे 1 बिलियन डॉलर की कंपनी बनाना चाहता हूँ।' विजय उत्साह से चमक रहा था।

'ओह, निश्चित तौर पर आप उस राह पर आगे बढ़ रहे हैं, विजय।' विभोर ने उसकी पीठ थपथपाई।

हमें एम-कॉमर्स एप्लिकेशन विकसित करने की जरूरत है। हम साल-दर-साल 100 फीसद की दर से आगे बढ़ेंगे। मैं इसे 1 बिलियन डॉलर की कंपनी बनाना चाहता हूँ।' विजय उत्साह से चमक रहा था।

'हाँ, मैं अपनी राह पर चल रहा हूँ और यह एक शानदार सफर है। आपको पता है, अभी केवल 11 साल ही हुए हैं। दरअसल, तीन साल पहले तक, मैं अस्तित्व की लड़ाई लड़ रहा था। लेकिन मैंने उम्मीद नहीं छोड़ी कभी।'

'बिजनेस में इससे फर्क नहीं पड़ता कि आप कहाँ से शुरुआत करते हैं, बल्कि फर्क इससे पड़ता है कि आप जाना कहाँ चाहते हैं और आपके पास जरूरी आत्मविश्वास है या नहीं।' विभोर भी विजय की क्षमता से भलीभाँति वाकिफ था।

'हाँ, हमें विचारों पर नियंत्रण करने की जरूरत नहीं है। हर किसी को आजादी की जरूरत है और हर किसी को उसके लिए संघर्ष करना चाहिए। **ताकत उपहार में नहीं मिलती, इसे कठोर परिश्रम, दृढ विश्वास और जुनून से हासिल करना पड़ता है।'** अपने ऑफिस के बाहर लगे हुए तमाम पोस्टरों पर निगाह दौड़ाते हुए विजय उन्हें पढ़ रहा था। उन्हीं पोस्टरों में से एक पर लाल रंग से लिखा था—हमें विचार पर किसी नियंत्रण की जरूरत नहीं है।

'मेरा मानना है कि हमें मीटिंग रूम की तरफ चलना चाहिए।' विभोर ने उसे मीटिंग का कार्यक्रम बताते हुए कहा।

विजय ने भी अपनी घड़ी की तरफ देखते हुए मुस्कराकर कहा, 'हाँ, Let's get talking.'

विभोर कुरसी पर बैठा और सामने रखे कैलेंडर की ओर देखा, जिस पर लिखा था—'आइए, हम ब्रह्मांड में अपने निशाँ छोड़ जाएँ, (Let's make dent in the Universe)।

वन 97

अहम बातें

विभोर मेहरा

विभोर मेहरा के पास 12 साल का पेशेवर अनुभव है, जिसमें सात साल प्राइवेट इक्विटी का अनुभव भी शामिल है और वे makemytrip.com, JustDial, One97 कम्युनिकेशंस और PayTM में निवेश से जुड़े रहे हैं। उन्होंने SAIF पार्टनर्स, बॉस्टन कंसल्टिंग ग्रुप और ह्यूजेस सॉफ्टवेयर सिस्टम्स के साथ भी काम किया है। विभोर आई.आई.एम. बैंगलोर से एम.बी.ए. फाइनेंस में गोल्ड मेडलिस्ट भी रहे हैं और उन्होंने आई.आई.टी. दिल्ली में कंप्यूटर इंजीनियरिंग में टॉप रैंक भी हासिल की हुई है।

यहाँ दिए गए विचार उनके अपने हैं।

~

'विजय ने मुझे मेरी युवावस्था की याद ताजा करा दी।' यह टिप्पणी की थी SAIF पार्टनर्स के प्रबंध निदेशक एंड्र्यू यान ने 2007 में। उस दौरान, विजय इस उद्योग में खड़ा होने की कोशिश कर रहा था।

कठोर परिश्रम करो, मस्ती उससे भी ज्यादा करो

विजय के आसपास कभी भी नकारात्मक माहौल नहीं रहा। जिस तेजी से वह नए आइडियाज पैदा करता था, वह अद्‌भुत था। सबसे ज्यादा महत्त्वपूर्ण यह कि वह ये सब करते हुए, सबसे ज्यादा खुश रहता था। तमाम दिक्कतों के बीच और इतना बड़ा संगठन चलाते हुए भी उसने अपनी रचनात्मकता बरकरार रखी थी, यह अपने आपमें बड़ी उपलब्धि है।

अपने बेंचमार्क को ऊपर ले जाएँ

बहुत सारे लोग ऐसे होंगे, जो सफल VAS कंपनी खड़ी करने के बाद संतुष्ट हो

गए होंगे, लेकिन विजय के साथ ऐसा नहीं था। PayTM एक ऐसा वेंचर था, जो वन97 की पैदाइश था, कुछ साल पहले तक वह एक आइडिया से ज्यादा कुछ भी नहीं था, लेकिन आज वह तेजी से गेम चेंजर के रूप में उभर कर सामने खड़ा है।

विविधता को गले लगाएँ

किसी अनजान चीज के बारे में पूरी जानकारी लेना ही विजय की ताकत थी। न केवल उसने जरूरी प्रतिभा को आगे बढ़ाने में निवेश किया, बल्कि उसने अपने निजी कौशल को भी विकसित करने पर काम किया।

सीखते रहो

चाहे प्रोडक्ट डिजाइन की बात हो, सेल्स या टीम तैयार करने की बात हो, विजय ने हर क्षेत्र में महारत हासिल कर रखी थी; यही नहीं, उसी दौरान उन्होंने शेयरधारकों के वैल्यू क्रिएशन, वित्तीय प्रदर्शन के पैमानों, कंट्रोल सिस्टम्स और अधिग्रहण नीति पर समान रूप से चर्चा की और चीजों को समझा। यह उनकी सीखने की ललक रही हो या वन97 से उनका प्रेम, उनकी उद्यमिका के सफर के जरिए निजी प्रगति पुच्छल तारे की तरह रही है।

चाहे प्रोडक्ट डिजाइन की बात हो, सेल्स या टीम तैयार करने की बात हो, विजय ने हर क्षेत्र में महारत हासिल कर रखी थी; यही नहीं, उसी दौरान उन्होंने शेयरधारकों के वैल्यू क्रिएशन, वित्तीय प्रदर्शन के पैमानों, कंट्रोल सिस्टम्स और अधिग्रहण नीति पर समान रूप से चर्चा की और चीजों को समझा। यह उनकी सीखने की ललक रही हो या वन97 से उनका प्रेम, उनकी उद्यमिका के सफर के जरिए निजी प्रगति पुच्छल तारे की तरह रही है।

समाधान पर ध्यान केंद्रित

भारत में बढ़ रही किसी भी अन्य कंपनी की तरह, वन97 और विजय के पास निश्चित प्रकार की चुनौतियाँ सामने रही हैं। इनसे बहुत सारे लोग निराश हो चुके होते हैं, लेकिन विजय ने अपने आसपास से ही समाधान खोजने पर ध्यान केंद्रित किए रखा। वे बेहद सरल हैं, लेकिन जब अनावश्यक व्यवधानों से सामना होता है, तो इस साधारण सिद्धांत को अमल में लाने के लिए चरित्र दमदार है।

साझेदारी और सहयोग

दूसरे उद्यमियों से इतर विजय का सबसे महत्त्वपूर्ण पहलू उनकी वापस देने की

कला है। यह शायद इसलिए, क्योंकि उनका सफर आसान नहीं रहा, वह हमेशा यह सुनिश्चित करते हैं कि उभरते हुए उद्यमियों के लिए माहौल हमेशा साफ-सुथरा हो। विजय समय और पूँजी से सहयोग करते हैं, न केवल वन97 मोबिलिटी फंड और अन्य संस्थागत फंड्स के जरिए, बल्कि उन्होंने खुद अपने स्तर से प्रयास करके तमाम स्टार्टअप्स को शुरू कराया।

प्रतिभा पोषण

वन97 के ऐसे पूर्व कर्मचारियों की तादाद बढ़ती जा रही है, जिन्होंने अपने वेंचर शुरू कर रखे हैं। उनमें से कुछ सफल होंगे, जबकि कुछ गायब हो जाएँगे। हालाँकि वे सभी विजय को अपना प्रेरणास्रोत मानेंगे, जिसने उन्हें एक उद्देश्य दिया।

≈

विजय शेखर शर्मा और वन97 की यह अनोखी कहानी हम सभी के लिए प्रेरणादायी है। अल्प संसाधन कभी भी सपनों की अनंत ताकत को छोटा नहीं कर सकते।

□

बिल गेट्स ने एक टेक स्टार्टअप पायलट प्रोजेक्ट का गुपचुप दौरा किया

—मिंट, 5 नवंबर, 2008

आज भी भारत की सवा खरब की आबादी के बीच लगभग 50 करोड़ लोग ऐसे हैं, जिनका अपना बैंक खाता नहीं है, लेकिन 90 करोड़ मोबाइल कनेक्शन जरूर हैं। 2007 में अभिषेक और अभिनव सिन्हा ने बैंक सेवाओं को मोबाइल फोन पर विस्तार देने की योजना बनाई और यह योजना उनके लिए भी थी, जिनके पास अपना बैंक खाता नहीं था।

इस तरह ईको इंडिया फाइनेंशियल सर्विसेज प्राइवेट लिमिटेड की शुरुआत हुई।

ईको अपने दो लाख ग्राहकों को यह सुविधा मुहैया कराता है कि वे अपने मोबाइल के जरिए पैसे बचा भी सकते हैं और उसे किसी अन्य जगह या व्यक्ति को ट्रांसफर भी कर सकते हैं। साथ ही यह भुगतान, व्यापारिक लेन-देन, बिल भुगतान और नकद एकत्रीकरण सेवाएँ भी संचालित करता है।

सन् 2010 में, इसे नैस्कॉम इमर्ज 50—द लीग ऑफ टेन में चुना गया और '50 उभर्ती हुई कंपनियों की उत्कृष्टता के बेंचमार्क को दोबारा परिभाषित करते हुए अगली पीढ़ी के एस.एम.ई. (छोटे एवं मझोले उद्यमी) में शामिल हुआ।'

एस.बी.आई., आई.सी.आई.सी.आई. बैंक और येस बैंक को मोबाइल बैंकिंग सॉल्यूशंस मुहैया कराना

2
ईको

अभिनव सिन्हा, अभिषेक सिन्हा

'यहाँ तक कि एक बदतर मामला भी बुरा नहीं है। अगर आपने उद्यमिता को एक विकल्प के तौर पर चुना है।'

'ध्यान से सुनो, दिल्ली जा रहे इस विमान में बम है।' एक संदिग्ध सी आवाज ने एयरपोर्ट टर्मिनल के पीए सिस्टम से चेतावनी दी।

'क-क-क्या? क-क-कौन हो तुम?' हवाई अड्डे की सूचना डेस्क के ऑपरेटर ने हकलाते हुए रिसीवर के माध्यम से पूछा, लेकिन लाइन पहले ही कट चुकी थी। वह डर के मारे सन्न रह गई थी, और भयानक रूप से पसीने से तर हो चुकी थी, क्योंकि हवाई जहाज अगले 20 मिनट में उड़ान भरने वाला था। सभी यात्री अंदर जा चुके थे और हवाई जहाज के चलने का इंतजार कर रहे थे। डरी-सहमी वह भागी और अपने वरिष्ठों को बम की धमकी की सूचना देने पहुँची। कुछ ही मिनटों में एयरपोर्ट के कर्मचारियों को रेड अलर्ट कर दिया गया और दिल्ली की फ्लाइट रद्द कर दी गई। सुरक्षा बढ़ा दी गई और किसी संदिग्ध गतिविधि को पकड़ने के लिए सी.सी.टी.वी. फुटेज खँगाले जाने लगे। इसके अलावा स्निफर डॉग बुलाए गए और विमान में खोजबीन होने लगी। आखिरकार, भारत के प्रमुख लोगों में से एक वैज्ञानिक डॉ. एपीजे अब्दुल कलाम उसमें सफर करनेवाले थे।

बम की धमकी वाले मामले से अनजान डॉ. कलाम अपने जाने-पहचाने स्लेटी सफारी सूट में वहाँ पहुँचे और अपने आसपास मौजूद लोगों को देखने लगे, तभी एक नवयुवक, जो कि अपने बीस के दशक के बीच में रहा होगा, उनके पास पहुँचा। हड़बड़ाते हुए अपना चश्मा और टी-शर्ट ठीक कर वह उनके पास पहुँचा, वह यह तय नहीं कर पाया कि खुद का परिचय उनसे कैसे कराए, उनसे धीमी आवाज में उसने

कहा, 'हैलो, सर, कैसे हैं आप? आपसे मिलना एक बड़े सम्मान जैसा है। मैं आपके काम का प्रशंसक हूँ।' एक महान् विभूति से मिलने का उत्साह वह सँभाल नहीं पा रहा था और सातवें आसमान पर जा पहुँचा था।

'ओह, मैं ठीक हूँ। तुम कैसे हो, नौजवान? क्या नाम है तुम्हारा?' डॉ. कलाम ने मुस्कान के साथ उसका स्वागत किया।

'सर, मेरा नाम अभिषेक है।' उसने अपना परिचय कराया।

'कहाँ काम करते हो तुम? अपने बारे में और कुछ बताओ?' डॉ. कलाम ने कहा।

'सर, मैं सत्यम में काम करता हूँ। मैं सॉफ्टवेयर डेवलपमेंट विभाग में हूँ।'

उन लोगों की बातचीत आगे बढ़ी और अभिषेक ने अपने परिवार के बारे में छोटा सा परिचय दिया और अपनी शिक्षा के बारे में बताया। उसके पिता आई.ए.एस. अधिकारी (बिहार में) हैं और माँ एक पेशेवर स्कूल टीचर। उसने अपनी शिक्षा बिहार में अलग-अलग जगहों से पूरी की। अभिषेक अपने तीन भाइयों में सबसे बड़ा था। उसने अपनी इंजीनियिरंग बी.आई.टी. मेसरा से पूरी की और अंतत: हैदराबाद स्थित सत्यम में एक जॉब पा गया।

डॉ. कलाम ने बड़े गौर से उन चीजों को सुना, जो अभिषेक ने उनसे कहा और बोले, 'तुम वाकई बहुत किस्मतवाले हो कि तुम्हें इस तरह की शिक्षा मिली। तो तुम दूसरे के लिए काम क्यों कर रहे हो? क्यों नहीं तुम अपना खुद का कुछ शुरू करते जैसे अपनी खुद की फैक्टरी या कंपनी और इस तरह देश के निर्माण में अपने तरीके से योगदान करते?' कुछ देर रुकने के बाद डॉ. कलाम बोले, 'दरअसल, भारतीय मानसिकता यह है कि पैसे कमाना एक अपराध है, जबकि ऐसा है नहीं। अगर तुम स्वामी विवेकानंद की पुस्तक 'माई इंडिया : द इंडिया इटर्नल' पढ़ो, जिसमें वे कहते हैं कि देश के तौर पर खुशहाल होना बहुत जरूरी है, क्योंकि हम तभी लंबे समय तक याद रखे जा सकेंगे, जब हम अगली पीढ़ी के हाथ में एक खुशहाल और सुरक्षित भारत सौंपें, जिसमें खुशहाली के साथ-साथ सांस्कृतिक विरासत भी समाहित हो।'

डॉ. कलाम ने बड़े गौर से उन चीजों को सुना, जो अभिषेक ने उनसे कहा और बोले, 'तुम वाकई बहुत किस्मतवाले हो कि तुम्हें इस तरह की शिक्षा मिली। तो तुम दूसरे के लिए काम क्यों कर रहे हो? क्यों नहीं तुम अपना खुद का कुछ शुरू करते जैसे अपनी खुद की फैक्टरी या कंपनी और इस तरह देश के निर्माण में अपने तरीके से योगदान करते?' कुछ देर रुकने के बाद डॉ. कलाम बोले, 'दरअसल, भारतीय मानसिकता यह है कि पैसे कमाना एक अपराध है, जबकि ऐसा है नहीं।

'मैं मानता हूँ सर, लेकिन सरकारी नियंत्रण और लाइसेंस की बाध्यता इस कदर है कि भारत में कारोबार शुरू करना बेहद कठिन है।' अभिषेक ने कहा।

'सफलता का आनंद लेने के लिए कठिनाइयाँ बेहद जरूरी हैं।' डॉ. कलाम मुस्कराए। 'हम अकेले नहीं हैं। आसमान की तरफ देखो। पूरा ब्रह्मांड हमारे लिए सहयोगी की तरह है और जो ख्वाब देखते हैं और उसे पूरा करने में जी-जान से जुटे रहते हैं, उनके लिए वह अपनी तरफ से प्रयास करता रहता है। यह सही है कि हमें समस्याएँ पेश आएँगी, लेकिन मुद्दा यह है कि हमें छोड़ना नहीं है। हमें किसी भी सूरत में समस्याओं को हम पर हावी नहीं होने देना है, न ही समस्याओं से हारना है।'

इस दौरान, डॉ. कलाम के पास कुछ एयरपोर्ट अधिकारी पहुँचे। एक वरिष्ठ अधिकारी ने कहा, 'सर, आपकी फ्लाइट एक घंटे की देरी से रवाना होगी, क्योंकि बम की धमकी मिली है। कृपया हमारे साथ आइए, हमने आपके लिए ऊपर वी.आई.पी. लाउंज में लंच की व्यवस्था कर रखी है।'

दुआ-सलाम से पहले, डॉ. कलाम ने एक छोटी सी सलाह और दी, 'अभिषेक, एक चीज याद रखो, सपने पूरे तभी होंगे, जब हम पहले सपने देखेंगे।'

जज्बे और जुनून से भरकर अभिषेक ने सहमति में अपना सिर हिलाया।

~

चेहरे पर मुस्कान और आँखों में सपने लिये, अभिषेक ने फ्लाइट पकड़ी। वह अपने अभिभावकों को जल्द-से-जल्द यह खबर सुनाना चाहता था कि डॉ. कलाम के साथ उसने क्या बात की।

जैसे ही वह घर पहुँचा, अभिषेक ने अपनी माँ को डॉ. कलाम के साथ हुई मुलाकात के बारे में बताया, 'जानती हो माँ, डॉ. कलाम ने कहा, युवा लोगों को भारत को एक बेहतर देश बनाने और अपने हिसाब से कुछ अलग सा देश बनाने का प्रयास करना चाहिए।'

डॉ. कलाम के पास कुछ एयरपोर्ट अधिकारी पहुँचे। एक वरिष्ठ अधिकारी ने कहा, 'सर, आपकी फ्लाइट एक घंटे की देरी से रवाना होगी, क्योंकि बम की धमकी मिली है। कृपया हमारे साथ आइए, हमने आपके लिए ऊपर वी.आई.पी. लाउंज में लंच की व्यवस्था कर रखी है।'

अभिषेक की माँ ने कहा, 'तुम इंजीनियरिंग परीक्षा में 60 फीसद से ज्यादा नंबर नहीं ला पाए, तुम भारत को कैसे एक बेहतर देश बनाने में सफल होगे?'

अभिषेक के पिता ने और जोड़ते हुए कहा, 'क्या तुम कुछ करोगे अपने बल पर? तुम्हारे दाखिले के लिए, स्कूल से लेकर कॉलेज तक, मैंने तुमसे कहीं ज्यादा मेहनत की, और इतने सालों की भाग-दौड़ के बाद तो तुम टाटा स्टील में नौकरी पा

> ***मैंने तुमसे कहीं ज्यादा मेहनत की, और इतने सालों की भाग-दौड़ के बाद तो तुम टाटा स्टील में नौकरी पा सके, लेकिन तुमने अपने बेवकूफाना वेंचर के लिए वह नौकरी भी छोड़ दी। क्या तुमने डॉ. कलाम को बताया कि वह छह महीने में ही बंद करना पड़ा था? मेरी तुमसे बस यही विनती है, सत्यम की नौकरी मत छोड़ना।' उनके शब्द कठोर, लेकिन सत्य थे; लेकिन सत्यम की सच्चाई कहीं ज्यादा कठोर थी।***

सके, लेकिन तुमने अपने बेवकूफाना वेंचर के लिए वह नौकरी भी छोड़ दी। क्या तुमने डॉ. कलाम को बताया कि वह छह महीने में ही बंद करना पड़ा था? मेरी तुमसे बस यही विनती है, सत्यम की नौकरी मत छोड़ना।' उनके शब्द कठोर, लेकिन सत्य थे; लेकिन सत्यम की सच्चाई कहीं ज्यादा कठोर थी।

'अभिषेक, तुमने चार साल की इंजीनियरिंग की पढ़ाई के दौरान क्या किया? क्या तुम किसी एक साधारण प्रोग्राम पर काम नहीं कर सकते?' उसने याद किया कि सत्यम के उसके टीम लीडर ने उसे किस बुरी तरह से झिड़का था।

सत्यम में अभिषेक के शुरुआती महीने भयानक संघर्ष के थे। हालाँकि वहाँ प्रशिक्षण की कोई कमी नहीं थी, लेकिन वह कोडिंग के साथ तालमेल नहीं बैठा पा रहा था। धीरे-धीरे उसकी असहजता उसके अंदर फोबिया बनकर बैठने लगी और जल्दी ही वह बहाने खोजने लगा, ताकि कोडिंग के काम से बच सके। हालाँकि एक सॉफ्टवेयर कंपनी नए लड़कों को ज्यादा विकल्प नहीं देती। जल्दी ही अभिषेक के निम्नस्तरीय प्रदर्शन और अक्षमता सबके सामने नजर आने लगी और खासतौर पर उसके टीम लीडर को। उसने अभिषेक को आगे की शर्मिंदगी से बचाने के लिए उसे जयपुर स्थित श्याम टेलीकॉम में टेस्टिंग और सपोर्ट डिपार्टमेंट में भेज दिया।

चूँकि जयपुर दिल्ली से नजदीक ही था, इसलिए अभिषेक ने सोचा कि सप्ताहांत का समय वह घर पर बिता ही सकता है। लेकिन जल्दी ही उसकी यह इच्छा दुःखदायी बन गई, क्योंकि उसके पिता उसके भविष्य को लेकर चिंतित हो गए थे और खासतौर पर जब से उसकी मुलाकात डॉ. कलाम से हुई थी, तब से उनके प्रभाव को लेकर वे और भी परेशान हो गए थे।

अभिषेक हमेशा से महत्त्वाकांक्षी रहा था। हालाँकि वह एक औसत छात्र ही था और एक औसत मध्य वर्गीय परिवार से ताल्लुक रखता था। इसके बावजूद वह अपनी कंपनी खोलने के सपने देखता रहता था। उसके अभिभावकों के लिए यह किसी दुःस्वप्न से कम नहीं था, वे उसके स्थिर होने की दुआ ही करते रहते।

लेकिन अभिषेक अपने इरादे का पक्का था। अगर मैंने अब कुछ नहीं किया जीवन

में, तो मेरी जिंदगी बेकार हो जाएगी। यह करो या मरो की स्थिति है। अगर मैंने सत्यम नहीं छोड़ा, तो वे मुझे बाहर फेंक देंगे। मुझे अपना कुछ करना ही होगा और खुद को साबित करके दिखाना ही होगा। मैं इस नाकामी और विफलता का बोझ ज्यादा नहीं ढो सकता। इस निर्णय के साथ ही वह जयपुर की तरफ चल पड़ा।

अभिषेक और उसका साथी अभिलाष, कोचीन से इंजीनियर, जो कि कोडिंग में तेज था—लंबे समय से एक स्टार्टअप पर मंथन कर रहे थे, लेकिन योजनावाली अवस्था से ऊपर नहीं उठ पा रहे थे। लेकिन डॉ. कलाम से अप्रत्याशित मुलाकात ने उसे हरकत में आने के लिए प्रेरित किया।

~

लेकिन अभिषेक अपने इरादे का पक्का था। अगर मैंने अब कुछ नहीं किया जीवन में, तो मेरी जिंदगी बेकार हो जाएगी। यह करो या मरो की स्थिति है। अगर मैंने सत्यम नहीं छोड़ा, तो वे मुझे बाहर फेंक देंगे। मुझे अपना कुछ करना ही होगा और खुद को साबित करके दिखाना ही होगा। मैं इस नाकामी और विफलता का बोझ ज्यादा नहीं ढो सकता। इस निर्णय के साथ ही वह जयपुर की तरफ चल पड़ा।

एक तरफ तो एक भाई पेशेवर मोरचे पर लड़ाई हार रहा था, वहीं दूसरा तो शैक्षिक स्तर पर बेहाल हो चुका था। अभिनव, अभिषेक का छोटा भाई, जो कि दिल्ली पब्लिक स्कूल (डी.पी.एस.) में 12वीं का छात्र था, अपने कमरे में निराश और असंतुष्ट बैठा हुआ था। उसके नाते-रिश्तेदारों और उनके अभिभावकों को डी.पी.एस. के सम्मान समारोह में निमंत्रित किया गया था, जबकि उसे और उसके अभिभावकों को मना कर दिया गया था। यह सम्मान-समारोह वार्षिक परंपरा थी, जो कि स्कूल की तरफ से चलाई जा रही थी, जिसमें केवल टॉपर्स और उनके माता-पिता को ही शामिल होने के लिए निमंत्रण भेजा जाता था और टॉपर्स को अलग-अलग रंगों के जैकेट और बैज से सम्मानित किया जाता था, और ये जैकेट उन्हें उस सेशन के दौरान पहनने होते थे। अभिनव ने अपनी हरे रंग की यूनिफॉर्म की तरफ देखा; न तो इसका रंग कभी बदला और न ही वह स्कॉलर बैज से स्कूल में सम्मानित ही किया गया कभी।

परिवार की पृष्ठभूमि को ध्यान में रखते हुए, जहाँ डी.पी.एस. से पढ़ना एक परंपरा बन चुकी थी, वहाँ अभिनव को शर्मिंदगी झेलनी पड़ती थी, क्योंकि उसे अपने ऐसे रिश्तेदारों से घिरे रहना पड़ता था, जो दुर्भाग्य से टॉपर थे।

निराश अभिनव यह कहकर खुद को सांत्वना देता, औसत छात्र को शर्मसार करने

का कितना शानदार तरीका निकाला है! कोई बात नहीं, यह भी गुजर जाएगा दौर; यह दशा तो मैं पिछले 11 साल से झेल ही रहा हूँ। मैं इन चीजों को अपने कॉलेज के दौर में ठीक करने का प्रयास करूँगा।

कुछ लोगों के लिए, निराशा अवसाद में बदल जाती है, लेकिन अभिनव के लिए स्कूल में मिली निराशा भविष्य में कॉलेज की पढ़ाई के दौरान मिलनेवाली चुनौतियों से निपटने के लिए निर्णायक मंत्र तैयार करने का आधार बनी।

अभिनव ने जल्दी ही टिकने का एक तरीका खोज निकाला। उसने हवाई जहाज का उदाहरण लिया और खुद को समझाया, हवा में रहने के दौरान हवाई जहाज हमेशा सहज स्थिति में नहीं होता, समय के साथ उसमें उतार-चढ़ाव आते रहते हैं; एक समय ऐसा भी आता है, जब यह दौर लंबा खिंचता है। दोनों ही मामलों में, स्थिर रहने की जरूरत है और जल्दी ही सफर फिर से आसान हो जाएगा।

अभिनव ने जल्दी ही टिकने का एक तरीका खोज निकाला। उसने हवाई जहाज का उदाहरण लिया और खुद को समझाया, हवा में रहने के दौरान हवाई जहाज हमेशा सहज स्थिति में नहीं होता, समय के साथ उसमें उतार-चढ़ाव आते रहते हैं; एक समय ऐसा भी आता है, जब यह दौर लंबा खिंचता है। दोनों ही मामलों में, स्थिर रहने की जरूरत है और जल्दी ही सफर फिर से आसान हो जाएगा।

एक बार जब अभिनव ने अपनी क्षमता आँक ली, फिर उसने कॉलेज में अपना मिशन पूरा करने के लिए नई रणनीति बनानी शुरू कर दी।

‘मैं अपना ध्यान तीन सर्वाधिक कठिन विषयों पर लगाऊँगा और यह सुनिश्चित करूँगा कि मैं उनका मास्टर बन जाऊँ, जबकि टॉपर सारे छह विषय पढ़ेंगे और वह भी उसी समय के दायरे में। बाकी के तीन विषयों में, मेरा उद्‌देश्य महज उत्तीर्ण होना ही रहेगा।’ अभिनव ने तय किया। ‘मुझे हर विषय के बारे में थोड़ा-थोड़ा जानते रहना चाहिए।’ उसने खुद से ऐसा कहा।

अंततः दूसरे साल यूनिवर्सिटी के परिणाम घोषित हो रहे थे। अभिनव को तीन कठिनतम विषयों में उत्कृष्ट ग्रेड मिले, जबकि बाकी के तीन विषयों में महज उत्तीर्ण होने के लायक ही नंबर थे। अपना परिणाम देखने के बाद वह मुस्कराया। उसने अपने लक्षित विषय में काफी अच्छा प्रदर्शन किया था। इस उपलब्धि के साथ उसने जीवन का बेहद अहम मर्म सीखा, निर्धारित लक्ष्य के सिलसिले में ध्यान केंद्रित करने और उस पर पकड़ बनाने से सफलता निश्चित तौर पर मिलती है।

'मुझे लगता है हम टेलीकॉम ऑपरेटर्स के लिए लोकेशन आधारित सर्विस और एप्लिकेशन विकसित कर सकते हैं। अगर तुम उसे बेच सकते हो, तो मैं इसे बनाने को तैयार हूँ, और इस तरह हम अपना कारोबार शुरू कर सकते हैं।' अभिलाष ने कहा।। अभिलाष और अभिषेक को जयपुर में श्याम टेलीकॉम के ऑफ-साइट प्रोजेक्ट को सँभालने की जिम्मेदारी दी गई थी।

उन्होंने सत्यम में कुछ महीने और काम करने का फैसला किया, कर्ज लेकर उन्होंने पूँजी का जुगाड़ किया, क्योंकि सत्यम का ब्रांड नाम बैंक से कर्ज दिलाने के लिए काफी था!

'अभिलाष, बैंक से पैसे मुझे मिल गए हैं। मैं सोचता हूँ कि अब हम सत्यम से अलग हो सकते हैं!' अभिषेक ने उत्साहित होते हुए फोन पर कहा। उनकी योजना का पहला चरण पूरा हो रहा था, जिसके तहत वे सत्यम से अलग होकर अपना काम शुरू करना चाहते थे। दो लाख रुपए के कर्ज के अलावा उनके पास 50 हजार रुपए की नकद सीमा वाले दो क्रेडिट कार्ड भी थे और इसके अलावा उन्होंने 35 हजार रुपए भी बचा रखे थे, जो बतौर सीड कैपिटल काम आनेवाले थे। इस तरह उसने अपनी उद्यमिता के सफर का आगाज किया।

इस तरह अभिषेक और अभिलाष अपने जहाज के स्वयं कप्तान थे, जहाज का नाम था, 6डी टेक्नोलॉजीज। हालाँकि कंपनी का नाम रखने से पहले लोग तमाम शोध और अध्ययन करते हैं, लेकिन अभिषेक ने वैसा बिल्कुल नहीं किया। ऐसे समय में, जबकि अभिषेक जैसे लोग किसी चीज में जुटते हैं, तो जोश और जुनून समझदारी पर हावी रहता है, और वह काम भी कर जाता है। बिरला इंस्टीट्यूट ऑफ टेक्नोलॉजी (बी.आई.टी.), उसके कमरे का नंबर 6डी था, और उसके मुताबिक, यह उसके लिए न केवल भाग्यशाली था, बल्कि उसके साथ एक भावनात्मक जुड़ाव भी था।

धीरे-धीरे उनकी टीम बढ़ी और दो और साझेदार शामिल हो गए। हालाँकि नए साझेदारों ने 6डी में पूरी तन्मयता से काम करने का वादा किया, लेकिन उन्होंने 6डी टेक्नोलॉजीज के लिए अपनी वर्तमान जॉब छोड़ी नहीं थी। यह स्थिति तब तक के लिए स्वीकार की गई थी,

धीरे-धीरे उनकी टीम बढ़ी और दो और साझेदार शामिल हो गए। हालाँकि नए साझेदारों ने 6डी में पूरी तन्मयता से काम करने का वादा किया, लेकिन उन्होंने 6डी टेक्नोलॉजीज के लिए अपनी वर्तमान जॉब छोड़ी नहीं थी। यह स्थिति तब तक के लिए स्वीकार की गई थी, जब तक कि 6डी के पास ग्राहकों की अच्छी-खासी बढ़त न दर्ज हो जाती और उसकी आय में इजाफा न हो जाता।

जब तक कि 6डी के पास ग्राहकों की अच्छी-खासी बढ़त न दर्ज हो जाती और उसकी आय में इजाफा न हो जाता।

जल्दी ही कालकाजी, दिल्ली, में एक छोटा सा ऑफिस 6डी टेक्नोलॉजीज का पता बन गया। एक चार्टर्ड अकाउंटेंट भी तय कर दिया गया, ताकि वह कानूनी मामलों का ध्यान रखे। और जल्दी ही 6डी के चार साझेदार हो गए। दो कंप्यूटर और एक फोन से लैस छोटा सा ऑफिस जल्दी ही सत्यम जैसे शीशमहल में बदल गया।

6डी टेक्नोलॉजीज ने अपना कारोबार आगे बढ़ाने के लिए दिग्गज टेलीकॉम कंपनियों से संपर्क किया, लेकिन उनका पहला समझौता श्याम टेलीकॉम के साथ हुआ। उनका पहला काम एस.एम.एस. सेंटर (एस.एम.एस. सेंटर की डिटेल लेने संबंधी) पर आधारित था।

~

'हे अभिलाष, आज रात हम पार्टी करेंगे। क्या तुम अंदाजा लगा सकते हो कि आज मैंने क्या पाया है!' अभिषेक ने उसे चेकवाला लिफाफा सौंपते हुए यह कहा, जिसमें उनका पहला भुगतान दर्ज था। '14 लाख रुपए, क्या तुम सोच सकते हो! यह हमारी पहली आय है। अभिलाष, तुम इस कदर शांत क्यों हो? शॉक लग गया क्या, मुझे भी लगा था।' अभिषेक जबरदस्त रूप से उत्साहित था।

'मैं इस चेक को लेकर नहीं, बल्कि अपनी बेवकूफी पर हैरान हूँ।' अभिषेक कुछ समझ नहीं पाया और हैरत भरी नजर से उसे देखा; वह इतना खुश था कि किसी भी नकारात्मक चीज के बारे में सोचने को तैयार ही नहीं था, लेकिन अभिलाष ने अपनी बात जारी रखी, 'हम कैसे इस चेक का भुगतान हासिल करेंगे? क्या तुमने कभी सोचा कि हमारे पास एक भी बैंक खाता नहीं है? बेवकूफ! हम बिना बैंक खाते के ही अपना कारोबार चला रहे हैं, और हमें इसका आभास भी नहीं हुआ कभी, क्योंकि जरूरत ही नहीं पड़ी। हम इतने मूर्ख कैसे हो सकते हैं?'

हालाँकि हालात वाकई विचित्र थे, लेकिन अभिषेक ने धैर्यपूर्वक जवाब दिया,

अभिलाष ने जवाब दिया, 'अभिषेक, अज्ञानता आनंददायक तो होती है, लेकिन यह नाश का कारण भी बनती है। जब हमने कंपनी शुरू की थी, तब हम दो ही साझेदार थे, जिन्होंने हमारे साथ कभी काम नहीं किया था, लेकिन कानूनी रूप से वे हमारे साझेदार हैं। एक साझेदार के अमेरिका में रहने और दूसरे से पिछले 6 महीने से कोई संपर्क न होने के चलते हम यहाँ खाता कैसे खुलवा सकेंगे? खाता खुलवाने के लिए हमें सभी चारों के दस्तखत चाहिए होंगे।'

'शांत हो जाओ, अभिलाष। हम बैंक खाता खुलवा लेंगे, ठीक है?'

अभिलाष ने जवाब दिया, 'अभिषेक, अज्ञानता आनंददायक तो होती है, लेकिन यह नाश का कारण भी बनती है। जब हमने कंपनी शुरू की थी, तब हम दो ही साझेदार थे, जिन्होंने हमारे साथ कभी काम नहीं किया था, लेकिन कानूनी रूप से वे हमारे साझेदार हैं। एक साझेदार के अमेरिका में रहने और दूसरे से पिछले 6 महीने से कोई संपर्क न होने के चलते हम यहाँ खाता कैसे खुलवा सकेंगे? खाता खुलवाने के लिए हमें सभी चारों के दस्तखत चाहिए होंगे।'

अभिषेक अपनी कुरसी में जा धँसा; यह निश्चित तौर पर भयानक तरीका था, कुछ सीखने के लिए। उन दोनों को पूरे दो महीने लगे अपने बाकी के दो साझेदारों को ढूँढ़ने और उनके दस्तखत हासिल करने में। एक बार जब चारों के दस्तखत मिल गए, तब जाकर खाता खुल सका। हालाँकि बाद में उन्होंने समझौते के कागजात दुरुस्त कराए थे, लेकिन उन्होंने कंपनी के संचालन के तौर-तरीकों पर कोई काम नहीं किया। इसलिए, उन्हें जल्दी ही जीवन की एक और सीख मिल गई।

~

'अभिषेक, क्या कुछ पैसे दे सकते हो पेट्रोल भरवाने के लिए?' समीर ने झिझकते हुए पूछा। जीवन के दूसरे दशक की शुरुआत वाला समीर 6डी में तीन महीने की इंटर्नशिप कर रहा था।

अभिषेक, उसकी चिंतित आवाज को समझ नहीं पाया, और उसकी तरफ देखा और तब उसे अपनी भयानक भूल का एहसास हुआ। समीर ने बिना किसी मौद्रिक अपेक्षा के, उन लोगों के साथ काम करने पर हामी भर दी थी, लेकिन 6डी ने अब तक उसके उन खर्चों का भी भुगतान नहीं किया था, जो उसने कंपनी के लिए दौड़-भाग करने में खर्च किए थे।

'हाँ, बिल्कुल। साथ ही तुमने कंपनी के काम को लेकर जितने भी खर्चे किए हैं, उन सबका विवरण मुझे दे देना, मैं उन्हें जल्द-से-जल्द क्लियर कर दूँगा,' अभिषेक ने भी झिझकते हुए ही जवाब दिया।

समीर के निवेदन से एक पल के लिए अभिषेक को महसूस हुआ कि वह अब नियोक्ता है और अपनी टीम के प्रति जवाबदेह है। हालाँकि टीम में ज्यादा कर्मचारी नहीं थे, लेकिन आज नहीं तो कल विस्तार तो करना ही था।

जल्दी ही, तमाम प्रक्रियाएँ तय की गईं और कर्मचारियों की जरूरतों को भी गौर किया गया। लेकिन अभिषेक और अभिलाष अब भी 6डी से अपनी तनख्वाह नहीं ले रहे थे और निजी खर्चों के लिए जरूरत पड़ने पर कंपनी के डेबिट कार्ड का ही इस्तेमाल कर रहे थे।

पहले ही साल में, जिस हिसाब से उन्हें काम मिले थे, अभिषेक अपेक्षा कर रहा था कि कंपनी की आय कम-से-कम 75 लाख तो होगी ही। टीम बढ़ाने के लिए अभिषेक और अभिलाष नए सदस्य भी रखना चाह रहे थे। जल्दी ही एक आईआईटियन सौरभ को हरीश के कहने पर टीम में शामिल कर लिया गया था। हरीश भी सत्यम से ही 6डी में आया था। अभिषेक और अभिलाष इस बात से गर्वान्वित थे कि उनकी कंपनी के साथ यह टैग भी जुड़ गया कि आई.आई.टी. के लोग भी उसकी टीम में शामिल हैं।

पहले ही साल में, जिस हिसाब से उन्हें काम मिले थे, अभिषेक अपेक्षा कर रहा था कि कंपनी की आय कम-से-कम 75 लाख तो होगी ही। टीम बढ़ाने के लिए अभिषेक और अभिलाष नए सदस्य भी रखना चाह रहे थे। जल्दी ही एक आईआईटियन सौरभ को हरीश के कहने पर टीम में शामिल कर लिया गया था। हरीश भी सत्यम से ही 6डी में आया था। अभिषेक और अभिलाष इस बात से गर्वान्वित थे कि उनकी कंपनी के साथ यह टैग भी जुड़ गया कि आई.आई.टी. के लोग भी उसकी टीम में शामिल हैं।

अभिषेक तो सौरभ की पढ़ाई-लिखाई को देखकर इस कदर प्रभावित हुआ कि बिना सोचे-समझे 6डी टेक्नोलॉजीज का सी.ई.ओ. नियुक्त कर दिया। यहाँ तक कि अभिलाष ने भी अपनी रजामंदी दे दी, और दोनों ने इस बात की गंभीरता के बारे में नहीं सोचा, लेकिन जब उन्होंने महसूस किया, तब तक काफी देर हो चुकी थी।

'अभिलाष, क्या तुमने बैंक दस्तावेज जाँचे? उन्होंने कुछ गलती कर दी है। कौन है हमारे बीच जो इंटरकॉन्टिनेंटल में ब्रेकफास्ट और होटल ली मैरिडियन में लंच कर रहा है? क्या हो रहा है आजकल?' अभिषेक जोर से चिल्लाया।

'क्या यह तुमने किया, सौरभ?' अभिलाष ने उसकी तरफ अविश्वास से देखा, जब सौरभ ने स्वीकार करते हुए सिर हिलाया। 'पाँच सितारा होटल में तुम इस तरह पैसे कैसे खर्च कर सकते हो? हम अभी स्टार्टअप हैं, और बरबाद करने के लिए पैसे नहीं हैं हमारे पास। हम यहाँ संयमित जीवनशैली अपना रहे हैं और तुम पाँच सितारा होटल में ऐश कर रहे हो? क्या इस कंपनी के लिए तुम्हारी कोई जिम्मदारी नहीं है?' अभिलाष ने सौरभ से पूछा, जब उसे पता चला कि सौरभ कंपनी के डेबिट कार्ड का गैर-वाजिब इस्तेमाल कर रहा है।

'आप सब भी तो कंपनी के डेबिट कार्ड का अपने निजी खर्च के लिए इस्तेमाल करते हैं। मैं सी.ई.ओ. हूँ। मुझे भी अपनी जीवनशैली उसी हिसाब से रखनी है,' सौरभ ने बेरुखी से कहा।

'ऐसी स्थिति में तुम अपने रास्ते जाओ, हम अपने रास्ते जाते हैं। हम तुम्हारे जैसा खर्चीला कर्मचारी नहीं रख पाएँगे,' अभिषेक ने कठोरता से उससे कंपनी छोड़ने के लिए कह दिया।

'अभिषेक, मैं भी अपना इस्तीफा दे रहा हूँ,' हरीश ने अपने कागजात उन्हें पकड़ाते हुए कहा। हरीश से यह उम्मीद नहीं थी, लेकिन चूँकि उसने सौरभ का परिचय कराया था, इसलिए उसने खुद को भी इस हालात के लिए जिम्मेदार माना। चार में से दो कर्मचारियों के चले जाने से, एक सुखद सफर दु:खदायी हो गया। उनका बैंक खाता लगभग खाली हो चुका था और उनका आत्मविश्वास बुरी तरह हिल गया था, लेकिन इस तरह उन्होंने जिंदगी का एक और पाठ सीख लिया था। उन्होंने एक एकाउंटेंट को नौकरी पर रखा, ताकि वह उनके वित्तीय लेखा-जोखा का हिसाब रख सके और नई प्रक्रिया अपना सके। फिर भी सबसे बुरा दौर अभी आना बाकी था, हरीश और सौरभ ने अपनी कंपनी शुरू कर दी थी और वे उसी कारोबार में अभिषेक और अभिलाष के प्रतिद्वंद्वी बन बैठे थे।

~

'क्यों? तुम नहीं जानते कि तुम्हारा भाई अभिषेक इस समय वित्तीय संकट से जूझ रहा है? पिछले हफ्ते तीन लोग उसके घर पहुँचे थे बकाया पैसा वसूलने के लिए। तुमने अभिषेक को कई बार पैसे दिए हैं। तुम ऑरेकल की इतनी शानदार जॉब क्यों छोड़ना चाहते हो? लोग तो बेताब रहते हैं ऑरेकल में जॉब पाने के लिए। एक मध्यम वर्गीय लड़के के लिए ऑरेकल में जॉब एक सपने के सच होने जैसा है और तुम इसे छोड़ना चाहते हो? 6डी?'

अभिनव की माँ नहीं समझ पा रही थी कि उनके छोटे बेटे के ऊपर नया जुनून सवार था। अभिषेक का दौर अच्छा नहीं चल रहा था। हाल में ही उसकी शादी भी हुई थी और वह घरेलू खर्च के लिए भी संघर्ष कर रहा था।

'माँ, मुझे किसी भी समय जॉब मिल जाएगी। मेरे दोस्तों ने भी 6डी में जॉब ली है। वे सब बता रहे हैं कि वहाँ काम करना ज्यादा सुकूनदेह है। वे वहाँ कुछ शानदार चीजें भी निकाल रहे हैं। उनको वहाँ मिलनेवाला अनुभव मुझसे कहीं ज्यादा है।' अभिनव

'क्यों? तुम नहीं जानते कि तुम्हारा भाई अभिषेक इस समय वित्तीय संकट से जूझ रहा है? पिछले हफ्ते तीन लोग उसके घर पहुँचे थे बकाया पैसा वसूलने के लिए। तुमने अभिषेक को कई बार पैसे दिए हैं। तुम ऑरेकल की इतनी शानदार जॉब क्यों छोड़ना चाहते हो? लोग तो बेताब रहते हैं ऑरेकल में जॉब पाने के लिए। एक मध्यम वर्गीय लड़के के लिए ऑरेकल में जॉब एक सपने के सच होने जैसा है और तुम इसे छोड़ना चाहते हो? 6डी?'

6डी में शामिल होने के लिए पूरी तरह तत्पर था। यह महसूस कर कि उनके पास ज्यादा विकल्प नहीं बचे हैं, अभिनव की माँ ने खुद को इस बहस से बाहर कर लिया।

'मुझे लगता है कि हमारे शांति के दिन अब पूरे हो चुके हैं, हमारे दोनों बेटों के उद्यमिता के ख्वाब एक राहु है तो दूसरा केतु, और 6डी तो मेरे सिर पर सवार शनि की तरह नजर आने लगा है। जो चाहो वह करो,' अंततः उनके माता-पिता ने हथियार डाल दिए।

6डी ने अब अपने ऑफिस दिल्ली और बैंगलोर में खोल लिए थे। फरवरी 2005 में, अभिनव ने बैंगलोर ऑफिस में अभिलाष के नीचे काम शुरू किया। कंपनी के उत्पादों और समाधानों को लेकर टेलीकॉम कंपनियों में प्रस्तुतीकरण देने के चलते अभिलाष ज्यादातर देशव्यापी दौरे पर ही रहता था।

कंपनी के तीव्र विस्तार के चलते खर्च भी काफी बढ़ गया था। इसलिए अभिलाष ने और ज्यादा कर्ज लेने की सोची। उसने तनख्वाहों और अन्य संचालन संबंधी खर्चों के लिए निजी लोन ले लिया।

अगर कर्ज लेना प्रतिबद्ध दिखाने के लिए एक संकेत था, तो अभिषेक और अभिलाष एक-दूसरे को पीछे छोड़ने को लेकर होड़ करते दिखते थे।

~

'अभिलाष, मुझे एक दिन के लिए मस्कट जाना है। एक नए टेलीकॉम ऑपरेटर, नवरस, को कस्टमाइज्ड टेलीकॉम सॉल्यूशन चाहिए। हमारे अस्तित्व के लिए यह सौदा बेहद जरूरी है।' अभिषेक ने कहा।

'कब सोच रहे हो जाने का?' अभिलाष ने पूछा।

'अगले हफ्ते। लेकिन क्या हमारे पास इतना पैसा है कि टिकट बुक कर सकें। हमारे ट्रेवल एजेंट ने इतना पैसा हमारी ही कंपनी में निवेश कर रखा है, जितना कि हमारे पास भी नहीं है।' अभिषेक ने मुस्कराते हुए कहा। 'वह हमें अपने ऑफिस में घुसने नहीं देगा।'

'अगले हफ्ते। लेकिन क्या हमारे पास इतना पैसा है कि टिकट बुक कर सकें। हमारे ट्रेवल एजेंट ने इतना पैसा हमारी ही कंपनी में निवेश कर रखा है, जितना कि हमारे पास भी नहीं है।' अभिषेक ने मुस्कराते हुए कहा। 'वह हमें अपने ऑफिस में घुसने नहीं देगा।'

'हम पहले ही उससे 12 लाख रुपए उधार ले रखे हैं। मैं सोचता हूँ कि अब केवल हमें भीख माँगने वाला कटोरा लेकर ही बाहर निकलना बाकी रह गया है। वही हमारी एक आखिरी उम्मीद बची है।' अभिषेक ने कहा और ध्यान दिलाया कि बढ़ते कर्ज से यह जरूरी है कि जल्द-से-जल्द कदम उठाए जाएँ।

किस्मत से ही सही, बकाए के बड़े बोझ

के बावजूद, विश्वजीत, उनका ट्रेवल ऑपरेटर ने अभिषेक के लिए टिकट बुक कर दिया। कभी-कभी, हम बिल्कुल सही लोगों से हाथ मिला लेते हैं, जो भविष्य की क्षमताओं में भरोसा करते हैं। विश्वजीत को उसी दमखम और बेहतरी का भरोसा था, इसलिए देर से भुगतान की पेचीदगियों के बावजूद उसने उधार देना जारी रखा।

'वहाँ कहाँ ठहरोगे?' अभिलाष ने पूछा।

'मैं मस्कट एयरपोर्ट को मेरे सम्मान का एक मौका देना चाहता हूँ।' अभिषेक ने मुस्कराकर जवाब दिया।

'जैसा तुम सोचो! खाने का क्या?'

'मुझे उम्मीद है कि मैं व्यवस्था कर लूँगा, और अगर नहीं हो पाता, तो उपवास हमेशा स्वास्थ्य के लिए अच्छा माना जाता है।' अभिषेक ने कहा।

कुछ दिनों बाद, अभिषेक मस्कट के लिए निकल पड़ा और उसकी जेब में महज दो हजार रुपए ही थे। वह केवल यही दुआ कर रहा था कि मस्कट में उसे सस्ता साधन मिल जाए, ताकि वह एक जगह से दूसरी जगह आसानी से जा सके। उसे तब राहत मिली, जब उसे पता चला कि जिस कंपनी से उसने बात चलाई थी, उसने उसे लाने के लिए कार भेज रखी थी। उसका यह कारोबारी दौरा बेहद अप्रत्याशित था। 'जब आप कठोर परिश्रम कर रहे होते हैं, तब आपकी किस्मत भी साथ देती है,' उसने सोचा। वह नवरस के दफ्तर पहुँच चुका था। उसे नहीं पता था कि बोर्डरूम में क्या चीज उसका इंतजार कर रही है, लेकिन उसने यह ठान रखा था कि वह आसानी से हाँ नहीं कहेगा, वे चाहे जो भी शर्त रखें।

'हमारी विशेषज्ञता इन चार टेलीकॉम सॉल्यूशंस में है। मैं अपने उत्पादों के बारे में आपको बताता हूँ।' अभिषेक ने प्रस्तुति देनी शुरू की।

कृपया जरा ठहरिएगा! हम अपनी खास जरूरतों के मद्‌देनजर कस्टमाइज्ड सर्विस (मन-माफिक काम) चाहते हैं। हमने पहले ही भारती टेलीसॉफ्ट से संपर्क किया था, लेकिन हम उनसे भी बेहतर प्रस्ताव की खोज कर रहे हैं,' बोर्ड सदस्यों में से एक ने उसे बीच में रोकते हुए कहा।

'हमारी विशेषज्ञता इन चार टेलीकॉम सॉल्यूशंस में है। मैं अपने उत्पादों के बारे में आपको बताता हूँ।' अभिषेक ने प्रस्तुति देनी शुरू की। कृपया जरा ठहरिएगा! हम अपनी खास जरूरतों के मद्‌देनजर कस्टमाइज्ड सर्विस (मन-माफिक काम) चाहते हैं। हमने पहले ही भारती टेलीसॉफ्ट से संपर्क किया था, लेकिन हम उनसे भी बेहतर प्रस्ताव की खोज कर रहे हैं,' बोर्ड सदस्यों में से एक ने उसे बीच में रोकते हुए कहा।

'मैं आपकी जरूरतों और अपेक्षाओं से वाकिफ हूँ।' अभिषेक ने आत्मविश्वास के साथ कहा।

'और वह भी प्रतिस्पर्धी दर पर!' एक अन्य बोर्ड सदस्य ने बीच में अपनी बात कही।

'हाँ, हम कर सकते हैं। हम भारत की अग्रणी टेलीकॉम सॉल्यूशन प्रदाता कंपनी हैं। हम यह दावा करते हैं कि आपकी सारी जरूरतों का समाधान हमारे पास मौजूद है और वह भी ऐसी कीमत पर, जिसका कोई मुकाबला नहीं कर सकता।' अभिषेक ने जोर देकर कहा, लेकिन उसके दिमाग में कुछ और ही चल रहा था। 'मुझे यह सौदा पक्का करना ही है, वरना हम बड़ी परेशानी में फँस जाएँगे। मुझे पहले काम पर ध्यान केंद्रित करना होगा, विशिष्ट चीजों पर मैं बाद में काम कर लूँगा।' उसने सोचा। जल्दी ही उसने प्रोजेक्ट के कागजातों पर दस्तखत कर दिए।

~

नवरस के जरिए वे अपना पहला विदेशी प्रोजेक्ट हासिल करने में सफल हुए। यह मौका जश्न का था या चिंतित होने का? इसे लेकर भ्रम की स्थिति बनी हुई थी।

'अभिनव, तुम्हें दो दिन बाद मस्कट जाना है। तुम्हें याद है, मैंने तुम्हें नवरस प्रोजेक्ट के बारे में बताया था?' अभिलाष ने फोन पर कहा।

'हाँ, याद है, लेकिन यह एक बड़ा और हमारे लिए बेहद अहम प्रोजेक्ट है। इसके लिए किसी वरिष्ठ को क्यों नहीं आप भेजते? मैं क्यों?' अभिनव ने पूछा।

'वे अपने उपभोक्ता सेवा विभाग के लिए सॉफ्टवेयर चाहते हैं। एक बार हमें उनकी जरूरतों के बारे में पता चल जाए तो हम उसे आसानी से बना सकेंगे। बस इतनी सी बात है। तुम्हें केवल सूचना इकट्ठी करनी है। याद रखो, हम एक छोटी कंपनी हैं और इस मौके को गँवाने का जोखिम नहीं उठा सकते। हमें प्रोजेक्ट चाहिए, बड़ा हो या छोटा, इससे फर्क नहीं पड़ता,' अभिलाष ने बुद्धिमत्ता का मोती उसे दे दिया।

'क्योंकि तुम्हारी अंग्रेजी अच्छी है।' अभिलाष ने कहा। 'देखो, तुम अंग्रेजी में धाराप्रवाह बोल लेते हो और उनकी जरूरतों को बेहतर ढंग से समझ सकोगे। यह बेहद जरूरी है कि किसी प्रोजेक्ट पर आगे बढ़ने से पहले उसकी अपेक्षाओं के बारे में सूचनाओं को लेकर हम पूरी तरह से स्पष्ट हों।'

अभिनव ने ऐसे विचित्र कारण के बारे में कभी नहीं सोचा था। 'आपके कहने का आशय यह है कि हमें अब तक विशिष्ट जरूरतों के बारे में नहीं पता है? फिर हमने कैसे यह प्रोजेक्ट हाथ में ले लिया?' अभिनव चौंक गया।

'वे अपने उपभोक्ता सेवा विभाग के लिए सॉफ्टवेयर चाहते हैं। एक बार हमें उनकी जरूरतों के बारे में पता चल जाए तो हम उसे आसानी से बना सकेंगे। बस इतनी सी बात है। तुम्हें केवल सूचना इकट्ठी करनी है। याद रखो, हम एक छोटी कंपनी हैं और इस मौके को गँवाने का जोखिम नहीं उठा सकते। हमें प्रोजेक्ट चाहिए, बड़ा हो या छोटा, इससे फर्क नहीं पड़ता,' अभिलाष ने बुद्धिमत्ता का मोती उसे दे दिया।

'ठीक है, अगर अंग्रेजी जानना ही इसकी जरूरत है तो मैं कर लूँगा यह काम।' अभिनव ने कहा, लेकिन अब भी वह इस चीज से अनजान था कि उसे करना क्या होगा, लेकिन तब उसने सोचा, 'अगर अभिलाष ने यह सोचा है कि मैं यह काम कर सकता हूँ, तो मुझे यह काम जरूर करना चाहिए।'

अभिनव मस्कट पहुँच गया, जहाँ उसका काम सॉफ्टवेयर से संबंधित पूरी सूचनाएँ 21 दिन के अंदर इकट्ठी करना था। उसके मिलनसार व्यवहार के चलते यह काम उसके लिए बेहद आसान साबित हुआ। वह अलग-अलग विभागों के लोगों से बात करता, उनकी जरूरतें समझता, वापस आता और उनके बारे में अपनी टीम को अवगत कराता। महीना खत्म होते-होते, सॉफ्टवेयर तैयार हो गया और चलने भी लगा। अभिनव अपने अहम योगदान से बेहद खुश था, क्योंकि 6डी की आय बढ़ गई थी, और साथ-ही-साथ, उसका अस्तित्व भी बच गया था, यह उसकी उपलब्धियों में सबसे बड़ी चीज थी।

ईजी रिचार्ज, प्वॉइंट ऑफ सेल (पी.ओ.एस.) पर आधारित इलेक्ट्रॉनिक वॉउचर वितरण सिस्टम, किसी भी फुटकर दुकानदार के जरिए प्रीपेड मोबाइल नंबर को रिचार्ज कराने का सबसे आसान तरीका था। भारत और दक्षिण एशिया में रिचार्ज कराने की यह तकनीक सबसे ज्यादा प्रचलित थी, क्योंकि इसमें बेहद कम खर्च और वितरण शुल्क अदा करना पड़ता था। हालाँकि इस बारे में किसी ने नहीं सोचा था कि इस माध्यम का किसी अन्य क्षेत्र में भी इस्तेमाल हो सकता है।

जल्दी ही अभिनव ने ईजी रिचार्ज सिस्टम का पूरा जिम्मा ले लिया और इसका तमाम टेलीकॉम ऑपरेटरों से परिचय कराया, भारत में भी और विदेशों में भी। वह अपनी फिलॉसफी कुछ पर केंद्रित रहने पर टिका रहा और 6डी की आय को ज्यादा-से-ज्यादा बढ़ाने के लक्ष्य को आगे बढ़ाता रहा।

~

जबकि हर शख्स 6डी में टेलीकॉम ऑपरेटरों को अपनी क्लाइंट लिस्ट में शामिल करने में जी-जान से जुटा हुआ था, वहीं जरूरी कानूनी औपचारिकताओं पर किसी का ध्यान ही नहीं गया।

उन लोगों ने इस पहलू के बारे में तब जाना, जब पहली बार आयकर विभाग की तरफ से उन्हें नोटिस भेजा गया। नोटिस के बाद उन्हें अपनी भयंकर भूल का एहसास

हुआ। नोटिस में उन्हें चेतावनी दी गई थी कि पिछले दो साल से उनका आयकर बकाया चल रहा है और जल्दी ही उन्होंने इसका भुगतान नहीं किया तो वे कर वंचना के अपराध में सलाखों के पीछे डाले जा सकते हैं। उन्होंने महसूस किया कि आयकर की मात्रा उनकी कमाई से कहीं आगे जा चुकी है। उनके पास ऐसा कोई रास्ता नहीं था कि वे बकाया भुगतान कर सकते थे और हो सकता है कि इसके लिए उन्हें कर्ज भी लेना पड़े, या फिर कोई मसीहा उनको बचाने के लिए आगे आए।

किस्मत से, उसी दौरान एक मसीहा उनकी राहत के लिए आगे आया, जो कि वेंचर कैपिटलिस्ट (वी.सी.) था और 6डी में 20 फीसद हिस्सेदारी के लिए दो करोड़ रुपए लगाने को तैयार था। कंपनी के भविष्य की संभावनाओं को ध्यान में रखते हुए, उन्होंने यह सौदा मंजूर कर लिया। यह काफी हलका आँकड़ा था, लेकिन तरल नकदी की तात्कालिक जरूरत को देखते हुए, उन्होंने राहत की साँस ली। पैसा पाने के बाद उन्होंने उससे सबसे पहले अपना कर्ज चुकाया, जो कि 80 लाख रुपए के आसपास था।

किस्मत से, उसी दौरान एक मसीहा उनकी राहत के लिए आगे आया, जो कि वेंचर कैपिटलिस्ट (वी.सी.) था और 6डी में 20 फीसद हिस्सेदारी के लिए दो करोड़ रुपए लगाने को तैयार था। कंपनी के भविष्य की संभावनाओं को ध्यान में रखते हुए, उन्होंने यह सौदा मंजूर कर लिया। यह काफी हलका आँकड़ा था, लेकिन नकदी की तात्कालिक जरूरत को देखते हुए, उन्होंने राहत की साँस ली। पैसा पाने के बाद उन्होंने उससे सबसे पहले अपना कर्ज चुकाया, जो कि 80 लाख रुपए के आसपास था।

6डी के भविष्य की योजना पर चर्चा के बाद अभिलाष ने कहा, 'अभिषेक, चूँकि हमारे कंधों से 80 लाख रुपए का बोझ उतर गया है, मैं सोचता हूँ कि हमें अब तनख्वाह लेना शुरू कर देना चाहिए। सत्यम के साथ ही, हमने अपनी तनख्वाहों को भी अलविदा कह दिया था, लेकिन अब हम तनख्वाह लेना दोबारा शुरू कर सकते हैं।'

'तुम ठीक कह रहे हो। मैंने अपनी आखिरी तनख्वाह दो साल पहले ली थी। यह तो मेरे लिए लंबे समय से खोया हुआ ख्वाब बनकर रह गई है, लेकिन अब हमें इस प्रक्रिया को शुरू कर देना चाहिए और इस साझीदारी वाली फर्म को बड़े संगठन में बदल देना चाहिए, जिसके लिए इसे पूरा हक भी है,' अभिषेक ने अपने जवाब में कहा।

6डी के गठन के बाद, पहली बार हर किसी ने तनख्वाह उठाई, जिसमें अभिषेक और अभिलाष भी शामिल थे।

आक्रामक प्रयासों और उनके लगातार फॉलो-अप्स के चलते विकास दर भी

काफी तेज हो चुकी थी, और बिजनेस डेवलपमेंट टीम ने प्रोजेक्ट डेवलपमेंट टीम को पछाड़ना शुरू कर दिया था, जिसे अब तय समय-सीमा पर काम खत्म करने में कठिनाई महसूस होने लगी थी। इसलिए 6डी को कुछ और लोगों की जरूरत थी, ताकि प्रोजेक्ट को समय पर पूरा किया जा सके।

'हमें बैक-एंड के लिए और अधिक लोगों की जरूरत है। कारोबार को न कहना बेवकूफी है। और अगर हमने समय पर काम पूरा करके नहीं दिया तो हम अपनी साख भी गँवा बैठेंगे।' अभिलाष ने चिंतित स्वर में कहा।

'मैं समझता हूँ, लेकिन लोगों को नौकरी पर रखने का मतलब है कि हमें और अधिक वर्किंग कैपिटल की जरूरत पड़ेगी, जो कि हमारी वर्तमान स्थिति और खास तौर पर हमारे क्लाइंटों से मिलने वाले भुगतान के तौर-तरीके को देखते हुए मुश्किल लगता है।' अभिषेक ने कहा।

'हमें कुछ और वी.सी. से संपर्क साधना चाहिए। फिलहाल के लिए यही बेहतर तरीका हो सकता है,' अभिलाष ने सुझाया।

जबकि आधी टीम प्रस्तुतीकरण तैयार करने में जुटी हुई थी, बाकी की आधी टीम वी.सी. लोगों से बात कर रही थी, लेकिन हर वी.सी. उनके प्रस्तावों को नामंजूर ही नहीं करता, बल्कि खारिज भी कर देता।

'मैं समझता हूँ, लेकिन लोगों को नौकरी पर रखने का मतलब है कि हमें और अधिक वर्किंग कैपिटल की जरूरत पड़ेगी, जो कि हमारी वर्तमान स्थिति और खास तौर पर हमारे क्लाइंटों से मिलने वाले भुगतान के तौर-तरीके को देखते हुए मुश्किल लगता है।' अभिषेक ने कहा। 'हमें कुछ और वी.सी. से संपर्क साधना चाहिए। फिलहाल के लिए यही बेहतर तरीका हो सकता है,' अभिलाष ने सुझाया।

'आपके प्रस्ताव बिल्कुल वैसे ही हैं, जैसे आपके प्रतिस्पर्धियों के। आपके बिजनेस मॉडल में अंतर पैदा करनेवाले उत्पाद नदारद हैं। आपकी सफलता सिर्फ कीमतें कम होने के चलते ही है, लेकिन कम कीमत का मतलब नियोजित पूँजी पर कम रिटर्न (ROCE) भी है। हम ऐसे कारोबार में पैसे नहीं लगा सकते, जिसका भविष्य कड़ी प्रतिस्पर्धा के सामने धुँधला जान पड़ता हो।' वहाँ मौजूद वी.सी. में से एक ने कहा।

हर शख्स निराश था, लेकिन यह 6डी टीम के लिए सबसे आदर्श समय था, जब वे सोच-विचार करके कुछ नया करने पर जुट सकते थे, कुछ ऐसा खोजने के लिए वे तैयार हो सकते थे, जो उन्हें प्रतिस्पर्धी बढ़त दिला सकता।

~

'अभिषेक, क्या तुम देख रहे हो कि नए बिजनेस आइडिया को लेकर हमारी टीम में एकरूपता सी आ गई है। जिसे देखो वही वी.सी. हमें जवाब दे देता है कि हमारे पास बाजार के लिए कुछ नया नहीं है। हम पर कुछ नया करने का जबरदस्त दबाव है। लेकिन कोई भी उस दिशा में काम करता हुआ नजर नहीं आता।' अभिनव ने सुबह की चाय पर इसका जिक्र किया।

'हो सकता है कि वे उस चीज पर ध्यान केंद्रित नहीं कर पा रहे हैं, जिससे अंतर पैदा किया जा सकता हो। मैं सोचता हूँ कि हमें इस पर काम करना चाहिए और तब इसे सबके सामने पेश करना चाहिए। हमारा नया बिजनेस आइडिया होगा बिजनेस टू कंज्यूमर (बी2सी) प्रोडक्ट। हमारी सफलता यहीं छिपी है।' अभिषेक पहले ही इस मुद्दे पर काफी मंथन कर चुका था।

'दरअसल, तुमने वोडाफोन-हच के बीच हुए 22 खरब डॉलर सौदे के बारे में जरूर पढ़ा होगा। उन्होंने प्रति यूजर 776 डॉलर का भुगतान किया है।'

'अगर उपभोक्ता किसी कंपनी से जुड़े हुए हैं तो वह कंपनी नीति निर्धारक के तौर पर जानी जाती है और अपने हिसाब से चीजें तय करती है। हमें भी कुछ इसी तरह की चीज बनाने की जरूरत है, एक बी2सी उत्पाद।'

अभिषेक और अभिनव, साथ में नए विचार पर काम करने लगे, जो कि 6डी को कई गुना ऊँची उछाल प्रदान कर सके। उन्होंने इसे Echo नाम दिया, क्योंकि वे एक छोटे नाम पर काम कर रहे थे, जो कि क्रिया के तौर पर भी इस्तेमाल किया जा सके। बाद में उन्होंने उस शब्द को ईको के तौर पर एक स्टाइल प्रदान कर दिया।

अंततः वे ईको को शुरू करने के लिए तैयार हो गए। लेकिन अपने आइडिया को 6डी टीम के सामने प्रस्तुत करने से पहले उन्होंने बाहर से पुष्टि कराने की सोची।

'ईको से लोग अपने मोबाइल फोन के जरिए पैसे ट्रांसफर कर सकेंगे। यह मोबाइल कॉमर्स का एक और रूप है।' अभिषेक और अभिनव एक साथ बोल पड़े। वे TiE-Canaan उद्यमिता चुनौतियाँ—एक राष्ट्रीय स्तर की कारोबारी योजना प्रतिस्पर्धा थी, जो कि शुरुआती दौर के उद्यमियों को आधार और

'ईको से लोग अपने मोबाइल फोन के जरिए पैसे ट्रांसफर कर सकेंगे। यह मोबाइल कॉमर्स का एक और रूप है।' अभिषेक और अभिनव एक साथ बोल पड़े। वे TiE-Canaan उद्यमिता चुनौतियाँ—एक राष्ट्रीय स्तर की कारोबारी योजना प्रतिस्पर्धा थी, जो कि शुरुआती दौर के उद्यमियों को आधार और उनके नए लीक से हटकर तैयार आइडिया को फंड उपलब्ध कराने के उद्देश्य से आयोजित की गई थी।

उनके नए लीक से हटकर तैयार आइडिया को फंड उपलब्ध कराने के उद्देश्य से आयोजित की गई थी।

'ईको के जरिए, एक सुरक्षित वित्तीय लेन-देन पूरा किया जा सकेगा और इसके लिए बेहद साधारण फोन की जरूरत पड़ेगी। इस्तेमाल में आसानी और प्रति लेन-देन कम कीमत भी हमें अन्य से अलग रखेगा।' अभिषेक ने इसमें अपनी बात जोड़ी। यह अवधारणा बेहद सरल थी, अपने मोबाइल फोन का इस्तेमाल वित्तीय लेन-देन में करें।

'इस तकनीक के जरिए, मोबाइल फोन लोगों के पर्स जैसा काम करने लगेगा। फिर आप चाहें तो लेख खरीदें, मूवी टिकट बुक करें या पैसे ट्रांसफर करें।' अभिनव ने इसके बारे में विस्तार से बताया।

उनके कम कीमतवाले मोबाइल कॉमर्स की अवधारणा की बदौलत उन्होंने 2006 का TiE-Canaan उद्यमिता चुनौती पुरस्कार जीता, लेकिन फंडिंग अब भी चुनौती बनी हुई थी। वी.सी. कहते थे कि उनकी टीम इतने बड़े आइडिया पर काम करने के लिए मुफीद नहीं है। इसके बावजूद, प्रतियोगिता जीतना ही अपने आपमें बड़ी बात थी और यह साबित करती थी कि उनका आइडिया वाकई काफी बड़ा है।

एक बार जब उन्होंने पुरस्कार जीत लिया, तब अभिनव और अभिषेक ने तय किया कि अब वह समय आ गया है, जबकि उन्हें अपनी टीम के सामने प्रतियोगिता जीतनेवाली खबर का खुलासा कर देना चाहिए। उत्साहित और रोमांचित, अभिषेक और अभिनव ने ईको को 6डी टीम के सामने प्रस्तुत किया। वे यह अपेक्षा कर रहे थे कि उनकी मेहनत के लिए टीम की तरफ से उन्हें जोश भरे अंदाज में जवाब और समर्थन मिलेगा, लेकिन उनके सपाट चेहरे देखकर वे दोनों धीरे से अपनी कुरसियों में जा धँसे।

'अभिषेक, कृपया समझो इस बात को कि हम टेलीकॉम सॉफ्टवेयर कंपनी हैं। हम बी2बी के दायरे में काम करते हैं। उपभोक्ता आधारित बिजनेस में हमें विशेषज्ञता हासिल नहीं है। इसके अलावा हमारे पास ढेर सारे प्रोजेक्ट भी हैं, जिन्हें समय पर पूरा करने का दबाव भी हम पर बना हुआ है। ऐसे में हम

'अभिषेक, कृपया समझो इस बात को कि हम टेलीकॉम सॉफ्टवेयर कंपनी हैं। हम बी2बी के दायरे में काम करते हैं। उपभोक्ता आधारित बिजनेस में हमें विशेषज्ञता हासिल नहीं है। इसके अलावा हमारे पास ढेर सारे प्रोजेक्ट भी हैं, जिन्हें समय पर पूरा करने का दबाव भी हम पर बना हुआ है। ऐसे में हम किसी नए आइडिया पर कैसे काम शुरू कर सकते हैं?' बी.आई.टी. में अभिषेक के सहपाठी मनीष ने कहा। वह 6डी में सीओओ मनोनीत किया गया था।

किसी नए आइडिया पर कैसे काम शुरू कर सकते हैं?' बी.आई.टी. में अभिषेक के सहपाठी मनीष ने कहा। वह 6डी में सीओओ मनोनीत किया गया था।

'अभिषेक, मुझे नहीं लगता कि हम अभी इसके लिए तैयार हैं। हमें अभी अपनी विशेषज्ञता पर ध्यान केंद्रित करना चाहिए; हमारे पास पहले से ही ढेर सारे प्रोजेक्ट लंबित हैं। मुझे यह समझ में नहीं आता कि तुम 6डी के लिए बिना योजना बनाए अचानक ये चीजें कैसे कर रहे हो और इसमें तुमने हमें न शामिल किया और न कोई सलाह-मशविरा ही करने की जरूरत तुमने समझी,' अभिलाष ने कहा। वह थक चुका था, यह उनकी तीसरी मीटिंग थी और अभिषेक व अभिनव ईको को छोड़ने को तैयार नहीं थे। उनकी जिद काम नहीं आ रही थी।

'ऐसा लग रहा है कि TiE-Canaan प्रतियोगिता में शामिल जजों को समझाना कहीं ज्यादा आसान था, बजाय कि मेरी अपनी टीम के,' अभिषेक ने अपने और टीम के बीच के विवाद को महसूस करते हुए कहा। यहाँ तक कि अभिषेक 6डी के अपने ही कोर ग्रुप को ईको के आइडिया की बाबत समझा नहीं पा रहा था। इस आइडिया पर अड़े रहने की जिद और अपनी सोच में दूसरों को शामिल न करने और संवादहीनता के कारण ऐसा नुकसान हुआ, जिसे पलटा नहीं जा सकता था और अभिषेक ने आगे मिलनेवाले बदतर परिणाम के बारे में सोचा भी नहीं था।

'इसे कुछ इस तरह देखो। हमें 6डी को चलाने के लिए पैसे की जरूरत है। वी.सी. पहले ही कह चुके हैं कि हमारा बिजनेस मॉडल बाजार में किसी भी तरह का अंतर पैदा कर पाने में सक्षम नहीं है। मेरा भरोसा करें। वहीं जिस प्रोजेक्ट पर मैं बात कर रहा हूँ, उससे हमें बढ़त मिल जाएगी। इस प्रोजेक्ट के आधार पर हम पैसे जुटा पाएँगे और उसकी मदद से दूसरे प्रोजेक्टों को सहयोग कर पाएँगे।'

'तो अब तक कोई वी.सी. तुम्हारे पुरस्कृत आइडिया पर दाँव लगाने के लिए आगे क्यों नहीं आया, अभिषेक?' मनीष ने प्रतिक्रिया व्यक्त की।

'जजों ने कहा कि इस प्रोजेक्ट को करने के लिए न तो हमारे पास उचित कौशल है और

'जजों ने कहा कि इस प्रोजेक्ट को करने के लिए न तो हमारे पास उचित कौशल है और न ही विशेषज्ञता। फिर हम क्यों अपनी ऊर्जा इसमें लगाएँ? बहरहाल, अगर हम अपना समय और पूँजी इसमें लगाएँ भी तो भी इस बात की गारंटी नहीं है कि हम पूँजी हासिल कर पाएँगे।' जो स्वाभाविक चीज थी, उस पर इशारा करते हुए अभिषेक ने कहा। उनके बीच की बातचीत दोस्ताना अंदाज को पार करने लगी थी, उनका गुस्सा बढ़ने लगा था और दोनों ही तरफ तनाव बराबर बढ़ रहा था।

न ही विशेषज्ञता। फिर हम क्यों अपनी ऊर्जा इसमें लगाएँ? बहरहाल, अगर हम अपना समय और पूँजी इसमें लगाएँ भी तो भी इस बात की गारंटी नहीं है कि हम पूँजी हासिल कर पाएँगे।' जो स्वाभाविक चीज थी, उस पर इशारा करते हुए अभिषेक ने कहा। उनके बीच की बातचीत दोस्ताना अंदाज को पार करने लगी थी, उनका गुस्सा बढ़ने लगा था और दोनों ही तरफ तनाव बराबर बढ़ रहा था।

दोनों ही पक्ष बंदूकें ताने खड़े थे। कोई भी झुकने को तैयार नहीं था। अभिषेक और अभिनव ऐसी भाषा बोलने लगे थे, जिसकी किसी ने उम्मीद नहीं की थी। अचानक, चीजें बदल गईं। टीम दो हिस्सों में बँट गई।

~

समझौते के आसार तब और धूमिल होने लगे, जब रजत मेहता, जिनकी 6डी में 20 फीसद हिस्सेदारी थी, ने 6डी को खरीदने का प्रस्ताव दे दिया। यह मुद्दा अभिषेक और अभिलाष के बीच और तनाव बढ़ानेवाला हो गया, जो 6डी टेक्नोलॉजीज के आधार स्तंभ थे।

'मुझे लगता है कि यह एक अच्छा प्रस्ताव है। आखिरकार, हम कब तक इतने कम मार्जिन के साथ घिसटते रहेंगे? हम इस प्रस्ताव को स्वीकार करते हैं, हमें इससे विस्तार और विविधता लाने में मदद मिलेगी।' अभिलाष ने तर्क दिया।

'अभिलाष, वी.सी. से पैसे हासिल करना और कंपनी बेचना, दोनों अलग-अलग चीजें हैं। उन प्रोजेक्ट्स का क्या होगा जिन पर हम वर्तमान में काम कर रहे हैं? वास्तव में, हम उन प्रोजेक्ट्स को पूरा कर वित्तीय संकट से उबर सकते हैं। अब चूँकि हमने टेलीकॉम इंडस्ट्री में अपनी साख बना ली है और हम यह भी जानते हैं कि यह सेक्टर फिलहाल तेजी से बढ़ेगा, हमें अगले 6 महीने तक किसी तरह की बाधा खड़ी नहीं करनी चाहिए। हमें अभी इसे बेचने के बारे में सोचना भी नहीं चाहिए।' अभिषेक ने कहा।

'अभिषेक हमारी युवा टीम है। हममें से कुछ पहले ही शादीशुदा है और बाकी भी जल्दी ही शादी कर लेंगे। 6डी को बेचने का तर्क बनता है। वह हमारा अच्छा मूल्यांकन कर रहा है और काफी पैसा भी दे रहा है। हो सकता है ऐसा प्रस्ताव हमें भविष्य में न मिले,' मनीष ने अपनी राय व्यक्त की। पूरी टीम सहमत हो गई।

'लेकिन मनीष, यह हमारा कारोबार है। अगर हमने इसे बेच दिया तो हम फिर से कर्मचारी बन जाएँगे। एक स्वतंत्र इकाई के तौर पर, हमें अपने हिसाब से कम करने की आजादी रहेगी। मेरा अब भी मानना है कि ईको वाले आइडिया को एक मौका दिया जाना चाहिए। उसकी बदौलत हम वी.सी. से पूँजी उठा सकते हैं,' अभिषेक ने कहा।

'अभिषेक, हम ईको को लेकर तुम्हारे पागलपन से थक चुके हैं। हमारी ईको को लेकर कोई दिलचस्पी नहीं है और 6डी टीम की तरफ से, मैं खुद इसे लेकर स्पष्ट नहीं

हो पा रहा हूँ। हमने कंपनी खड़ी की। हमने दिन-रात मेहनत की, घिसटते रहे और अब जब हमारे प्रयासों से पैसे बनाने का वक्त आया, तो तुम मना कर रहे हो। बहुसंख्यक लोग चाहते हैं कि इसे बेच दिया जाए। आज के लिए इतना काफी है। मीटिंग खत्म करते हैं।' इसके साथ ही, अभिलाष तेजी से कमरे से बाहर निकल गया।

धीरे-धीरे, एक-एक करके, सभी सदस्य कमरे से बाहर चले गए। केवल अभिनव और अभिषेक ही वहाँ रह गए। मीटिंग का लब्बोलुआब यह निकला कि 6डी टेक्नोलॉजीज से उनका कार्यकाल खत्म हो गया। महत्त्वाकांक्षी ईको को आगे बढ़ाने की जिद ने उन्हें अलग-थलग कर दिया, वे अपने ही परिवार में अजनबी कर दिए गए।

~

अभिनव अब भी 6डी से अलग होने के बारे में सोच नहीं पा रहा था। आखिरकार, वह भी इसके साथ ही बड़ा हुआ था। विडंबना यह भी थी कि जिस तारीख को उसने 6डी में कदम रखा था, उसी तारीख को उसे कंपनी छोड़नी पड़ रही थी—7 फरवरी। इस दिन तक, उसने 7 फरवरी के दिन को बेहद पवित्र और फलित दिन मान रखा था, लेकिन अब वही दिन निराशा में बदल गया था।

उसने अपने केबिन की तरफ देखा तो उसका दिल बैठ गया। उसके वर्कस्टेशन पर टीम की तस्वीरें चिपकी हुई थीं। अचानक वे दृश्य उसके सामने घूमने लगे कि किस तरह हर प्रोजेक्ट और हर रात देर तक जगना, ताकि समय-सीमा का पालन किया जा सके, आदि काम से ज्यादा मजेदार लगते थे। पिछले दो सालों में, अभिनव ने अपने भाई अभिषेक की बजाय अभिलाष के तहत ट्रेनिंग में ज्यादा समय बिताया था। लेकिन अब चीजें बदल चुकी थीं, उसने अभिलाष से बात करने का साहस जुटाया। अंततः अभिलाष को अलविदा कहने के लिए वह उसके केबिन में गया।

'अभिलाष, आपके समर्थन के लिए बहुत शुक्रिया। आपके साथ काम करना वाकई अच्छा रहा।' अभिनव ने औपचारिकता के लिए अपना हाथ आगे बढ़ाया।

हालाँकि अभिलाष भी भावनात्मक उथल-पुथल से गुजर रहा था। मन में सवालों का ज्वार-भाटा उमड़ रहा था, जैसे कि 'क्या वह सही है? उसने तो केवल अलग राय रखी

> *'अभिषेक, क्या मैं सपने देख रही हूँ या वाकई तुमने कुछ कहा है? अंततः इतने सालों बाद तुमने घर में कोई चीज गौर की है।' मेखला ने कहा। उसकी टिप्पणी अभिषेक को चुभ गई और उसने महसूस किया कि उसने घर सँभालने की जिम्मेदारी काफी पहले ही मेखला को सौंप दी थी। उसने निजी मोरचे पर कमजोर पड़ चुकी चीजों को दुरुस्त करने का फैसला किया।*

थी।' 'क्या चीजें वाकई सही बदतर हालात में जा चुकी हैं? क्या हम बिगड़े हालात दुरुस्त नहीं कर सकते हैं? क्या हालात वाकई बदले नहीं जा सकते हैं?' ये सब विचार उसके मन में उमड़ रहे थे।

'गुड लक!' अभिलाष ने प्यार से कहा। वह जानता था कि एक साझीदार से कहीं ज्यादा बड़ी चीज वह खो रहा है।

जैसा कि तय हुआ था, अभिषेक और अभिनव ने 6डी में अपनी हिस्सेदारी बेच दी। जबकि कंपनी छोड़ना उनके लिए बेहद कठिन था, अभिलाष के लिए यह कुछ ज्यादा ही दर्दनाक था। न केवल उसने अपने विश्वासपात्र और सहयोगी अभिषेक को खोया, बल्कि 6डी को बेचने से कोई खास पैसे भी हासिल नहीं हुए, कंपनी को बिना पूँजी और टूटे मनोबल के साथ आगे बढ़ने के लिए बेहद कठिन संघर्ष करना पड़ा।[1]

~

6डी छोड़ने के बाद अभिषेक घर पर ही था। 'मेखला, यह सोफा अब काफी पुराना हो चला है। इसका रंग परदों से मेल भी नहीं खाता।' अभिषेक ने अपनी पत्नी से कहा।

'अभिषेक, क्या मैं सपने देख रही हूँ या वाकई तुमने कुछ कहा है? अंततः इतने सालों बाद तुमने घर में कोई चीज गौर की है।' मेखला ने कहा। उसकी टिप्पणी अभिषेक को चुभ गई और उसने महसूस किया कि उसने घर सँभालने की जिम्मेदारी काफी पहले ही मेखला को सौंप दी थी। उसने निजी मोरचे पर कमजोर पड़ चुकी चीजों को दुरुस्त करने का फैसला किया।

घरेलू मामलों में सक्रियता से हाथ बँटाने के अपने फैसले का वह ऐलान करने ही वाला था कि तभी अभिनव वहाँ पहुँचा और सोफे पर बैठ गया। उसके चेहरे पर चिड़चिड़ापन साफ झलक रहा था। अभिषेक को पता था कि क्या चल रहा है।

'मैं नहीं सोचता कि ऐसा होना चाहिए था।' अभिनव ने दु:खी होकर कहा।

'जो हुआ वह दुर्भाग्यपूर्ण था और हमारे नियंत्रण से बाहर था। मैं मानता हूँ, लेकिन हमें आगे बढ़ने की जरूरत है। जो हो गया सो हो गया; हम इस बारे में एक मिनट भी नहीं सोचेंगे। हमने ईको में भरोसा किया था और हम अब भी इसमें विश्वास रखते हैं। मुद्दा अब यह है कि हमें इसे हकीकत में बदलना है।' अभिषेक ने कहा।

'आप ठीक कहते हो, लेकिन ईको में हमारा मॉडल वित्तीय क्षेत्र के इर्द-गिर्द घूमता है। हम इंजीनियर हैं, हमें वित्तीय क्षेत्र की न कोई जानकारी है और न ही अनुभव। हमें

---

1. अभिलाष के नेतृत्व में 6डी लाभ अर्जित कर रही है और टेलीकॉम क्षेत्र में मूल्य वर्धित सेवा (VAS) प्रदान कर रही है।

ऐसे लोग खोजने होंगे, जिनके पास इस क्षेत्र से संबंधित अनुभव और विशेषज्ञता, दोनों ही हो!' अभिनव ने अपनी खोई हुई ताकत को दोबारा जुटाते हुए कहा।

'लेकिन इससे पहले, हमें 6डी से हासिल सारी सीख एक कागज पर उतार लेनी चाहिए, ताकि हम दोबारा उन गलतियों से बच सकें।' अभिषेक ने कहा। इस बार अभिषेक ने ज्यादा संगठित और ढाँचागत तरीके से काम करने पर जोर दिया।

अभिनव ने कागज कलम उठाया, और दोनों भाई प्रमुख सीखों को दर्ज करने में जुट गए। उन्होंने इन चीजों पर ध्यान केंद्रित किया—

1. हम एक उपभोक्ता ब्रांड बनाएँगे, जहाँ कीमत ही एकमात्र अंतर पैदा करनेवाला कारक नहीं होगी।
2. हम केवल उन लोगों को ही नियुक्त करेंगे, जिनके पास उचित काबिलीयत हो और वे हमारे साथ चल सकें, न कि ऐसे लोगों को जो कि आई.आई.टी., आई.आई.एम. आदि जैसे ब्रांड का तमगा लगाकर आएँ।
3. हम अपने सिस्टम को पारदर्शी बनाएँगे। सभी अहम निर्णयों और नए आइडियाज पर कोर सदस्यों के साथ मिल-बैठकर चर्चा की जाएगी।
4. हम सभी की भूमिका को स्पष्ट रूप से परिभाषित करेंगे और ज्यादा संगठित एच.आर. पॉलिसी और फ्रेमवर्क बनाएँगे।
5. हम अपनी कंपनी और अपने लिए एक विजन भी परिभाषित करेंगे और उस पर समय-समय पर मंथन भी करेंगे।

'सबसे अहम बात, हम कंपनी का डेबिट कार्ड अपने निजी खर्च के लिए नहीं करेंगे!' अभिनव ने बनावटी हँसी के साथ कहा।

अनुभव और सीख की अपनी कीमत होती है; कुछ लोग इसे बी-स्कूल हासिल करते हैं, जबकि अभिषेक जैसे लोग इसे किसी और तरीके से।

~

भले ही विवादों ने उनकी साझीदारी का अंत कर दिया, लेकिन उनकी दोस्ती पर इसका कोई असर नहीं पड़ा और वह जस की तस बनी रही। अभिलाष, अभिषेक और दूसरे कोर टीम सदस्य इतने परिपक्व थे कि वे एक-दूसरे के विरोधी विचारों को भी पूरा सम्मान देते थे। कुछ महीने बाद, उनके बीच संबंध दोबारा सामान्य हो गए।

'हाय, अभिषेक! मुझे तुमसे काम है। मेरा एक दोस्त है, मनोरंजन, जो अपना कुछ काम शुरू करना चाहता है। इस मामले में देखना कि क्या तुम उसके बिजनेस में कुछ निवेश कर सकते हो या उसके साथ ही मिलकर कुछ कर सकते हो तो,' 6डी से मनीष चंद्रा ने कहा। 'मैं उससे कहूँगा कि तुमसे बात करे।'

अभिषेक ने 6डी में अपनी हिस्सेदारी बेचकर काफी बड़ी पूँजी इकट्ठी कर ली

थी और उसे नई कंपनी, ईको फाइनेंशियल सर्विसेज में बतौर सीड कैपिटल इस्तेमाल करनेवाला था। मनीष जानता था कि अभिषेक नए विचारों को सुनने के लिए हमेशा तैयार रहता है। जल्दी ही मनोरंजन ने उसे फोन किया और उन दोनों ने अगले ही दिन की मीटिंग तय कर ली।

'हाय, अभिषेक! मुझे तुमसे काम है। मेरा एक दोस्त है, मनोरंजन, जो अपना कुछ काम शुरू करना चाहता है। इस मामले में देखना कि क्या तुम उसके बिजनेस में कुछ निवेश कर सकते हो या उसके साथ ही मिलकर कुछ कर सकते हो तो,' 6डी से मनीष चंद्रा ने कहा। 'मैं उससे कहूँगा कि तुमसे बात करे।'

'अभिषेक, मैं एक वेंचर शुरू करने की योजना बना रहा हूँ, और मैं पूँजी की तलाश कर रहा हूँ।' मनोरंजन ने कहा, 'मनीष ने मुझे बताया कि आप भी बिजनेस में पूँजी निवेश के लिए दिलचस्पी रखते हैं।'

'आपका आइडिया क्या है? किस तरह का बिजनेस आप करने की सोच रहे हैं?' अभिषेक ने पूछा।

अगले एक घंटे तक मनोरंजन ने उसे बिजनेस आइडिया के बारे में विस्तार से बताया जिस पर वह काम करना चाहता था। वह एक अधपका आइडिया ही था, जिस पर अभी और शोध और अध्ययन की जरूरत थी। लेकिन अभिषेक को मनोरंजन की लगन और गंभीरता ने काफी प्रभावित किया।

'आप क्यों नहीं हमारे स्टार्टअप में सहसंस्थापक सदस्य के तौर पर शामिल होते हैं? हमारे पास भी एक आइडिया है और हम साथ मिलकर काम कर सकते हैं।' अभिषेक ने कहा। उसने सोचा, अपनी मरजी से आई.आई.एफ.टी. छोड़नेवाले मनोरंजन के पास जबरदस्त जज्बा है, इसलिए बजाय उसके आइडिया पर पूँजी लगाने के, अभिषेक ने उसके सामने ऐसा प्रस्ताव रख दिया, जिसे वह मना नहीं कर सका।

मनोरंजन के शामिल होते ही ईको तीन गैर-बैंकिंग क्षेत्र के लोगों की टीम बन गई, जो कि मोबाइल कॉमर्स कंपनी बनाना चाहते थे।

'पहली चीज जो हमें करनी चाहिए, वह यह कि हमें अपने बोर्ड में बैंकिंग और फाइनेंस क्षेत्र के किसी पेशेवर को शामिल करना चाहिए, अन्यथा हम आगे एक भी कदम बढ़ाने के बारे में फैसला नहीं कर पाएँगे।' मनोरंजन ने कहा।

'हालाँकि मैं भी इसी मुद्दे पर सोच रहा था। हम इस बारे में आलोक से बात कर सकते हैं, हो सकता है कि वह किसी अच्छे पेशेवर को जानता हो।' अभिषेक ने कहा।

'कौन है वह?'

'आलोक jobsahead.com के संस्थापक हैं। उन्होंने अपनी हिस्सेदारी बेच दी

और अब Canaan partners, जो कि एक निजी इक्विटी फर्म है, जो TiE प्रतियोगिता को प्रायोजित करती है, के साथ जुड़ गए हैं। वहाँ हमने अपना ईको बिजनेस प्लान प्रस्तुत किया था और जीते भी थे। मैं उनसे वहीं मिला था।' अभिषेक ने जोश के साथ कहा और आलोक से बात की।

'मेरा खयाल है कि संजय भार्गव आपकी मदद कर सकेंगे। उनके पास वित्तीय क्षेत्र का काफी गहन अनुभव है। वे सिटीबैंक, Paypal आदि के साथ काम कर चुके हैं। दरअसल, संजय Paypal की बैक-ऐंड डिजाइनिंग टीम के सदस्यों में से एक हैं। वे टीम के लिए बेहद अहम साबित हो सकते हैं। मैं आपका उनसे संपर्क करवाता हूँ।' आलोक ने कहा और संजय के साथ उनकी मीटिंग अगले हफ्ते के लिए तय करा दी।

~

फॉर्मल कपड़ों में गंभीर मुद्रा बनाए हुए और घबराई हुई मुस्कान लिये वे तीनों—अभिषेक, अभिनव और मनोरंजन—ने एक रेस्तराँ में कदम रखा, जहाँ उनकी संजय के साथ मीटिंग होनेवाली थी। औपचारिक मित्रवत् मुलाकात के बाद संजय सीधे मुद्दे पर बात करने के लिए आ गए।

'आलोक ने आप लोगों की कारोबारी योजना के बारे में मुझे बताया। यह काम करने लायक है और इसमें आगे बढ़ने की भी संभावनाएँ हैं, इस बारे में कोई दो राय नहीं है। लेकिन क्या आप लोग वाकई मोबाइल पेमेंट क्षेत्र में ही रहना चाहते हैं? यह पचाना जरा कठिन है, क्योंकि आप लोगों की पृष्ठभूमि इंजीनियरिंग है। जिस कारोबार में आप कदम रखना चाहते हैं, वह बेहद गंभीर रूप से बैंकिंग का क्षेत्र है। यह मोबाइल के लिए ईजी रिचार्ज की तरह नहीं है, बल्कि यह शाखा रहित बैंकिंग है।' संजय ने कहा और वह अपने आपको हतप्रभ होने से रोक नहीं पा रहा था।

'मैं मानता हूँ, लेकिन यह बड़े पैमाने पर तकनीक आधारित उत्पाद है, और यही कारण है कि इंजीनियर होने के नाते हम इससे जुड़े हुए हैं। फाइनेंस समझने में आखिर पेचीदगी क्या है? क्या यह पूरी तरह तर्क पर आधारित नहीं है?' आत्मविश्वास से लबरेज अभिनव ने कहा।

'अच्छा, ठीक है! मुझे एक बात बताओ। अगर बैंक अपने ग्राहक से सेविंग डिपॉजिट लेता है तो यह बैंक के लिए लाइबिलिटी

> ***'अच्छा, ठीक है! मुझे एक बात बताओ। अगर बैंक अपने ग्राहक से सेविंग डिपॉजिट लेता है तो यह बैंक के लिए लाइबिलिटी (जिम्मेदारी) होगा या असेट (संपत्ति)?' संजय ने अभिनव को हकीकत से रूबरू कराने के लिए यह सवाल दागा, ताकि वे लोग यह न समझें कि पेमेंट के क्षेत्र को केवल तकनीक ही संचालित कर सकती है।***

(जिम्मेदारी) होगा या असेट (संपत्ति) ?' संजय ने अभिनव को हकीकत से रूबरू कराने के लिए यह सवाल दागा, ताकि वे लोग यह न समझें कि पेमेंट के क्षेत्र को केवल तकनीक ही संचालित कर सकती है।

'असेट यानी संपत्ति। यह अब बैंक की संपत्ति मानी जाएगी।' अभिनव ने जवाब दिया।

'ऐसा नहीं है। बैंक को उस डिपॉजिट को रखने के पीछे ग्राहक को ब्याज का भुगतान भी करना होगा, और साथ ही ग्राहक जब भी माँगेगा, तब वह पैसा लौटाना होगा, जिस वजह से वह पैसा बैंक के लिए एक जिम्मेदारी बन गया।' संजय ने अभिनव के अतिआत्मविश्वास और जानकारी न होने की बात पर अपनी मुस्कान छिपाते हुए कहा।

इसके बाद संजय ने उस क्षेत्र की छोटी-बड़ी जानकारियों से उन लोगों को वाकिफ कराया। वह उनकी लगन और दृढ इच्छाशक्ति पर भरोसा कर रहा था और इसी के साथ उसने ईको का हिस्सा बनना मंजूर कर लिया था।

संजय इस बात को भी जानते थे कि यह उत्पाद कई बदलावों के दौर से गुजरेगा, तब जाकर आर.बी.आई. के नियम-कायदों के खाँचे में बैठ सकेगा और बैंकों द्वारा स्वीकार्य हो सकेगा। लेकिन उनके सामने सबसे बड़ी चुनौती थी गैर-बैंकिंग क्षेत्र के लोगों को वित्तीय बारीकियों से रूबरू कराने की। उन्हें अभिनव, अभिषेक और मनोरंजन के साथ बैठकर एकाउंटिंग की आधारभूत अवधारणाओं और सिद्धांतों के बारे में विस्तार से समझाना पड़ा।

~

संजय की कक्षाएँ, जहाँ स्तंभ सरीखी थीं, वहीं 6डी से मिली शिक्षा ईको की शुरुआत के लिए नींव का पत्थर समान थी। सीख को लिखकर रख लेने से अभिषेक ने अपने उस वादे को निभाया, जिसमें उसने गलतियाँ न दोहराने का वादा किया था।

संजय की कक्षाएँ, जहाँ स्तंभ सरीखी थीं, वहीं 6डी से मिली शिक्षा ईको की शुरुआत के लिए नींव का पत्थर समान थी। सीख को लिखकर रख लेने से अभिषेक ने अपने उस वादे को निभाया, जिसमें उसने गलतियाँ न दोहराने का वादा किया था।

चार सहसंस्थापकों ने मिलकर शुरुआत कर दी और ईको को हकीकत में उतारने को लेकर काम करने लगे। पार्टनरशिप डीड में बिल्कुल स्पष्ट लिखा गया कि कोई भी पार्टनर तनख्वाह नहीं लेगा। समझौते में हर पार्टनर की भूमिका बिल्कुल स्पष्ट कर दी गई और उनके बाहर निकलने या कंपनी छोड़ने की शर्तें भी तय हो गईं। हर चीज ढाँचागत और पारदर्शी था।

'किसी एक को अगुवा उद्यमी के तौर पर कंपनी के शीर्ष पर रहना होगा, जो कि कंपनी का चेहरा होगा। अभिषेक, तुम इस भूमिका को अपनाओ। तुम्हारे पास ही कंपनी के सबसे ज्यादा शेयर होंगे, लेकिन अगर कोई विवाद या नकारात्मक घटना होती है, तो तुम ही उसके लिए भी सबसे ज्यादा जिम्मेदार ठहराए जाओगे।' संजय हर किसी को संस्थापक समझौते की बाबत मार्गदर्शन प्रदान कर रहे थे।

'किसी एक को अगुवा उद्यमी के तौर पर कंपनी के शीर्ष पर रहना होगा, जो कि कंपनी का चेहरा होगा। अभिषेक, तुम इस भूमिका को अपनाओ। तुम्हारे पास ही कंपनी के सबसे ज्यादा शेयर होंगे, लेकिन अगर कोई विवाद या नकारात्मक घटना होती है, तो तुम ही उसके लिए भी सबसे ज्यादा जिम्मेदार ठहराए जाओगे।' संजय हर किसी को संस्थापक समझौते की बाबत मार्गदर्शन प्रदान कर रहे थे।

अत: अभिषेक को ईको का सी.ई.ओ. मनोनीत कर दिया गया, यद्यपि कि वह काफी मामलों में संजय का असिस्टेंट ही था। संजय के वित्तीय क्षेत्र के लोगों से संपर्क और बैंकिंग सेक्टर के अनुभव के चलते, उन लोगों के बैंकों के साथ अच्छे संबंध विकसित हो गए। मनोरंजन को रिटेलर नेटवर्क तैयार करने की जिम्मेदारी मिली और उसे प्रबंधन और संचालन सँभालने को कहा गया। अभिनव को परदे के पीछे से तकनीकी हिस्सा सँभालने का जिम्मा सौंपा गया।

ईको की पहली सफलता जल्द सामने आई, जब संजय के विशेष प्रयास से सेंचुरियन बैंक ने उनके उत्पाद को सबसे पहले आजमाने का समझौता किया।

~

सेंचुरियन बैंक के पास महज 200 शाखाएँ थीं। वे केवल एक ही तरीके से आगे बढ़ सकते थे, जबकि वे शाखारहित बैंकिंग करते। ईको का पायलट प्रोजेक्ट भी उसी दिशा में था। एजेंडा था मिनी सेविंग एकाउंट विकसित करने का, जहाँ एक ग्राहक अपने मोबाइल से पैसे बचा सके और उसे ट्रांसफर भी कर सके। ग्राहक को किसी तरह के दस्तावेज की जरूरत नहीं थी, केवल मोबाइल फोन ही काफी था बैंक खाता खोलने के लिए। ईको के एजेंट के तौर पर काम कर रहे रिटेलर्स से मिलकर उन्हें अपनी जरूरत बतानी भर थी।

ग्राहक का मोबाइल फोन डेबिट कार्ड की तरह काम करता और पी.ओ.एस. (प्वॉइंट ऑफ सेल) डिवाइस रिटेलर्स के लिए काम करती। अब दस लोगों की टीम उत्पाद के विकास और तकनीकी एकीकरण के काम में जुट गई।

अभिषेक और संजय ने मिलकर तमाम बैंकों से संपर्क किया और ईको प्रोजेक्ट

के बारे में विस्तार से बताना शुरू किया। उन्हें समझा पाना सबसे बड़ी चुनौती साबित हुई। सेंचुरियन बैंक का प्रोजेक्ट अगर सफल हो जाता तो बैंकों को इस अनोखे काम के बारे में समझाने में भी आसानी होती।

'एक बार हम इस काम को लाइव शुरू कर सकें तो इसके बारे में दूसरों को समझाना काफी आसान हो जाएगा। हमें महज अपने पहले क्लाइंट को लेकर कठोर परिश्रम करने की जरूरत है, बाकी क्लाइंट तो एक-दूसरे को देखकर ही हमसे जुड़ जाएँगे।' संजय ने समझाया।

'बैंकर्स हमें गंभीरता से नहीं ले रहे हैं, क्योंकि बैंकिंग सेक्टर में हमारी कोई पृष्ठभूमि नहीं रही है।' अभिषेक ने कहा। उसने देश भर के सभी बैंकर को इ-मेल भेजे, ताकि वे उनसे मिलने का समय तय कर सके; लेकिन किसी ने भी जवाब नहीं दिया।

'उनके लिए शाखारहित बैंकिंग के मायने है अनियंत्रित दायरा। जोखिम को लेकर उनका संशय, आकलन और ललक टेलीकॉम कंपनियों से कहीं ज्यादा अलग है। मोबाइल कॉमर्स या PayPal हो सकता है कि अमेरिका या यूरोप में धमाल मचाए हों, लेकिन भारत के लिए ये बिल्कुल नए हैं। लेकिन चिंता न करो। समय लगेगा, लेकिन हम प्रयास करते रहेंगे। जिस दौरान तुम उनसे मिलने का समय तय कर रहे होगे, उसी दौरान हम सेंचुरियन बैंक का प्रोजेक्ट लॉन्च कर देंगे। तब हमारे लिए दूसरे बैंकों को समझाना आसान हो जाएगा। तब तक केवल उन तक पहुँचने का प्रयास करते रहे, सही संपर्क की तलाश में लगे रहो।' संजय ने कहा।

'एक बार हम इस काम को लाइव शुरू कर सकें तो इसके बारे में दूसरों को समझाना काफी आसान हो जाएगा। हमें महज अपने पहले क्लाइंट को लेकर कठोर परिश्रम करने की जरूरत है, बाकी क्लाइंट तो एक-दूसरे को देखकर ही हमसे जुड़ जाएँगे।' संजय ने समझाया।

'बैंकर्स हमें गंभीरता से नहीं ले रहे हैं, क्योंकि बैंकिंग सेक्टर में हमारी कोई पृष्ठभूमि नहीं रही है।' अभिषेक ने कहा। उसने देश भर के सभी बैंकर को इ-मेल भेजे, ताकि वे उनसे मिलने का समय तय कर सके; लेकिन किसी ने भी जवाब नहीं दिया।

~

'तुम इन असंगठित रिटेलर्स को अपना एजेंट बनाने पर इतना जोर क्यों दे रहे हो? ये भरोसेमंद बिल्कुल नहीं हैं। साथ ही हम संचालन की जटिलताओं को कैसे सँभाल पाएँगे?' मनोरंजन ने पूछा। उसे यह काम दिया जा रहा था कि वह दिल्ली के उत्तम नगर इलाके में रिटेलर्स को समझाकर ईको के सेल्स प्वॉइंट के रूप में तैयार करे।

'वे हमारे अपने आउटलेट्स से कहीं ज्यादा भरोसेमंद साबित होंगे। बैंकिंग ऑपरेशन उनके जरिए चलाना ज्यादा आसान रहेगा। हम बड़ी संख्या तक अपने बलबूते तो बिल्कुल नहीं पहुँच पाएँगे; साथ ही बड़ी टेलीकॉम कंपनियों की ओर देखो। एयरटेल के पास 15 लाख सेल्स प्वॉइंट हैं। एयरटेल कितने आउटलेट खुद चलाती है या उनके खुद के हैं ?' अभिषेक ने कहा।

'इतना ही नहीं, उनमें स्थायित्व और साख बरकरार रखने का भी दबाव रहता है, क्योंकि वे लोकल मार्केट में होते हैं। हमारे ग्राहक तब अपना पैसा ज्यादा सुरक्षित महसूस करेंगे, जब वे किसी जाननेवाले के जरिए संचालन करेंगे।' अभिनव ने और जोड़ा।

'ये चीज समझ में आती है, लेकिन उत्तम नगर ही क्यों ?' मनोरंजन ने पूछा।

'आपकी ससुराल है उत्तम नगर में। हम वहाँ बिना किराया दिए कुछ दिन के लिए ऑफिस चला सकते हैं।' अभिषेक मुस्कराया, जबकि मनोरंजन के अभिषेक की स्पष्टवादिता से झटका लगा।

'चकराओ नहीं। यह ठीक है कि वह दूसरा विकल्प है, लेकिन पहला कारण यह है कि उत्तम नगर में मोबाइल धारकों की संख्या किसी भी इलाके से ज्यादा है और यहाँ बाहर से आकर बसनेवाले कामगारों की संख्या ज्यादा है, जो गाँवों से यहाँ आए हैं और उनका बैंक से जुड़ाव कम-से-कम है। चूँकि वे बाहर से आए हैं, इसलिए उनको औपचारिक पता प्रमाण-पत्र पाने में मुश्किल होगी; इसलिए, वे सामान्य बैंकिंग सेवाओं का फायदा नहीं उठा पाएँगे। अगर उन्हें घर पैसे भेजने हों, मान लो कि बिहार के एक गाँव में, तो वे अपना पैसा ब्रोकर को देंगे, जो कि उनसे अनाप-शनाप कमीशन लेगा। ऐसे में उत्तम नगर हमारे लिए बिल्कुल उचित जगह साबित हो सकती है अपना काम शुरू करने के लिए, जहाँ हमें अपना टार्गेट ऑडिएंस मिल जाएगा। साथ ही मैं यह भी समझता हूँ कि आपके ससुर भी हमारा स्वागत करेंगे अपने घर में।' अभिनव ने उसे आँख मारते हुए कहा।

जल्दी ही उत्तम नगर में एक ऑफिस

'चकराओ नहीं। यह ठीक है कि वह दूसरा विकल्प है, लेकिन पहला कारण यह है कि उत्तम नगर में मोबाइल धारकों की संख्या किसी भी इलाके से ज्यादा है और यहाँ बाहर से आकर बसनेवाले कामगारों की संख्या ज्यादा है, जो गाँवों से यहाँ आए हैं और उनका बैंक से जुड़ाव कम-से-कम है। चूँकि वे बाहर से आए हैं, इसलिए उनको औपचारिक पता प्रमाण-पत्र पाने में मुश्किल होगी; इसलिए, वे सामान्य बैंकिंग सेवाओं का फायदा नहीं उठा पाएँगे। अगर उन्हें घर पैसे भेजने हों, मान लो कि बिहार के एक गाँव में, तो वे अपना पैसा ब्रोकर को देंगे, जो कि उनसे अनाप-शनाप कमीशन लेगा।

खुल गया। मनोरंजन ने सावधानीपूर्वक भरोसेमंद और आगे बढ़ने की ललक रखनेवाले दुकानदारों का चयन किया और एक-एक करके उनके पास जाकर उन्हें समझाना शुरू किया कि कैसे वे बैंक खाता खोलेंगे और लोगों के मोबाइल फोन से पैसे ट्रांसफर करेंगे।

कॉलेज से बिल्कुल नया-नया पास हुआ युवक सुमित गुप्ता, जो कि उत्तम नगर में ही एक दवा की दुकान चलाता था, इस आइडिया पर बेहद खुश हुआ, लेकिन अपने पिता द्वारा हतोत्साहित कर दिया गया। गुप्ता के उदाहरण से मनोरंजन ने एक नई लाइन यह पकड़ ली कि उसे युवा दुकानदारों से ज्यादा संपर्क करना चाहिए, क्योंकि पुराने और बूढ़े दुकानदार कुछ नया करने को जल्दी तैयार नहीं होते। उसने ऐसे नए लोगों को तलाशना और अपना आइडिया बेचने का काम शुरू कर दिया।

अंतत: लगातार दो महीने तक पसीना बहाने के बाद वह 16 दुकानदारों को ईको ग्राहक सेवा केंद्र (सी.एस.पी.) के रूप में जोड़ पाया। वे अब सेंचुरियन बैंक के प्रोजेक्ट को लॉञ्च करने के लिए तैयार थे।

अगले दिन, उनका पहला सेंचुरियन बैंक का प्रोजेक्ट लॉञ्च हो गया। ट्रायल भी सफल रहा, और हर कोई उसी पर बैंकिंग कर रहा था। लेकिन अभिषेक को हैरत तब हुई, जब उसने एक अखबार में छपी हेडलाइन देखी कि सेंचुरियन बैंक ऑफ पंजाब का एच.डी.एफ.सी. बैंक में विलय होगा तो उसे झटका लगा।

उसने तुरंत संजय से बात की, 'क्या आपने ये विलय वाली खबर देखी?'

'हाँ, देखा।'

'अब ईको प्रोजेक्ट का नए प्रबंधन के तहत क्या होगा? क्या वे इसे जारी रखना चाहेंगे?'

'हो सकता है कि वे इस प्रोजेक्ट के साथ न आगे बढ़ें।' संजय ने कहा। अभिषेक इसे रद्द करने की कल्पना कर निराश हो उठा। उन्होंने अपना खून, पसीना और पैसा इस प्रोजेक्ट में लगाया था। उनके उज्ज्वल भविष्य की यही एक उम्मीद थी। वे केवल हालात उनके पक्ष में बदलने की प्रार्थना भर कर सकते थे।

अभिषेक ने महसूस किया कि उन्हें नए सिरे से दोबारा शुरुआत करनी होगी और वह भी बिना किसी फंड के। उनके पास 6डी की बिक्री के बाद जो भी पैसा मिला था, वह सब

> *अभिषेक ने महसूस किया कि उन्हें नए सिरे से दोबारा शुरुआत करनी होगी और वह भी बिना किसी फंड के। उनके पास 6डी की बिक्री के बाद जो भी पैसा मिला था, वह सब खर्च हो चुका था। मनाही और खारिज किए जाने से वे पूरी तरह टूटे हुए और बाजार से बाहर महसूस करने लगे थे, लेकिन उन्होंने प्रयास जारी रखा।*

खर्च हो चुका था। मनाही और खारिज किए जाने से वे पूरी तरह टूटे हुए और बाजार से बाहर महसूस करने लगे थे, लेकिन उन्होंने प्रयास जारी रखा।

'गुड मॉर्निंग, आशीष!' अभिषेक और अभिनव ने आशीष का स्वागत किया। आशीष सिटी बैंक में एक युवा प्रबंधक के तौर पर कार्यरत हैं और अपने जीवन के तीसरे दशक के मध्य में हैं। उन्हें अपने वरिष्ठ प्रबंधक से यह निर्देश मिला था कि वे उन संभावनाओं को टटोलें, जिसके तहत सिटी बैंक से उनका गठजोड़ हो सके।

'हम भारत में शाखारहित बैंकिंग के क्षेत्र में अग्रणी लोग हैं।' अभिषेक ने बताना शुरू किया। वे इस उत्पाद के प्रयोग करने की आसानी और जरूरत को लेकर अपनी बात रखना चाहते थे।

'ईको के जरिए बैंकिंग मोबाइल फोन के जरिए की जा सकती है।' अभिनव ने फोन उठाया और अपना मॉडल समझाने लगा।

'ये क्या है?' इससे पहले कि अभिनव अपनी बात पूरी कर पाता, आशीष बिफर पड़ा। 'आप लोग इस फोन के साथ क्या कर रहे हैं? मेरा समय खराब मत करिए। आपको प्रेजेंटेशन की पूरी तैयारी के साथ आना चाहिए था। आपको इतना भी नहीं पता कि अपने आइडिया को पेश कैसे करते हैं!'

'आशीष, यह उत्पाद केवल इतना है कि'—अभिनव ने अपने हाथ में फोन लेकर बोलना शुरू ही किया था कि आशीष ने बीच में ही उसे काट दिया।

'बंद करो सब। मैं यहाँ यह देखने के लिए नहीं बैठा हूँ कि आप मोबाइल फोन से कैसे खेलते हो? क्या आपके पास कुछ ढंग की चीज है हमें दिखाने को?' आशीष अकेले ही उन दोनों को शर्मसार कर रहा था।

'लेकिन उत्पाद तो मोबाइल फोन से ही संबंधित है। डेमो से बेहतर और कोई तरीका नहीं है समझाने का।' अभिनव ने कहा।

'क्या बकवास है! आप मेरा समय खराब कर रहे हैं। मुझे आपके उत्पाद में जरा भी दम नजर नहीं आ रहा है।' आशीष ने फैसला सुना दिया और बाहर चला गया। कुल 15 मिनट का समय मिला और उसमें से 10 मिनट, टीम

> ***'कल, मेरी मुलाकात तय थी एयरटेल में टॉप लेवल मैनेजर महिला से। बजाय कि आमने-सामने की मुलाकात के, वह चाहती थी कि मैं अपना मॉडल उसे फोन पर ही समझाऊँ, जो कि मैंने उसके ऑफिस के रिसेप्शन एरिया में करने का प्रयास किया। बातचीत के दौरान बीच में ही उसने मुझे रोका और बोली कि वह कुछ और नहीं सुनना चाहती है और मैं चला जाऊँ। यहाँ तक कि आज भी आशीष का रवैया उसी तरह रूखा था।' अभिनव हर तरफ से मिल रही निराशा से दुःखी हो गया था।***

ईको को जमकर खरी-खोटी ही सुननी पड़ी।

'आज का दिन तो कल से भी गया-गुजरा निकला।' अभिनव ने अपने माथे से पसीना पोंछते हुए कहा।

अभिषेक तो मोटी चमड़ी का बन चुका था। वह समझ गया था कि बैंक कहीं ज्यादा बड़े संस्थान हैं और ऐसा अक्सर होगा कि उन लोगों से मुलाकात हो जाए, जो नए आइडियाज के लिए तैयार नहीं हैं।

'कल क्या हुआ, अभिनव ? तुम इतने निराश क्यों दिख रहे हो ?' अभिषेक जिज्ञासु हो उठा।

'कल, मेरी मुलाकात तय थी एयरटेल में टॉप लेवल मैनेजर महिला से। बजाय कि आमने-सामने की मुलाकात के, वह चाहती थी कि मैं अपना मॉडल उसे फोन पर ही समझाऊँ, जो कि मैंने उसके ऑफिस के रिसेप्शन एरिया में करने का प्रयास किया। बातचीत के दौरान बीच में ही उसने मुझे रोका और बोली कि वह कुछ और नहीं सुनना चाहती है और मैं चला जाऊँ। यहाँ तक कि आज भी आशीष का रवैया उसी तरह रूखा था।' अभिनव हर तरफ से मिल रही निराशा से दु:खी हो गया था।

अभिषेक ने मुस्कराते हुए उसे जवाब दिया, 'दिल छोटा न करो। खारिज किया जाना बहुत जरूरी है, क्योंकि उसी से हम और आप भविष्य के लिए तैयार होते हैं। संभवत: दो साल बाद वह महिला ज्यादा-से-ज्यादा किसी सर्किल की मैनेजर हो जाएगी, जबकि तुम ईको के वीपी की हैसियत रखोगे।'

अभिषेक ने धैर्य और परिपक्वता का गुण सीख लिया था और हताशा और आक्रोश भरे हालात का मुकाबला इसी तरह करता था।

ऐसा लगने लगा था कि परेशानियाँ उनकी बदकिस्मती बनती जा रही हैं।

'लगभग एक साल होने को आया सेंचुरियन बैंक का झटका मिले हुए, लेकिन अब तक हम कुछ भी हासिल नहीं कर पाए हैं। हम किसी भी ओर जाते हुए नजर नहीं आ रहे हैं।' संजय ने कहा। उसका धैर्य जवाब दे गया था।

'हम प्रयास कर रहे हैं। इससे ज्यादा हम और कर भी क्या सकते हैं ? हमें इंतजार करना होगा और छोड़ना नहीं होगा।' अभिषेक ने शांत भाव से कहा। अभिषेक जानता था कि यह अवश्यंभावी है। ऐसा लग रहा था कि संजय ने अपना मन बना लिया था। बातचीत जल्दी ही गरमागरम बहस में बदल गई।

'यह काम नहीं कर रहा है। मैं ईको छोड़ रहा हूँ।' संजय ने 15 मिनट बाद बेरुखी से कहा।

अभिनव और मनोरंजन इस खबर से काँप उठे, लेकिन अभिषेक ने चेहरे पर शिकन नहीं आने दी।

ईको को दो हफ्ते लगे अपनी पुरानी गति पकड़ने में। संजय ने शुरुआती सेटअप में काफी गहनता से योगदान दिया था। वही था, जिसने उसमें बैंकिंग की आत्मा डाली थी, जबकि वह बड़े पैमाने पर टेलीकॉम कंपनी से जुड़ी चीज थी।

~

'बिल और मेलिंडा गेट्स फाउंडेशन के प्रतिनिधि तुम्हारे ऑफिस का दौरा करेंगे,' माइक ने बताया, जो कि विश्व बैंक के अधीन गरीबों को सहयोग करनेवाले सलाहकार समूह (CGAP) के तकनीकी कार्यक्रम से जुड़ा था। यह समूह बिल और मेलिंडा गेट्स फाउंडेशन ने गठित किया था। CGAP शाखा रहित बैंकिंग तकनीक का वैश्विक स्तर पर आकलन कर रहा था। ईको पर उन लोगों ने पिछले 6 महीने से नजर बनाए रखी थी।

'बिल और मेलिंडा गेट्स फाउंडेशन के प्रतिनिधि तुम्हारे ऑफिस का दौरा करेंगे,' माइक ने बताया, जो कि विश्व बैंक के अधीन गरीबों को सहयोग करनेवाले सलाहकार समूह (CGAP) के तकनीकी कार्यक्रम से जुड़ा था। यह समूह बिल और मेलिंडा गेट्स फाउंडेशन ने गठित किया था। CGAP शाखा रहित बैंकिंग तकनीक का वैश्विक स्तर पर आकलन कर रहा था। ईको पर उन लोगों ने पिछले 6 महीने से नजर बनाए रखी थी।

'बिल और मेलिंडा गेट्स फाउंडेशन की तरफ से अगले हफ्ते हमारे ऑफिस का कोई दौरा करनेवाला है!' अभिषेक ने घोषणा की।

'कौन आएगा?' अभिनव जिज्ञासु हो उठा। उसने बिल और मेलिंडा गेट्स फाउंडेशन की वेबसाइट खोज डाली और उससे जुड़े सारे वरिष्ठ लोगों के बारे में जानकारी जुटानी शुरू कर दी।

'इसकी चिंता न करो कि कौन आ रहा है, बल्कि चिंता इस बात की करो कि हम उसे दिखाएँगे क्या? हमारा अभी किसी से गठजोड़ भी नहीं है। हम उन्हें कैसे दिखाएँगे कि हमारे उत्पाद की ताकत क्या है?' अभिषेक ने कहा। वह दौरे को लेकर चिंतित था और यह उचित भी था, क्योंकि अगर दौरा सफल रहा तो उन्हें फंडिंग मिल सकती है।

'हम उन्हें लेन-देन का मॉडल या डमी दिखा सकते हैं। हमारा नेटवर्क तो तैयार ही है। उत्तम नगर में गुप्ता मेडिकोज के माध्यम से हम अपने उत्पाद की कार्यप्रणाली दिखा सकते हैं।' समाधान सुझाते हुए मनोरंजन ने कहा।

'सही कहा, हमारे पास और कोई विकल्प भी नहीं है।' अभिषेक ने जवाब दिया।

एक बार जब उन्होंने यह तय कर लिया कि वे अपने उत्पाद की कार्यप्रणाली बताने के लिए कैसे प्रस्तुति देंगे, उसके बाद उन्होंने दौरे को लेकर चिंता छोड़ दी और अपने काम में जुट गए। शाम के दौरान, उन लोगों के पास CGAP से माइक ने दोबारा फोन किया।

'कल सुबह ठीक 8 बजे। बिल गेट्स आपके ऑफिस आएँगे,' माइक ने बताया।

'क्या! वाकई ?' अभिषेक भौचक रह गया।

'हाँ, मैं गंभीरता से कह रहा हूँ। अच्छी तरह तैयारी करें और ढेरों शुभकामनाएँ आपको!' माइक ने कहा।

अभिषेक ने अपनी टीम को बताया कि अगले दिन बिल गेट्स उनके ऑफिस में आनेवाले हैं, तो सहसा किसी को विश्वास ही नहीं हुआ। 'हे भगवान्, तो वह अनजाना शख्स स्वयं बिल गेट्स थे, जो यहाँ आनेवाले थे!' अभिनव उछल पड़ा। उसके पेट में अभी से गुदगुदी होने लगी थी।

ईको टीम के किसी भी सदस्य को उस रात नींद नहीं आई, लोगों को बिल गेट्स जैसी विभूति से मिलने का उत्साह सोने नहीं दे रहा था।

अगले दिन बिल गेट्स अपने पिता और दो बहनों के साथ ईको के ऑफिस और श्री गुप्ता के रिटेल आउटलेट पर पहुँचे। गेट्स ने श्री गुप्ता से कुछ सवाल पूछे और अपनी डायरी में उनके जवाब दर्ज कर लिये। ईको की तकनीक के इस्तेमाल से वे बेहद प्रभावित हुए। उनका विश्वास था कि ईको मॉडल समाज के लिए अहम योगदान दे सकता है।

ईको टीम के किसी भी सदस्य को उस रात नींद नहीं आई, लोगों को बिल गेट्स जैसी विभूति से मिलने का उत्साह सोने नहीं दे रहा था। अगले दिन बिल गेट्स अपने पिता और दो बहनों के साथ ईको के ऑफिस और श्री गुप्ता के रिटेल आउटलेट पर पहुँचे। गेट्स ने श्री गुप्ता से कुछ सवाल पूछे और अपनी डायरी में उनके जवाब दर्ज कर लिये। ईको की तकनीक के इस्तेमाल से वे बेहद प्रभावित हुए। उनका विश्वास था कि ईको मॉडल समाज के लिए अहम योगदान दे सकता है।

'गेट्स ने स्टार्टअप पायलट प्रोजेक्ट का किया सरल दौरा' यह एक बिजनेस अखबार 'मिंट' में 5 नवंबर, 2008 के दिन छपी खबर की हेडलाइन थी।

मार्च 2009 में ईको को CGAP से 1.78 मिलियन डॉलर की ग्रांट फंडिंग मिली, जो कि एक विशालकाय राहत थी।

साप्ताहिक मीटिंग में, वहाँ मौजूद हर शख्स बेहद उत्साहित था।

'अब हम स्टेट बैंक ऑफ इंडिया (एस.बी.आई.) को अपनी सर्विस उपलब्ध कराने पर ध्यान केंद्रित कर सकते हैं। हमारे पास इतना पैसा है कि हम खुद को सँभाल सकते हैं।' अभिषेक ने गर्व से कहा।

'एक साल लगे हमें एस.बी.आई. को तैयार करने में, मनोरंजन। अब तुम पर ही है, इसकी सफलता का पूरा दारोमदार। यह सुनिश्चित करो कि हम समुचित मात्रा में

एजेंट (CSP) बनाएँ, ताकि सर्विस आगे बढ़ सके।' अभिषेक ने कहा और यह बिल्कुल स्पष्ट कर दिया कि इस प्रोजेक्ट की सफलता अब सफल संचालन में ही निहित है। एस.बी.आई. ने ईको को अपना कारोबारी संवाददाता नियुक्त कर दिया और नो फ्रिल्स 'एस.बी.आई. मिनी सेविंग्स बैंक एकाउंट' लॉञ्च कर दिया, जो कि उन लोगों के लिए खासतौर पर था, जिनकी कमाई पाँच हजार रुपए महीने से कम थी।

'चिंता न करो अभिषेक, हम इस मौके का पूरा फायदा उठाएँगे।' मनोरंजन ने कहा। 'मेरी केवल एक चिंता है। क्या पाँच हजार रुपए से कम कमानेवाले लोग हमारे अंग्रेजी में भेजे गए एस.एम.एस. समझ पाएँगे? हमारे एक रिटेलर ने यह मुद्दा मेरे सामने उठाया था।'

'ऐसी स्थिति में तो हमें निश्चित तौर पर एस.एम.एस. हिंदी या किसी स्थानीय भाषा में भेजने होंगे!' अभिषेक ने कहा।

'इससे हमारी लागत बढ़ जाएगी। हम पहले ही बेहद कम मार्जिन पर काम कर रहे हैं, और इसके बाद हम लागत बढ़ाने का जोखिम नहीं उठा सकते,' अभिनव ने कहा।

'हमें सोचना तो पड़ेगा ही और अगली मीटिंग में किसी-न-किसी समाधान के साथ आना ही होगा,' अभिषेक ने कहा।

मनोरंजन और अभिनव ने कुछ खाता धारकों से बात की और इस नतीजे पर पहुँचे कि जो पढ़ नहीं सकते, वे वाक्य के अंत में लिखे नंबरों से काफी कुछ समझ जाते हैं। नंबरों से उन्हें संकेत मिलता है कि उनका फोन रिचार्ज हो गया।

अगली मीटिंग में यह तय हो गया कि वे भी कुछ वैसा ही करेंगे। संदेश का स्वरूप कुछ-कुछ दूरसंचार कंपनियों के भेजे एस.एम.एस. की तरह ही होगा, आँकड़ा एस.एम.एस. के अंत में लिखा रहेगा। इसलिए, ढेर सारी चर्चा के बाद, छोटी लेकिन बेहद अहम समस्या हल कर ली गई।

यद्यपि एस.बी.आई. एक बड़ा काम था, लेकिन ईको में चीजें काफी धीमी गति से आगे

मनोरंजन और अभिनव ने कुछ खाता धारकों से बात की और इस नतीजे पर पहुँचे कि जो पढ़ नहीं सकते, वे वाक्य के अंत में लिखे नंबरों से काफी कुछ समझ जाते हैं। नंबरों से उन्हें संकेत मिलता है कि उनका फोन रिचार्ज हो गया।
अगली मीटिंग में यह तय हो गया कि वे भी कुछ वैसा ही करेंगे। संदेश का स्वरूप कुछ-कुछ दूरसंचार कंपनियों के भेजे एस.एम.एस. की तरह ही होगा, आँकड़ा एस.एम.एस. के अंत में लिखा रहेगा। इसलिए, ढेर सारी चर्चा के बाद, छोटी लेकिन बेहद अहम समस्या हल कर ली गई।

बढ़ रही थीं। ग्राहकों की संख्या में जबरदस्त इजाफे के बावजूद, बड़ी उपलब्धि या बड़ा फायदा हासिल नहीं हो सका था। इस समय तक, मनोरंजन का धैर्य जवाब दे गया था।

मनोरंजन भी शुरू से अपनी कंपनी खोलने का ख्वाब देखता आया था। उसने मूल्यांकन करना शुरू किया, 'क्या मैं कभी ईको जैसी चीज का गठन करना चाहता था? क्या मुझे यहाँ ठहरना चाहिए या अपने सपने पूरे करने पर ध्यान देना चाहिए?' अपने बिजनेस आइडिया को पुनर्जीवित करने का इरादा उसके दिल में वापस चलने लगा, इसलिए उसने ईको से अलग होने का फैसला कर लिया।

'अभिषेक, मैं छोड़ने की सोच रहा हूँ। आपके साथ काम करने का अनुभव बेहद शानदार रहा, और मैं जानता हूँ कि ईको का भविष्य भी शानदार है, लेकिन मैं कुछ और करना चाहता हूँ। मैं अपने बिजनेस आइडिया पर आगे बढ़ना चाहता हूँ। मेरी सोच अलग है, और मेरी सोच उससे मेल नहीं खाती, जो हम लोग ईको में कर रहे हैं। मुझे लगता है कि यही समय है, जबकि मुझे आगे बढ़ना चाहिए।' मनोरंजन ने कहा।

अभिषेक ने मनोरंजन के निर्णय को पूरे सम्मान और समझ के साथ स्वीकार किया और ईको को आगे बढ़ाने में उसके कठिन परिश्रम के लिए शुक्रिया अदा किया। क्योंकि अंततः मनोरंजन ही ईको की रीढ़ था, उसने अकेले दम पर CSP का सृजन किया।

'अभिनव, मनोरंजन ने अपना इस्तीफा दे दिया है। CGAP का पैसा मई 2010 तक चल पाएगा, यानी अगले छह महीने तक। हम केवल एस.बी.आई. के भरोसे टिक नहीं पाएँगे।' अभिषेक ने हालात की हकीकत बताते हुए कहा।

'आप सही हो, लेकिन हमें खोए हुए लिंक ढूँढ़ने की जरूरत है। हमें अपने बिजनेस मॉडल पर पुनर्विचार की जरूरत है।' अभिनव ने कहा।

'हमें ज्यादा-से-ज्यादा लोगों तक पहुँचने और उन्हें मोबाइल बैंकिंग सिखाने की जरूरत है।' अभिषेक ने कहा। वह बोर्ड की तरफ गया और उस पर कुछ लिखने लगा।

> ***अचानक, गली के नुक्कड़ से तेजी से बाजा बजने की आवाज सुनाई पड़ने लगी। हर किसी की नजर उस ओर दौड़ गई और लोगों ने देखा कि सफेद टी-शर्ट में चार लड़के कुछ अलग नजर आ रहे थे। उन लड़कों ने आपस में काफी ऊँची आवाज में बात करनी शुरू कर दी।***

~

एक शुक्रवार की सुबह, बिहार के सीतामढ़ी में मंगल बाजार लगा हुआ था और गतिविधियाँ जारी थीं। फल और सब्जीवाले दुकानदारों से मोल-भाव में व्यस्त थे।

अचानक, गली के नुक्कड़ से तेजी से बाजा बजने की आवाज सुनाई पड़ने लगी।

हर किसी की नजर उस ओर दौड़ गई और लोगों ने देखा कि सफेद टी-शर्ट में चार लड़के कुछ अलग नजर आ रहे थे। उन लड़कों ने आपस में काफी ऊँची आवाज में बात करनी शुरू कर दी।

'प्यार का दरवाजा। तुझे पता है प्यार का दरवाजा क्या होता है?'

नुक्कड़ नाटक 'प्यार का दरवाजा' का मंचन हो रहा था, जिसके पीछे दो लोग ईको का पोस्टर लेकर चल रहे थे। हर कोई वहाँ ठहर गया और जो कुछ भी लोग कर रहे थे, उसे उन्होंने जस का तस छोड़ दिया और नाटक देखने लगे। महिलाओं का एक समूह भी वहाँ मौजूद था, जिसने मोल-भाव करना बंद कर दिया और नाटक देखने लगीं। धीरे-धीरे वहाँ भीड़ जुट गई और नुक्कड़ नाटक देखने लगी। यह परंपरा बिहार में काफी पहले से रही है।

'क्या भइया, हमें कैसे पता? हमारी तो अभी शादी भी नहीं हुई।' नाटक के पात्र एक लड़के ने शरमाते हुए अंदाज में कहा।

'कल जब तुम्हारी शादी होगी, बच्चे होंगे, बच्चों की पढ़ाई होगी, तो ये सब कैसे करोगे?'

'ये तो मैंने सोचा ही नहीं!' उसने कहा और सड़क पर बैठ गया। वह भविष्य को लेकर चिंतित हो उठा। तभी एक अन्य साथी समाधान के साथ आगे आया, 'अरे, खाता खोलो, बचत का दरवाजा खोलो, अपने परिवार के लिए जिम्मेदारी को निभाने का रास्ता खोलो।'

वह नाटक एक चरित्र के इर्द-गिर्द था, जो प्रेम में था। यह कहानी एक 'बुद्धिमान व्यक्ति' (ईको का प्रतिनिधित्व करनेवाले) द्वारा बयाँ की जा रही थी, जो लोगों को बता रहा था कि भविष्य में उनकी जिम्मेदारियाँ किस तरह बढ़ जाएँगी—शादी, बच्चे, स्कूल, स्वास्थ्य और इन सबसे निपटने के लिए उन सबको वह प्रेम में डूबा हुआ पात्र बचत खाता खोलने के लिए नसीहत दे रहा था।'

'अरे भइया, पहले अपने दिमाग का ढक्कन खोलो, फिर सोच-समझ के बोलो। पढ़ना-लिखना आता नहीं, गाँव में बैंक कोई जाता नहीं।'

'अरे, जब ईको है साथ, तो डरने की क्या बात! बस मोबाइल फोन लाओ और लल्लन भाई की दुकान पर जाओ। वे खोलेंगे खाता तुम्हारा, ये वादा है हमारा। बैंक जाने का झंझट नहीं, पढ़ने-लिखने की कोई टेंशन नहीं।'

ईको ने बाजार में एक स्टॉल भी लगाया। वे लोगों को साँप-सीढ़ी का खेल भी खेलने के लिए प्रेरित कर रहे थे। इसमें सीढ़ी ईको एकाउंट को प्रतिबिंबित कर रही थी, जिसकी मदद से खिलाड़ी को उछाल हासिल करने में मदद मिल रही थी; जबकि साँप से आशय समस्याओं से था और उस बिंदु पर पहुँचने पर वह काफी पीछे आ जाता।

ईको ने एक साधारण से रोजमर्रा के बाजार में नया आइडिया पेश कर खलबली मचा दी और सभी लोगों को भविष्य की जरूरतों के लिए पैसे बचाने की बात समझ में आने लगी। काफी लोगों ने सक्रियता से उनके खेल में हिस्सा लिया और उत्पादों के बारे में जानकारी भी इकट्ठी करने लगे।

'हम मंगल बाजार में 100 सक्रिय खाते खोलने में कामयाब हो गए हैं,' मुग्धा ने उत्साह से भरकर कहा। मुग्धा भार्गव, वाइस प्रेसीडेंट, मार्केटिंग ऐंड कम्युनिकेशन, को बेहद कम फंड उपलब्ध कराया गया था। मोबाइल के जरिए ईको की शाखारहित बैंकिंग को कम पढ़े-लिखे टार्गेट ऑडिएंस तक पहुँचानेवाले इस जागरूकता कार्यक्रम के लिए। उसने यह चुनौती अपने हाथ में ली थी और जल्दी ही उसने जात्रा परंपरा के तहत नुक्कड़ नाटकों की शुरुआत कर दी थी, जो कि ईको के लिए एक विकल्प के तौर पर उभरा।

'हम मंगल बाजार में 100 सक्रिय खाते खोलने में कामयाब हो गए हैं,' मुग्धा ने उत्साह से भरकर कहा। मुग्धा भार्गव, वाइस प्रेसीडेंट, मार्केटिंग ऐंड कम्युनिकेशन, को बेहद कम फंड उपलब्ध कराया गया था। मोबाइल के जरिए ईको की शाखारहित बैंकिंग को कम पढ़े-लिखे टार्गेट ऑडिएंस तक पहुँचानेवाले इस जागरूकता कार्यक्रम के लिए। उसने यह चुनौती अपने हाथ में ली थी और जल्दी ही उसने जात्रा परंपरा के तहत नुक्कड़ नाटकों की शुरुआत कर दी थी, जो कि ईको के लिए एक विकल्प के तौर पर उभरा।

'केवल इतना ही नहीं है! और भी बहुत कुछ है!' मुग्धा ने पूरे उत्साह से कहा। 'डायमंड कॉमिक्स ने अपनी अगली आनेवाली कॉमिक्स में चाचा चौधरी के जरिए पाठकों को ईको के उत्पादों के बारे में बताने का समझौता किया है।'

'वॉव! यह तो शानदार है! हम हर नए एकाउंट के साथ इसे बाँट सकते हैं।' अभिनव ने प्रतिक्रिया में कहा। आखिरकार, वह चाचा चौधरी और साबू के कारनामों को पढ़ते हुए ही बड़ा हुआ था।

मार्केटिंग और पीआर (जनसंपर्क) गतिविधियों के माध्यम से ईको ने बिहार में अपना काम आगे बढ़ाया। इसने बिहार के प्रवासियों को दिल्ली से सीतामढ़ी (बिहार का एक जिला) पैसे ट्रांसफर करने की सुविधा प्रदान की। इस उत्पाद के इस्तेमाल के बारे में जागरूकता कार्यक्रम बेहद जरूरी था और नुक्कड़ नाटक एक सफल तरीका था ऐसा करने का।

'अभिनव, हमें आई.सी.आई.सी.आई. बैंक के लिए अगले सात दिनों में ईको ऑपरेशन शुरू करना है!' फोन पर दूसरी ओर से आती आवाज ने कहा।

'क्या, अगले सात दिन में, आप मजाक तो नहीं कर रहे हैं?' अभिनव पुष्टि चाहता था।

'हाँ, एक अगस्त से हम इसे लॉञ्च कर देंगे और इसे आगे बढ़ाएँगे। आज 23 जुलाई है, और आपके पास बिल्कुल ठीक-ठीक सात दिन बचे हैं!' अधिकारी ने समय बढ़ाने की किसी भी तरह की संभावना को एक झटके में खत्म कर दिया।

आई.सी.आई.सी.आई. बैंक, जिसके पीछे ईको टीम डेढ़ साल से पड़ी हुई थी, अब जाकर तैयार हुआ, लेकिन अभिनव बिल्कुल भी उत्साहित नहीं था। उनकी वर्किंग कैपिटल खत्म होती जा रही थी। CGAP का पैसा डेढ़ साल से पहले ही खत्म होने की कगार पर था। दोस्तों और परिजनों से लिया गया उधार भी कर्मचारियों को पिछले महीने की तनख्वाह देने में ही खत्म हो गया था। आई. सी.आई.सी.आई. एकाउंट का मतलब था और ज्यादा निवेश।

आई.सी.आई.सी.आई. बैंक, जिसके पीछे ईको टीम डेढ़ साल से पड़ी हुई थी, अब जाकर तैयार हुआ, लेकिन अभिनव बिल्कुल भी उत्साहित नहीं था। उनकी वर्किंग कैपिटल खत्म होती जा रही थी। CGAP का पैसा डेढ़ साल से पहले ही खत्म हो चुका था। दोस्तों और परिजनों से लिया गया उधार भी कर्मचारियों को पिछले महीने की तनख्वाह देने में ही खत्म हो गया था। आई.सी.आई. सी.आई. एकाउंट का मतलब था और ज्यादा निवेश।

'हम करेंगे। आनेवाले कुछ महीने चुनौती भरे होंगे, लेकिन यह संभवत: अस्तित्व बचाने की आखिरी लड़ाई साबित होगी। हम पहले ही एस.बी.आई. के साथ पार्टनरशिप में हैं। अगर हम इस बाधा को भी पार कर गए तो हम लंबी रेस के विजेता साबित होंगे,' अभिषेक ने साप्ताहिक मीटिंग में टीम को प्रोत्साहित करते हुए कहा।

अगले सात दिन तक, ईकों में हर किसी ने 24/7 और यह सुनिश्चित किया कि आई.सी.आई.सी.आई. को लाइव करके रहेंगे।

लेन-देन की संख्या बढ़ने लगी। ईको ने कई अन्य बैंकों के साथ भी पायलट प्रोजेक्ट किया। भारत में बैंकों के लिए यह बिल्कुल नई चीज थी। यहाँ तक कि वे नई चीजें सीख रहे थे। गरीबों को वित्तीय रूप से मुख्य धारा में शामिल करने के भारत सरकार और आर.बी.आई. के बढ़ते दबाव के कारण बैंकों ने तमाम तरीकों पर प्रयोग करना शुरू कर दिया था। अंतत: बैंकों ने महसूस किया कि कारोबार को बनाए रखने

का समाधान यही है कि उनसे हर लेन-देन पर नगण्य शुल्क वसूला जाए। डाकघर भी बैंकों से पैसे ट्रांसफर के लिए 5 फीसद शुल्क लेते थे, जबकि बैंक 2 फीसद शुल्क ही बसूलते थे। इसलिए बैंकों ने प्रति लेन-देन आधा फीसद शुल्क बढ़ाने का फैसला किया और 0.15 फीसद ईको को देने पर सहमत हुए।

अंततः चार साल बाद ईको ने अपने इस तरीके से पैसे कमाना शुरू कर दिया। इससे साबित हुआ कि उनकी मेहनत बेकार नहीं गई। उन्होंने हर संभव चीज आजमाई और अंततः उसका फायदा मिलना शुरू हो गया।

~

उम्मेद भवन पैलेस के प्रवेशद्वार पर वे पहुँचे तो वहाँ का भव्य नजारा देखकर वे अचंभित रह गए। अभिषेक और उनका परिवार एक हफ्ते की छुट्टी पर जोधपुर आया हुआ था। उन्होंने जब अंदर कदम रखा, तो वे सब मुग्ध हो उठे। विशालकाय महल सामने था और उससे जुड़ा हरा-भरा बगीचा खूबसूरती बढ़ा रहा था। जबकि बच्चे इधर-उधर पूरे जोश में उछल-कूद रहे थे, वहीं मेखला के चेहरे पर हैरत भरी मुस्कान थी।

'अभिषेक, ये तो राजमहल है। तुम्हें याद है हमारी पहली डेट, जब तुम मुझे पिज्जा हट ले गए थे?' मेखला ने उसे याद दिलाया।

'ओह, मुझे वह याद मत दिलाओ। पहली डेट पर, लोग उत्साह से लबरेज होते हैं, लेकिन मैं बुरी तरह चिंता से घिरा हुआ था; लोग रोमांटिक सपनों में खोए होते हैं, जबकि मैं क्रेडिट कार्ड के बोझ से दबा हुआ था; लोग अपने हमजोली के चेहरे से आँखें नहीं हटा पाते, लेकिन मैं अपना ही चेहरा तुमसे बचाने की कोशिश कर रहा था। मेरा कोई भी क्रेडिट कार्ड काम नहीं कर रहा था।' अभिषेक अपने बुरे दिनों को याद कर लाल हो गया था।

'ओह, मुझे वह याद मत दिलाओ। पहली डेट पर, लोग उत्साह से लबरेज होते हैं, लेकिन मैं बुरी तरह चिंता से घिरा हुआ था; लोग रोमांटिक सपनों में खोए होते हैं, जबकि मैं क्रेडिट कार्ड के बोझ से दबा हुआ था; लोग अपने हमजोली के चेहरे से आँखें नहीं हटा पाते, लेकिन मैं अपना ही चेहरा तुमसे बचाने की कोशिश कर रहा था। मेरा कोई भी क्रेडिट कार्ड काम नहीं कर रहा था।' अभिषेक अपने बुरे दिनों को याद कर लाल हो गया था।

'और हमें बिना खाए-पीए ही वापस घर जाना पड़ा था। मैं तो उस दिन अपना लंच भी लेकर नहीं आई थी। यह निश्चित रूप से तुम्हारे लिए बेहद शर्मिंदगी से भरा रहा होगा!' मेखला ने जोड़ा।

'वह पल तो चलो फिर भी ठीक था।

लेकिन मेरे पास तो शर्मिंदगी भरे पलों की लंबी फेहरिस्त है, सबसे पहले तो वह जब तुम्हारे पिता ने मेरे बैंक दस्तावेज जाँचे थे। मैं मलेशिया जा रहा था। उस समय, मैंने उन्हें कुछ दस्तावेज भेजने को कहा था, जो कि मेरे वीजा के लिए जरूरी थे। उन्होंने मेरे भयानक वित्तीय हालात की एक झलक देख ली थी, इसलिए उन्होंने एक ट्रेवल एजेंट से मेरे लिए टिकट बुक करने का प्रस्ताव मुझे दिया था।'

'तुमने उस वाकये का कभी जिक्र नहीं किया मुझसे?'

'कैसे करता मैं? मैं शर्मिंदा था। उन्होंने मेरे बारे में क्या सोचा होगा? यहाँ तक कि तुम्हारी प्रेग्नेंसी के दौरान और हमारे बच्चे के जन्म के समय भी, मेरे पास पैसे नहीं थे। यह तो शुक्र है कि मेरे इर्द-गिर्द कुछ अच्छे दोस्त रहे हैं, जिन्होंने बुरे वक्त में हमारा साथ दिया और हम बेशकीमती पलों का आनंद उठा सके।'

'यह सच है। मैं हमेशा अभिलाष की कर्जदार रहूँगी। हमारे पहले बच्चे के लिए उसने पर्सनल लोन लिया, ताकि हम खर्च वहन कर सकें। यह उसका बड़प्पन दरशाता है। वह तो वाकई एक कठिन दौर था। तुमने हर चीज बिगाड़ रखी थी, अभिषेक।' उसने मुस्कराकर उसे चिढ़ाया।

'सच कहूँ तो मैं ऐसा करने के लिए खुश हूँ। यही तो वजह है कि तुम यहाँ छुट्टियाँ बिता रही हो। दरअसल, भविष्य की जटिलताओं का मुझे जरा भी आभास नहीं था। अगर मुझे जरा भी पता होता कि कारोबार में अपनी जेब से पैसा लगाना और वह भी क्रेडिट कार्ड और बैंकों से उधार लेकर एक गलत रणनीति है, तो मैं कभी ऐसा नहीं करता। अगर मुझे जरा सा भी यह पता होता कि जॉब छोड़ने के बाद मुझे कहीं नौकरी नहीं मिलेगी, तो शायद मैं वह करता ही नहीं!' अभिषेक ने कहा।

'तुम वाकई भोले हो।'

'मैं था, और मैं सोचता था कि भोला-भाला बनकर फायदा उठाना ज्यादा अच्छा होता है। जीवन में प्रयोग करना बेहद जरूरी होता है, यथास्थिति को चुनौती देना और कुछ भयानक चीजें करना, कम-से-कम जीवन में कुछ साल तक तो बेहद जरूरी होता है,' अभिषेक ने जुनूनी अंदाज में कहा।

'तुम वाकई भोले हो।'

'मैं था, और मैं सोचता था कि भोला-भाला बनकर फायदा उठाना ज्यादा अच्छा होता है। जीवन में प्रयोग करना बेहद जरूरी होता है, यथास्थिति को चुनौती देना और कुछ भयानक चीजें करना, कम-से-कम जीवन में कुछ साल तक तो बेहद जरूरी होता है,' अभिषेक ने जुनूनी अंदाज में कहा।

'हाँ, हाँ, तो इसके लिए लोगों को बिना बैंक खाते के कंपनी खोलनी चाहिए, कंजूसी में जीवन गुजारना चाहिए और यहाँ तक कि पत्नी के हनीमून पर ले जाने के

लिए जेब में पैसे भी नहीं रहने चाहिए, ठीक है?' उसने टाँग खिंचाई शुरू की।

'छोड़ो भी, अब तुम ऐसा नहीं कह सकती, क्योंकि मैं तुम्हारे लिए अब बेहतरीन चीजें कर रहा हूँ। दरअसल, अब तुम मेरा आकलन इस कहावत के जरिए कर सकती हो—आपके लिए बदतर-से-बदतर हालात भी बुरे नहीं होते, बशर्ते आपने उद्यमिता (एंटरप्रिन्योरशिप) को अपना एक विकल्प चुना हो तो।' अभिषेक ने गर्व के साथ कहा।

□

ईको
अहम नसीहतें
प्रो. एस. सुंदरराजन

प्रो. सुदरराजन ओमान में आई.सी.एम.ए. (इंस्टीट्यूट ऑफ कॉस्ट ऐंड मैनेजमेंट एकाउंट्स) के निदेशक हैं। वे आई.आई.एम., बैंगलोर में फाइनेंस और एंटरप्रिन्योरशिप विभाग में 18 साल तक प्रोफेसर रह चुके हैं और वहाँ एन.एस. राघवन सेंटर फॉर एंटरप्रिन्योरियल लर्निंग को स्थापित करने में अहम भूमिका निभाई है। उन्होंने भारत और विदेशों में तमाम कंपनियों में निदेशक और सलाहकार के तौर पर काम किया है।

~

एक पुरानी कहावत है—सफलता का श्रेय लेने के लिए तमाम लोग होते हैं, लेकिन विफलता अनाथ की तरह होती है। इस एक लाइन में हम अभिषेक की उद्यमिता के अनुभव को समेट सकते हैं। विफलताओं से अपनी ही टीम में विवाद और खतरे उत्पन्न हो जाते हैं और वह उद्देश्य प्रभावित होता है, जिसके लिए कुछ लोग साथ काम करने को तैयार हुए होते हैं।

अभिषेक की उद्यमिता की कहानी इस बात को दरशाती है कि किस तरह जिद, दृढता और संकल्प अंततोगत्वा जीत दिलाते हैं और तमाम हतोत्साहित करनेवाले पल, विफलता और समूह को तोड़ देनेवाले आपसी विवाद पीछे छूट जाते हैं।

विवाद : कारोबार का एक अवश्यंभावी हिस्सा

अपने उद्यमिता के सफर में अभिषेक और अभिनव ने अनुभव किया कि राय-शुमारी में विवाद हो सकता है और अपने शुभेच्छुओं, दोस्तों और हिस्सेदारों के बीच विवाद हो सकता है, लेकिन इन असहमतियों का निजी संबंधों पर असर नहीं पड़ना चाहिए।

यह महत्त्वपूर्ण है कि विवादों को रचनात्मकता और नवीनता के इंजन के तौर पर

काम आना चाहिए बजाय कि उससे दूर भागने के या उसे दबाने के। कुछ रचनात्मक आइडिया लोगों को संघर्ष और विपत्ति के समय ही सूझते हैं, क्योंकि उस दौरान वे पूरी तरह ध्यान केंद्रित करके उपाय ढूँढ़ते हैं और कोने में दुबकते नहीं या उनसे बचने के लिए अपने आस-पास अदृश्य खाई खोदकर मोर्चाबंदी नहीं करते।

गलतियाँ करना भी ठीक है

उद्यमिता की यात्रा में अभिषेक ने कुछ बेवकूफी भरी गलतियाँ कीं। वह सातवें आसमान पर था, जब उसे 14 लाख रुपए का चेक मिला, लेकिन जब उसे आभास हुआ कि उसने बैंक खाता ही नहीं खुलवाया तो उसे अपनी इस बेवकूफी पर काफी कोफ्त हुई! उसे अपने हिस्सेदारों को खोजने में महीनों का वक्त जाया करना पड़ा और तब कहीं जाकर खाता खुल सका। बिजनेस को लेकर यह उसके लिए पहला पाठ था।

उसने अगला पाठ तब सीखा, जब उसने आनन-फानन में आईआईटियन को अपना सी.ई.ओ. नियुक्त कर दिया, जो आगे चलकर उसे महँगा पड़ने लगा। लेकिन इस गलती को सुधारने में उसने देर नहीं की और यह गलती भी इतनी बड़ी नहीं थी कि उसे आगे बढ़ने से रोक सकती। उसने गलतियों से सीखना जारी रखा और आगे बढ़ता रहा।

अमल करना ही कुंजी

जब अभिषेक और अभिनव ने निम्न कीमत में मोबाइल बैंकिंग के बी2सी वाले आइडिया को ईको के जरिए शुरू करने का प्रयास किया तो भारतीय बैंकिंग जगत् उनके विचार को ग्रहण कर पाने में नाकाम रहा। फिर भी उन्होंने इसे छोड़ा नहीं और टिके रहे। तिसपर यह तथ्य भी उन पर हावी हो रहा था कि यह आइडिया दो सॉफ्टवेयर इंजीनियरों ने ईजाद किया था, जिन्हें वित्तीय जगत् की ए, बी, सी का भी पता नहीं था। जब सबकुछ धुँधला लग रहा था, तब उनकी जिद और ऊर्जा से भरपूर जुनून ने उन्हें आगे बढ़ने में मदद की।

जब अभिषेक और अभिनव ने निम्न कीमत में मोबाइल बैंकिंग के बी2सी वाले आइडिया को ईको के जरिए शुरू करने का प्रयास किया तो भारतीय बैंकिंग जगत् उनके विचार को ग्रहण कर पाने में नाकाम रहा। फिर भी उन्होंने इसे छोड़ा नहीं और टिके रहे। तिसपर यह तथ्य भी उन पर हावी हो रहा था कि यह आइडिया दो सॉफ्टवेयर इंजीनियरों ने ईजाद किया था, जिन्हें वित्तीय जगत् की ए, बी, सी का भी पता नहीं था। जब सबकुछ धुँधला लग रहा था, तब उनकी जिद और ऊर्जा से भरपूर जुनून ने उन्हें आगे बढ़ने में मदद की।

निरंतरता

इससे फर्क नहीं पड़ता कि कोई कितनी बार गिरता है, लेकिन फर्क इससे पड़ता है कि गिरनेवाला कितने कम समय में दोबारा संघर्ष के लिए तैयार हो जाता है। हम तब विफल होते हैं, जब हम कहते हैं 'छोड़ दिया,' उससे पहले तक हम विफल नहीं कहे जाते। इसलिए, कभी भी 'छोड़ने या हटने' की बात नहीं कहनी चाहिए, खास तौर पर उस चीज के लिए, जिसे आप अपने लिए हासिल करना महत्त्वपूर्ण मानते हों।

अभिषेक और अभिनव की उद्यमिता की दास्तान एक उदाहरण है, जो उनकी जिद, लगन और एकाग्रता के शानदार आदर्श को दरशानेवाली फिलॉसफी को हम सब के सामने रखती है। भाइयों ने दिखा दिया कि किस तरह आम और साधारण से दिखनेवाले लोग भी असंभव सपने देख सकते हैं और उसे हासिल भी कर सकते हैं, बशर्ते कि वे सपने देखें और उसे पूरा करने के लिए अनथक प्रयास करते रहें।

□

महानता से महज एक आइडिया दूर

कोलोजियम मीडिया प्राइवेट लिमिटेड का काम है टेलीविजन और फिल्म मनोरंजन के लिए ब्रॉडकास्ट कंटेंट डेवलपमेंट सॉल्यूशंस मुहैया कराना।

इसे भारत के अग्रणी स्वतंत्र बहुआयामी निर्माताओं में से एक माना जाता है, जो एनिमेशन और अन्य मनोरंजक संस्करणों में सिद्धहस्त है। यह कंपनी भारत और विदेशों के अपने नेटवर्क के लिए पारिवारिक ड्रामा, गेम शो, मिथ पर आधारित रियलिटी सीरीज, वृत्तचित्र और लघु संस्करण के क्षेत्र में कंटेंट का निर्माण करती है।

कोलोजियम ने भारत के कुछ उच्च रेटिंग वाले शो जैसे स्टार प्लस के लिए मास्टरशेफ, एम टी.वी. के लिए रोडीज और स्प्लिटजविला फ्रेंचाइजीज, कलर्स के लिए जय श्रीकृष्ण और यूनिलिवर/दूरदर्शन के लिए व्हीन स्मार्ट श्रीमती का निर्माण किया है।

3

कोलोजियम मीडिया

अजित अंधारे

टाइल लगे हुए गलियारे से टहलते हुए अजित जब निकलकर बाहर आए तो उन्हें देखकर कोई भी यह कह सकता था कि वह आदमी किसी मिशन पर जा रहा है। उन्होंने कुशलता से अपने कदम शीशे के दरवाजे की तरफ बढ़ाए, जो कि काफी दूर था, जिसे पार करना उनके लिए उनकी सोच से कहीं ज्यादा कठिन साबित हुआ था। उस समय कमरे में पूरी तरह से पैक गत्ते के डिब्बे और फर्नीचर यूँ ही जहाँ-तहाँ रखे हुए थे।

कार्टंस को देखकर कुछ यादें सहसा उन्हें सहला गईं, उन्हें याद आ गई वह अव्यवस्था, जो उन्होंने और कमल ने विज्ञान प्रोजेक्ट पर काम करते हुए फैला डाली थी। वे अपने बचपन में जा पहुँचे। अब वे महसूस करते हैं कि उद्यमी बनना उनकी किस्मत में लिखा था।

~

'इस बार विज्ञान प्रदर्शनी में क्या कमाल दिखानेवाले हो?' सी.एस.आई.आर. (काउंसिल ऑफ साइंटिफिक ऐंड इंडस्ट्रियल रिसर्च) के शोधविज्ञानी श्री गुप्ता ने पड़ताल की। पिलानी के सी.एस.आई.आर. के आवासीय परिसर में कमल और उसका दोस्त अजित ही पिछले तीन साल से लगातार वार्षिक विज्ञान प्रदर्शनी में जीतते चले आ रहे थे। पहले पुरस्कार को लेकर उनकी दावेदारी एक तरह से पुख्ता मान ली गई थी, क्योंकि दूसरा कोई उनकी तरह के विचार ला नहीं पाता था। दूसरों के पास द्वितीय स्थान से नीचे सोचने के अलावा कोई विकल्प नहीं होता था। सी.एस.आई.आर. के वरिष्ठ वैज्ञानिक कमल और अजित सबसे अलग सोच और प्रयोगों से बेहद अभिभूत रहते थे, जबकि उन दोनों की उम्र महज 15 बरस ही थी।

'हम एक रोबोट बना रहे हैं, जिसके पास ऑप्टिकल विजन होगा। हम योजना बना रहे हैं कि उसकी आँखों में प्रकाश पर आधारित रजिस्टर लगाएँ, ताकि जब यह

किसी वस्तु के संपर्क में आए, जिसकी प्रकाश की तीव्रता में उतार–चढ़ाव हो तो एक सिग्नल स्टीपर मोटर के पास चला जाए, जो रोबोट की दिशा बदल दे, ताकि उस वस्तु से उसके टकराने की संभावना खत्म हो जाए।' कमल ने कहा। अंदर–ही–अंदर, उसने सोचा, 'ये महाशय, बच्चों के काम में इतनी दिलचस्पी क्यों ले रहे हैं?'

'जबरदस्त! मैं तो प्रदर्शनी का बेसब्री से इंतजार कर रहा हूँ, जहाँ सबकी तरह मेरी नजर भी तुम्हारे मॉडल पर ही रहेगी। तुमने पिछले साल जो मानवरहित रेलवे क्रॉसिंग से संबंधित जीवंत मॉडल बनाया था, वह वाकई प्रभावशाली था। कहाँ से लाते हो तुम ये सब आइडियाज?'

'अंकल, रेलवे क्रॉसिंग पर होनेवाले हादसों के बारे में देख–सुनकर हमने ऑटोमैटिक क्रॉसिंग गेट के बारे में सोचा, ताकि क्रॉसिंग को सुरक्षित और इस्तेमाल में सरल बनाया जा सके। हम उम्मीद करते हैं कि इससे कुछ जिंदगियाँ तो बच ही जाएँगी!' कमल ने एक साँस में कह डाला, लेकिन गुप्ताजी कुछ और ही जानना चाहते थे।

'बहुत बढ़िया, मुझे तुम लोगों पर गर्व है।' गुप्ताजी ने शाबाशी दी।

'अंकल, क्या मैं अब जा सकता हूँ? अजित मेरा इंतजार कर रहा है।'

'अरे हाँ, वैज्ञानिक खोजों में तुम्हारा जोड़ीदार? तुम दोनों मिलकर जबरदस्त जोड़ी बनाते हो। अंधारे साहब का लड़का भी बड़ा स्मार्ट है। लगे रहो और तुम्हारे प्रयोगों के लिए शुभकामनाएँ।' गुप्ताजी ने कमल को अपने काम पर जाने से पहले कहा।

अजित के पिता सी.एस.आई.आर. में सम्मानित शोधविज्ञानी थे। इस समूह में कमल, अजित और कुछ अन्य भी शामिल थे और वे लोग सी.एस.आई.आर., पिलानी, के 'गोल्डन बैच' के रूप में जाने जाते थे।

वे नवीन खोजों और गैजेट निर्माण पर अपने आपको केंद्रित किए हुए थे और परिसर में उपलब्ध वैज्ञानिक भाईचारे के बावजूद बिना किसी की मदद लिये अपने काम में जुटे रहते थे।

प्रयोगशाला कक्ष उस परिसर से दो ब्लॉक दूर स्थित थी। प्रयोगशाला कक्ष की तरफ दौड़ते हुए जा रहे कमल ने जब अजित को देखा तो धीमा हो गया। अजित दूसरी दिशा से उसकी ओर चला आ रहा था। दोनों ही मौके पर

अजित के पिता सी.एस.आई.आर. में सम्मानित शोधविज्ञानी थे। इस समूह में कमल, अजित और कुछ अन्य भी शामिल थे और वे लोग सी.एस.आई.आर., पिलानी, के 'गोल्डन बैच' के रूप में जाने जाते थे।

वे नवीन खोजों और गैजेट निर्माण पर अपने आपको केंद्रित किए हुए थे और परिसर में उपलब्ध वैज्ञानिक भाईचारे के बावजूद बिना किसी की मदद लिये अपने काम में जुटे रहते थे।

लगभग साथ-साथ ही पहुँचे। उन्होंने दरवाजे खोले और ताली बजाई तो कमरे की बत्तियाँ जल उठीं और संगीत भी बजने लगा। दो साल पहले जब वे कक्षा नौवीं में थे, तब अजित और कमल ने क्लैप स्विच बनाया था। वह आवाज पर आधारित इलेक्ट्रॉनिक सर्किट था, जो ताली की आवाज पर प्रतिक्रिया करता था और एक प्रक्रिया को चालू कर देता था, जो कि पावर सप्लाई से जुड़ी हुई थी।

कमरे की अलमारियाँ हर तरह की पुस्तकों से भरी हुई थीं—इलेक्ट्रॉनिक्स, लिओनार्डो दा विंची, आइंस्टाइन और फैराडे। लड़कों की उम्र से तुलना करने पर यह कमरा वाकई असाधारण लगता था; वे महज 15 साल के ही तो थे। पसीने से भीगे कमल ने कूलर चला दिया।

'हम कहाँ से स्टेपर मोटर की व्यवस्था करें, जो हमें रोबोट प्रोजेक्ट के लिए चाहिए?' कमल ने अपना सिर खुजाते हुए कहा।

'कोई बात नहीं!' उत्साहित अजित ने कहा। मैंने एक कंपनी का पता किया है, जो हमें रोबोट के लिए स्टेपर मोटर दे सकती है, लेकिन उसकी कीमत होगी 1200 रुपए। वह मोटर का पता लगाने से इस कदर उत्साहित था कि उसे उसकी भारी कीमत का अंदाजा ही नहीं लग रहा था।

'क्या, 1200 रुपए! क्या बात कर रहा है? क्या यह इतना महँगा है?' कमल को झटका लगा। 1984-85 में यह लगभग पूरे साल की स्कूल फीस के बराबर पड़ रहा था।

'कमल मुझे लगता है कि कूलर का पानी खत्म हो गया है, कूलर बंद कर दो, नहीं तो मोटर ट्रिप कर जाएगा।' अजित ने कहा।

'पहले इस समस्या का समाधान खोजो। हमें समाधान खोजना ही होगा और यह सुनिश्चित करो कि पानी खत्म होने पर यह कूलर स्वतः ही बंद हो जाए। तब हम यह देखेंगे कि 1200 रुपए का जुगाड़ कैसे हो सकता है।' कमल ने कहा।

'मेरे पास एक कैटलॉग और अन्य जानकारियाँ भी हैं। यह हमारे प्रयोग के लिए बिल्कुल मुफीद है, लेकिन महँगा है।' अजित ने कैटलॉग कमल को देते हुए कहा।

'तो अब हमें क्या करना चाहिए?' कमल ने कैटलॉग के पन्ने पलटते हुए कहा। नया मोटर खरीदना उनके वश के बाहर की बात थी। तभी अचानक कूलर तेज आवाज करने लगा।

'कमल मुझे लगता है कि कूलर का पानी खत्म हो गया है, कूलर बंद कर दो, नहीं तो मोटर ट्रिप कर जाएगा।' अजित ने कहा।

'पहले इस समस्या का समाधान खोजो। हमें समाधान खोजना ही होगा और यह

सुनिश्चित करो कि पानी खत्म होने पर यह कूलर स्वत: ही बंद हो जाए। तब हम यह देखेंगे कि 1200 रुपए का जुगाड़ कैसे हो सकता है।' कमल ने कहा।

अजित मुस्कराया। 'तुमने पहले ही कर रखा है। हम इस समस्या का हल ढूँढ़ेंगे और परिसर में अपने सर्किट दूसरों को भी बेचेंगे।'

'वाह, अजित, कारोबारी। यह तो वाकई अच्छा है!' कमल ने उत्साह से भरकर कहा।

इस तरह, अजित और कमल ने अपने गौण प्रोजेक्ट पर काम शुरू कर दिया। तीन दिन की कठिन मेहनत के बाद, दोनों ने एक सर्किट तैयार किया, जो कि मोटर से जोड़ने के बाद कूलर को पानी खत्म होते ही स्वत: बंद कर देता था। इससे मोटर को जलने से बचाया जा सकता था। उन्होंने अपने पहले व्यावसायिक खोज को नाम दिया—सिग्मा। यह नाम विज्ञान फंतासी पर आधारित उनके पसंदीदा टी.वी. सीरीज स्पेस सिटी सिग्मा पर आधारित था, जो कि 1986 में हर रविवार दूरदर्शन पर सुबह प्रसारित होता था।

सर्किट की कीमत उन्होंने महज 99 रुपए रखी थी, ताकि ज्यादा-से-ज्यादा लोग उसे खरीद सकें। 15 दिन के अंदर अजित और कमल ने इतने सर्किट बेच डाले कि उन्हें जरूरत के 1200 रुपए से ज्यादा ही पैसे हासिल हो गए और अनजाने में ही उन्होंने अपनी पहली उद्यमिता से संबंधित सफलता का स्वाद चख लिया।

~

वर्तमान में अपनी बीती यादों के सामने आने पर, अजित खुद पर मुस्करा उठा, शुक्रगुजार था कि वह अंतत: कमरे तक पहुँच गया, और धीरे से उसने शीशेवाला दरवाजा धकेला। कमरे में प्रवेश करने से पहले वहाँ विशालकाय महोगनी लकड़ी की बनी मेज ही जगह घेरे हुए थी। उस मेज पर नेम प्लेट रखी हुई थी, जिस पर सुनहरे अक्षरों में लिखा था—अजित अंधारे, सी.ई.ओ.।

अजित जहाँ खड़ा था, जल्दी ही उसी ऑफिस में अपनी खुद की कंपनी शुरू करनेवाला था। उसने नई कंपनी का नाम भी सोच लिया था। अजित ने हिंदुस्तान लिवर लिमिटेड (एच.एल.एल.) में अपने आखिरी दिन को याद किया। वह अपना इस्तीफा देने ही वाला था कि तभी उसका दोस्त केदार अंदर आ पहुँचा।

केदार उस समय एक विज्ञापन एजेंसी लो लिंटास में काम करता था।

'अरे केदार, तुम बिल्कुल सही वक्त पर आए हो। मुझे बिल्कुल अभी-अभी फंडिंग की पुष्टि से संबंधित राघव बहल की दस्तखत की हुई टर्म शीट मिली है। मैं कल इस्तीफा देने जा रहा हूँ।' अजित ने कहा।

'यह तो बढ़िया है! बधाइयाँ!' केदार अजित के लिए खुश था।

> *'अरे केदार, तुम बिल्कुल सही वक्त पर आए हो। मुझे बिल्कुल अभी-अभी फंडिंग की पुष्टि से संबंधित राघव बहल की दस्तखत की हुई टर्म शीट मिली है। मैं कल इस्तीफा देने जा रहा हूँ।' अजित ने कहा।*
>
> *'यह तो बढ़िया है! बधाइयाँ!' केदार अजित के लिए खुश था।*
>
> *'शुक्रिया! मुझे लगता है कि मैंने सही फैसला किया है।'*

'शुक्रिया! मुझे लगता है कि मैंने सही फैसला किया है।'

'अब उसे लेकर खुद पर शंका मत करो। तुम अपनी ताकत के अनुरूप ही खेल रहे हो। तुम रचनात्मक शख्सियत हो, और मैं इस बात से आश्वस्त हूँ कि तुम बेहतर ही करोगे,' केदार ने उत्साहित अंदाज में कहा। 'तो, तुमने कंपनी का नाम क्या तय किया?'

'अभी तो फिलहाल विचार ही चल रहा है। शुरुआत में मैंने पिटारा नाम सोचा था।' अजित ने कहा।

'ओह, भानुमती का पिटारा?' केदार ने जोड़ा, लेकिन वह इस नाम को स्वीकृति देने के मूड में नहीं था।

'हाँ, मेरा मतलब है कि यह मनोरंजन से जुड़ा हुआ काम है। जब हम बॉक्स को स्विचऑन करते हैं, तो हर किसी के लिए मनोरंजन मौजूद होता है। लेकिन येन-केन-प्रकारेण कोई भी इस आधार पर आगे नहीं बढ़ता है।' अजित ने अफसोस जताया।

'शुक्र है, लोगों में कुछ रचनात्मक सोच बची हुई है। छोड़ो भी अजित, वैसे भी यह एक प्रोफेशनल मीडिया कंपनी के अनुरूप नाम नहीं लगता,' केदार ने जोर देकर अपनी राय रखी।

'सब लोग अपनी राय देते हैं, लेकिन कोई भी विकल्प नहीं देता। मनोरंजन से संबंधित कुछ सुझाओ तो!' अजित जल्दी-से-जल्दी कंपनी का नाम तय कर लेना चाहता था।

'ठीक है, उन जगहों के बारे में सोचो, जहाँ लोग मनोरंजन के लिए जाते हैं। हो सकता है, हम कुछ खोज पाएँ!' केदार ने कहा और कुछ मौजूँ या सटीक सा नाम खोजने लगा।

'थिएटर, पार्क, सरकस, नौटंकी, और क्या?' अजित ने पूछा।

'नहीं, कुछ और जगहें। प्राचीन काल से कुछ खोजते हैं, मध्ययुगीन दौर या रोमन काल से।'

'कोलोजियम कैसा रहेगा? कोलोजियम सबसे बड़ी रंगभूमि थी रोमन काल की, जहाँ योद्धा अपनी काबिलीयत पेश करते थे। यह दुनिया का सबसे शानदार स्टेज माना जाता था, जहाँ लोगों को प्रतिभा दिखाने की आजादी हासिल थी।' अजित उत्साहित हो उठा, उसे अचानक महसूस हुआ कि कितना सटीक नाम है यह।

‘कोलोजियम, नाम ठीक लग रहा है, सटीक है!’ केदार ने भी सहमति दी।

‘हाँ˙˙अरे, नहीं। हम यह नाम नहीं रख सकते।’ अचानक अजित उदास हो गया।

‘क्या हुआ? इसमें गलत क्या है?’ केदार ने पूछा, वह किंकर्तव्यविमूढ़ हो गया।

‘इसकी स्पेलिंग में loss शब्द भी शामिल है, Co(loss)eum, मैं अपनी कंपनी का नाम उस शब्द से शुरू नहीं कर सकता, जिसमें इस तरह के नकारात्मक शब्द प्रतिबिंबित हों।’ अजित ने कागज पर देखते हुए कहा, जहाँ उसने यह शब्द लिख रखे थे।

‘कोलोजियम, नाम ठीक लग रहा है, सटीक है!’ केदार ने भी सहमति दी।

‘हाँ˙˙अरे, नहीं। हम यह नाम नहीं रख सकते।’ अचानक अजित उदास हो गया।

‘क्या हुआ ? इसमें गलत क्या है ?’ केदार ने पूछा, वह किंकर्तव्यविमूढ़ हो गया।

‘इसकी स्पेलिंग में loss शब्द भी शामिल है, Co(loss)eum, मैं अपनी कंपनी का नाम उस शब्द से शुरू नहीं कर सकता, जिसमें इस तरह के नकारात्मक शब्द प्रतिबिंबित हों।’ अजित ने कागज पर देखते हुए कहा, जहाँ उसने यह शब्द लिख रखे थे।

‘उससे क्या हो गया ? वैसे भी मीडिया में सफल होने का एक फंडा नाम चेंज करना भी है। कुछ लोग मानते हैं कि एक-दो अक्षर हटाने या जोड़ने से उनके कारोबार की किस्मत बदल जाती है। तुम भी शुरुआत में ही कुछ ऐसा कर डालो और अपनी सफलता को सुनिश्चित करो। हर कोई यह सोचेगा कि न्यूमेरोलॉजी के हिसाब से तुमने यह नाम चुना होगा!’ केदार ने शरारती अंदाज में मुस्कराते हुए कहा।

‘मैंने वाकई इस ऐंगल पर सोचा ही नहीं था। तब ठीक है, इसका नाम रखते हैं— Colosceum यानी कोलोजियम।’ अजित ने जुनूनी अंदाज में कहा।

~

वर्ष 2008 की शुरुआत में कोलोजियम ने अपना कारोबार मुंबई के साकीनाका स्थित लॉजीटेक पार्क स्थित स्टाइलस ऑफिस सर्विसेज से शुरू किया। यह मानना बेहद मुश्किल था कि साकीनाका जैसे पॉश इलाके में इतने कम किराए पर भी ऑफिस मिल सकता है।

कोलोसियम का लक्ष्य था, व्हील स्मार्ट श्रीमती को अपने पहले प्रोजेक्ट के तौर पर हासिल करना।

अजित राजीव से बात कर रहा था। ‘क्या आप समझते हैं कि हम स्मार्ट श्रीमती प्रोजेक्ट हासिल कर सकते हैं ?’ राजीव ने पूछा। वे दोनों यूनिलिवर के लिए कंटेंट तैयार करने को लेकर बातचीत कर रहे थे। स्मार्ट श्रीमती ने पहले ही दूरदर्शन पर अपना

तीसरा सीजन पूरा कर लिया था। अब इसके वर्तमान प्रोडक्शन हाउस के कॉन्ट्रैक्ट पर पुनर्विचार किया जा रहा था।

'आप क्यों सोचते हैं कि यह हमें हासिल होगा ? ऐसा इसलिए, क्योंकि मैंने यूनिलिवर के लिए काम कर रखा है ?'

'संभवत: हाँ, इसलिए। आप वहाँ के लोगों से परिचित हैं, इसलिए…' राजीव ठहर गया।

'ओह, ऐसे में हमें एम टी.वी. के डेटिंग रियलिटी शो पर भी बात करनी चाहिए, क्योंकि तुम वहाँ के लोगों को जानते हो।' अजित ने चुटकी ली और गेंद राजीव के पाले में डाल दी।

'मेरे कहने का मतलब यह है कि चूँकि तुमने स्मार्ट श्रीमती का खाका तैयार कर रखा है और उस कार्यक्रम के लिए बौद्धिक संपदा (आई.पी.) तैयार करने में अहम भूमिका निभा चुके हो, तो तुम्हें उससे संबंधित तमाम चीजें पता होंगी कि कैसे उन्हें धरातल पर उतारा जा सकता है।'

'हम यह कॉन्ट्रैक्ट केवल अपनी खूबियों के आधार पर हासिल करेंगे। हम यूनिलिवर से किसी तरह की गैर-जरूरी मदद नहीं लेंगे। उसे साफ, पारदर्शी और पेशेवर आकलन के लिए बखूबी जाना जाता है, लेकिन हम इससे ऊपर पहुँच जाएँगे अगर हमने स्मार्ट श्रीमती को अगले तीन से पाँच साल तक अपनी संपत्ति के तौर पर सहेज लिया।' अजित ने कहा। वह अपनी टीम को पहली जीत के लिए तैयार कर रहा था।

'हम यह कॉन्ट्रैक्ट केवल अपनी खूबियों के आधार पर हासिल करेंगे। हम यूनिलिवर से किसी तरह की गैर-जरूरी मदद नहीं लेंगे। उसे साफ, पारदर्शी और पेशेवर आकलन के लिए बखूबी जाना जाता है, लेकिन हम इससे ऊपर पहुँच जाएँगे अगर हमने स्मार्ट श्रीमती को अगले तीन से पाँच साल तक अपनी संपत्ति के तौर पर सहेज लिया।' अजित ने कहा। वह अपनी टीम को पहली जीत के लिए तैयार कर रहा था।

अजित के लिए स्मार्ट श्रीमती दो वजहों से खास था—पहला, अगर वह टीम को पहला कॉन्ट्रैक्ट दिला ले जाता है तो वह उनके अंदर अपनी नेतृत्व प्रतिभा की मुहर लगवा लेगा। दूसरा, उनके लिए एडवर्टाइजर फंडेड प्रोग्रामिंग (ए.एफ.पी.) हासिल करना आसान होगा, बजाय कि ब्रॉडकास्टर कमीशंड प्रोग्रामिंग हासिल करने के।

राजीव ने हामी में सिर हिलाया। 'हम्म, प्रतियोगिता के बारे में तुमने क्या सोचा ?'

'हाँ, इस इंडस्ट्री का हर बड़ा खिलाड़ी तो वहाँ रहेगा ही—Endemol, Miditech, Show M और भी तमाम। सभी इस शो को हासिल करने की होड़ में रहेंगे। हम उन

सबको सँभाल लेंगे। चिंता न करो!' अजित ने कहा। वह आश्वस्त था कि उसका आइडिया उसे जिता देगा। उन्हें क्रियान्वयन पर केंद्रित होने की जरूरत थी। एम टी.वी. के बारे में क्या विचार है?'

'वे एक और कार्यक्रम शुरू करना चाहते हैं, जो कि अनेक सीजन के लिए अनुकूल हो। वर्तमान में उनके खाते में एकमात्र एडवेंचर रियलिटी शो रोडीज ही है। जल्दी ही वे कॉन्सेप्ट आधारित डेटिंग रियलिटी शो जैसे अमेरिकन डेटिंग रियलिटी शो 'फ्लेवर ऑफ लव' की तरह का कुछ लॉन्च करने की सोच रहे हैं, उसमें कुछ बदलाव करेंगे, ताकि वह भारतीय दर्शकों, माहौल और मन:स्थिति के अनुकूल हो सके।' राजीव को पता था कि सबसे बढ़िया काम करेगा, और यही उसकी काबिलीयत थी। कोलोजियम में हर शख्स के पास कुछ-न-कुछ प्रस्ताव था बताने के लिए।

'हम्म, फिलहाल हम एक हासिल कर लें। सुबह के तीन बज चुके हैं,' अजित ने अपनी घड़ी की ओर देखते हुए कहा। 'मुझे निकलना होगा। मुझे कृति के स्कूल भी जाना है, वहाँ एनुअल फंक्शन होना है,' अजित ने अपनी बेटी से वादा किया था कि वह एनुअल फंक्शन में जरूर शामिल होगा।

कोलोजियम की शुरुआत के काफी पहले से अजित का व्हील स्मार्ट श्रीमती कार्यक्रम को लेकर लंबे समय तक जुड़ाव था। हिंदुस्तान लिवर में काम करने के दौरान वह व्हील का ब्रांड मैनेजर रह चुका था। इसी वजह से उसे मनोरंजन कारोबार में घुसने का विचार आया था। हिंदुस्तान लिवर की वह मीटिंग उसे याद थी, जिसमें उसने व्हील स्मार्ट श्रीमती की अवधारणा की प्रस्तुति दी थी।

'हाँ, जाओ। नहीं तो घर पर होनेवाले रियलिटी शो से कौन बचाएगा!' राजीव ने आँख मारते हुए कहा।

~

कोलोजियम की शुरुआत के काफी पहले से अजित का व्हील स्मार्ट श्रीमती कार्यक्रम को लेकर लंबे समय तक जुड़ाव था। हिंदुस्तान लिवर में काम करने के दौरान वह व्हील का ब्रांड मैनेजर रह चुका था। इसी वजह से उसे मनोरंजन कारोबार में घुसने का विचार आया था। हिंदुस्तान लिवर की वह मीटिंग उसे याद थी, जिसमें उसने व्हील स्मार्ट श्रीमती की अवधारणा की प्रस्तुति दी थी।

हिंदुस्तान लिवर के मुख्यालय, वाशी, मुंबई का मीटिंग रूम खचाखच भरा हुआ था। मीटिंग में पिछली तिमाही में देश के सबसे बड़े डिटरजेंट ब्रांड व्हील की ब्रांडिंग के लिए विज्ञापन पर होनेवाले खर्च के असर पर चर्चा होनी थी।

इंडियन मार्केट रिसर्च ब्यूरो (आई.एम.आर.बी.) के दो प्रतिनिधियों ने अपने रिसर्च

मेथडोलॉजी के जरिए विस्तार से बताना शुरू किया।

उन्होंने जब पावर प्वॉइंट प्रेजेंटेशन के जरिए प्रतिस्पर्धी तुलनात्मक ग्राफ को दिखाया, तो शांत और अच्छे मूड में बैठे बोर्ड सदस्य सशंकित होने लगे।

'एक बार फिर तीन तिमाहियों के बाद आपका शोध कह रहा है कि घड़ी ब्रांड व्हील से काफी आगे चल रहा है।' ज्यादातर लोगों की आवाज उठनी शुरू हो गई— हमारा अधिकतम खर्च उनके मुकाबले दोगुना है। अगर आप दोनों ब्रांडों के विज्ञापन से संबंधित ग्रॉस रेटिंग प्वॉइंट (जी.आर.पी.) से तुलना करें तो हम इतना कहकर अपनी बात खत्म कर सकते हैं कि हम सुरक्षित तौर पर विज्ञापन बंद कर सकते हैं और अपना बेशकीमती पैसा बचा सकते हैं,' मार्केटिंग मैनेजर ने कहा।

'क्या आप आश्वस्त हैं कि डाटा पिकअप को लेकर तो कोई मुद्दा नहीं है जैसा कि पिछली बार आपके छोटे सेंटरों से मिलनेवाले डाटा कलेक्शन को लेकर सवाल उठाए गए थे? इस बार यह प्रक्रिया विश्वसनीय कैसे कही जा सकती है?' मीडिया एजेंसी के प्रतिनिधियों ने शोधकर्ताओं पर सवाल उठाते हुए कहा।

शोध के नमूना का आकार क्या था? क्या यह प्रतिनिधित्व काफी है लखनऊ जैसी जनसंख्या वाली जगह के लिहाज से, जहाँ आपने यह अध्ययन कराया है? टीम के अन्य सदस्यों ने पड़ताल की।

इस समय आई.एम.आर.बी. की टीम हमले झेल रही थी, उन्होंने शायद ही कोई अच्छी तस्वीर पेश की हो।

अजित ने ब्रांड टीम में नया-नया काम शुरू किया था। उसने प्रोडक्ट मैनेजर के कान में फुसफुसाया, 'क्या हम बेचारे संदेशवाहकों पर हमला नहीं कर रहे हैं? वे तो हमें महज वह बता रहे हैं, जो आँकड़ों के रूप में उनके पास उपलब्ध है, लेकिन हम वही उत्तर सुनना चाह रहे हैं, जो हम अपने लिए ठीक मानते हैं!'

मार्केटिंग मैनेजर ने फुसफुसाहटों की तरफ खुद को घुमाया और कहा, 'अजित, तुम्हें कुछ कहना है? हम सब क्यों न सुनें जो तुम कह रहे हो?'

'क्या आप आश्वस्त हैं कि डाटा पिकअप को लेकर तो कोई मुद्दा नहीं है जैसा कि पिछली बार आपके छोटे सेंटरों से मिलनेवाले डाटा कलेक्शन को लेकर सवाल उठाए गए थे? इस बार यह प्रक्रिया विश्वसनीय कैसे कही जा सकती है?' मीडिया एजेंसी के प्रतिनिधियों ने शोधकर्ताओं पर सवाल उठाते हुए कहा। शोध के नमूना का आकार क्या था? क्या यह प्रतिनिधित्व काफी है लखनऊ जैसी जनसंख्या वाली जगह के लिहाज से, जहाँ आपने यह अध्ययन कराया है? टीम के अन्य सदस्यों ने पड़ताल की।

अजित ने कहना शुरू किया, 'अगर हम फेस वैल्यू के आधार पर आँकड़े उठाते हैं, तो इससे यह निष्कर्ष निकलता है कि हमारे विज्ञापन का प्रभाव बहुत ज्यादा असरकारक नहीं है और ऐसे में हमें अपने संवाद के निर्णय पर नए सिरे से सोचना होगा, बजाय कि वर्तमान विज्ञापन खर्च को इसी स्तर पर बनाए रखने के। संभवत: इसका उतना गहराई से असर नहीं हो रहा है। शायद हमें उपभोक्ता से एक अनोखे अंदाज में जुड़ने की जरूरत है।'

'मुझे लग रहा है कि तुम्हारे पास कोई उपाय है, अजित। गोविंदा के दौर में आखिरी बार हमारे पास एक हस्ती थी, जिसने हमें बढ़त दिलाई थी। हमें उन तरीकों को दोबारा खोजने की जरूरत है, जो उपभोक्ताओं से वास्तव में जुड़ सकें। बिल्कुल हमें एक सेलिब्रिटी की जरूरत है जो हमारे प्रोडक्ट को प्रमोट कर सके और उसे ऊँचाई प्रदान कर सके,' मार्केटिंग मैनेजर ने कहा।

अजित ने कहना शुरू किया, 'अगर हम फेस वैल्यू के आधार पर आँकड़े उठाते हैं, तो इससे यह निष्कर्ष निकलता है कि हमारे विज्ञापन का प्रभाव बहुत ज्यादा असरकारक नहीं है और ऐसे में हमें अपने संवाद के निर्णय पर नए सिरे से सोचना होगा, बजाय कि वर्तमान विज्ञापन खर्च को इसी स्तर पर बनाए रखने के। संभवत: इसका उतना गहराई से असर नहीं हो रहा है। शायद हमें उपभोक्ता से एक अनोखे अंदाज में जुड़ने की जरूरत है।'

इसी के साथ गतिविधियों की एक श्रृंखला शुरू हो गई—उपभोक्ताओं के घर का दौरा करना, ब्रांड व्हील को बेहतर-से-बेहतर अंदाज में लोगों तक संवाद के रूप में पहुँचाने के लिए दिमागी उधेड़बुन का लंबा-लंबा दौर आदि। ब्रांड एक्टिवेशन टीम छोटे शहरों में लोगों के घरों पर घंटों समय देने लगी और कम आय वर्ग समूह की घरेलू महिलाओं से मिलने लगी, जो कि ब्रांड व्हील के लिए टार्गेट उपभोक्ता थे।

'हमारा लक्षित हिस्सा—निम्न आय वर्ग की महिलाएँ सबसे ज्यादा थैंकलेस जॉब करती हैं, वे शायद ही कभी प्रोत्साहित की जाती हों और जो नहीं कर पाती हैं, वे उसके लिए ताने सुनती हैं। सबसे ईमानदार तरीका उन तक पहुँचने का यही हो सकता है कि हम उनकी तारीफ करें और उन्हें मूल्यवान महसूस करने का अवसर प्रदान करें,' अजित ने विस्तार से अपनी क्रिएटिव टीम को समझाया। 'महिला के पास बेहद कम संसाधन होते हैं, लेकिन वह अपने आपमें अनंत संसाधनों से लैस होती है, और हमारा एक्टिवेशन प्लेटफॉर्म उन्हें प्रचुर संसाधनयुक्त के रूप में प्रदर्शित करेगा। अगर हम आम महिलाओं को एक स्मार्ट होममेकर के रूप में प्रोजेक्ट करें, तो हम न केवल उनसे जुड़ पाएँगे, बल्कि व्हील को

भी स्मार्ट खरीदारों के ब्रांड के रूप में प्रचारित कर पाएँगे।'

'ठीक, हमारा नया वैरिएंट व्हील एक्टिव है, जो री-लॉञ्च किया जा रहा है। अगर हम मिसेज एक्टिव प्रतियोगिता आयोजित कर दें, जो कि उनके घरेलू कामकाज से संबंधित जानकारियों पर आधारित हो, तो इससे हमारे ब्रांड को उनसे जुड़ने का एक अवसर जरूर मिल जाएगा,' एक टीम सदस्य ने सुझाया।

'बेहतरीन आइडिया! न केवल क्विज कॉन्टेस्ट, बल्कि एक बड़ी प्रतियोगिता, जैसे कि मिस इंडिया जैसी ब्यूटी प्रतियोगिता, जो कि मध्यमवर्गीय परिवारों की महिलाओं के लिए हो, ताकि वे भी खुद को अलग दिखाने का मौका पा सकें,' टीम के एक अन्य सदस्य ने अपनी राय दी।

'बेहतरीन आइडिया! न केवल क्विज कॉन्टेस्ट, बल्कि एक बड़ी प्रतियोगिता, जैसे कि मिस इंडिया जैसी ब्यूटी प्रतियोगिता, जो कि मध्यमवर्गीय परिवारों की महिलाओं के लिए हो, ताकि वे भी खुद को अलग दिखाने का मौका पा सकें,' टीम के एक अन्य सदस्य ने अपनी राय दी।

'लेकिन हमें एक टाइटल की जरूरत होगी, जो आम घरेलू महिलाओं से सीधे जुड़ सके। मिसेज एक्टिव भी ठीक है, लेकिन अगर कुछ ऐसा हो, जो कि व्यापक रूप से अमल कर सके तो ज्यादा असरकारक होगा। साथ ही, एक्टिव हमारा एक वैरिएंट मात्र है। हमें कुछ ऐसा नाम सोचना चाहिए, जो कि हमारे कोर ब्रांड व्हील से जुड़ सके,' अजित ने हर किसी को प्रोत्साहित करते हुए नाम पर विचार करने के लिए जोर दिया।

आधे घंटे की चर्चा के बाद हर कोई एक नाम पर आकर सहमत हुआ—द स्मार्ट होममेकर, और इस तरह मुँह बोला नाम उभरकर सामने आया—व्हील स्मार्ट श्रीमती।

'हमें एक रस्म भी करनी होगी उन्हें सम्मानित करने के लिए, जैसे मिस इंडिया प्रतियोगिता को कमरबंद और ताज से सजाया जाता है। हम क्यों न 'तुलाभरम' शब्द का प्रयोग करें, जो कि दक्षिण भारत में होनेवाली रस्म है और इसका प्रयोग एक उपमा के तौर पर करें या जैसा कि राजनेता करते हैं, उन्हें (महिलाओं को) पैसे या सोने से तौल दें, साथ में एक स्लोगन भी हो—व्हील स्मार्ट श्रीमती को सोने में तौल देंगे,' अजित ने कहा और मार्केटिंग मैनेजर की तरफ उनकी मंजूरी के लिए मुखातिब हुआ। 'और सोने पर सुहागा यह होगा कि उनके पति ही यह काम करेंगे, ताकि उनकी पत्नियों को और भी सराहना मिले, हमारे एक्टिवेशन प्लेटफॉर्म के साथ-साथ।'

'क्या! सोने में तौल देंगे!' मार्केटिंग मैनेजर अचकचा गए।

'मेरे कहने का मतलब यह कि हम उनके वजन की तुलना में ग्राम में सोना दे सकते हैं। उदाहरण के लिए अगर उनका वजन 85 किलो हुआ, तो हम उन्हें 85 ग्राम

सोना दें,' अजित ने बातचीत को संतुलित रखने का प्रयास किया।

कार्यक्रम का प्रायोगिक संस्करण पश्चिमी यू.पी. के छोटे शहरों में संचालित किया गया। और जल्दी ही व्हील स्मार्ट श्रीमती आयोजन शहरों में व्यापक चर्चा में आ गया, साथ ही अखबारों के पहले पन्ने पर महिलाओं के अपने पतियों के साथ सोने से तौली जानेवाली तस्वीरों में नजर आने पर यह बात घर-घर तक पहुँच चुकी थी। इससे जुड़ी गतिविधियाँ इतनी मशगूल करनेवाली और फलदायी थीं कि हर कोई इस कार्यक्रम का हिस्सेदार बनना चाहता था।

'देखिए, एक चीज तो स्पष्ट है कि यह आइडिया काम कर रहा है, और जैसा कि गहन अध्ययन बताते हैं, मानसिक पैमाना ऊपर उठ रहा है,' अजित ने मार्केटिंग मैनेजर को यू.पी. में स्मार्ट होममेकर की सफलता की तस्वीर दिखाते हुए कहा।

'देखिए, एक चीज तो स्पष्ट है कि यह आइडिया काम कर रहा है, और जैसा कि गहन अध्ययन बताते हैं, मानसिक पैमाना ऊपर उठ रहा है,' अजित ने मार्केटिंग मैनेजर को यू.पी. में स्मार्ट होममेकर की सफलता की तस्वीर दिखाते हुए कहा।
'यह वाकई अच्छा है, अजित! अब तुम्हारे लिए अगली चुनौती यह होगी कि इसे चरम पर कैसे पहुँचाया जाए। हम जमीनी स्तर पर पूरे देश में इस तरह की गतिविधियाँ संचालित नहीं कर सकेंगे,' मार्केटिंग मैनेजर परेशान थे कि इस आयोजन को घर के आयोजन के रूप में कैसे परिवर्तित करें।

'यह वाकई अच्छा है, अजित! अब तुम्हारे लिए अगली चुनौती यह होगी कि इसे चरम पर कैसे पहुँचाया जाए। हम जमीनी स्तर पर पूरे देश में इस तरह की गतिविधियाँ संचालित नहीं कर सकेंगे,' मार्केटिंग मैनेजर परेशान थे कि इस आयोजन को घर के आयोजन के रूप में कैसे परिवर्तित करें।

'हमें कुछ इस तरह की योजना बनानी होगी कि इस तरह के आयोजन को हम टेलीविजन पर प्रसारित कर सकें, ताकि हम इसे सबसे ज्यादा माइलेज प्रदान कर सकें,' अजित ने जवाब में कहा।

'और क्या तरीका होगा वह ?' मार्केटिंग मैनेजर ने अजित से पूछा और उसके अगले कदम के बारे में जानना चाहा।

अगले कुछ महीनों में, पूरी व्हील टीम टेलीविजन पर ऐसे आधुनिक प्रयोग के संबंध में अपने-अपने मूल्यांकनों के साथ तैयार थी। हर कोई अपनी मेज के पास ही बैठा हुआ था। अजित ने महाराष्ट्र में जबरदस्त पहुँच रखनेवाले चैनल डीडी सहयाद्रि पर प्रसारित होनेवाले साप्ताहिक कार्यक्रम 'व्हील स्मार्ट सनबाई' की हालिया सफलता की कहानी प्रस्तुत करना शुरू किया।

'यू.पी. में जमीनी स्तर पर (below the line) किए गए आयोजनों की अप्रत्याशित सफलता को देखते हुए हमने व्हील स्मार्ट सनबाई कार्यक्रम लॉन्च किया। दो महीने तक प्रसारण के बाद टेलीविजन रेटिंग प्वॉइंट (TRP) में जबरदस्त इजाफा दर्ज किया गया, और गहन अध्ययन सुझा रहे थे कि ब्रांड व्हील को लेकर लोगों के नजरिए में सकारात्मक बदलाव देखे जा रहे हैं,' अजित ने कहा।

'वाकई यह काम कर रहा है, और इसकी सफलता के सबूत के तौर पर सिद्धांत भी यहाँ मौजूद हैं। सवाल यह है कि हम इसे राष्ट्रीय चैनल पर कैसे ले जाएँगे?' कैटिगरी हेड ने पूछा और वे संभावनाओं को लेकर समान रूप से उत्साहित थे।

'हाँ, यह हमारे लिए अगली चुनौती है, क्योंकि हम इस फॉर्मेट के आधार पर राष्ट्रीय स्तर पर कार्यक्रम नहीं कर सकते। यह महाराष्ट्र की परंपरा के आधार पर लागू किया गया था। राष्ट्रीय पैमाने पर इसे प्रसारित करने के लिए, इसमें बहुसंख्यक समुदाय को जोड़ने की क्षमता होनी चाहिए, यह मनोरंजक भी होना चाहिए और हमारे 'स्मार्ट होममेकर' कोर ब्रांड का संदेश देने में सक्षम भी होना चाहिए।' हर किसी ने सहमति में सिर हिलाया। 'हम इस पर योजना बनाकर कुछ हफ्तों में दोबारा मिलेंगे।' अजित ने तस्दीक करते हुए कहा।

'क्या आपको महाभारत याद है?' अजित ने ब्रांड हेड से पूछा। हर कोई एक-दूसरे की तरफ देखते हुए वर्तमान मुद्दे से उसे जोड़ने की कोशिश करने लगा। अचानक, उसने व्हील के भविष्य को इतिहास की तरफ मोड़ दिया। कोई अंदाजा नहीं लगा पा रहा था कि उसके खजाने में क्या छिपा हुआ है।

'महाभारत और व्हील का आपस में क्या संबंध है?' हॉल में मौजूद सारे दिमाग इस पहेली को सुलझाने में जुट गए।

~

प्रस्तुतीकरण को लेकर जैसा कि वादा था, कुछ हफ्तों में अजित एक दिलचस्प नोट लेकर हाजिर हुआ। उसके हाथ में चेक बोर्ड था, जिस पर लिखा था चौसर।

'क्या आपको महाभारत याद है?' अजित ने ब्रांड हेड से पूछा। हर कोई एक-दूसरे की तरफ देखते हुए वर्तमान मुद्दे से उसे जोड़ने की कोशिश करने लगा। अचानक, उसने व्हील के भविष्य को इतिहास की तरफ मोड़ दिया। कोई अंदाजा नहीं लगा पा रहा था कि उसके खजाने में क्या छिपा हुआ है।

'महाभारत और व्हील का आपस में क्या संबंध है?' हॉल में मौजूद सारे दिमाग इस पहेली को सुलझाने में जुट गए।

हॉल में सबके चेहरे पर सवालिया निशान देखकर अजित मुस्कराया। 'अच्छा, पुरुष-प्रधान समाज में, अगर पत्नियाँ चौसर खेलें और अपने पतियों को दाँव पर लगा दें तो क्या होगा? अगर हम महाभारत की उपमाओं को उलट दें तो कैसा रहेगा?' अजित कुछ देर रुका, लोगों के चेहरे के भाव पढ़ने लगा। कुछ मुस्कराए, जबकि कुछ अब भी भ्रमित थे।

'मुद्दा यह है कि अगर हम इस उपमा को उलट दें और एक महिला को खेल का केंद्र बना दें, तो हम उसे अपनी संसाधन क्षमता को प्रदर्शित करने का हर संभव मौका प्रदान कर सकेंगे, ताकि वह अपने पति को सुरक्षा प्रदान कर सके। इस खेल का यू.एस.पी. (यूनिक सेलिंग प्रपोजीशन) यही होगा। व्हील स्मार्ट श्रीमती एक हलका-फुलका मनोरंजन होगा, जो घरेलू महिलाओं पर केंद्रित होगा और यह हमारे ब्रांड संदेश को प्राइम टाइम पर बिल्कुल सटीक तरीके से प्रस्तुत करने में सफल साबित होगा। विजेता को भारत के व्हील स्मार्ट श्रीमती के टाइटल से सम्मानित किया जाएगा।

> ***स्मार्ट श्रीमती के बाद कोलोजियम अपनी पूरी ताकत से दौड़ने लगी। नए प्रोजेक्टों ने अजित को ऑफिस में काफी व्यस्त कर दिया। मीरा, जो कि मीराबाई के जीवन पर आधारित ऐतिहासिक काल्पनिक ड्रामा शृंखला एनडी टी.वी. इमैजिन पर प्रसारित हुआ। वह अन्य टी.वी. कार्यक्रमों पर भी काम कर रहा था। इसी बीच अजित ने कपूर के साथ एक मीटिंग की, जो कि चैनल 2 के प्रोग्रामिंग हेड थे।***

यह तय किया गया कि व्हील स्मार्ट श्रीमती का प्रसारण दूरदर्शन पर किया जाएगा और इसे अन्नू कपूर प्रस्तुत करेंगे, जो कि जी टी.वी. पर आनेवाले अंत्याक्षरी कार्यक्रम के प्रस्तोता हैं।

अजित के लिए यह एक अतुलनीय अनुभव था, जिसमें उसे टेलीविजन उद्योग और कंटेंट विकसित करनेवाली कंपनियों, दोनों के साथ काम करना था और वह भी अलग-अलग स्तरों पर जैसे कि कार्यक्रम के प्रोडक्शन, अवधारणात्मकता, प्रचार से लेकर ब्रांड मार्केटिंग तक सबकुछ देखना था। कल्पनाशीलता से भरे-पूरे सफर और व्हील स्मार्ट श्रीमती में जान फूँकने तक की सारी प्रक्रिया ने रचनात्मकता को नई ऊँचाई प्रदान की और उसका खोजी दिमाग नई अवधारणाओं के साथ रेस में काफी आगे पहुँच गया, जहाँ भारतीय टेलीविजन के प्लेटफॉर्म पर कुछ भी आजमाया जा सकता था।

~

स्मार्ट श्रीमती के बाद कोलोजियम अपनी पूरी ताकत से दौड़ने लगी। नए प्रोजेक्टों

ने अजित को ऑफिस में काफी व्यस्त कर दिया। मीरा, जो कि मीराबाई के जीवन पर आधारित ऐतिहासिक काल्पनिक ड्रामा शृंखला एनडी टी.वी. इमैजिन पर प्रसारित हुआ। वह अन्य टी.वी. कार्यक्रमों पर भी काम कर रहा था। इसी बीच अजित ने कपूर के साथ एक मीटिंग की, जो कि चैनल 2 के प्रोग्रामिंग हेड थे। यह मीटिंग दोपहर दो बजे तय हुई। एक समयबद्ध और अनुशासित पेशेवर के तौर पर अजित 1.55 बजे उनके ऑफिस पहुँच गया, लेकिन उसे बताया गया कि कपूर साहब दफ्तर में नहीं हैं। उसने कपूर को फोन किया और मीटिंग के बारे में याद दिलाया।

'ओह हाँ, अजित, मुझे खेद है। मुझे लगभग 40 मिनट की देरी होगी। तब तक आप कृपया ऑफिस में बैठें। मैं जल्दी ही आपसे मिलूँगा,' कपूर ने उससे कहा और फोन रख दिया।

'हद है! कोई तो इन्हें समझाए कि समय की क्या कीमत होती है,' अजित भुनभुनाया। हर ब्रॉडकास्टर के दरवाजे पर घंटों इंतजार करना उसके दैनिक कार्यक्रम में शामिल होता जा रहा था, और इंतजार के हर मिनट पर उसे यूनिलिवर के आरामदेह दिन याद आ जाते थे। एक अनुशासित पृष्ठभूमि से आने के बाद मीडिया इंडस्ट्री के शोर-शराबे और अनुशासनहीनता से भरे माहौल ने अजित को क्षुब्ध कर दिया। उसने आउटलुक मैग्जीन उठाई और पन्ने पलटने लगा। मैग्जीन की मुख्य स्टोरी पर उसकी नजर टिक गई।

'अपने बॉस को कैसे बाहर करें' यह मैग्जीन के कवर पेज का शीर्षक था। अजित इस विडंबना पर मुस्कराया। उद्यमी शब्द बहुतों के लिए गतिशीलता, सक्रियता और नियंत्रण की ताकत के रूप में अनुवादित था। इसके विपरीत, उद्यमी बनने के पीछे एक बड़ा हिस्सा धैर्य का था। लेख जो कि अपना बॉस खुद बनने पर आधारित था—यह कि एक उद्यमी, विडंबना था। 'दरअसल, मैं यूनिलिवर में बॉस से कहीं ज्यादा प्रभावशाली था। उन दिनों में एक कॉल पर पूरा सिस्टम घूमने को तैयार रहता था, लेकिन अब, एक लकड़ी भी इधर से उधर करने में मुझे एड़ी-चोटी का जोर लगाना पड़ता है।' अजित अपने ही खयालों में डूबा हुआ था कि ऑफिस ब्वाय ने आकर उससे कहा, 'सर, चाय लेंगे या कॉफी?'

'नहीं, शुक्रिया,' अजित ने प्यार से मना कर दिया और दोबारा अपने बीते दिनों के बारे में सोचने लगा।

'एक दिन तुम ब्रॉडकास्टर के दफ्तर के रिसेप्शन पर बैठे होगे और खेदपूर्ण कॉफी पी रहे होगे और लोगों को समझाने का प्रयास कर रहे होगे। वह भयानक होगा। यह काम तुम जैसे स्तर के लोगों के लिए नहीं है। तुम्हारा कद किसी चैनल के प्रमुख के जैसा है। ऐसा मत करो। तुम नहीं जानते कि तुम किस पचड़े में पड़ने जा रहे हो।' अजित को

और कुछ नहीं, बल्कि ऋषिता भाटिया के प्रवचन से भरे शब्द याद आ रहे थे।

अजित ने ऋषिता के साथ स्मार्ट श्रीमती की अवधारणा को विकसित करने पर काम किया था। उसने अजित को आगाह किया, और वह तमाम पहलुओं पर सही भी थी। बड़े कॉरपोरेट घरानों में जिंदगी छनी हुई होती है, एक निश्चित कदवाले चंद लोग ही बड़े नामवालों और सीनियर मैनेजमेंट से मिल सकते हैं। लेकिन एक उद्यमी होने के कारण आपको अपने आइडिया और कॉन्सेप्ट को संभावित ग्राहक को बेचना होता है, चाहे वह एक छोटी कंपनी हो या एक बड़ा कॉरपोरेट घराना। कुछ लोग काबिल नहीं होते और कोई भी उन्हें खास तवज्जो देने लायक नहीं समझता, लेकिन मजबूरी में उन्हें केवल इसलिए मनाना पड़ता है, क्योंकि उनके हाथ में ट्रंप कार्ड और आपकी सफलता की चाबी होती है।

अजित ने ऋषिता के साथ स्मार्ट श्रीमती की अवधारणा को विकसित करने पर काम किया था। उसने अजित को आगाह किया, और वह तमाम पहलुओं पर सही भी थी। बड़े कॉरपोरेट घरानों में जिंदगी छनी हुई होती है, एक निश्चित कदवाले चंद लोग ही बड़े नामवालों और सीनियर मैनेजमेंट से मिल सकते हैं। लेकिन एक उद्यमी होने के कारण आपको अपने आइडिया और कॉन्सेप्ट को संभावित ग्राहक को बेचना होता है, चाहे वह एक छोटी कंपनी हो या एक बड़ा कॉरपोरेट घराना।

'हे अजित, माफ करना आपको इंतजार करना पड़ा,' कपूर ने कहा, वे अंततः एक घंटे की देरी से दफ्तर पहुँच गए थे। 'तो मुझे बताइए, मैं कैसे आपकी मदद कर सकता हूँ?'

'सर, मैं कालचक्र के बारे में जानना चाहता था?' अजित श्री कपूर से पिछले छह महीने से मिलना चाहता था। कोलोजियम ने भारतीय आध्यात्मिक अवधारणा पुनर्जन्म पर आधारित एक शो का कॉन्सेप्ट तैयार किया था और उसका नाम रखा था, कालचक्र। उन्होंने इस कार्यक्रम को वाद-विवाद शैली में तैयार किया था, जिसमें जानकारों के साथ चर्चा होनी थी और साथ ही वहाँ दर्शक भी बैठे होते और सवाल-जवाब का दौर चलता, जिसमें पुनर्जन्म के पूरे विचार की सत्यता परखी जाती। वे इस कार्यक्रम को ऐसे चैनल पर प्रसारित कराना चाहते थे, जिसकी विश्वसनीयता अधिक होती। वे यह नहीं चाहते थे कि उनके कार्यक्रम को सनसनीखेज तरीके से प्रस्तुत किया जाए।

जब उन्होंने कार्यक्रम के कुछ एपिसोड को चैनल 2 की टीम को दिखाया, तो हर कोई उत्साहित हो उठा और अपनी सहमति दे दी। हालाँकि बातचीत के दौर को आई. पी. (बौद्धिक संपदा) मालिकाना हक को लेकर उभरे विवाद से झटका लगा। भारतीय

टेलीविजन उद्योग में, प्रसारक दबाव डालते हैं कि आई.पी. अधिकार उनके पास रहे, जबकि अंतरराष्ट्रीय स्तर पर, जो उस कॉन्सेप्ट को विकसित करता है, उसी के पास आई.पी. अधिकार होते हैं, और उचित भी यही है। चूँकि कॉन्सेप्ट कोलोजियम मीडिया ने विकसित किया था और उन्होंने कुछ हिस्से फिल्माए भी थे, इसलिए वे चाहते थे कि कार्यक्रम के आई.पी. अधिकार उनके ही पास रहें।

'देखिए अजित, हम एक ही कहानी पर रोज-रोज बात कर रहे हैं। मेरा अंदाज है कि हमने स्पष्ट कर दिया है कि आई.पी. हम ही रखेंगे, और स्पष्ट रूप से, मैं नहीं समझता कि आपको जिद करने की जरूरत है। आप आई.पी. हमें दे दें और कार्यक्रम को प्रसारित होने दें। हम यह सुनिश्चित करेंगे कि कोलोजियम को पूरे साल उचित तरीके से कार्यक्रम का कमीशन मिलता रहे,' श्री कपूर ने सांत्वना पुरस्कार का प्रस्ताव देते हुए कहा।

'देखिए अजित, हम एक ही कहानी पर रोज-रोज बात कर रहे हैं। मेरा अंदाज है कि हमने स्पष्ट कर दिया है कि आई.पी. हम ही रखेंगे, और स्पष्ट रूप से, मैं नहीं समझता कि आपको जिद करने की जरूरत है। आप आई.पी. हमें दे दें और कार्यक्रम को प्रसारित होने दें। हम यह सुनिश्चित करेंगे कि कोलोजियम को पूरे साल उचित तरीके से कार्यक्रम का कमीशन मिलता रहे,' श्री कपूर ने सांत्वना पुरस्कार का प्रस्ताव देते हुए कहा।

'आप चाहते हैं कि हम आपकी दया पर निर्भर रहें। अगर आई.पी. आपके पास रहेगा, हर साल हमें अपने ही ईजाद किए हुए कार्यक्रम के लिए आपके पास आकर भीख माँगनी पड़ेगी,' अजित ने सोचा। अपना धैर्य कायम रखते हुए, उसने निवेदन किया, 'सर, हमने पूरा कॉन्सेप्ट विकसित किया है और उसके कुछ चुनिंदा एपिसोडों का फिल्मांकन भी किया है। यह तो हमारी संपत्ति हुई, और हम यह सुनिश्चित करेंगे कि हम यह कार्यक्रम आपके चैनल के जरिए प्रसारित कराते रहें। क्या आपको नहीं लगता कि यही उचित तरीका होना चाहिए?' अजित ने जवाबी प्रस्ताव रखा, लेकिन कोई फायदा नहीं हुआ।

'अच्छा, उचित तरीका! आप लोग कॉरपोरेट्स की तरह काम कर रहे हैं,' श्री कपूर ने व्यंग्यात्मक मुस्कान बिखेरते हुए कहा।

'सर, मुझे लगता है कि इस तरह से हम अपने तरीके से ज्यादा अनुशासित और पेशेवर हैं।' अजित ने कहा।

'अच्छा, हाँ, लेकिन मुझे लगता है कि सहयोग शब्द ज्यादा अच्छे तरीके से काम कर सकता है...आप लोग एक बार और इस प्रस्ताव पर सोच लें, और हम भी इस मुद्दे पर

अगले हफ्ते की मीटिंग में चर्चा करेंगे,' श्री कपूर ने उसे एक फर्जी आश्वासन दे दिया।

'इन लोगों का मुँह तकना ही असल काम है! अब, मैं सोचता हूँ कि हमें भी कॉरपोरेट की बहती गंगा में हाथ धोना चाहिए बजाय कि इन लोगों के साथ सहयोग किया जाए,' अजित ने खिड़की के बाहर नजर डालते हुए सोचा। राजीव ने अजित को बुलाया।

'श्री कपूर के साथ हुई मीटिंग में क्या हुआ? उन्होंने क्या कहा?' राजीव ने पूछा।

'वही पुरानी आई.पी. की लड़ाई! वे कहते हैं कि अगले हफ्ते बताएँगे,' अजित ने कहा।

'अजित, इस मुद्दे को खींचने से कोई फायदा नहीं होनेवाला है। हम सबकुछ खो देंगे—अपना कॉन्सेप्ट, समय और ऊर्जा। अब तक क्या तुम नहीं समझ पाए कि ये चैनल कैसे काम करते हैं? तुम श्री कपूर को समझाने पर इस कदर क्यों अड़े हुए हो?' राजीव ने निराशा में कहा।

'हमें आई.पी. अधिकार क्यों नहीं रखने चाहिए अपने पास? आखिरकार, हमने अपना खून-पसीना इसमें डाला है? हम इसे ऐसे ही कैसे जाने दें?' अजित ने प्रत्युत्तर में कहा।

'ठीक है, जैसा तुम कहो, लेकिन बाद में तुम्हें पछतावा होगा।' राजीव के पास बात खत्म करने के अलावा कोई विकल्प नहीं बचा था।

'हो सकता है कि वे सही हों, लेकिन तब हम सब असहमत होने को लेकर सहमत हैं', अजित ने सोचा। एक विचारवान प्रयास के जरिए, उसने एक ऐसा खुला संगठन तैयार किया था, जहाँ हर कर्मचारी को लीक पर चलने की जरूरत नहीं थी। इसके उलट, वे एक-दूसरे के विचारों के प्रति आदर का भाव रखते थे और एक-दूसरे की राय को तवज्जो देते थे।

'हो सकता है कि वे सही हों, लेकिन तब हम सब असहमत होने को लेकर सहमत हैं', अजित ने सोचा। एक विचारवान प्रयास के जरिए, उसने एक ऐसा खुला संगठन तैयार किया था, जहाँ हर कर्मचारी को लीक पर चलने की जरूरत नहीं थी। इसके उलट, वे एक-दूसरे के विचारों के प्रति आदर का भाव रखते थे और एक-दूसरे की राय को तवज्जो देते थे।

किसी आम मीडिया घराने की संस्कृति से अलग, जहाँ बॉस के पास ही सबसे बड़ा सिंहासन होता है, अजित ने रचनात्मक सोच को बढ़ावा देने के लिए किसी तरह की हाइरार्की (पदक्रम) का बोझ नहीं बढ़ाया था।

'हम किसी सेना की तरह नहीं हैं, जिसे एकीकृत कमान दरशानी है। हम ऐसे लोगों का

गठजोड़ हैं, जिनके पास अपने विचार हो सकते हैं, और हम सभी में एक-दूसरे की बात सुनने की क्षमता होनी चाहिए,' उसका मानना था।

~

'मैं मानता हूँ, श्री अधिकारी। मैं भी किसी काम को हाथ में लेने से पहले शोध और अध्ययन का बड़ा हिमायती हूँ, लेकिन कुछ निर्णय अपनी अनुभूतियों के आधार पर भी लेने चाहिए। इस कॉन्सेप्ट में कोई भी शख्स संभावनाएँ महसूस कर सकता है,' अजित ने दस्यु सुंदरी फूलन देवी की बायोपिक बनाने को लेकर अपने विचार को जोर देकर कहा। फूलन की जिंदगी पूरी तरह विचित्र हालातों से भरी हुई थी, और यही चीज टेलीविजन धारावाहिक के तौर पर इसे सटीक बनाती थी। दरअसल, उन्होंने चैनल के साथ कार्यक्रम बनाने को लेकर सहमति पत्र पर दस्तखत किए थे, लेकिन चीजें अटक गई थीं।

'ऐसा लग रहा है कि इस चीज में हर किसी को संभावना नजर नहीं आ रही है,' श्री अधिकारी ने कहा। अजित को उनके जवाब में व्यंग्य की भावना महसूस हुई।

'सर, हमने सहमति पत्र पर साइन किए हैं, जिसका मतलब है कि हर किसी ने इसे स्वीकार किया है। अब जब हमारे पास समय की किल्लत है और हमने पहले ही जमीनी काम शुरू कर दिया है, तो आप हमें इंतजार करने को कह रहे हैं,' अजित ने जरा आक्रामक होते हुए कहा, ताकि इस कॉन्सेप्ट का भी हश्र 'कालचक्र' जैसा न हो—किसी और चैनल ने पूर्व जन्म की घटनाओं पर आधारित उसी तरह का एक कार्यक्रम शुरू कर दिया था, और कोलोजियम को हाथ मलकर रह जाना पड़ा था।

'मैं जानता हूँ, लेकिन हमारी अपनी भी सीमाएँ हैं। हम आपको हरी झंडी तब तक नहीं दे सकते, जब तक हमारी रिसर्च टीम इसकी पुष्टि न कर दे। आपको इंतजार करना ही होगा। हम आपको जल्दी ही बता देंगे,' श्री अधिकारी ने कंधे झाड़ते हुए कहा।

अजित के पास कोई विकल्प न बचा और उसे वहाँ से जाना पड़ा। वह कमजोर

'सर, हमने सहमति पत्र पर साइन किए हैं, जिसका मतलब है कि हर किसी ने इसे स्वीकार किया है। अब जब हमारे पास समय की किल्लत है और हमने पहले ही जमीनी काम शुरू कर दिया है, तो आप हमें इंतजार करने को कह रहे हैं,' अजित ने जरा आक्रामक होते हुए कहा, ताकि इस कॉन्सेप्ट का भी हश्र 'कालचक्र' जैसा न हो—किसी और चैनल ने पूर्व जन्म की घटनाओं पर आधारित उसी तरह का एक कार्यक्रम शुरू कर दिया था, और कोलोजियम को हाथ मलकर रह जाना पड़ा था।

महसूस कर रहा था। यह संकेतात्मक था कि किस तरह की ताकत उसके पास थी, जब वह वैल्यू चेन को नियंत्रित कर रहा था। यह लगभग रोजाना का काम बन गया था कि या तो उसके आइडिया को खारिज कर दिया जाता या प्रसारकों के हाथों में वह लटक जाता।

'ऑफिस चलो,' उसने ड्राइवर को निर्देश दिया। अपनी फॉर्च्यूनर गाड़ी में बैठे हुए और मुंबई की पतली गलियों से गुजरते हुए, वह यही सोच रहा था कि उसकी किस्मत प्रसारकों और उनके बजट के बीच पिसकर रह गई है।

ऑफिस में घुसते हुए उसने ललित का फोन उठाया, 'कैसी रही मीटिंग? बायोपिक को लेकर कुछ बात आगे बढ़ी?'

'नहीं, कुछ खास नहीं हुआ। मुझे लगता है कि वे देरी करेंगे,' अजित ने सहज जवाब दिया।

'शायद ऐसा नहीं हो। मैंने एक सूत्र से सुना है कि कोई प्रोडक्शन हाउस है, जिसने उसी थीम को पकड़ लिया है और शूटिंग भी शुरू कर दी है,' ललित ने बुरी खबर सामने रख दी।

'अरे नहीं! एक और प्रोजेक्ट गया! मुझे इसी बात का डर था। क्या तुम पक्के तौर पर कह रहे हो?' अजित इसे पक्का करना चाहता था।

'ऑफिस चलो,' उसने ड्राइवर को निर्देश दिया। अपनी फॉर्च्यूनर गाड़ी में बैठे हुए और मुंबई की पतली गलियों से गुजरते हुए, वह यही सोच रहा था कि उसकी किस्मत प्रसारकों और उनके बजट के बीच पिसकर रह गई है।
ऑफिस में घुसते हुए उसने ललित का फोन उठाया, 'कैसी रही मीटिंग? बायोपिक को लेकर कुछ बात आगे बढ़ी?'
'नहीं, कुछ खास नहीं हुआ। मुझे लगता है कि वे देरी करेंगे,' अजित ने सहज जवाब दिया।

'लगभग। उन्होंने नाम भी चुन लिया है—फुलवा। एक बार फिर हमारा समय बेकार गया और सबसे अहम बात यह कि कॉन्सेप्ट भी गया।'

'हमारे पास विकल्प ही क्या है? क्या हमने कुछ गलत किया?' अजित ने पूछा। यह गले उतारना मुश्किल था कि उन्हें एक और अच्छे आइडिया को छोड़ना पड़ा। आखिरकार, उनके पास सहमति पत्र था चैनल से मिला हुआ और वे इस कॉन्सेप्ट पर पिछले कुछ महीनों से काम कर रहे थे।

सशक्त लोगों की परीक्षा समय लेती है। यह निश्चित तौर पर अजित के लिए परीक्षा की घड़ी थी। कंपनी को कठिन हालात से गुजरना पड़ रहा था। अजित का नेतृत्व कौशल और निर्णय लेने की क्षमता अपने चरम पर जा रही थी।

'मीरा की टीआरपी अपेक्षा के अनुरूप नहीं आ रही है। ब्रॉडकास्टर ने इसे हटाने

की चेतावनी दी है,' अजित ने कहा। आमतौर पर साप्ताहिक मीटिंग हमेशा मनोरंजक अंदाज में कुछ चुटकुले, हँसी-मजाक के साथ शुरू होती थी, लेकिन इस बार अजित के इस संदेश और गंभीर आवाज के चलते हर कोई गंभीर होकर बैठा हुआ था।

'वे ऐसे कैसे एक तय कार्यक्रम का प्रसारण रोक सकते हैं? उन्हें अंदाजा भी नहीं होगा कि कितना पैसा हम गवाँ बैठेंगे! हमने 260 एपिसोड्स के आधार पर अपनी लागत और बजट बनाया है। मीरा के केवल 60 एपिसोड ही अब तक प्रसारित हुए हैं। यह एक ऐतिहासिक शो है। हमने मंचों और परिधानों में काफी बड़ा निवेश कर रखा है। हम लागत कैसे निकालेंगे?' कोलोजियम के सी.एफ.ओ. जयेश ने इस खबर पर झटका खाते हुए कहा।

'मुझे पता है कि हम सब कठिन दौर से गुजर रहे हैं। ठीक है, अगर एक फिल्म फ्लॉप होती है, तो क्या एक्टर पैसे वापस करता है क्या?' अजित ने कहा। कमरे में बैठा हुआ हर शख्स इंडस्ट्री में ताकत के समीकरण से वाकिफ था और जानता था कि चैनल किसी हालत में मंच और परिधानों पर आई लागत वहन करेंगे। जैसा कि पहले से तय था, चैनल केवल उन्हीं एपिसोड्स का पैसा देंगे जो प्रसारित हो चुके हैं।

'मुझे पता है कि हम सब कठिन दौर से गुजर रहे हैं। ठीक है, अगर एक फिल्म फ्लॉप होती है, तो क्या एक्टर पैसे वापस करता है क्या?' अजित ने कहा। कमरे में बैठा हुआ हर शख्स इंडस्ट्री में ताकत के समीकरण से वाकिफ था और जानता था कि चैनल किसी हालत में मंच और परिधानों पर आई लागत वहन करेंगे। जैसा कि पहले से तय था, चैनल केवल उन्हीं एपिसोड्स का पैसा देंगे जो प्रसारित हो चुके हैं।

'हाँ, लेकिन एक्टर तो जरा सी भी गारंटी नहीं देते। कोई एक्टर नहीं कहता कि फलाँ फिल्म 100 करोड़ रुपए कमाएगी, लेकिन चैनल तो हमें न्यूनतम गारंटी देते हैं, जो कि इस मामले में 260 एपिसोड हैं,' जयेश ने कहा। यह पहली बार था, जबकि कोलोजियम मीडिया की फाइनेंस टीम को इस कदर बड़ा नुकसान होने जा रहा था।

'हाँ, लेकिन हर कोई तो इस आधार पर काम कर रहा था कि कार्यक्रम अच्छा चल निकलेगा। अगर ऐसा नहीं हुआ, तो किसी-न-किसी को तो नुकसान झेलना ही होगा। हमारे शो की टी.आर.पी. अच्छी नहीं है, और यही सच है,' अजित ने कहा, वह जान रहा था कि इसका असर सालाना बननेवाली बैलेंसशीट पर पड़ेगा और वह काफी व्यापक होगा।

'टी.आर.पी. ही सबसे बड़ा बेंचमार्क नहीं है। रोडीज और स्प्लिट्सविला जैसे

कार्यक्रमों की टी.आर.पी. ऊँची नहीं है, लेकिन फिर भी उन्हें सफल माना जाता है। हमें चैनल से बात करनी चाहिए और इस मुद्दे को उठाना चाहिए,' राजीव ने कहा, जो अब भी नाउम्मीदी में उम्मीद तलाश रहा था, जबकि वह जानता था कि मीडिया इंडस्ट्री एक निर्दयी जंगल की तरह है, जहाँ मजबूत जानवर ही कमजोरों के ऊपर टिकता है। निर्माताओं को उनके निर्देशों का पालन करना होता है, अगर उन्हें इस कारोबार में बने रहना हो तो।

'हाँ, मैं मानता हूँ कि टी.आर.पी. एकमात्र द्योतक नहीं है और भी तमाम चीजें अहम होती हैं, और यह ऑप्टिमम बेंचमार्क नहीं है, लेकिन फिर भी यह एक बेंचमार्क तो है। खेल का नियम यही है, और हमें भी नियमों से बँधकर ही काम करने की जरूरत है,' अजित ने कहा, हालाँकि वह जानता था कि जब चैनल ने शो रद्द करने की ठान लिया तो अब कुछ नहीं हो सकता।

~

'आज घर इतनी जल्दी कैसे?' अजित की पत्नी दिपाली ने हैरत में पूछा, 'अभी तो केवल रात के 10 ही बजे हैं।'

झुका हुआ और तनावग्रस्त, अजित बिना जवाब दिए सोफे में जा धँसा।

'क्या हुआ?' अजित की बॉडी लैंग्वेज को भाँपते हुए उसने सोचा कि जरूर कुछ गड़बड़ है।

अजित इस कदर क्षुब्ध था कि वह कुछ बोलना नहीं चाहता था। गुस्से में उसने अपने ब्लैकबेरी से एक इ-मेल खोला। दिपाली ने मेल पढ़ा जो कि श्री फ्रीमैन का था, जो कि पूर्व सी.एफ.ओ. थे एक यूरोपियन कंपनी में, उन्होंने कोलोजियम मीडिया खरीदने में दिलचस्पी दिखाई थी।

'क्या हुआ?' अजित की बॉडी लैंग्वेज को भाँपते हुए उसने सोचा कि जरूर कुछ गड़बड़ है।

अजित इस कदर क्षुब्ध था कि वह कुछ बोलना नहीं चाहता था। गुस्से में उसने अपने ब्लैकबेरी से एक इ-मेल खोला। दिपाली ने मेल पढ़ा जो कि श्री फ्रीमैन का था, जो कि पूर्व सी.एफ.ओ. थे एक यूरोपियन कंपनी में, उन्होंने कोलोजियम मीडिया खरीदने में दिलचस्पी दिखाई थी।

'सबकुछ बेहद करीब था। यहाँ तक कि वह भी जानता था,' अजित ने धीमी आवाज में कहा। इस मेल में उसने सौदा रद्द करने पर अफसोस जताया था।

'ठीक है। हर चीज दुरुस्त हो जाएगी। तुम्हें दूसरा मौका मिलेगा; दुनिया खत्म नहीं होने जा रही है,' उसने अजित को समझाने का प्रयास किया। वह जानती थी कि यूरोपियन कंपनी से सौदे को लेकर बातचीत आगे नहीं

बढ़ पाई। उसका प्रबंधन भारतीय मीडिया क्षेत्र में दिलचस्पी दिखा रहा था और इसलिए वे लोग भारतीय कंपनी में रणनीतिक निवेश का अवसर तलाश रहे थे।

'मैं जानता हूँ सबकुछ खत्म नहीं हो गया। लेकिन एक फख्र का मौका था, जिसका हर उद्यमी इंतजार करता है और मैं इसके बेहद करीब पहुँच चुका था।' अजित अपने फोन की तरफ देख रहा था और उसी मेल को बार-बार पढ़ रहा था। प्रबंधन, जिसमें सी.एफ.ओ. भी शामिल था, ने सौदा पक्का करने से पहले ही अपना नजरिया बदल लिया था।

'हर चीज तय थी, कोलोजियम को खरीदने की शर्तों पर भी दस्तखत किए जा चुके थे, लेकिन नया प्रबंधन नई सोच के साथ सामने आ गया। उन्होंने अपना ध्यान यूरोप पर ही बरकरार रखा, और कुछ ही महीनों में, उनकी नजर में भारत की क्षमताएँ कमजोर नजर आने लगीं।'

'लेकिन तुमने तो अपनी क्षमताएँ नहीं गवाँईं न। तुम ऐसे बात कर रहे हो, जैसे कि तुम ही दिवालिया हो गए हो। हर कारोबारी को इस तरह के उतार-चढ़ाव के दौर से गुजरना पड़ता है। यहाँ तक कि परियों की कहानी में भी दु:खदायी हिस्सा होता ही है।'

'मैं मानता हूँ, लेकिन जब तुम अपने सपने को पूरा होने की दिशा में आखिरी कदम बढ़ाती हो और अचानक तुम फिसल जाओ, तो यह ज्यादा चोट पहुँचाती है, और यह चोट उससे भी ज्यादा कष्टकारी होती है, जब आप बिना किसी गलती के चोट खाते हैं। यह महज किस्मत का पलटना ही माना जा सकता है। मैं वही आदमी हूँ, कोलोजियम भी वही कंपनी है, लेकिन हम उनके रडार से ओझल हो गए हैं।'

'हर चीज अच्छे के लिए होती है, अजित। हो सकता है कि तुम्हें कुछ और बड़ा और बेहतर मिलनेवाला हो।' आशावाद के साथ दिपाली मुस्कराई।

'हाँ, हो सकता है।' वह भी मुस्कराया और अपनी घड़ी की ओर देखा। 'ओह, मुझे एक नए कॉन्सेप्ट नोट बनाने पर काम करना है और कल उसका प्रेजेंटेशन भी है। हम इसका नाम रखेंगे—लक बाई चांस,' उसने कहा।

उसके मूड में अचानक हुए बदलाव पर वह भी मुस्कराई। 'वक्त की मार के चलते लगनेवाले झटकों से गति तो कम हो सकती है, लेकिन रुका नहीं जा सकता, अजित। शो को चलना ही होगा,' उसने सोचा।

'हर चीज अच्छे के लिए होती है, अजित। हो सकता है कि तुम्हें कुछ और बड़ा और बेहतर मिलनेवाला हो।' आशावाद के साथ दिपाली मुस्कराई। 'हाँ, हो सकता है।' वह भी मुस्कराया और अपनी घड़ी की ओर देखा। 'ओह, मुझे एक नए कॉन्सेप्ट नोट बनाने पर काम करना है और कल उसका प्रेजेंटेशन भी है। हम इसका नाम रखेंगे—लक बाई चांस,' उसने कहा।

दिपाली को अजित की हार न माननेवाले रवैए के बारे में पता था। वह उसके लिए बड़ा सहारा थी, खासतौर पर जब उसने एच.एल.एच. (अब यूनिलिवर) छोड़ने और अपनी कंपनी शुरू करने की योजना बनाई थी। उसे याद है वह दिन, जब अजित श्री राघव बहल के साथ मीटिंग करके घर आया था।

~

'श्री राघव बहल के साथ मेरी मुलाकात तय हुई है,' अजित ने नेटवर्क 18 के नोएडा स्थित मुख्यालय के रिसेप्शन पर पहुँचकर कहा। अजित उस दौरान यूनिलिवर के बैंकॉक स्थित दफ्तर में तैनात था। वह भारत आया हुआ था, खासतौर पर उनसे मिलने के लिए।

'मिस्टर बहल फिलहाल मीटिंग में हैं। वे किसी भी समय यहाँ आ सकते हैं। कृपया इंतजार करें,' रिसेप्शनिस्ट ने कहा।

अजित सोफे पर बैठ गया, वह मीटिंग को लेकर चिंतित हो रहा था। वह एक संभावनाशील कारोबारी आइडिया की स्वीकृति और फंडिग चाहता था, जो पिछले कुछ महीनों से उसके मन में चल रहा था। एक दोस्त ने मिस्टर बहल के साथ उसकी मीटिंग फिक्स की थी। बहल नेटवर्क 18 समूह के संस्थापक और सी.ई.ओ. हैं। अजित ने मिस्टर बहल से दो-एक बार बात भी की थी और उनके टेलीविजन प्रोग्रामिंग के सिलसिले में कुछ प्रमुख आइडियाज भी दिए थे।

'सर, मिस्टर अजित आपका इंतजार कर रहे हैं,' रिसेप्शनिस्ट ने राघव के दफ्तर के अंदर आते ही कहा।

'हाय, अजित, कैसे हैं?' राघव ने अजित से हाथ मिलाया और कहा, 'देरी के लिए खेद है। आइए, मेरे केबिन में चलकर बात करते हैं।'

एक छोटी सी बातचीत के बाद राघव मुद्दे पर आ गए। 'मुझे एक चीज बताइए, पिछले 12 साल से आप एच.एल.एच. के साथ काम कर रहे हैं, जो कि एक फास्ट मूविंग कंज्यूमर गुड्स (एफ.एम.सी.जी.) कंपनी है। आपकी टेलीविजन के लिए कंटेंट डेवलप करने में कहाँ से रुचि पैदा हो गई?' राघव उसकी प्रेरणा के पीछे की असल वजह जानना चाहते थे।

'एच.एल.एच. में काम करने के दौरान

'एच.एल.एच. में काम करने के दौरान मुझे एक मौका मिला था, व्हील स्मार्ट श्रीमती को लेकर अवधारणा और आई.पी. विकसित करने के लिए। मुझे उस शो के हर पहलू पर काम करने का बेहद करीब से मौका मिला, और मैंने महसूस किया कि मीडिया में रहने से रचनात्मकता को उड़ान मिल सकती है। वही एक बदलाव का समय था, जब मेरे अंदर वाकई इस इंडस्ट्री के प्रति झुकाव बढ़ा था।

मुझे एक मौका मिला था, व्हील स्मार्ट श्रीमती को लेकर अवधारणा और आई.पी. विकसित करने के लिए। मुझे उस शो के हर पहलू पर काम करने का बेहद करीब से मौका मिला, और मैंने महसूस किया कि मीडिया में रहने से रचनात्मकता को उड़ान मिल सकती है। वही एक बदलाव का समय था, जब मेरे अंदर वाकई इस इंडस्ट्री के प्रति झुकाव बढ़ा था। एच.एल.एच. एक परिष्कृत जेटलाइनर की तरह है, और मैंने उस जटिल मशीनरी को नियंत्रित करने की कला उसमें रहकर ही सीखी है। अब मैं अकेले एक हैंग ग्लाइडर से उड़ान भरना चाहता हूँ।' अजित ने अल्प विराम लिया, राघव की प्रतिक्रिया जानने के लिए।

'ये काफी हद तक सही है। अकेले हैंग ग्लाइडर पर उड़ान भरना वाकई दिलचस्प और मजेदार होता है, लेकिन उस उड़ान को मजबूत तार्किक बिजनेस सोच पर भी आधारित होना चाहिए; क्योंकि तूफानी हवाओं में उसके खो जाने का खतरा भी होता है।' राघव, जो कि एक सफल उद्यमी रह चुके थे, ने अजित से अंदर की बात साझा की।

'इसी के साथ मैं अपने अगले और ज्यादा महत्त्वपूर्ण सवाल पर आता हूँ। आपको कैसे लगता है कि आप इस क्षेत्र में सफल साबित होंगे?'

'वास्तव में, यह सब इस चीज से तय होता है कि किसी का नजरिया कैसा है। मेरे विचार से, मैं एफ.एम.सी.जी. और मीडिया के बीच किसी तरह के संबंध विच्छेद जैसी चीज नहीं पाता हूँ। मैंने पिछले 12 साल इस विचार की खोजबीन में बिता दिए कि घरेलू महिलाओं को क्या चीज आकर्षित और प्रभावित करेगी, किस चीज से उन्हें खुशी मिलेगी, और किस वजह से वे दु:खी होंगी, और उनके सपने क्या हैं, उनकी अपेक्षाएँ क्या हैं, वे किन भावनाओं से गुजरती हैं आदि।'

'मैं भी इस बात को मजबूती से समझता हूँ कि दोनों ही उद्योगों का आधार एक समान है। अंतर केवल इतना है कि हम लोग अपने उत्पादों के जरिए उनसे जुड़ते हैं, जबकि आप लोग अपने कार्यक्रमों के जरिए। एक तरह से देखें, तो सोप इधर भी है और सोप उधर भी।' अजित और राघव एक-दूसरे को देखकर मुस्कराए।

'हाँ, अब मैं समझा। तो आपकी योजना क्या है?' राघव ने पूछा।

'व्हील स्मार्ट श्रीमती पर काम करते हुए, मैंने भारत और विदेशों में स्थित ढेर सारे शोध और अध्ययन किए। मैं यह देखकर हैरान रह गया कि कुछ गिने-चुने प्रोडक्शन हाउस ही मौजूद हैं फिलहाल। साथ ही, ज्यादातर या तो व्यक्तित्व आधारित कारोबार से हैं या वन मैन शो के तौर पर चल रहे हैं। एक और कमी यह नजर आई मुझे कि ये कंपनियाँ ज्यादातर काल्पनिक कार्यक्रमों में जुटी हुई हैं।' अजित ने कहा।

'यह सही है। प्रोडक्शन हाउस बिखरे हुए हैं और बुटिक की दुकान की तरह से

काम करते हैं, बजाय कि पेशेवराना अंदाज में संगठन चलाने के। अब यह ट्रेंड काल्पनिकता की तरफ अग्रसर हो चला है,' राघव ने जोड़ा। वे भारतीय टेलीविजन जगत् में एक सशक्त हस्ताक्षर हैं।

'मैं वास्तविकता, मिथक और इतिहास को लेकर कंटेंट की बेहद कमी भी पाता हूँ। दरअसल, प्रोग्रामिंग का प्रचलित तरीका, जैसा कि हम पश्चिमी बाजार में देखते हैं, वैसा बिल्कुल भी यहाँ नहीं है। वहाँ की कंपनियाँ ज्यादातर संगठित हैं। मैं उनके संचालन के तरीके से बेहद प्रभावित हूँ—आइडिया विकसित करने से लेकर प्रोडक्शन तक। वे आइडिया विकसित करने के पहलू पर कठोर रुख अपनाते हैं। इसलिए मैं एक ऐसा संगठन तैयार करना चाहता हूँ, जो वन मैन शो की तरह नहीं होगा। अपने क्षेत्र के विशेषज्ञ अपनी टीम के प्रमुख होंगे और वे अलग-अलग कंटेंट तैयार करेंगे,' अजित ने कहा।

'मैं वास्तविकता, मिथक और इतिहास को लेकर कंटेंट की बेहद कमी भी पाता हूँ। दरअसल, प्रोग्रामिंग का प्रचलित तरीका, जैसा कि हम पश्चिमी बाजार में देखते हैं, वैसा बिल्कुल भी यहाँ नहीं है। वहाँ की कंपनियाँ ज्यादातर संगठित हैं। मैं उनके संचालन के तरीके से बेहद प्रभावित हूँ—आइडिया विकसित करने से लेकर प्रोडक्शन तक। वे आइडिया विकसित करने के पहलू पर कठोर रुख अपनाते हैं। इसलिए मैं एक ऐसा संगठन तैयार करना चाहता हूँ, जो वन मैन शो की तरह नहीं होगा।

'अपने कॅरियर के इस पड़ाव पर पहुँचने के बाद आप अपने आपको इस बाजार में किस तरह फिट होता हुआ पाते हैं?' राघव ने जिज्ञासु के तरीके से उसकी तरफ देखा।

'हाँ, यह एक नजरिए का मामला हो सकता है। आप चाहें तो आधा गिलास भरा या आधा खाली समझ सकते हैं। मैं अपना आधा गिलास भरा हुआ देख पाता हूँ, जैसा कि समस्त उद्योगों की रिपोर्ट—चाहे वह के.पी.एम.जी., एफ.आई.सी.सी.आई. या किसी भी अन्य एजेंसी की रिपोर्ट ले लीजिए—सब यही सुझाव देते हैं कि भारत में मीडिया का बाजार, अगले कुछ सालों तक दोहरे अंक में बढ़ता जाएगा। स्पष्ट है कि तमाम टी.वी. चैनलों की तरफ से प्रोडक्शन हाउसों पर विविधता से भरे कंटेंट विकसित करने का दबाव भी बढ़ेगा,' अजित ने इस मामले को बेहद सहज तरीके से समझाया, 'इस बीच चैनलों की संख्या भी काफी तेजी से बढ़ी है, पर कंटेंट के मामलों को लेकर अब तक परिपक्व नहीं हो पाया है। मेरा बेहद मजबूती से मानना है कि मेरे लिए इस समय बाजार में प्रवेश करना सबसे उचित समय है।'

'ओके! लेकिन फिलहाल जो स्पेस टी.वी. पर उपलब्ध है, वहाँ फिक्शन का

ही वर्चस्व है। आप कुछ अलग कैसे करने की सोच रहे हैं?' राधव ने पूछा, जो खुद भी सामान्य मनोरंजक श्रेणी (जी.ई.सी.) का एक चैनल शुरू करने की योजना बना रहे थे।

'मैं मानता हूँ कि फिलहाल फिक्शन का वर्चस्व है, लेकिन ट्रेंड बदलता भी रहता है। रियलिटी कार्यक्रम अपनी पहचान बनाने लगे हैं। द लाफ्टर चैलेंज, वॉयर ऑफ इंडिया और सारेगामापा जैसे कार्यक्रमों की चर्चा बढ़ती जा रही है, और उनकी सफलता यह दिखा रही है कि ट्रेंड बदल रहा है। अंतरराष्ट्रीय स्तर पर रियलिटी कार्यक्रम तेजी से नए आयाम तलाश रहे हैं जैसे कि डिशेज बनाना, बच्चों को पालना, शादी-विवाह संबंधी, रिलेशनशिप और ऐसे ही तमाम अन्य। सौभाग्य से किसी-न-किसी बिंदु पर, यह भारतीय किनारों को भी जरूर छुएगा। हर बड़ा फॉर्मेट, चाहे वह नृत्य में टैलेंट हंट हो या कुकिंग या सेलिब्रिटी आधारित कार्यक्रम जैसे कि बिग ब्रदर हो, दुनिया के तमाम देशों के साथ ही भारतीयों की नजर में भी चढ़ रहे हैं,' अजित ने जुनून के साथ कहा। 'आम भाषा में नए और बोल्ड रचनात्मक नजरिए को ज्यादा तवज्जो मिलने की संभावना है, और ब्रॉडकास्टर भी चाहेंगे कि कार्यक्रमों में नयापन बना रहे। यही वह बिंदु है, जहाँ मैं अपने लिए प्रवेश द्वार तलाश रहा हूँ।'

'ओह, मैं मानता हूँ, भारतीय दर्शक नई चीजें देखने को लालायित हैं। यहाँ सास-बहू कार्यक्रम भी पसंद किए जाते हैं। प्रोडक्शन हाउसों और चैनलों को निश्चित तौर पर नई पसंद को लेकर प्रयास करने होंगे और अंतरराष्ट्रीय प्रोग्रामिंग फॉरमेट स्वीकार करना होगा।' राघव सहमत हुए।

'आम भाषा में नए और बोल्ड रचनात्मक नजरिए को ज्यादा तवज्जो मिलने की संभावना है, और ब्रॉडकास्टर भी चाहेंगे कि कार्यक्रमों में नयापन बना रहे। यही वह बिंदु है, जहाँ मैं अपने लिए प्रवेश द्वार तलाश रहा हूँ।'

'ओह, मैं मानता हूँ, भारतीय दर्शक नई चीजें देखने को लालायित हैं। यहाँ सास-बहू कार्यक्रम भी पसंद किए जाते हैं। प्रोडक्शन हाउसों और चैनलों को निश्चित तौर पर नई पसंद को लेकर प्रयास करने होंगे और अंतरराष्ट्रीय प्रोग्रामिंग फॉरमेट स्वीकार करना होगा।' राघव सहमत हुए।

'अगर हम एक ठीक-ठाक कंपनी का संचालन करने में सफल हो गए, तो ऐसे में हम विदेशों से अपने साथ साझेदार भी ला सकते हैं। उनके पास अंतरराष्ट्रीय फॉरमेट्स के अधिकार हासिल होंगे। अंतत: अगर बाजार 2000 करोड़ का है और विकास कर रहा है, तो मैं अगले तीन साल तक केवल 5 फीसद बाजार हिस्से पर अपना ध्यान केंद्रित करूँगा। मैं पहले ही आपको अगले तीन साल की कार्ययोजना से संबंधित कॉपी

दे चुका हूँ,' इस तरह अजित ने अपनी बात इस विशिष्ट जानकारी के साथ पूरी की।

'सैद्धांतिक रूप से मैं सहमत हूँ, लेकिन मेरा पहला संकोच या झिझक आपको लेकर यह है कि आप इस इंडस्ट्री में बिल्कुल नए हैं,' राघव ने सिर हिलाया।

'हाँ, यह सही है। हालाँकि अनुभवी लोग कभी भी नियुक्त किए जा सकते हैं, और मैं भी बिल्कुल ठीक-ठीक यही करूँगा। मेरी योजना है ऐसे लोगों को जुटाने की जो विशेषज्ञता रखते हों और विविधता से भरे कंटेंट विकसित करने की विशेषज्ञता रखते हों और संवेदनाएँ भी,' अजित ने आत्मविश्वास से कहा।

राघव मुस्कराए और उन्होंने उसे थम्स अप दिखाकर सहमति भी जताई।

~

'शुक्रिया, राघव!' फोन रखते ही अजित का उत्साह बल्लियों उछाल मारने लगा।

'दिपाली, तुम्हें पता है अभी क्या हुआ! नेटवर्क18 हमारी कंपनी में निवेश करेगी! राघव ने शर्तनामा पर दस्तखत कर दिए हैं,' अजित ने एक साँस में सारी बात कह डाली। दिपाली हमेशा से उसके सुख-दु:ख में साथी रही है। वह अजित की महत्त्वाकांक्षा के बारे में जानती थी और उसे हमेशा उत्साहित करती रहती थी।

'याहू! हम दोनों एक साथ बच्चों को जन्म देने जा रहे हैं!' उत्साह से भरपूर दिपाली ने कहा। दिपाली अपने दूसरे बच्चे के जन्म का इंतजार कर रही थी...इस खबर पर दोनों ने अपनी उँगलियों से गाँठ बाँध (नजर से बचाने के लिए पुरानी मान्यता और टोटका) ली थी। अंततः यह हकीकत बनने जा रहा था!

'हाँ,' अजित ने कहा, और अचानक दिपाली को उसकी आवाज में खिंचाव सा महसूस हुआ।

'क्या हुआ? तुम इतने चिंतित क्यों हो गए अचानक?' उसने उम्मीद की थी कि अजित को उल्लसित होना चाहिए था।

'नहीं, अब समय आ गया है कि मुझे यूनिलिवर से इस्तीफा देकर अपना अगला कदम उठाना होगा,' अजित ने ठंडी साँस लेते हुए कहा।

'यही तो तुम हमेशा से चाहते थे? अब तुम उदास क्यों हो गए?'

'अब तक यह सपने के पीछे भागने का प्रयास था। अब यह हकीकत में बदल चुका

'क्या हुआ? तुम इतने चिंतित क्यों हो गए अचानक?' उसने उम्मीद की थी कि अजित को उल्लसित होना चाहिए था।

'नहीं, अब समय आ गया है कि मुझे यूनिलिवर से इस्तीफा देकर अपना अगला कदम उठाना होगा,' अजित ने ठंडी साँस लेते हुए कहा।

'यही तो तुम हमेशा से चाहते थे? अब तुम उदास क्यों हो गए?'

है, मेरा अगला कदम हमारे परिवार के लिए सबकुछ बदल देगा। यहाँ बैंकॉक में हम बेहद सुकून भरी जिंदगी जी रहे हैं। मेरे पास एक अच्छा कॅरियर है, और हमारे बच्चे भी अंतरराष्ट्रीय स्कूलों में पढ़ने जा सकते हैं। हमारे पास इतना बड़ा घर है और हमारे पास हर तरह का सुख मौजूद है। जब हम भारत लौटेंगे, तो जिंदगी हम सबके लिए यहाँ जैसी नहीं रह जाएगी,' अजित चिंतित हो उठा।

'मैं इस बात को लेकर आश्वस्त हूँ कि चीजें तुम्हारी अपेक्षा से काफी पहले और बेहतर ढंग से जल्दी ही व्यवस्थित हो जाएँगी। 'दिपाली ने शांत भाव से कहा। उसने डर को एक तरह झाड़ दिया।' अगर तुम्हें यह सब करना ही है तो तुम अपने मन में दूसरे खयालात ला ही क्यों रहे हो? ये करना है तो करना है, बस। ईमानदारी से कहूँ तो ग्लोबल कॅरियर छोड़ने के अलावा तुम कोई भी बड़ा जोखिम नहीं उठा रहे हो। तुम्हें फंडिंग मिल ही गई है, और एक इकोसिस्टम रहेगा तुम्हारे आसपास जो तुम्हें सहयोग करेगा। यह नए जमाने के खोजकर्ताओं जैसा नहीं लगता क्या, जिनके पास हर तरह का गैजेट है, जी.पी.एस., फोन, आदि है···जो कि उनका मार्गदर्शन करते हैं?'

'तुम बिना संशय अपने सपने या सोच के अनुरूप जो करते हो, उसमें एक महिला तुम्हें आत्मविश्वास और समर्थन देकर सफलता के लिए जरूरी चीजें मुहैया कराती है,' दिपाली की प्रतिक्रिया ने उसे अभिभूत कर दिया। दिपाली ही थी, जिसे सबसे ज्यादा कुरबानी देनी पड़ी थी, और फिर भी उसने कभी महसूस भी नहीं होने दिया। उसने वह नजरिया साझा किया, जो अजित ने अपने लिए रख रखा था, और उसके विचारों और कदमों के सिलसिले में वह सहमति का आधार तय करनेवाली अहम कड़ी बन गई थी। भारत आने के बाद वे छह महीने तक तमाम गेस्ट हाउसों में रहे और वह भी दो महीने के मासूम बच्चे के साथ!

'तुम बिना संशय अपने सपने या सोच के अनुरूप जो करते हो, उसमें एक महिला तुम्हें आत्मविश्वास और समर्थन देकर सफलता के लिए जरूरी चीजें मुहैया कराती है,' दिपाली की प्रतिक्रिया ने उसे अभिभूत कर दिया। दिपाली ही थी, जिसे सबसे ज्यादा कुरबानी देनी पड़ी थी, और फिर भी उसने कभी महसूस भी नहीं होने दिया।

~

अजित शुरू से सबकुछ करने में विश्वास रखता था। उसे हैदराबाद स्थित इंडियन स्कूल ऑफ बिजनेस (आई.एस.बी.) के एम.बी.ए. प्रोग्राम के लिए एच.एल.एल. से चुना गया था। आई.एस.बी. में अजित ने कारोबार की छोटी-बड़ी अहम चीजें और जरूरी तकनीक सीखी।

'यह सबसे प्रतिष्ठित कारोबारी प्लान प्रतियोगिता है देश की। हमारी टीम को सबसे नया खोजपरक आइडिया प्रस्तुत करना है, जो वर्तमान व्यवस्था में कमी या मौजूद नाकाबिलीयत के बारे में बताता हो,' राहुल ने कहा।
अजित, राहुल और विनय आई.एस.बी. हैदराबाद के एक गोलमेज के इर्द-गिर्द बैठे बातें कर रहे थे।

'यह सबसे प्रतिष्ठित कारोबारी प्लान प्रतियोगिता है देश की। हमारी टीम को सबसे नया खोजपरक आइडिया प्रस्तुत करना है, जो वर्तमान व्यवस्था में कमी या मौजूद नाकाबिलीयत के बारे में बताता हो,' राहुल ने कहा।

अजित, राहुल और विनय आई.एस.बी. हैदराबाद के एक गोलमेज के इर्द-गिर्द बैठे बातें कर रहे थे।

'मेरा मानना है कि हमें संगठित रिटेल पर ध्यान केंद्रित करना चाहिए। आखिरकार, यह इंडस्ट्री बढ़ रही है, और हर बढ़ती हुई इंडस्ट्री में संभावनाएँ होती हैं, जिन्हें अगले ऊँचे स्तर तक ले जाया जा सकता है,' अजित ने कहा। एच.एल.एल. में दो साल तक पशुओं के खाद्य पदार्थ से संबंधित कारोबार को संचालित करने के बाद वह एम.बी.ए. करना चाहता था। उसने अमेरिका के तमाम कॉलेजों में आवेदन कर रखा था, लेकिन इससे पहले कि वहाँ से परिणाम आना शुरू होते, उसे चार प्रतिभागियों में चुन लिया गया, जिन्हें आई.एस.बी. में एम.बी.ए. के पहले बैच के तौर पर एच.एल.एल. को प्रायोजित करना था।

'बिल्कुल ठीक। संगठित रिटेलरों की भारत में जो सर्विस देने का पैमाना है, वह बेहद भयानक है। कल, मैं बंजारा हिल्स के एक मॉल में गया। मुझे दो कपड़े चुनने में दो घंटे लगे, और एक घंटे ट्रायल रूम में उन कपड़ों को जाँचने में लगे। यह बेहद निराशाजनक था। मुझे तुरंत ही वापस आने का मन कर रहा था। एक आनंददायक अनुभव सिर्फ इस वजह से निराशाजनक बन गया, क्योंकि उनकी ग्राहक सेवा बिल्कुल अप्रभावी थी,' दिपाली ने शिकायत की।

'मेरा यह कहना है कि यह वैश्विक समस्या है, भारत के लिए ही ऐसा नहीं है।'

'क्या हम इस पर कुछ समाधान पेश कर सकते हैं?'

'हाँ। हम आभासी ट्रायल रूम बना सकते हैं, जहाँ ग्राहक अपने शारीरिक बनावट का डाटा डाल दे और रिटेलर उसके उत्पादों जैसे शर्ट, पैंट, सूट आदि की तसवीरें अपने वेबपेज पर अपलोड कर दें। ग्राहक उस कपड़े को माउस से जाँच सके और उसकी फिटिंग आँक सके,' अजित ने सुझाया।

'दिलचस्प लग रहा है, और यह याहू अवतार से काफी मिलता-जुलता भी है,

जहाँ आप अपनी पसंद और विकल्पों के अनुसार अपनी स्टाइल की झलक पा सकते हैं,' विनय ने कहा, जो कि इस पहलू से बेहद उत्साहित दिख रहा था।

'हाँ, लेकिन यह कुछ ज्यादा ही कस्टमाइज्ड सोच है, जहाँ तस्वीर एक वास्तविक इनसान की होगी, और हर साइज के लिए बेहद सटीक तरीके से काम करना पड़ेगा, ताकि वास्तविक रंग-रूप और आकार के हिसाब से समझाना होगा, जबकि यह सब असल कपड़े पहनने बिना होगा,' राहुल ने विस्तार से इसकी पेचीदगी के बारे में बताया।

'यहाँ तक कि हम हलकी खासियत भी इसमें जोड़ सकते हैं, जैसे कि कपड़ा डिस्को लाइट में कैसा दिखेगा या दिन में कैसा दिखेगा, ताकि ग्राहक अवसरों के हिसाब से चयन कर सके,' विनय ने जोड़कर प्रस्तुत किया।

'बहुत बढ़िया, हम इस चीज को नाम दे सकते हैं—ट्राई ऑन। अगर हर कोई सहमत हो गया हो, तो हम अपना बिजनेस प्लान बनाना शुरू करें,' अजित ने बातचीत समेटते हुए कहा।

इस तरह उनके समूह ने अपने उत्पाद ट्राई ऑन के बिजनेस प्लान को तमाम प्रतियोगिताओं प्रस्तुत किया और वे अपनी मौलिक सोच के लिए विजेता चुने गए। आई.एस.बी. के अनुभव से अजित को अपनी सोच का दायरा और आयाम बढ़ाने का मौका मिला और इस तरह वह बिजनेस प्लान बनाने और लिखने लगा।

'यहाँ तक कि हम हलकी खासियत भी इसमें जोड़ सकते हैं, जैसे कि कपड़ा डिस्को लाइट में कैसा दिखेगा या दिन में कैसा दिखेगा, ताकि ग्राहक अवसरों के हिसाब से चयन कर सके,' विनय ने जोड़कर प्रस्तुत किया।

'बहुत बढ़िया, हम इस चीज को नाम दे सकते हैं—ट्राई ऑन। अगर हर कोई सहमत हो गया हो, तो हम अपना बिजनेस प्लान बनाना शुरू करें,' अजित ने बातचीत समेटते हुए कहा।

हर बार जब भी वह बिजनेस प्लान के लिए काम करने बैठता, तो अपनी सोच पर वह बेहद उत्साहित हो जाता। किसी चीज को शून्य से शुरू करने में कैसा लगेगा?

~

'मेरे दोस्त, अब से अगले तीस मिनट में शो शुरू होनेवाला है। क्या कोई मुझे बताएगा कि मास्टर कितनी देर में पहुँच रहा है?' चैनल 2 के प्रोग्रामिंग हेड चिंता में उखड़ रहे थे। कोलोजियम द्वारा निर्मित नया टेलीविजन दैनिक धारावाहिक बंधन आज से प्रसारित होनेवाला था।

'मुझे पता करने दीजिए,' कोलोजियम मीडिया के सी.ई.ओ. अजित ने कहा। उसके

चेहरे से पसीने की एक बूँद टपक गई। झुँझलाहट में उसने अपनी घड़ी की तरफ देखा। हालाँकि टेलीविजन की दुनिया में आखिरी समय का संकट कम ही देखने को मिलता है, फिर भी अजित के लिए तो शुरुआत ही संकट से हो गई, और आज तो सबकुछ ठीक चल रहा था। राजीव क्या मास्टर पहुँच गया? मिस्टर स्वामी ने मुझे निजी तौर पर फोन किया है। हम अगले 20 मिनट में ऑन एयर होनेवाले हैं!'

'डिलिवरी ब्वॉय को निकले हुए आधा घंटा हो चुका है। वह किसी भी समय यहाँ पहुँच सकता है,' राजीव ने अजित को आश्वस्त किया।

'मिस्टर स्वामी, चिंता न करें। मास्टर सी.डी. अगले पाँच मिनट में कभी भी यहाँ पहुँच सकती है। हम स्लॉट नहीं गँवाएँगे,' अजित ने प्रोग्रामिंग हेड को आश्वस्त किया।

'कुछ गनीमत रहेगी तब,' प्रोग्रामिंग हेड ने फोन काटने से पहले कहा।

हाँफते हुए अजित अपनी कुरसी में जा धँसा। उसने अपने मोबाइल फोन की 'रिसीव्ड कॉल' लिस्ट जाँची। 15 मिनट के अंदर, उसके पास 10 कॉल आई होंगी। उसकी परेशानी तब और बढ़ जा रही थी, जब टी.वी. पर प्रोमो चलने लगता अगला कार्यक्रम–बंधन। अचानक उसे याद आया कि दूसरे फोन पर राजीव अब तक मौजूद था।

उसने फोन उठाया और पूछा, 'राजीव, देर किस वजह से हुई? हमने मास्टरिंग कब पूरी की थी?'

'सुबह ही,' राजीव ने जवाब दिया।

'आज सुबह सानिया वहाँ थीं, जो कि एडिटर को सहयोग कर रही थीं और हमें मास्टर देने में देर कर रही थीं। मैंने कई बार समझाया कि इसे छोड़कर हम अगले वर्जन पर काम कर लेते हैं, जितना हो गया उसे आप आगे जाने दें, लेकिन वे सुनने को तैयार ही नहीं थीं। इस वजह से यह सब गड़बड़ हुई है। मैंने आपको इसलिए नहीं बताया कि इन सबका कोई फायदा नहीं होता, क्योंकि हम सब संघर्ष कर ही रहे थे।'

'फिर?' अजित ने पूछा।

'वे लोग ही आखिरी समय में सूची शामिल करने लगे, दोबारा शूट की हुई चीजों को शामिल करने लगे।'

'दोबारा बदलाव किया, मास्टर जब तैयार हो गया तब? क्या चैनल ने कल रात में ही अंतिम संपादन को सहमति नहीं दी थी?'

'आज सुबह सानिया वहाँ थीं, जो कि एडिटर को सहयोग कर रही थीं और हमें मास्टर देने में देर कर रही थीं। मैंने कई बार समझाया कि इसे छोड़कर हम अगले वर्जन पर काम कर लेते हैं, जितना हो गया उसे आप आगे जाने दें, लेकिन वे सुनने को तैयार ही नहीं थीं। इस वजह से यह सब गड़बड़ हुई है। मैंने आपको इसलिए नहीं बताया कि इन सबका

कोई फायदा नहीं होता, क्योंकि हम सब संघर्ष कर ही रहे थे।'

'तो ऐसे में हम डेडलाइन कैसे सँभाल पाएँगे, जब आखिरी तौर पर पुष्टि के बावजूद और मास्टरिंग होने के बावजूद काम चलता रहेगा तो? और यहाँ प्रोग्रामिंग हेड जिसे पता है कि उसकी टीम क्या कर रही है, वह हमसे ही उलटे सवाल पूछ रहा है देरी के लिए!' अजित की झुँझलाहट बढ़ गई थी।

'यही नहीं, हम सब दोबारा शूटिंग के लिए सुबह 4 बजे तक सेट पर ही जमे रहे, और हमारा मुख्य एडिटर राहुल तो बेहोश भी हो गया,' राजीव ने विस्तार से बताना शुरू किया।

'क्या?' अजित चिंतित हो उठा।

'घबराने जैसी बात नहीं है, उस पर काम की अधिकता हावी हो गई थी। वह पिछले तीन दिन से लगातार काम कर रहा था। उसने नींद की एक झपकी भी नहीं ली थी,' राजीव ने बताया।

'क्या यह बात हम सबके लिए सही नहीं है? मास्टर समय से पहले पहुँचना चाहिए था, समय तेजी से निकल रहा था, केवल दस मिनट रह गए थे शो शुरू होने में,' अजित ने चिंतित लहजे में कहा।

यह पहली बार नहीं हो रहा था। टी.वी. इंडस्ट्री असह्य दबावों और क्लाइंटों की डेडलाइन के लिए भागमभाग के बीच पिस रही थी और आखिरी समय में बदलावों के चलते पानी सिर के ऊपर होता जा रहा था।

'अजित, शाम के 6.50 बज रहे हैं। बंधन दस मिनट में ऑन एयर हो जाएगा। लेकिन मास्टर अब तक पहुँचा नहीं?' प्रोग्रामिंग हेड गुस्से में भरकर बोलना शुरू कर चुका था। हवा में निराशा तैर रही थी।

अजित अपनी धड़कनों को बढ़ता और नब्ज को तेज होता हुआ महसूस कर सकता था। 'उफ, क्या शोर है ये! तुम तो उस मोमबत्ती की तरह हो गए हो, जो दोनों ओर से जल रही हो,' उसने सोचा।

उसे अचानक अपने एच.एल.एल. के पुराने दिन याद आ गए, जब उससे सप्लायर, एजेंसियों और कारोबारी साझेदारों—तीनों के साथ सुहृद ढंग से पेश आने की अपेक्षा की

'अजित, शाम के 6.50 बज रहे हैं। बंधन दस मिनट में ऑन एयर हो जाएगा। लेकिन मास्टर अब तक पहुँचा नहीं?' प्रोग्रामिंग हेड गुस्से में भरकर बोलना शुरू कर चुका था। हवा में निराशा तैर रही थी। अजित अपनी धड़कनों को बढ़ता और नब्ज को तेज होता हुआ महसूस कर सकता था। 'उफ, क्या शोर है ये! तुम तो उस मोमबत्ती की तरह हो गए हो, जो दोनों ओर से जल रही हो,' उसने सोचा।

जाती थी। 'हम इस तरह का दबाव कभी भी अपनी एजेंसियों पर नहीं डालते थे, या क्या हम ऐसा करते थे?' उथल-पुथल में डूबे अजित की निगाहें टी.वी. स्क्रीन, घड़ी और मोबाइल फोन तीनों पर दौड़ रही थीं।

आखिरकार, बंधन का टाइटल सीक्वेंस बजना शुरू हो गया, और राजीव को फोन पर ही उसका टाइटल गाना सुनाकर राहत प्रदान की गई। 'हम खुशकिस्मत रहे, मास्टर बिल्कुल आखिरी समय पर पहुँच गया।'

'हाँ, मैं टी.वी. पर देख रहा हूँ,' अजित ने प्रोग्रामिंग हेड को लिखित संदेश भेजते हुए राजीव से कहा।

'अब जबकि हर चीज सुलझा ली गई है, तो मैं जरा तेजी से लंच करके आता हूँ। कल हमें हमारे नए शो के लिए यह प्रस्तुतीकरण भी एक चैनल को दिखाना है।' राजीव थक चुका था।

'सात बजे लंच! तुम्हें इस तरह का पागलपन नहीं करना चाहिए...हालाँकि ऐसा करने से काफी मदद भी मिलती है।' अजित ने उसकी चुटकी ली।

~

रात दस बजे तक, होटल जे.डब्ल्यू. मैरियट का तीस्ता हॉल कोलोजियम के कर्मचारियों से पूरी तरह भर चुका था। रात-रातभर जाग कर काम करने के बाद अंतत: अब जश्न मनाने का समय आ चुका था।

कोलोजियम टीम अपने कुकरी शो मास्टरशेफ की सफलता का जश्न मना रही थी। मास्टरशेफ, उनकी कंपनी का सबसे ज्यादा रेटिंग वाला शो था, और यह अंतरराष्ट्रीय कुकरी शो फॉरमेट पर तैयार किया गया था। कोलोजियम ने भारतीय टेलीविजन पर इसके प्रसारण के पूरे अधिकार खरीद रखे थे। अक्षय कुमार, जिन्हें बॉलीवुड का खिलाड़ी माना जाता है, इस शो के प्रस्तोता थे। टीम ने रात-दिन एक करके इस शो को अपार सफलता दिलाई थी। रियलिटी शो का सृजन और उसे व्यवस्थित करना बेहद कठिन काम है, और अंतत: उनका प्रयास रंग लाने लगा था।

'तो साथियो, आज रात हम पार्टी करेंगे,' अजित ने चीखते हुए कहा।

'ये!' जवाब में हर किसी ने तालियाँ बजाते हुए पूरी ताकत से कहा।

'जरा ठहरना, साथियो; क्या आपने यह सोच रखा है कि पार्टी में शामिल होने के लिए आपको काम नहीं करना पड़ेगा? यहाँ कुछ लोग हैं ऐसे जिन्होंने मेरे लगातार कहने के बावजूद अपना लक्ष्य हासिल नहीं किया है। ऐसे में उन लोगों को आज बिना ड्रिंक के काम चलाना पड़ेगा,' अजित ने सपाट अंदाज में कहा।

हर शख्स शांत हो गया और हैरत में पड़ गया कि अजित अचानक इस तरह गंभीर कैसे हो गए।

'कमलेश, मैंने आपसे कहा था कि कुछ किलो वजन कम करो, लेकिन मैं देख पा रहा हूँ कि तुम्हारे पेट के आसपास कुछ किलो वजन और जमा हो गया है। तुम अपने वादे पर खरे नहीं उतरे। अब तुम हम लोगों को केवल पीते हुए देखो।' असिस्टेंट आर्ट डायरेक्टर कमलेश की ओर आँख मारते हुए उसने कहा।

'छोड़ो भी, यह एक कठिन लक्ष्य है!' कमलेश हँसने लगा।

'मैं यह लाइन पहले भी सुन चुका हूँ। क्या इस डायलॉग का हमारी टीम ने पेटेंट ले लिया है? मुझे लगता है कि इसके आई.पी. भी मुझे हासिल कर लेने चाहिए। क्या आप साथियों को याद है, दो साल पहले, जब मैंने तीन साल में 100 करोड़ के टर्नओवर का लक्ष्य आपके सामने रखा था, तो आप सबने यही चीज कही थी—यह कठिन लक्ष्य है! क्या ऐसा नहीं था, राजीव?' अजित ने राजीव की तरफ गेंद बढ़ा दी।

> ***'जरा ठहरना, साथियो; क्या आपने यह सोच रखा है कि पार्टी में शामिल होने के लिए आपको काम नहीं करना पड़ेगा? यहाँ कुछ लोग हैं ऐसे जिन्होंने मेरे लगातार कहने के बावजूद अपना लक्ष्य हासिल नहीं किया है। ऐसे में उन लोगों को आज बिना ड्रिंक के काम चलाना पड़ेगा,' अजित ने सपाट अंदाज में कहा।***

'मैं मानता हूँ कि मैंने कहा था, लेकिन मैं खुश हूँ कि हमने अपने लक्ष्य का ज्यादातर हिस्सा हासिल कर लिया है,' राजीव ने सच्चाई पर मुहर लगाते हुए कहा। वह कोलोजियम की आइडिया मशीन था।

'मुझे अब भी उसका वह अजीबोगरीब चेहरा याद है, जो तीन साल पहले मेरे 100 करोड़ के टार्गेट सेट करने पर बन गया था। न केवल उसका ही, आप सब मेरी तरफ ऐसे देख रहे थे, मानो मैंने आपसे माइक टायसन से लड़ने के लिए बोल दिया हो। फिर भी, मैं इस सूत्र वाक्य में विश्वास करता था—चाहे कितनी भी बड़ी चुनौती सामने आ जाए, इनसान उससे निपटने के लिए जरूरी ताकत जुटा ही लेता है।'

'इस मामले में, मैं माइक टायसन को हराने के लिए अपनी ताकत नहीं बढ़ाना चाहता।' राजीव हँस पड़ा, और हॉल ठहाकों से गूँज उठा।

'अजित, यहाँ आओ, केक काटा जाए और शैंपेन खोली जाए,' ललित ने जोर से आवाज लगाई। उसकी आवाज में मौजूद उत्साह को हर कोई भाँप सकता था।

'उससे पहले, मैं टीम से कुछ कहना चाहता हूँ।' अजित उस टेबल की तरफ पहुँचा जहाँ केक और शैंपेन रखे हुए थे।

'मंजिलें उनकी होती हैं, जिनके सपनों में जान होती है। पंखों से कुछ होता नहीं,

क्योंकि हौसलों से उड़ान होती है।'

'सबसे पहले, हम सबके लिए बिग चीयर्स! और कोलोजियम के लिए उससे भी बड़ा चीयर्स!' पूरे जोशो-खरोश से हॉल गूँज उठा।

'आप सब यह सोच रहे होंगे कि हम यहाँ मास्टरशेफ की सफलता का जश्न मनाने के लिए एकत्र हुए हैं, जो कि अब तक का हमारा सबसे ज्यादा रेटिंगवाला शो है, लेकिन केवल यही एक कारण नहीं कि मैं यहाँ मौजूद हूँ। मैं इससे भी बड़ी चीज सुनिश्चित करने के लिए यहाँ आया हूँ,' अजित ने अपनी बात जारी रखी। '2007 में, जब हमने यह कंपनी शुरू की थी, तब वह समय काफी खराब चल रहा था। 2008 में, मंदी के कारण विज्ञापनवालों ने विज्ञापन खर्च में कटौती कर दी थी और प्रसारकों ने अपना बजट छोटा कर दिया था। हमें ढेर सारी परेशानियों से जूझना पड़ा था। हमारे पास नकदी भी नहीं थी, और हममें से कुछ लोगों को महीनों तक बिना सैलरी काम करके घर जाना पड़ता था। साथ-ही-साथ, हमारे अच्छे कामों को भी दरकिनार कर दिया गया था, लेकिन बजाय कि हार मानने के हम निरंतर नवोन्मेषी समाधान लेकर सामने आते रहे। हमने दूसरे प्रोडक्शन हाउसों के साथ साझेदारी की, जो कि वैसे तो हमारे प्रतिद्वंद्वी ही थे, इसलिए हमने हर किसी के लिए कुछ-न-कुछ सामग्री तैयार करके विस्तार किया। हमने दूसरों को समझाया कि बजाय छोटा, कमजोर और मम्मी-पापा की दुकान जैसा बिखरा हुआ काम करने के हमें कुछ बड़ा काम करना चाहिए, हमें संघीय भारत के कॉन्सेप्ट पर काम करना चाहिए, न कि छोटे-छोटे प्रांतों जैसा व्यवहार करना चाहिए। इसमें हम कुछ हद तक सफल हुए हैं, और इस तरह हमने सागर पिक्चर्स के साथ मिलकर 'जय श्रीकृष्ण' पर काम करने की राह पकड़ी है।'

वह पहली बार था कि जब हमारा लोगो स्क्रीन पर दिखाया गया—हम सब उछल पड़े थे। स्प्लिट्जविला के साथ, हमने डेटिंग रियलिटी को पहली बार भारतीय टेलीविजन पर एक अलग विधा प्रस्तुत की। तब से ही, हमने रियलिटी शोज को लेकर अपनी आला पहचान कायम कर ली, और अब हम दूसरी विधाओं की ओर अग्रसर होनेवाले हैं।

'फिर स्प्लिट्जविला ऑन एयर हुआ। वह पहली बार था कि जब हमारा लोगो स्क्रीन पर दिखाया गया—हम सब उछल पड़े थे। स्प्लिट्जविला के साथ, हमने डेटिंग रियलिटी को पहली बार भारतीय टेलीविजन पर एक अलग विधा प्रस्तुत की। तब से ही, हमने रियलिटी शोज को लेकर अपनी आला पहचान कायम कर ली, और अब हम दूसरी विधाओं की ओर अग्रसर होनेवाले हैं। चूँकि राष्ट्रीय स्तर के प्रसारक अब क्षेत्रीय

बाजार में कदम रख रहे हैं, तो हमने भी क्षेत्रीय स्तर पर जाने की रणनीति तैयार की है। हम भारत के अलग-अलग राज्यों में अपने कार्यालय खोल रहे हैं। फिलहाल हमारी पहुँच चार राज्यों में है, और मैं आश्वस्त हूँ कि समय के साथ हम अन्य जगहों पर भी अपना दखल कायम करेंगे।'

अजित ने बात जारी रखते हुए कहा, 'हमने अपने हर कार्यक्रम को एक चुनौती की तरह लिया है और इसके लिए हमने कठोर परिश्रम किया और अपने दृष्टिकोण से चुनौतियों, प्रतिस्पर्धा और समस्याओं से जीतते चले गए। हम अपनी योजनाओं को लेकर काफी जागरूक हैं और पूरी तरह से स्पष्ट हैं, क्योंकि हमारे पाँव जमीन पर हैं। यह सब संभव हो सका कोलोजियम टीम के हर सदस्य के योगदान से। और मैं इस मौके पर यह अपेक्षा करता हूँ कि आप सब इस सूत्र वाक्य में अपनी निष्ठा दिखाएँ—हम सब महानता से महज एक आइडिया ही दूर हैं।' इसके साथ ही वह केक काटने के लिए आगे बढ़ा। दूसरों ने शैंपेन खोली।

कमलेश ने पूरी ताकत से कहा, 'थ्री चीयर्स फॉर कोलोजियम! हिप, हिप हुर्रे!'

और हुर्रे की गूँज पूरे हॉल में भर गई!

कोलोजियम मीडिया

अहम नसीहतें

अजित अंधारे

अजित अंधारे कोलोजियम मीडिया के संस्थापक हैं और वर्तमान में वायकॉम 18 मोशन पिक्चर्स के सी.ओ.ओ. हैं।

~

उद्यमिता की राह पकड़ने से पहले तक मैंने जो ज्यादातर पेशेवर निर्णय लिये, वे सब मैंने कॅरियर लक्ष्य को ध्यान में रखकर लिये। हालाँकि जब मैंने नई राह बनाने के विकल्प पर चलने का मन बनाया जो वह निर्णय मेरे कॅरियर लक्ष्य से नहीं बल्कि मेरे जीवन के लक्ष्य से प्रेरित हुआ।

कॅरियर के लिहाज से मैं जहाँ था, वहाँ काम करना जारी रख सकता था और मैं अच्छा काम कर भी रहा था। हालाँकि मेरे अंदर कहीं गहराई में अपना खुद का कुछ काम करने की इच्छा बनी हुई थी और इस वजह से मैंने कॅरियर लेंस की बजाय जिंदगी के लेंस से चीजें तय करने का फैसला किया। इससे मुझे कठोर विकल्प चुनने में मदद मिली। कभी-कभी कॅरियर लेंस से देखना आपको सीमाओं में बाँध देता है, जबकि जब आप जीवन के लेंस से देखते हैं तो अनंत संभावनाएँ खुल जाती हैं; यह आपको स्पष्टता के साथ दिखाता है कि आपके सीवी या रेज्यूम्स से अलग आपका वजूद क्या है?

मैं कौन हूँ?

मैं उन लोगों के बारे में सोचना चाहूँगा, जो दो बड़े समूहों में उद्यमी बनते हैं, एक, जिन्हें मैं विशेषज्ञ कहता हूँ और दूसरे, जिन्हें मैं सामान्य उद्यमी मानता हूँ। पहले वाले यानी विशेषज्ञ उद्यमी शायद वे लोग होते हैं, जो उद्यमिता की राह इसलिए चुनते

हैं; क्योंकि वे जो कर रहे होते हैं उसमें उन्हें काफी आनंद आ रहा होता है और वे इस सिलसिले को ऊँचाई पर ले जाना चाहते हैं। जबकि सामान्य उद्यमी ऐसे लोग होते हैं, जिनके लिए उद्यमिता एक प्रेरणा की तरह होती है और इसलिए वे आमतौर पर डोमेन को लेकर संशयवादी होते हैं।

मैंने उद्यमिता की राह अपनी पसंदगी के आधार पर चुनी और रचनाशीलता या कल्पनाशीलता मेरा चुना हुआ या पसंदीदा डोमेन था। एक रचनात्मक उद्यम तैयार करना मेरे लिए ज्यादा अहम था, बजाय कि यूँ ही एक उद्यम खड़ा करने के। हालाँकि दोनों में ही किसी तरह का नुकसान नहीं है। आपका आकलन इस बारे में स्पष्टता प्रदान करता है कि आप कौन हैं, आप क्या करने की इच्छा रखते हैं और अंत में क्या चीज वाकई मायने रखेगी।

यह समझौता है, क्या आप तैयार हैं?

आप जो बीड़ा उठाने की सोच रहे हैं वह आपको उत्साहित करनेवाला तो लग सकता है, लेकिन जैसे ही हनीमून का दौर खत्म होता है, हकीकत कहीं ज्यादा नीरस, उबाऊ, थकाऊ और कभी-कभी हताश करनेवाली लगने लगती है। जल्दी ही स्टार्टअप मिशन आपकी जिंदगी पर असर डालने लगता है, क्योंकि आपको 24 घंटे और हफ्ते के सातों दिन इस पर काम करना पड़ता है।

आप जो बीड़ा उठाने की सोच रहे हैं वह आपको उत्साहित करनेवाला तो लग सकता है। लेकिन जैसे ही हनीमून का दौर खत्म होता है, हकीकत कहीं ज्यादा नीरस, उबाऊ, थकाऊ और कभी-कभी हताश करनेवाली लगने लगती है। जल्दी ही स्टार्टअप मिशन आपकी जिंदगी पर असर डालने लगता है, क्योंकि आपको 24 घंटे और हफ्ते के सातों दिन इस पर काम करना पड़ता है। ऐसे में आपको पहले सुनिश्चित करना होगा कि क्या आप इसके लिए तैयार हैं; इसमें काफी लंबा वक्त लगता है, शायद हमेशा के लिए ही ऐसा हो, यह नहीं हो सकता है कि आपको एक लंबा समय बिना तनख्वाह के ही गुजारना पड़े।

योजना और सुरक्षा

मैं योजना बनाकर काम करने में काफी विश्वास करता हूँ और काम शुरू करने से पहले उस पर विस्तृत कारोबारी तैयारी करता हूँ। हालाँकि इसके बावजूद मेरा अपना अनुभव यह कहता है कि जब आप हकीकत के धरातल पर उतरते हैं तो परेशानियाँ आपकी कल्पना से कहीं ज्यादा होती हैं।

इसलिए आपको आभास और समय की मूल योजना में बदलाव के लिए भी तैयार

रहना होगा। यह एक तरह से पहाड़ी पर चढ़ने जैसा है। जब आप चढ़ना शुरू करते हैं तो हर तरफ आपको विस्तार दिखता है, जिससे आपको चढ़ने में आसानी होती है, लेकिन जब आप चढ़ते चले जाते हैं तो अपने हर अगले कदम के लिए आपको आसपास की अगली चट्टान जाँच करनी होती है, ताकि वह आपके पूरे भार को सह सके और ऊपर चढ़ने में आपकी मदद कर सके।

धैर्य बेहद जरूरी

बतौर उद्यमी, समय-समय पर जीवन बेहद कठिन हो सकता है और जल्दी समाधान भी नहीं सूझेगा। उद्यमी के तौर पर आपको सीधे चलते रहना होता है, जब तक कि नई संभावनाएँ और समाधान न नजर आने लगें। यह आसान नहीं होता है। आपको ऐसा दौर भी गुजारना पड़ सकता है, जैसे टेस्ट मैच में पिच पर बिना रन बनाए घंटों तक समय बिताना कभी-कभी बेहद अहम हो जाता है। अगर यह धैर्य नहीं दिखाएँगे तो हो सकता है कि आप ऐसे समय पर खेल से बाहर हो जाएँ, जब बुरा दौर खत्म ही होनेवाला हो।

कीमत कहाँ है

इस ओर कदम बढ़ानेवाले को ईमानदारी से यह तय करना होता है कि काम में कीमत कहाँ छिपी हुई है—आपमें, आपकी संस्थापक टीम में, सारे हिसाब-पुस्तक में या तकनीक में या संबंधों में या इन सबको मिलाकर समाहित अवस्था में। आप लंबे समय तक बरदाश्त नहीं कर पाएँगे अगर कीमत किसी ऐसी जगह पर स्थित होगी, जहाँ वह आसानी से जा सकती हो।

इस ओर कदम बढ़ानेवाले को ईमानदारी से यह तय करना होता है कि काम में कीमत कहाँ छिपी हुई है—आपमें, आपकी संस्थापक टीम में, सारे हिसाब-पुस्तक में या तकनीक में या संबंधों में या इन सबको मिलाकर समाहित अवस्था में। आप लंबे समय तक बरदाश्त नहीं कर पाएँगे अगर कीमत किसी ऐसी जगह पर स्थित होगी, जहाँ वह आसानी से जा सकती हो।

किसी नई इकाई की सबसे बड़ी चुनौती किसी के लिए भी उसके डी.एन.ए. (संस्थापक टीम) गठन की होती है। संयोग से मुझे अच्छी टीम मिली और कोलोजियम के गठन के पाँच साल बाद भी हम एक-दूसरे से अच्छी तरह जुड़े हुए हैं। किसी भी उद्यम की सफलता के लिए यह बेहद जरूरी तत्त्व है। अपनी स्थापना टीम के बारे में बहुत ही सावधानी से सोचने की जरूरत है और कठिन

परिस्थितियों में क्या यह कंपनी को उबार ले जाएगी और तूफान में लगातार चलते रहने की काबिलीयत इसमें है, यह इसी चीज से तय होगा कि टीम कैसी चुनी गई है।

शुरुआत की आसानी बनाम कंपनी की ऊँचाई का सवाल

डिजाइन के तौर पर जिन उद्यमों में बाधाएँ कम होती हैं, उन्हें शुरू करना आसान होता है और उन्हें आगे बढ़ाना भी सहज होता है। हालाँकि जो वास्तव में लंबी दूरी तक साथ दे सकता है, वह अपनी ऊँचाई की संभावनाओं से जुड़े सवालों का जवाब देकर ही ऐसा कर सकता है। उपलब्धि उस अनुपात में मिलती है, जितनी आप समस्याओं को सुलझा ले जाते हैं। आसानी से सुलझाई जा सकनेवाली समस्या के चलते वह काम शुरू करने के चक्कर में कभी नहीं पड़ना चाहिए। कारण कि आप सफल तो हो सकते हैं, लेकिन उसमें आपकी अपेक्षाओं के अनुरूप ऊँचाई हासिल कर पाने को लेकर संदेह बना रहेगा।

यहाँ तक कि अगर शुरुआत करने में आप अपने हाथ गंदे भी कर लेते हैं तो इस बारे में स्पष्ट रहिए कि यह वह चीज नहीं है, जिसके लिए आपने अपना लक्ष्य बना रखा है। सबसे ज्यादा सफल कारोबारी एक छोटे से चैंबर से शुरुआत करते हुए लिविंग रूम तक पहुँचते हैं और वहाँ से बेडरूम के लक्ष्य तक।

मैंने एक कंटेंट डेवलपमेंट स्टूडियो शुरू किया। मैं उसमें सफल रहा और उसे कुछ ही सालों में 60 करोड़ रुपए के टर्नओवर की ऊँचाई तक पहुँचा ले गया। लेकिन अगले पाँच साल की अवधि में उक्त कंटेंट बिजनेस और कितनी ऊँचाई पर ले जाया जा सकता है ? इसे वैश्विक बनाया जा सकता है क्या ? इसके बजाय चैनल शुरू किया जाए तो ? वह ऑर्बिट क्या होगी, जिसे हासिल करने के लिए आप लक्ष्य तय कर रहे हैं ? आपकी escape velocity उसी अनुपात में होनी चाहिए। यहाँ तक कि अगर शुरुआत करने में आप अपने हाथ गंदे भी कर लेते हैं तो इस बारे में स्पष्ट रहिए कि यह वह चीज नहीं है, जिसके लिए आपने अपना लक्ष्य बना रखा है। सबसे ज्यादा सफल कारोबारी एक छोटे से चैंबर से शुरुआत करते हुए लिविंग रूम तक पहुँचते हैं और वहाँ से बेडरूम के लक्ष्य तक।

हर कोई सफल नहीं होता। आपके लिए सुरक्षा कवच क्या है ?

अगर आप जल्दी शुरुआत करते हैं—मान लें कि अपने जीवन के दूसरे दशक के मध्य में, मैं आपके लिए बिल्कुल चिंतित नहीं हूँ। लेकिन अगर आप देर से शुरुआत कर रहे हैं तो ऐसे में आपको एक रक्षात्मक योजना भी तैयार रखनी होगी, जो विपरीत

हालात में आपको सँभाल सके। यह उतना ही सरल और सहज होना चाहिए जैसे कि आपकी पत्नी या पति परिवार को सँभालते हैं। यह आपको हतोत्साहित करने के लिए नहीं बोल रहा हूँ मैं, बल्कि आँकड़ों के तौर पर जब आप देखेंगे तो पाएँगे कि उद्यमों की सफलता का प्रतिशत बेहद कम होता है और आपको विपरीत हालात के लिए तैयार होना ही होगा। शुरू होनेवाला हर उद्यम सफल नहीं होता। आपको केवल उनके बारे में ही पढ़ने की जरूरत है, जो सफल रहे हैं! यह भी बेहद महत्त्वपूर्ण है कि आपको साथ-ही-साथ बाहर निकलने से संबंधित एक रणनीति भी बनाकर चलनी होगी। इससे आपको ताकत तो मिलेगी, साथ ही खुद पर भरोसा करके आगे की उछाल लेने में भी आसानी होगी।

□

ग्राहकों के लिए जुनूनी, प्रतिस्पर्धियों के लिए नहीं

Redbus.in भारत की सबसे बड़ी ऑनलाइन बस टिकट और होटल बुकिंग कंपनी। यह भारत में लगभग 80 हजार से ज्यादा रूट पर 1500 से ज्यादा बस ऑपरेटरों की सेवा उपलब्ध कराती है और रिपोर्ट के अनुसार ऑनलाइन बस टिकट के 70 फीसद बाजार हिस्से पर इसका कब्जा है।

जुलाई 2015 में रेडबस ने 4 करोड़ टिकट बुक करने का आँकड़ा पार कर लिया। इसके बीस लाख से ज्यादा पंजीकृत यूजर्स हैं और इसने तेजी से 300 मिलियन डॉलर का जी.एम.वी. (ग्रॉस मर्चेंडाइज वैल्यू) स्तर हासिल कर लिया है।

रेडबस का आईबिबो (ibibo) ग्रुप ने जून 2013 में 138 मिलियन डॉलर (800 करोड़ रुपए) में अधिग्रहण कर लिया। आईबिबो ग्रुप दक्षिण अफ्रीका के नेस्पर्स (Naspers) और चीन के टेंसेंट (Tencent) का संयुक्त उपक्रम है।

यह कंपनी अब होटल और टैक्सी बुकिंग के क्षेत्र में भी कदम रखनेवाली है।

तमाम अन्य स्टार्टअप्स की तरह, रेडबस की भी बेहद दिलचस्प कहानी है। पढ़ते रहिए…

4
रेडबस

फनींद्र समा
चरन पद्‌मराजू
सुधाकर पासुपुनुरी

सदियों पहले, एक सेब पेड़ से जमीन पर गिरा और न्यूटन यह सोचकर चौंक गए थे कि आखिर क्यों और गुरुत्वाकर्षण का सिद्धांत रच डाला। उसी प्रकार, कुछ साल पहले, एक युवक को बस का टिकट नहीं मिला और वह भी यह सोचकर चौंक गया कि आखिर क्यों और उसने कई करोड़ की एक कंपनी खड़ी कर डाली।

~

वह सुबह काफी तेजी से शुरू हुई थी। बैंगलोर की सँकरी गलियों से अपना रास्ता बनाते हुए वह फॉर्मूला वन चालक की तरह निकलता चला जा रहा था। इससे पहले बैंगलोर का ट्रैफिक कभी भी उसे इस कदर परेशानी भरा नहीं दिखा था जितना कि आज नजर आ रहा था···आज वह कुछ ज्यादा ही अधीर हो रहा था, खासतौर पर जब वह डोमलूर फ्लाईओवर पर पहुँचा, जहाँ ट्रैफिक ठहरा हुआ था। चारों तरफ से बजते हॉर्न के शोर से बचने और मौजूदा हालात में कुछ न कर पाने की असहाय स्थिति के बीच, वह संगीतमय बुद्धा बार की तरफ मुड़ गया, ताकि मन को कुछ शांति दिला सके। उसे रेडबस के कॉरपोरेट ऑफिस में होनेवाली बोर्ड मीटिंग को लेकर ध्यान केंद्रित करना था। अंतत: जब उसने पागल कर देने वाले ट्रैफिक को पीछे छोड़ा, तो वह ज्यादा सतर्क और सक्रिय हो गया। जल्दी ही उसने अपनी कार तयशुदा जगह पर खड़ी की और कार को लॉक किया, जिसकी सामान्यतया बीप-बीप की आवाज के साथ तस्दीक भी हो चुकी थी।

सेल्स और मार्केटिंग टीम का हर सदस्य ऊर्जा से लबरेज था। हवा में युद्ध का उन्माद था। हैदराबाद से आए एक प्रतिद्वंद्वी ने ऑफिस में उत्पात मचा रखा था। उसके अंदर मार्केटिंग को लेकर एक नया जुनून पैदा हो गया था, जिसके लिए वह बैंगलोर तक

चला आया था और बाहरी विज्ञापनों और इंटरनेट के लिए काफी बड़ी रकम खर्च करने के लिए तैयार था। इंटरनेट पर रेडबस ऑफर कोड के रूप में एक अन्य ऑफर भी चल रहा था, जो कि ग्राहकों को कुछ अन्य वेबसाइट पर भेज दे रहा था।

'यह अनैतिक है; ये हमारे इलाके में घुसपैठ कर रहे हैं,' मार्केटिंग हेड रोहित ने निंदा करते हुए कहा। रोहित इस कंपनी का सबसे पुराना कर्मचारी था, जिसने इसे महज एक आइडिया से इतने बड़े ब्रांड में तब्दील होते हुए देखा है। एक प्रतिद्वंद्वी रातोरात सामने आ खड़ा हुआ था और बाजार के नियमों के खिलाफ काम कर रहा था, जिसकी वजह से रोहित का गुस्से से चेहरा लाल हो रहा था।

प्रतिद्वंद्वी के बेशर्म रवैए और प्रतिस्पर्धा में आमने-सामने की लड़ाई के लिए आ जाने से पूरी सेल्स टीम गुस्से से भरी हुई थी। और ऐसा हो भी क्यों नहीं? वे मार्केट लीडर हैं। वे इस बात के लिए दृढ थे कि उन्होंने इतनी मेहनत से जो फसल उगाई है, उसे दूसरा कोई आसानी से न काट ले जाने पाए। वे पूरे शहर को रेडबस के बिलबोर्ड और होर्डिंगों से पाटने के लिए तैयार थे। उनकी ताकत से भरपूर जबरदस्त मार्केटिंग प्रस्ताव को सी.ई.ओ. की महज स्वीकृति की दरकार थी।

फनींद्र उर्फ फनी रेडबस के सी.ई.ओ. थे। उनकी मासूम, सरल और पड़ोसी युवक जैसी छवि पर उनका शांत, चिंतनशील और बुद्धिमान व्यक्तित्व खूब फबता था। जब प्रस्ताव उनके सामने पेश हुआ तो उस पर एक नजर दौड़ाते हुए उन्होंने चमकदार मुस्कान बिखेरी। प्रतिद्वंद्वी के महज एक वार ने पूरी टीम की एकजुटता सामने ला खड़ी की थी!

प्रतिस्पर्धा को लेकर सोचते हुए, वे हैरत में थे कि क्या इस तरह अफरा-तफरी मचने की कोई गंभीर वजह भी है? उनके लिए यह पूरी तरह गलत रणनीति थी।

कुछ देर तक चिंतन-मनन करने के बाद फनी ने अंततः अपनी टीम से बात शुरू की, 'मैं आपकी चिंताओं को समझता हूँ, लेकिन हमें बेहद सावधानी से काम लेना होगा। हमें तार्किक ढंग से इस पर सोचने की जरूरत है।' वे रुके और सबकी तरफ एक नजर दौड़ाई और

फनींद्र उर्फ फनी रेडबस के सी.ई.ओ. थे। उनकी मासूम, सरल और पड़ोसी युवक जैसी छवि पर उनका शांत, चिंतनशील और बुद्धिमान व्यक्तित्व खूब फबता था। जब प्रस्ताव उनके सामने पेश हुआ तो उस पर एक नजर दौड़ाते हुए उन्होंने चमकदार मुस्कान बिखेरी। प्रतिद्वंद्वी के महज एक वार ने पूरी टीम की एकजुटता सामने ला खड़ी की थी! प्रतिस्पर्धा को लेकर सोचते हुए, वे हैरत में थे कि क्या इस तरह अफरा-तफरी मचने की कोई गंभीर वजह भी है? उनके लिए यह पूरी तरह गलत रणनीति थी।

बोले, 'अगर हमारे प्रतिद्वंद्वी ने उस शहर में निवेश किया, जिसमें हमने कदम तक नहीं रखा है, तो जाहिर सी बात है कि वह ज्यादा बड़े बाजार हिस्से पर कब्जा करेगा ही। लेकिन यहाँ बैंगलोर में, जहाँ पहले से ही रेडबस बेहद सशक्त और विश्वसनीय ब्रांड के रूप में मौजूद है, यह उसके लिए आसान नहीं होगा। भले ही वह कितना ही पैसा यहाँ क्यों न फूँके, बहुत कम लोग ऐसे होंगे, जो अपना मन बदलेंगे। स्पष्ट है कि प्रतिस्पर्धा अपनी ताकत के आधार पर नहीं हो रही है; उसकी तगड़ी मार्केटिंग ज्यादा सफल नहीं होगी। हमें अपना चैन इस तरह बेवजह लुटाना नहीं चाहिए। बल्कि हमें अपनी सर्विस को और ज्यादा मजबूत बनाने पर ध्यान देना चाहिए।'

फनी ने अपनी टीम के आक्रोश को अलग करने की जरूरत को भाँप लिया था। इस हालात से निपटने के लिए उसने एक आक्रामक कदम उठाया। मैं आपके समर्पण को देखकर अभिभूत हूँ, और आप सभी के प्रयासों की कद्र करता हूँ, लेकिन हम प्रतिक्रिया नहीं करेंगे, और निश्चित रूप से यह तरीका नहीं है। प्रतियोगिता का आदर्श तरीका ग्राहकों को बेहतरीन सर्विस मुहैया कराने का ही है। हम यहाँ अपने शुभचिंतकों की समस्याओं का निवारण करने के लिए बैठे हैं। कृपया आप लोग अपनी ऊर्जा को उसी दिशा में लगाएँ। मेरा मानना है कि यही वह उचित तरीका है जिसके जरिए हमें जवाब देना चाहिए।

~

बिट्स पिलानी का एक इंजीनियर फनी बैंगलोर स्थित टेक्सास इंस्ट्रूमेंट में काम करता था। वह अपनी जॉब से खुश और संतुष्ट था, वह माइक्रोचिप इंडस्ट्री में अपनी छाप छोड़ना चाहता था, लेकिन 2005 की दीवाली ने सबकुछ बदल डाला।

शाम को 5.30 बजे, फनी तेजी से ऑफिस से निकला और शहर के लगभग सभी ट्रेवल ऑपरेटरों से संपर्क साधा, ताकि उसे अपने गृहनगर जाने के लिए बस का टिकट मिल जाए, लेकिन उसकी हालत बॉलीवुड की उस फिल्म के उस दृश्य जैसी हो गई, जिसमें हीरो उस ट्रेन के पीछे भागता है, जिसमें हिरोइन सफर कर रही होती है, उसमें जैसे-तैसे चढ़ता है, हर बोगी में अपनी प्रेमिका को ढूँढ़ता है, और जब उसे ढूँढ़ पाने में विफल रहता है तो प्लेटफॉर्म पर हताश, खिजलाया और बुरी तरह बिखरकर बैठ जाता है। सुनने में यह भले ही नाटकीय लगे, लेकिन फनी की हालत बिल्कुल उसी तरह थी, जब वह हैदराबाद जाने के लिए बस का टिकट नहीं जुगाड़ पाया। इस बार दीवाली पर वह अपने दोस्तों और परिवार के बीच रहकर खुशी मनाना चाहता था।

चार घंटे तक वह ट्रेवल ऑपरेटरों से संपर्क बनाता रहा, लेकिन सब व्यर्थ गया।

थका-हारा वह अपने कमरे पर लौट आया। उसका अकेलापन उसकी हताशा का भरपूर साथ दे रहा था। उसकी दीवाली मनाने की योजना धरी-की-धरी रह गई थी।

थका-हारा वह अपने कमरे पर लौट आया। उसका अकेलापन उसकी हताशा का भरपूर साथ दे रहा था। उसकी दीवाली मनाने की योजना धरी-की-धरी रह गई थी। शहर के पूरे ट्रांसपोर्ट सिस्टम और खासतौर पर बस सर्विस की बदहाली को लेकर वह इस कदर क्षुब्ध था कि खुद को रोने से न रोक पाया। लेकिन जल्दी ही उसकी यह स्थिति एक गंभीर वैचारिक जिज्ञासा में तब्दील हो गई। उसे हैरत हुई, 'तब क्या होता जबकि एक ऑपरेटर के पास टिकट होता और दूसरे के पास नहीं होता? कुछ और एजेंटों से बात करने पर हो सकता था कि मेरा काम बन जाता।'

शहर के पूरे ट्रांसपोर्ट सिस्टम और खासतौर पर बस सर्विस की बदहाली को लेकर वह इस कदर क्षुब्ध था कि खुद को रोने से न रोक पाया। लेकिन जल्दी ही उसकी यह स्थिति एक गंभीर वैचारिक जिज्ञासा में तब्दील हो गई। उसे हैरत हुई, 'तब क्या होता जबकि एक ऑपरेटर के पास टिकट होता और दूसरे के पास नहीं होता? कुछ और एजेंटों से बात करने पर हो सकता था कि मेरा काम बन जाता।'

अचानक उसके अंदर 'हर चीज जाननेवाले इनसान' ने उसके अहं को पकड़ लिया। उसे अपने बचपन के दिन याद आ गए, जब वह अपनी पूरी ऊर्जा एक ही विषय को अच्छे से तैयार करने में लगा रखी थी, बजाय कि सारे विषयों पर ध्यान केंद्रित करने के। उसका यह विश्वास तब से ही उसे आगे बढ़ने में मार्गदर्शक की तरह साबित हुआ है। और इस समय उसे सिर्फ एक चीज तंग कर रही थी कि उसे टिकट क्यों नहीं मिला? क्या पता कोई बस एक खाली सीट के साथ ही हैदराबाद निकल गई हो? इस चीज के बारे में पता कैसे चलेगा?

~

ये सवाल किसी जुएँ की तरह उससे चिपक गए। अगली सुबह, उसने पास के ही एक ट्रेवल एजेंट श्री मनोहर रेड्डी से मिलने का फैसला किया। फनी श्री रेड्डी का पक्का ग्राहक था। श्री रेड्डी बुजुर्ग थे और 10×10 के काल-कोठरीनुमा ऑफिस में बैठते थे। वे इस कारोबार में पिछले 20 साल से थे और हमेशा बात करने को तैयार रहते थे। उनकी काबिलीयत यह थी कि इस दुनिया में मौजूद हर चीज की निंदा और प्रलाप कर सकते थे; वे बेहद दोस्ताना और हँसमुख मिजाज के थे। दीवाली खत्म होते और अपने ग्राहकों को अलग-अलग जगहों पर भेजने के बाद उनके पास फनी जैसे पीछे रह गए लोगों से बात करने के लिए काफी समय रहता था। उस समय भी श्री रेड्डी सुकून से थे और अच्छे मिजाज के साथ हमेशा की तरह बात करने के लिए तैयार थे। फनी ने उनसे हाथ मिलाया और लंबी मुस्कान बिखेरी।

वे काफी उदार स्वभाव के थे और मिठाइयों और चाय से स्वागत करते थे। उन्होंने पूछा, 'अजी दीवाली के गौके पर आप हमारे ऑफिस की शोभा कैसे बढ़ा रहे हैं? माफ कीजिएगा, हैदराबाद के लिए अब कोई बस नहीं है। अब बताइए कि हम आपकी क्या सेवा कर सकते हैं?'

'आपने पहले ही काफी मदद की है मेरी, अन्ना। आपने जिन ट्रेवल एजेंटों से बात करने को कहा, मैंने किया, लेकिन मुझे एक अदद टिकट नहीं मिल पाया।' फनी ने गहरी साँस छोड़ी।

'तो बताओ, मैं क्या कर सकता हूँ? त्योहारी सीजन में भारी भीड़ रहती है। अगली बार, मुझे पहले से बताकर रखना, और मैं अपनी तरफ से बेहतर से बेहतर करने का प्रयास करूँगा,' रेड्डी ने जोर देकर कहा। लेकिन फनी जानकारी चाहता था।

'ऐसा क्यों हुआ कि जब आपके पास टिकट नहीं थे तो दूसरों के पास उनके होने की संभावना थी?' फनी ने पूछा, उसके चेहरे पर जिज्ञासा साफ झलक रही थी।

'आपने पहले ही काफी मदद की है मेरी, अन्ना। आपने जिन ट्रेवल एजेंटों से बात करने को कहा, मैंने किया, लेकिन मुझे एक अदद टिकट नहीं मिल पाया।' फनी ने गहरी साँस छोड़ी।

'तो बताओ, मैं क्या कर सकता हूँ? त्योहारी सीजन में भारी भीड़ रहती है। अगली बार, मुझे पहले से बताकर रखना, और मैं अपनी तरफ से बेहतर से बेहतर करने का प्रयास करूँगा,' रेड्डी ने जोर देकर कहा। लेकिन फनी जानकारी चाहता था।

'ऐसा क्यों हुआ कि जब आपके पास टिकट नहीं थे तो दूसरों के पास उनके होने की संभावना थी?' फनी ने पूछा, उसके चेहरे पर जिज्ञासा साफ झलक रही थी।

श्री रेड्डी को अपना ज्ञान दरशाने का मौका मिला और वह भी एक इंजीनियर के सामने, तो वे उछल पड़े! उन्होंने अँगड़ाई ली, अपना गला साफ किया और गंभीरता ओढ़कर उन्होंने कहना शुरू किया, 'दरअसल, तीन पार्टियाँ इसमें शामिल होती हैं—बस संचालक, ट्रेवल एजेंट और ग्राहक। एक बार जब एजेंट अपना कोटा बेच चुका होता है, तो उसे और कोटा नहीं मिलता। इस वजह से अगर कोई ऐसा एजेंट रह गया, जो अपना कोटा खत्म नहीं कर पाया तो उसके पास टिकट रहने की संभावना होती है।'

'हम्म...तो इसका मतलब यह कि बस में तब सीट खाली रह जाएगी, जब कोई एजेंट टिकट नहीं बेच पाता होगा?'

'आप लगभग सही हैं। एक बार मैंने अपना कोटा बेच दिया, फिर मैं बस संचालक से कुछ और कोटा बढ़ाने की माँग करता हूँ। तब ऑपरेटर अन्य एजेंटों से इस बात की

तस्दीक करता है कि उन्होंने अपना कोटा खत्म कर लिया है क्या, अगर नहीं तो ऑपरेटर मुझे फोन करता है और उपलब्धता के बारे में बताता है। दूसरा विकल्प यह है कि एजेंट से सीधे पूछताछ की जाए।'

'यह तो लंबी प्रक्रिया लग रही है। इसमें कितना समय लगता है?'

'आमतौर पर एक सीट के लिए आठ से दस फोन करने पड़ते हैं।' श्री रेड्डी ने कहा।

'ओह! तो जब आप ही नहीं जानते कि किस एजेंट के पास टिकट मिल सकता है तो भला यात्री कैसे जान पाएगा? क्या यही कारण है कि आप रिटर्न टिकट नहीं बेच पाते, जैसे कि हवाई जहाज या ट्रेन के मामले में होता है, क्योंकि आपको दूसरे शहर के ट्रेवल एजेंट से संपर्क करना पड़ जाएगा, और संभवतः आप उन्हें जानते भी नहीं हैं? क्या यही कारण है कि आप उन लोगों को फोन नहीं करते हैं?'

'अगर मैं उन्हें जानता भी हूँ, तो मैं क्यों एसटीडी कॉल करूँ? मेरी एसटीडी कॉल का खर्च जो होगा वह मेरी टिकट बेचने से हुई कमाई से ज्यादा हो जाएगा?' सूचना का लेन-देन यहाँ खत्म हो जाता है। फनी ने अहम जानकारी देने के लिए श्री रेड्डी का शुक्रिया अदा किया और उन सूचनाओं पर मंथन शुरू किया।

उसके अंदर का इंजीनियर इस बात को देख पा रहा था कि एक कंप्यूटर कैसे इस न खत्म होनेवाली समस्या को आसानी से हल कर सकता है। उसके दिमाग में एक आइडिया कौंधा—उसने एक ऐसा सॉफ्टवेयर एप्लिकेशन तैयार करने की योजना बनाई, जिसके तहत सभी बस ऑपरेटर जरूरी सीटों को रजिस्टर करा सकें और जिसे ट्रेवल एजेंट देख सकें और पहले आओ पहले पाओ के आधार पर टिकट बुक कर सकें। ऐसे में बस ऑपरेटार और ट्रेवल एजेंट सीट उपलब्धता की वास्तविक स्थिति जान सकेंगे और ग्राहकों को बता भी सकेंगे और इस तरह से प्रक्रिया ज्यादा पारदर्शी तरीके से काम कर पाएगी। दूसरे मुद्दों में बस छूटने की जगह और पिकअप प्वॉइंट, बस का प्रकार, वापसी की यात्रा, सीट चुनने का विकल्प आदि को भी आसानी से हल किया जा सकता है। फनी के मुताबिक, सीट का चयन एक बड़ा मामला है। उसे अपना एक कड़वा अनुभव याद आ गया, जब उसने एक बार 4 नंबर सीट बुक की थी और उसे उम्मीद थी कि उसे आगे की सीट

'अगर मैं उन्हें जानता भी हूँ, तो मैं क्यों एसटीडी कॉल करूँ? मेरी एसटीडी कॉल का खर्च जो होगा वह मेरी टिकट बेचने से हुई कमाई से ज्यादा हो जाएगा?' सूचना का लेन-देन यहाँ खत्म हो जाता है। फनी ने अहम जानकारी देने के लिए श्री रेड्डी का शुक्रिया अदा किया और उन सूचनाओं पर मंथन शुरू किया।

मिलेगी, ऐसे में बस ऑपरेटर ने सीटों की गिनती पीछे से शुरू की। वह ठगा सा रह गया था, क्योंकि बस की आखिरी लाइन बेहद असुविधाजनक होती है। ट्रेन या हवाई जहाज के सफर की तरह ही बस के सफर के लिए यात्री अपनी सुविधा के अनुसार सीट क्यों नहीं चुन सकता है, उसने सोचा।

सवाल उसे परेशान करने लगे। वह जवाब चाहता था, लेकिन उसे कोई रास्ता नहीं सूझ रहा था। उसे और सूचनाओं की जरूरत थी; वह इंडस्ट्री के तमाम लोगों से बात करना चाहता था।

अपने बिस्तर में पड़े हुए, अकेलेपन से जूझते हुए, उसने अपने दोस्तों और परिवारवालों को फोन पर ही दीवाली की शुभकामनाएँ देकर शाम बिताई। हालाँकि उसके दिमाग में सुबह से ही रेड्डी से हुई बात घूम रही थी।

क्या ऐसा सॉफ्टवेयर वाकई बनाया जा सकता है, जो हर दावेदार को एक छत के नीचे ला सके? पूरी तरह से असंगठित इस क्षेत्र के लिए वह काम कर पाएगा? उसने तय किया कि वह कुछ और ट्रेवल एजेंटों से मिलकर उनका नजरिया पता करेगा।

सुबह उम्मीद की किरण लेकर आई। फनी ने अखबार उठाया, लेकिन पढ़ नहीं पाया; उसने उसे अच्छी तरह मोड़कर मेज पर रख दिया। वह किचन में चाय बनाने चला गया। वह अपने खयालों में इस तरह खोया हुआ था कि चाय उबलकर चारों तरफ फैल गई। चारों तरफ फैली हुई चाय को साफ करते-करते वह आत्मविश्वास से भरता चला गया कि उसका सॉफ्टवेयर बस टिकट इंडस्ट्री को साफ और जटिलताओं से मुक्त करते हुए उसे अव्यवस्थित ढाँचे से उबारेगा। जल्दी ही, फनी ने घर छोड़ दिया, और बस संचालकों और ट्रेवल एजेंट से मिलने को लेकर उत्सुक और आशान्वित हो गया।

सामने मेज पर एक भारी-भरकम शख्स बैठा हुआ था, जिसे देखकर ही लग रहा था कि उसे समझाना आसान नहीं है। वह अपने तरीके से न जाने कब से काम कर रहा था और उसने बिजनेस करने का अपना खुद का स्टाइल बनाया हुआ था, लेकिन फनी बेहतर जानकारी

सामने मेज पर एक भारी-भरकम शख्स बैठा हुआ था, जिसे देखकर ही लग रहा था कि उसे समझाना आसान नहीं है। वह अपने तरीके से न जाने कब से काम कर रहा था और उसने बिजनेस करने का अपना खुद का स्टाइल बनाया हुआ था, लेकिन फनी बेहतर जानकारी रखता था। एक पारंगत सेल्समैन की तरह फनी ने आत्मविश्वास से कहा, 'आपको केवल एक बार वह सॉफ्टवेयर खरीदना होगा और यह आपका काम आसान बना देगा, आपकी बुकिंग पूरी तरह व्यवस्थित हो जाएगी।

रखता था। एक पारंगत सेल्समैन की तरह फनी ने आत्मविश्वास से कहा, 'आपको केवल एक बार वह सॉफ्टवेयर खरीदना होगा और यह आपका काम आसान बना देगा, आपकी बुकिंग पूरी तरह व्यवस्थित हो जाएगी। आपके कारोबार का दायरा भी बढ़ जाएगा।' समझाने-बुझाने से कुछ ऑपरेटर सॉफ्टवेयर का इस्तेमाल करने के लिए तैयार हो गए। नए सॉफ्टवेयर को उन्होंने न केवल इस्तेमाल करने की इच्छा जताई, बल्कि कंप्यूटर से ज्यादा वाकिफ न होने के बावजूद उन्होंने पैसे का भुगतान करने की भी स्वीकृति दे दी। उनके सकारात्मक रवैए से फनी का उत्साह बढ़ा और वह बस इंडस्ट्री और उसके जैसे ग्राहकों के इस्तेमाल के लायक सॉफ्टवेयर पर काम करने में जुट गया।

घर लौटने पर जब उसने दरवाजा खोला तो उसे एहसास हुआ कि वास्तव में उसने ताले के अंदर बंद आइडिया को खोलने की चाबी ढूँढ़ ली है। इसके बाद तो फनी देर रात तक अतिरिक्त काम में मशगूल रहने लगा। वह खुद को अपने कमरे में ही अनगिनत घंटों तक बंद रखता और अपने प्रोजेक्ट के उद्देश्य को विस्तारपूर्वक लिखता और जरूरी सॉफ्टवेयर से संबंधित रिसर्च करता रहता। यही नहीं वह उससे संबंधित समाधानों को भी खोजता रहता, जिससे कि इस पूरे काम को गैर-लाभकारी आधार पर संचालित किया जा सके। जल्दी ही उसने अपना कॉन्सेप्ट अपने छह दोस्तों को भेजा।

~

'हमें यह शुरू कर देना चाहिए।' सुधाकर ने सबसे पहले जवाब दिया। सुधाकर को दोस्तों के बीच सू के नाम से जाना जाता था, वह बिट्स पिलानी में फनी के ही बैच का साथी था। वे दोनों ही उच्च माध्यमिक परीक्षा में राज्य स्तर पर रैंक हासिल करनेवाले छात्र थे और उन्होंने अपनी इंजीनियरिंग इलेक्ट्रॉनिक्स विषय में की थी।

फनी ने न खत्म होनेवाले चाय के दौर के साथ इस विषय पर सोच-विचार का जबरदस्त अभियान छेड़ दिया था और उसके इ-मेल की टोन जिस तरह से सेट थी, उससे इस बात की तस्दीक भी होती थी। सप्ताहांत का आलसीपन अब काम की तत्परता में बदल चुका था और यह चीज सारे ही दोस्तों में समान रूप से नजर आती थी, जो उसके पास एक दिलचस्प सफर पर निकलने का उद्देश्य लेकर आए हुए थे। फनी के कमरे पर उन्हें कॉलेज के दिनों सा माहौल मिला, कुछ कुरसियों पर बैठे, तो कुछ घेरा बनाकर इस गंभीर विषय पर मंथन में जुट गए। फनी बीच में बैठ गया, जबकि एक साथी चाय बनाने में जुट गया। मेज पर परोसे गरम समोसे और पकौड़े के साथ फनी ने चर्चा शुरू की।

'क्या यह कुछ ज्यादा ही हमारे ट्रैक से अलग नहीं है? यहाँ तक कि हम वेब तकनीक के डब्ल्यू तक के बारे में नहीं जानते, भला सॉफ्टवेयर कैसे डेवलप करेंगे? साथ-ही-साथ, बस इंडस्ट्री में ढेर सारे बिना पढ़े-लिखे लोग काम कर रहे हैं, हम

उन्हें सॉफ्टवेयर से वाकिफ कैसे करेंगे, जो कि अंग्रेजी में होगा?' चरन ने किचन में प्लेट ले जाते समय यह मुद्दा उठाया। आमतौर पर ऐसे मेल-मिलाप के मौके पर कोई भी प्लेट उठाकर किचन में रखने की जहमत नहीं उठाता, और अंत में मामला घूम-फिरकर चरन पर ही आकर टिक जाता था। दोस्तों के बीच वह सबसे ज्यादा खयाल रखनेवाला शख्स था। बढ़ी हुई दाढ़ी और अस्त-व्यस्त पहनावे के पीछे उसमें एक जीनियस छिपा हुआ था, जो कि अत्यंत बुद्धिमान परेशानी हल करनेवाला व्यक्ति था। वह हमेशा कुछ अलग सोचनेवाला चिंतक बिट्स पिलानी का रैंचो* था।

'क्या यह कुछ ज्यादा ही हमारे ट्रैक से अलग नहीं है? यहाँ तक कि हम वेब तकनीक के डब्ल्यू तक के बारे में नहीं जानते, भला सॉफ्टवेयर कैसे डेवलप करेंगे? साथ-ही-साथ, बस इंडस्ट्री में ढेर सारे बिना पढ़े-लिखे लोग काम कर रहे हैं, हम उन्हें सॉफ्टवेयर से वाकिफ कैसे करेंगे, जो कि अंग्रेजी में होगा?' चरन ने किचन में प्लेट ले जाते समय यह मुद्दा उठाया।

चरन के अलग सोच की चर्चा और उसके उभारे गए बिंदुओं पर बिट्स पिलानी में उसके संस्थान छोड़ने के बाद अब तक होता है। पिलानी राजस्थान की बेहद ठंडी जगह है, जहाँ किसी के दरवाजे पर अगर दस्तक होती तो कंबल की गरमाहट छोड़कर दरवाजा खोलने जाना किसी सजा से कम न होता। इस हालात का निदान खोजने के लिए चरन ने दरवाजे की कुंडी से बिस्तर तक एक तार बाँध रखा था। इस जुगाड़ की मदद से वह आसानी से दरवाजे को खोल लेता और कड़कड़ाती ठंड में उसे कंबल से बाहर निकलने की जरूरत ही नहीं पड़ती। आवश्यकता निश्चित तौर पर आविष्कार की जननी है।

'पूरी दुनिया आउटसोर्सिंग से कुछ-न-कुछ हासिल कर रही है, भाई, और हम तो बैंगलोर में हैं, जहाँ हर तीसरी कंपनी आई.टी. कंपनी है। हम ऐसा सॉफ्टवेयर किफायती दामों पर बनवा सकते हैं। हमें क्या जरूरत अपनी ऊर्जा उस चीज में बेकार खर्च करने की है, जिसे कोई सॉफ्टवेयर विशेषज्ञ आसानी से कर सकता है?' सुधाकर ने चरन की पीठ थपथपाते हुए हाथ पोंछने के अपने पुराने अंदाज में जवाब दिया। चरन अपने विचारों में इस कदर खोया रहता कि उसे आभास ही नहीं होता कि उसकी पीठ पीछे कुछ गलत हरकत हो गई है। वह इस समय भी यही सोच रहा था कि वे वेब तकनीक कैसे सीख सकते हैं।

फनी सबको बड़े ही धैर्य से सुन रहा था। उसने सुधाकर को बीच में टोकते हुए कहा, 'रुको, साथियो! तुम क्या कह रहे हो? मैं सोचता हूँ कि इस प्रोजेक्ट में सबसे बड़ा

* रैंचो—3 Idiots मूवी का चरित्र

योगदान तकनीक का ही होनेवाला है; हम इसको आउटसोर्स कैसे कर सकते हैं? यही तो मूल चीज है, हमें इसे गंभीरता से सीखना होगा और इसकी जटिलताओं को समझना होगा। इससे हमें आगे भविष्य में आनेवाली चुनौतियों को पहले ही मस्तिष्क पटल पर चित्रित करने और उसका समाधान खोजने में आसानी हो सकेगी।'

तभी अचानक, चरन का विचारों का बुलबुला फूटा और वह समाधान के साथ सामने आ गया। 'हम हैलो वर्ल्ड के जरिए सीख सकते हैं। चूँकि यह डमी के लिए एक सॉफ्टवेयर डेवलपमेंट प्रोग्राम है, यह हमें वेब तकनीक की आधारभूत बातें सिखाने में काफी मदद कर सकता है।'

तभी अचानक, चरन का विचारों का बुलबुला फूटा और वह समाधान के साथ सामने आ गया। 'हम हैलो वर्ल्ड के जरिए सीख सकते हैं। चूँकि यह डमी के लिए एक सॉफ्टवेयर डेवलपमेंट प्रोग्राम है, यह हमें वेब तकनीक की आधारभूत बातें सिखाने में काफी मदद कर सकता है।'

हर मामले में तर्क करने की काबिलीयत रखनेवाले सुधाकर ने सवाल किया, 'ठीक है, मान लो कि हमने शून्य से लेकर आगे तक सीख लिया और यहाँ तक कि हमने सॉफ्टवेयर डेवलप भी कर लिया, लेकिन इस बात की क्या गारंटी है कि बस संचालक इसे खरीदेंगे ही? मैं भी आई.पी.एल. टीम खरीदने की इच्छा रखता हूँ, लेकिन तभी तक जब तक कोई पैसे के बारे में बात नहीं करता! फनी, मैं बता रहा हूँ तुम्हें, अभी जेब से पैसा नहीं जा रहा इसलिए सब हाँ बोल रहे हैं। तुम बस संचालकों पर भरोसा कैसे कर सकते हो?'

इस बार बारी फनी की थी कि वह इसके जवाब में तर्क पेश करता। 'ये होगा या नहीं होगा, सवाल ये है,' फनी ने शेक्सपियर की लाइन दोहराई। शेक्सपियर और बस संचालकों के उसके इस नए जुनून को भाँपकर हर कोई उसे घूरने लगा। उसने आगे कहा, 'समस्याएँ तो हमेशा रहेंगी, लेकिन अनजान बातों को लेकर चिंता करने से हम किसी समाधान पर पहुँच नहीं पाएँगे। हमारी रणनीति कुछ ऐसी होनी चाहिए कि हमारा लक्ष्य हमेशा हमारे मन में घूमता रहे और एक समय में एक मुद्दे पर चर्चा की जाए। हमारी पहली समस्या है वेब को समझने की। इसलिए हमारी तत्काल प्राथमिकता सॉफ्टवेयर सीखने की है।'

~

'चरन कहाँ है?' चरन की बॉस प्रिया ने जोर से पूछा। 'वह तीन दिन से गायब है और उसने अपने काम के बारे में रिपोर्ट भी नहीं किया। किसी को उसके बारे में जानकारी तक नहीं है।' उसने ऊँची आवाज में पूछा।

फनी उसकी आवाज में आक्रोश महसूस कर पा रहा था। पूरा हफ्ता बीत चुका था

और चरन का व्यवहार दिन गुजरने के साथ असामान्य होता जा रहा था। 'हैलो वर्ल्ड' सॉफ्टवेयर ने उसके दोस्तों को एक तरह से अगवा कर लिया था। उसकी नींद, भूख और दिनचर्या आदि पूरी तरह से अव्यवस्थित हो गई थी। सॉफ्टवेयर सीखने में वह इस कदर मशगूल हो चुका था कि कई-कई दिन तक नहाना भी छूट जाता था उसका। फनी ने अपने दोस्त को इस परेशानी से बचाने का फैसला किया।

फनी जब अपने घर की सीढ़ियाँ चढ़ रहा था, तभी उसने अपने मकान मालिक की जानी-पहचानी आवाज सुनी। वह चरन से बात कर रहा था। फनी ने उसे अपना नाम लेते और यह कहते हुए सुना—चरन, आप लोग आजकल क्या कर रहे हैं? तुम ऑफिस भी नहीं जा रहा है? पहले आप इतना सीधे थे, जब से फनी आया है आप लोगों को बिगाड़ रहा है। आपका नौकरी चला जाएगा। आप फनी के चक्कर में मत पड़ो।

फनी जब अपने घर की सीढ़ियाँ चढ़ रहा था, तभी उसने अपने मकान मालिक की जानी-पहचानी आवाज सुनी। वह चरन से बात कर रहा था। फनी ने उसे अपना नाम लेते और यह कहते हुए सुना—चरन, आप लोग आजकल क्या कर रहे हैं? तुम ऑफिस भी नहीं जा रहा है? पहले आप इतना सीधे थे, जब से फनी आया है आप लोगों को बिगाड़ रहा है। आपका नौकरी चला जाएगा। आप फनी के चक्कर में मत पड़ो।

चरण ने एक शब्द भी नहीं कहा। 'मुझे हैरत है कि चरन ने मेरे पक्ष में कुछ क्यों नहीं कहा, जबकि वह मुझे जानता है, तो हो सकता है कि यह उसकी एक रणनीति हो, ताकि सामने वाला शांत हो जाए?' फनी ने निष्कर्ष निकाला। उसने सीढ़ियाँ चढ़ने का फैसला किया। मकान मालिक ने फनी को ऐसे देखा मानो वह बिना किराया दिए तीन साल से उसके घर में रह रहा हो!

सफर शुरू हो चुका था और निश्चित तौर पर यह आसान नहीं था।

~

दिन की यह चौथी और अंतिम मीटिंग थी। बस संचालकों के साथ तीन असफल मीटिंगों के साथ, चरन अपनी किस्मत का साथ पाने को बेताब था। चरन के लिए, कोने में पड़ी एक छोटी सी अँधेरी दुकान के पास मीटिंग के लिए बस संचालकों का इंतजार करना भारी पड़ रहा था और उसके लिए दिन की शुरुआत उसके मन मुताबिक नहीं हुई थी।

बस संचालक की जिंदगी पूरी तरह शोर-शराबे से भरी हुई थी—लोगों का दुकान पर आना-जाना दिन भर लगा रहता था। छोटी सी दुकान हमेशा गतिविधियों से भरी रहती थी, और वहाँ एक भी मिनट की शांति नहीं थी। इन सबके बीच चरन को यह भी

प्रयास करना था कि उसकी बात भी सुनी जाए, लेकिन वह पहले ही थक चुका था। हालाँकि थकान जैसा कोई शब्द उसके शब्दकोश में नहीं था, लेकिन उम्मीद की किरण नजर न आने से उसका वह उत्साह कम होता जा रहा था, जो शुरू में बेहद व्यापक नजर आ रहा था।

वह इसे छोड़ भी नहीं सकता था—पाँच महीने से वह और उसके दोस्तों ने अपनी शाम, सप्ताहांत और छुट्टियाँ बस संचालकों के लिए सॉफ्टवेयर तैयार करने में खपा दी थीं। उसने खुद न जाने कितनी रातें जागते हुए बिता दी थीं, सिर्फ कोडिंग और टेस्टिंग करते हुए। छोड़ देना उसके विकल्पों में शामिल ही नहीं था।

चरन की आखिरी उम्मीद महज एक ऑपरेटर पर टिकी थी, जो आज उससे मिलनेवाला था। उसे मिलने के लिए तैयार करने में उसे जीतोड़ मेहनत करनी पड़ी थी और तमाम बार नकारने के बाद आज वह उससे मिलने को तैयार हो गया था। वह अब और ज्यादा इनकार झेल पाने में सक्षम नहीं था। उसने दो घंटे इंतजार किया; अंततः बस ऑपरेटर को अपने ग्राहकों और फोन से फुरसत मिली तो उसने अफसोस जताते हुए कहा, 'हाँ भइया, बोलो।'

हालाँकि कोडिंग करना अलग चीज है और उसे बेचना बिल्कुल दूसरी बात है। चरन और उसके दोस्त अच्छे इंजीनियर तो थे, लेकिन संभवतः वे अच्छे सेल्समैन नहीं थे। वे पिछले दो महीने से सॉफ्टवेयर बेचने में लगे थे, लेकिन कहीं से कोई सफलता नहीं मिल रही थी। वे एजेंट जो उनके आइडिया पर एक समय काफी उत्साहित थे, वे भी अब उनकी बात सुनना नहीं चाहते थे।

चरन की आखिरी उम्मीद महज एक ऑपरेटर पर टिकी थी, जो आज उससे मिलनेवाला था। उसे मिलने के लिए तैयार करने में उसे जीतोड़ मेहनत करनी पड़ी थी और तमाम बार नकारने के बाद आज वह उससे मिलने को तैयार हो गया था। वह अब और ज्यादा इनकार झेल पाने में सक्षम नहीं था। उसने दो घंटे इंतजार किया; अंततः बस ऑपरेटर को अपने ग्राहकों और फोन से फुरसत मिली तो उसने अफसोस जताते हुए कहा, 'हाँ भइया, बोलो।'

हालाँकि जब उसने सॉफ्टवेयर के बारे में सुना था, तब वह भड़क गया था और बोला था, 'कितनी बार मना करूँ, पहले भी तुम्हारे दोस्त आकर गए। कहाँ रखूँ सॉफ्टवेयर, सिर पे? दिखता नहीं, साँस लेने की फुरसत नहीं है, सॉफ्टवेयर कहाँ से लेंगे और कंप्यूटर कौन दिलाएगा?'

बिना एक शब्द कहे, चरन ने ऑटोरिक्शा लिया और घर वापस आ गया। उसने अपनी जॉब को खतरे में डालकर इस प्रोजेक्ट में अपना कीमती समय खपा दिया था।

सॉफ्टवेयर तैयार करने के जुनून के चलते वह बेहद उत्साहित हो गया था, लेकिन कुछ झटकों के चलते, उसने महसूस किया कि उसके दोस्तों की दिलचस्पी इस काम से क्यों खत्म हो गई। जब उन्होंने शुरू किया था, तब वे कुल सात लोग थे, लेकिन अब केवल तीन लोग ही बचे थे—चरन, फनी और सुधाकर।

≈

चरन जब घर पहुँचा तो सुधाकर ने अपना लंच खत्म ही किया था। जैसे ही उसने चरन को देखा, शरारती मुस्कान उसके चेहरे पर बिखर गई, और हमेशा की तरह, उसने चरन की शर्ट में हाथ पोंछ लिया। चरन ने उसकी इस हरकत का जरा भी विरोध नहीं किया।

सुधाकर की शरारती मुस्कान के पीछे कई कारण थे। चरन आराम से पैर फैलाकर कुरसी पर बैठ गया। सू ने उसे एंटरप्रिन्योरशिप एक्सिलरेशन प्रोग्राम (EAP) का विज्ञापन दिखाया, जिसे द इंडस एंटरप्रिन्योर्स (TiE) की तरफ से आयोजित किया जाना था—एक ऐसा प्रोजेक्ट, जिसके तहत इंडस्ट्री के विशेषज्ञ विजेताओं को एक मौका प्रदान कर सकते थे। यह विज्ञापन उनके लिए एक आशीर्वाद की तरह से साबित हुआ, जिसके लिए वे प्रार्थना कर रहे थे!

दोनों दोस्त तो सहज हो गए, और फनी के लौटने का इंतजार करने लगे, ताकि इस विषय पर और चर्चा की जा सके।

बस संचालकों के इनकार झेलने के बाद फनी भी शाम को घर लौट आया था। चरन और सुधाकर को मुस्कराते हुए देख उसकी दिल की धड़कन बढ़ गई। 'मुझे लगता है कि चरन ने सॉफ्टवेयर का खरीदार ढूँढ़ लिया। वाह!'

'क्या हुआ? तुम दोनों इतने खुश कैसे लग रहे हो? क्या तुम्हें किसी को तैयार करने में कुछ सफलता मिली है क्या?' फनी ने जिज्ञासावश पूछा।

'नहीं, मैं चार लोगों से मिला, और उनमें से किसी ने मुझे एक गिलास पानी तक नहीं पूछा, खरीदारी के बारे में तो पूछो ही मत। उनमें से एक तो मुझ पर बरस पड़ा।'

'क्या?' फनी चक्कर में पड़ गया कि ऐसे हालात में उसके दोस्त मुस्करा कैसे सकते हैं।

सुधाकर ने TiE के विज्ञापनवाला पन्ना

'क्या हुआ? तुम दोनों इतने खुश कैसे लग रहे हो? क्या तुम्हें किसी को तैयार करने में कुछ सफलता मिली है क्या?' फनी ने जिज्ञासावश पूछा। 'नहीं, मैं चार लोगों से मिला, और उनमें से किसी ने मुझे एक गिलास पानी तक नहीं पूछा, खरीदारी के बारे में तो पूछो ही मत। उनमें से एक तो मुझ पर बरस पड़ा।'

फनी के सामने रख दिया। यह देखकर फनी के चेहरे पर भी वैसी ही मुस्कान बिखर गई। 'हो सकता है कि वह मिसिंग लिंक यही हो। गुरु! हाँ, यही था वह!' फनी ने सोचा।

~

अचानक उसने अगली क्लास के लिए स्कूल की घंटी बजने की आवाज सुनी। 'एक अणु किसी भी तत्त्व का वह ढाँचा होता है, जिसे किसी भी रासायनिक तरीके से तोड़ा नहीं जा सकता है। एक अणु के न्यूक्लियस में प्रोटॉन, न्यूट्रॉन और इलेक्ट्रॉन होते हैं।' सातवीं कक्षा में शिक्षक छात्रों को अणु की अवधारणा के बारे में समझा रहे थे। ज्यादातर छात्र शिक्षक को केवल बताते हुए देख रहे थे, जबकि कुछ जम्हाई ले रहे थे और कुछ कक्षा के बाहर देख रहे थे। कुछ एक-दूसरे को चिट पास कर रहे थे तो कुछ छात्र शिक्षक का मजाक बना रहे थे, केवल कुछ ही ऐसे थे, जो शिक्षक की बातों को गौर से सुन रहे थे और उनकी बताई बातों पर मनन कर रहे थे। वे हैरत में थे कि इस कदर बेतरतीब अवधारणा को कैसे स्वीकार कर सकते हैं, जबकि उनकी कल्पना उसे उत्साहित कर रही थी।

'ऐसा क्यों है कि मैं एटम के बारे में सोच नहीं पा रहा हूँ?' फनी ने सोचा और अपनी जिज्ञासा को केमिस्ट्री टीचर के सामने रखा। हिम्मत जुटाते हुए, फनी ने टीचर से पूछा, 'सर, जब मैं एक एटम को देख नहीं सकता, तो कैसे उसके अस्तित्व को स्वीकार करूँ?' उसने पूछा।

अपनी ही दुनिया में खोया हुआ फनी को महसूस हुआ कि किसी ने उसके कंधे हिलाकर उसे जगाया, 'हैलो, कहाँ खो गया?' सुधाकर ने पूछा।
'कुछ नहीं। मैं सोचता हूँ कि अगर हम गुरुओं का सान्निध्य पा जाएँ, तो हम उनके अनुभवों से काफी कुछ सीख सकते हैं। हमें इस प्रस्तुतीकरण में काफी अच्छा प्रदर्शन करना होगा।'

टीचर मुस्कराया, वह खुश हुआ कि कम-से-कम एक छात्र तो कुछ जानने को उत्सुक हुआ, और उसने जवाब दिया, 'क्या तुम हवा देख सकते हो? नहीं। फिर भी तुम जानते हो कि वह है, क्योंकि तुम उसे महसूस कर सकते हो। क्या तुम कह सकते हो कि तुम्हारे आसपास हवा मौजूद नहीं है, क्योंकि तुम उसकी कल्पना नहीं कर सकते? नहीं। एटम के साथ भी यही मामला है।' टीचर के जवाब से संतुष्ट फनी ने जीवन का बेहद अहम पाठ सीख लिया—अपने शिक्षक में पूरा विश्वास करो और तुम बेहतर करने की काबिलीयत हासिल कर लोगे।

तब वह शायद ही इस बात को समझ सका हो कि उसके भविष्य की सफलता के लिए यह नसीहत सबसे बड़ा मंत्र साबित होगी।

~

अपनी ही दुनिया में खोया हुआ फनी को महसूस हुआ कि किसी ने उसके कंधे हिलाकर उसे जगाया, 'हैलो, कहाँ खो गया?' सुधाकर ने पूछा।

'कुछ नहीं। मैं सोचता हूँ कि अगर हम गुरुओं का सान्निध्य पा जाएँ, तो हम उनके अनुभवों से काफी कुछ सीख सकते हैं। हमें इस प्रस्तुतीकरण में काफी अच्छा प्रदर्शन करना होगा।'

वह सितंबर 2006 का दौर था। फनींद्र, सुधाकर और चरन बड़े दिन के लिए पूरी तरह तैयार थे। TiE के तहत आयोजित EAP में वे अपना बिजनेस प्लान प्रस्तुत कर रहे थे।

समय से पहले ही वे उस जगह पर पहुँच गए थे। उस जगह पर और भी 50 दूसरे घबराए हुए लोग अपनी प्रस्तुतियाँ देने के लिए आए हुए थे और वे आखिरी समय की तैयारी कर रहे थे। आखिरकार, केवल तीन भागीदारों को ही मेंटरशिप दी जानी थी।

घबराए हुए फनी ने भी अपने माथे से पसीना पोंछते हुए प्रस्तुति की शुरुआती लाइनों को दोहराना शुरू किया—'हम अंतर-शहर बस टिकट बुकिंग को सहज और ज्यादा पारदर्शी बनाना चाहते हैं।' स्टेज पर उसका नाम बुलाया गया। जजों का पैनल सामने की सीट पर ही बैठा हुआ था।

घबराए हुए फनी ने भी अपने माथे से पसीना पोंछते हुए प्रस्तुति की शुरुआती लाइनों को दोहराना शुरू किया—'हम अंतर-शहर बस टिकट बुकिंग को सहज और ज्यादा पारदर्शी बनाना चाहते हैं।' स्टेज पर उसका नाम बुलाया गया। जजों का पैनल सामने की सीट पर ही बैठा हुआ था।

'हम इस मौके को गँवाने का जोखिम मोल नहीं ले सकते,' फनी के मन में यह विचार दौड़ रहा था और यही चीज वह चरन और सुधाकर की आँखों में भी पढ़ सकता था।

उन्होंने जमकर तैयारी की थी—42 स्लाइडवाला पावर प्वॉइंट प्रेजेंटेशन उन्होंने तैयार किया था और उनको केवल 10 मिनट का समय आवंटित किया गया था। वे विस्तार से बताना चाहते थे, लेकिन उन्हें पता था कि 42 स्लाइड का प्रजेंटेशन काफी होता है। इसलिए उन्होंने इसे केवल 6 स्लाइड में भर दिया। हालाँकि 42 स्लाइडों से उन्हें तैयारी में काफी मदद मिली थी।

फनी ने शुरुआत की, 'हम चाहते हैं कि दो शहरों के बीच चलनेवाली बसों का टिकट ऑनलाइन बुकिंग सिस्टम में तब्दील हो जाए, जिससे यात्रा आसान हो और इसमें पारदर्शिता भी झलके।' जजों की प्रतिक्रिया के लिए उसने अल्पविराम लिया। उनमें से एक सिर हिलाता हुआ दिख रहा था, लेकिन दूसरे लोग बेहद सतर्कता से बैठे हुए थे।

'मुझे फिर शुरू करना चाहिए,' फनी ने सोचा। 'हम जानते हैं कि हम ऐसा कर सकते हैं।'

नए आत्मविश्वास के साथ, फनी बढ़ता गया, पैनल सदस्यों को एक के बाद एक स्लाइड दिखाता हुआ वह प्रोजेक्ट के बारे में विस्तार से जानकारी देने लगा। 'भारतीय बस इंडस्ट्री अत्यधिक असंगठिन क्षेत्र के तौर पर काम कर रही है। लगभग 2000 बस संचालक 20 हजार से ज्यादा बसें लंबी दूरी की यात्राओं के लिए संचालित करते हैं, जो एक प्वॉइंट से दूसरे प्वॉइंट तक चलती हैं। इन बसों के लिए यात्रियों को पहले से टिकट खरीदना पड़ता है।'

नए आत्मविश्वास के साथ, फनी बढ़ता गया, पैनल सदस्यों को एक के बाद एक स्लाइड दिखाता हुआ वह प्रोजेक्ट के बारे में विस्तार से जानकारी देने लगा। 'भारतीय बस इंडस्ट्री अत्यधिक असंगठिन क्षेत्र के तौर पर काम कर रही है। लगभग 2000 बस संचालक 20 हजार से ज्यादा बसें लंबी दूरी की यात्राओं के लिए संचालित करते हैं, जो एक प्वॉइंट से दूसरे प्वॉइंट तक चलती हैं। इन बसों के लिए यात्रियों को पहले से टिकट खरीदना पड़ता है।'

'ये बसें ज्यादातर बस संचालकों की अपनी होती हैं और अलग-अलग रूटों पर रोज दो से दस की संख्या में निश्चित तौर पर चलती हैं। उनमें देशव्यापी मौजूदगी का अभाव है। यात्रियों को अलग-अलग ट्रेवल एजेंटों से टिकट खरीदना पड़ता है, जिनको बस मालिक एक निश्चित संख्या में सीटें आवंटित करता है। हर बार जब भी एक टिकट या सीट बिकती है, बस संचालक को सूचित किया जाता है, इससे प्रक्रिया बेहद जटिल और अव्यवस्थित हो जाती है। जबकि ट्रेवल एजेंट को पता होता है कि उसे कितनी सीटें बेचनी हैं, फिर भी वह यह नहीं जान पाता कि बस में कितनी सीटें खाली पड़ी हैं। इसका नतीजा यह होता है कि अक्सर बसें खाली सीटों के साथ ही अपने गंतव्य की ओर रवाना हो जाती हैं और जरूरतमंद यात्री को टिकट के अभाव में अपना कार्यक्रम रद्द करना पड़ता है।'

फनी ने आगे कहा, 'चूँकि ये क्षेत्रीय खिलाड़ी इ-टिकटिंग या इ-रिजर्वेशन से जुड़े हुए नहीं होते, ऐसे में बुकिंग के लिए इन्हें सबसे ज्यादा ट्रेवल एजेंट के नेटवर्क पर निर्भर होना पड़ता है। यही नहीं, इनके पास वापसी का टिकट बुक करने का कोई सिस्टम नहीं होता। आमतौर पर किराया भी सूचीबद्ध नहीं होता और ऐसे में ग्राहकों को टिकट के लिए मुँहमाँगा दाम एजेंट को चुकाना पड़ता है। साथ ही, सीटों की व्यवस्था का भी इनके पास कोई मानक या तय पैमाना नहीं होता, जिससे ग्राहक अपनी पसंद की सीट नहीं ले सकता है, क्योंकि ट्रेवल एजेंट सीट आवंटन के मामले में बस संचालक पर निर्भर होता है। बस संचालकों के पास नकदी की समस्या होती है, क्योंकि ट्रेवल एजेंट

उन्हें महीने के आधार पर भुगतान करते हैं। अगर ऐसी समस्याएँ एयरलाइंस और रेलवे के मामले में नहीं होती हैं, तो बस यात्रियों को यह समस्या क्यों पेश आनी चाहिए?'

जोरदार बहस का मुद्दा उछालने के बाद, फनी रुका और उसने गहरी साँस ली और जजों को उसके तर्कों को उनके मानस-पटल पर बैठने के लिए कुछ वक्त दिया।

'हमारी कंपनी इन समस्याओं का पीलानी सॉफ्टवेयर विकसित करके समाधान देना चाहती है,' फनी ने अपना प्रेजेंटेशन खत्म करते हुए कहा।

परिणाम घोषित हुए, तो फनी और उसकी टीम के प्रस्तुत कॉन्सेप्ट को सर्वश्रेष्ठ चुना गया। उनकी तीन सदस्यीय टीम को तीन गुरुओं से मिलवाया गया। यहीं से एक ऐसी कंपनी का आधिकारिक रूप से उदय हो गया, जिसके बारे में उन्होंने कभी कल्पना भी नहीं की थी कि एक दिन वे ऐसा कर डालेंगे!

~

उनके फ्लैट में बच्चों सरीखी घबराहट फैली हुई थी। वे तीनों स्कूली बच्चों की तरह अपने बैग और यूनिफॉर्म व्यवस्थित कर रहे थे, ताकि अगले दिन व्यवस्थित तरीके से स्कूल जा सकें। उन्होंने अपने प्रजेंटेशन पर दोबारा गौर किया, पूछे जा सकनेवाले सवालों की सूची बनाई, पहने जा सकनेवाले कपड़ों पर गौर किया—आखिर वे पहली बार अपने गुरुओं से मिलने जा रहे थे। पहले दिन की उलझन, पहली छाप, उन्हें परेशान किए हुए थी। तीनों की रात करवट बदलते हुए ही कटी। उम्मीदों से भरी एक सुबह उनके दरवाजे पर दस्तक दे रही थी।

उनके फ्लैट में बच्चों सरीखी घबराहट फैली हुई थी। वे तीनों स्कूली बच्चों की तरह अपने बैग और यूनिफॉर्म व्यवस्थित कर रहे थे, ताकि अगले दिन व्यवस्थित तरीके से स्कूल जा सकें। उन्होंने अपने प्रजेंटेशन पर दोबारा गौर किया, पूछे जा सकनेवाले सवालों की सूची बनाई, पहने जा सकनेवाले कपड़ों पर गौर किया—आखिर वे पहली बार अपने गुरुओं से मिलने जा रहे थे। पहले दिन की उलझन, पहली छाप, उन्हें परेशान किए हुए थी। तीनों की रात करवट बदलते हुए ही कटी। उम्मीदों से भरी एक सुबह उनके दरवाजे पर दस्तक दे रही थी।

मुलाकात के दिन वाली सुबह फनी, चरन और सुधाकर चिंता से भरे हुए थे। यह पहली बार था जबकि वे एक हालात के सामने जाहिर होने जा रहे थे। गुरु तो ढेर सारे अनुभवों से भरे हुए होते हैं, और मैं उम्मीद करता हूँ कि वे हमें हमारे सपनों को हकीकत में बदलने में मदद करेंगे, सुधाकर ने उम्मीद जताई। उसके दोनों दोस्तों ने भी ऐसी ही उम्मीद की प्रार्थना की।

एक सुखद वाक्य के साथ चर्चा आरंभ हुई। गुरुओं ने यह सुनिश्चित किया कि तीनों लोग खुली चर्चा के लिए सहज रहें। वहाँ किसी तरह के संशय, चिंता या घबराहट के लिए कोई जगह नहीं थी।

'तो अब तक की प्रगति कैसी रही?' गुरु संजय आनंदराम ने जानना चाहा।

'हमने सॉफ्टवेयर पहले ही बना रखा है, लेकिन हम इसकी बिक्री को लेकर अटके हुए हैं। पिछले दो महीनों से, लाख कोशिशों के बावजूद, और हर बस ऑपरेटर के पास चार से पाँच बार संपर्क करने के बावजूद, हम एक भी ऑपरेटर को सॉफ्टवेयर बेच नहीं पाए। सॉफ्टवेयर डिजाइन करने से पहले हमने कम-से-कम 50 बस ऑपरेटरों से बात की थी। हमने उन्हें सॉफ्टवेयर के फायदे के बादे में विस्तार से बताया भी था, और उस समय वे इसे खरीदने को लेकर सहमत भी हो गए थे। लेकिन अब वे हर संभव बहानेबाजी कर रहे हैं। उनका कहना है कि न तो उनके पास कंप्यूटर है और न ही वे इस सॉफ्टवेयर को चलाने की आधारभूत बातें जानते हैं, न ही उनके पास प्रशिक्षित कर्मचारी ही मौजूद हैं। कुल मिलाकर हम प्रगति कर पाने में सक्षम नहीं हो सके हैं।' फनी ने जवाब दिया।

'हम्म,' एक शिक्षक ने हामी भरी, और कहा, 'मुझे वह चीज बताओ जिसकी बस संचालकों को सबसे ज्यादा वाकई जरूरत हो।'

'वे केवल अपनी बिक्री बढ़ाना चाहते हैं। यह एक नंबर गेम है,' सुधाकर ने जवाब दिया।

'ऐसे में, अगर तुम उनको कुछ बेचना चाहते हो, तो तुम्हें उनको बताना पड़ेगा कि कैसे यह सॉफ्टवेयर उनके पैसे का बहाव बढ़ाने में सक्षम होगा। उन्हें दिखाना पड़ेगा कि यह कैसे काम करेगा, फिर तुम अपना सॉफ्टवेयर हाथोहाथ बेच सकोगे,' आनंदराम ने कहा।

'वे केवल अपनी बिक्री बढ़ाना चाहते हैं। यह एक नंबर गेम है,' सुधाकर ने जवाब दिया।

'ऐसे में, अगर तुम उनको कुछ बेचना चाहते हो, तो तुम्हें उनको बताना पड़ेगा कि कैसे यह सॉफ्टवेयर उनके पैसे का बहाव बढ़ाने में सक्षम होगा। उन्हें दिखाना पड़ेगा कि यह कैसे काम करेगा, फिर तुम अपना सॉफ्टवेयर हाथोहाथ बेच सकोगे,' आनंदराम ने कहा।

तीनों ने एक-दूसरे की तरफ दुविधामयी नजर से देखा। 'हम उन्हें दिखाएँ कैसे, जब वे खरीदने को तैयार ही नहीं हैं तो? एक बार वे इसका इस्तेमाल करना शुरू करें, तब वे समझ पाएँगे कि यह कितना फायदेमंद है…' सुधाकर ने हैरानी जताई।

उन्हें किंकर्तव्यविमूढ़ देखकर मेंटर ने उन्हें ग्राहकों के व्यवहार के कुछ अहम पहलुओं के बारे में बताया। 'यह पहले अंडा

या मुरगीवाला मामला है—वे तब तक इसका इस्तेमाल नहीं करेंगे, जब तक कि इसका फायदा नहीं देख लेंगे। देखो, बस ऑपरेटरों के पास अपने कारोबार को लेकर अपना एक तरीका है। वे इसी तरीके पर अनंत काल से अपना कारोबार करते चले आ रहे हैं। वे तब तक ऐसा कोई उल्लेखनीय सामान नहीं खरीदेंगे—या कोई भी नहीं खरीदेगा, जब तक कि वह किसी दूसरे को उससे फायदा उठाते हुए नहीं देख लेगा, चाहे जो हो जाए। हिंदी की कहावत तो तुम लोगों ने सुनी ही होगी—खरबूजे को देखकर खरबूजा रंग बदलता है?'

फनी और सुधाकर एक-दूसरे को देखकर मुस्कराए बिना न रह सके। मेंटर जो कह रहे थे, उसमें दम तो था ही। वे समझ गए थे कि उनका काम करने का तरीका गलत था। उन्हें यह भी नहीं पता था कि सही रास्ता कौन सा है।

थोड़ा रुकने के बाद, आनंदराम ने फिर बोलना शुरू किया, 'मूलत: बस संचालकों को बदलाव के लिए बेहद सशक्त वजह दिखनी चाहिए। तुम लोगों को अपना ध्यान उनके ग्राहकों को सॉफ्टवेयर बेचने पर लगाना चाहिए, और तुम देखोगे कि जल्दी ही ऑपरेटर भी इसे अपनाना शुरू कर देंगे।'

थोड़ा रुकने के बाद, आनंदराम ने फिर बोलना शुरू किया, 'मूलत: बस संचालकों को बदलाव के लिए बेहद सशक्त वजह दिखनी चाहिए। तुम लोगों को अपना ध्यान उनके ग्राहकों को सॉफ्टवेयर बेचने पर लगाना चाहिए, और तुम देखोगे कि जल्दी ही ऑपरेटर भी इसे अपनाना शुरू कर देंगे।'

मीटिंग के अंत में, तीनों चकित हुए, लेकिन उम्मीद जगने लगी थी। ऐसा लगने लगा कि उनको एक सुनहरी मंजिल दिखा दी गई थी, लेकिन उसका पता नहीं मालूम था। सुधाकर और चरन हैरान थे कि आगे कैसे बढ़ा जाए, जबकि फनी के चेहरे की आत्मविश्वास से भरी मुस्कान बता रही थी कि वह चीजों को समझ रहे है।

'आप आगे देखते हुए सारी चीजों को नहीं समेट सकते; आप केवल पीछे देखकर ही ऐसा कर सकते हैं। ऐसे में आपको यह भरोसा करके चलना होगा कि आगे आनेवाले समय में हो सकता है कि किसी तरह वे चीजें आपस में जुड़ जाएँ और नई संभावना जन्म ले। आपको कुछ ऐसी चीजों में भरोसा जगाना होगा—आपकी हिम्मत, किस्मत, जीवन, कर्म और काफी चीजें।' ये लाइनें कभी स्टीव जॉब्स ने स्टैनफोर्ड यूनिवर्सिटी में अपने व्याख्यान में कही थीं।

~

फनी को नोएडा के एसटीमाइक्रोइलेक्ट्रॉनिक्स में किए इंटर्नशिप के दिन याद हो आए, जब वह ऑफिस के वरिष्ठ श्रीनिवास राव के साथ साझे तौर पर एक कमरे में रहता था। इस समय, श्रीनिवास 6 सिग्मा आधारित कंसल्टेंसी फर्म खोलने जा रहा था, जबकि फनी उसे शुरुआती वैधानिक काम करते हुए देख रहा था, जो कि किस्मत का छिपा हुआ हाथ था और वह उसके हित में अब काम कर रहा था। हालाँकि वह उस दौरान हर काम, जैसा कि स्टीव जॉब्स ने ऊपर कहा है, नहीं कर पाया था यानी सारी चीजें समेट नहीं पाया था, उन चीजों के बारे में अब उसकी जानकारी बढ़ी थी और अब उसके लिए उन चीजों पर काम करना कहीं ज्यादा आसान हो चला था।

फनी को नोएडा के एसटीमाइक्रोइलेक्ट्रॉनिक्स में किए इंटर्नशिप के दिन याद हो आए, जब वह ऑफिस के वरिष्ठ श्रीनिवास राव के साथ साझे तौर पर एक कमरे में रहता था। इस समय, श्रीनिवास 6 सिग्मा आधारित कंसल्टेंसी फर्म खोलने जा रहा था, जबकि फनी उसे शुरुआती वैधानिक काम करते हुए देख रहा था, जो कि किस्मत का छिपा हुआ हाथ था और वह उसके हित में अब काम कर रहा था।

श्रीनिवास अपने स्टार्टअप को लेकर काफी जुनूनी था। ऑफिस के बाद फनी श्रीनिवास के स्टार्टअप ऑफिस को लेकर मदद करता था, वहाँ फनी को नई कंपनी से संबंधित वैधानिक औपचारिकताओं को समझने का मौका मिला, उसके जरिए, उसे मेमोरैंडम ऑफ एसोसिएशन (एम.ओ.ए.) और आर्टिकल ऑफ एसोसिएशन (ए.ओ.ए.) को तैयार करने का अनुभव हासिल हुआ।

इसके अलावा, श्रीनिवास उनकी मदद में आगे आया और रेडबस की शुरुआती भारी-भरकम वैधानिक प्रक्रियाओं में पेश आनेवाली दिक्कतों को दूर करने में अहम भूमिका निभाई। उसने समस्त लीगल डॉक्यूमेंट का एक सेट उपलब्ध करा दिया, जिसमें एच.आर. के ऑफर लेटर से लेकर एम.ओ.यू. तक शामिल था, और जब वेबसाइट बनाने की बात सामने आई तो यह वही था, जिसने उन लोगों को www.net4india.com पर जाने की सलाह दी। इस बात का पता चलना कि महज 800 रुपए में कोई भी डोमेन नेम हासिल कर सकता है, यह वाकई हैरतअंगेज था।

~

कुछ लोग बेतरतीबी के चलते बेवकूफ बन जाते हैं, तो वहीं कुछ को सफलता मिल जाती है, और फनी बाद वाली श्रेणी में शामिल था। उन दिनों सर रिचर्ड ब्रैनसन की पुस्तक 'लूजिंग माई वर्जिनिटी' बाजार में आई हुई थी और बेस्ट सेलर सूची में

उसने धमाल मचाते हुए सबसे ऊपर जगह बना रखी थी। कुछ खरीदने के लिए उसके हाथों में खुजली मच रही थी, और उसने वह पुस्तक उठा ली। वह पुस्तक इस कदर दिलचस्प थी कि बिना पूरी पुस्तक खत्म किए उसे चैन नहीं मिला। न केवल पुस्तक बल्कि उससे जुड़े लाल रंग ने भी उस पर गहरा असर छोड़ा।

जब वे लोग अपनी वेबसाइट का नाम रखने को लेकर माथापच्ची कर रहे थे, फनी के मुँह से अचानक ही एक पंच लाइन निकल गई-गि``म्मी (गिव मी) रेड, और इस तरह रंग से जुड़ा रेड शब्द चुन लिया गया। इसे ध्यान रखना भी आसान और सरल था। वे बाकी अन्य रंगों—जैसे हरा या पीला, नाम शामिल नहीं करना चाहते थे, क्योंकि इनमें एक-एक अक्षर दोहराया हुआ था। कंप्यूटर पर लिखते समय अगर कोई एक अक्षर भी चूक जाता तो इस तरह उसके किसी और वेबपेज पर पहुँचने का जोखिम रहता। साथ ही उनके इंजीनियर दिमाग ने अपने ब्रांड नाम के साथ रंग को भी जोड़ने का एक विज्ञापन का फंडा भी अपना लिया। उन्होंने कहीं पढ़ा था कि अगर आप ब्रांड नाम के साथ रंग भी जुड़ा हुआ पाते हैं तो उसे आप लंबे समय तक याद रखते हैं और वह आसानी से आपकी जबान पर चढ़ जाता है।

कंप्यूटर पर लिखते समय अगर कोई एक अक्षर भी चूक जाता तो इस तरह उसके किसी और वेबपेज पर पहुँचने का जोखिम रहता। साथ ही उनके इंजीनियर दिमाग ने अपने ब्रांड नाम के साथ रंग को भी जोड़ने का एक विज्ञापन का फंडा भी अपना लिया। उन्होंने कहीं पढ़ा था कि अगर आप ब्रांड नाम के साथ रंग भी जुड़ा हुआ पाते हैं तो उसे आप लंबे समय तक याद रखते हैं और वह आसानी से आपकी जबान पर चढ़ जाता है।

'हाँ, यह बिल्कुल ठीक लग रहा है; हम अपने ब्रांड को लाल रंग से जोड़ लेते हैं,' चरन ने उत्साहित होते हुए कहा। 'हमें उसके साथ कुछ और भी जोड़ना चाहिए जैसे कि आई.सी.आई.सी.आई. बैंक के विज्ञापन में तिलक का निशान बना होता है, और लोगो के नीचे लाल लकीर खींची गई होती है,' फनी ने और जोड़ा।

किस्मत या बदकिस्मती से रेडलाइन नाम से डोमेन उपलब्ध नहीं था, इसलिए उन्होंने अगले विकल्प 'रेडबस' पर सहमति बनाई और उसे चुन लिया। यहाँ तक कि redbus.com भी उपलब्ध नहीं था, ऐसे में उन्होंने redbus.in को चुना। हालाँकि .in उस दौरान इंटरनेट डोमेन सर्किल में ज्यादा प्रचलित नहीं था, लेकिन उन लोगों के पास ज्यादा विकल्प मौजूद नहीं थे।

इस तरह से 18 अगस्त, 2006 को www.redbus.in साइट अस्तित्व में आ गई। शुरुआती तौर पर बस संचालकों ने अपने-अपने हिस्से से उन्हें दो हफ्ते का छोटा-छोटा

कोटा आवंटित किया। अब तक का सफर ही केवल कठिन नहीं था, बल्कि चरमोत्कर्ष वाली चीजें भी सामने आनी बाकी थीं। कठोर परिश्रमी सेल्समैन के तौर पर, उन्हें अपने एयर कंडिशंड ऑफिस का आराम भी छोड़ना पड़ा और तीखी धूप और गरमी के बीच पेड़ के नीचे खड़े होकर पसीने से भीगते हुए यात्रियों को टिकट भी बेचने पड़े।

~

बागमाने टेक पार्क के पास, जहाँ हर तरह की प्रमुख देशी और विदेशी आई.टी. कंपनियों के ऑफिस स्थित थे, सुधाकर धूप में खड़ा होकर रेडबस का पंफलेट बाँट रहा था, ताकि वहाँ से गुजर रहे लोगों में शामिल यात्रियों का ध्यान उस सर्विस की ओर दिलाया जा सके। ऐसा करनेवाला वह अकेला शख्स नहीं था—वहाँ और भी लोग थे, जो कि क्रेडिट कार्ड कंपनियों की तरफ से पर्चे बाँट रहे थे। वहाँ की यह परंपरा थी कि दोपहर का खाना खाने के बाद थोड़ी देर के लिए लोग टहलने के लिए निकलते थे, इसलिए दोपहर में अलग-अलग कंपनियों के कर्मचारियों के कारण वहाँ चहल-पहल बढ़ जाती थी।

सड़क के दूसरे किनारे पर खड़े सुधाकर ने सोचा कि किस समय को वह लोगों को अपनी स्कीम बेचने के तौर पर भुना सकता है, लेकिन उसे ऐसा कोई भी समय नहीं दिखा, जबकि सेल्समैनों की भीड़ लोगों को घेरे न रहती हो। वह भी उन लोगों में से एक बनता जा रहा था।

सड़क के दूसरे किनारे पर खड़े सुधाकर ने सोचा कि किस समय को वह लोगों को अपनी स्कीम बेचने के तौर पर भुना सकता है, लेकिन उसे ऐसा कोई भी समय नहीं दिखा, जबकि सेल्समैनों की भीड़ लोगों को घेरे न रहती हो। वह भी उन लोगों में से एक बनता जा रहा था।

ऐसे भी हालात बन जाते हैं कि जिनसे आप बचना चाहते हैं, न चाहते हुए भी उसमें शामिल होना मजबूरी होती है, उससे बचने का कोई विकल्प नहीं रह जाता। रेडबस के तीनों सदस्य एक ही तरह की चीज अनुभव कर रहे थे, खास कर सुधाकर, जिसे लोगों को 'सर' या 'मैडम' के संबोधन से पुकारना बेहद अजीब लगता था। कॉरपोरेट परंपरा से प्रभावित होकर जहाँ हर किसी को उसके पहले नाम के आधार पर संबोधित किया जाता है, उसके लिए यह एक संघर्ष से कम नहीं था कि लोगों को और खासतौर पर अपनी उम्र से छोटे लोगों को सर कहकर सम्मान देना पड़ता है। लेकिन इसका कोई विकल्प नहीं था। उन लोगों की फिलहाल वह हैसियत नहीं थी कि वे कुछ लोगों को पर्चे बाँटने के लिए रख पाते।

बहुत सारे लोग उन्हें उनकी बातचीत की शैली और अनुशासन के कारण देखते ही

मना नहीं कर पाते थे। पर्चे के साथ उनके पास जाने से, ज्यादातर लोग सड़क पर रुक जाते थे और पर्चे का अध्ययन करने लगते थे। अक्सर लोग उनसे जिज्ञासावश पूछताछ भी करते थे कि यह सिस्टम कैसे काम करता है।

इस रणनीति ने उनके हित में काम करना शुरू कर दिया। पर्चे काफी आकर्षक बनाए गए थे और तीनों ने धीरे-धीरे अपने अंदर सेल्स की काबिलीयत भी विकसित कर ली। सुधाकर अनजान लोगों के पास बेहद विनम्रता के साथ जाता और कहता, 'मैं रेडबस से हूँ। मैं और मेरे दोस्तों ने नई कंपनी शुरू की है, जहाँ आप बस का टिकट ऑनलाइन बुक कर सकते हैं।' इसके बाद वह रेडबस का पर्चा उसे दे देता और उसके साथ वह अपना विजिटिंग कार्ड भी दे देता, जिस पर लिखा होता—सहसंस्थापक।

'आप कंपनी के मालिक हैं और पर्चे बाँट रहे हैं!' विरोधाभासी चीजें देखकर ज्यादातर अनजान लोग चौंककर पूछ बैठते।

शुरू-शुरू में यह जरा परेशान करनेवाला होता था, लेकिन उन्होंने इन सब टिप्पणियों को दरकिनार करते हुए अपने लक्ष्य पर ध्यान रखा। इससे वाकई उन्हें फायदा हुआ, क्योंकि अगर ऐसी टिप्पणियाँ मजाक के इरादे से भी कही जाती थीं तो भी लोग रेडबस के बारे में बात जरूर करते थे, जिसका नतीजा यह होता कि उसकी वेबसाइट का पेज व्यू (साइट की लोकप्रियता का पैमाना) बढ़ता रहता।

जब आप जिद पर अड़ जाते हैं तो भगवान् भी आपकी मदद करने से खुद को नहीं रोक पाते। एक बार की बात है, एक बस में पर्चा बाँटते समय, चरन एक पत्रकार से जा मिला; वह उनकी कहानी जानकर काफी प्रभावित हुई और अपने अखबार में उसने उन पर एक लेख लिखा। वह उनका पहला मीडिया कवरेज था, जिससे उन्हें चर्चा मिलनी शुरू हो गई। जल्दी ही, दूसरे मीडियावालों ने भी उनके बारे में लिखना शुरू किया, जिससे उनकी साइट को और उछाल मिली।

पर्चे बाँटना और टिकट बेचना तो एक शुरुआत भर थी, जिसने उन्हें रेडबस के कूरियर ब्वॉय के तौर पर तैयार कर दिया था। एक बार टिकट जब वेबसाइट के जरिए बिक जाता,

जब आप जिद पर अड़ जाते हैं तो भगवान् भी आपकी मदद करने से खुद को नहीं रोक पाते। एक बार की बात है, एक बस में पर्चा बाँटते समय, चरन एक पत्रकार से जा मिला; वह उनकी कहानी जानकर काफी प्रभावित हुई और अपने अखबार में उसने उन पर एक लेख लिखा। वह उनका पहला मीडिया कवरेज था, जिससे उन्हें चर्चा मिलनी शुरू हो गई। जल्दी ही, दूसरे मीडियावालों ने भी उनके बारे में लिखना शुरू किया, जिससे उनकी साइट को और उछाल मिली।

तो उसे ग्राहकों के पास समय पर पहुँचाना जरूरी होता, और कोई भी पुराने परंपरागत कूरियर या पोस्टल सर्विस पर भरोसा नहीं कर सकता था, खासतौर पर ऐसी कंपनी जो अपने शुरुआती चरण में हो, और जिसके लिए अपने ग्राहकों का सकारात्मक अनुभव काफी मायने रखता हो, वह जोखिम नहीं उठा सकती थी।

रेडबस ने घर पर, ऑफिस में, या जहाँ ग्राहक चाहे, वहाँ निजी तौर पर टिकट उपलब्ध करा सकती थी। ऐसे इंजीनियर, जिन्होंने जॉब छोड़ रखी हो और सेल्स में जूझ रहे हों, उनके लिए डिलिवरी ब्वॉय रख पाना बिल्कुल संभव नहीं था। इसलिए तीनों ने खुद ही टिकट पहुँचाने का काम अपने हाथ में ले लिया और तय किया कि जब तक अच्छी-खासी आय नहीं हो जाती और काम का दबाव बढ़ नहीं जाता, तब तक वे डिलिवरी ब्वॉय नहीं रखेंगे।

जब वे इनर रिंग रोड के पास पहुँचे, तो सुधाकर को दूर से ही स्टील ग्रे और नीले रंग की इमारत नजर आई। उसके मन में यादों का तूफान उमड़ गया। दो महीने पहले तक, एंबैसी गोल्फलिंक स्थित विशालकाय आई.बी.एम. परिसर में उसका ऑफिस हुआ करता था, लेकिन आज वह वहाँ कूरियर ब्वॉय के तौर पर अपने ग्राहक को टिकट बाँटने जा रहा था। उसके चेहरे पर शर्मिंदगी के भाव उभर आए। 'मैं अंदर नहीं जाऊँगा। मैं तुम्हारा यहीं इंतजार करूँगा,' दरवाजे पर खड़े चौकीदार को देखते हुए सुधाकर ने फनी से कहा। वह चौकीदार भी उसकी तरफ संशय भरी नजर से देख रहा था। वह वही चौकीदार था, जो दो महीने पहले तक उसे सलाम किया करता था।

'ठीक है, चिंता मत करो। मैं अंदर जाता हूँ।' फनी ने एक मुस्कान बिखेरी और चौकीदार के तमाम सवालों के जवाब देकर अंदर रिसेप्शन पर पहुँच गया। अपने चंद सवालों के जवाब पाकर रिसेप्शनिस्ट ने भी संबंधित व्यक्ति को बुला लिया।

इस अवधि के दौरान फनी को कुछ और लोगों से बात करने का मौका मिल गया। 'हैलो मैडम, मैं रेडबस से हूँ। ये रहा आपका टिकट मैडम,' उसने कहा। ऐसे हालात को कोई भी

> *इस अवधि के दौरान फनी को कुछ और लोगों से बात करने का मौका मिल गया। 'हैलो मैडम, मैं रेडबस से हूँ। ये रहा आपका टिकट मैडम,' उसने कहा। ऐसे हालात को कोई भी लंबे समय तक नहीं झेल सकता; तो इसका आनंद उठाना एक बेहतर विकल्प था।*
>
> *वह इस अनुभव से और भी विनम्र हो गया, और इससे उसके ऊपर और भी गहरा असर पड़ा। उसने महसूस किया कि कोई भी काम, बड़ा या छोटा चाहे जैसा हो, उसे सम्मान का हक होता है, क्योंकि उसे वैसा बनाने में हमारा योगदान शामिल होता है।*

लंबे समय तक नहीं झेल सकता; तो इसका आनंद उठाना एक बेहतर विकल्प था।

वह इस अनुभव से और भी विनम्र हो गया, और इससे उसके ऊपर और भी गहरा असर पड़ा। उसने महसूस किया कि कोई भी काम, बड़ा या छोटा चाहे जैसा हो, उसे सम्मान का हक होता है, क्योंकि उसे वैसा बनाने में हमारा योगदान शामिल होता है।

अपने विचारों में खोया हुआ वह अचानक किसी के छूने से वर्तमान में लौट आया, उसने देखा कि किसी ने उसके हाथ पर दस रुपए का नोट रख दिया था। कूरियर ब्वॉय के तौर पर पहली बार उसे टिप मिली थी। 'क्या दिन आ गए हैं।' वह खुद पर मुस्कराया।

~

सारे प्रयास समय आने पर ही फलित होते हैं। उनके कठोर परिश्रम ने उन्हें सही साबित कर दिया। बस संचालकों ने उनकी योजना के महत्त्व को समझा और उनके साथ हाथ मिलाने को वे तैयार हो गए। चीजें धीरे-धीरे आगे बढ़ रही थीं, लेकिन जैसे हर सफर में कुछ गड्ढे भी मिलते हैं, उसी तरह रेडबस टीम को भी इस तरह के गड्ढों से दो-चार होना पड़ा। और फनी इस काम में माहिर था, वह पहले ही गड्ढों को पहचानकर उनसे निपटने का तरीका ढूँढ़ लेता था!

उनके हिस्से में न तो कोई कर्ज था, न किसी तरह की परीक्षा थी, न किसी के प्रति जवाबदेही थी कि उन्होंने कितना स्कोर किया, और फिर भी फनी, चरन और सुधाकर बस इंडस्ट्री में एक सकारात्मक प्रभाव छोड़ने के लिए वाकई कठोर परिश्रम कर रहे थे, ताकि इस इंडस्ट्री की कार्यशैली या कार्यप्रणाली को ज्यादा-से-ज्यादा समझा जा सके। रोज-रोज के मामले ज्यादा संवाद और वचनबद्धता पर संचालित हो रहे थे। और चूँकि वे दिन जबकि कहा जाता था कि प्राण जाए पर वचन न जाए, काफी पीछे बीत चुके थे, ऐसे में उन पर भरोसा करना उचित नहीं रह गया था।

इसके अलावा, दु:खद पहलू यह था कि एक शानदार व्यंजन पर अशिक्षा और औद्योगिक आँकड़ों की कमी की परत चढ़ाकर परोसा जा रहा था। इस हालात को भाँपते हुए फनी चिंतित था, क्योंकि एक पंजीकृत कंपनी की सीमाएँ थीं—20 हजार रुपए से ऊपर का कोई भी भुगतान चेक के माध्यम से ही किया जाना था, जिसका मतलब यह था कि बस संचालकों को रेडबस के जरिए मिलनेवाले बुकिंग भुगतान पर टैक्स चुकाने के लिए तैयार होना पड़ता। चूँकि बस इंडस्ट्री असंगठित थी और ज्यादातर लेन-देन नकद में होता था, तो ऐसे में बस संचालक आसानी से टैक्स से बच जाते थे, और यह परंपरा बन चुकी थी।

'क्या वे इस बात पर सहमत होंगे?' फनी ने अपने गुरु के सामने जिज्ञासा रखी।

'क्यों नहीं? तुमने उनकी बिक्री बढ़ाने में मदद की है, और अगर वे पैसा कमा

'दोस्तो, मेरे भाई के दोस्त चतुर की हैदराबाद के सबसे बड़े बस ऑपरेटर से जान-पहचान है। वह उससे हमें मिलवाएगा; वह चतुर के भाई का सहपाठी रह चुका है। वह हमें काफी जानकारी दे सकता है, फनी को अपने संसाधनयुक्त होने पर गर्व महसूस हुआ। उसने आगे बात जारी रखी, मुझे लगता है कि यह हमारे लिए सुनहरा अवसर है, और हमें किसी भी हाल में इसे गवाँना नहीं चाहिए। हमारे लिए यह टर्निंग प्वॉइंट हो सकता है। इसलिए चरन और मैं परसों हैदराबाद जाएँगे, उनसे मिलने के लिए।'

रहे हैं, तो वे उसका कुछ हिस्सा टैक्स के तौर पर देने में आपत्ति नहीं करेंगे। यही नहीं, वे भी बिना किसी अपराधबोध के चैन से सोना चाहते हैं, इसलिए चिंता मत करो।'

'दोस्तो, मेरे भाई के दोस्त चतुर की हैदराबाद के सबसे बड़े बस ऑपरेटर से जान-पहचान है। वह उससे हमें मिलवाएगा; वह चतुर के भाई का सहपाठी रह चुका है। वह हमें काफी जानकारी दे सकता है, फनी को अपने संसाधनयुक्त होने पर गर्व महसूस हुआ। उसने आगे बात जारी रखी, मुझे लगता है कि यह हमारे लिए सुनहरा अवसर है, और हमें किसी भी हाल में इसे गवाँना नहीं चाहिए। हमारे लिए यह टर्निंग प्वॉइंट हो सकता है। इसलिए चरन और मैं परसों हैदराबाद जाएँगे, उनसे मिलने के लिए।'

380 किलोमीटर का सफर पूरा कर लेने के बावजूद चार घंटे का सफर अब भी बाकी था, सड़क पर बने गड्ढों के कारण बस पूरी गति से नहीं चल पा रही थी। फनी और चरन आश्वस्त थे कि वे इस बार सोने पर निशाना लगाने जा रहे हैं।

'क्या तुम आश्वस्त हो कि हमारा यह दौरा फायदेमंद होगा?' चरन ने पूछा।

'मैं चतुर भइया को जानता हूँ। वे तेज और अपने नाम के अनुरूप ही हैं, और वहाँ की ट्रांसपोर्ट यूनिट में उनकी काफी अच्छी पकड़ है। वे अपनी बात से पीछे हटनेवालों में से नहीं हैं,' फनी ने चरन को आश्वस्त करते हुए कहा।

जब वे हैदराबाद पहुँचे, फनी ने चतुर को फोन किया। 'उन्होंने ऑफिस में इंतजार करने को कहा है। वे कहीं मीटिंग में व्यस्त हैं, और एक घंटे में यहाँ पहुँच जाएँगे,' फनी ने चरन को जानकारी दी।

एक घंटे का इंतजार पहले दो, फिर चार और छह घंटे लंबा हो गया। चतुर झूठा आश्वासन देता रहा—'मैं आ रहा हूँ। बस तुम इंतजार करो,' 'मैंने अपने दोस्त से तुम्हारे बारे में बताया है। बस एक घंटे और लगेंगे,' और इसी तरह की बातें चलती रहीं।

उन्होंने चतुर का पूरे दिन इंतजार किया, लेकिन अंत में उन्हें महसूस हो गया कि वह झूठ बोल रहा था। निराश होकर वे बैंगलोर लौट आए, और इस दौरान उन्होंने यह

नसीहत भी सीखी—हर कोई समान रूप से वास्तविक सहयोगी नहीं हो सकता; बहुत से लोग कहानियाँ बुनने में ज्यादा जुटे रहते हैं बजाय कि मदद करने के।

हालाँकि चरन पर इसका ज्यादा फर्क नहीं पड़ा था, लेकिन फनी को वाकई चोट पहुँची थी। सुधाकर ने जब दरवाजा खोला, उसने भी फनी को ग्लानि से भरा हुआ पाया। सुधाकर ने उसे कुछ देर तक उसे ढाढ़स बँधाया, इसके बाद वह अपने ठहाके रोक नहीं पाया। सुधाकर काफी देर तक गंभीर चेहरा बनाकर उसे चिढ़ाता रहा, उसने चतुर की नकल करते हुए कहा, 'चिंता न करो, भाई। मैं हूँ न। मैं यहाँ सबको जानता हूँ।'

सुधाकर यहीं नहीं रुका। हर शाम, वह फनी को उस वाकये की याद दिलाता रहता। आँखें मारकर वह कहता, 'तो फनी, कोई नया सुनहरा मौका तुमने खोजा क्या?'

फनी अपना पाठ सीख चुका था—भले ही कठोर तरीके से सही!

~

कभी-कभी ऐसे भी हालात आ जाते हैं, जब हमें हमारे सबसे कीमती दिमाग को ताले के अंदर बंद करके छोड़ना पड़ता है। फनी ने भी कुछ ऐसा ही सोचा, जब उसके सामने दूसरा सुनहरा मौका आ गया।

कभी-कभी ऐसे भी हालात आ जाते हैं, जब हमें हमारे सबसे कीमती दिमाग को ताले के अंदर बंद करके छोड़ना पड़ता है। फनी ने भी कुछ ऐसा ही सोचा, जब उसके सामने दूसरा सुनहरा मौका आ गया। दोपहर के दो बजे दोमलुर बस स्टैंड पर काफी भीड़ जमा थी। सारी बसें जो भी वहाँ रुकी हुई थीं, वे सब यात्रियों से भरी हुई थीं। अगल-बगल की दुकानें और स्टाल दक्षिण भारतीय व्यंजनों और उनके कद्रदानों से भरी हुई थीं।

दोपहर के दो बजे दोमलुर बस स्टैंड पर काफी भीड़ जमा थी। सारी बसें जो भी वहाँ रुकी हुई थीं, वे सब यात्रियों से भरी हुई थीं। अगल-बगल की दुकानें और स्टाल दक्षिण भारतीय व्यंजनों और उनके कद्रदानों से भरी हुई थीं। हर तरफ भीड़ देखकर फनी सोच में पड़ गया कि क्या वह अपने रिश्तेदार के रिश्तेदार महेंद्र को पहचान भी सकेगा, जो कि उनका पहला कर्मचारी बनने जा रहा था। वह उसके ही गाँव का रहनेवाला था। कुछ पारिवारिक समारोहों में उसने महेंद्र को देखा था और उसकी धुँधली याद ही अब बाकी रह गई थी। जब बस रुकी और उसमें से यात्री उतरे तो महेंद्र ने भी उसे ढूँढ़ने की कोशिश की और फनी पर नजर पड़ते ही उसे पहचान लिया और नाम लेकर उसे ऐसे पुकारा मानो बिछड़ा हुआ भाई मिल गया हो।

ढीले-ढाले पैंटवाली पोशाक में वह मानो अपने पिता की विरासत को ही आगे बढ़ाता हुआ सा लग रहा था। ऊपर से उसने चमकदार सफेद शर्ट भी पहनी थी, जो कि

पूरी तरह फिट थी। उसने बालों में काफी तेल लगा रखा था और करीने से उन्हें सँवार रखा था। इस तरह उसका पूरा हुलिया अमोल पालेकर जैसा लग रहा था। अपने साथ वह खजाना भी लेकर आया था—पुराने स्टील के बरतन में दाल और चावल से भरे दो बैग थे।

महेंद्र पहला कर्मचारी था, पहला मील का पत्थर, जिसे एच.आर. रणनीति के तहत दोस्त के दोस्त या रिश्तेदार के तौर पर नौकरी पर रखा जा रहा था।

रेडबस एक ऐसे स्तर पर पहुँच गई थी, जहाँ उन्हें बाजार की माँग पूरी करने के लिए और हाथों की जरूरत थी। लेकिन वे सब इंजीनियर थे और मार्केटिंग और फाइनेंस को लेकर उन्हें ज्यादा मालूमात नहीं थी। उनके लिए मार्केटिंग और सेल्स एक जैसे ही थे। अगली समस्या रेडबस के सामने पद के अनुसार उचित प्रतिभागियों के चयन की थी। सदा बुद्धिमान सुधाकर के पास इसका एक समाधान था। उसने कहा, 'हमें ऐसे लोगों का चयन करना चाहिए, जो हमारी परंपरा के अनुसार कंधे-से-कंधा मिलाकर चल सकें। परिवार और दोस्तों से बढ़िया क्या रहेगा? चूँकि हम भी सीखने के दौर से गुजर रहे हैं, तो ऐसे लोगों को रखा जाए जो खुद भी हमारे साथ सीख सकें।'

सुधाकर का सुझाव स्वीकार कर लिया गया। वे जानते थे कि उनके मेंटर उनके इस आइडिया को सहमति या रजामंदी नहीं देंगे, लेकिन उस समय यही समझदारी भरा और व्यावहारिक लगा।

उनका नया घर कम ऑफिस तीन बेडरूम का अपार्टमेंट था, जिसमें से दो कमरे थे और एक लिविंग रूम था, जो ऑफिस के लिए रखे गए थे, और एक अन्य कमरा तीनों के लिए घर जैसा था।

ऑफिस के दौरान काम का बोझ ज्यादा होने के चलते, उनमें से कोई भी जरूरी कामों जैसे कि टेलीफोन और बिजली के कनेक्शन लेने जैसे कामों के लिए बाहर नहीं जा पाता था। इसका बोझ उनके कंधों से उतर गया था, क्योंकि महेंद्र ने यह जिम्मेदारी ले ली थी।

सुधाकर का सुझाव स्वीकार कर लिया गया। वे जानते थे कि उनके मेंटर उनके इस आइडिया को सहमति या रजामंदी नहीं देंगे, लेकिन उस समय यही समझदारी भरा और व्यावहारिक लगा।

उनका नया घर कम ऑफिस तीन बेडरूम का अपार्टमेंट था, जिसमें से दो कमरे थे और एक लिविंग रूम था, जो ऑफिस के लिए रखे गए थे, और एक अन्य कमरा तीनों के लिए घर जैसा था।

महेंद्र ने पूरी जगह को सुव्यवस्थित किया और नई जगह के लिए टेलीफोन और बिजली के कनेक्शन की व्यवस्था की, तब जाकर रेडबस को समर्पित पहली फोन लाइन मिल पाई।

~

फोन बज उठा···'हैलो, क्या फनींद्र समा हैं?' एक परिपक्व आवाज ने पूछा।

'हाँ, बोल रहा हूँ। आप कौन हैं?' फनी ने जवाब दिया।

'हाय, मैं सुंदर। मैं पिछले 15 साल से बस इंडस्ट्री का हिस्सा हूँ। आपकी तरह मैं भी इस इंडस्ट्री में कुछ नया करने का अवसर ढूँढ़ रहा हूँ, जो इसे नई ऊँचाई पर पहुँचा सकता है। हो सकता है कि आपका तकनीकी कौशल और इस इंडस्ट्री को लेकर मेरा व्यापक अनुभव मिलकर कुछ ऐतिहासिक काम हो जाए। क्या हम चर्चा करने के लिए मिल सकते हैं?'

तय हुआ कि वे लोग फोरम मॉल स्थित कैफे कॉफी डे में मिलेंगे।

फनी सुंदर का इंतजार कर रहा था। जब उसने एक शख्स को जो कि उम्र के तीसरे दशक के मध्य में रहा होगा, भीड़ के बीच उसे नजर आया। फनी ने उसी दिशा में हाथ उठाकर उसे देखने का इशारा किया।

'हाय, मैं सुंदर हूँ।'

'हाय, उम्मीद करता हूँ आप बेहतर होंगे। तो क्या चीज आपको यहाँ लेकर आई?'

'जी, मैं पिछले 15 साल से बस इंडस्ट्री में काम कर रहा हूँ। मैं इसके अंदर-बाहर की हर बात जानता हूँ। यह एक असंगठित सेक्टर है। हर दिन, यहाँ घमासान मचा रहता है। चूँकि यहाँ टिकट वितरण का कोई स्पष्ट सिस्टम नहीं है, तो कोई नहीं जानता कि किसके पास कितने टिकट हैं। तो मैंने जब सुना कि आप ऐसा सॉफ्टवेयर बना रहे हैं, जो इस समस्या का समाधान निकाल सकता है। मैं यह जानकर बेहद खुश हुआ। मैं आपके और बस संचालकों के बीच पुल का काम कर सकता हूँ। मैं इस इंडस्ट्री को जानता हूँ, इसलिए मैं सोचता हूँ कि हम साथ मिलकर कुछ काम कर सकते हैं।'

फनी खुश हुआ और उसने सोचा कि अंततः चीजें सही दिशा में आगे बढ़ना शुरू तो हुईं। 'चूँकि हम बाजार में अपनी पहचान बनाने लगे हैं, ऐसे में अनुभवी लोग हमसे संपर्क कर रहे हैं।'

अब फनी सपनों की दुनिया में सैर करने लगा था···वह देख रहा था कि बस संचालक रेडबस के दफ्तर के बाहर सॉफ्टवेयर खरीदने

फनी खुश हुआ और उसने सोचा कि अंततः चीजें सही दिशा में आगे बढ़ना शुरू तो हुईं। 'चूँकि हम बाजार में अपनी पहचान बनाने लगे हैं, ऐसे में अनुभवी लोग हमसे संपर्क कर रहे हैं।'

अब फनी सपनों की दुनिया में सैर करने लगा था···वह देख रहा था कि बस संचालक रेडबस के दफ्तर के बाहर सॉफ्टवेयर खरीदने के लिए लाइन लगाए खड़े थे। वाह, अगर ऐसा हो जाए तो कितना मजेदार रहेगा! फनी ने सोचा।

के लिए लाइन लगाए खड़े थे। वाह, अगर ऐसा हो जाए तो कितना मजेदार रहेगा! फनी ने सोचा।

सुंदर के साथ मीटिंग सात घंटे तक चली। इसके बाद अगले 15 दिन में दोबारा मीटिंग के वादे के साथ वे अपने-अपने रास्ते लौट गए। 'मैं तमिलनाडु के अपने होमटाउन जा रहा हूँ। कृपया मुझे फोन मत करना, क्योंकि मैं रोमिंग में फोन नहीं उठा पाऊँगा। मैं जब 15 दिन बाद वापस लौटूँगा तब फोन करूँगा,' सुंदर ने जानकारी दी।

फनी घर लौटा तो उसकी आँखें चमक रही थीं, वह सुंदर से अगले पखवाड़े मुलाकात के लिए दिन गिनने लगा। उसने चरन और सुधाकर को इस घटनाओं से भरे दिन के बारे में बताया। हर कोई उत्साहित हो उठा!

~

टिकट बेचने, बस संचालकों से संपर्क करने, वहाँ से खारिज किए जाने और फिर स्वीकारे जाने के तमाम झंझावातों के दिन देखने के बाद वह रात उनके लिए एक बार फिर घटनाओं से भरपूर थी—उस रात उन्हें एस.आर.एस. बस सर्विस के संचालक से मिलना था, जो कि बैंगलोर का सबसे बड़ा बस संचालक था। उसने बस और कैब सर्विस का ऑफिस और कॉल सेंटर का ही प्रस्ताव दे दिया था। मालिक रात एक बजे के बाद ही उपलब्ध था, इसलिए दो बजे मीटिंग तय की गई।

फनी ने उसे देखा तो मानो जम सा गया। सुंदर उठा और कमरा छोड़कर बाहर चला गया। फनी को मानो सदमा लग गया हो और वह अपने अति आत्मविश्वास पर आत्मग्लानि से भर उठा। उसने अपने काम से संबंधित सारी जानकारियाँ बिना अपने साथियों से चर्चा किए उस अनजान शख्स को बता डाली थीं। चूँकि रेडबस एक संयुक्त प्रयास था उन तीनों का, ऐसे में उसे कोई अधिकार नहीं था चीजों को इस तरह बरबाद करने का।

एक बजे अलार्म बजा और वे तैयार हो गए। आखिरकार, वे मिलने में देरी नहीं करना चाहते थे।

रात 1.45 बजे वे एस.आर.एस. के ऑफिस पहुँचे। मालिक से मिलनेवालों की लंबी लाइन लगी हुई थी। कुछ देर आराम करने के बाद वह बाहर आया और चरन से यूँ ही पूछताछ करने लगा, 'कहाँ से आ रहे हो?'

'रेडबस से,' चरन बोला।

'ओ, रेडबस, आओ…आओ।' तीनों लोग काफी खुश हुए उसके हावभाव को देखकर कि आखिर उन्हें पहचान मिलने लगी है।

ऑफिस में अंदर आने के बाद उसने उनसे कुरसी पर बैठने का आग्रह किया और दूसरी तरफ कुरसी पर बैठे हुए एक शख्स की

तरफ इशारा करके कहा, 'अपने प्रतिद्वंद्वी से मिलो।'

फनी और चरन को घबराहट होने लगी। फनी को अपनी आँखों पर भरोसा नहीं हुआ। सुंदर, जिसे फनी कॉफी शॉप में मिला था और रेडबस से संबंधित सारी जानकारियाँ उसके साथ साझा की थीं, वह टेबल के दूसरी तरफ बैठा हुआ था!

फनी ने उसे देखा तो मानो जम सा गया। सुंदर उठा और कमरा छोड़कर बाहर चला गया।

फनी को मानो सदमा लग गया हो और वह अपने अति आत्मविश्वास पर आत्मग्लानि से भर उठा। उसने अपने काम से संबंधित सारी जानकारियाँ बिना अपने साथियों से चर्चा किए उस अनजान शख्स को बता डाली थीं। चूँकि रेडबस एक संयुक्त प्रयास था उन तीनों का, ऐसे में उसे कोई अधिकार नहीं था चीजों को इस तरह बरबाद करने का।

वह चर्चा पर ध्यान केंद्रित नहीं कर पा रहा था, चरन ने पहल करते हुए तमाम इन्वेंट्री आवंटन के पहलुओं पर बात शुरू की। मीटिंग सफल रही। चरन खुश था, लेकिन वह फनी के रुख से चिंतित होता जा रहा था, जो व्याकुल लग रहा था। 'तुम इतने खोए हुए क्यों लग रहे हो? एस.आर.एस. ने अपनी इन्वेंट्री हमें आवंटित करने को लेकर दिलचस्पी दिखाई है। हमें खुश होना चाहिए।'

'जिस शख्स से एस.आर.एस. ने मिलवाया वह सुंदर था,' फनी ने धीमी आवाज में कहा।

चरन को झटका लगा। 'क्या?'

जब वे घर लौटे, चरन ने फनी को सांत्वना दी। उनको एक और कीमती सीख मिली थी—दुनिया में हर तरह के लोग हैं, और कभी-कभी अतिउत्साह में चीजें गड़बड़ हो जाती हैं। इस घटना के बाद फनी ने इस गलती को न दोहराने के लिए उसका नामकरण कर दिया—अति सुंदर।

≈

फनी 'देव डी' वाले मूड में था—कमरे में 10 वॉट का बल्ब जल रहा था, और उसके चेहरे पर अजीब सा भाव तैर रहा था। इससे चरन और सुधाकर चक्कर में पड़ गए।

'क्या बात है, होनेवाली गर्लफ्रेंड से ब्रेकअप हो गया क्या?' सुंदर ने पूछा।

'चुप रहो, सू टूटने के डर को सोच-सोचकर लग रहा है मेरा दिमाग फट जाएगा। यह काम नहीं कर रहा दोस्तो।' चरन और सू ने सशंकित नजर से उसे देखा।

'मैं मजाक के मूड में नहीं हूँ। मेरे दिमाग में ढेर सारी चीजें चल रही हैं। मैं भविष्य को लेकर कुछ तय नहीं कर पा रहा हूँ। पिछले तीन महीने में हमारी कुल मिलाकर कमाई महज 7500 रुपए है। हमने 2500 रुपए महीने की कमाई का आँकड़ा भी पार नहीं किया

है। अगर हम इसी दर से चलते रहे, तो कितने साल में अपनी तनख्वाह निकाल पाएँगे? देखो, हमें जरूरत है कि ज्यादा-से-ज्यादा लोग ऑनलाइन टिकट खरीदें। ऐसा करने के लिए हमें ज्यादा-से-ज्यादा जागरूकता बढ़ाने की जरूरत है। हमारी बचत पहले ही खत्म हो चुकी है। हम कहाँ से आर्थिक मदद हासिल कर पाएँगे? हममें से किसी के पास जॉब भी नहीं है। मैं जानता हूँ कि हमने वाकई कठिन मेहनत की है। हमने सॉफ्टवेयर भी तैयार कर दिया, लेकिन बस संचालक उसे खरीद ही नहीं रहे हैं। बहुत सारे लोग ऐसे नहीं हैं, जो हमारी वेबसाइट से ऑनलाइन टिकट खरीदें। हो सकता है कि हम एक हारी हुई लड़ाई लड़ रहे हों। हो सकता है कि इंटरनेट अब भी अपेक्षा के अनुसार व्यापक न हुआ हो या लोग इंटरनेट से बस टिकट खरीदने में सहज महसूस नहीं कर रहे हों। हमने अपनी तरफ से सर्वश्रेष्ठ काम किया, लेकिन यह काम नहीं कर रहा है, यह बिल्कुल काम नहीं कर रहा है।' फनी ने एक साँस में अपने मन की बात कह डाली।

'लेकिन फनी, हमारे मेंटर्स हमारा मार्गदर्शन तो कर रहे हैं, और काम करते हुए अभी तीन ही महीने तो हुए हैं,' चरन ने कहा।

हो सकता है कि इंटरनेट अब भी अपेक्षा के अनुसार व्यापक न हुआ हो या लोग इंटरनेट से बस टिकट खरीदने में सहज महसूस नहीं कर रहे हों। हमने अपनी तरफ से सर्वश्रेष्ठ काम किया, लेकिन यह काम नहीं कर रहा है, यह बिल्कुल काम नहीं कर रहा है।' फनी ने एक साँस में अपने मन की बात कह डाली।

'लेकिन फनी, हमारे मेंटर्स हमारा मार्गदर्शन तो कर रहे हैं, और काम करते हुए अभी तीन ही महीने तो हुए हैं,' चरन ने कहा।

'हाँ, यह सही है, लेकिन अभी सिर्फ एक मुक्का ही हम पर पड़ा है। क्या हमें उस समय का इंतजार करना चाहिए, जबकि हमारी हड्डियाँ टूट जाएँ और हमें अस्पताल में भर्ती होना पड़े?' फनी ने आक्रोश में कहा। 'देखो साथियो, यह मेरा आइडिया था, और मैं तुम लोगों को इसमें ले आया। मैं अपनी गलती स्वीकार करता हूँ, लेकिन हमें इसे लेकर भावुक नहीं होना चाहिए और हमें वास्तविकता की ओर देखना चाहिए। हालाँकि हमने पूरे जोश और उम्मीदों के साथ अपना सफर शुरू किया था, लेकिन मुझे लग रहा है कि हमने गलत बस पकड़ ली है। मेरे खयाल से हमें वापस अपनी जॉब पर लौट जाना चाहिए। हम सब जानते हैं कि अपने प्रयासों को लेकर हम ईमानदार और गंभीर थे, लेकिन शायद हमें अब अपना प्रयास किसी और दिशा में करना चाहिए।'

कमरे में बहरा कर देनेवाला सन्नाटा पसर चुका था। चरन और सुधाकर गहरी सोच में डूब गए थे। फनी बेचैन था। 'मेरे खयाल से हमें रेडबस बंद करके अपनी जॉब पर

लौट जाना चाहिए। हमने काफी प्रयास कर लिया, लेकिन यह उस तरह से नहीं उभर पा रहा जैसा हमने अनुमान लगाया था, और इसमें कुछ बुराई भी नहीं है। आखिरकार हमने काम तो किया ही। हम इस तरह से कब तक चिपके रह सकते हैं ?'

'महज तीन महीने ही तो हुए हैं⋯' सुधाकर ने कहा, वह अब भी जमीन की तरफ देखते हुए सोच रहा था।

'हाँ, लेकिन इससे पहले हममें से हर शख्स एक लाख रुपए महीना कमा रहा था। और अब बड़ी मुश्किल से 2500 रुपए महीना। अगर हमारा बिजनेस दस गुना भी बढ़ जाए तो भी यह रकम 25 हजार रुपए ही होगी,' फनी ने कहा और अपने प्रयासों की निरर्थकता पर हैरान होने लगा।

'अगर हम लोग तीन महीने में ही हार गए और अपना आत्मविश्वास गँवा बैठे हैं तो हमने अपनी जॉब छोड़ी ही क्यों? हम सबको इस काम के लिए प्रतिबद्ध होना ही नहीं चाहिए था। लेकिन एक बार जब प्रतिबद्ध हो गए, तो हमें इस तरह बीच रास्ते में छोड़ना भी नहीं चाहिए। कम-से-कम मैं तो नहीं छोड़ूँगा; अगर तुम चाहो तो मेरे साथ आ सकते हो। अन्यथा, मैं अकेले यह काम करता रहूँगा।'

सुधाकर के हावी होनेवाले आक्रोश ने फनी के अंदर से निराशा को खत्म कर दिया।

इस फैसले से संतुष्ट, चरन मन-ही-मन मुस्कराया। उसने एक सशक्त और दृढ इच्छाशक्ति वाले सहसंस्थापकों की महत्ता को महसूस किया, जो गहरी निराशा से भी चीजों को खींच लाए और चीजों को दोबारा व्यवस्थित कर सके।

'अगर हम लोग तीन महीने में ही हार गए और अपना आत्मविश्वास गँवा बैठे हैं तो हमने अपनी जॉब छोड़ी ही क्यों? हम सबको इस काम के लिए प्रतिबद्ध होना ही नहीं चाहिए था। लेकिन एक बार जब प्रतिबद्ध हो गए, तो हमें इस तरह बीच रास्ते में छोड़ना भी नहीं चाहिए। कम-से-कम मैं तो नहीं छोड़ूँगा; अगर तुम चाहो तो मेरे साथ आ सकते हो। अन्यथा, मैं अकेले यह काम करता रहूँगा।'

चरन ने फनी को प्रोत्साहित करते हुए कहा, 'आराम करो फनी। शुरुआती झंझावातों और दिक्कतों से निराश होने की जरूरत नहीं है। हमारा धैर्य आज नहीं तो कल काम आएगा, इसलिए हमें ध्यान केंद्रित करके और ज्यादा कठोर परिश्रम करना चाहिए। धीरे-धीरे सब ठीक हो जाएगा!'

धीरे-धीरे ऐसा हुआ भी! रेडबस ने भी गति पकड़ी!

~

महेंद्र को देखकर ऐसा लगता है कि पिछले जन्म में वह संत गोबिन ग्लासेस से

किसी-न-किसी रूप में जुड़ा रहा होगा, क्योंकि जिस हिसाब से वह साफ-सफाई पर ध्यान देता था, वह अद्‌भुत था। जमीन इतनी चमका देता था कि कोई भी उसमें अपना चेहरा देख सकता था। उसके समर्पण की सीमा और बढ़ गई थी, जब से उसने सुना था कि वेंचर कैपिटलिस्ट (वी.सी.) उन लोगों के साथ मीटिंग करने रेडबस के ऑफिस आ रहे हैं। ऑफिस के तौर पर इस्तेमाल होनेवाले कमरों से अलग कमरों में ताले लगा दिए गए थे; बेकार की चीजें किचन में रख दी गई थीं। चूँकि किचन में ताला नहीं लग सकता था, इसलिए सर्वोच्च प्राथमिकता यही थी कि वी.सी. को कुरसियों से उठने न दिया जाए, ताकि वे किचन की तरफ जाने की सोच भी न सकें! इस वजह से हर कोई घबराया हुआ था।

रेडबस के मेंटर्स ने वी.सी. की व्यवस्था कराई थी, ताकि स्टार्टअप को कुछ आर्थिक सहयोग मिल सके, और उनका प्रेजेंटेशन की तैयारी उनकी रोजाना की गतिविधि हो गई थी। मेंटर उन लोगों की हर तरह से तैयारी करा रहे थे ताकि वे किसी मुद्‌दे पर आकर फँसें नहीं। वी.सी. की मीटिंग से पहले दो अहम मुद्‌दों पर फैसला होना बाकी था—ऑफिस का चेहरा (यान सी.ई.ओ.) और संस्थापकों के बीच लाभ हिस्सेदारी अनुपात।

'एक गंभीर मसला है, जिस पर तुम लोगों को ध्यान देना जरूरी है,' आनंदरम् ने सोमवार सुबह हुई मीटिंग में उन लोगों से कहा। सभी तीन संस्थापकों ने एक-दूसरे को सवालिया नजरों से देखा और उनके आगे बोलने का इंतजार करने लगे।

संजय ने विस्तार से बताया, 'एक कार की तरह एक कंपनी में भी केवल एक ही व्यक्ति ड्राइवर सीट पर बैठ सकता है। तुम्हारा काम अब यह तय करना है कि ड्राइविंग सीट पर कौन व्यक्ति बैठेगा, वही तुम्हारी कंपनी का मुख्य चेहरा होगा।' थोड़ा रुकने के बाद उन्होंने एक बड़ा सवाल उठाया, 'www.redbus.in का सी.ई.ओ. कौन होगा?'

संजय ने विस्तार से बताया, 'एक कार की तरह एक कंपनी में भी केवल एक ही व्यक्ति ड्राइवर सीट पर बैठ सकता है। तुम्हारा काम अब यह तय करना है कि ड्राइविंग सीट पर कौन व्यक्ति बैठेगा, वही तुम्हारी कंपनी का मुख्य चेहरा होगा।' थोड़ा रुकने के बाद उन्होंने एक बड़ा सवाल उठाया, 'www.redbus.in का सी.ई.ओ. कौन होगा?'

सुधाकर इस बात को लेकर निश्‍चिंत था, क्योंकि यह कोई समस्या नहीं थी, जिसकी उसे आशंका थी! चरन ने शांत स्वर में कहा, 'मैं समझता हूँ कि फनी ठीक रहेगा। क्या कहते हो सुधाकर?'

'सहमत हूँ,' सुधाकर ने कहा और हैरान भी हुआ कि चरन ने कैसे उसका दिमाग पढ़ लिया।

परिपक्वता और भरोसे के ऐसे प्रदर्शन को

दरशाते हुए वे अब दोस्त से कारोबारी साझेदारों में परिवर्तित और विकसित हो गए थे।

सी.ई.ओ. फनी को यह जिम्मेदारी दी गई कि वह मालिकाना और साझेदारों में लाभ हिस्सेदारी से संबंधित दस्तावेज तैयार कराकर वी.सी. के सामने मीटिंग में पेश करेगा।

उन तीनों के चेहरों पर चिंता की लकीरें साफ देखी जा सकती थीं और यह चिंता बचपन की गर्लफ्रेंड को प्रपोज करने से कहीं कम नहीं थी—आखिरकार, उनका सबकुछ दाँव पर था—दोस्ती टूटने और भावनाओं के आहत होने का डर उन सब पर हावी था। उन्होंने अब तक कमरा, खाना और ढेर सारी यादें एक साथ साझा की थीं, लेकिन अब लाभ में हिस्सेदारी और एक औपचारिक, लिखित दस्तावेज पर हस्ताक्षर करना उन सबको असहज कर रहा था। हालाँकि उनमें से कोई भी एक-दूसरे की भावनाओं को आहत नहीं करना चाहता था, अपेक्षाएँ काफी वृहद् चीज होती हैं और कोई भी दूसरे की प्रतिक्रिया का पूर्व में आकलन नहीं कर सकता है।

इससे पार पाने के लिए उन्होंने एक औपचारिक मीटिंग करने की योजना बनाई और एक दिन और समय तय कर दिया।

फनी ने मीटिंग की शुरुआत में बोली जानेवाली पहली लाइन का पूर्व की भाँति अभ्यास कर रखा था, लेकिन वे जब मिले, तो वह सबकुछ भूल गया और बोला, 'हम इसे बराबर बराबर ही रखें, यानी हर किसी के लिए एक-तिहाई।' वह इस मुद्दे पर पिछले हफ्ते से ही उलझा हुआ था और एक लंबी चर्चा की अपेक्षा कर रहा था, सोच रहा था कि मीटिंग कई घंटे चलेगी, लेकिन उसका सुझाव सुनने के बाद सुधाकर और चरन ने एक मत से इसे स्वीकार कर लिया और मीटिंग खत्म हो गई।

'एक-दूसरे के निर्णय में यही आस्था और भरोसा हमारी सबसे कीमती संपत्ति है।' फनी ने सोचा।

दोनों ही मामलों के बारे में बताने के बाद अब वे वी.सी. के साथ वेंचर मुद्दे पर मीटिंग के लिए तैयार थे। उनके दोस्तों में से एक निरंजन जिसने एम.बी.ए. भी कर रखा था, ने प्रेजेंटेशन तैयार करने में उनकी काफी मदद की। वे कम-से-कम 30 लाख रुपए हासिल करना चाह रहे थे, ताकि एक करोड़

'एक-दूसरे के निर्णय में यही आस्था और भरोसा हमारी सबसे कीमती संपत्ति है।' फनी ने सोचा।

दोनों ही मामलों के बारे में बताने के बाद अब वे वी.सी. के साथ वेंचर मुद्दे पर मीटिंग के लिए तैयार थे। उनके दोस्तों में से एक निरंजन जिसने एम.बी.ए. भी कर रखा था, ने प्रेजेंटेशन तैयार करने में उनकी काफी मदद की। वे कम-से-कम 30 लाख रुपए हासिल करना चाह रहे थे, ताकि एक करोड़ के टर्नओवर लक्ष्य को हासिल कर सकें।

के टर्नओवर लक्ष्य को हासिल कर सकें।

वी.सी. भारती जैकब वहाँ पहुँचीं और महेंद्र की प्रार्थना भी सुन ली गई। वे रसोई की तरफ नहीं गईं! उन्होंने प्रेजेंटेशन देखा। जब उन्होंने अपेक्षित रकम 30 लाख रुपए देखीं तो मुस्कराईं।

फनी का दिमाग तेजी से दौड़ने लगा, और ढेर सारे किंतु-परंतु उसके दिमाग में उमड़ने लगे। 'क्या हमने कुछ ज्यादा की माँग की है ? क्या हम वाकई इतना पैसा चाहते हैं ? तब क्या होगा, जब वे निवेश नहीं करेंगी ?' प्रेजेंटेशन के बारे में पूरा समझने के बाद उन्होंने कहा, 'मेरा एक सहयोगी अगले हफ्ते बैंगलोर आ रहा है। उनसे मिल लो और वह आप लोगों से आगे की चर्चा करेगा।'

अगले हफ्ते ही वह मीटिंग तय हो गई। हालाँकि वे हैरत में थे कि 30 लाख रुपए कुछ ज्यादा ही बड़ी रकम है, फिर भी वे अपने प्रेजेंटेशन पर ही टिके रहे। वह हफ्ता चिंता में बीता। वह दिन भी आ गया, जब उन्हें प्रवीण गांधी से मिलना था, जो कि भारती जैकब का सहयोगी था।

उन्होंने उसे भी वही प्रेजेंटेशन दिखाया और वह दौर भी काफी अच्छा गुजरा। वे आश्वस्त थे कि उन्हें जरूरी रकम मिल जाएगी, लेकिन तभी गांधी ने उन्हें झटका दे दिया और बोले, 'सबकुछ तो ठीक है, लेकिन क्या आप अपना प्रेजेंटेशन 100 करोड़ रुपए का भी बना सकते हैं ?'

100 करोड़ रुपए का प्रेजेंटेशन! क्या उन्होंने सही सुना था ? क्या वी.सी. ने यही बात कही थी ? वे निरुत्तर थे और एक-दूसरे को देख रहे थे।

काफी परेशानियों के बाद तो उन्होंने एक करोड़ के टर्नओवर के मूल्यांकन के लिए 30 लाख रुपए का पहला ड्राफ्ट तैयार किया था, लेकिन उसे 100 करोड़ करना उनकी कल्पना से परे था। उन लोगों को कुछ दिन लगे यह समझने में कि वे सपना नहीं देख रहे हैं।

भारती ने उनके साथ मिलकर काम किया और कारोबारी योजना के सात संस्करण तैयार कराए। सातवें संस्करण में यह तय हुआ कि उन्हें पहले साल के कारोबार संचालन के लिए तीन करोड़ रुपए का फंड जरूरी होगा।

10 करोड़ के मूल्यांकन पर उन्हें 3 करोड़ रुपए का चेक दे दिया गया। उनके लिए यह बहुत बड़ा दिन था, और वे हैरत में थे कि उनका जीवन किस ओर जा रहा है। हर चीज

10 करोड़ के मूल्यांकन पर उन्हें 3 करोड़ रुपए का चेक दे दिया गया। उनके लिए यह बहुत बड़ा दिन था, और वे हैरत में थे कि उनका जीवन किस ओर जा रहा है। हर चीज काफी तेज गति से बदल रही थी! 10 करोड़ रुपए वाकई काफी बड़ी रकम होती है। वे अभिभूत थे।

काफी तेज गति से बदल रही थी! 10 करोड़ रुपए वाकई काफी बड़ी रकम होती है। वे अभिभूत थे।

हालाँकि शुरुआती प्रतिक्रिया के बाद उनके अंदर बड़ी जिम्मेदारी का भाव भी आ गया। किसी ने उन पर इस कदर भरोसा किया और उनके आइडिया और क्षमता पर पैसा लगाया कि उन्हें अपने काम पर ध्यान केंद्रित करना ही था और उन लोगों को भी उनके फैसले को लेकर सही साबित करना ही था।

~

'एक सिगरेट मेरे हाथ में होती है तो मैं मर्द जैसा महसूस करता हूँ' यह सुधाकर का पसंदीदा विज्ञापन था, जिसकी उसने तुलना की थी—'वी.सी. का पैसा मेरे बैंक में है, मैं तो सुपरमैन बन गया!' वे तीनों इस लाइन को मंत्र की तरह रटते रहे। फनी ने शहर के बड़े बस ऑपरेटर रामचंद्रन से मुलाकात की।

'400 रुपए बिजली के बिल के लिए! तुम तो मेरा दिवाला निकाल दोगे,' रामचंद्रन अपने एक कर्मचारी पर चीखते हुए बोला। वह गुस्से से लाल हो गया था, मानो उस कर्मचारी ने 400 करोड़ का घपला कर दिया हो।

'कैसा अजीब आदमी है, इतनी छोटी रकम के लिए इस कदर अपनी ऊर्जा खराब कर रहा है,' फनी ने सोचा, लेकिन जल्दी ही इसे दरकिनार करते हुए उसके मन में दूसरा खयाल आया कि मितव्ययी होना भी जरूरी है।

उसने महसूस किया कि एक-एक पैसे की बचत और बेकार के खर्चों पर लगाम किसी कारोबार की सफलता के लिए कितनी अहमियत रखती है। अगर उन्हें रेडबस की सफलता सुनिश्चित करनी है तो उन्हें भी अतिरिक्त खर्च पर नियंत्रण करना होगा, फनी ने महसूस किया।

उस दिन, जब वह ऑफिस पहुँचा, तो उसने बिजली का बिल जाँचा, जो कि 3000 रुपए तक जा पहुँचा था। इसके बाद उसने चाय के बिल पर नजर दौड़ाई और उसकी धड़कन बढ़ गई—वह 2000 रुपए था। उसने तय किया कि वह अनाप-शनाप के खर्च को रोकेगा, जैसा कि रामचंद्रन ने किया था, और अनावश्यक लागत घटाएगा।

'फनी, मैं मानता हूँ, लेकिन बिजली और चाय का खर्च घटाना छोटी सी बात है। असल काम तो यह है कि हमें प्रशिक्षित स्टॉफ की जरूरत है। हालाँकि हमारे पास बैंक में पैसा है, लेकिन भविष्य के विस्तार के लिए हमें उसे बचाना ज्यादा जरूरी है। हम बाजार के मानकों के आधार पर भुगतान नहीं कर सकते।' चरन हैरान था कि इस भर्तीवाली समस्या को कैसे हल किया जाए।

~

फिर उन्होंने एच.आर. सलाहकारों से संपर्क करने का निर्णय किया। यह फैसला बस टिकट डिलिवरी से भी ज्यादा बदतर साबित हुआ। वहाँ तो कम-से-कम वे प्रोत्साहन के तौर पर कुछ रुपए टिप के भी पा जाते थे, लेकिन यहाँ तो उन्हें मजाक का विषय बना दिया गया था।

'क्या! आप जानते हैं कि आप क्या बात कर रहे हैं? हम कारोबार कर रहे हैं, धर्मार्थ नहीं, और न ही हमारा कोई धर्मार्थ संस्थान है, जो आपकी इच्छा पूरी कर सके। आप चाहते हैं आपको 2500 रुपए में एक अंग्रेजी बोलनेवाला आदमी मिले, जो कंप्यूटर भी चलाने में सक्षम हो, और वह भी बैंगलोर में, जहाँ आई.टी. क्षेत्र तेजी से बढ़ रहा है। बाजार में ऐसे शख्स की तनख्वाह औसतन 10 हजार रुपए महीना है। आप कैसे सोच सकते हैं कि आपका प्रस्ताव कोई मानेगा? यहाँ तक कि घर में काम करनेवाली बाई भी उससे ज्यादा कमा लेती है?' एच.आर. सलाहकार ने खीझते हुए कहा।

'क्या! आप जानते हैं कि आप क्या बात कर रहे हैं? हम कारोबार कर रहे हैं, धर्मार्थ नहीं, और न ही हमारा कोई धर्मार्थ संस्थान है, जो आपकी इच्छा पूरी कर सके। आप चाहते हैं आपको 2500 रुपए में एक अंग्रेजी बोलनेवाला आदमी मिले, जो कंप्यूटर भी चलाने में सक्षम हो, और वह भी बैंगलोर में, जहाँ आई.टी. क्षेत्र तेजी से बढ़ रहा है। बाजार में ऐसे शख्स की तनख्वाह औसतन 10 हजार रुपए महीना है। आप कैसे सोच सकते हैं कि आपका प्रस्ताव कोई मानेगा? यहाँ तक कि घर में काम करनेवाली बाई भी उससे ज्यादा कमा लेती है?' एच.आर. सलाहकार ने खीझते हुए कहा।

हालाँकि उन्होंने सैलरी का स्तर बढ़ाकर 3500 रुपए कर दिया, फिर भी यह बाजार के मुकाबले काफी कम था, और इसलिए उनको जो लोग मिल रहे थे वे भी औसत से काफी नीचे के मिल रहे थे। चूँकि वे इस बात में विश्वास करते थे—'जहाँ चाह वहाँ राह,' इसलिए वे किसी-न-किसी विकल्प को तलाश लेने को लेकर आश्वस्त थे।

~

एक मीटिंग के दौरान सुधाकर ने कहा, 'गुणवत्ता चाहिए तो या तो पैसे का निवेश करो या समय का!'

रेडबस के त्रिदेवों ने बादवाला विकल्प चुना और इस तरह अपना ट्रेनिंग विभाग शुरू किया। तभी से यह नियम बन गया कि नए कर्मचारियों में जरूरी क्षमता विकसित करने के लिए संस्थापक प्रशिक्षण देंगे।

उन्होंने सुनिश्चित किया कि उनके पास मौजूद संसाधनों का वे श्रेष्ठतम इस्तेमाल

करेंगे और अनावश्यक खर्च में नहीं पड़ेंगे।

वी.सी. से मिले पैसे से सबसे पहला काम उन्होंने किया कि दोस्तों और परिजनों से लिया उधार चुकता किया।

इंटरनेट से टिकट बिक्री की प्रक्रिया को तेज करने के लिए उन्हें बस टिकट नकद देकर खरीदना पड़ता था। चूँकि इंटरनेट से टिकट बेचने से भुगतान 15 दिन पीछे हो जाता था, ऐसे में वे कर्ज के दुश्चक्र में फँसे हुए थे।

वी.सी. ने उन्हें अपनी टीम का विस्तार करने की छूट दे दी और उन्होंने उचित जगह पर नए ऑफिस भी खोल लिये। धीरे-धीरे, उन्होंने अपना विस्तार बैंगलोर से हैदराबाद और फिर दिल्ली तक कर लिया।

2007 तक, हालाँकि रेडबस ने 20 करोड़ का टर्नओवर हासिल कर लिया था, फिर भी वे लाभ की स्थिति में नहीं पहुँच पाए थे। तमाम गैर-बजटीय खर्च भी न जाने कहाँ से आ गए थे। बैंगलोर ऑफिस के लिए पाँच लाख रुपए का एक नया यू.पी.एस. भी खरीदना पड़ा था, जिसका आकलन नहीं किया गया था। अनपेक्षित बिलों का नियमित रूप से आना तथ्य बन गया था।

2007 तक, हालाँकि रेडबस ने 20 करोड़ का टर्नओवर हासिल कर लिया था, फिर भी वे लाभ की स्थिति में नहीं पहुँच पाए थे। तमाम गैर-बजटीय खर्च भी न जाने कहाँ से आ गए थे। बैंगलोर ऑफिस के लिए पाँच लाख रुपए का एक नया यू.पी.एस. भी खरीदना पड़ा था, जिसका आकलन नहीं किया गया था। अनपेक्षित बिलों का नियमित रूप से आना तथ्य बन गया था।

'हमें क्यों इतना ज्यादा पैसा चाहिए? यह एक सामान्य सा कारोबार है। इसे खड़ा करने के लिए हमें ज्यादा पैसे की जरूरत नहीं है,' फनी को याद आया जब वह अपने मेंटर्स को 30 लाख रुपए के निवेश से संबंधित प्रेजेंटेशन दिखा रहा था तो उसने यह कहा था, लेकिन अब उसे पैसे की कीमत का सही-सही अंदाजा लग रहा था। प्रसिद्ध सूक्ति का ही बोलबाला था—जो दिखता है, वह बिकता है। उनके मार्केटिंग प्रयासों से रेडबस का नजर आना और उभार पर था। उन लोगों पर मीडिया का ध्यान केंद्रित रखना कारोबार के हित में था। नए ग्राहकों की बढ़ोतरी के साथ, न जाने कहाँ-कहाँ से प्रतिस्पर्धी भी सामने आने लगे थे। कुछ क्षेत्रीय खिलाड़ी थे, तो कुछ ऐसे ट्रेवल पोर्टल थे, जो पहले हवाई यात्रा के क्षेत्र में काम कर रहे थे और अब इस ओर भी संभावना तलाश रहे थे।

लेकिन उनमें से एक ने वाकई फनी को असहज कर दिया था—एक प्रतिद्वंद्वी को 6 मिलियन डॉलर का निवेश हासिल हुआ था। उन्होंने बस संचालकों को कंप्यूटर भी देना शुरू कर दिया था।

'अगर इन तरीकों को अपनाने से बस संचालकों की लंबे समय से हासिल निष्ठा में बदलाव आ गया तब क्या होगा।' यही उधेड़बुन हर किसी के दिमाग में चल रही थी। वे इस हमले का मुँहतोड़ जवाब देने को लेकर सोच-विचार कर रहे थे। वे अपने मेंटर्स से राय मशविरा करने को लेकर दुविधा में थे।

'वह मुफ्त कंप्यूटर को तवज्जो नहीं देगा, बल्कि एक ग्राहक ज्यादा मायने रखेगा। ग्राहकों की समस्याओं को दूर करने पर ध्यान केंद्रित रखो,' संजय आनंदरम् ने सलाह दी। उन्होंने सलाह दी कि वे लोग अपने मूल कारोबार पर ध्यान केंद्रित रखें—एक चर्चित कंज्यूमर ब्रांड और बस संचालकों के लिए सेल्स बढ़ाते रहें।

उन्होंने अपने मेंटर की सलाह हाथोहाथ लेते हुए उस पर अमल जारी रखा और अपने काम पर ज्यादा-से-ज्यादा ध्यान केंद्रित किया। 2008 के बीच तक आते-आते, रेडबस की रोज की बिक्री 1200 सीट तक जा पहुँची। देश भर से तकरीबन 400 बस संचालकों के साथ उनका टाई-अप हो गया था।

अब अपने विकास पथ पर आगे बढ़ने के लिए रेडबस के संस्थापक चाहते थे कि गाहकों के लिए प्रोडक्ट ऑफर बढ़ाया जाए।

उन्होंने योजना बनाई कि वे BOSS (बस ऑपरेटर्स सॉफ्टवेयर सर्विस) को बतौर पहला प्रोडक्ट बस ऑपरेटरों को उपलब्ध्‍ कराया जाएगा। BOSS बस संचालकों को रियल टाइम इन्वेंटरी से संबंधित जानकारी उपलब्ध्‍ कराता था।

एक साथ तमाम ग्राहक इसे जाँच सकते थे और टिकट बुक करा सकते थे। BOSS सॉफ्टवेयर से वे रिटर्न टिकट भी बुक करा सकते थे, क्योंकि इसके जरिए पूरी इन्वेंटरी पर उनकी पकड़ रहती थी, जिससे वे अपने कई ऑफिसों से बुकिंग संचालित कर सकते थे। लेकिन BOSS को लॉन्च करने के लिए और निवेश की जरूरत थी, जिसे कारोबार को बढ़ता देखकर और बाजार में अपनी साख के आधार पर उन्हें कोई बड़ा निवेश नहीं लगा। वी.सी. खुद निवेश के लिए उनसे संपर्क करने लगे थे। लेकिन जब आनंदरम् ने उन्हें सलाह दी कि वे BOSS के बजाय रेडबस पर खुद को केंद्रित रखें तो उन्हें झटका लगा।

लेकिन बिजनेस में एक नियम यह भी चलता है कि जो अनपेक्षित है उसकी भी संभावना पर गौर करके चलना चाहिए।

≈

लेहमन ब्रदर्स धराशायी हो गए थे। स्टॉक मार्केट पाताल में चला गया था, फिजाओं में अर्थव्यवस्था को लेकर काले बादल गहराने लगे थे, और 1929 के बाद से यह सबसे बुरा मंदी का दौर था जो बाजार के सामने आ खड़ा हुआ था। रिसनेवाला प्रभाव काफी तेजी पर था। अचानक, निजी इक्विटी का क्षेत्र सूख गया, और बाजार से पैसे उगाहने

के लिए निश्चित तौर पर वह साल अच्छा नहीं था। नतीजा यह हुआ कि कोई भी स्टार्टअप में निवेश करने के लिए तैयार नहीं था।

फनी और उसकी टीम को ज्यादा चिंता थी। उन्हें अपना काम और बढ़ाने के लिए पैसे की जरूरत थी। वे जानते थे कि कोई भी वी.सी. उनका ज्यादा मूल्यांकन नहीं करेगा, जिसका नतीजा यह था कि उनकी कंपनी का मूल्यांकन अपेक्षा के अनुरूप नहीं हो पाएगा। यह एक कठिन फैसला था, लेकिन निश्चित तौर पर उनके लिए बेहद अहम था।

लेहमन ब्रदर्स धराशायी हो गए थे। स्टॉक मार्केट पाताल में चला गया था, फिजाओं में अर्थव्यवस्था को लेकर काले बादल गहराने लगे थे, और 1929 के बाद से यह सबसे बुरा मंदी का दौर था जो बाजार के सामने आ खड़ा हुआ था। रिसनेवाला प्रभाव काफी तेजी पर था। अचानक, निजी इक्विटी का क्षेत्र सूख गया, और बाजार से पैसे उगाहने के लिए निश्चित तौर पर वह साल अच्छा नहीं था। नतीजा यह हुआ कि कोई भी स्टार्टअप में निवेश करने के लिए तैयार नहीं था।

'नारायणमूर्ति और उनके परिवार की इन्फोसिस में 5 फीसद हिस्सेदारी थी। किसके पास कितनी फीसद हिस्सेदारी रहती है, उससे फर्क नहीं पड़ता। आप यहाँ ग्राहकों की समस्या का समाधान करने के लिए हैं। केवल उसी पर अपना ध्यान केंद्रित करें। पाँच फीसद ज्यादा या कम से कोई विशेष फर्क पड़नेवाला नहीं है। आप 10 करोड़ की कंपनी में 100 फीसद इक्विटी रख सकते हैं, लेकिन 1000 करोड़ रुपए की कंपनी में अगर आपके पास 10 फीसद भी इक्विटी है तो वह निश्चित तौर पर ज्यादा फायदेमंद होगा,' आनंदराम ने जोर देकर कहा।

इस समीकरण को समझने के बाद उन्हें स्पष्ट हुआ कि क्या चीज दाँव पर है उनका। उन्होंने अपने आधे मूल्यांकन पर ज्यादा निवेश हासिल कर लिया था। हालाँकि यह रणनीतिक तौर पर अच्छा निर्णय माना जाता है, फिर भी इसकी वजह से टीम के ऊर्जावान और प्रेरित टीम सदस्यों की प्रेरणा को झटका लगा। उन्होंने अचानक यह महसूस किया कि उनकी कंपनी का मूल्यांकन उनके कर्मचारियों की ही निगाह में काफी कम था।

≈

फनी किसी उधेड़बुन में पड़ा हुआ ऑफिस परिसर के अंदर आया और सुधाकर के इशारे पर भी ध्यान नहीं दे सका।

चक्कर में पड़ा सुधाकर पूछ बैठा, 'क्या हुआ?'

'राजेश ने इस्तीफा दे दिया,' फनी ने दुःखी अंदाज में कहा। राजेश, उनका बिजनेस

'यह तो गंभीर मामला है। मुझे लगता है कि हमें उनसे बात करनी चाहिए और उनकी शंकाओं को दूर करना चाहिए,' सुधाकर ने सलाह दी।

फनी जानता था कि स्पष्ट संवाद हर समस्या का समाधान कर सकता है, लेकिन इससे पहले उसने इस पर अमल नहीं किया था। अपनी टीम के साथ मीटिंग के बाद उसने इस बात की महत्ता का एहसास किया कि टॉप मैनेजमेंट के अहम फैसलों को लेने के बारे में अपने कर्मचारियों को साफ और पारदर्शी तरीके से बताने से उनका भरोसा जीता जा सकता है। इसके बावजूद टीम के कुछ और अहम सदस्यों ने अलविदा कह दिया, और यह बेहद विचित्र अनुभव साबित हुआ।

डेवलपमेंट मैनेजर था, जो कि रेडबस टीम का सबसे अहम और कर्तव्यनिष्ठ सदस्य था।

'क्यों?' सुधाकर ने पूछा।

'हालाँकि उसने पारिवारिक कारण बताया है, लेकिन मैं नहीं समझता कि यही असल वजह है। मुझे लगता है कि हमारी कंपनी का निम्न मूल्यांकन हमारे साथियों को हताश कर रहा है। मैं महसूस कर रहा हूँ कि ज्यादातर लोग यह कंपनी छोड़ने का मन बना रहे हैं।'

'यह तो गंभीर मामला है। मुझे लगता है कि हमें उनसे बात करनी चाहिए और उनकी शंकाओं को दूर करना चाहिए,' सुधाकर ने सलाह दी।

फनी जानता था कि स्पष्ट संवाद हर समस्या का समाधान कर सकता है, लेकिन इससे पहले उसने इस पर अमल नहीं किया था। अपनी टीम के साथ मीटिंग के बाद उसने इस बात की महत्ता का एहसास किया कि टॉप मैनेजमेंट के अहम फैसलों को लेने के बारे में अपने कर्मचारियों को साफ और पारदर्शी तरीके से बताने से उनका भरोसा जीता जा सकता है। इसके बावजूद टीम के कुछ और अहम सदस्यों ने अलविदा कह दिया, और यह बेहद विचित्र अनुभव साबित हुआ।

रेडबस की टीम युवा थी और उन्हें ज्यादा अनुभव भी नहीं था। हालाँकि कुछ कर्मचारियों के बाहर जाने का रास्ता चुनने से उनके उत्साह को झटका जरूर लगा, लेकिन उन्होंने इससे सीखा भी। ऐसा होने के बावजूद, उन्होंने लोगों का इंटरव्यू लेना, उनको प्रशिक्षित करना जारी रखा और यह सुनिश्चित किया कि उनकी टीम का मनोबल इस कदर ऊँचा बना रहे कि वे उत्थान की ओर कदम बढ़ाते रहें। वे यह समझ रहे थे कि उनका कारोबार ही यही है कि लोगों को व्यवस्थित और प्रेरित करते रहें, इस क्रम में उन्हें छह महीने लग गए सारी स्थितियों को दोबारा पटरी पर लाने में।

~

कारोबार में समस्याओं का आलम मुंबई की बारिश की तरह से है—वे कभी भी आ सकती हैं और उथल-पुथल मचा सकती हैं। पहले मंदी का दौर आया, उसके बाद मूल्यांकन में गिरावट, जिसका परिणाम कर्मचारियों के आत्मविश्वास में कमी को लेकर हुई और रेडबस एच.आर. समस्या में जा फँसी। यही नहीं, उनको तकनीकी पेचीदगियों से भी आमना-सामना करना पड़ा।

'यहाँ के सर्वर के पोर्ट को खुले हुए दो दिन हो चुके हैं,' चरन ने शिकायत की।

'यहाँ तक कि पिछली बार भी मेमोरी साइज इतना नहीं था कि काम का दबाव झेल सके, और उसे अपग्रेड करने में महीने भर लग गए थे, जिससे हमारा कारोबार घाटे में चला गया था। इसके अलावा, नया सर्वर लगाने या मौजूदा सर्वर को ही अपग्रेड करने में दो हफ्ते से ज्यादा लग गए।'

'हमें अब क्लाउड कंप्यूटिंग की तरफ रुख करना चाहिए,' चरन ने सुझाया।

रेडबस के रफ्तार पकड़ने के कारण, कोर टीम अब तीन से बढ़कर आठ हो गई थी।

छोटा सा मीटिंग रूम था, जिसमें लोग चिंतित मुद्रा में बैठे हुए थे। चरन टेबल के एक छोर पर स्थित स्क्रीन के पास ही बैठा हुआ था और आई.टी. से जुड़े मुद्‍दे पर चर्चा कर रहा था।

रेडबस के विकास की रफ्तार इस कदर बढ़ती जा रही थी कि आई.टी. टीम के लिए उसे सँभाल पाना कठिन होता जा रहा था। अब उनको एक निश्‍चित इलाज की जरूरत थी और हर तीन महीने पर बचाव कार्य करना मुश्किल होता जा रहा था। चरन इसलिए भी चिंतित था, क्योंकि उसकी कोर टीम का समय और ऊर्जा समस्याओं से निपटने में ही खर्च हो जा रहा था, जैसे कि नए सर्वरों की व्यवस्था, मौजूदा सर्वरों को अपग्रेड करने और आई.टी. के बुनियादी ढाँचे को ठीक करने में ही टीम उलझी रह जा रही थी। इसलिए पर्मानेंट इलाज के तौर पर

रेडबस के विकास की रफ्तार इस कदर बढ़ती जा रही थी कि आई.टी. टीम के लिए उसे सँभाल पाना कठिन होता जा रहा था। अब उनको एक निश्‍चित इलाज की जरूरत थी और हर तीन महीने पर बचाव कार्य करना मुश्किल होता जा रहा था। चरन इसलिए भी चिंतित था, क्योंकि उसकी कोर टीम का समय और ऊर्जा समस्याओं से निपटने में ही खर्च हो जा रहा था, जैसे कि नए सर्वरों की व्यवस्था, मौजूदा सर्वरों को अपग्रेड करने और आई.टी. के बुनियादी ढाँचे को ठीक करने में ही टीम उलझी रह जा रही थी। इसलिए पर्मानेंट इलाज के तौर पर उसने क्लाउड कंप्यूटिंग की ओर रुख करने का सुझाव दिया।

उसने क्लाउड कंप्यूटिंग की ओर रुख करने का सुझाव दिया।

'हमारे डाटा की सुरक्षा का क्या होगा?' फनी ने एक अहम सवाल उठाया।

'लागत कितनी आएगी?' फाइनेंस मैनेजर ने पूछा।

'क्षमता का आकलन कैसे होगा? क्या भारत में किसी ने इसका इस्तेमाल किया है कभी?' सुधाकर ने जानना चाहा।

'किसी ने भी बस टिकट ऑनलाइन बेचने का काम भी हमसे पहले नहीं किया है,' चरन ने आत्मविश्वास भरी मुस्कान के साथ जवाब दिया।

'हमें इसका प्रयोग करना चाहिए, क्योंकि जिस तरह का डाटा हमारे पास तेजी से बढ़ रहा है, ऐसे में दिन-ब-दिन यह समस्या बढ़ती जा रही है। मेरा सुझाव यह है कि हमें धीरे-धीरे चरणबद्ध तरीके से क्लाउड कंप्यूटिंग की तरफ बढ़ना चाहिए। इससे हमें लचीलापन और विस्तार मिलेगा, हमारे कारोबार के लिए ये दोनों ही चीजें बेहद जरूरी हैं। सबसे अहम यह कि ऐसा होने के बाद हमारी टीम ग्राहकों के लिए जरूरी एप्लिकेशन विकसित करने और तमाम ऑफरिंग पर काम कर सकेगी। इससे हमारी सेल बढ़ेगी और प्रॉफिट भी,' चरन ने आत्मविश्वास भरी मुस्कान के साथ अपनी बात कही और फाइनेंस प्रमुख को आँख मारकर इशारा भी किया, जिनके पास सहमति में सिर हिलाने के सिवा कोई चारा न था। इस तरह, रेडबस ऐसी पहली भारतीय कंपनी बन गई, जिसने अपना 100 फीसद संचालन क्लाउड कंप्यूटिंग पर स्थानांतरित कर दिया।

इसका नतीजा यह हुआ कि उनको amazon.com के मुख्य तकनकी अधिकारी की तरफ से विशेष सराहना मिली, जो कि वाकई इस समाधान के ढाँचे, इसकी गहराई और बारीकी से बेहद प्रभावित थे।

~

श्री फनींद्र समा

प्रिय श्री समा,

कदंबा बस ट्रांसपोर्टेशन के पहले इ-कियॉस्क के उद्घाटन के अवसर पर आप बतौर सम्मानित अतिथि सादर आमंत्रित हैं।

सादर,

एमडी

कदंबा

फनी ने यह चिट्ठी कम-से-कम पाँच बार पढ़ी।

'ओह, अब मान भी जाओ, यह कोई प्रेम-पत्र नहीं है। यह महज एक आमंत्रण है। आखिरकार, अब तो तुम बड़े आदमी बन गए हो! वे अब भी तुम्हारे बारे में नहीं

जानते; उनको लिखना चाहिए था सम्मानित अतिथि के बजाय 'भयावह अतिथि' सुधाकर ने उसके साथ मस्खरी की।

'मुझे उम्मीद है कि कहीं किसी ने मेरे साथ मजाक न किया हो। कोई मुझे सम्मानित अतिथि के तौर पर बुला रहा है, क्या यह अजीब नहीं है?' फनी हँसा। लेकिन जल्दी ही वह गोवा राज्य परिवहन निगम (कदंबा ट्रांसपोर्ट कॉरपोरेशन) के पणजी स्थित इ-कियॉस्क का उद्घाटन करने पहुँच गया। जब वह पहुँचा तो कार्यक्रम शुरू हो चुका था। भीड़ से भरी उस जगह से अपना रास्ता बनाते हुए वह मंच के पास तक पहुँच गया।

'अब हम रेडबस के सी.ई.ओ. श्री फनींद्र समा को फीता काटकर इ-कियॉस्क का उद्घाटन करने के लिए आमंत्रित करते हैं,' मंच से उसे पुकारा गया।

हर किसी की आँखें सामने की सीट पर मौजूद लोगों पर टिक गईं। बूढ़े लोगों को देखकर वहाँ मौजूद लोग अटकलें लगा रहे थे कि इनमें से कौन हो सकता है सी.ई.ओ.। भारत में सामान्यतया सी.ई.ओ. जैसा शब्द ऐसे लोगों के साथ जुड़ा होता था, जो लगभग 50 साल की उम्र के आसपास होते थे और जिनके बाल सफेद हो चुके होते और उनकी तोंद निकली होती। फनी इस खाँचे में फिट नहीं बैठ रहा था, इसलिए उसकी तरफ कोई ध्यान भी नहीं दे रहा था।

'इस कार्यक्रम के बाद मैं अपना पद-नाम ही बदल दूँगा,' फनी ने सोचा। उसने जब फीता काटा तो वह भीड़ की हैरानी या संभवत: निराशा को भाँप रहा था। वह भला सी.ई.ओ. कैसे हो सकता है? वह क्या जानता होगा बस इंडस्ट्री के बारे में? वह तो काफी जवान है? वह सोच रहा था कि ऐसे सवाल लोगों के जेहन में जरूर उमड़ रहेंगे।

हर किसी की आँखें सामने की सीट पर मौजूद लोगों पर टिक गईं। बूढ़े लोगों को देखकर वहाँ मौजूद लोग अटकलें लगा रहे थे कि इनमें से कौन हो सकता है सी.ई.ओ.। भारत में सामान्यतया सी.ई.ओ. जैसा शब्द ऐसे लोगों के साथ जुड़ा होता था, जो लगभग 50 साल की उम्र के आसपास होते थे और जिनके बाल सफेद हो चुके होते और उनकी तोंद निकली होती। फनी इस खाँचे में फिट नहीं बैठ रहा था, इसलिए उसकी तरफ कोई ध्यान भी नहीं दे रहा था।

कदंबा जाने का फनी का फैसला एक अन्य वजह से भी था।

एक साल पहले गोवा राज्य सड़क परिवहन निगम ने मुंबई के लिए अपनी लग्जरी वॉल्वो बस सर्विस शुरू की थी। उनके टिकट वितरण सिस्टम के कारण वह रूट रेडबस के लिए फायदेमंद साबित नहीं हो रहा था। गोवा में बुकिंग वहाँ के स्थानीय कार्यालय की देख-रेख में होता था, लेकिन उनके पास मुंबई में कोई बुकिंग ऑफिस नहीं था,

जिसकी वजह से जबरदस्त घाटा हो रहा था। महज 40 सीटों के लिए मुंबई में ऑफिस खोलना निगम को अक्लमंदी नहीं लग रही थी। इसलिए, कदंबा में अधिकारियों ने किसी के यह सुझाव देने पर कि वे रेडबस की सेवा के जरिए टिकट बेच सकते हैं। निगम बोर्ड ने छह महीने के ट्रायल रन के तौर पर इसे मंजूरी दी।

बिजनेस डेवलपमेंट अफसर भविष्य की संभावनाओं को देख रहा था। उसने आगे कहा, 'हम प्रयास तो कर रहे हैं, लेकिन उनकी तकनीकी दक्षता अभी काफी निचले स्तर पर है और उन्हें हमसे तकनीकी तौर पर जुड़ने में काफी लंबा वक्त लगेगा, तब जाकर वे हमारा ऑनलाइन प्लेटफॉर्म अपना पाएँगे। हम उस पर काम कर रहे हैं। हमें उम्मीद है कि अगले तीन से चार महीने में हम सरकारी बसों में टिकट बुकिंग का सिस्टम बदल देंगे और लोगों को भी इसके अनुसार ढाल लेंगे।'

जल्दी ही टिकट बिकने शुरू हो गए, और कदंबा लग्जरी बस पूरी भरकर चलने लगी। इस पहल को हर तरफ से सराहना मिली। अधिकारी भी संतुष्ट हुए और उन्होंने अन्य अंतरराज्यीय बसों को ऑनलाइन बुकिंग प्लेटफॉर्म के जरिए चलाने का फैसला कर लिया।

जब कदंबा के एम.डी. ने उसे बताया कि किस तरह रेडबस से उन्हें फायदा पहुँचा, तो फनी अभिभूत हो गया और उसने तब महसूस किया कि उनके प्रयासों ने किस तरह एक व्यापक ईकोसिस्टम में सहयोग करना शुरू कर दिया है।

लोगों के जीवन में बदलाव लाने की उनकी सोच ने चीजों को आसान बनाना शुरू कर दिया था और यह सपना सच हो गया था। रेडबस न केवल अपनी बल्कि दूसरी कंपनी के फायदे को बढ़ाने में भी अपनी भूमिका अदा कर रही थी। उसने निश्चय किया कि वह और कठिन परिश्रम करके अपने ऑपरेशन की संभावनाओं को और आगे बढ़ाएगा।

~

गोवा से लौटने के बाद फनी अपने इ-मेल को देख रहा था, तभी उसके बिजनेस डेवलपमेंट हेड ने दरवाजे पर दस्तक दी।

'मैं ये महीने वाली रिपोर्ट देख रहा था। हम वाकई कुछ अच्छा काम कर रहे हैं। अच्छा शो चल रहा है,' फनी ने अपनी टीम के प्रयासों की सराहना की।

'हाँ, और यह दिन-पर-दिन बेहतर होता जाएगा। आज मेरे पास एक और राज्य परिवहन निगम के पास से फोन आया। वे भी हमारे साथ टाई अप करना चाहते हैं। यह चौथा निगम है जिसने हमसे संपर्क किया है। मुझे लगता है कि हमें थोड़ा और

प्रयास करके इन सबको बोर्ड पर लाना चाहिए।' बिजनेस डेवलपमेंट अफसर भविष्य की संभावनाओं को देख रहा था। उसने आगे कहा, 'हम प्रयास तो कर रहे हैं, लेकिन उनकी तकनीकी दक्षता अभी काफी निचले स्तर पर है और उन्हें हमसे तकनीकी तौर पर जुड़ने में काफी लंबा वक्त लगेगा, तब जाकर वे हमारा ऑनलाइन प्लेटफॉर्म अपना पाएँगे। हम उस पर काम कर रहे हैं। हमें उम्मीद है कि अगले तीन से चार महीने में हम सरकारी बसों में टिकट बुकिंग का सिस्टम बदल देंगे और लोगों को भी इसके अनुसार ढाल लेंगे।'

~

'तुम्हारी हिम्मत कैसे हुई कि तुमने अपनी साइट पर लिख दिया कि 'इस ऑपरेटर से टिकट न खरीदें?' मैं तुम्हें बिजनेस दे रहा हूँ और तुम मुझे ही बिजनेस से बाहर करने की सोच रही हो, हद है! तुम नहीं जानती कि मैं कौन हूँ। तुम होती कौन हो यह रेटिंग देनेवाली कि हम अच्छे नहीं हैं,' एक बौखलाए हुए ऑपरेटर ने अपनी भड़ास निकाली।

नेहा, जो कि फ्रंट ऑफिस में नई कर्मचारी थी, ने विनम्रता से ऑपरेटर से शांत हो जाने के लिए आग्रह किया और बोली, 'आपकी असुविधा के लिए मुझे खेद है, लेकिन यह रेटिंग हमने नहीं दी है, बल्कि यह उन ग्राहकों ने दी है, जिन्होंने पिछली दफा आपकी सर्विस ली होगी। अगर आप अपनी सर्विस में अपेक्षित सुधार करेंगे तो हम उसी के अनुरूप रेटिंग सुधार देंगे। हम ग्राहकों के प्रति ईमानदारी बरतना चाहते हैं, और आपके सहयोग से हम हर चीज में सुधार ला पाएँगे।'

नेहा को इस व्यवस्था में शामिल हुए महज दो महीने हुए थे और वह हर तरह के हालात से निपटने में माहिर हो चुकी थी। अभ्यास किसी को भी सटीक बना सकता है—उसके मामले में यह कहावत बिल्कुल सटीक बैठती थी। हर हफ्ते, दो या तीन ऐसी डरावनी कॉल उसके पास आ ही जाती थी। लेकिन उन अनुभवों ने उसे अहम सीख देने में बड़ी भूमिका निभाई।

'अगर तुम एक को खुश करने का प्रयास करोगे तो दूसरा नाराज हो जाएगा, लेकिन अगर तुम उनके साथ ईमानदार रहोगे, तो वे तुमसे दूर होने की सोचेंगे भी नहीं,' और इस तरह नकारात्मक रेटिंग के बावजूद, किसी भी ऑपरेटर ने रेडबस का साथ छोड़ा नहीं, क्योंकि उन्हें संगठन की ईमानदारी और पारदर्शिता पर पूरा भरोसा था। वे जानते थे कि रेडबस ने हर बुकिंग पर 10 फीसद कमीशन को बढ़ाया नहीं है। उन्होंने इसे शुरुआत से ही बरकरार रखा है। वे चाहते तो आसानी से कमीशन बढ़ाने की माँग रख सकते थे, क्योंकि न केवल उनका बिजनेस बढ़ रहा है बल्कि ऑपरेटरों की उन पर निर्भरता भी काफी बढ़ चुकी है। लेकिन उनका 10 फीसद कमीशन पर टिके रहने के फैसले से बस ऑपरेटरों का भरोसा जीतने में काफी मददगार रहा।

'नेतृत्व की असल अहमियत संस्कृति बनाने और उसे व्यवस्थित करने में नजर आती है। अगर आप संस्कृति विकसित नहीं कर पाए, तो यह आपको ही व्यवस्थित करने लगेगी, और तब आप महसूस भी नहीं कर पाएँगे कि किस हद तक बदलाव आ चुका है।'

'नेतृत्व की असल अहमियत संस्कृति बनाने और उसे व्यवस्थित करने में नजर आती है। अगर आप संस्कृति विकसित नहीं कर पाए, तो यह आपको ही व्यवस्थित करने लगेगी, और तब आप महसूस भी नहीं कर पाएँगे कि किस हद तक बदलाव आ चुका है।'

मेंटर्स ने उदाहरण देकर समझाया, उदाहरण के लिए, 'विप्रो एक लोकतांत्रिक संगठन है। इसमें लोगों को जोड़ने और उन्हें सुनने की संस्कृति को बढ़ावा दिया जाता है। नए आइडियाज को प्रोत्साहित किया जाता है और चीजों को धरातल पर उतारने में उनका पूरा सहयोग किया जाता है।' इसके बाद उन्होंने रेडबस टीम पर छोड़ दिया कि वे खुद निर्णय करें कि वे संगठन के अंदर कैसी संस्कृति और मूल्य विकसित करना चाहते हैं। बौद्ध दर्शन से काफी हद तक प्रभावित फनी ने एक कहानी से प्रेरणा लेते हुए मध्यमार्ग अपनाने पर जोर दिया—न तो पूरी तरह तानाशाही और न पूरी तरह लोकतांत्रिक व्यवस्था। वे अपने संगठन की संस्कृति अर्ध-लोकतांत्रिक बनाएँगे, जिसमें ईमानदारी, परिपक्वता और कठोर परिश्रम शामिल होंगे।

~

वह दीवाली का दिन था, और फनी ने ऑफिस जल्दी छोड़ दिया। टीम ने ऑफिस को सजाने के लिए तैयारी की हुई थी और अगले दिन दीवाली पूजा होनी थी। उसका ऑफिस महज 20 मिनट की दूरी पर था, लेकिन उसे यह दूरी तय करने में 35 मिनट लग गए, क्योंकि दीवाली के कारण बाजार भीड़ से भरे हुए थे।

ऑफिस में सिक्योरिटी गार्ड के अलावा वही एकमात्र मौजूद शख्स था।

ऑफिस बेहद साफ, शांत, चमकदार और उस पर लाल रंग खूब फब रहा था। रेडबस के कर्मचारियों के लिए दफ्तर उनकी उम्र बढ़ाने जैसा माहौल प्रदान करता था। उस दिन आधिकारिक छुट्टी का दिन था; हालाँकि कर्मचारी को छोटे से मेल-मिलाप और समारोह के लिए आमंत्रित किए गए थे। हर कोई दफ्तर को अपने स्तर से सजाना और पूजा करना चाहता था, जैसा कि हर साल वे लोग करते थे। इसके बाद फनी ने अपने केबिन का रुख किया।

जब वह अपने मेल देख रहा था, तभी उसका ध्यान अपनी घड़ी की तरफ गया—जिसे उसके माता-पिता ने दीवाली पर उपहार के तौर पर दिया था, ये वही दीवाली थी जब वह हैदराबाद के अपने घर जाने के लिए बस का टिकट नहीं पा सका था।

अपनी कुरसी पर उसने अँगड़ाई ली और यादों के गलियारे में टहलने चला गया। अब तक ऑफिस में कोई पहुँचा नहीं था; उसके पास अपने लिए एक घंटे के करीब समय था। उसने अपनी कुरसी खिड़की की तरफ खींच ली; उसे बाहर लोगों को देखना हमेशा अच्छा लगता था। लेकिन आज वह अपने बीते हुए समय में चला गया। यह सब सपने जैसा लग रहा था, और उसे हैरत हुई कि जब वह सपने से बाहर निकलेगा तो कहाँ पर मौजूद होगा…टेक्सास इंस्ट्रूमेंट्स के अपने पीसी के सामने? पाँच साल पहले, वह वहाँ था, अपना काम खत्म करने के लिए बेचैन, ताकि जल्दी से बस पकड़कर हैदराबाद अपने परिवार के बीच पहुँचकर दीवाली का जश्न मना सके।

आज, वही अवसर था, और साल का वही समय भी था, लेकिन इस बार जिंदगी 360 डिग्री का मोड़ ले चुकी थी। पीछे की तारीखों को याद करते हुए वह समय के तेजी से बदलने को लेकर हैरान था। टेक्सास इंस्ट्रूमेंट्स में चिप डिजाइन से लेकर अपना खुद का कारोबार करने के अपने सपने तक पिछला पाँच साल उसके लिए रोलर कोस्टर सरीखे सफर की तरह था। दोस्तों के साथ, यह सफर बेहद कठिन भी साबित नहीं हुआ।

आज, वही अवसर था, और साल का वही समय भी था, लेकिन इस बार जिंदगी 360 डिग्री का मोड़ ले चुकी थी। पीछे की तारीखों को याद करते हुए वह समय के तेजी से बदलने को लेकर हैरान था। टेक्सास इंस्ट्रूमेंट्स में चिप डिजाइन से लेकर अपना खुद का कारोबार करने के अपने सपने तक पिछला पाँच साल उसके लिए रोलर कोस्टर सरीखे सफर की तरह था। दोस्तों के साथ, यह सफर बेहद कठिन भी साबित नहीं हुआ।

दो साल पहले, पूरा ध्यान टीम बनाने को लेकर केंद्रित था। पिछले साल, चरन भविष्य के विकास के लिए तकनीकी उन्नयन पर ध्यान केंद्रित किए हुए था। कल, कोर टीम बँगलादेश और मलेशिया में अपना कारोबार बढ़ाने को लेकर चर्चा कर रही थी—भौगोलिक विस्तार पहली प्राथमिकता थी। हर साल, कारोबारी गतिविधियाँ तेजी से बदल रही थीं, और कंपनी बदलावों को काफी अच्छे ढंग से सँभाल रही थी।

एक छोटी सी शुरुआत से लेकर 300 करोड़ की कंपनी खड़ी करना, फनी को सब अजूबा लग रहा था और वह सोच में था कि उसका भविष्य कैसा होगा। कर्मचारियों का मनोबल और उम्मीदें सातवें आसमान पर थीं।

फनी को लगा कि कोई उसे झकझोर रहा है और मार्केटिंग मैनेजर ने उसे शुभकामनाएँ देते हुए उसे यादों से खींचा। फनी धीरे से मुस्कराया।

'सर, आज के अखबार में खबर छपी है कि एक ट्रैवल पोर्टल आई.पी.ओ. लाने

जा रहा है। हम कैपिटल मार्केट से निवेश हासिल करने की दिशा में कब बढ़ेंगे? क्या आपको नहीं लगता कि हमें एयरलाइंस टिकट बुकिंग के क्षेत्र में उतरना चाहिए, जहाँ प्रॉफिट मार्जिन काफी ज्यादा है? किसी भी सूरत में रेडबस जिस तरह से बिना किसी परेशानी के आगे बढ़ रही है, ऐसे में क्या यह सही समय नहीं है कि हम अपने आपको विविधता से भरा हुआ बनाएँ?' मार्केटिंग मैनेजर ने पूछा।

'अभी हमें काफी लंबा सफर तय करना है,' फनी ने कहा। 'आपकी बात में दम है, लेकिन मेरा भी एक सवाल है। क्या आपको लगता है कि हम चरम स्थिति में पहुँच गए हैं—मेरा कहने का मतलब कि क्या 90-95 फीसद ग्राहक संतुष्ट हैं? या अगर कोई शख्स फोन करता है, तो क्या हम उसकी कॉल और उसकी जरूरत को बिना विफल हुए पूरा कर पाने की गारंटी लेते हैं? क्या हमारी साइट हमेशा सक्रिय रहती है और हर मिनट यह चलती है? क्या आप यह सोचते हैं कि हमने वह स्तर हासिल कर लिया है?'

'हम्म...फिलहाल तो नहीं,' मार्केटिंग मैनेजर ने बुदबुदाते हुए कहा।

'आप शायद न जानते हों, बचपन से मेरा इस बात में दृढ मत रहा है कि बजाय कि सारे विषयों में औसत रहने और 80 फीसद अंक हासिल करने के, बेहतर यह होता है कि आप किसी एक या दो विषय में जबरदस्त पकड़ बनाएँ और उन विषयों में 90 फीसद से ज्यादा अंक हासिल करें। क्योंकि 80 फीसद अंक हासिल करने के लिए आपको विषयों को अंदर से बाहर तक सब जानना पड़ेगा, लेकिन 10 फीसद अतिरिक्त हासिल करने के लिए, आपको तीन गुना ज्यादा प्रयास करने की जरूरत होगी। इसमें दमखम, तार्किक योग्यता, समर्पण और लगातार बैठने की क्षमता विकसित करनी पड़ेगी। इसमें तमाम और चीजें भी जुड़ेंगी, जिनका विषय से कोई लेना-देना नहीं होगा। लेकिन वही दस फीसद आपको प्रतिस्पर्धी बढ़त दिलाएगा, जिसे दोहरा पाना कठिन होगा। मेरे हिसाब से, वर्तमान में, हम 80 फीसद वाली स्थिति में हैं। फनी ठहरा, तो अब आप बताएँ कि हमारे लिए सबसे अहम लक्ष्य क्या होना चाहिए?'

'तीन गुना ज्यादा काम करके 10 फीसद अतिरिक्त प्रतिस्पर्धी बढ़त हासिल करना।' मार्केटिंग मैनेजर मुस्कराए।

आखिरकार, काफी लंबा सफर अभी बाकी था, काफी जमीन जीती जानी बाकी थी और रेडबस टीम के लिए बहुत से क्षितिज को पहुँचना शेष था।

रेडबस

अहम नसीहत

संजय आनंदराम

संजय आनंदराम रेडबस को उद्यम के तौर पर तैयार कराने वाले चुनिंदा मेंटर्स में से एक थे। उनके पास उद्यमिता, कॉरपोरेट कार्यकारी, वेंचर इन्वेस्टर, फैकल्टी सदस्य, सलाहकार और मेंटर के तौर पर 25 सालों का जबरदस्त अनुभव था। यहाँ व्यक्त किए गए विचार उनके अपने हैं। उनसे sanjayanandram@gmail.com पर संपर्क भी साधा जा सकता है।

~

रेडबस की संघर्ष भरी जबरदस्त दास्तान और 6 साल के अंदर उल्लेखनीय दबदबा वाकई उद्यमिता के क्षेत्र में कदम रखनेवाले युवाओं के लिए प्रेरणास्रोत कही जाएगी। इस ग्रुप के साथ शुरू से जुड़े रहना अपने आपमें खास है। इससे जुड़ी कुछ अहम नसीहतों का उल्लेख करना भी यहाँ उचित रहेगा।

ग्राहकों के प्रति जुनूनी बनें, प्रतिस्पर्धियों के प्रति नहीं

अक्सर उद्यमियों के साथ यह दिक्कत होती है कि वे अपने प्रतिस्पर्धियों की तरफ देखने लगते हैं और प्रतिक्रिया करते हैं और बेवजह झटके खाते हैं। वे अपना काम छोड़कर यह देखने लगते हैं कि प्रतिस्पर्धी क्या कर रहे हैं और उसी पर अपना ध्यान केंद्रित कर लेते हैं। इससे उनके अस्तित्व में ले आई उनकी विशेषता यानी ग्राहकों के प्रति अपनी जवाबदेही से वे दूर होकर दोहरा नुकसान कर बैठते हैं। इसलिए अपने ग्राहकों की जरूरतों को बेहतर ढंग से सुनिश्चित करना ही सफलता की कुंजी है।

प्रतिस्पर्धियों पर नजर रखना तो जरूरी है ही, लेकिन उसका फायदा ग्राहकों के प्रति जुनूनी होने में दिखना चाहिए! ग्राहक ही पहली प्राथमिकता हैं!

निरंतरता बनाएँ

एक बार जब कोई नीति तय हो जाए—वेंडर्स और पार्टनर्स के साथ व्यवहार की—तो उस नीति को निरंतरता और समान रूप से लागू रखा जाए और उसमें किसी तरह का भेदभाव या भय को जगह नहीं मिलनी चाहिए। रेडबस ने अपने साझेदारों के हिस्से में किसी तरह का बदलाव नहीं किया; जो कि तमाम छोटे साझेदारों के साथ नाइनसाफी कही जाती।

मितव्ययी बनें

वी.सी. की तरफ से मिले फंड के बैंक में जमा होने के बावजूद, कंपनी का मितव्ययी मूलभूत चरित्र नहीं बदला। हर चीज को लेकर काफी मोलभाव किया गया और अधिकतम इस्तेमाल के आधार पर उनका चयन हुआ। बेहतर विकल्प तलाशे गए। फिजूलखर्ची और दिखावे को हतोत्साहित किया गया।

तमाम दबावों के बावजूद रेडबस ने अपने कठोर परिश्रम, निष्ठा और परिपक्वता के मूल्यों से समझौता नहीं किया। इसके बजाय उन्होंने हमेशा अनैतिक और पक्षपातपूर्ण रवैए को हतोत्साहत किया। ऐसा करने में उनके तमाम ऑपरेशंस अक्सर विलंबित हुए या उनमें काफी फेरबदल हुआ।

मूल्यों की बात

तमाम दबावों के बावजूद रेडबस ने अपने कठोर परिश्रम, निष्ठा और परिपक्वता के मूल्यों से समझौता नहीं किया। इसके बजाय उन्होंने हमेशा अनैतिक और पक्षपातपूर्ण रवैए को हतोत्साहत किया। ऐसा करने में उनके तमाम ऑपरेशंस अक्सर विलंबित हुए या उनमें काफी फेरबदल हुआ। लेकिन मूल्यों से भरा सिस्टम तैयार करके आज वे गर्व के साथ खड़े हैं।

जाओ और सीखो

दूसरों से सलाह लें और सीखें। झिझकें या संकोच न करें। ऐसे लोगों की तलाश करें, जिनके पास अनुभव का भंडार हो और जो अपने काम में सिद्धहस्त भी हों। अहम चीज है सीखने की ललक। जितना ज्यादा संभव हो, पढ़ें और सवाल पूछकर सीखें।

विनम्र बनें

विनम्रता ही हमें सीखने के लिए प्रेरित करती है। साझेदारों और ग्राहकों की छोटी-छोटी बुलाहटों पर उनसे मिलने जाने में आनाकानी न करें, भले ही उन तक पहुँचना कितना कठिन या दुष्कर हो। याद रखें, उन्होंने आप पर तब भरोसा किया, जब आप बिल्कुल नए थे, अनुभवहीन थे और सीख रहे थे। अभिमानी या अहंकारी न बनें, इससे सीखने की प्रक्रिया में बाधा पैदा होती है।

छोड़ना भी सीखें

ऐसा भी अवसर आता है, जब कठोर निर्णय लेना पड़ता है। ऐसे मौकों पर भावुक होने की जरूरत नहीं बल्कि आँकड़ों, व्यावहारिकता, तार्किक और कारणों के आधार पर फैसले लेने चाहिए। साथियों का हमसे अलग होना, ऐच्छिक या अनैच्छिक, हमेशा भावनात्मक मुद्दा होता है, लेकिन ऐसे मौकों पर हम किस तरह से व्यवहार करते हैं, उसी से विजेता तय होता है।

श्रेष्ठ मार्केटिंग

मार्केटिंग रोजाना की प्रक्रिया है—सबसे बड़ी बात कि आपके ग्राहक आपके बारे में क्या बोलते हैं। शुरुआती कुछ सालों तक के अपने अस्तित्व के दौरान रेडबस ने शायद ही कोई पैसा मार्केटिंग पर खर्च किया हो।

अपने जुनून पर गौर करें, अपना रोल मॉडल खुद बनें

अगर आपके पास कोई आइडिया या विचार है तो उसे आगे बढ़ाने में झिझकें नहीं। विफलताओं से घबराएँ नहीं। अपने उद्यमिता के ख्वाब को हासिल करने में जुटे रहें। जोखिम न उठाना ही सबसे बड़ा जोखिम है।

□

टाटा एन.ई.एन. हॉटेस्ट स्टार्टअप ऑफ द ईयर-2009 के विजेता

2009 में 'द लूट' को भारत के रिटेल उद्योग में हुई सबसे बड़ी चीज माना गया और इसके संस्थापक जय गुप्ता को प्रतिष्ठित लंदन स्कूल ऑफ बिजनेस में बड़े ब्रांडों की ऐतिहासिक चोरी को लेकर अपना अनुभव साझा करने के लिए आमंत्रित किया गया।

'द लूट' एक मल्टी ब्रांड डिस्काउंट स्टोर है, जो ग्राहकों को कपड़ों, फुटवियर और तमाम सामानों की विस्तृत श्रृंखला पर साल भर 25 से 60 फीसद तक की छूट पर बिक्री करता है।

अपने चरम अवस्था के दौरान 'द लूट' ने देश भर के 20 राज्यों के 75 शहरों में 150 स्टोर (जिनका क्षेत्रफल लगभग तीन लाख वर्गफीट तक था) खोले थे।

द फ्रैंचाइजिंग वर्ल्ड (2008) ने 'द लूट' को भारत के टॉप 50 कारोबारी अवसरों में से एक के रूप में चुना था।

संस्थापक जय गुप्ता को रिटेल के रॉबिनहुड के रूप में जाना गया।

5

द लूट

जय गुप्ता

जीवन हमेशा से कठिन रहा है, लेकिन अगर हम किसी के सपनों को साझा करते हुए दूसरों को भी सपने देखने के लिए तैयार कर सकें तो हम जीवन को आसान बना सकते हैं और सफलता की राह पर आगे बढ़ सकते हैं।

—जय गुप्ता

अपने स्टोर में कुछ जरूरी मुद्दों को सुलझाने के बाद, जय ने दैनिक सेल्स रिपोर्ट (डी.एस.आर.) पर नजर दौड़ाई।

'कुछ स्टोर्स में बिक्री बढ़ी है, जबकि दूसरों में, बिक्री घट गई है। दोनों ही हालात निराशाजनक हैं,' जय खुद से ही बातें कर रहे थे। 'हर बिक्री के साथ, मैं लगभग 50 लाख का घाटा झेल रहा हूँ। मैं इस दुश्चक्र में फँस गया हूँ। मैं इस विडंबना को कैसे झेलूँ? क्या मुझे बिक्री बढ़ानी चाहिए या कम में ही समझौता करना चाहिए? अगर बिक्री बढ़ेगी तो संचालन घाटा भी बढ़ेगा; और अगर बिक्री घटती है, तो आज नहीं तो कल मैं इस कारोबार से बाहर हो जाऊँगा। मैं कैसे यह कारोबार बचाऊँ, जिसे मैंने शून्य से शुरू किया था? मैं अपने कर्मचारियों की जॉब कैसे बचाऊँ?' जय इसी उधेड़बुन में घिरे हुए थे और निराश और तनावग्रस्त थे। इस दलदल से बाहर कैसे निकला जाए? सोचते-सोचते उन्होंने अखबार उठा लिया।

हेडलाइन थी 'सरकार ने IKEA को व्यवस्थित करने के लिए एफ.डी.आई. नीति में फेरबदल पर विचार कर रही है।' यह पढ़कर जय मुस्कराए।

IKEA की भारत में 10,500 करोड़ रुपए निवेश की महत्त्वाकांक्षी योजना से संबंधित खबर ने मल्टीनेशनल्स को सोचने पर विवश कर दिया था कि भारत में रिटेल

कारोबार में जबरदस्त संभावनाएँ हैं। जय, जो कि भारतीय रिटेल क्षेत्र के उठापटक से भरे एक दशक के सफर का अनुभव ले चुके थे, को निवेश, विकास, भर्तियों, आय और तथाकथित राष्ट्रवाद के पीछे छिपे कड़वे सच को लेकर मन में घृणा का भाव भर आया। यह सब मुखौटा या दिखावा था।

'तो, अब एक और अंतरराष्ट्रीय रिटेलर भारतीय बाजार से अपना हिस्सा चाहता है, और हो भी क्यों नहीं? जय मुस्कराया। भारत चमक जो रहा है अपनी विशाल मध्यवर्गीय जनसंख्या, बढ़ती प्रति व्यक्ति आय और खपत के साथ। आखिरकार, भारत दुनिया की सबसे तेजी से विकास करनेवाली अर्थव्यवस्थाओं में शुमार है। हम सब अत्यधिक तेजी से बढ़ते विशाल बाजार के मध्य में आ चुके हैं। यह तो एक सपनों सरीखा बाजार है रिटेलर के लिए। हर कोई इस जाल में फँसता जरूर है।

6 बज चुके थे, शाम ढल रही थी, सूरज डूबने वाला था, और उसी के साथ जय की उम्मीदें भी। उसने पास के चाय के स्टाल से दो कप चाय मँगाई। हताश-सा उसने कमरे में एक बार नजर दौड़ाई। पश्चिमी परिधानों, स्पोर्ट्सवियर, फुटवियर आदि की अलमारियाँ साइज के हिसाब से सजाकर रखी हुई थीं। प्रदर्शनी का हॉल बिल्कुल सटीक स्थिति में नजर आ रहा था।

'मुझे हैरत होती है कि सिक्के का दूसरा पहलू कोई क्यों नहीं देखता! रिटेलरों के लिए यह बेहद कठिन समय है। यहाँ तक कि दिग्गज रिटेलर जैसे सुविधा, विशाल मेगा मार्ट, कुटोंस और लिलिपुट संघर्ष कर रहे हैं, और कुछ तो इतिहास भी बन चुके हैं। हम हर रोज अस्तित्व के लिए लड़ रहे हैं। यह एक जुए जैसा है, उसने महसूस किया।' जय के पास मुक्ति का कोई रास्ता नहीं था। दूसरों की तरह उसने भी कुछ ही वर्षों में अर्श से फर्श तक का सफर कर रखा था।

'हमसे गलती कहाँ हुई? क्या यह सरकार की खराब नीति का नतीजा है, बेकार योजना या किस्मत की गड़बड़ी है?' उसने खुद से ही सवाल किया।

~

6 बज चुके थे, शाम ढल रही थी, सूरज डूबने वाला था, और उसी के साथ जय की उम्मीदें भी। उसने पास के चाय के स्टाल से दो कप चाय मँगाई। हताश-सा उसने कमरे में एक बार नजर दौड़ाई। पश्चिमी परिधानों, स्पोर्ट्सवियर, फुटवियर आदि की अलमारियाँ साइज के हिसाब से सजाकर रखी हुई थीं। प्रदर्शनी का हॉल बिल्कुल सटीक स्थिति में नजर आ रहा था।

वह रेनू, अपने दोस्त और पहले उद्यमी वेंचर में साझेदार अजय की पत्नी, की

तरफ घूमा। रेनू काफी देर से जय की मनोदशा देख–समझ रही थी; वह प्रदर्शनी हॉल के दरवाजे से लेकर गलियारे तक लगातार चहलकदमी कर रहा था। वह जय की चिंता समझ रही थी और उसने कहा, 'चिंता मत करो। एक बार जब लोगों को इस प्रदर्शनी के बारे में पता चल जाएगा, तो वे आना शुरू कर देंगे,' उसने जय को सांत्वना देते हुए कहा। 'तुम उस अखबारवाले से बात करो कि उसने सुबह अखबारों के साथ पर्चे घर-घर तक पहुँचाए थे या नहीं।'

'उस बारे में मैं सुबह ही पूछ चुका हूँ। यहाँ तक कि मैं भी कुछ इलाकों में छानबीन करने गया था। उसने पर्चे बँटवाए थे,' जय ने जवाब दिया।

'हो सकता है कि चूँकि आज पहला ही दिन है, और वह भी वर्किंग डे है, इसलिए लोगों का आना न हो पाया हो। ऐसा भी हो सकता है कि शॉपिंग करनेवाले देर शाम तक आएँ और बिक्री बढ़ जाए।' रेनू ने भी आत्मविश्वास भरी मुस्कान के साथ कहा।

'मैं भी यही उम्मीद करता हूँ। मुझे गाने की आवाज जरा बढ़ा देनी चाहिए। हो सकता है कि म्यूजिक सुनकर ही कुछ ग्राहक अंदर का रुख करें।'

जय ने प्रदर्शनी हॉल के दरवाजे की तरफ नजर दौड़ाई, जिसे उन्होंने किराए पर लिया था। उसने नवी मुंबई का सामान्य सा बाजार देखा; एक तरफ कपड़े की दुकान के बाहर पार्किंग लॉट में उसने फोर्ड आइकन गाड़ी, जो वह उस पैसे से खरीदना चाहता था, जो वह यहाँ प्रदर्शनी से हासिल कर पाता, लेकिन वह अपने सपने को टूटते हुए देख रहा था; क्योंकि वे अब तक एक भी सामान बेच नहीं पाए थे। 'मैं ही बेवकूफी कर बैठा कि प्रदर्शनी को लेकर उत्साह में आ गया। कार तो भूल जाओ, मैं पेट्रोल का भी पैसा नहीं निकाल पाऊँगा, जो मैंने ये सब करने में फूँके हैं,' जय ने सोचा।

जय ने प्रदर्शनी हॉल के दरवाजे की तरफ नजर दौड़ाई, जिसे उन्होंने किराए पर लिया था। उसने नवी मुंबई का सामान्य सा बाजार देखा; एक तरफ कपड़े की दुकान के बाहर पार्किंग लॉट में उसने फोर्ड आइकन गाड़ी, जो वह उस पैसे से खरीदना चाहता था, जो वह यहाँ प्रदर्शनी से हासिल कर पाता, लेकिन वह अपने सपने को टूटते हुए देख रहा था; क्योंकि वे अब तक एक भी सामान बेच नहीं पाए थे। 'मैं ही बेवकूफी कर बैठा कि प्रदर्शनी को लेकर उत्साह में आ गया। कार तो भूल जाओ, मैं पेट्रोल का भी पैसा नहीं निकाल पाऊँगा, जो मैंने ये सब करने में फूँके हैं,' जय ने सोचा।

'सर, चाय,' दस साल के एक बच्चे ने जय को चाय पकड़ाते हुए कहा।

'एक कप चाय वहाँ जो मैडम बैठी हैं, उनको दे आओ,' जय ने कहा।

'तुम क्या कर रही हो? चूजे होने से पहले ही गिनती कर रही हो? हम पहले अंडा विकसित होने का तो इंतजार कर लें। हमने अब तक एक भी आइटम बेचा नहीं है कि हिसाब-पुस्तक कर सकें,' जय अपनी बिजनेस पार्टनर से यह कहते हुए मुस्कराया।

'चिंता न करो। बुरे-से-बुरा क्या हो सकता है? बहरहाल, हम कंसाइंमेंट आधार पर स्टॉक रख लेते हैं। जो बिकेगा नहीं हम उसे वापस कर सकते हैं।'

चाय पीते हुए, जय अंदर आया। रेनू बिल बुक में उलझी हुई थी।

'तुम क्या कर रही हो? चूजे होने से पहले ही गिनती कर रही हो? हम पहले अंडा विकसित होने का तो इंतजार कर लें। हमने अब तक एक भी आइटम बेचा नहीं है कि हिसाब-पुस्तक कर सकें,' जय अपनी बिजनेस पार्टनर से यह कहते हुए मुस्कराया।

'चिंता न करो। बुरे-से-बुरा क्या हो सकता है? बहरहाल, हम कंसाइंमेंट आधार पर स्टॉक रख लेते हैं। जो बिकेगा नहीं हम उसे वापस कर सकते हैं।'

'हमें हर चीज वापस करनी होगी, मुझे लगता है,' जय ने जरा निराश होते हुए कहा।

'शांत रहो। हमें नुकसान नहीं होगा। देखो, लोग हॉल के अंदर आ रहे हैं।' उन लोगों से मिलने के लिए उसने खुद को तैयार किया।

'क्या आप मुझे जींस दिखा सकते हैं?' एक 18 साल की अच्छी दिखनेवाली एक लड़की ने जय के पास आकर कहा।

'किस साइज में देखना चाहती हैं?' जय, जो कि खुद भी कॉलेज जानेवाला छात्र ही था, लड़की के अच्छे लुक से प्रभावित हुआ।

'मुझे नहीं पता। क्या आप मेरी कमर नाप सकते हैं?' उसने कहा।

'वाह, मैं उसकी कमर आधिकारिक रूप से नाप सकता हूँ। यहाँ निवेश करना बिल्कुल बेकार नहीं गया,' जय ने सोचा। उसने रेनू की तरफ देखा और अपनी मुस्कान छिपाने की कोशिश की। रेनू ने आँख मारी और नटखट मुस्कान बिखेरी।

आखिरकार, पहले दिन उन्होंने 1000 रुपए की बिक्री कर ली। हालाँकि बिक्री से जय को निराशा हुई, लेकिन कमर नापनेवाले वाकये से उसका उत्साह बढ़ गया था। अब उसे अगले दिन का इंतजार था।

अगले दिन चूँकि रविवार था, और उसकी हैरत का ठिकाना न रहा, जब उन लोगों ने 24 हजार रुपए का कारोबार कर लिया।

'रेनू, ये तो कमाल हो गया? एक दिन के अंदर ही पूरा खेल बदल गया? मैंने तो ये सोचा ही नहीं कि वीकेंड इस कदर अंतर पैदा कर सकता है,' उत्साह से भरपूर जय

ने कहा, लेकिन रेनू दिन भर के काम के चलते थक गई थी।

'अब तक रविवार को लेकर केवल एक ही चीज उत्साहजनक होती थी—दूरदर्शन पर रंगोली और शाम की मूवी। हमारे गाँव में, हम अपना काम खत्म करके कार्यक्रम शुरू होने के दस मिनट पहले टी.वी. के सामने बैठ जाते थे। आज मैं महसूस करता हूँ कि मुंबई में रविवार का दिन हमारे कस्बे के हाट बाजार जैसा होता है।'

'हाट बाजार?' रेनू को यह पहेली सा लगा। उसके लिए यह एकदम नया शब्द था।

'कौन से प्लैनेट से आई हो?' जय ने चुटकी ली, 'मिस अमेरिका, तुम्हें हाट बाजार नहीं मालूम? हाट बाजार हफ्ते में एक बार लगनेवाली बाजार होती है, जिसमें हर तरह की चीज, जैसे कि कपड़े, जूते, खाने-पीने की चीजें, खिलौने आदि की दुकानें लगती हैं। आसपास के गाँवों और कस्बों से लोग आकर अपनी जरूरत का सामान खरीदने आते हैं। उस दिन कमाई सबसे ज्यादा होती है, जैसे कि हमारे लिए आज का दिन था,' उसने विस्तार से समझाया।

'कौन से प्लैनेट से आई हो?' जय ने चुटकी ली, 'मिस अमेरिका, तुम्हें हाट बाजार नहीं मालूम? हाट बाजार हफ्ते में एक बार लगनेवाली बाजार होती है, जिसमें हर तरह की चीज, जैसे कि कपड़े, जूते, खाने-पीने की चीजें, खिलौने आदि की दुकानें लगती हैं। आसपास के गाँवों और कस्बों से लोग आकर अपनी जरूरत का सामान खरीदने आते हैं। उस दिन कमाई सबसे ज्यादा होती है, जैसे कि हमारे लिए आज का दिन था,' उसने विस्तार से समझाया।

'क्या हाट बाजार में फिटिंग नापने के लिए ट्रायल रूम भी होता है?' रेनू ने चुटकी ली।

'अच्छा, हम एक कानून पास करेंगे कि महारानी रेनू की इच्छा है कि हर हाट बाजार में ट्रायल रूम की व्यवस्था होनी चाहिए?' जय ने उसी अंदाज में जवाब दिया।

'हमारे लिए हर ग्राहक महाराज या महारानी जैसा ही है, और हमें कुछ फिटिंग रूम रखने की जरूरत है। हमारे ग्राहक पढ़े-लिखे, परिष्कृत और ब्रांड के प्रति जागरूक लोग हैं, जो कि तुम्हारे गाँव की गोरियों से जरा अलग होते हैं। वे खरीदने से पहले हर चीज जाँच लेना चाहते हैं,' रेनू ने तर्क रखा।

'क्या चल रहा है रेनू और जय?' अजय ने कमरे में आते हुए और मुस्कान के साथ उनका अभिवादन करते हुए कहा।

'तुम्हारी बैंडिट क्वीन, ऊप्स, मेरा मतलब कि ब्रांडेड क्वीन मुझे रिटेल पर पाठ पढ़ा रही हैं,' जय ने मजाकिया अंदाज में कहा।

'वह इस मामले में पारंगत है। आखिर, उसे इससे पहले पाँच प्रदर्शनियों में हिस्सा लेने का श्रेय हासिल है। अच्छा यह बताओ कि वह बोल रही थी कि आज का दिन कुछ अच्छा बीता है। खुश हो?' अजय ने जय की पीठ थपथपाते हुए कहा।

'हाँ, दिन तो ठीक था, लेकिन इतने पर भी न मैं कार खरीद पाऊँगा और न वह गहने ले पाएगी,' जय ने पूरा मामला साफ करते हुए सामने रख दिया।

'अच्छी बात यह है कि हमने अपनी लागत तो निकाल ली है, और अब तुम चैन से सो सकते हो, अजय। जय, तुमको भी शिकायत नहीं होनी चाहिए। अब तक तुम नवी मुंबई की आधी लड़कियों की कमर की साइज जान चुके हो,' रेनू ने जय को चिढ़ाते हुए कहा, और वह शरमा गया।

'ज्यादा महत्त्वपूर्ण यह रहा कि यह एक शानदार अनुभव था। इससे पहले मुझे ऐसा महसूस नहीं हुआ था कि कपड़ों के रिटेल में हमें तेजी से बदलती साइज पर भी ध्यान केंद्रित करना चाहिए। कुछ साइज ऐसी भी थीं, जिनका एक भी माल नहीं बचा,' जय ने कहा।

'दरअसल, यह एक विन-विन वाली स्थिति है। हमने अपना पैसा नहीं गँवाया और खेल का नियम भी सीख लिया। हम अगली बार इससे भी बेहतर होंगे,' रेनू ने यह कहते हुए मुस्कराकर चर्चा खत्म कर दी।

'क्या पढ़ रहे हो जय?' एक करीबी दोस्त देवांग ने पूछा।

'बिजनेस टुडे में ये आर्टिकल छपा है—भारत में उभरते सेक्टरों के बारे में। यह काफी दिलचस्प है। इन सेक्टर्स ने दुनिया की तमाम अर्थव्यवस्थाओं के विकास में काफी अहम भूमिका अदा की है।'

'कौन-कौन से सेक्टर हैं?'

'मूल्यवर्धित होटलों की श्रृंखला, जीवनशैली पर आधारित रिटेल स्टोर, बैंक और उनसे जुड़े तमाम कारोबार,' जय ने कहा। साथ ही वह यह सोच रहा था कि इनमें से उसके लिए कौन सा काम ठीक रहेगा। 'मैं भी इनमें से किसी कारोबार को शुरू करने के बारे में सोच रहा हूँ।'

'क्या पढ़ रहे हो जय?' एक करीबी दोस्त देवांग ने पूछा।
'बिजनेस टुडे में ये आर्टिकल छपा है—भारत में उभरते सेक्टरों के बारे में। यह काफी दिलचस्प है। इन सेक्टर्स ने दुनिया की तमाम अर्थव्यवस्थाओं के विकास में काफी अहम भूमिका अदा की है।'
'कौन-कौन से सेक्टर हैं?'

'इस आर्टिकल में जो प्रोजेक्शन की बात कही गई है वह एक दशक है, एक साल

नहीं। फिर तुम्हें क्या जल्दी है? पहले, अपनी पढ़ाई पूरी करो, जॉब करो और कुछ अनुभव हासिल करो, तब कारोबार के बारे में सोचो,' देवांग ने सलाह दी।

'कॉलेज करके कितने कुबेर का खजाना पा लिए हैं? डिग्री तो मैं कारोबार करने के साथ भी हासिल कर सकता हूँ। वॉरेन बफे ने कहा है कि जितनी जल्दी हो सके कमाई शुरू कर देनी चाहिए, जबकि मैं पहले ही देर कर चुका हूँ। मुझे किसी सलाहकार से एक औसत होटल की शृंखला शुरू करने के संबंध में रिपोर्ट बनवानी चाहिए,' जय ने कहा। वह दुनिया में अपनी छाप छोड़ने को लेकर बेचैन हो उठा था।

'लेकिन कारोबार को ही पहले क्यों रखा?' देवांग हैरत में पड़ गया। उसने ज्यादातर लोगों को पहले जॉब और उसके बाद कारोबार में आते हुए देखा था, और इसलिए वह जय की अपना कुछ नया करनेवाली बात को समझ नहीं पाया।

'मैं कारोबारी परिवार से ताल्लुक रखता हूँ। मेरे अंदर नसों में बनिया खून दौड़ रहा है। इसके अलावा, मैं किसी दूसरे के निर्देश का पालन करते और काम करते हुए कल्पना भी नहीं कर सकता। यही नहीं, मैंने हमेशा अपना खुद का कारोबार खड़ा करने का ख्वाब देखा हुआ है। यार, मैंने खुद अपने पिता को रोज काम करते हुए देखा है। हालाँकि वे तो कारोबार में काफी बेहतर हैं और उनकी देख-रेख में हमने काफी अच्छा जीवन व्यतीत किया है, फिर भी मैंने उन्हें कभी जीवन का आनंद उठाते हुए नहीं पाया। उनके पास या तो हमारे लिए या अपने लिए समय ही नहीं था।' जय ठहरा, अपना गला साफ करते हुए बोला, 'कुछ यादें तो बेहद भावुक हैं। उन्हें याद कर मैं अपना रास्ता भटक जाता हूँ।' साल भर पहले मुंबई में पढ़ाई के लिए आने के दौरान ही उसके पिता का निधन हो गया था और घर की यादें उसे काफी परेशान कर देती थीं। 'इसलिए, मैं क्या कह रहा था कि मैं संगठित क्षेत्र में कारोबार खड़ा करने का सोच रहा हूँ, ताकि मैं भी काम और आराम में संतुलन बना सकूँ। मैं पहले ही अपने जीवन के 20 साल गवाँ चुका

'मैं कारोबारी परिवार से ताल्लुक रखता हूँ। मेरे अंदर नसों में बनिया खून दौड़ रहा है। इसके अलावा, मैं किसी दूसरे के निर्देश का पालन करते और काम करते हुए कल्पना भी नहीं कर सकता। यही नहीं, मैंने हमेशा अपना खुद का कारोबार खड़ा करने का ख्वाब देखा हुआ है। यार, मैंने खुद अपने पिता को रोज काम करते हुए देखा है। हालाँकि वे तो कारोबार में काफी बेहतर हैं और उनकी देख-रेख में हमने काफी अच्छा जीवन व्यतीत किया है, फिर भी मैंने उन्हें कभी जीवन का आनंद उठाते हुए नहीं पाया। उनके पास या तो हमारे लिए या अपने लिए समय ही नहीं था।'

'यार, ग्रेजुएशन करने का तुक क्या है? यह तो एक डिग्री है, और मैं नहीं समझता कि वे लोग जो हमें पढ़ा रहे हैं, उस आधार पर हम कैसे और कहाँ इसे दिखाकर कुछ हासिल कर पाएँगे। मैं तो यह भी नहीं समझ पाता हूँ कि अगर मैं किसी जॉब के लिए आवेदन करूँ तो यह डिग्री किस तरह मेरी मदद कर पाएगी,' जय ने बहस की। अंततः देवांग ने जय से बहस करना बंद कर दिया।

हूँ, और अब और समय बेकार करने का तो मैं सोच भी नहीं सकता हूँ,' वह मुस्कराया। वह कॉलेज के दूसरे साल की पढ़ाई कर रहा था, जय ने तभी से आगे की राह के बारे में सोचना शुरू कर दिया था।

'कम-से-कम अपना ग्रेजुएशन पूरा कर लो,' देवांग ने उसे सलाह दी।

'यार, ग्रेजुएशन करने का तुक क्या है? यह तो एक डिग्री है, और मैं नहीं समझता कि वे लोग जो हमें पढ़ा रहे हैं, उस आधार पर हम कैसे और कहाँ इसे दिखाकर कुछ हासिल कर पाएँगे। मैं तो यह भी नहीं समझ पाता हूँ कि अगर मैं किसी जॉब के लिए आवेदन करूँ तो यह डिग्री किस तरह मेरी मदद कर पाएगी,' जय ने बहस की। अंततः देवांग ने जय से बहस करना बंद कर दिया।

इसी बीच, जय ने एक सलाहकार से होटलों की श्रृंखला शुरू करने की संभावनाओं को लेकर एक रिपोर्ट तैयार करने को कहा। रिपोर्ट तैयार कराने में उसे तीन हजार रुपए लगे। रिपोर्ट के मुताबिक, होटलों की श्रृंखला शुरू करने की शुरुआती पूँजी ही इतनी ज्यादा थी कि उसका इंतजाम कर पाना उसके वश के बाहर था। बैंकिंग उसके समझ से परे का विषय था, अब ले देकर जो विकल्प बचता था वह रिटेल का ही था।

~

रक्सौल से मुंबई तक के ट्रेन के लंबे सफर ने जय को आराम करने के लिए बाध्य कर दिया। बिहार का रक्सौल इलाका उसका पैतृक स्थान था। पिता के निधन के बाद, संपत्ति उसके और भाइयों के बीच बाँट दी गई थी। जय का हिस्सा पाँच लाख रुपए आया था। जय ने अपने परिवार में यह घोषणा की कि वह रिटेल के कारोबार में उतरने की सोच रहा है, और उसके भाइयों ने उसकी इस योजना की तारीफ करते हुए इसे आगे बढ़ाने का आत्मविश्वास जगाया। पाँच लाख रुपए से भरे बैग को तकिया बनाकर वह लेटा हुआ था, इतनी मोटी रकम को लेकर सोने का जोखिम उठाने को वह बिल्कुल तैयार नहीं था। पैसा ही उसके सपनों की कुंजी था।

ट्रेन के पूरे सफर के दौरान जय पूरी तरह से सतर्क रहा। उसे याद आया उसकी किशोर बियानी, पैंटालून रिटेल के एम.डी. से मुलाकात का वो वाकया, जब वह अपने दोस्त राजा के साथ उनसे मिला था। वे मल्टी ब्रांड कपड़ों का स्टोर खोलने पर

विचार कर रहे थे। यह एक नई अवधारणा थी और भारतीय रिटेल सेक्टर में अपनी मौजूदगी बढ़ाती जा रही थी। जय और राजा ने श्री किशोर बियानी के साथ एक समझौता किया था कि अपने रिटेल आउटलेट से वे पैंटालून के भी सामान की बिक्री करेंगे।

'अंतत: मैं अपना कारोबार शुरू करने के लिए पूरी तरह से तैयार हूँ। एक बार मैं यह पैसा बैंक में जमा करा दूँ, फिर मैं श्री बियानी को फोन करूँगा,' जय ने तकिया बनाए बैग पर एक नजर डाली। 'मुझे लगता है कि पैंटालून की तरह हर ब्रांड को जगह दी जा सकती है।' वह जानता था कि यह एक खयाली पुलाव की तरह की सोच है। जय ने पेपे, ली कूपर, स्पाइकर आदि की फ्रेंचाइजी के लिए संपर्क साधा था। हालाँकि उनकी शर्त सख्त थी और किसी भी नए शख्स के लिए उसमें प्रवेश कर पाना आसान नहीं था। वे लोग सिक्योरिटी डिपॉजिट के तौर पर बड़ी रकम चाहते थे और कम-से-कम बिक्री की गारंटी भी अपेक्षित थी, जिसमें ली कूपर और पैंटालूंस शामिल नहीं थे। ये अत्यधिक लचीले थे। इसलिए, पहला ब्रांड जिसके साथ काम करने के लिए उन्होंने हाथ मिलाया, वे थे पैंटालूंस के श्री किशोर बियानी।

जय ने पेपे, ली कूपर, स्पाइकर आदि की फ्रेंचाइजी के लिए संपर्क साधा था। हालाँकि उनकी शर्त सख्त थी और किसी भी नए शख्स के लिए उसमें प्रवेश कर पाना आसान नहीं था। वे लोग सिक्योरिटी डिपॉजिट के तौर पर बड़ी रकम चाहते थे और कम-से-कम बिक्री की गारंटी भी अपेक्षित थी, जिसमें ली कूपर और पैंटालूंस शामिल नहीं थे। ये अत्यधिक लचीले थे। इसलिए, पहला ब्रांड जिसके साथ काम करने के लिए उन्होंने हाथ मिलाया, वे थे पैंटालूंस के श्री किशोर बियानी।

अपने पहले काम को लेकर जय बेहद उत्साहित था। उसने सोचा कि पिता की संपत्ति में मिले हिस्से से काम शुरू हो जाएगा तो बिना ग्रेजुएशन किए जल्दी ही पढ़ाई से नाता भी छूट जाएगा। उसके सपने ने उसे पूरे सफर के दौरान उसे सोने नहीं दिया।

जय मुंबई पहुँचा ही था कि एक झटकेदार खबर उसका इंतजार कर रही थी। बैंक से उसके नाम एक चिट्ठी आई हुई थी। चिट्ठी में कहा गया था कि श्री किशोर बियानी को जारी हुआ चेक खाते में कम पैसा होने के कारण बाउंस हो गया है। जय ने श्री बियानी को तब तक चेक न जमा करने के लिए रोक रखा था, जब तक वह खुद चेक जमा करने को न कहता। पैसे की व्यवस्था करने के लिए ही वह अपने गाँव गया हुआ था।

इस घटनाक्रम से व्यथित जय ने तत्काल श्री बियानी को फोन किया, 'सर, मैंने आपको मना किया था कि जब तक मैं न कहूँ आप चेक जमा न करें,' जय ने कहा।

'मुझे अफसोस है, जय। यह गलती से हो गया। मैं काम में इतना व्यस्त हो गया कि मेरे दिमाग से ही यह बात निकल गई। हमने अभी-अभी अपना पहला बड़ा स्टोर खोला है, और बहुत सारी चीजें पटरी पर लानी हैं। मुझे वाकई अफसोस है,' श्री बियानी ने जल्दी-जल्दी ये बात कही और फोन रख दिया।

'मेरा पहला चेक बाउंस हो गया,' जय ने सोचा। 'पैंटालूंस रिटेल सेक्टर में अपनी जगह बनाने को लेकर आगे बढ़ रही है और मैं भी। आखिर, मैं भारत के उभरते उद्योग जगत् में अपनी महत्त्वाकांक्षा और जुनून के साथ शामिल हूँ।'

~

'हैलो, देवांग, कैसे हो?' जय ने पूछा। जय उस समय खुशनुमा मन:स्थिति में था। देवांग, जो कि जिगर का बड़ा भाई था और कॉलेज में जय का दोस्त था। उसने जय के पहले मल्टी ब्रांड स्टोर में दो लाख रुपए का निवेश किया था।

'हैलो जय, मैं ठीक हूँ। काम कैसा चल रहा है?' देवांग ने उसके नए मल्टी ब्रांड स्टोर की बाबत पूछा, जो वाशी में 240 वर्गफीट जगह में उसने खोला था।

'हमारी बिक्री बढ़ रही है,' जय ने जवाब दिया। 'दरअसल मैं तुम्हारा कर्ज चुकाने आया हूँ। समय पर मदद करने के लिए बेहद शुक्रिया।' जय ने पहले महीने में ही उधार चुकता करने में सफलता पा ली थी।

'बहुत बढ़िया। मैं यह देखकर बेहद खुश हूँ कि तुम कुछ अच्छा कर रहे हो। अब नया क्या है?'

'हमारी बिक्री बढ़ रही है,' जय ने जवाब दिया। 'दरअसल मैं तुम्हारा कर्ज चुकाने आया हूँ। समय पर मदद करने के लिए बेहद शुक्रिया।' जय ने पहले महीने में ही उधार चुकता करने में सफलता पा ली थी।

'बहुत बढ़िया। मैं यह देखकर बेहद खुश हूँ कि तुम कुछ अच्छा कर रहे हो। अब नया क्या है?'

'भाई, मैं एक चीज को लेकर आश्वस्त हूँ—मैं केवल एक स्टोर खोलकर ही रहनेवाला नहीं हूँ। मैं और भी दुकानें खोलना चाहता हूँ। साथ ही, इसमें ढेर सारी चीजें हैं सीखने के लिए।'

'तुमने तो अभी शुरू ही किया है। चिंता न करो। जैसे-जैसे तुम नई चीजें करते जाओगे, कारोबार के दाँवपेच भी सीखते जाओगे। अब तक का काम कैसा रहा? ब्रांडों के साथ कोई दिक्कत तो नहीं पेश आ रही है?'

'नहीं, अब तक तो ऐसा नहीं हुआ है। अब तक का पूरा खाका उत्साहजनक ही कहा जाएगा। ली कूपर जैसे ब्रांड बेहद मददगार हैं। उन्होंने मुझे कंसाइनमेंट आधार पर स्टॉक दे रखा है। मूलत: मैं केवल तब भुगतान करता हूँ, जब बिक्री करता हूँ,' जय ने कहा। 'बड़े ब्रांड आपको ढेर सारी चीजें सिखाते हैं।'

'यह तो वाकई बढ़िया है।' जय के जोश को देखकर देवांग काफी राहत महसूस कर रहा था।

'लेकिन सारे ब्रांड ली कूपर की तरह नहीं हैं। मजबूत ब्रांड बेहद आक्रामक हैं। वे हमेशा धकेलनेवाली नीति पर चलते हैं और अपनी पसंद का स्टॉक भेज देते हैं, और हमें अपनी पसंद की चीज चुनने का मौका ही नहीं देते। इस रवैए के साथ दिक्कत यह होती है कि मुझे उस चीज के लिए भी उन्हें भुगतान करना होता है, जो मैंने नहीं मँगाई, और अगर यह माल बिकता नहीं है, तो मेरे पास इन्वेंट्री का ढेर लग जाता है और इस तरह मेरी वर्किंग कैपिटल घट जाती है। साथ ही, अगर एक ब्रांड ढेर सारे स्टॉक मेरे ऊपर लाद देता है तो मैं दूसरे ब्रांड के स्टॉक खरीदने की स्थिति में नहीं रह जाता। मेरा यह कहने का मतलब नहीं कि मैं उचित माल खरीदने को लेकर अनुभवी या क्षमतावान नहीं हूँ। कभी-कभी मैं भयभीत हो जाता हूँ,' जय ने अपनी आशंकाएँ सामने रखीं।

'वैसे, मैं इन मुद्दों के बारे में ज्यादा नहीं जानता, लेकिन मैं तुम्हें इस बारे में बता जरूर सकता हूँ। पिछले हफ्ते जब मैं तुम्हारे स्टोर गया था, तो मुझे हर ब्रांड का काफी सीमित कलेक्शन दिखा था।'

'हाँ, यह एक अलग मुद्दा है, जिससे मैं जूझ रहा हूँ। एक तो यह छोटा सा स्टोर है, दूसरा कि मैं किसी भी एक ब्रांड का अलग-अलग डिजाइन वाले विस्तारित रेंज नहीं रख सकता। ग्राहक सोचता है कि अगर वह पेपे का सामान खरीदना चाहता है तो वह पेपे का ही स्टोर उसके लिए सर्वोत्तम रहेगा। हो सकता है कि एकल ब्रांड स्टोर खोलना ठीक रहे।'

~

जल्दी ही जय ने संभावना को हकीकत में बदलते हुए अपने मल्टी ब्रांड स्टोर के पास ही कलरप्लस और वीकेंडर के एक्सक्लूसिव ब्रांड स्टोर खोल दिए।

'हर दिन आप कुछ नया सीखते हैं।' जय अपना अनुभव साझा कर रहा था कलरप्लस के अपने स्टोर के स्टोर मैनेजर से। उसी समय एक लड़की ने कैश काउंटर पर उनका ध्यान खींचा।

'सॉरी मैम, फिलहाल किसी तरह का डिस्काउंट नहीं चल रहा है,' मैनेजर डिंपल ने ग्राहक को विनम्रता के साथ कहा।

'ओह,' उसने कहा और पसंद की हुई टी-शर्ट को एक बार फिर निहारते हुए स्टोर

'हर दिन आप कुछ नया सीखते हैं।' जय अपना अनुभव साझा कर रहा था कलरप्लस के अपने स्टोर के स्टोर मैनेजर से। उसी समय एक लड़की ने कैश काउंटर पर उनका ध्यान खींचा। 'सॉरी मैम, फिलहाल किसी तरह का डिस्काउंट नहीं चल रहा है,' मैनेजर डिंपल ने ग्राहक को विनम्रता के साथ कहा।

से बिना खरीदे बाहर चली गई।

जय ने सोचा कि ग्राहकों को उत्पादों में विविधता और बड़ी रेंज चाहिए, इसलिए उसने एक्सक्लूसिव ब्रांड आउटलेट्स (ई.बी.ओ.) खोला, लेकिन बिक्री की समस्या अब भी बरकरार है। ग्राहक स्टोर आते तो हैं, घंटों समय भी बिताते हैं कपड़े नापने और चुनने में, और जब वे कीमत देखते हैं, तो उस समय उनकी आँख खुलती है, फिर उन्हें महसूस होता है कि महँगा ब्रांडेड कपड़ा खरीदने से उनके महीने का बजट बिगड़ सकता है। फिर वे लोग कपड़े को छोड़कर आगे बढ़ जाते हैं। चाहे वह मल्टी ब्रांड आउटलेट हो या ई.बी.ओ. हो, बिक्री में परिवर्तित करा पाने की गति बेहद धीमी है। स्टोर में आनेवाले ग्राहकों में केवल 10–12 फीसद लोग ही सामान खरीदते हैं।

'ये तो विचित्र है, जबकि लगभग 70 फीसद ग्राहक छूट की माँग करते हैं। वे मोलभाव करते हैं,' स्टोर सुपरवाइजर ने मीटिंग में जय को बताया।

'लगभग 70 फीसद लोग गलत नहीं हो सकते। कुछ ऐसा है, जहाँ हम चूक रहे हैं। एक चीज़ तो स्पष्ट है—लोग ब्रांडों को तरजीह देते हैं, लेकिन उसकी विशेष कीमत देने को तैयार नहीं हैं। वे इस कदर ऊँची कीमत का भुगतान करने के लिए तैयार नहीं हैं, इसलिए वे छूट की बात करते हैं, और यही कारण है कि हमारे ग्राहकों की संख्या बढ़ने के बावजूद बिक्री नहीं बढ़ रही है। इस अंतर का कारण स्पष्ट है। हमें इस बात पर ध्यान देने की जरूरत है कि इस अंतर को कैसे कम किया जाए, ताकि लोग मनपसंद ब्रांड का सामान खरीदने की अपनी अपेक्षाओं को कम कीमत में हासिल कर सकें,' जय ने कहा।

'सर, हम उनका सरप्लस स्टॉक खरीद लें और अपना खुद का फैक्टरी आउटलेट खोल लें। ये काम कर सकता है,' सुपरवाइजर ने कहा। वह सोच रहा था कि हालात को कैसे अधिकतम अपने हित में तब्दील किया जा सकता है।

'जबरदस्त! बिल्कुल यही करने की जरूरत है हमें। हमारा नया स्टोर फैक्टरी आउटलेट ही होगा,' जय ने मीटिंग खत्म करते हुए कहा।

'सर, हम ब्रांडों से कह सकते हैं कि वे अपने उत्पाद बेहतर कीमत पर दें, ताकि हम ग्राहकों को डिस्काउंट ऑफर कर सकें,' सुपरवाइजर ने सुझाव दिया।

जय उस पर मुस्कराया और बोला, 'काश, हम उनके दामाद होते तो ऐसा संभव था। ब्रांड हमें डिस्काउंट क्यों देंगे? हममें ऐसा क्या खास है? केवल दो ऐसे मौके आए हैं, जबकि ब्रांड हमें डिस्काउंट देंगे। पहला, अगर वे खुद से माल बेचने में सफल नहीं होंगे, और दूसरा, अगर उनके पास ढेर सारी इन्वेंटरी हो और उनका स्टॉक ज्यादा हो गया हो।'

'सर, हम उनका सरप्लस स्टॉक खरीद

लें और अपना खुद का फैक्टरी आउटलेट खोल लें। ये काम कर सकता है,' सुपरवाइजर ने कहा। वह सोच रहा था कि हालात को कैसे अधिकतम अपने हित में तब्दील किया जा सकता है।

'जबरदस्त! बिल्कुल यही करने की जरूरत है हमें। हमारा नया स्टोर फैक्टरी आउटलेट ही होगा,' जय ने मीटिंग खत्म करते हुए कहा।

~

जय रिटेल के सुहाने सफर पर था। प्रदर्शनी से ई.बी.ओ. और वहाँ से एम.बी.ओ. और फिर फैक्टरी आउटलेट तक, कोई भी चीज उसे संतुष्ट नहीं कर पा रही थी। वह चाहता था कि ब्रांडेड कपड़े हर किसी की पहुँच में हों। उसने सोचा कि फैक्टरी आउटलेट खोलने से हो सकता है कि समस्या हल हो जाए, लेकिन वह अब भी ग्राहकों की मनोदशा भाँप पाने में सक्षम नहीं हो सका था।

'इन फैक्टरी आउटलेट से सामान मत खरीदो। वे बची-खुची खराब चीजें बेचते हैं।' एक क्षुब्ध पति ने एडिडास के फैक्टरी आउटलेट के बाहर अपनी पत्नी को झिड़कते हुए कहा।

उस स्टोर का इंचार्ज मनीष ग्राहकों की खीझ भरी बातों को सुन रहा था और उसने इस बारे में विस्तार से बताना चाहा, 'नहीं सर, ये डिफेक्टिव पीस नहीं हैं।'

'फिर ये इतने सस्ते क्यों हैं?' पति ने मनीष से सवाल किया और पत्नी की तरफ जोर देकर अपनी बात कहते हुए देखा।

'सर, ये सरप्लस स्टॉक हैं। जब एक ब्रांड किन्हीं कारणों से अपना सामान नहीं बेच पाता, मसलन—मौसम बदलने, ज्यादा उत्पादन या कुछ निश्चित डिजाइन की ज्यादा खरीद करने के कारण, तब वे इसे हमें कम कीमत पर दे देते हैं, और हम इसे आप तक पहुँचाते हैं,' मनीष ने विनम्रता से अपनी बात रखी।

'तो इसे वे अपने स्टोर से क्यों नहीं बेच पाते?' उसने मन में बात बैठा ली थी कि फैक्टरी आउटलेट पर मौजूद सामानों में कुछ-न-कुछ खराबी जरूर होती है।

'सर, उदाहरण के लिए मेरे पास अलग-अलग साइज के नीले ट्राउजर हैं, जिनमें से 30, 32 और 34 साइज के सामान तो बिक गए, लेकिन 36, 38 और 40 नंबर साइज के सामान नहीं बिके। तब मैं क्या करूँगा?' मनीष ने ग्राहक की तरफ देखा और मुस्कराया। 'मैं ये साइज को हटाने की सोचूँगा और इनकी जगह दूसरे ट्राउजर रखूँगा, जो कि अलग-अलग साइज में उपलब्ध होंगे। अब क्या इसका मतलब यह होगा कि 36, 38 और 40 नंबर साइज के ट्राउजर डिफेक्टिव थे? नहीं, वे बाकी के साइज की तरह ही अच्छे थे, जो बिक चुके थे। तो वही बचे हुए माल आप फैक्टरी आउटलेट में यहाँ पाते हैं।'

'सर, ये कंपनी की नीतियाँ हैं,' मनीष ने जवाब दिया। उसने बताया कि अगर ब्रांड सारी चीजें फैक्टरी आउटलेटों में ही देने लगीं तो कोई भी उनका माल पूरे दाम पर खरीदने ब्रांडेड स्टोर्स पर नहीं जाएगा। अगर एक ग्राहक को सुविधाएँ चाहिए, तो उसे पैसे भी पूरे देने को तैयार रहना चाहिए।

पति मनीष के साथ बहस में उलझा रहा, जबकि उसकी पत्नी एडिडास की तीन टी-शर्ट चुनकर ले आई।

'तो आप लोग इनको वापसी और बदलने के रूप में क्यों स्वीकार नहीं करते? आपके पास तो ट्रायल रूम भी नहीं होते। अगर आप वास्तविक ब्रांडेड सामान बेच रहे हैं, तो आप वापसी क्यों नहीं लेते?' ग्राहक बहस में ही उलझा रहा, जबकि उसकी पत्नी सामान पसंद करने लगी।

'सर, ये कंपनी की नीतियाँ हैं,' मनीष ने जवाब दिया। उसने बताया कि अगर ब्रांड सारी चीजें फैक्टरी आउटलेटों में ही देने लगीं तो कोई भी उनका माल पूरे दाम पर खरीदने ब्रांडेड स्टोर्स पर नहीं जाएगा। अगर एक ग्राहक को सुविधाएँ चाहिए, तो उसे पैसे भी पूरे देने को तैयार रहना चाहिए।

पति मनीष के साथ बहस में उलझा रहा, जबकि उसकी पत्नी एडिडास की तीन टी-शर्ट चुनकर ले आई।

पति ने बिल का भुगतान किया, और बाहर निकलते हुए बोला, 'ये हरी टी-शर्ट वाकई अच्छी लग रही है। ऐसे स्टोर्स में आपको असल ब्रांड चुनने के लिए खास नजर होनी चाहिए।' मनीष ने यह बात सुन ली और चौंका कि अगर इन ग्राहकों को सामान की सच्चाई पर अब भी शक था तो उन्होंने यहाँ से सामान खरीदा क्यों?

'ग्राहक सोचते हैं कि या तो हम खारिज किया हुआ सामान बेचते हैं या हमारे उत्पाद नकली हैं,' मनीष ने जय से पिछले दिन के वाकये का जिक्र किया।

'सच कहूँ तो यह ग्राहकों के लिए ऐसे खरीदारी करना बेहतरीन अनुभव होता भी नहीं है। वे कपड़े पहनकर परख नहीं सकते। वे कपड़े बदल नहीं सकते और गुणवत्ता की कोई गारंटी होती नहीं है। हालाँकि ग्राहक ऐसे आउटलेट्स से सामान खरीदते भी हैं, लेकिन वे हमेशा शक में ही होते हैं,' जय ने बात खत्म की।

'बात तो सही है। भले ही हमारा कनवर्जन रेट (खरीदारी) 27 फीसद हो, ग्राहक फैक्टरी आउटलेट से ज्यादा खरीदारी कर रहे हैं, क्योंकि हमारे उत्पाद किफायती हैं। एक्सक्लूसिव स्टोर्स में, जहाँ हम उन्हें हर तरह की सुविधा मुहैया कराते हैं, एक्सचेंज, रिटर्न, अल्टरेशन आदि, फिर भी वहाँ हमारा कनवर्जन रेट 10 फीसद ही है।' मनीष ने वीकेंडर एक्सक्लूसिव आउटलेट पर भी काम कर चुका था और वहाँ से ट्रांसफर होकर फैक्टरी आउटलेट पर आया था; वह जय के साथ पिछले चार साल से था।

'हो सकता है कि फिलहाल हम जिस फॉर्मेट पर चल रहे हैं, उसको बदलना पड़े।' जय कुशाग्र बुद्धि था और सीखने की ललक रखता था, वह अपने नए कदम के बारे में योजना बनाने लगा।

'सर, आप कितनी बार दुकान बदलेंगे?' मनीष और जय इस बात पर ठहाके लगाने लगे।

'मनीष मैं ज्योतिषी नहीं हूँ। मैं बाजार का पूर्वानुमान नहीं लगा सकता और ट्रेंड का आकलन नहीं कर सकता। सीखने का केवल एक ही तरीका है मेरे पास कि उसमें घुस जाओ, उस पर गौर करो और अनुभव हासिल करो,' जय ने कहा। वह कुछ क्षणों के लिए रुका और बोला, 'अगर ग्राहक ज्यादा ब्रांड चाहते हैं, तो हम और ज यादा एम.बी.ओ. खोलेंगे। अगर ग्राहक और विस्तृत रेंज माँगेंगे, तो हम ई.बी.ओ. खोलेंगे।

'मनीष मैं ज्योतिषी नहीं हूँ। मैं बाजार का पूर्वानुमान नहीं लगा सकता और ट्रेंड का आकलन नहीं कर सकता। सीखने का केवल एक ही तरीका है मेरे पास कि उसमें घुस जाओ, उस पर गौर करो और अनुभव हासिल करो,' जय ने कहा। वह कुछ क्षणों के लिए रुका और बोला, 'अगर ग्राहक ज्यादा ब्रांड चाहते हैं, तो हम और ज्यादा एम.बी.ओ. खोलेंगे। अगर ग्राहक और विस्तृत रेंज माँगेंगे, तो हम ई.बी.ओ. खोलेंगे। अगर वे छूट की अपेक्षा करेंगे, तो हम फैक्टरी आउटलेट खोलेंगे। अगर वे बेहतर सुविधा के साथ छूट चाहते हैं, तो हमें सुधार के साथ उन्हें कुछ और भी ऑफर देना होगा। अब हमें सोचने की जरूरत है कि वह कुछ और क्या चीज हो सकती है…' जय अपने विचारों को आकार देने में जुट गया। उसका हर कदम ग्राहकों की अपेक्षाओं से जुड़ा हुआ था। वह जानता था कि ग्राहकों को ठीक से पढ़ लेता था, और उन अपेक्षाओं को पूरा करने के लिए उसे उन चीजों पर काम करना होगा, जिन्हें अब तक किसी ने भी न आजमाया हो।

मनीष ने सहमति में सिर हिलाया और बोला, 'कुछ भी हो सर, कुछ स्टॉक तो खराब होता है, जिसे ठीक नहीं किया जा सकता है।'

'हम्म। हम उसे नुकसान के तौर पर बुक करने के सिवा और कुछ नहीं कर सकते।' जय यह चीज पहले भी महसूस कर चुका था। ब्रांड अक्सर गलत काम करते हैं, वे खराब स्टॉक भेजते हैं और फ्रेंचाइजी पर आरोप मढ़ते हैं। स्टॉक को लेकर फ्रेंचाइजी आउटलेट ज्यादातर ब्रांडों पर निर्भर होते हैं, और ब्रांड इस बात का फायदा उठाते हैं और फ्रेंचाइजी के फैक्टरी आउटलेट पर स्टॉक का माल ठूँस देते हैं। फ्रेंचाइजी के पास केवल दो विकल्प होते हैं—उन स्टॉक्स को बेचकर खत्म करे या नुकसान झेले।

'अरे सर, लूट मच गई है लूट में। हमारे स्टोर के बाहर सैकड़ों लोग अंदर आने के लिए लाइन में खड़े हैं। ऐसा लग रहा है कि आज हमारा स्टोर लुट जाएगा।' स्टोर सुपरवाइजर विजय अपना उत्साह रोक नहीं पा रहा था। भीड़ को नियंत्रित कर पाना कठिन होता जा रहा था। 'यहाँ तक कि दीवाली के दौरान मैंने कभी ऐसी भीड़ नहीं देखी। सर, इतनी भीड़ तो लंगर में भी नहीं होती।' विजय रोमांच महसूस कर रहा था।

जय मुस्कराया और बोला, 'अंततः हमें सही रास्ता मिल ही गया। मैंने लोगों की नब्ज पकड़ ली।' कुछ समय में जय ने अपने सभी आठ एक्सक्लूसिव फैक्टरी आउटलेट्स को 'द लूट' में तब्दील कर दिया, जिसके लिए 5 करोड़ रुपए का कर्ज लिया था। वह अपने क्षेत्र का पहला शख्स था, जिसने अनूठा कॉन्सेप्ट शुरू किया—'मल्टी ब्रांड डिस्काउंट चेन'। ये आउटलेट्स 25 से 60 फीसद की छूट पूरे साल देते थे और वह भी ब्रांडेड कपड़ों पर। द लूट के लिए वह पहला सप्ताहांत था, और ग्राहकों की जो प्रतिक्रिया मिल रही थी, वह उनकी अपेक्षाओं से परे थी।

'यही तो वजह है कि हमने इसका नाम 'द लूट' रखा है,' जय ने जवाब दिया। कुछ हफ्तों पहले उसने अमेरिकी स्टोर के लुटने से संबंधित एक आर्टिकल पढ़ा था। जब उसने आगे पढ़ना शुरू किया, तो उसकी नजर के सामने भीड़ की तस्वीर घूमने लगी, जो कि स्टोर को लूट रही थी। वही तस्वीर आज हकीकत में बदलती हुई नजर आ रही थी।

'सर, ट्रायल रूम में कपड़े नापनेवालों की लंबी लाइन लग गई है। मुझे लगता है कि जब हम अपना सामान ऊँचे डिस्काउंट पर बेच रहे हैं तो हमें ट्रायल रूम बंद कर देने चाहिए। कर्मचारियों को ट्रायल रूम से कपड़ों को दोबारा लाकर व्यवस्थित करने में काफी परेशानी हो रही है। हम ग्राहकों को ठीक से सर्विस नहीं दे पा रहे हैं,' ब्रांच मैनेजर संतोष ने अपनी चिंता से अवगत कराया।

'सर, ट्रायल रूम में कपड़े नापनेवालों की लंबी लाइन लग गई है। मुझे लगता है कि जब हम अपना सामान ऊँचे डिस्काउंट पर बेच रहे हैं तो हमें ट्रायल रूम बंद कर देने चाहिए। कर्मचारियों को ट्रायल रूम से कपड़ों को दोबारा लाकर व्यवस्थित करने में काफी परेशानी हो रही है। हम ग्राहकों को ठीक से सर्विस नहीं दे पा रहे हैं,' ब्रांच मैनेजर संतोष ने अपनी चिंता से अवगत कराया।

'ऐसे में फिर हम दूसरे फैक्टरी आउटलेटों से अलग कैसे नजर आ पाएँगे, संतोषजी? ये नया प्रयोग सिर्फ नाम बदलने को लेकर ही नहीं है, बल्कि पूरे बिजनेस को ही बदलना अपना मूल उद्देश्य है। छोड़ो कल की बातें, कल की बात पुरानी, नए दौर में लिखेंगे, मिलकर नई कहानी। अगर सामान डिस्काउंट पर भी हो, तो भी हमें ट्रायल रूम, एक्सचेंज आदि की सुविधा देते रहनी होगी। हम किसी दूसरे

ब्रांड के फैक्टरी आउटलेट नहीं रह गए हैं अब। हम अब अपने खुद के ब्रांड बन चुके हैं। हमें अपने ग्राहकों को हर संभव सुविधा मुहैया करानी है, जिसकी वे अपेक्षा करते हैं। भले ही वे 100 रुपए का सामान खरीदें, लेकिन हमें उनको राजा की तरह महसूस कराना है।' उसने एकल और बहु ब्रांड स्टोर के माध्यम से जो कुछ भी सीखा था, द लूट उसके उसी अनुभव और दिमाग की उपज था।

उस समय के दौरान, पूरा देश इंडिया शाइनिंग की लहर में बह रहा था, और रिटेल तो उस समय ऐतिहासिक ऊँचाई पर था। रिटेल बिजनेस को बैंकों से मुँहमाँगा लोन और वह भी बड़े पैमाने पर मिल रहा था। पहला, रि-ब्रांडेड स्टोर मुंबई के अपमार्केट कॉलेज एरिया, मरीन लाइंस में खोला गया। वहाँ के छात्रों को रिटेल में छूट पर मिलनेवाले ब्रांडेड सामानों का कॉन्सेप्ट भा गया था।

'सर, कल, हमने सौ ली कूपर की सफेद शर्ट 100 रुपए प्रति पीस की दर से टेबल पर लगाई, और आज वह टेबल खाली हो चुका है, सब बिक गया। स्टॉक खत्म हो गया है। क्या हमें और ऑर्डर मँगाना चाहिए?' सुपरवाइजर ने जय से जानना चाहा।

जय और उसकी टीम ने यह अनुमान ही नहीं लगाया था कि यह माल इतनी जल्दी बिक जाएगा। 'वाह, अब तो यह कमाल हो गया! लगभग 75 फीसद तक हमारा सामान जो कि 'स्मॉल' और 'एक्स्ट्रा लार्ज' साइज में था; वह भी बिक गया, जबकि अमूमन ऐसा होता नहीं है। अगर हमने इतने कम समय में बिक्री का ये आँकड़ा हासिल कर लिया, तो यह समय जश्न मनाने का बनता है।' जय मौज-मस्ती के मूड में था। 'सर, हमें और ऑर्डर मँगाने की जरूरत है और जल्दी से स्टॉक बढ़ाने की जरूरत है,' सुपरवाइजर ने अपनी माँग फिर से दोहराई।

'मैं ब्रांड से बात करूँगा, लेकिन मुझे नहीं लगता कि वे दोबारा हमें स्टॉक दे पाएँगे।' जय को अपनी सीमितता का अंदाजा था। चूँकि 'द लूट' जो माल बेच रहा था वह आधिक्य स्टॉक था, उन्हें इस बात की आजादी नहीं थी कि वे ताजा माल में से कुछ चुन पाते। माल के मामले में वे पूरी तरह ब्रांडों की दया पर

'मैं ब्रांड से बात करूँगा, लेकिन मुझे नहीं लगता कि वे दोबारा हमें स्टॉक दे पाएँगे।' जय को अपनी सीमितता का अंदाजा था। चूँकि 'द लूट' जो माल बेच रहा था वह आधिक्य स्टॉक था, उन्हें इस बात की आजादी नहीं थी कि वे ताजा माल में से कुछ चुन पाते। माल के मामले में वे पूरी तरह ब्रांडों की दया पर निर्भर थे। 'ज्यादातर ब्रांडों को अपने क्लोजिंग स्टॉक के बारे में पता नहीं होता, चूँकि उनके पास तो स्टॉक कागजात होते नहीं हैं। इसलिए, उन्हें कैसे पता चलेगा कि सफेद शर्ट का स्टॉक बचा है या नहीं?'

निर्भर थे। 'ज्यादातर ब्रांडों को अपने क्लोजिंग स्टॉक के बारे में पता नहीं होता, चूँकि उनके पास तो स्टॉक कागजात होते नहीं हैं। इसलिए, उन्हें कैसे पता चलेगा कि सफेद शर्ट का स्टॉक बचा है या नहीं?'

जय इस बात से खुश था कि नए, द लूट, ब्रांड के सभी आठ स्टोर की कमाई में जबरदस्त इजाफा हुआ है।

'कृपया यह सुनिश्चित करें कि हम अपनी उपलब्धि का जश्न काम खत्म होने के बाद केक काटकर मनाएँगे। हर किसी ने कठोर परिश्रम किया है और उसी दम पर स्टोर में बदलाव संभव हुए हैं। मैं यह संदेश हर स्टोर को भेज देता हूँ।' जय यह कहते हुए उम्मीद और ऊर्जा से उछलते हुए बाहर निकल गया।

~

'कोई कारोबार घाटे में कैसे चल सकता है?' जय अपने वित्तीय मामलों में भयानक बदलाव का कारण ही नहीं समझ पा रहा था। 'कंचन, जितने भी खर्चे के रजिस्टर हैं वे सब मेरे पास लेकर आओ। लागत तो आसमान छू रही है। हम कहाँ इतना पैसा खर्च कर रहे हैं?'

'सर, हर तरह की ओवरहेड लागत बढ़ गई है।' कंचन ने एक्सपेंस शीट का प्रिंटआउट जय को देते हुए कहा।

'हमने पैसे कहाँ खर्च किए?' जय ने शीट देखना शुरू किया।

'चूँकि हमने गोदाम लिया है तो उसका किराया बढ़ गया। इससे पहले हम केवल स्टोर के किराए का ही भुगतान कर रहे थे। साथ ही, हमारे नए बिलिंग सिस्टम की भी लागत काफी ज्यादा है।' कंचन ने अपनी बात जारी रखी। जब उसने बोलना शुरू किया, तब जय ने महसूस किया कि कारोबार पहले जैसा नहीं रहा। द लूट के पास अपना खुद का बिलिंग सॉफ्टवेयर था और एक गोदाम भी था। इससे पहले, मार्केटिंग लागत संबंधित ब्रांड वहन

'सर, हर तरह की ओवरहेड लागत बढ़ गई है।' कंचन ने एक्सपेंस शीट का प्रिंटआउट जय को देते हुए कहा। 'हमने पैसे कहाँ खर्च किए?' जय ने शीट देखना शुरू किया। 'चूँकि हमने गोदाम लिया है तो उसका किराया बढ़ गया। इससे पहले हम केवल स्टोर के किराए का ही भुगतान कर रहे थे। साथ ही, हमारे नए बिलिंग सिस्टम की भी लागत काफी ज्यादा है।' कंचन ने अपनी बात जारी रखी। जब उसने बोलना शुरू किया, तब जय ने महसूस किया कि कारोबार पहले जैसा नहीं रहा। द लूट के पास अपना खुद का बिलिंग सॉफ्टवेयर था और एक गोदाम भी था। इससे पहले, मार्केटिंग लागत संबंधित ब्रांड वहन करते थे, लेकिन अब द लूट को ही मार्केटिंग पर खर्च करना पड़ रहा था।

करते थे, लेकिन अब द लूट को ही मार्केटिंग पर खर्च करना पड़ रहा था।

'मैं इस कारोबार में पिछले 8 साल से हूँ और मैंने सबकुछ देखा है—एम.बी.ओ. से ई.बी.ओ. और फैक्टरी आउटलेट तक। मैं ऐसी गलती कैसे कर सकता हूँ? मैंने ओवरहेड के बारे में पहले क्यों नहीं सोचा? मैं अपने आइडिया में ही इस कदर डूबा हुआ था कि और कुछ मुझे दिखा ही नहीं।' जय ने सोचा और कुरसी में धँसता चला गया। वह अब भी वित्तीय दस्तावेजों को देख रहा था। 'मैंने तमाम कंपनियों को भयानक कैश फ्लो से घिरा देखा है, और फिर भी मैं यहाँ खुश हूँ कि कैश फ्लो को अच्छे से सँभाला, मेरा प्रॉफिट ऐंड लॉस स्टेटमेंट एकदम ब्रेक प्वॉइंट (न फायदा, न नुकसान) पर आकर टिका हुआ है।' फैक्टरी आउटलेट जय के लिए फायदेमंद था, लेकिन इस नए फॉर्मेट ने उसके ओवरहेड कॉस्ट को कई गुना तक बढ़ा दिया था। यहाँ तक कि सबसे ज्यादा भी बिक्री अगर होती, तो भी घाटा होना तय था।

'सर, क्या आप स्टोररूम देखने आ सकते हैं?' गोदाम के सुपरवाइजर ने जय को तत्काल आने को कहा।

'क्या हुआ? आप घबराए हुए क्यों लग रहे हैं?' जय सुबह-सुबह प्रॉफिट ऐंड लॉस दस्तावेजों में नजर आ रही अपनी हालत पर वह शोक मना रहा था, जो कि दिन-ब-दिन घाटा ही दिखाए जा रहा था। एक हजार वर्ग फीट का गोदाम अचानक सफेद हाथी की तरह उसके सामने आ खड़ा हुआ था, जो उसका रास्ता रोक रहा था।

वह सुपरवाइजर की तरफ पहुँचा, जो कि वहाँ मौजूद कार्टनों में से एक खुले हुए कार्टन पर नजर गड़ाए हुए था। 'सर, सभी के दाएँ हाथ की तरफ भूरा निशान लगा हुआ है। हम उन्हें ताजे स्टॉक के तौर पर इस्तेमाल नहीं कर सकते।'

'ये ब्रांड! इन्हें केवल इतना पता होता है कि खराब माल हमारी तरफ धकेल देना है।' हम तो विचित्र भारतीय लक्षणों के शिकार बन गए हैं—सलाह और खराब स्टॉक एक समान रवैए के साथ हमें बाँट दी जाती है। खेल का नियम अब बदल चुका था। अब यह फैक्टरी आउटलेट नहीं रह गया था। हमारे स्टोर में खराब माल नहीं बिक सकता। ब्रांड हमेशा ही ऐसा माल हम पर थोपते रहेंगे। हमें क्या करना चाहिए?' जय ने विकल्पों पर गौर करना शुरू किया। मूलतः द लूट को लेकर यह धारणा बनी हुई है कि हम बेहतर माहौल में कारोबार करते हैं और हमारी सुविधाएँ फैक्टरी आउटलेट से अलग हैं, लेकिन जय ज्यादा बेहतर तरीका जानता था। वह जानता था कि आज नहीं तो कल, गुणवत्ता जाँच की प्रक्रिया भी वहाँ स्थापित करनी पड़ेगी, लेकिन एक गुणवत्ता जाँच यूनिट खड़ी करने का मतलब था कि परिचालन लागत और बढ़ जाती।

'इन्हें ड्राई क्लीनिंग के लिए भिजवा दो, हो सकता है कि दाग हट जाए और माल बेचने लायक बन जाए,' जय ने सुपरवाइजर को निर्देश दिया।

'सर, इतने सारे कपड़े ड्राई क्लीन कराए गए तो काफी खर्च आएगा। उस पैसे को हम अपने खुद का ड्राई क्लीनिंग व्यवस्था तैयार करने में निवेश कर सकते हैं,' सुपरवाइजर ने मजाकिया लहते में टिप्पणी कर दी और वह भी बिना सोचे, लेकिन जब उसे महसूस हुआ कि जय कहीं विचारों में खोया हुआ है।' वह अचानक रुक गया।

'सर, इतने सारे कपड़े ड्राई क्लीन कराए गए तो काफी खर्च आएगा। उस पैसे को हम अपने खुद का ड्राई क्लीनिंग व्यवस्था तैयार करने में निवेश कर सकते हैं,' सुपरवाइजर ने मजाकिया लहते में टिप्पणी कर दी और वह भी बिना सोचे, लेकिन जब उसे महसूस हुआ कि जय कहीं विचारों में खोया हुआ है।' वह अचानक रुक गया।

'मुझे लगता है कि तुम सही बोल रहे हो; दरअसल, हम केवल ड्राई क्लीन ही क्यों लगाएँ? हमें सिलाई, धुलाई, ड्राई क्लीनिंग आदि की एक पूरी यूनिट ही बैठा लेनी चाहिए,' जय ने उत्साहपूर्वक जवाब दिया और उस मजाकिया टिप्पणी में अपनी बात जोड़ दी।

सुपरवाइजर उसकी बात समझ नहीं पाया और किंकर्तव्यविमूढ़-सा उसे देखने लगा; उसने सोचा ही नहीं था कि उसकी टिप्पणी को इतनी गंभीरता से ले लिया जाएगा।

~

'जय, आजकल किस चीज में व्यस्त हो कि आपने ऑफर लेटर पर साइन भी नहीं किए अब तक। हमें आई.आई.एम. ग्रेजुएट्स की हायरिंग जल्द पूरी करनी है,' कंचन, जय की कार्यकारी सहयोगी, ने नई भर्तियों को लेकर एक बार फिर उसे टोका।

'मुझे याद है। प्लीज इसे मेरे टेबल पर रख दो। आज काम खत्म होने तक मैं इन पर साइन कर दूँगा,' जय ने कहा। वह बेहद व्यस्त था। पिछले दो सालों से उसने एक सतर्क निर्णय लिया था कि वह अपनी गति धीमी करेगा और इसलिए उसने केवल तीन नए स्टोर ही खोले थे, लेकिन अब आगे की राह के प्रति वह आत्मविश्वास से लबरेज था, इसलिए अब वह अपनी गति बढ़ाना चाहता था और अपने ब्रांड के पंख भी फैलाना चाहता था। विस्तार के साथ नई चुनौतियाँ भी सामने आती हैं। उसने महसूस किया कि सप्लाई चेन मैनेजमेंट टीम के भौगोलिक विस्तार के साथ जरूरी है। इन चुनौतियों के अलावा, उसके पास खुद को प्रेरित करने का केवल एक ही विकल्प था कि वह लगातार आगे बढ़ता रहे।

'आई.आई.एम. ग्रेजुएट के टीम में शामिल होने से, हम प्रभावी प्रक्रियाओं का सेट-अप तैयार कर सकेंगे और पिछली गलतियों को दोहराने से बच सकेंगे,' जय ने अपने विचारों से कंचन को अवगत कराया, जो कि उसके साथ पिछले सात साल से काम कर रही है। वह जानती थी कि कारोबार की गतिशीलता तेजी से बदल रही है। द

लूट का तीव्र विस्तार करने के लिए ऐसे कर्मचारियों की जरूरत थी, जो तेजी से काम आगे बढ़ा पाते। उसे ऐसे लोगों की जरूरत थी, जिनके पास बड़े कारोबार को सँभालने की योग्यता और रवैया, दोनों ही होता।

'मैं किसी बी-स्कूल या कॉलेज में नहीं गया, इसलिए मैंने उस पैसे को एक तरफ रख दिया, ताकि उससे कुछ सीख सकूँ, और मेरे पास सीखने का एक ही तरीका था—गलतियों से सीखना। यही वह कीमत थी, जिसे मैंने सीखने में खर्च किया।'

'अनुभव से सीखना एक बेहतर विकल्प होता है, इसलिए मेरा सुझाव है कि हम कुछ वरिष्ठ और अनुभवी लोगों को अपने यहाँ जॉब जरूर दें। कुछ भी हो, इससे पहले कि हम अपनी महत्त्वाकांक्षी विस्तार योजना को आगे बढ़ाएँ, हमें एक बढ़िया टीम चुनने की जरूरत है,' कंचन ने कहा। एक स्तरीय राय देने के लिए उसे हमेशा से भरोसेमंद माना जाता था।

'अनुभव से सीखना एक बेहतर विकल्प होता है, इसलिए मेरा सुझाव है कि हम कुछ वरिष्ठ और अनुभवी लोगों को अपने यहाँ जॉब जरूर दें। कुछ भी हो, इससे पहले कि हम अपनी महत्त्वाकांक्षी विस्तार योजना को आगे बढ़ाएँ, हमें एक बढ़िया टीम चुनने की जरूरत है,' कंचन ने कहा। एक स्तरीय राय देने के लिए उसे हमेशा से भरोसेमंद माना जाता था।

'मैं मानता हूँ, कंचन। इसमें कोई शक की गुंजाइश नहीं है। हमें बड़ी कंपनियों जैसे कि एडिडास, लेवाइस आदि से कुछ सीनियर मैनेजरों को लाना चाहिए। मुझे लगता है कि तुम यह काम अच्छी तरह कर सकती हो। फिलहाल मेरी पूरी एनर्जी पैसे जुटाने के लिए प्रेजेंटेशन तैयार करने में लगी हुई है।'

'जय, लेकिन आपकी सहभागिता जरूरी है इस तरह के सीनियर और मध्य स्तर के कर्मचारियों के चयन में।'

'मैं समझता हूँ, लेकिन मैं सुपरमैन नहीं हूँ। मेरे कामों की फेहरिस्त खत्म होनेवाली नहीं है। तुम जानती हो, काम में संतुलन बनाने की ये सारी बातें महज मृग-मरीचिका की तरह हैं। अगर मैंने खुद को सभी कामों में उलझा लिया, तो मैं किसी भी चीज पर फोकस नहीं कर पाऊँगा। अब, पैसे की व्यवस्था करना और कर्मचारियों की नियुक्ति करना, दोनों ही समान रूप से अहम काम हैं, और मेरे लिए, पैसे की व्यवस्था करना ज्यादा बड़ी प्राथमिकता है। भर्तियों का जहाँ तक सवाल है, मैं तुम पर काफी भरोसा करता हूँ।'

जय ने एक वेंचर कैपिटलिस्ट के.एस.ए. रेमंड से पहले दौर की फंडिंग के सिलसिले में बात चलाई थी, जिसे लेकर वे लोग द लूट में निवेश की दिलचस्पी भी दिखा रहे थे। किसी भी अन्य रिटेलर की तरह ही, जय को अपना कारोबार बढ़ाने के

लिए पैसे की जरूरत थी ही। भारतीय रिटेल बूम कर रहा था, और भारत के लगभग सभी बड़े कारोबारी घराने, जैसे कि टाटा, रिलायंस, आरपीजी ग्रुप, उसमें से अपने लिए भी हिस्सा तलाश रहे थे।

'मैं इसे हलके में नहीं ले रहा, कंचन। मैं जानता हूँ कि यह गंभीर मामला है, लेकिन तुम्हें यह समझने की जरूरत है कि अनुभवी लोगों को लाने की एक कीमत होगी जो हमें देनी पड़ेगी। हम कितनी सैलरी उन्हें देंगे? हमें फंड चाहिए, नहीं चाहिए क्या? मेरा लगभग 40 फीसद समय पैसे की व्यवस्था करने में खर्च हो रहा है, बैंकों और निवेशकों का पीछा करने में बीत रहा है और बचा हुआ 60 फीसद समय संचालन को व्यवस्थित करने में खर्च हो रहा है।'

'जय, एक अच्छी टीम चुनना भी उतना ही अहम है जितना पैसे का बंदोबस्त करना। हम इसे हलके में नहीं ले सकते,' कंचन ने कहा।

'मैं इसे हलके में नहीं ले रहा, कंचन। मैं जानता हूँ कि यह गंभीर मामला है, लेकिन तुम्हें यह समझने की जरूरत है कि अनुभवी लोगों को लाने की एक कीमत होगी जो हमें देनी पड़ेगी। हम कितनी सैलरी उन्हें देंगे? हमें फंड चाहिए, नहीं चाहिए क्या? मेरा लगभग 40 फीसद समय पैसे की व्यवस्था करने में खर्च हो रहा है, बैंकों और निवेशकों का पीछा करने में बीत रहा है और बचा हुआ 60 फीसद समय संचालन को व्यवस्थित करने में खर्च हो रहा है।'

'हाँ, यही तो मेरा प्वॉइंट है। आप अपना कारोबार कैसे आगे बढ़ाएँगे, जबकि आपके पास न समय बचेगा और न लोग?' कंचन ने असहमति दरशाते हुए कहा।

'इसीलिए तो हम श्रेष्ठ बी-स्कूलों और श्रेष्ठ कंपनियों से लोगों को चुनकर भर्ती कर रहे हैं। एक बार वे बोर्ड पर आ जाएँगे, तो मैं उम्मीद करता हूँ कि ढेर सारी चीजें पटरी पर आ जाएँगी। जिन चीजों पर मेरे ध्यान देने की जरूरत थी, वे अब हल कर ली जाएँगी। यह महज कुछ ही समय की बात है, लेकिन पैसे हासिल करने के लिए मेरे पास ज्यादा समय नहीं बचेगा। यह बाजार काफी व्यापक है और संभावनाएँ भी अपार हैं, विकास की क्षमता भी इसमें जबरदस्त है, लेकिन इसे जल्दी पकड़ना जरूरी है,' जय ने कहा, जो यह जानता था कि यह मौका या अवसर हमेशा मौजूद नहीं रहेगा।

~

'सर, मैं इसमें कुछ नहीं कर सकता। प्लेटफॉर्म टिकटवाला काउंटर ही बंद था,' लड़के ने नई दिल्ली रेलवे स्टेशन पर मौजूद टिकट चेकर (टीसी) से कहा।

'मैं जानता हूँ कि यह बंद था,' टीसी ने जवाब दिया।

'अरे, आपको पता है ? तब बताइए मैं कैसे टिकट खरीदता ? मैं तो अपनी माँ को छोड़ने आया था यहाँ। उनके पास टिकट था इंदौर का,' लड़के ने हालात बयाँ करने की कोशिश की।

'मुझे इससे मतलब नहीं है। मुझे प्लेटफॉर्म टिकट दिखाओ या जुर्माना भरो,' टीसी ने कड़ाई से जवाब दिया।

'अगर वे टिकट नहीं दे रहे हैं तो मैं कैसे खरीद सकता हूँ?' लड़का भ्रमित हो गया। वह कानून तोड़नेवाला नहीं था। हालाँकि वह प्लेटफॉर्म टिकट खरीदना चाहता था, लेकिन वह ऐसा नहीं कर सका था; क्योंकि टिकट बेचा ही नहीं जा रहा था।

'अगर वे टिकट नहीं बेच रहे हैं, तो इसका मतलब यह है कि वे नहीं चाहते कि हर कोई रेलवे प्लेटफॉर्म पर प्रवेश करे। प्लेटफॉर्म केवल यात्रियों के लिए है। तुम्हें समझना चाहिए था ये,' टीसी ने नौजवान से कहा।

'सर, मेरी माँ भारी सामान नहीं उठा सकती थीं। मुझे उन्हें छोड़ना ही था।' चेहरे पर असहाय सा भाव बनाकर लड़के ने हालात बयाँ करने की कोशिश की।

'तो मैं क्या करूँ? मेरा काम ये नहीं है कि मैं नियम-कायदे बनाता फिरूँ; मेरा काम है नियमों का पालन करना। तुम चाहो तो स्टेशनमास्टर से जाकर शिकायत कर सकते हो। तुम चाहो तो ऐसे नियम के खिलाफ मुकदमा कर सकते हो। मैं भी तुम्हारा समर्थन करूँगा, लेकिन फिलहाल तुम्हें 50 रुपए जुर्माना भरना पड़ेगा। समझे ?'

'कुछ कीजिए सर, आप जानते हैं कि यह मेरी गलती नहीं है। मैंने टिकट जरूर खरीदा होता,' लड़के ने निवेदन किया।

'किनारे खड़े रहो, अभी बात करता हूँ तुमसे।' टीसी ने चलना शुरू कर दिया।

लड़का भी टीसी के पीछे-पीछे पास के ही एक टी स्टॉल तक गया। टी स्टॉल के पास खड़ा जय, उन लोगों के बीच चल रही सारी बात सुन रहा था। वह इस विडंबना पर मुस्कराया। कभी-कभी नियम ऐसे बन जाते हैं, जो विवाद खड़ा कर देते हैं और उनका कॉमनसेंस से कोई लेना-देना नहीं होता।

> ***'भारत में क्या चीज ज्यादा कठिन है—कानून जानना या उसका पालन करना?' उसने सोचा, जय को भी सरकारी विभागों से कुछ नोटिस मिले थे। एक अदने से रिटेल स्टोर को भी लाइसेंस के लिए अलग-अलग सरकारी विभागों से 20 तरह की इजाजत लेनी पड़ती है, ताकि कानूनी औपचारिकता पूरी की जा सके। इसी तरह द लूट के पास भी कोई विकल्प जब नहीं बचा तो अंत में तमाम जगहों पर पड़नेवाले मामलों से निपटने के लिए एक वकील नियुक्त करना पड़ा।***

'भारत में क्या चीज ज्यादा कठिन है—कानून जानना या उसका पालन करना?' उसने सोचा, जय को भी सरकारी विभागों से कुछ नोटिस मिले थे। एक अदने से रिटेल स्टोर को भी लाइसेंस के लिए अलग-अलग सरकारी विभागों से 20 तरह की इजाजत लेनी पड़ती है, ताकि कानूनी औपचारिकता पूरी की जा सके। इसी तरह द लूट के पास भी कोई विकल्प जब नहीं बचा तो अंत में तमाम जगहों पर पड़नेवाले मामलों से निपटने के लिए एक वकील नियुक्त करना पड़ा।

'हम कानूनी नोटिसों से कैसे बच सकते हैं?' जय इस सवाल का जवाब ढूँढ़ रहा था।

वह लड़का अपनी माँ के पास आया और बोला, '50 रुपए जुर्माना लगा है?' जय यह सुनकर हँसे बिना न रह सका।

~

'शहर में बिजली नहीं है। वे हमारे ग्राहकों को एयर कंडिशन उपलब्ध नहीं करा सकते,' फ्रेंचाइजी ऑपरेशन के प्रमुख नीरज जो कि देश के चुनिंदा बड़े बी-स्कूलों से पढ़ा-लिखा था, ने निराश होकर जय से बात की। जय के पास मौजूद फंड का एक बड़ा हिस्सा तनख्वाह के रूप में इन नफासतवाले लोगों को जाती थी, जो आई.आई.एम. और अन्य उच्चकोटि के बिजनेस स्कूलों से पढ़कर आए थे।

'तो?' जय को उसकी चिंता समझ में नहीं आई।

'तो, वे जेनरेटर और ईंधन के लिए ज्यादा मार्जिन चाहते हैं,' नीरज ने कहा।

'यही तो विडंबना है! ये लोग देश के सबसे कठिन इम्तेहान पास करते हैं लेकिन एक छोटी सी डील इनसे नहीं हो पा रही है!' जय ने सोचा। जय को पता था कि क्लाइंट उसे घुमा रहा है। नीरज जैसे एम.बी.ए. रणनीतिक निर्णय लेने और विस्तार की योजनाएँ बनाने में तो सहज होते हैं, लेकिन जब उन्हें लागू करने की बारी आती है तो गिर पड़ते हैं। छोटे शहरों के फ्रेंचाइजी मालिक भी नीरज जैसे लोगों से ज्यादा स्ट्रीट स्मार्ट होते हैं।

> ***जय जानता था कि ये रिटेल का क्षेत्र है, जिसे पावरप्वॉइंट प्रेजेंटेशन और बोर्डरूम मीटिंग के बल पर नहीं जीता जा सकता है। रोज-रोज के पेचोखम में हाथ गंदे करने पड़ते हैं, तब जाकर कुछ समझ में आना शुरू होता है। नीरज जैसे लोग, जो कि ऊँचे-ऊँचे बिजनेस स्कूलों से निकलते हैं, वे प्रक्रिया उन्मुख ज्यादा होते हैं। जब कार और सड़क बेहतर स्थिति में होते हैं, तब तो ये बेहतरीन ड्राइवर माने जाते हैं, लेकिन जब देश की खराब सड़कों पर गाड़ी चलानी पड़ती है, तब इनकी हालत खराब हो जाती है।***

'नीरज, वह बेहतर मार्जिन के लिए हमें निचोड़ रहा है, और कोई बात नहीं है,' जय ने विनम्रता से उसे समझाया। पिछले 10 सालों में, जय ने अनगिनत बार इस तरह का मोल-भाव किया था और जानता था कि कहाँ लकीर खींचनी है।

जय जानता था कि ये रिटेल का क्षेत्र है, जिसे पावरप्वॉइंट प्रेजेंटेशन और बोर्डरूम मीटिंग के बल पर नहीं जीता जा सकता है। रोज-रोज के पेचोखम में हाथ गंदे करने पड़ते हैं, तब जाकर कुछ समझ में आना शुरू होता है। नीरज जैसे लोग, जो कि ऊँचे-ऊँचे बिजनेस स्कूलों से निकलते हैं, वे प्रक्रिया उन्मुख ज्यादा होते हैं। जब कार और सड़क बेहतर स्थिति में होते हैं, तब तो ये बेहतरीन ड्राइवर माने जाते हैं, लेकिन जब देश की खराब सड़कों पर गाड़ी चलानी पड़ती है, तब इनकी हालत खराब हो जाती है।

जय अपने विचारों में ही खोया हुआ था, तभी कंचन और फाइनेंस एडवाइजर श्री छाबड़ा ने अपने लैपटॉप के साथ उसके केबिन में प्रवेश किया।

मेरी प्यारी कंचन, जैसा कि तुम्हें पता है कि इन दिनों जो अनुभव मुझे मिल रहा है, उससे प्रेजेंटेशन को लेकर मेरी सोच बदल गई है। मेरा तुमसे निवेदन है कि तीसरे दरजे के शहरों से लोगों को चुनो और भर्तियाँ करो; अगर वे ग्रेजुएट हैं केवल तो भी चलेगा। मैं केवल इतना चाहता हूँ कि मुझे ऐसे लोग मिलें, जो समाधान जानते हों और जमीनी काम करने में उन्हें झिझक न हो। हमारे कारोबार को ज्यादा एच.एम.टी. (हिंदी मीडियम टाइप) लोग चाहिए न कि आई.आई.एम. ग्रेजुएट्स। द लूट एक रोमांच या साहसिक यात्रा है, और हमें ऐसे लोग चाहिए, जो शून्य से शुरू करते हुए किसी काम को अंजाम दे सकें,' जय ने व्यंग्यात्मक लहजे में कहा। वह हाई प्रोफाइल आई.आई.एम. रंगरूटों और बड़ी कंपनियों से आए अनुभवी लोगों के तौर-तरीकों से खुश नहीं था।

'हाँ, जय, मैं आपके दर्द को समझता हूँ, लेकिन आपको इस प्रेजेंटेशन पर एक नजर दौड़ानी चाहिए। आपके निर्देश के मुताबिक, हमने स्टॉफ बढ़ाने पर विशेष ध्यान दिया है, लेकिन उससे जुड़ा एक मुद्दा ज्यादा खर्च का भी है।' कंचन ने श्री छाबड़ा की तरफ समर्थन के नजरिए से देखा।

'जय, यह महँगा पड़ेगा। हम 15 फीसद अतिरिक्त कर्मचारियों का बोझ नहीं झेल पाएँगे,' श्री छाबड़ा ने अपनी राय भी उसमें जोड़ी।

'हमारे पास विकल्प भी तो नहीं है; कर्मचारियों की कंपनी छोड़ने की दर 50 फीसद तक पहुँच चुका है—इसका मतलब कि आधे से ज्यादा हमारे कर्मचारी छह महीने में हमें छोड़ देंगे, और यह सिर्फ हमारे साथ ही नहीं है। पूरी इंडस्ट्री इस मुद्दे से जूझ रही है। इसके ऊपर दिक्कत ये कि हमें कुशल लोग नहीं मिल रहे हैं। ऐसे में बेहतर यही है कि लोगों को नौकरियाँ दी जाएँ और अतिरिक्त के रूप में उन्हें रखा जाए,' कंचन ने कहा।

'किसी भी सूरत में, नए रंगरूटों को काम सीखने में तीन महीने लगेंगे, और अगले तीन महीने अपने हुनर में माहिर होने में लगेंगे, और नौ महीने के बाद ही वे कुछ रिजल्ट देने में सक्षम हो सकेंगे,' जय रुका, और निराश सुर में, उसने बात जारी रखी, '…साल के अंत तक, वे नौकरी छोड़ जाएँगे।'

हालाँकि द लूट विस्तार कर रही थी, ढेर सारे नेशनल और इंटरनेशनल खिलाड़ी धीरे-धीरे भारतीय बाजार की तरफ अपना ब्रांड लेकर आ रहे थे, जिससे अनुभवी कर्मचारियों की माँग तेज हो गई थी।

'किसी भी सूरत में, नए रंगरूटों को काम सीखने में तीन महीने लगेंगे, और अगले तीन महीने अपने हुनर में माहिर होने में लगेंगे, और नौ महीने के बाद ही वे कुछ रिजल्ट देने में सक्षम हो सकेंगे,' जय रुका, और निराश सुर में, उसने बात जारी रखी, '…साल के अंत तक, वे नौकरी छोड़ जाएँगे।'

हालाँकि द लूट विस्तार कर रही थी, ढेर सारे नेशनल और इंटरनेशनल खिलाड़ी धीरे-धीरे भारतीय बाजार की तरफ अपना ब्रांड लेकर आ रहे थे, जिससे अनुभवी कर्मचारियों की माँग तेज हो गई थी।

'ये सही है, और मैं शर्त के साथ कहता हूँ कि अगर आप ऐसे ही चलते रहे तो यह और बढ़ जाएगा,' कंचन ने कहा।

'तुम्हारा कहने का क्या मतलब है कि अगर मैं यूँ ही चलता रहा तो,' जय चक्कर में पड़ गया।

'जय, आपको अपनी टीम के साथ कुछ समय बिताने की जरूरत है। आपके और टीम के सदस्यों के बीच किसी-न-किसी तरह का जुड़ाव बना रहना चाहिए, कंपनी के साथ एक भावनात्मक जुड़ाव जरूरी होता है, और वह कोई और नहीं केवल आप ही बना सकते हैं।' जय और टीम के सदस्यों के बीच बढ़ रही दूरी से कंचन चिंतित थी। कंपनी के अंदर एक अदृश्य अंतर तेजी से बढ़ रहा था।

'लेकिन कंचन, मैं तो हर चीज में उनकी मदद के लिए तैयार रहता हूँ,' जय ने खुद के बचाव में कहा।

'हाँ, इन दिनों आप उनके साथ खड़े रहते हैं, लेकिन केवल काम के लिए। पहले आप उनके साथ हँसी-मजाक के पल भी बिताते थे, और कर्मचारियों के इस तेजी से कंपनी छोड़ने की दर को देखते हुए, अब तो यह बेहद जरूरी हो गया है। उन्हें ज्यादा सैलरी देना ही एकमात्र समाधान नहीं है, इसलिए हमें उनको कुछ और भी कारण उपलब्ध कराने होंगे हमसे जुड़े रहने के लिए, और वह कारण केवल और केवल निष्ठा ही हो सकती है, कंपनी के साथ एक भावनात्मक संबंध,' कंचन ने समझाया।

'मैं मानता हूँ, लेकिन हम तेजी से आगे बढ़ रहे हैं। मैं नए स्टोर खोलने में व्यस्त

हूँ। मैं खुद उनसे जुड़ना चाहता हूँ, लेकिन मेरे पास हर चीज के लिए पर्याप्त समय नहीं है,' जय ने कहा। जय, अपने पिता से अलग, कारोबार में आनेवाला पहला व्यक्ति था, इसलिए उसे भी अपनी खुशियों के लिए वक्त नहीं मिलता था, लेकिन जिंदगी तमाम विडंबनाओं से भरी हुई थी—वह इतनी तेजी से विस्तार कर रहा था कि उसका कारोबार उस पर हावी होता जा रहा था। परिवार के लिए समय तो दूर की बात, उसके पास अपने लिए भी समय नहीं था।

'हो सकता है, लेकिन मुझे आशंका इस बात की है कि कहीं अपने किले की ऊँची इमारत तैयार करने के चक्कर में हम नींव के पत्थर ही न गवाँ दें,' कंचन ने भविष्य का अनुमान लगाते हुए कहा। चमचमाता आक्रामक विस्तार, टीम बनाने की गंभीर कसरत पर हावी होता जा रहा था।

~

'मुझे आप सबको यह बताते हुए बेहद खुशी हो रही है कि द लूट ने पिछले हफ्ते अपना 50वाँ स्टोर खोला है। हम…' तालियों की गड़गड़ाहट के बीच मार्केटिंग हेड ने अल्प विराम लिया।

पिछले कुछ महीनों से साप्ताहिक मीटिंग एक तरह से जरूरी और पवित्र संस्कार की तरह हो गई थी। सितारे उनके पक्ष में थे और हर मीटिंग में उन्हें अपने कर्मचारियों से अच्छी खबर साझा करने का मौका मिल रहा था। देश भर में द लूट पहले ही स्थापित खिलाड़ी हो चुकी थी, लेकिन यह महज एक शुरुआत थी।'…और अगले दो साल में हम 100 स्टोर के बेंचमार्क को छूने में कामयाब हो जाएँगे।' तालियों की गड़गड़ाहट जोर पकड़ने लगी। 'मैंने अभी पूरी बात खत्म नहीं की है। सबसे ज्यादा उत्साहजनक खबर मैं अब सुनाने जा रहा हूँ।' वह चुप हो गया और हर किसी को देखने लगा। वहाँ मौजूद लोगों की आँखें जिज्ञासा में चौड़ी हो गई थीं। हमने तय किया है कि हम अपने ब्रांड के लिए एक ब्रांड एंबेसडर भी नियुक्त करेंगे।

पिछले कुछ महीनों से साप्ताहिक मीटिंग एक तरह से जरूरी और पवित्र संस्कार की तरह हो गई थी। सितारे उनके पक्ष में थे और हर मीटिंग में उन्हें अपने कर्मचारियों से अच्छी खबर साझा करने का मौका मिल रहा था। देश भर में द लूट पहले ही स्थापित खिलाड़ी हो चुकी थी, लेकिन यह महज एक शुरुआत थी। '…और अगले दो साल में हम 100 स्टोर के बेंचमार्क को छूने में कामयाब हो जाएँगे।'

'कौन होगा वह ? सलमान खान ?' सेल्स और परचेज विभाग के वाइस प्रेसीडेंट ने उत्साह में पूछा।

'हे, मेरी ख्वाहिश है कि जॉन अब्राहम को बनाया जाए। उसने एक ठग का रोल किया था फिल्म धूम में। उसकी इमेज हमारे ब्रांड के नाम से मेल खाती है। क्या कहते हैं आप लोग?' एक अन्य कर्मचारी ने जोश में कहा। चमकते चहचहाते लोगों के चेहरों से पूरा कमरा रोशन हो उठा था और लोग कयास लगा रहे थे और एक-दूसरे से नाम पर चर्चा कर रहे थे।

'ठीक है, ठीक है, ठीक है, मैं जानता हूँ कि इस कमरे में सबसे बुद्धिमान दिमागवाले लोग मौजूद हैं, लेकिन मेरा मानना है कि जय पर ही इसे छोड़ दिया जाए, अब वही खुलासा करें कि क्या है माजरा,' मार्केटिंग हेड और जय एक-दूसरे को देखकर मुस्कराए।

'आप सबके सुझावों के लिए शुक्रिया! मैं आप लोगों को उस प्रक्रिया के बारे में बताना चाहता हूँ, जिसके तहत हमने सबकुछ तय किया और आप सबसे मैं यह बात भी साझा करना चाहता हूँ कि हम अपनी कंपनी को आगे कहाँ तक ले जाना चाहते हैं। द लूट के लिए ब्रांड एंबेसडर महज दिखनेवाले अभियान की तरह ही नहीं होगा; वह शख्स अपने आपमें हमारे ब्रांड, हमारे वैल्यू सिस्टम और ब्रांड अपील का द्योतक होगा, यानी उसे देखकर ही हमारे ब्रांड की तस्वीर ग्राहक के जेहन में दौड़ जाएगी। मैं आपको याद दिलाना चाहता हूँ, कि हमारा ब्रांड फैशन को नहीं दरशाता और इसलिए हम सलमान खान जैसी हस्ती को नहीं चुन सकते।' जय ने वी.पी. (सेल्स, परचेज) की तरफ देखकर मुस्कराते हुए कहा। 'हम एक ऐसी अवधारणा विकसित करना चाहते हैं, जो कि कैफे कॉफी डे या माई डॉलर स्टोर जैसा मिलता-जुलता होगा।'

'किसी भी कॉन्सेप्ट के ग्राहकों के जेहन में उतारने के लिए यह जरूरी है कि हम उसे किसी डिस्काउंट स्टोर या फैक्टरी आउटलेट से अलग दरशाने का प्रयास करें,' मार्केटिंग हेड ने अपनी बात जोड़ी।

'बिल्कुल, जिसका मतलब है कि हमें एक पूरा पैकेज बनाने की जरूरत है, और हमारा ब्रांड एंबेसडर उस पैकेज का ही हिस्सा होगा। हमें रॉबिन हुड की जरूरत है जो ब्रांडों को लूटता था और अपने ग्राहकों को किफायती

'बिल्कुल, जिसका मतलब है कि हमें एक पूरा पैकेज बनाने की जरूरत है, और हमारा ब्रांड एंबेसडर उस पैकेज का ही हिस्सा होगा। हमें रॉबिन हुड की जरूरत है जो ब्रांडों को लूटता था और अपने ग्राहकों को किफायती कीमत पर मुहैया कराता था। एक अच्छा आदमी ऐसा नहीं कर सकता, इसलिए हमें एक बुरे आदमी की जरूरत है। क्या अब हममें से कोई अनुमान लगा सकता है?' जय मुस्कराया और प्रतिक्रिया का इंतजार करने लगा।

कीमत पर मुहैया कराता था। एक अच्छा आदमी ऐसा नहीं कर सकता, इसलिए हमें एक बुरे आदमी की जरूरत है। क्या अब हममें से कोई अनुमान लगा सकता है?' जय मुस्कराया और प्रतिक्रिया का इंतजार करने लगा।

'कृपया मुझे यह मत बताइएगा कि आपका मन बार-बार गुलशन ग्रोवर पर जाकर टिक जा रहा है हमारे ब्रांड एंबेसडर के तौर पर!' परिचालन प्रमुख ने व्यंग्यात्मक लहजे में लोगों को सतर्क किया। गुलशन ग्रोवर को हिंदी सिनेमा का बैड मैन कहा जाता है; उन्होंने हिंदी फिल्मों में तमाम नकारात्मक भूमिकाएँ की हैं।

'क्यों नहीं? उन लोगों में ज्यादा अंतर नहीं होगा, जो शाहरुख को जानते होंगे और गुलशन ग्रोवर को नहीं। जानकारी का स्तर समान है, लेकिन कीमत नहीं। शाहरुख जहाँ बेहद महँगे हैं, वहीं ग्रोवर अपनी पहुँच में हैं,' हेड ने सुझाया।

'लेकिन हम किसी विलेन को अपना ब्रांड एंबेसडर नहीं बना सकते!'

'बिल्कुल बना सकते हैं, और वास्तव में, हम बनाएँगे भी,' जय ने सुझावों पर प्रतिक्रिया दी।

'क्लास में केवल बुद्धिमान छात्र ही अपना ध्यान नहीं खींचता, बल्कि शैतान बच्चा भी समान रूप से नजर में रहता है। आप भी पीछे बैठनेवालों को जानते होंगे, ठीक कहा मैंने?'

'मैं तो पीछे बैठनेवालों से ईर्ष्या करता था। लड़कियाँ हमेशा उनके साथ ही रहती थीं,' ऑपरेशन हेड ने कहा। वह अपने पढ़ाकू होने और बैकबेंचर न होने पर अफसोस कर रहा था।

'मैं तो हमेशा बैकबेंचर ही रहा। मेरी वजह से मेरे शिक्षक हमेशा परेशानी में ही रहते थे, और मुझे पक्का यकीन है कि वे आज भी मुझे याद करते होंगे।' जय हँसा। 'मुद्दे पर आते हैं, हमें एक ब्रांड एंबेसडर की जरूरत है, जो तीन पीढ़ियों से जुड़ सके, और इसलिए, जब हम बॉलीवुड के बैड ब्वॉयज के बारे में सोच रहे थे, तब हमारे सामने तीन विकल्प थे—अमरीश पुरी, डैनी डेंजोगप्पा और गुलशन ग्रोवर।'

'हे भगवान्! मैं शुरू से सही अंदाजा लगा रहा था! यह गुलशन ग्रोवर ही है,' ऑपरेशंस हेड अपने अंदाजे और उसके सही होने से हैरान थे।

'हाँ, दुर्भाग्य से अमरीश पुरी अब रहे नहीं। डैनी इन दिनों न तो दिखते हैं और न ही तीसरे या चौथे दरजे के शहरों में उन्हें ज्यादा लोग जानते ही हैं, और इसलिए हमने गुलशन ग्रोवर को अपना ब्रांड एंबेसडर बनाने का फैसला किया है,' मार्केटिंग हेड ने कारण स्पष्ट किया।

'...और इस तरह हम गुलशन ग्रोवर की नकारात्मक छवि से ग्राहकों को प्रेरित करेंगे कि वे भी बड़े ब्रांडों की बड़ी लूट से कुछ हिस्सा खुद भी चुन सकते हैं,' जय ने

बात पूरी की। जल्दी ही द लूट को एक ब्रांड एंबेसडर मिल गया।

प्रोफेसर डॉ. जॉन कक्षा में आए और उन्होंने प्रतिभागियों का अभिवादन किया। लंदन स्कूल ऑफ बिजनेस के एक हफ्ते के कोर्स में लगभग 100 उद्यमियों ने हिस्सा लिया था। ये प्रतिभागी यंग प्रोफेशनल नेटवर्क (YPN) की तरफ से आए हुए थे। वाई.पी.एन. का सदस्य बनने के लिए 20 मिलियन डॉलर (तत्कालीन लगभग 100 करोड़ रुपए) का कारोबार होना जरूरी था।

प्रोफेसर डॉ. जॉन कक्षा में आए और उन्होंने प्रतिभागियों का अभिवादन किया। लंदन स्कूल ऑफ बिजनेस के एक हफ्ते के कोर्स में लगभग 100 उद्यमियों ने हिस्सा लिया था। ये प्रतिभागी यंग प्रोफेशनल नेटवर्क (YPN) की तरफ से आए हुए थे। वाई. पी.एन. का सदस्य बनने के लिए 20 मिलियन डॉलर (तत्कालीन लगभग 100 करोड़ रुपए) का कारोबार होना जरूरी था।

'इस कोर्स के तीसरे दिन मैं आपका स्वागत करता हूँ। मेरे लिए यह बड़ी बात है कि आज पूरे दिन मैं आपके साथ रहूँगा,' डॉक्टर जॉन ने कहा।

'गुडमॉर्निंग,' प्रतिभागियों की तरफ से जवाब आया।

'हफ्ते भर के इस कार्यक्रम में दो दिन और बचे हैं। मुझे उम्मीद है कि अब तक के आपके सेशंस काफी लाभदायक रहे होंगे।'

'हमें कुछ बेहतरीन व्याख्यान सुनने को मिले होंगे,' एक प्रतिभागी ने कहा, जो 50 की उम्र में रहा होगा।

'आनेवाले और सेशंस भी कुछ और न हुए तो उसी तरह से शानदार होंगे। डॉ. जॉन ने कक्षा को आश्वस्त किया। जैसा कि आप जानते हैं कि ब्रिक (ब्राजील, रूस, भारत और चीन) वैश्विक अर्थव्यवस्था के ग्रोथ इंजन हैं; इन देशों से जो बिजनेस मॉडल निकल रहे हैं, वे गौर करने लायक हैं। फिलहाल हम भारत में चल रहे नए तरह के बिजनेस मॉडल पर चर्चा करेंगे।' डॉ. जॉन ने पावरप्वॉइंट प्रेजेंटेशन शुरू किया। सभी की निगाहें स्क्रीन पर टिक गईं।

'द लूट—द लूट एक मल्टी ब्रांड डिस्काउंट रिटेल चेन है भारत में, जिसके देश भर में 75 आउटलेट हैं और यह महिला, पुरुष और बच्चों के कपड़ों, फुटवियर, एक्सेसरीज और घरेलू कपड़ों की विस्तृत रेंज रखता है। द लूट ने ग्राहकों की ब्रांडेड कपड़ों की भूख और तलब को शांत किया, जो अन्य जगहों पर ज्यादा कीमत होने के चलते उन्हें खरीद नहीं पाते थे…' उन्होंने 45 मिनट लंबा प्रेजेंटेशन खत्म किया। 'अब आप जो चाहें सवाल पूछ सकते हैं,' डॉ. जॉन ने कहा।

'इतनी ऊँची छूट देकर माल बेचना कहाँ तक फायदे का सौदा कहा जाएगा?' एक प्रतिभागी ने पूछा।

'एक ब्रांड कैसे तैयार किया जा सकता है, जो कि सिर्फ पैसे से अंतर पैदा करता हो?' एक अन्य प्रतिभागी ने पूछा।

'यह तो काफी हद तक ब्रांडों की डेड इन्वेंट्री पर निर्भर है,' एक और प्रतिभागी ने कहा।

'मैं आपकी सभी जिज्ञासाओं को शांत नहीं कर पाऊँगा। मैं द लूट में काम नहीं करता,' डॉ. जॉन मुस्कराते हुए बोले, 'लेकिन मैं आपको किसी से मिलवा जरूर सकता हूँ, जो कि आपके सवालों के जवाब दे सकता है।' डॉ. जॉन ने सबसे पीछे बैठे जय की तरफ हाथ से इशारा किया। पूरी क्लास उस तरफ मुड़कर देखने लगी।

'मिस्टर जय गुप्ता, जिन्होंने द लूट की नींव रखी और उसे इस मुकाम तक पहुँचाया कि यह उदाहरण हमारे लिए अनुकरणीय बना। श्री गुप्ता खुद आपकी शंकाओं का समाधान करेंगे,' डॉ. जॉन ने कक्षा का जय से परिचय कराया, जो कि इस चर्चा के दौरान वहाँ बैठा हुआ था।

'यह तो काफी हद तक ब्रांडों की डेड इन्वेंट्री पर निर्भर है,' एक और प्रतिभागी ने कहा। 'मैं आपकी सभी जिज्ञासाओं को शांत नहीं कर पाऊँगा। मैं द लूट में काम नहीं करता,' डॉ. जॉन मुस्कराते हुए बोले, 'लेकिन मैं आपको किसी से मिलवा जरूर सकता हूँ, जो कि आपके सवालों के जवाब दे सकता है।' डॉ. जॉन ने सबसे पीछे बैठे जय की तरफ हाथ से इशारा किया। पूरी क्लास उस तरफ मुड़कर देखने लगी।

उसने कक्षा की तरफ देखा, सभी प्रतिभागी उससे कम-से-कम दस साल बड़े लग रहे थे। 'ये सारे लोग उपलब्धियों वाले हैं, मुझसे ज्यादा अनुभवी और मुझसे ज्यादा सफल, और मैं यहाँ, एक कॉलेज छोड़ा हुआ, उन लोगों से दुनिया के सबसे प्रतिष्ठित बिजनेस स्कूल में बात कर रहा हूँ, जो दुनिया के चुनिंदा सफल बिजनेस लीडर हैं। जीवन अद्भुत है, हर चीज यहाँ संभव है,' जय सोच रहा था।

'सभी को गुडमॉर्निंग। मैं डॉ. जॉन का शुक्रिया अदा करना चाहता हूँ, जिन्होंने मुझे आप जैसे उपलब्धियों वाले लोगों से बात करने का यह अवसर दिलाया। यह एक विनम्र अनुभव है मेरे लिए,' जय ने अपनी बात जारी रखी। 'मैंने पैसा कमाया, क्योंकि कोई ऐसा था, जो गलतियाँ कर रहा था। हालाँकि यह हम सभी के लिए सत्य है, मेरे मामले में यह ज्यादा स्वाभाविक है।' जय मुस्कराया और पूरी कक्षा ने उसका अनुकरण किया।

'जब अंतरराष्ट्रीय ब्रांड खराब बिक्री करते हैं और ऐसे में उनके पास स्टॉक की

बहुतायत हो जाती है, तो हम जश्न मनाते हैं, क्योंकि तब हमारे पास ग्राहकों को देने के लिए जबरदस्त स्टॉक होता है।'

'लेकिन ऊँची छूट देकर आप पैसे कैसे कमा सकते हैं?'

'एक रिटेल आउटलेट के रूप में द लूट की ताकत व्यापक इंतजाम और शानदार सप्लाई चेन मैनेजमेंट में निहित है। इससे हमें उत्पादक से बेहतर कीमत पर माल मिलता है और हम उसका फायदा ग्राहक तक पहुँचाते हैं। हम अवसरवादी बड़े खरीदार हैं, हम एक ही डिजाइन के लाखों कपड़े एक बार में ही खरीद लेते हैं। हम वह स्टॉक खरीदते हैं, जो कंपनियाँ अधिकाधिक संख्या में तैयार कराती हैं, खासतौर पर वह डिजाइन जो सीमित साइज में होता है, और हम उस स्टॉक को लगभग रद्दी के भाव खरीदते हैं।' जय ने चुटकी ली।

'मंदी के दौर का आपके कारोबार पर कितना असर पड़ा?' एक प्रतिभागी ने पूछा।

'जी हाँ, मुझे मंदी से प्यार है,' जय ने कहा और प्रतिभागियों की ओर देखा। उसके इस कथन से पूरी क्लास चौंक गई। यूनाइटेड स्टेट्स अपनी सबप्राइम मॉर्टगेज की समस्या से जूझ रहा था और पूरी दुनिया मंदी के सबसे खराब दौर की ओर बढ़ रही थी। उन सभी के पास एक ही सवाल था—किसी के लिए भी मंदी फायदेमंद कैसे हो सकती है?

'जब लोगों के पास पैसा होता है तो वे ब्रांडेड चीजें खरीदते हैं, लेकिन जब संकट होता है तो उनकी ब्रांड अभिलाषा तब भी उनके मन में होती है। ऐसे में वे सतर्क होकर खरीदारी करते हैं और स्मार्ट शॉपिंग करते हैं। हम जो औसत डिस्काउंट उन्हें प्रदान करते हैं, वह सेल के मौसम में किसी भी दूसरे रिटेल चेन द्वारा दी जा रही छूट से ज्यादा बैठती है, इसलिए हमारे जैसी डिस्काउंट रिटेल चेन फिर भी बेहतर कारोबार कर ले जाती है,' जय ने विस्तार से बताया। 'रिटेल में पाँच प्रमुख जगहों पर खर्च होता है—मानव संसाधन, रियल एस्टेट, टैक्स, बिजली और विज्ञापन। जब बाजार में मंदी रहती है, तो हमें अच्छे मेधावी लोग मिल जाते हैं और वह भी सामान्य दिनों के मुकाबले कम तनख्वाह पर। रियल एस्टेट की कीमतें और किराया, दोनों घट गए हैं। इसलिए मंदी कम-से-कम हमारे लिए

'मंदी के दौर का आपके कारोबार पर कितना असर पड़ा?' एक प्रतिभागी ने पूछा। 'जी हाँ, मुझे मंदी से प्यार है,' जय ने कहा और प्रतिभागियों की ओर देखा। उसके इस कथन से पूरी क्लास चौंक गई। यूनाइटेड स्टेट्स अपनी सबप्राइम मॉर्टगेज की समस्या से जूझ रहा था और पूरी दुनिया मंदी के सबसे खराब दौर की ओर बढ़ रही थी। उन सभी के पास एक ही सवाल था—किसी के लिए भी मंदी फायदेमंद कैसे हो सकती है?

तो अच्छी है।' जय पूरे क्लास की तरफ देखकर मुस्कराया।

'अगर ब्रांडों के पास अधिक स्टॉक नहीं रहता, तब आप क्या करते हैं?'

'मैं आपकी बात मानता हूँ। कोई भी ब्रांड हमें लगातार साल भर सप्लाई करने की गारंटी नहीं ले सकता, और इसलिए हमने निजी लेबलों को भी अपने साथ जोड़ रखा है, ताकि कमी पूरी होती रहे,' जय ने जवाब में कहा और बताया कि प्राइवेट लेबल्स को शामिल करना क्यों समझदारी भरा है, जो कंपनी की आय में 25 फीसद का योगदान करते हैं।

'अपना कारोबार बढ़ाना शुरू किया जब आपने, तो क्या समस्याएँ भी पेश आईं?'

'आप सुरक्षित तरीके से कह सकते हैं कि हमारी राह बाधाओं से भरी हुई थी। हम उस तरह से विकसित नहीं हो सकते जैसे कि मल्टीनेशल शुरुआत में ही बड़ा बुनियादी ढाँचा खड़ा कर लेते हैं और प्रॉफिट के लिए चार-पाँच साल इंतजार कर सकते हैं। हम नए कॉन्सेप्ट पर प्रयास कर रहे थे, और धीरे-धीरे गति पकड़ना ही हमारे लिए श्रेयस्कर था। हमारे रास्ते में, हमें कुछ ऐसे प्रश्नों से जूझना पड़ा—क्या हमें पहले टीम खड़ी करनी चाहिए और अपनी लागत बढ़ा लेनी चाहिए, या आय का जरिया बढ़ाने और उसका विस्तार करने पर ध्यान देना चाहिए। यह पहले मुरगी या अंडावाली दुविधाजनक स्थिति थी। अक्सर हमारे पास विकल्प नहीं होता था। जैसे हालात होते थे, हम उसी अनुसार काम करते थे। उस समय हमारे पास निवेश के लायक फंड नहीं होते थे, इसलिए हम समय के अनुसार चलते थे।'

यह सेशन पूरा हुआ तो सभी प्रतिभागी जय से बात करने के लिए उसे घेरकर खड़े हो गए। वह अभिभूत था। जय ने अपनी इच्छा से कॉलेज की पढ़ाई छोड़ी थी, और यहाँ वह दुनिया के सबसे चमकदार दिमागवालों के बीच खुद की प्रशंसा पाकर रोमांच महसूस कर रहा था। सेशन खत्म होने पर, जब हर कोई वहाँ से चला गया, तो वह क्लासरूम में बैठकर मुस्करा

यह सेशन पूरा हुआ तो सभी प्रतिभागी जय से बात करने के लिए उसे घेरकर खड़े हो गए। वह अभिभूत था। जय ने अपनी इच्छा से कॉलेज की पढ़ाई छोड़ी थी, और यहाँ वह दुनिया के सबसे चमकदार दिमागवालों के बीच खुद की प्रशंसा पाकर रोमांच महसूस कर रहा था। सेशन खत्म होने पर, जब हर कोई वहाँ से चला गया, तो वह क्लासरूम में बैठकर मुस्करा रहा था। 'जीवन अद्भुत है,' उसने सोचा। उसने सपने में भी नहीं सोचा था कि उसे यह सम्मान भी हासिल होगा। कठोर परिश्रम, रात रात भर जगना और चिंता भरे दिनों ने अब जाकर उसकी मेहनत का परिणाम देना शुरू किया है।

रहा था। 'जीवन अद्भुत है,' उसने सोचा। उसने सपने में भी नहीं सोचा था कि उसे यह सम्मान भी हासिल होगा। कठोर परिश्रम, रात-रात भर जगना और चिंता भरे दिनों ने अब जाकर उसकी मेहनत का परिणाम देना शुरू किया है। उसने भारत में मौजूद अपनी पत्नी और परिवार को फोन किया। उस समय आई.एस.डी. रेट आकाश छू रही थीं, लेकिन वह अपने उत्साह को रोक न पाया, उसे अपने करीबियों के साथ खुशी बाँटनी थी।

~

एक चमकदार और ग्लैमर से भरपूर शाम—भारतीय स्टार्टअप कंपनियों की सबसे बड़ी प्रतिस्पर्धा 'टाटा एन.ई.एन. हॉटेस्ट स्टार्टअप्स' की पार्टी चल रही थी। पूरा हॉल भारत की अगली पीढ़ी के उद्यमियों से भरा हुआ था। उन लोगों ने ढेर सारी संभावनाओं को दरशाया था, जिसमें कुछ लोग ही ऐसे थे, जो भीषण संघर्ष के थपेड़े सहते हुए खेल के नियम दोबारा लिखनेवाले थे, जबकि बड़ी संख्या उन लोगों की होनेवाली थी, जो संघर्ष के तेज ज्वार-भाटे में बहकर खो जानेवाले थे। भविष्य के बारे में कोई नहीं जानता, लेकिन अभी फिलहाल के लिए, जय उन तमाम नई उम्र के उद्यमियों में से एक था, जो इस प्रतियोगिता में हिस्सा ले रहे थे। हालाँकि जय पहले ही 2009 से अब तक चार अलग-अलग अवार्ड जीत चुका था, फिर भी वह इस बार घबराया हुआ था। 'अगर मैं यह प्रतियोगिता जीत गया, तो इससे यह संदेश जाएगा कि द लूट के बिजनेस मॉडल में लोगों का भरोसा कायम है। इससे यह होगा कि फंड हासिल करने के तमाम नए आयाम खुलेंगे और हमारे लिए ब्रांड का विस्तार करना आसान हो जाएगा।'

'हम टॉप के पाँच फाइनलिस्टों में से एक हैं।' जय के चेहरे की चमक देखते ही बनती थी, जब उसने अपने सी.एफ.ओ. को यह जानकारी दी। पाँच फाइनलिस्टों में शामिल होना ही जय (द लूट टीम) के लिए एक बड़ी उपलब्धि थी। द लूट को देश के सौ स्टार्टअप्स में से चुना गया था। 'हम इतनी दूर तक आ गए हैं, तो हम इसे गवाँ नहीं सकते,' जय ने सी.एफ.ओ. से कहा और टोटके के तौर पर अपनी उँगलियों को गाँठ लिया।

हर किसी की नजर जूरी पर टिकी थी, जो विजेता के नामों का ऐलान करने ही वाली थी। 'यह निश्चित तौर पर कठिन काम है। भारत में प्रतिभा की कोई कमी नहीं है। हर बिजनेस आइडिया को पहचान मिलनी ही चाहिए। बेहद कड़ी लड़ाई देखने को मिली! हमें इसे जीतना ही होगा,' जय ने सोचा। जब जूरी ने लिफाफा खोला, तो जय ने घबराहट के चलते बैठे-बैठे ही कुरसी को कसकर पकड़ लिया और बाकी के चार फाइनलिस्टों की ओर देखने लगा। 'कृपया हमें जल्दी बताएँ,' जय ने मन में कहा। हर मिनट का इंतजार बेहद कठिन होता जा रहा था।

'विजेता एक वाकई असली उद्यमी है। उसने जब काम शुरू किया, तो कंपनी

को न तो किसी निवेशक से वित्तीय सहयोग मिला न उन ब्रांडों की तरफ से उसे सप्लाई चेन की ही मदद मिली, जिनका माल वह बेचता था। उसके पास कोई औद्योगिक पहचान भी नहीं थी,' उद्घोषक किसी भी तरह से रहस्य के माहौल को खत्म नहीं करना चाहता था। 'चार साल तक इस सेक्टर के थपेड़े सहने और खुद को बचाए रखकर, उसने अपने आपमें एक बेंचमार्क स्थापित कर दिया। देवियो और सज्जनो, वह विजेता है…' वह रुक गया, यह विराम जय के लिए एक लंबा विराम लगने लगा, '…वह विजेता है—द लूट।'

'विजेता एक वाकई असली उद्यमी है। उसने जब काम शुरू किया, तो कंपनी को न तो किसी निवेशक से वित्तीय सहयोग मिला न उन ब्रांडों की तरफ से उसे सप्लाई चेन की ही मदद मिली, जिनका माल वह बेचता था। उसके पास कोई औद्योगिक पहचान भी नहीं थी,' उद्घोषक किसी भी तरह से रहस्य के माहौल को खत्म नहीं करना चाहता था। 'चार साल तक इस सेक्टर के थपेड़े सहने और खुद को बचाए रखकर, उसने अपने आपमें एक बेंचमार्क स्थापित कर दिया। देवियो और सज्जनो, वह विजेता है…' वह रुक गया, यह विराम जय के लिए एक लंबा विराम लगने लगा, '…वह विजेता है—द लूट।'

जय अचानक उछल पड़ा। उसकी दुआएँ कबूल कर ली गई थीं। मन-ही-मन उसने ईश्वर को धन्यवाद दिया। मंच की तरफ जब वह बढ़ने लगा, तो पीछे तालियों की गड़गड़ाहट से गूँज रहा हॉल एक जबरदस्त रोमांचक अनुभव दे रहा था। हालाँकि उसे 'सी.एन.बी.सी. यंग टर्क्स अवॉर्ड,' एशिया पैसिफिक एंटरप्रिन्योरशिप अवाड्र्स का 'मोस्ट प्रॉमिजिंग एंटरप्रिन्योर अवॉर्ड,' ग्लोबल अवॉड्र्स फॉर ब्रांड एक्सेलेंस की तरफ से 'यंग अचीवर अवॉर्ड' से सम्मानित किया जा चुका था, और इसके अलावा ढेरों सम्मान और पुरस्कार से उसे नवाजा जा चुका था, लेकिन टाटा एन.ई.एन. हॉटिस्ट स्टार्टअप्स अवॉर्ड जीतना उसके लिए सबसे बड़ा सम्मान था।

सबसे तेजी से उभरते हुए स्टार्टअप्स के तौर पर उसकी कंपनी को सर्वश्रेष्ठ चुना गया, और वह मंच पर वह सम्मान हासिल करने के लिए पहुँचा और वहाँ से उसने खचाखच भरे हॉल की तरफ देखा, सबकुछ अभिभूत करनेवाला था। जब उसने ट्रॉफी ली और दर्शकों ने तालियाँ बजाना बंद किया, तो हर चीज मानो ठहर सी गई। जय की इच्छा थी कि उसे किसी तरह से टाइम मशीन हाथ लग जाती और वह वक्त को कुछ देर के लिए यहीं रोक लेता और इस गरिमा भरे पलों को कुछ देर और महसूस करता। भले ही वह उत्साह से अंदर-ही-अंदर उछल रहा था, फिर भी उसने अपनी भावनाओं

को काबू में रखा, और शांत लेकिन दृढ आवाज में उसने जूरी, प्रायोजकों और कार्यक्रम के आयोजकों का शुक्रिया अदा किया।

‘यह जानकर ही शानदार एहसास होता है कि धैर्य और लगन को पहचाननेवाले लोग इस इंडस्ट्री में मौजूद हैं। ये सम्मान न केवल हमें कठिन परिश्रम करने के लिए प्रोत्साहित करते हैं, बल्कि हमें यह भी बताते हैं कि हम सही राह पर हैं। मैं टाटा एन.ई.एन. का शुक्रिया अदा करना चाहता हूँ कि उन्होंने स्टार्टअप्स के लिए एक बेहतरीन प्लेटफॉर्म तैयार किया है। ऐसे ही प्लेटफॉर्म उद्यमिता को प्रोत्साहित करेंगे और लोगों को नई-नई संभावाओं को भारत में विकसित करने के लिए प्रेरित करते रहेंगे। मैं उन लोगों का भी शुक्रिया अदा करता हूँ, जिन्होंने हमारे पक्ष में वोट किया। मैं उन सभी वेंडर्स, पार्टनर्स और जिन्होंने हम पर भरोसा जताया और सबसे बढ़कर, मैं ‘द लूट’ के हर कर्मचारी का शुक्रिया अदा करना चाहूँगा, जिनके बिना यह सफर संभव ही नहीं था। आज यह हमारी जीत है। हम वादा करते हैं कि हम और कठिन परिश्रम करेंगे और अपने ग्राहकों को कम कीमत में उच्च गुणवत्तापरक उत्पाद मुहैया कराते रहेंगे। इस सम्मान के लिए आप सभी का शुक्रिया।’

‘ये साइनबोर्ड की बत्ती क्यों नहीं जल रही है?’ जय ने काउंटर पर मौजूद सेल्सगर्ल से पूछा। वह नासिक में स्थित अपने स्टोर पर बिना बताए जाँच करने पहुँचा हुआ था। द लूट अपने तीव्र विस्तार मुहिम में जुटी हुई थी, और जय नए स्टोर खोलने में इस कदर मशगूल हो गया कि पुराने स्टोर्स का दौरा करने का उसे समय ही नहीं मिलता था। वह कई महीने बाद इस स्टोर पर पहुँच पाया था। महानगरों के बाद द लूट ने दूसरे और तीसरे दर्जे के शहरों में प्रवेश करना शुरू किया था। 2007 से 2009 के बीच, देश भर में द लूट के सौ स्टोर खुले।

~

‘ये साइनबोर्ड की बत्ती क्यों नहीं जल रही है?’ जय ने काउंटर पर मौजूद सेल्सगर्ल से पूछा। वह नासिक में स्थित अपने स्टोर पर बिना बताए जाँच करने पहुँचा हुआ था। द लूट अपने तीव्र विस्तार मुहिम में जुटी हुई थी, और जय नए स्टोर खोलने में इस कदर मशगूल हो गया कि पुराने स्टोर्स का दौरा करने का उसे समय ही नहीं मिलता था। वह कई महीने बाद इस स्टोर पर पहुँच पाया था। महानगरों के बाद द लूट ने दूसरे और तीसरे दर्जे के शहरों में प्रवेश करना शुरू किया था। 2007 से 2009 के बीच, देश भर में द लूट के सौ स्टोर खुले।

‘सर, स्विच काम नहीं कर रही है,’ उसने जवाब में कहा।

'कब से?' जय ने कड़क आवाज में पूछा।

'पिछले 15 दिन से,' उसने हिचकते हुए जवाब दिया।

'क्या, 10-15 दिन से! क्यों?' वह अपना आक्रोश नियंत्रित नहीं कर पाया।

'मैं नहीं जानती सर। मैं स्टोर मैनेजर को बता चुकी हूँ,' उसने सफाई देते हुए कहा।

'स्टोर मैनेजर को बुलाओ,' जय ने चिल्लाते हुए कहा।

स्टोर मैनेजर दौड़ता हुआ आया।

'गुड इवनिंग सर,' मैनेजर ने लंबी मुस्कान से उसका अभिवादन किया।

'साइनबोर्ड पर बत्ती क्यों नहीं जल रही है?' जय ने जवाब जानना चाहा। हालाँकि वह गुस्से में था, फिर भी उसने अपनी आवाज नीचे रखी; क्योंकि वह ग्राहकों के सामने चिल्लाना नहीं चाहता था।

'सर, इलेक्ट्रिशियन को बोला हुआ है। वह अगले दिन आ जाएगा,' मैनेजर ने लापरवाही से जवाब दिया।

'ठीक है, आओ बैक ऑफिस में चलकर बात करते हैं।' मैनेजर की बेरुखी से जय का गुस्सा आपे से बाहर हो गया, लेकिन उसने शांति बनाए रखी।

'मुझे हिसाब-पुस्तक देखना है। मुझे तुम्हारे स्टोर की हर चीज का अभी ऑडिट करना है।' गुस्से को नियंत्रित करते हुए जय ने कहा।

'तुमने एक पंखा लिया और उसका किराया 8000 रुपए दे रहे हो? क्या है ये?' इस तरह के तमाम बिलों को देखते हुए जय भौचक रह गया।

'सर, ए.सी. काम नहीं कर रहा था, इसलिए हमने पंखा किराए पर लिया,' मैनेजर ने बताया।

'क्या? तुम्हारा दिमाग तो नहीं खराब हो गया? तुमने 8000 रुपए पर पंखा किराए पर लिया? तुम दो हजार रुपए का नया पंखा ही खरीद लेते। ये किस तरह की बेवकूफी है?' जय अपने कर्मचारियों के गैर-जिम्मदाराना रवैए से व्यथित हो गया।

'सर, ए.सी. काम नहीं कर रहा था, इसलिए हमने पंखा किराए पर लिया,' मैनेजर ने बताया। 'क्या? तुम्हारा दिमाग तो नहीं खराब हो गया? तुमने 8000 रुपए पर पंखा किराए पर लिया? तुम दो हजार रुपए का नया पंखा ही खरीद लेते। ये किस तरह की बेवकूफी है?' जय अपने कर्मचारियों के गैर-जिम्मदाराना रवैए से व्यथित हो गया।

'क्या तुम अपने घर का बल्ब बदलने के लिए दस दिन तक इंतजार कर सकते हो? तो तुमने यहाँ तही चीज क्यों लागू नहीं की? क्या यह तुम्हारा स्टोर नहीं है? यह तो विचित्र है!'

ऊपरी मैनेजमेंट से लेकर सेल्स स्टॉफ तक, हर कोई बेहद कठोर मेहनत कर रहा था,

ताकि कंपनी आगे बढ़ सके, मध्यस्तरीय मैनेजमेंट लापरवाह ही बना हुआ था और संगठन के लक्ष्य से जुड़ नहीं पाया था। जय इस बाधा को खत्म करना चाहता था, लेकिन यह नहीं तय कर पा रहा था कि इस पर कैसे काम किया जाए। जल्दी ही जय ने महसूस किया कि उसकी विस्तार की भूख की उसे थकाऊ संगठन के रूप में कीमत चुकानी पड़ रही है, जिसमें काम करनेवाले लोग न केवल लक्ष्य से भटके हुए हैं, बल्कि उनका जुड़ाव भी संगठन से नहीं हो पाया है।

'उफ, एक इनसान अकेले कितना काम कर पाएगा? बिजनेस खड़ा करे या पहले टीम तैयार करे? आदर्श रूप में, दोनों ही चीजें साथ-साथ होनी चाहिए, लेकिन क्या मेरे अंदर इतनी सामर्थ्य है कि मैं अकेले यह सब कर सकूँ? हर चीज में संतुलन चाहिए, लेकिन महज सोचना भर ही किस कदर असंतुलित है।' जय खुद को भँवर में फँसा हुआ पा रहा था।

~

'फुटबॉल की तरह, जीवन भी खेल ही है। गलतियों का मार्जिन बेहद छोटा है। आधा कदम पहले या आधा कदम बाद में पड़ने से ही हो सकता है कि आप कोई चीज पा जाएँ या वह हाथ से निकल जाए। आधा सेकंड की देरी या जल्दी से ही आपके हाथ से चीज फिसल जाए। ये छोटी-छोटी चीजें हमारे आसपास हमेशा मौजूद रहती हैं,' द लूट के सी.ई.ओ. आर.पी. छाबड़ा ने वार्षिक बैठक में कर्मचारियों को संबोधित करते हुए कहा। आगे की काररवाई को लेकर यह बैठक हो रही थी। द लूट ने पिछले हफ्ते 150वाँ स्टोर खोला था। प्रबंधन की योजना अगले एक साल में 100 स्टोर खोलने की थी।

'हम अपनी सबसे महत्त्वपूर्ण पारी खेलने जा रहे हैं। विस्तार की हमारी योजना के साथ, हमें अपने रवैए में भी आक्रामक रहना होगा। हमारे गठन से आज तक, हमारे पास देश भर में 150 स्टोर हैं। पिछले साल अकेले ही, हमने 75 स्टोर और जोड़े हैं। जबकि ढेर सारी कंपनियों को अपनी दुकानें बंद करनी पड़ी हैं, हम लगातार आगे ही बढ़ते जा रहे हैं और हमारी गति भी एक्सप्रेस जैसी है,' छाबड़ा ने अपनी बात जारी रखी। वे सुविधा और विशाल मेगा मार्ट का उदाहरण देकर समझा रहे थे। दिलचस्प चीज यह है कि मंदी से प्रभावित अर्थव्यवस्था में, हम विकास इसलिए कर सके, क्योंकि हमने ग्राहकों की जरूरत के अनुसार प्रतिक्रिया दी और उन्हें पैसा वसूल ऑफर दिया। हमारे काम का मूल आधार 'उच्च गुणवत्ता निम्न कीमत' है, जो लोगों को पसंद आई, इसने हमें उन चुनिंदा कारोबारों में से एक बनाया, जो न केवल मंदी के प्रभाव से परे है, बल्कि मंदी के अनुकूल भी है! छाबड़ा ने चुटकी ली तो हॉल में हर शख्स मुस्करा पड़ा।

'जब हम आगे की तरफ देखते हैं तो पाते हैं कि अगले दो साल हमारे लिए बेहद अहम हैं। 100 स्टोर और खोलना हमारा लक्ष्य है और विस्तार के मद्देनजर हमें

आई.टी. बुनियादी ढाँचे में निवेश करने की भी जरूरत है। हमने इसके लिए टी.सी.एस. (टाटा कंसल्टेंसी सर्विसेज) से समझौता किया है, ताकि वे हमारे लिए एस.एम.ई.-ई.आर.पी. सॉल्यूशन (लघु एवं मझोला उद्योग—उद्योग संसाधन योजना) की पृष्ठभूमि तैयार कराकर लागू कर सकें और अपने सिस्टम को और अधिक प्रभावशाली बना सकें। भिवंडी में इसी तर्ज पर हमारा एक गोदाम तैयार है, जो पूरी तरह तकनीकी उन्नयन पर आधारित है, जो हमारे विस्तार की चुनौतियों से निपटने में सहायक होगा,' छाबड़ा ने अपनी बात जारी रखी। उन्होंने सहमति के लिए जय की तरफ देखा, जिसने सिर हिलाकर हामी भरी। मीटिंग रूम पूरी तरह से ऊर्जा से भरपूर हो उठा था, और पूरी टीम भविष्य का पूर्वानुमान कर बेहद उत्साहित हो उठी थी।

'जब हम आगे की तरफ देखते हैं तो पाते हैं कि अगले दो साल हमारे लिए बेहद अहम हैं। 100 स्टोर और खोलना हमारा लक्ष्य है और विस्तार के मद्देनजर हमें आई.टी. बुनियादी ढाँचे में निवेश करने की भी जरूरत है। हमने इसके लिए टी.सी.एस. (टाटा कंसल्टेंसी सर्विसेज) से समझौता किया है, ताकि वे हमारे लिए एस.एम.ई.-ई.आर. पी. सॉल्यूशन (लघु एवं मझोला उद्योग—उद्योग संसाधन योजना) की पृष्ठभूमि तैयार कराकर लागू कर सकें और अपने सिस्टम को और अधिक प्रभावशाली बना सकें।

जय अपनी जगह पर खड़ा हुआ और आसपास देखने लगा। 'छह साल पहले, मेरे पास महज एक फ्रेंचाइजी थी, आज हम 150 स्टोर का आँकड़ा पार करने को बेताब हैं। हमारा यह विकास बगैर आप सबके सहयोग के संभव नहीं था। आज हमारा हर साथी शाबाशी का हकदार है। हमने बेहद शानदार काम किया है, लेकिन जैसा कि कहा जाता है, बोतल की गरदन हमेशा ऊपर की तरफ होती है। तो जैसे-जैसे हम विकास करते जाते हैं, हमारे लिए अपने प्रदर्शन में सुधार करना कठिन होता जाता है। अपने लक्ष्य को हासिल करने का एक ही तरीका तब बचता है कि हम अपने लोगों में निवेश करें, और इस बात का खयाल मन में रखते हुए, हमने एस.पी. जैन इंस्टीट्यूट ऑफ मैनेजमेंट ऐंड रिसर्च के साथ एक समझौता किया है, ताकि वे हमारी टीम को प्रशिक्षित करें। इससे हमारे 900 कठोर परिश्रमी कर्मचारियों को खुद को बेहतर बनाने का एक अवसर हासिल होगा,' जय ने कहा, जो कि निरंतर सुधार में अत्यधिक भरोसा करता था।

'जहाँ तक पैसे का सवाल है, हम इस तरफ भी ध्यान देंगे और हमें इसके लिए सेंसेक्स के 18000 से नीचे आने का ही महज इंतजार कर रहे हैं,' जय ने कहा और इशारा भी किया कि वह अगले साल 100 करोड़ का आई.पी.ओ. (इनिशियल पब्लिक

ऑफरिंग) लाने की योजना बना रहा है। पिछले साल इस योजना को ठंडे बस्ते में डाल दिया गया था, क्योंकि मंदी से सभी सशंकित थे। इसके बजाय उन लोगों ने अपने विस्तार कार्यक्रम को बैंकों से कर्ज लेकर पूरा किया।

~

'सर, इंटरव्यू के लिए पत्रकार आए हुए हैं,' मार्केटिंग एक्जिक्यूटिव ने आकर बताया।

'हमें हमारे हिस्से का प्रचार मिल चुका है, मुझे अब और प्रचार की जरूरत नहीं है। पत्रकार को बता दो जाकर कि मैं ऑफिस बदलने को लेकर व्यस्त चल रहा हूँ। हमारा ध्यान केवल और केवल कारोबार पर है। हमारी दीर्घायु सवालों के घेरे में है। मेरे पास कारोबार को छोड़कर और किसी के लिए समय नहीं है,' जय ने कहा। साल भर के अंदर पूरा खेल बदल गया। द लूट भारी वित्तीय दबाव में आ चुकी थी। बाजार में गिरावट का दौर था, और आई.पी.ओ. के जरिए पैसे हासिल करने का सवाल ही नहीं रह गया था। ब्याज की कीमत ने द लूट पर अपना असर डालना भी शुरू कर दिया था। दाद में खाज यह कि सुविधा, विशाल और अन्य रिटेल चेन के बंद होने से बैंकों ने भी रिटेल इंडस्ट्री से पैसे निकालना शुरू कर दिया था।

जय और उसकी टीम को कंपनी के खर्चे में कटौती करनी पड़ी। उसे 5000 वर्ग फीट के ऑफिस से 1000 वर्ग फीट के ऑफिस में जाना पड़ा। जय को 2004 के बाद से अब तक कुल चार बार ऑफिस बदलना पड़ा। द लूट घरेलू रिटेलर कंपनी थी। जब फंडिंग और बाजार चरम पर थे, तो उनके पास बड़ा ऑफिस स्पेस था, लेकिन जब अर्थव्यवस्था और वित्तीय स्थिति खराब हुई, तो उन्होंने समझौता किया और छोटे ऑफिस में चले गए।

'जय मैंने स्टोर प्रदर्शन का आकलन किया है। हमें गुजरात के तीन और स्टोर बंद कर देने चाहिए। इससे हमारा संचालनीय खर्च बचेगा,' सुनील राठी, वी.पी. (फाइनेंस) ने कहा।

'हम पहले ही काफी स्टोर बंद कर चुके हैं। अब हमारे कर्मचारियों की संख्या भी 200 के आसपास रह गई है। फिर भी हम समय पर उन्हें तनख्वाह नहीं दे पा रहे हैं,' जय ने कहा। रिटेल कारोबार में जय ने इसलिए कदम रखा था, ताकि वह आसान और हँसी-खुशी भरी जिंदगी बहाल कर सके, लेकिन हो उलटा रहा था और हर दिन बीतने के साथ-साथ वित्तीय समस्या और तेजी से उभरकर सामने आ रही थी।

'हाँ, लेकिन ये स्टोर हमारे लाभ कमानेवाले स्टोर की कमाई भी खा जा रहे हैं। हमने दो स्टोर एक-दूसरे के बेहद करीब खोल भी डाले।' सुनील ने विस्तार से बताया।

'क्या आपने बैंकों से बात की? क्या कोई हमें कर्ज देने के लिए तैयार हुआ?'

जय को पता था कि यह महज निष्ठुरता नहीं है; वर्किंग कैपिटल की कमी एक बड़ा कारण है कि स्टोर बंद करने पड़ रहे हैं। बैंकों से वित्तीय सहयोग उन्हें तरलता प्रदान कर सकते हैं, जिससे वे कारोबार के धीमेपन से संघर्ष कर सकते हैं। साथ ही, समय बीतने पर, ये स्टोर फायदा कमाने लगेंगे और ढेर सारी जॉब्स बचाई जा सकेंगी।

'नहीं, मुझे नहीं लगता कि हम बैंकों से पैसे हासिल कर पाएँगे, क्योंकि उन्होंने रिटेल सेक्टर को पैसे देना बंद कर दिया है। कोई भी भारतीय रिटेलर फायदा नहीं कमा पा रहा है। बैंकों को अगर छोड़ दें, तो कोई भी शख्स इस सेक्टर में पैसे क्यों लगाएगा?'

'हर चीज इतनी तेजी से क्यों बदल रही है! पिछले साल तक तो विशाल जैसे रिटेलर आई.पी.ओ. से पैसे हासिल कर रहे थे और उनके आई.पी.ओ. की जबरदस्त माँग थी, और अब यह हालत है कि हमें लोन तक नहीं मिल रहा है,' जय ने हताशा में कहा। वह इसे आगे बढ़ाने को बेताब था।

> ***'क्या आपने बैंकों से बात की? क्या कोई हमें कर्ज देने के लिए तैयार हुआ?' जय को पता था कि यह महज निष्ठुरता नहीं है; वर्किंग कैपिटल की कमी एक बड़ा कारण है कि स्टोर बंद करने पड़ रहे हैं। बैंकों से वित्तीय सहयोग उन्हें तरलता प्रदान कर सकते हैं, जिससे वे कारोबार के धीमेपन से संघर्ष कर सकते हैं। साथ ही, समय बीतने पर, ये स्टोर फायदा कमाने लगेंगे और ढेर सारी जॉब्स बचाई जा सकेंगी।***

'हाँ, आई.पी.ओ. के बावजूद, विशाल में पूरी तालाबंदी हो गई। बैंकों को अब ज्यादा वजहें मिलने लगी हैं चिंतित रहने की।'

'लेकिन बदलाव बेहद खौफनाक रहा है। मेरा मतलब अचानक यह पूरा सेक्टर ही मंदा नजर आने लगा है। आसपास निराशा भरा माहौल है। पिछले साल तक यही सेक्टर बूम कर रहा था और हम अवॉर्ड जीत रहे थे,' जय ने कहा।

जैसा कि जॉर्ज ऑर्वेल ने कहा था एक बार, 'जो भी किसी पल में जीत रहा होता है, वह हमेशा अजेय लगता है।' किसी ने भी इन रिटेलर्स की गिरावट का अनुमान तक नहीं लगाया था। तब द लूट और अन्य रिटेलर्स अजेय लग रहे थे।

~

जय द लूट के बंद पड़े एक स्टोर के बाहर खड़ा था। आँखों में आँसू लिये हुए उसे एक और स्टोर को बंद करना पड़ रहा था, जो कि कभी फायदे में था। कारोबार में आसान जिंदगी की अपेक्षा मृग-मरीचिका साबित हुई थी। पिछले सात सालों में, उसने असीमित ऊँचाई छुई थी, तमाम बिजनेस अवॉर्ड जीते थे और मीडिया की तारीफें बटोरी थी, लेकिन आसान जिंदगी अब उससे दूर हो रही थी। ऐसा समय आ गया था, जबकि

दो दिन की गैर-हाजिरी भी उसे अपराधी की श्रेणी में लाकर खड़ा कर दे रही थी।

जिस तेजी से उसके स्टोर बंद हो रहे थे, उतनी तेजी से तो उसने उन्हें कभी खोला भी नहीं था। अंदर से टूटा हुआ वह मरीन ड्राइव की तरफ गाड़ी लेकर चला गया। रात का एक बज रहा था। अँधेरा उसे हैरान कर रहा था और वह सोच रहा था कि रात ज्यादा अँधियारी है या उसका भविष्य। अपनी भावनात्मक उधेड़बुन से संघर्ष करता हुआ, वह समंदर के सन्नाटे में मोक्ष का अनुभव कर रहा था। वह लहरों को देख रहा था। वह ज्वार-भाटे का समय भी था। कुछ साल पहले, वह और बहुत से और रिटेल की ऊँची लहर में बह गए थे, लेकिन जब लहरें शांत हुईं और अपने पीछे मलबा छोड़ गईं, तो जय की दुनिया उजड़ चुकी थी। इन दिनों उसके पास अगर कोई काम बचा था तो स्टोर बंद करने का और अदालतों के चक्कर लगाने का ही काम बचा था।

'मुझसे गलती कहाँ हुई? मैं पिछली तारीखों से किराए पर लगने वाले टैक्स का अनुमान कैसे लगाता, उत्पाद शुल्क और लगातार बदल रहे अनुपालन के नियमों को कैसे समझता? यह तो एक उभरता हुआ उद्योग था, जिसने उल्लेखनीय शुरुआत देखी थी और ढेर सारा उत्साह उसमें था। संगठित रिटेल से सरकार की टैक्स से आय भी बढ़ रही थी, रोजगार के अवसर उभर रहे थे और ग्राहकों को बेहतर गुणवत्तापरक उत्पाद मिल रहा था। बजाय कि प्रोत्साहन देने के, खराब नीतियों के कारण इस उद्योग को काफी झेलना पड़ा।'

'मुझसे गलती कहाँ हुई? मैं पिछली तारीखों से किराए पर लगने वाले टैक्स का अनुमान कैसे लगाता, उत्पाद शुल्क और लगातार बदल रहे अनुपालन के नियमों को कैसे समझता? यह तो एक उभरता हुआ उद्योग था, जिसने उल्लेखनीय शुरुआत देखी थी और ढेर सारा उत्साह उसमें था। संगठित रिटेल से सरकार की टैक्स से आय भी बढ़ रही थी, रोजगार के अवसर उभर रहे थे और ग्राहकों को बेहतर गुणवत्तापरक उत्पाद मिल रहा था। बजाय कि प्रोत्साहन देने के, खराब नीतियों के कारण इस उद्योग को काफी झेलना पड़ा।'

पिछले तीन साल के दौरान जितने भी बजट पेश किए गए, उन्होंने रिटेलर्स की कमर तोड़ने का ही काम किया। संगठित रिटेल में शामिल हर शख्स यही सोचता था कि समय के साथ केंद्रीय और राज्य सरकारें इस सेक्टर की महत्ता और खासियतों को तवज्जो देंगी और इन्हें ज्यादा तरजीह देना शुरू करेंगे, आधुनिक रिटेल वितरण व्यवस्था और काम को आसान बनाने पर जोर देंगी, उनको पुरानी प्रताड़ित करनेवाली नीतियों से मुक्ति दिलाकर उनका उन्नयन करेंगी और सिस्टम जैसे ए.पी.एम.सी. और एम.आर.पी. नियमों से राहत दिलाएँगी। इन नियमों

की वजह से अत्यधिक महँगी जगहों, जैसे कि कोलाबा (मुंबई) या साउथ एक्सटेंशन (दिल्ली) पर भी दुकानदार को उस समान कीमत पर सामान बेचना पड़ता है जैसे कि मध्य प्रदेश और ओडिशा जैसे राज्यों के चौथे दर्जे के शहरों में वह सामान उसी समान कीमत पर बिकता है। सरकारों के अलग-अलग विभागों से कम-से-कम 20 तरह की संस्तुतियाँ लेनी पड़ती हैं एक स्टोर खोलने के लाइसेंस के लिए, जो कि किसी को भी हतोत्साहित करने के लिए काफी है।

सबसे ऊपर तो यह कि जो कंपनियाँ छूट पर रेडीमेड गारमेंट बेचने का काम करती हैं उन पर दोहरा कराधान लागू होता है, यानी कि उन्हें एमआरपी पर उत्पाद शुल्क देना पड़ता है और खर्चों पर 70 फीसद तक सर्विस टैक्स का भुगतान करना होता है।

लेबर और किराए पर पूर्व प्रभावी सर्विस टैक्स से रिटेलर्स का जीवन बेहद कठिन हो जाता है। लगातार बढ़ रही ईंधन की कीमतों ने बिजनेस के परिचालन लागत को बेतहाशा बढ़ा दिया है और इसका असर उनके लाभ वाले हिस्से पर पड़ता है। आय में मामूली बढ़ोतरी, टैक्स की ऊँची दरों और ब्याज की कीमतों और घटती ऑपरेटिंग मार्जिन के चलते कंपनियों का दिवाला निकलने लगा। सरकार को इतने से ही संतोष न था, जो उसने उत्पाद शुल्क का भी बोझ रिटेलर्स पर डाल दिया, जिसका नकारात्मक असर खरीद क्षमता पर पड़ा।

'जो कुछ भी बुरा होना था वह रिटेल सेक्टर के साथ ही होना था। क्या अनुपालन में गलती हुई या नीतियों में खामियाँ थीं? या यह उद्योग में गलाकाट प्रतिस्पर्धा का नतीजा था? हो सकता है कि हमने कुछ बेहतर योजना बनाई होती? काश कि हमने बिना इस उद्योग की स्थिरता को जाँचे विस्तार न किया होता! शायद ऊँचे सपने देखना और तेजी से काम करना हमारे लिए अभिशाप बन गया,' जय जानता था कि वह अकेला नहीं था। सभी बड़े नामी-गिरामी आधुनिक रिटेल स्टोर एक-एक करके बंद हो रहे थे। केपल कुछ दिग्गज समूह ही ऐसे थे, जिनके पास दोहरा टैक्स देने और नीतियों पर चलने का माद्दा था, लेकिन बहुत सी कंपनियाँ और समूह तो बाजार से साफ हो ही गए।

'जो कुछ भी बुरा होना था वह रिटेल सेक्टर के साथ ही होना था। क्या अनुपालन में गलती हुई या नीतियों में खामियाँ थीं? या यह उद्योग में गलाकाट प्रतिस्पर्धा का नतीजा था? हो सकता है कि हमने कुछ बेहतर योजना बनाई होती? काश कि हमने बिना इस उद्योग की स्थिरता को जाँचे विस्तार न किया होता! शायद ऊँचे सपने देखना और तेजी से काम करना हमारे लिए अभिशाप बन गया,' जय जानता था कि वह अकेला नहीं था। सभी बड़े नामी-गिरामी आधुनिक रिटेल स्टोर एक-एक करके बंद हो रहे थे।

जय यह मानता था कि उसकी दुर्गति न हुई होती बशर्ते कि उसके पास पैसे की व्यवस्था होती, बैंकों ने आगे कर्ज देने से मना कर दिया और ब्याज दरें भी काफी ऊँची थीं। मंदी के बाद एक आई.पी.ओ. लाने का सवाल ही नहीं उठता था। भविष्य के लिए फंड होने की स्थिति में, द लूट की कहानी ही कुछ और होती।

'हम एक कठिन दौर से गुजर रहे हैं। जो हालात आज हम झेल रहे हैं, वैसे पहले कभी नहीं थे। यह अनुभव सीखने की प्रक्रिया का एक अच्छा उदाहरण है, लेकिन मैं इस प्रक्रिया से हमेशा के लिए नहीं गुजरना चाहता। मैंने परेशानी झेलने के लिए इतना सबकुछ नहीं किया है।' जय के लिए यह लड़ाई केवल कारोबार बचाने की ही नहीं थी बल्कि ढेर सारे कानूनी मामलों से निपटने का भी संघर्ष था। वेंडर, ब्रांड और बैंक लगातार भुगतान के लिए नोटिस भेज रहे थे।

'मैं 12 फीसद लेबर टैक्स से कैसे लड़ूँ, जिसने श्रम लागत बढ़ा दिया? इसके अलावा, सरकार ने वैट (वैल्यू एडेड टैक्स) भी जोड़ दिया है और झूठी तसल्ली भी दे दी कि जल्दी ही सी.एस.टी. (केंद्रीय बिक्री कर) हटा लिया जाएगा। मुझे सरकार को दोष नहीं देना चाहिए, लेकिन लालच एक ऐसी खूबी है, जिसे प्रोत्साहित किया जाना चाहिए,' उसने सोचा। इतने सारे टैक्स से जब सरकार का पेट नहीं भरा तो उन्होंने किराए की संपत्ति पर 12 फीसद सर्विस टैक्स लगा दिया, वह भी तीन साल पहले की तारीख से लागू किया।

'मैं क्या करूँगा जब द लूट नहीं रहेगा?' ब्रांड से अलग होना बेहद कठिन साबित होगा। उद्यमी के तौर पर, जय ने उम्मीद नहीं छोड़ी थी। लेकिन वह इस बार रक्सौल से निकला बेखौफ जय नहीं रह गया था। जय गुप्ता, एम.डी., द लूट, अपने भविष्य को लेकर सशंकित था।

द लूट तेजी से तालाबंदी की तरफ बढ़ रही थी, और जय और उसकी टीम के सदस्य कंपनी को पुनरुज्जीवित करने के लिए जी-तोड़ मेहनत कर रहे थे। धैर्य खो देना ही विकल्प नहीं रह गया था, क्योंकि पूरी प्रक्रिया में समय लगना ही था, और ऐसा कोई जादू भी नहीं था, जो कंपनी को तमाम झटकों से रातोरात उबार लेता। जय का एकमात्र लक्ष्य द लूट को इन झंझावातों से निकालकर ब्रांड को जीवित रखना था।

~

'उफ, मैंने कहाँ गलती कर दी? क्या मैं सरकार की कठोर नीतियों को इसके लिए दोष दूँ या अपनी अति महत्त्वाकांक्षा को?' जय ने ऊँची आवाज में कहा; वहाँ उसका दर्द

सुननेवाला कोई नहीं था। पीछे की घटनाओं पर नजर दौड़ाते हुए और आत्ममूल्यांकन ही उसके साथी रह गए थे।

'मैं 12 फीसद लेबर टैक्स से कैसे लड़ूँ, जिसने श्रम लागत बढ़ा दिया? इसके अलावा, सरकार ने वैट (वैल्यू एडेड टैक्स) भी जोड़ दिया है और झूठी तसल्ली भी दे दी कि जल्दी ही सी.एस.टी. (केंद्रीय बिक्री कर) हटा लिया जाएगा। मुझे सरकार को दोष नहीं देना चाहिए, लेकिन लालच एक ऐसी खूबी है, जिसे प्रोत्साहित किया जाना चाहिए,' उसने सोचा। इतने सारे टैक्स से जब सरकार का पेट नहीं भरा तो उन्होंने किराए की संपत्ति पर 12 फीसद सर्विस टैक्स लगा दिया, वह भी तीन साल पहले की तारीख से लागू किया। यही परेशानी कम नहीं थी, इसमें तेल की आसमान छूती कीमतों ने और आग लगा दिया और पूरा वितरण और सप्लाई चेन सिस्टम ही बैठ गया। महान् भारतीय कानून! खीझ में उसने एक पत्थर पानी की तरफ दे मारा।

'लेकिन मैं केवल सरकार को ही दोष नहीं दे सकता। हो सकता है कि मेरी योजना में खामी रही हो और इसे और बेहतर बनाया जा सकता रहा हो। हो सकता है कि मेरी गति कुछ ज्यादा ही तेज रही हो। मुझे अपने विकास की गति घटाकर चलना चाहिए था। हो सकता है कि मैंने अपने स्टोर्स को उनकी उत्पादकता क्षमता से कुछ ज्यादा ही आँक लिया। मैंने जितने ज्यादा स्टोर खोले, हमारी बिक्री उतनी ही घटती चली गई। इससे आय की तुलना में लागत का अनुपात बढ़ता चला गया। काश, मेरे पास भविष्य के लिए पूँजी होती!

'क्या विडंबना है! कहाँ तो मैं एक आसान सी जिंदगी चाहता था, जिसमें मेरे अपने लिए ढेर सारा समय हो और अपने परिवार के साथ सुकून भरे पल मैं बिता सकता।' वह खुद पर हँसा। 'पिछले छह सालों में, मेरे पास सबकुछ था सिवाय समय के। अच्छे समय में मैं स्टोर खोलने में व्यस्त था; और बुरे समय में मैं उन्हें बंद करने में व्यस्त हूँ,' जय खुद पर ही भुनभुनाया। उसने याद किया वह समय जब वह हर अवॉर्ड जीत रहा था, जो कि उद्यमिता और रिटेल में नवोन्मेष से जुड़े हुए थे और उसे गर्व था कि उसका शुरू किया हुआ वेंचर 'देश के तीव्र 25 विकास' में नौवें स्थान पर था। यह सर्वे ऑलवर्ल्ड नेटवर्क और हार्वर्ट बिजनेरा रकूल के प्रो. माइकल पोर्टर ने मिलकर किया था। सारा मान-सम्मान अब खात्मे पर आकर टिक चुका था।

उसकी आँखें अब सूख गई थीं। वह अपने भावनात्मक भारीपन से उबर चुका था। धीरे-धीरे, खामोशी उसके भीतर समाती चली गई और वह बेहोशी सी महसूस करने लगा। वह रेत पर ही लेट गया और आकाश की तरफ देखता रहा, उसकी व्यापकता बेहद ठंडी थी।

उसकी आँखें अब सूख गई थीं। वह

अपने भावनात्मक भारीपन से उबर चुका था। धीरे-धीरे, खामोशी उसके भीतर समाती चली गई और वह बेहोशी सी महसूस करने लगा। वह रेत पर ही लेट गया और आकाश की तरफ देखता रहा, उसकी व्यापकता बेहद ठंडी थी।

सुबह हुई तो उसने अपनी घड़ी में समय देखा। सुबह के 6 बजे थे और उसने महसूस किया कि वह समुद्र के किनारे घंटों से बैठा हुआ था। वह खड़ा हुआ और चलने लगा। 'मैं एक कारोबारी हूँ। मुझे कारोबार से संबंधित समस्याओं का सामना करना ही होगा। फिलहाल मैं मंदी के दौर से गुजर रहा हूँ, लेकिन मैं जल्दी ही इससे उबरकर फिर से ऊँचाई हासिल करूँगा। मैं जानता हूँ कि मैं कर सकता हूँ,' उसने उगते हुए सूरज से कहा और मुस्कराया।

'द लूट का राज भले ही खात्मे पर आ गया हो, लेकिन मेरा नहीं। मैं अभी 39 साल का हूँ। मैं फिर से सबकुछ शुरू कर सकता हूँ।' वह शांत भाव से खड़ा रहा और उगते हुए सूरज को निहारता रहा।

द लूट
अहम सीख
किशोर अहेर

किशोर अहेर www.mygreatstay.com और www.primeservicedepartments.in के संस्थापक हैं। माई ग्रेटा स्टे भारत में घरेलू ठहराव की अवधारणा को आगे बढ़ानेवाली अहम कड़ी है। वे ग्लोबस में खरीद और मर्चेंडाइज विभाग के प्रमुख भी रह चुके हैं। भारतीय रिटेल को वे बेहद करीब से देख चुके हैं और इस क्षेत्र पर वे हमेशा से बेहद बारीक नजर रखते आए हैं। वे इलेक्ट्रिकल इंजीनियर हैं और आई.आई.एम. अहमदाबाद से एम.बी.ए. भी हैं।

~

द लूट की रोचक कहानी किसी एक्शन से भरी फिल्म के जैसी है। यह भारतीय रिटेलर्स के अभेद्य उत्साह के प्रति सम्मान की तरह है, जो निरंतर संघर्ष करते हैं, ताकि तरलता और लाभप्रदता बरकरार रखी जा सके।

चलते रहें

आपको यह जीवन केवल एक बार के लिए मिला है, इसलिए अगर आपके पास कोई आइडिया है और उसका पीछा करने की लगन है, तो चलना शुरू कर दीजिए। यह महज कारोबार के क्षेत्र का ही सच नहीं है बल्कि जीवन के किसी भी पहलू को उठा लीजिए, चाहे पुस्तक लिखनी हो, गाने के क्षेत्र में उतरना हो, पहाड़ों पर चढ़ना हो, नृत्य या यहाँ तक कि अपने प्रेमी या प्रेमिका को ही क्यों न हासिल करना हो, लगन के साथ आगे बढ़ते रहिए।

हममें से काफी लोगों के पास जय से बेहतर वित्तीय और शैक्षिक पृष्ठभूमि होगी, लेकिन वे शुरुआत नहीं कर पाते। लेकिन जय ने कर दिखाया।

पहले ही अच्छी योजना बना लें

जब आप शुरुआत करते हैं, तो एक आधारभूत खाका तो खींच ही लें, जिसमें कुछ बड़े नियम भी शामिल होने चाहिए, और संभव हो सकनेवाला लक्ष्य ही चुनना चाहिए। योजना में बदलाव के लिए लचीला रुख अपनाएँ, क्योंकि पहली ही बार में कोई सटीक नहीं हो सकता।

परेशानी वाला क्षेत्र पहचानें

आप चाहे सफल हों या विफल, दोनों ही स्थितियों में परेशानियाँ आती ही हैं। ऐसे में उनकी पहले ही पहचान कर लेने से आपके पास बाद में चौंकने का आधार नहीं रह जाएगा। जब आप ऐक्शन में रहते हैं, तब योजना बनाने का समय नहीं रहता है और ऐसे में आनन-फानन कदम उठाने पड़ते हैं, जो कि आगे बढ़ने की सही नीति नहीं है।

निर्भयता से काम करें

खुद से काम करने से अधिकतम ज्ञान हासिल होता है। ऐसे समय तक चूँकि कंपनी का फीडबैक सिस्टम आउटपुट क्रियाशील डाटा और सूचना को लेकर स्थिर और प्रभावी हो चुका होता है, तो बेहतर यही है कि खुद से काम करें। धैर्य बनाए रखें। प्रतिभावान लोगों को हायर करना आसान है, लेकिन उनके लिए कारोबार की मूल चीजें समझने में काफी समय लगता है।

हालात के शिकार न बनें

समय अच्छा हो या खराब हो, खुद पर कभी भी हालात को हावी न होने दें।

अपनी क्षमता बचाकर चलें

यह केवल पैसे के ही मामले में सच नहीं है बल्कि लोगों के मामले में भी है कि अपनी ऐसी टीम तैयार रखें, जो कठिन हालात में काम आए और वे लोग आपके पक्के भरोसेमंद संसाधन बन जाएँ।

उद्यम की भावना मायने रखती है

सफलता या विफलता खेल का हिस्सा हैं। कोई भी बाजार की दशा और दिशा का पूर्वानुमान नहीं लगा सकता, न सरकार की नीतियों, नियमों और कानून और प्रतियोगिता

का आकलन ही कर सकता है। बीती हुई तारीख से टैक्स लगाने से बदतर स्थिति शायद ही कोई स्थिति किसी देश में हो।

भावना को जिंदा रखें, विफलता भी तय है

एक देश के तौर पर हम उद्यमिता को प्रोत्साहित नहीं करते, इसलिए हम सोचते हैं कि विफलता एक धब्बा है और हमारे वित्तीय संस्थान, सरकारी नीतियाँ इस विफलता में हमारी मदद नहीं करतीं। भारत में लिमिटेड कंपनी को बंद करना दुष्कर काम है।

अगर यू.एस.ए. में ढेर सारी नवोन्मेषी कंपनियाँ मौजूद हैं, जो देश के लिए जबरदस्त धन उपलब्ध कराती हैं, तो वहीं दिवालियापन के भी ज्यादातर मामले सामने आते हैं। लेकिन अंत में हम सबके लिए समाज में सफलता के तौर पर क्या मायने रखता है; अपने अंदर के उद्यमी की भावना को जिंदा रखना।

वेंचर के तौर पर भले ही 'द लूट' विफल हो गई हो, लेकिन जय विफल नहीं हुआ। मैं आश्वस्त हूँ कि वह एक बार फिर धमाके के साथ ऊपर आएगा और मैं उस दिन का इंतजार कर रहा हूँ!

□

ब्रांड नेम से कहीं बढ़कर है ब्रांड

यो! चाइना भारत में चीनी रेस्तराँ की सबसे बड़ी चेन है, जिसके देश भर के 22 शहरों में 60 प्वॉइंट मौजूद हैं।

मूड्स हॉस्पिटैलिटी प्राइवेट लिमिटेड इसकी अभिभावक कंपनी है, जिसने यो! चाइना कैफे, बड़े फॉरमैट कैफे और डिमसुम ब्रॉस जैसे शानदार प्रीमियम डायनिंग रेस्तराँ के तौर पर अपना विस्तार किया है।

बाजार पर पकड़ बनाने के लिए इसके संस्थापक आशीष ने ड्रीमकैंटीन नाम से इ-कॉमर्स वेंचर भी शुरू किया है, जो दिल्ली-एन.सी.आर. में रुचिकर भोजन और सामग्री उपलब्ध कराता है।

आगे चलकर 50 शहरों में 140 आउटलेट खोलने की ब्रांड की भावी योजना भी है।

6

यो! चाइना

आशीष देव कपूर

जब भी आप किसी चीज की इच्छा दिलोजान से करते हैं, तो आपकी ख्वाहिश पूरी करने के लिए कायनात योजना बनाकर आपकी मदद करती है।

—पाउलो कोएल्हो, द अल्केमिस्ट

आशीष ने पुस्तक बंद की और अपने बिस्तर पर बैठ गया। अपने चारों तरफ कंबल लपेटे हुए वह खिड़की से बाहर झाँकने लगा। बाहर ईश्वर अपना आक्रोश धरती पर बरसा रहे थे। बारिश की तेज धार खिड़कियों पर पड़ रही थी और पानी नीचे की ओर सरकता जा रहा था। सड़क खाली थी और उस पर पड़ रही बूँदों की आवाज तेजी से आ रही थी। उसने खिड़की खोली और हाथ बाहर ले जाकर पानी के ठंडेपन और ताजगी का एहसास किया, और उसके मन ने नई शुरुआत का मंत्र पा लिया। उसने खिड़की बंद की और अपने स्टडी टेबल की ओर 'द अल्केमिस्ट' रखने के लिए मुड़ गया, जिसे उसने अभी-अभी पढ़कर खत्म किया था।

'द अल्केमिस्ट' एक चरवाहे पर आधारित पुस्तक है, जो खजाने की तलाश में एक रेगिस्तान को पार कर रहा है और उसे भाँति-भाँति के अनुभव होते हैं, जो उसे महसूस कराते हैं कि असली खजाना तो उसके घर के पीछे छिपा है। यह एहसास उस पर अमिट छाप छोड़ गया। अपनी किस्मत तलाशना ही असली खजाना है।

'किस्मत क्या है ?' आशीष ने सोचा। इस सवाल ने उसे बिजली की चमक से भरी रात में जगाए रखा, और वह उन विकल्पों पर सोचता रहा जो वह चुन सकता था। 22 साल की उम्र में आशीष अपने आगे की राह को लेकर चिंतन-मनन कर रहा था या संभवतः पीछे लौटने की राह पर। अपने पूरे शैक्षिक जीवन में एक मेधावी छात्र रह चुके आशीष ने कनाडा की मैकगिल यूनिवर्सिटी से इंजीनियरिंग पूरी कर ली थी और वह

जनरल इलेक्ट्रिक (GE) के साथ उत्तरी अमेरिका में पिछले तीन साल से काम कर रहा था। जी.ई. में उसे दुनिया के अलग-अलग हिस्सों में अलग-अलग विभागों में काम करने का मौका मिला और उसके पास इस क्षेत्र में जल्द ऊँचाई हासिल करने का मौका भी था।

हालाँकि उसके अंदर गहराई में कहीं कोई चीज छूट रही थी। वह एक ऐसे परिवार से था, जो भारत में सर्विस सेक्टर में था। उसके तमाम रिश्तेदार विभिन्न सरकारी विभागों में थे और सिविल सर्विस से जुड़े थे, ऐसे में वह भी देश के प्रति अंतर्निहित गर्व से भरा हुआ था। वह हमेशा भारत लौटना चाहता था और यहाँ आकर अपना कारोबार शुरू करना चाहता था। उसके लिए देश-सेवा का यह भी एक जरिया था।

उसने पुस्तक की तरफ देखा। यह क्षण उसके लिए सत्य की तरह था; इस पल ने उसके आगे के सफर की परिभाषा तय कर दी, जो किस्मत की खोज में उसे शुरू करना था।

उसे हर चीज संभव लगने लगी। उसने फोन उठाया और मेघना का नंबर मिलाने लगा।

'मेघना, मैं तुम्हें कुछ बताना चाहता हूँ। मैंने तय किया है कि मैं भारत लौटूँगा,' उसने उत्साह के साथ कहा।

'क्या तुम अगली फ्लाइट पकड़ रहे हो?' उसने नींद भरी आवाज में पूछा।

'नहीं, लेकिन क्यों?'

'तो तुम सुबह तक इंतजार कर सकते हो न। बाय आशीष।'

'सुबह के 3 बज रहे हैं। देखो, मैं इंतजार नहीं कर सकता। हमारे जीवन के लिए यह बेहद अहम वक्त है। मुझे इसी वक्त बात करनी है,' उसने जल्दबाजी दिखाई।

'देखो, अगर तुम इसे अहम समझते हो तो क्या तुम नहीं चाहते कि हम ताजगी के साथ इस पर चर्चा करें। नींद पूरी न होने से दिमाग के सेल धीमे काम करते हैं। हम जोखिम नहीं ले सकते। क्या बोलते हो?'

'हमें जोखिम उठाना ही होगा। तुम तुरंत उठो और कॉफी तैयार रखो। मैं दस मिनट में आ रहा हूँ,' उसने कहा और फोन रख दिया। आशीष ने अपनी जैकेट उठाई और घर से बाहर निकल गया। बाहर सड़क पर पहुँचने पर उसने

'सुबह के 3 बज रहे हैं। देखो, मैं इंतजार नहीं कर सकता। हमारे जीवन के लिए यह बेहद अहम वक्त है। मुझे इसी वक्त बात करनी है,' उसने जल्दबाजी दिखाई।

'देखो, अगर तुम इसे अहम समझते हो तो क्या तुम नहीं चाहते कि हम ताजगी के साथ इस पर चर्चा करें। नींद पूरी न होने से दिमाग के सेल धीमे काम करते हैं। हम जोखिम नहीं ले सकते। क्या बोलते हो?'

महसूस किया कि बारिश थम गई थी। उसने गहरी साँस ली, मुस्कराया और सोचा, 'मेरी मदद में पहले ही ईश्वर ने शुरुआत कर दी है।'

~

टहलते हुए आशीष को लग रहा था कि उसके जीवन में हर पवित्र चीज एक तूफान से जुड़ी हुई है। जब वह पहली बार मेघना से मिलने के लिए मॉन्ट्रियल गया हुआ था, तब ठंड भरा तूफान कहर बरपा रहा था और भारी बर्फबारी के दौरान बिजली कटौती भी जमकर हुई थी। स्थानीय सरकार ने लोगों से अपने घरों या दोस्तों या सामुदायिक जगहों पर समूह बनाकर रहने की अपील की थी, ताकि कम-से-कम बिजली खर्च हो।

आशीष का दोस्त उसे अपने दोस्त के घर ले गया। उसका दोस्त जो कि मुंबईवालों के बीच अकेला दिल्ली का रहनेवाला था, वह लगातार हमले झेलनेवाला पीड़ित बनकर रह गया था, और इसलिए वह आशीष को अपने साथ ले गया, जो कि बहस करने में उस्ताद था और अपने तर्कों से सबको शांत कर देता था। लेकिन इससे पहले कि वह अपने पत्ते खोलता, एक और मुंबईकर मेघना ने उसे सैंडविच खाने को दिया, जिसका एक टुकड़ा खाते ही, उसका कलेजा मुँह को आ गया था और इस तरह प्यार की ऐतिहासिक दास्ताँ की शुरुआत हुई थी, जिसे 'पहले सैंडविच में प्यार' का नाम दिया जा सकता है।

~

वह पूरी तरह सोच में डूबा हुआ था और मेघना का घर कब आ गया, उसे पता ही नहीं चला। वहाँ बेहद ठंड थी। 'इसमें कोई शक नहीं था कि वह क्यों नहीं उठना चाहती,' उसने सोचा और दरवाजे की घंटी बजा दी।

'गुडमॉर्निंग,' दरवाजा खोलने के लिए उसके आने पर आशीष ने कहा।

'गुड को लेकर मैं आश्वस्त नहीं हूँ, लेकिन निश्चित तौर पर यह बहुत पहले की सुबह है,' कॉफी के दो कप लेकर आते हुए उसने कहा। एक कप कॉफी उसने आशीष को पकड़ा दी। 'ठीक है, शूट,' सपाट चेहरे से उसने कहा। कड़कड़ाती ठंड में, अगर किसी को सुबह 4 बजे उठना पड़े, और उसे कॉफी बनाने को भी कहा जाए तो यह आत्महत्या करने जैसा ही होगा, इसलिए आशीष ने अपने एजेंडे पर ही ध्यान केंद्रित करना उचित समझा।

कड़कड़ाती ठंड में, अगर किसी को सुबह 4 बजे उठना पड़े, और उसे कॉफी बनाने को भी कहा जाए तो यह आत्महत्या करने जैसा ही होगा, इसलिए आशीष ने अपने एजेंडे पर ही ध्यान केंद्रित करना उचित समझा।

'ठीक है, जैसा कि तुम जानती हो कि भारत लौटना हमेशा से मेरे एजेंडे में रहा है, लेकिन मैं वह आत्मविश्वास नहीं जुटा पाया अब तक कि इस सोच को हकीकत में बदल सकूँ।' उसने विराम लिया और यह जाँचा कि मेघना उसे सुन रही है या नींद में सिर हिला रही है। उसे सुनते हुए पाकर आशीष ने आगे कहा, 'द अल्केमिस्ट पढ़ने के बाद मैंने यह फैसला ले ही लिया कि मेरे सपने को आगे बढ़ाने का इससे सुनहरा मौका और कोई नहीं होगा।'

'अंतत: तुमने बॉलीवुड के तरीके से फैसला करने का सोच लिया है,' गहरी साँस छोड़ते हुए उसने कहा।

'नहीं, फिलहाल मैंने इस योजना को छोड़ दिया है,' उसने कहा और मेघना की ओर देखा, जो कि चौड़ी मुस्कान और चमकती आँखों के साथ उसकी बात सुनने के प्रति जिज्ञासु हो उठी थी। 'मैं तीन बिजनेस आइडियाज पर विचार कर रहा हूँ, जिसमें से कोई एक मुझे चुनना है। मेरे आने की मुख्य वजह यही है कि बैठकर चर्चा कर सकूँ कि कौन सा विकल्प बेहतर रहेगा।'

उसने अँगड़ाई लेते हुए अपनी कमर सीधी की और अपने बाल बाँधे और एक बौद्धिक चर्चा में शामिल होने के लिए खुद को तैयार किया।

'साउथवेस्ट एयरलाइंस की तरह की बजट एयरलाइंस में मुझे काफी संभावनाएँ नजर आती हैं। भारत में अब तक ऐसा कुछ भी नहीं है। दरअसल, जी.ई. में काम करने के दौरान मैंने पढ़ा है कि कम कीमतवाला एयरलाइंस मॉडल इन दिनों बेहतर विकल्प के तौर पर उभरा है। भारत में इस मॉडल की सफलता की दर काफी ऊँची होगी। मैं हैरान हूँ कि अब तक किसी ने बजट एयरलाइन शुरू क्यों नहीं की वहाँ? तुम क्या बोलती हो?'

'क्या महान् विचार हैं!' मेघना ने कहा, 'यह तो तय है कि भारत सरकार इसके लिए तुम्हारी ऋणी हो जाएगी, और टाटा और बिड़ला तुम्हारे प्रोजेक्ट में निवेश के लिए तुम्हारे दरवाजे पर खड़े मिलेंगे। एक 22 साल का इंजीनियर जिसे उड्डयन का जरा भी

'क्या महान् विचार हैं!' मेघना ने कहा, 'यह तो तय है कि भारत सरकार इसके लिए तुम्हारी ऋणी हो जाएगी, और टाटा और बिड़ला तुम्हारे प्रोजेक्ट में निवेश के लिए तुम्हारे दरवाजे पर खड़े मिलेंगे। एक 22 साल का इंजीनियर जिसे उड्डयन का जरा भी अनुभव नहीं है, वह शून्य वित्तीय आधार होने के बावजूद कम कीमतवाली एयरलाइंस का कारोबार भारत में शुरू करेगा।' मेघना ने चुटकी ली।

'मजाक मत करो। हर चीज संभव है, बशर्ते खुद पर भरोसा हो,' उसने अपने बचाव में कहा।

अनुभव नहीं है, वह शून्य वित्तीय आधार होने के बावजूद कम कीमतवाली एयरलाइंस का कारोबार भारत में शुरू करेगा।' मेघना ने चुटकी ली।

'मजाक मत करो। हर चीज संभव है, बशर्ते खुद पर भरोसा हो,' उसने अपने बचाव में कहा।

'दूसरे आइडिया पर चलो,' उसने बीच में ही उसे काटा।

'दूसरा विकल्प है IKEA की तरह, यानी खुद से करो (DIY) फर्नीचर स्टोर खोलने का। भारत में इस तरह के स्टोर की काफी कमी है, जिससे जरूरत पूरी नहीं हो पाती और यह स्टोर उस अंतर को कम कर सकता है।'

'DIY स्टोर्स! एक आलसी पंजाबी, जो कि एक गिलास पानी भी खुद से नहीं ले सकता, उसका यह एक तरोजाता आइडिया लग रहा है।' उसने फिर चुटकी ली।

'मजाक उड़ाना बंद करो! मैं गंभीर चर्चा कर रहा हूँ,' आशीष ने कहा।

'ठीक है, ठीक है। गंभीरता से कहूँ तो, आशीष, इस आइडिया में भी काफी बड़ी पूँजी लगेगी, और तुम्हारी पेशेवर स्थिति और उम्र को देखते हुए, मुझे नहीं लगता कि हमें कोई निवेशक मिलेगा। साथ ही यह सुनने में बेहद महत्त्वाकांक्षी भी लग रहा है। हम इस आइडिया पर कुछ सालों बाद दोबारा विचार कर सकते हैं। तीसरा विकल्प क्या है?'

'आश्चर्यजनक रूप से, एक बुद्धिमानी भरी प्रतिक्रिया मिली तो कम-से-कम,' आशीष ने चुटकी ली। 'अच्छा, तीसरा आइडिया रेस्तराँ चेन का है। व्यंजनों के मामले में मैं जीरो नहीं हूँ, चाहे वह उत्तरी भारत का हो या दक्षिण भारतीय या चाइनीज।'

'हाँ, सुनने में यह ठीक लग रहा है। तुम्हें इसमें ज्यादा पूँजी की भी जरूरत नहीं पड़ेगी।'

'लेकिन मेघना, क्या तुम्हें ठीक लगेगा कि मैं सबकुछ छोड़कर भारत चला जाऊँ? उस स्थिति में मैं बेरोजगार हो जाऊँगा और हो सकता है कि धड़ाम से गिर भी जाऊँ,' उसने कहा, क्योंकि वे शादी करने के बारे में भी सोच रहे थे।

'ओए, केवल तुम नहीं, हम दोनों भारत लौटेंगे, और दोनों ही धड़ाम होंगे। इसके अलावा, धड़ाम होने और कलाकार बनने के लिए संघर्ष करने से कहीं बेहतर होगा कि हम अपनी कंपनी खोल लें।' वह मुस्कराई, और आशीष को सुकून मिला।

~

'मॉम, डैड ' दरवाजे पर दस्तक देते हुए आशीष पूरे जोश में चिल्लाया और घर में घुस गया। उसके अभिभावक दौड़ते हुए उसके पास आए और उसकी सूजी हुई टाँगें, पिटा हुआ चेहरा व फटी हुई स्कूल शर्ट देखकर घबरा गए।

'क्या हुआ?' माँ की चीख निकल गई।

'यह मत पूछो कि क्या और क्यों हुआ,' आशीष ने बेहद नाराज होकर कहा।

'पहले तुम बैठो। मुझे फर्स्ट एड बॉक्स लाने दो और तब मुझे बताना कि यह सब कैसे हुआ,' उसकी माँ ने कहा।

'यह सब तुम्हारी वजह से हुआ। ऐसा क्यों हुआ कि आपको नौकरी में इतने सारे तबादले हुए? मैं भारत में पूरी तरह व्यवस्थित था, एक अच्छे कॉन्वेंट स्कूल में पढ़ रहा था, मेरी अच्छी छवि भी बनी हुई थी। मैं हर वाद-विवाद प्रतियोगिता में जीतता था, लेकिन आप लोग मुझे ईरान ले आए और गुरुद्वारा के स्कूल में पढ़ाने लगे। वह तो पंजाब का एक पिंड (पंजाब का एक गाँव) जैसा ज्यादा मालूम होता है, जहाँ हर अंग्रेजी शब्द मानो पंजाबी शान में गुस्ताखी हो।' दुःखी होकर उसने कहा।

'यह सब तुम्हारी वजह से हुआ। ऐसा क्यों हुआ कि आपको नौकरी में इतने सारे तबादले हुए? मैं भारत में पूरी तरह व्यवस्थित था, एक अच्छे कॉन्वेंट स्कूल में पढ़ रहा था, मेरी अच्छी छवि भी बनी हुई थी। मैं हर वाद-विवाद प्रतियोगिता में जीतता था, लेकिन आप लोग मुझे ईरान ले आए और गुरुद्वारा के स्कूल में पढ़ाने लगे। वह तो पंजाब का एक पिंड (पंजाब का एक गाँव) जैसा ज्यादा मालूम होता है, जहाँ हर अंग्रेजी शब्द मानो पंजाबी शान में गुस्ताखी हो।' दुःखी होकर उसने कहा।

'लेकिन मेरे प्यारे बेटे, तुम तो हर दिन आगे ही रहते हो और तुमने कितने सारे अच्छे दोस्त भी बना रखे हैं। फिर तुम्हें रोने की अब क्यों जरूरत पड़ गई?'

'वह सब तो ठीक है, लेकिन फिर आप मुझे इटली लेकर चली गईं। मैं कक्षा सातवीं से सीधे ग्यारहवीं में दाखिल हो गया। हर बार जब भी मैं क्लास में प्रवेश करता, मुझे अजीब सा महसूस होता। खेल के मैदान में मुझे ऐसा लगता है मानो हृष्ट-पुष्ट बॉडी बिल्डरों के बीच में कोई बौना खेल रहा हो,' सोफे से उठते हुए और अभिभावकों के सामने खड़े होकर उसने कहा। 'देखो, उन बदमाशों ने मेरा क्या हाल किया है? आप गिन भी नहीं सकते मेरी चोटें। मेरी पीठ में दर्द हो रहा है, आह!' वह रोने लगा और सोफे पर गिर पड़ा।

'बच्चे की तरह रोना-धोना बंद करो और हमें जिम्मेदार मत ठहराओ। क्या हमने तुम्हें भारत में रुकने और पढ़ाई पूरी करने का विकल्प नहीं दिया था? तुम चाहते तो आठवीं की पढ़ाई शुरू कर सकते थे। तुम्हें यहाँ की शिक्षा व्यवस्था के बारे में पता है। यह तुम्हारी ही पसंद थी। तो अब तुम क्यों शिकायत कर रहे हो?' उसके पिता ने सख्त आवाज में कहा।

'अब यह नाइंसाफी है! आप मुझे ईरान ले गए और वह भी बिना मुझसे पूछे, और

जब इटली जैसे देश जाने की बात हुई, तब आपने मुझे विकल्प दिया। मैं इटली छोड़कर भारत में अकेला क्यों रहूँ?'

'तो झेलो इसे। भले ही तुमने विकल्प नहीं चुना हो, लेकिन हालात का सामना तो तुम्हें करना ही पड़ेगा, उससे लड़ो और जीतो। मेरे बच्चे, हीरो रोते नहीं और शिकायत भी नहीं करते। वे सोचने-समझने में समय लगाते हैं और खुद को बेहतर बनाकर हालात से निपटने का रास्ता तलाशते हैं,' उसके पिता ने उसे सांत्वना देते हुए कहा और उसके कंधे पर थपकी दी।

'आउच!' दर्द से वह कराह उठा। 'इधर मैं दर्द से तड़प रहा हूँ, और आप मुझे हीरो बनने की नसीहत दे रहे हैं। वैसे भी, आप हमेशा मेरा विरोध ही करते हैं,' उसने अपना बचाव किया।

उसके पिता हँसे और बोले, 'मैं शरीर की चोट की बात ही नहीं कर रहा, मेरे बच्चे! मैं तो हीरो के अंदर मौजूद रहनेवाली लड़ने की भावना के बारे में बात कर रहा हूँ। भले ही तुम शारीरिक रूप से चोटिल हो जाओ, लेकिन चाहे कुछ भी हो जाए, अपनी भावना को चोटिल मत होने देना।'

उसके पिता हँसे और बोले, 'मैं शरीर की चोट की बात ही नहीं कर रहा, मेरे बच्चे! मैं तो हीरो के अंदर मौजूद रहनेवाली लड़ने की भावना के बारे में बात कर रहा हूँ। भले ही तुम शारीरिक रूप से चोटिल हो जाओ, लेकिन चाहे कुछ भी हो जाए, अपनी भावना को चोटिल मत होने देना।'

हालाँकि उसे हीरो के तौर पर उल्लिखित करने के चलते उसका मन हलका हुआ था, फिर भी वह कुछ और देर तक रोना-धोना मचाना चाहता था, 'लेकिन डैड...'

'कोई अगर-मगर नहीं। राई का पहाड़ मत बनाओ। तुम्हें जीवन में और भी कठिन हालात देखने होंगे और उनसे उबरना और जीतना ही होगा।'

~

आशीष और मेघना ने दक्षिण अफ्रीका के लिए फ्लाइट पकड़ ली। यह एक लंबी यात्रा थी, और आशीष के दिमाग में ढेर सारे विचार उमड़-घुमड़ रहे थे। यह एक कठिन निर्णय था; उसने ढेर सारे निवेशकों से संपर्क साधा था, लेकिन किस्मत ने उसका साथ नहीं दिया। वह उन्हें समझा नहीं पाया कि वे उसके आइडिया में निवेश करें, लेकिन हर मीटिंग के बाद, उसका इरादा पक्का होने लगा। सभी निवेशकों ने ऐसे-ऐसे सवाल उठाए, जिनके बारे में उसने सोचा ही नहीं था, और इस तरह, हर बार वह अपने कारोबारी प्रस्ताव को नई रोशनी में तैयार करने लगा।

'आशीष और मेघना, यह तो सुखद आश्चर्य है! हम कितने खुश हैं तुम दोनों को देखकर,' उसकी माँ ने उत्साह में कहा।

जब वे स्थिर हो गए, तब पिता ने पूछा, 'मुझे लगता है कि तुम यहाँ किसी मकसद से आए हो। यह केवल चौंकानेवाला दौरा नहीं हो सकता। तुम्हारे दिमाग में कुछ चल रहा है।'

'हाँ, डैड, मैंने कुछ दीर्घकालीन चीजों के बारे में सोच रखा है।'

'अभी तुम आराम करो। हम रात में खाने पर चर्चा करेंगे इस पर,' पिता ने कहा।

मेघना और आशीष की माँ आपस में बात करने के लिए बैठ गए, जबकि आशीष बिस्तर पर चला गया, हालाँकि वह सो नहीं सका। वह अपने अभिभावकों की प्रतिक्रिया को लेकर अंदाजा लगाने लगा। उसके अभिभावक पहले ही उस पर आत्मकेंद्रित होने का ठप्पा लगा चुके थे। उसका एक्टर बनने का जुनून उसकी समझ से बाहर ही था।

उसे वह वाकया याद आ गया, जब उसके चिंतित अभिभावक उसे लेकर एक ज्योतिषी के पास पहुँचे थे। 'कृपया कुछ करिए, यह फिल्मों में काम करने को लेकर पागल हुआ जा रहा है।' संयोग से वह ज्योतिषी फिल्म निर्देशक करण जौहर का दूर का रिश्तेदार निकला। वह बॉलीवुड की तारीफ करने लगा और उसने करण जौहर की तमाम चिट्ठियाँ भी दिखाईं, जो उससे खुद भी सलाह लेते रहते थे। उस समय उसके अभिभावकों का चेहरा जिस तरह बन गया था, वह अचानक उसकी आँखों के आगे घूम गया, और वह हँस पड़ा।

डिनर के टेबल पर उसके पिता ने पूछा, 'अब बताओ, क्या चल रहा है तुम्हारे दिमाग में?' 'मैं वापस भारत जाने की सोच रहा हूँ,' उसने कहा और अभिभावकों की प्रतिक्रिया देखने के लिए जरा सा रुका। उनके शांत चेहरों पर भय के भाव उभरने लगे। 'मैं वहाँ रेस्तराँ की चेन खोलना चाहता हूँ।'

डिनर के टेबल पर उसके पिता ने पूछा, 'अब बताओ, क्या चल रहा है तुम्हारे दिमाग में?'

'मैं वापस भारत जाने की सोच रहा हूँ,' उसने कहा और अभिभावकों की प्रतिक्रिया देखने के लिए जरा सा रुका। उनके शांत चेहरों पर भय के भाव उभरने लगे। 'मैं वहाँ रेस्तराँ की चेन खोलना चाहता हूँ।'

'अब, यह क्या नई बेवकूफी है? पहले, तुम एक्टर बनना चाहते थे और अब तुम वेटर बनना चाहते हो। इसके अलावा, तुम अमेरिका की जी.ई. जैसी कंपनी में प्रतिष्ठित जॉब छोड़कर भारत जाने की सोच रहे हो और वह भी सड़क के किनारे रेस्तराँ खोलने के लिए? क्या तुम ढंग से सोच सकते हो?'

'डैड, अव्वल तो यह सड़क के किनारेवाला रेस्तराँ नहीं है, मैं रेस्तराँ की चेन खोलना चाहता हूँ, और दूसरा, मैं जी.ई. पहले ही छोड़ चुका हूँ,' उसने सबसे कठिन खबर उन लोगों को सुनाई। उसकी माँ अविश्वास से उसे देखने लगी।

'क्या तुम पागल हो गए हो? जल्दी ही तुम्हारी शादी होनेवाली है। तुम मेघना के पिता को क्या बताओगे? और मेघना, तुम क्या एक बेरोजगार आदमी से शादी करोगी, जो रेस्तराँ खोलने का पागलपन भरा सपना देख रहा है? आशीष, तुम्हें याद है, जब तुम पिछली बार भारत आए थे? तुम्हें जरा भी अंदाजा है कि वहाँ कारोबार शुरू करना कितना दुष्कर है?' वह इस खबर से सदमे में आ गई थी।

'हाँ, यह एक मुद्दा है। तुम अमेरिका में रेस्तराँ की चेन क्यों नहीं खोल सकते? तुम जॉब में रहने के दौरान ही काफी काम कर चुके होते, और एक बार चीजें स्थिर हो जातीं तो तुम अपनी जॉब छोड़ सकते थे। तुमने कुछ भी करने से पहले जॉब क्यों छोड़ दी? क्या तुम परिपक्वता के साथ काम नहीं कर सकते हो?' आशीष के पिता ने उससे जानना चाहा।

'डैड, मैं भारत की उसी तरह सेवा करना चाहता हूँ, जैसे हमारे परिवार का हर सदस्य करता आया है। यहाँ नफा-नुकसान की बात ही नहीं है। मैं अपना कारोबार गर्व और लाभ, दोनों के लिए करना चाहता हूँ। एक अमेरिकी फूड चेन भारत में खुलती है और भारतीय उसके पीछे दीवाने हो जाते हैं। मैं भारतीय फूड चेन अमेरिका ले जाना चाहता हूँ। हो सकता है, एक दिन मैं टाइम्स स्क्वायर पर अपना रेस्तराँ खोलूँ। आप भी देखेंगे,' खत्म करते-करते वह हाँफने लगा। उसकी माँ ने उसे एक गिलास पानी पकड़ाया।

'अच्छा, चूँकि तुमने पहले ही तय कर रखा है। तो ठीक है। मैं इस बात से खुश हूँ कि तुमने एक्टर बननेवाला विचार छोड़कर स्टार्टअप के बारे में सोचा है,' उसके पिता ने राहत की साँस ली।

'आपको नहीं पता कि बॉलीवुड एक सुपरस्टार से महरूम रह जाएगा। मैं कारोबारी समुदाय के प्रति उदार बन रहा हूँ,' आशीष ने कहा।

आशीष के अभिभावक जानते थे कि उनके बच्चे को अब रोक पाना मुमकिन नहीं है। उसने एक बार तय कर लिया, तो उसे उस रास्ते से हटाया नहीं जा सकता, और इसलिए अब उन्होंने व्यावहारिक सवालों पर अपना ध्यान लगाया।

'शुरुआती निवेश कितना होगा?' पिता ने जानना चाहा।

आशीष के अभिभावक जानते थे कि उनके बच्चे को अब रोक पाना मुमकिन नहीं है। उसने एक बार तय कर लिया, तो उसे उस रास्ते से हटाया नहीं जा सकता, और इसलिए अब उन्होंने व्यावहारिक सवालों पर अपना ध्यान लगाया। 'शुरुआती निवेश कितना होगा?' पिता ने जानना चाहा।

'यह लगभग 70 लाख के आसपास बैठेगा।'

'यह लगभग 70 लाख के आसपास बैठेगा।'

'यह तो काफी बड़ी रकम है। तुम्हारे डैड सर्विस में हैं। तुम फंड का इंतजाम कैसे करोगे?' अब बारी माँ की थी जानने की।

'हमें एक निवेशक खोजना होगा।'

'ठीक है, क्या तुमने अमेरिका में कोई निवेशक ढूँढ़ने की कोशिश की?' उसकी माँ ने पूछा।

'हाँ, एक से मिला हूँ, लेकिन वह अपनी बेटी को भी मुझसे जोड़ना चाहता था···मेघना तो मुझे मार ही डालती।'

'हम्म···' उसके पिता ने गहरी साँस ली। 'एक आदमी है मेरे दिमाग में। मैं चाहूँगा कि तुम उससे मिलो। उसका नाम है अरुण चड्ढा और मुझे यकीन है कि वह तुम्हारी मदद करेगा,' श्री चड्ढा का नंबर अपने मोबाइल में ढूँढ़ते हुए वे बोले।

आशीष का चेहरा खिल उठा। 'महान् भारतीय अभिभावक!' उसने सोचा। 'एक बार जब आप कोई काम करने की ठान लेते हैं तो भले ही यह उनकी इच्छा के विपरीत हो, फिर भी वे हमेशा अपने बच्चे के समर्थन में आ ही जाते हैं।'

'कल शाम 8 बजे अरुण से तुम्हें मिलना है। रात के खाने पर उनसे मिलो। अपनी तरफ से कसर न छोड़ना और बेहतरीन योजना पेश करना। हम हमेशा तुम्हारे साथ हैं।' उसके पिता ने गले लगाकर कहा।

~

'सर, बड़ी बात यह है कि मैंने इसमें वैल्यू एडिशन की तमाम संभावनाएँ खोज रखी हैं। कोई दूसरा इस बारे में सोच भी नहीं सकता। जहाँ तक खेल के नियमों की बात है तो वे सीखे जा सकते हैं, उनमें रॉकेट साइंस जैसा कुछ भी नहीं है। एयरलाइंस कारोबार शुरू करने के लिए आपका पायलट होना जरूरी नहीं होता। सबसे बड़ा योगदान, जहाँ तक मैं सोचता हूँ, सोच अपने आपमें काफी है।'

अगली शाम जल्दी ही आ गई। आशीष जरा घबराया हुआ था, लेकिन उसके आत्मविश्वास में कमी नहीं थी।

'सर, मैं मूड्स हॉस्पिटैलिटी नाम से एक कंपनी शुरू करना चाहता हूँ, जो रेस्तराँ की चेन संचालित करेगी। इन रेस्तराँ की खास बात यह होगी कि ये अपने माहौल के लिए खासतौर पर जाने जाएँगे, और मेन्यू भी मूड के अनुसार बदलेगा···' वह अपने कॉन्सेप्ट को लेकर अगले आधे घंटे तक विस्तार से बताता रहा।

'ठीक है, लेकिन तुम एक इंजीनियर हो। तुम फूड बिजनेस में क्या योगदान दे पाओगे?' श्री चड्ढा ने कहा।

'सर, बड़ी बात यह है कि मैंने इसमें

वैल्यू एडिशन की तमाम संभावनाएँ खोज रखी हैं। कोई दूसरा इस बारे में सोच भी नहीं सकता। जहाँ तक खेल के नियमों की बात है तो वे सीखे जा सकते हैं, उनमें रॉकेट साइंस जैसा कुछ भी नहीं है। एयरलाइंस कारोबार शुरू करने के लिए आपका पायलट होना जरूरी नहीं होता। सबसे बड़ा योगदान, जहाँ तक मैं सोचता हूँ, सोच अपने आपमें काफी है।'

'क्या इस पर कोई रिसर्च भी की है तुमने?' उन्होंने पूछा।

'हाँ, मैंने इस कैटिगरी में कम-से-कम 50 रेस्तराँओं में दी जानेवाली सेवाओं और उनकी कीमतों का आकलन और तुलनात्मक अध्ययन किया है।' उसे याद आया कि किस तरह उसने और मेघना ने रेस्तराँओं में जाकर वहाँ के मेन्यू चोरी किए थे। हर रेस्तराँ में वे फ्रेंच फ्राइज ही ऑर्डर करते, क्योंकि उनके मेन्यू में वही सबसे सस्ता होता था। तीन दिन के बाद उसने प्रण किया कि वह अगले तीन साल तक फ्रेंच फ्राइज नहीं खाएगा।

'हम्म…ठीक है, ईमानदारी से कहूँ तो रेस्तराँ का कारोबार मेरी समझ में नहीं आता, लेकिन मैं तुम्हारी लगन और गंभीरता को देखते हुए, तुममें निवेश करूँगा। तुम्हें जो भी सहयोग मुझसे चाहिए बताना तो मैं उसकी व्यवस्था देखूँगा,' श्री चड्ढा ने कहा।

'आपका बहुत-बहुत शुक्रिया सर,' आशीष गद्‌गद हो उठा।

'असल में, मैं चाहता हूँ कि तुम भारत जाकर श्री जॉयदीप सिंह से मिलो। मुझे उम्मीद है कि वे तुम्हारी मदद जरूर करेंगे। मैं तुम्हें उनका नंबर दे दूँगा और तुम्हारे प्रस्ताव के बारे में उनको बता भी दूँगा।'

वह ऐतिहासिक बैठक संपन्न हुई। आशीष को दक्षिण अफ्रीका आकर अपने अभिभावकों से मिलने का फैसला सफल होने पर खुद पर गर्व हुआ। यह उसके लिए अनजाने में मिला आशीर्वाद था कि उसे दक्षिण अफ्रीका में पहला निवेशक मिल गया था।

~

'हे, मेघना, तुम क्या सोच रही हो? क्या उन्हें हमारा कॉन्सेप्ट पसंद आएगा? मुझे लगता है कि वे इस बिल्कुल अलग सोच को सराहेंगे,' आशीष ने कहा। वह देश के चुनिंदा जाने-माने शेफ और कूकरी शो के प्रस्तोता संजीव कपूर से मुलाकात को लेकर बेहद उत्साहित था। मेघना संजीव कपूर और उनकी पत्नी को जानती थी, और उसी ने आशीष के साथ उनकी मुलाकात तय कराई थी, ताकि एक विशेषज्ञ की भी राय ली जा सके।

यह आशीष के लिए अब तक का बहुप्रतीक्षित डिनर था—संजीव कपूर की प्रतिक्रिया को लेकर वह बेहद उत्सुक था। वे 15 मिनट पहले ही रेस्तराँ पहुँच गए। आशीष मेन्यू देखने लगा और उसे चुपचाप अपने बैग में रख लिया। मेघना ने उसे घूरकर देखा, लेकिन वह उसकी इस आदत से परिचित थी कि वह जिस रेस्तराँ में भी जाता था,

जल्दी ही संजीव अपनी पत्नी के साथ वहाँ पहुँचे। एक-दूसरे से हलकी-फुलकी बातों के बाद, संजीव ने उसकी योजना के बारे में पूछा। आधे घंटे तक आशीष सजीव तरीके से उन्हें अपने कॉन्सेप्ट के बारे में बताने लगा कि किस तरह रेस्तराँ में हर दिन का माहौल एकदम अलग होगा और उसी अनुरूप मेन्यू भी ग्राहक के मूड के आधार पर तय होगा। जब उसने खत्म किया, तो संजीव मुस्कराए।

वहाँ का मेन्यू आदतन चुरा लेता था।

'मुझे पक्का यकीन है कि जिस तेजी से तुम मेन्यू कार्ड चुरा रहे हो, उस हिसाब से जल्दी ही तुम्हारा नाम गिनीज बुक ऑफ वर्ल्ड रिकॉर्ड्स में दुनिया भर के मेन्यू कार्ड्स कलेक्शन के लिए दर्ज हो जाएगा,' मेघना ने उसे चिढ़ाया।

जल्दी ही संजीव अपनी पत्नी के साथ वहाँ पहुँचे। एक-दूसरे से हलकी-फुलकी बातों के बाद, संजीव ने उसकी योजना के बारे में पूछा। आधे घंटे तक आशीष सजीव तरीके से उन्हें अपने कॉन्सेप्ट के बारे में बताने लगा कि किस तरह रेस्तराँ में हर दिन का माहौल एकदम अलग होगा और उसी अनुरूप मेन्यू भी ग्राहक के मूड के आधार पर तय होगा। जब उसने खत्म किया, तो संजीव मुस्कराए।

'निश्चित तौर पर यह बेहतरीन आइडिया है, लेकिन यह तय करने के लिए वित्तीय रूप से यह व्यावहारिक होगा या नहीं, तुम्हें कुछ सवालों के जवाब देने होंगे। हम एक व्यक्ति का मनोविज्ञान समझने से शुरू करते हैं, जो कि खाने के लिए बाहर जाता है। सबसे पहले, एक आम भारतीय खाने का आनंद उठाने के लिए रेस्तराँ जाता है, और इसलिए पहली चीज तो वह व्यंजन तय होना चाहिए, जो वह खाना चाहता है। अगर मेन्यू और माहौल बदलते रहेंगे तो वह चुनाव कैसे करेगा? शुरू-शुरू में, लोग जिज्ञासावश एक बार या दो बार कहीं जाते हैं, लेकिन कब तक? जिज्ञासा एक सशक्त भाव नहीं है, जिस पर तुम्हारे कारोबार का मॉडल आधारित है। तुम्हारे मॉडल की सबसे बड़ी दिक्कत इसका अप्रत्याशित होना है। बहुतायत लोग तुक्का या अंदाजा लगाना पसंद नहीं करते, खासतौर पर जब बात बाहर खाने की आती है। अगर हम इस पहलू को छोड़ दें, तो मुझे बताओ कि तुम्हारा ब्रांड कैसे स्थापित होगा? तुम्हारी विशेषज्ञता किसी चीज में झलकेगी? तुम इसका जवाब नहीं दे पाओगे, क्योंकि जो अनुभव तुम ग्राहक को दो वह अस्थिर होगा। लोग यह जानना चाहते हैं कि आपकी खासियत क्या है, इसलिए ध्यान केंद्रित रखना बेहद अहम है।' वे रुके और आशीष की प्रतिक्रिया का इंतजार करने लगे, जो उनकी बातों से जरा मायूस सा दिखने लगा था।

'मेरा उद्देश्य तुम्हें हतोत्साहित करना नहीं है, बल्कि मैं तुम्हें एक अलग नजरिए

से वाकिफ कराना चाहता हूँ। काफी चीजें ऐसी रह जाती हैं, जिन पर तुम विचार नहीं कर सके होगे, और मैं उन पर सिर्फ रोशनी डाल रहा हूँ। लॉजिस्टिक्स की बात है, और अगर तुम रोज अपनी पेशकश बदलते रहोगे तो तुम कितने मेन्यू की व्यवस्था कर पाओगे? मेन्यू की संख्या जितनी ज्यादा होगी, उतनी ही उसकी लागत बढ़ती जाएगी। तुम्हारे शेल्फ पर रखी हर चीज नुकसान की संभावना को ही दरशाएगी। वह चुराई भी जा सकती है, या उसे रखने-उठाने में लापरवाही बरती जा सकती है या उसे गलत तरीके से स्टोर किया जा सकता है और इस तरह वह खराब हो सकती है। सामानों की संख्या जितनी कम होगी, उनके खराब होने की आशंका भी उतनी ही कम रहेगी।' संजीव ने अपनी बात खत्म की। अब तक, आशीष भर चुका था। 'शायद, मैं अपने आइडिया को लेकर कुछ ज्यादा ही जुनून में आ गया था और इसीलिए स्वाभाविक सी चीजों पर गौर नहीं कर पाया,' उसने सोचा।

'मेरा उद्देश्य तुम्हें हतोत्साहित करना नहीं है, बल्कि मैं तुम्हें एक अलग नजरिए से वाकिफ कराना चाहता हूँ। काफी चीजें ऐसी रह जाती हैं, जिन पर तुम विचार नहीं कर सके होगे, और मैं उन पर सिर्फ रोशनी डाल रहा हूँ। लॉजिस्टिक्स की बात है, और अगर तुम रोज अपनी पेशकश बदलते रहोगे तो तुम कितने मेन्यू की व्यवस्था कर पाओगे? मेन्यू की संख्या जितनी ज्यादा होगी, उतनी ही उसकी लागत बढ़ती जाएगी। तुम्हारे शेल्फ पर रखी हर चीज नुकसान की संभावना को ही दरशाएगी।

'आशीष, रेस्तराँ का कारोबार बेहद जटिल प्रक्रिया से गुजरता है, और तुम्हारा मॉडल आग में घी का काम करेगा। मुझे तो यह असंभव सा लगता है। यह इंडस्ट्री बहुत कठिन है, और इसमें सफल होना भी उससे ज्यादा कठिन है।'

अंतत: उन्होंने उसके सवालों और आकलन को खत्म किया। पेट के लिए खाने से ज्यादा, उनके पास विचारों की तृप्ति के लिए तमाम विकल्प दिख रहे थे।

'आपके सवाल बहुत जायज हैं, सर! मैं अपने शुरुआती विचारों पर दोबारा काम करूँगा और देखूँगा कि मैं इस इंडस्ट्री में पैर जमाने के लिए क्या कर सकता हूँ। हो सकता है कि मुझे नए सिरे से अपने मॉडल पर काम करना पड़े, लेकिन मैं आपका आभारी हूँ कि आपने मुझे बेहद स्पष्ट तरीके से चीजों को समझाया। यह मुझे अपने आइडिया में और सुधार में मदद करेगा,' आशीष ने दृढता से कहा।

'मैं तुम्हें एक बार फिर बस इतना ही कहना चाहता हूँ कि यह देखने में जितना लगता है, उतना आसान है नहीं। यह बेहद जटिल है, और तुम जो करना चाहते हो वह और भी जटिल है।'

'मैं समझ गया, लेकिन कारोबार शुरू करने में हर चीज जटिल ही होती है। किसी आइडिया पर काम न करने का एकमात्र कारण जटिलता नहीं हो सकती।'

संजीव रुके और मुस्कराए। 'तुम्हें पता है, आशीष, मुझे खुशी है कि तुम्हें खुद पर इस कदर भरोसा है कि आसपास की नकारात्मकता तुम पर असर नहीं डाल सकती। मैं इसे परखना चाहता था, इसलिए मैं इस कदर नकारात्मक बातें कर रहा था। अगर तुम आसपास की निराशा से प्रभावित हुए बिना खुद को बचा ले गए, तो तुम सफल हो जाओगे। अगर तुमने अपना आइडिया केवल इसलिए छोड़ दिया कि मैंने तुमसे उसकी सफलता पर संशय जताया था, तो वह आइडिया मूल्यहीन हो जाएगा। जब भी तुम कारोबार शुरू करोगे, तो दिक्कतें और परेशानियाँ निश्चित तौर पर पेश आएँगी।'

आशीष के लिए, इस मीटिंग ने उसका हकीकत से परिचय कराया। इससे पहले, वह अपने कॉन्सेप्ट की विशिष्टता पर गर्व कर रहा था। मीटिंग के बाद, उसने सोचा कि अगर इस आइडिया के बारे में उन देशों के लोगों ने भी नहीं सोचा, जो हमसे ज्यादा आगे माने जाते हैं, तो निश्चित रूप से इस आइडिया के साथ कुछ-न-कुछ गड़बड़ तो है।

संजीव ने जिन मुद्‌दों को उठाया था, उसने उसे अपने आइडिया का दोबारा आकलन करने के लिए प्रेरित किया और उसने अब तक जो कुछ भी सीखा था, उसमें और बहुत कुछ जोड़ने की जरूरत है।

संजीव के साथ मीटिंग के उपरांत आशीष ने अपनी प्रस्तुति पर दोबारा काम किया और उस निवेशक से मिलने की तैयारी में जुट गया, जिससे मिलने के लिए दक्षिण अफ्रीका में श्री चड्‌ढा ने कहा था। जॉयदीप सिंह श्री चड्‌ढा के बहनोई थे और दिल्ली में रहते थे।

'सर, मैं आशीष हूँ। चड्‌ढाजी ने आपको बताया होगा कि मैं आपसे मिलना चाहता हूँ।'

संजीव के साथ मीटिंग के उपरांत आशीष ने अपनी प्रस्तुति पर दोबारा काम किया और उस निवेशक से मिलने की तैयारी में जुट गया, जिससे मिलने के लिए दक्षिण अफ्रीका में श्री चड्‌ढा ने कहा था। जॉयदीप सिंह श्री चड्‌ढा के बहनोई थे और दिल्ली में रहते थे।

'सर, मैं आशीष हूँ। चड्‌ढाजी ने आपको बताया होगा कि मैं आपसे मिलना चाहता हूँ।'

'ओ, हाँ, उन्होंने तुम्हारे बारे में बताया था मुझे। कैसे हो, आशीष? दरअसल, मैं तुम्हारे ही फोन का इंतजार कर रहा था,' उन्होंने जवाब दिया।

'सर, आपसे कब मिलना उचित होगा?'

'हम अभी ही मिल सकते हैं। मैं फिलहाल गोल्फ क्लब में हूँ। हम साकेत गोल्फ क्लब के बाहर मिल सकते हैं। तुम्हें यहाँ पहुँचने में कितना वक्त लगेगा?'

'लगभग आधा घंटा।'

'ठीक है, आधे घंटे में मिलते हैं।'

किसी अन्य निवेशक से मुलाकात से बेहद अलग, उनकी पहली मुलाकात गोल्फ क्लब के बाहर लगे खंभे के पास उस पर टँगी बत्ती के नीचे हुई। यह एक अनौपचारिक मुलाकात थी, और आशीष ने वहीं पर अपनी योजना के बारे में बताया।

'मैं चाइनीज रेस्तराँ की भारतीय चेन पर काम कर रहा हूँ, जो वास्तविक चाइनीज व्यंजन पेश करेगा। फिलहाल ढेर सारे रेस्तराँ चाइनीज व्यंजन परोस रहे हैं, लेकिन वे ज्यादातर एक ही व्यक्ति द्वारा संचालित होते हैं, और इस तरह उनकी विश्वसनीयता सवालों में रहती है। मेरा फोकस यो! चाइना को त्वरित सर्विस रेस्तराँ के रूप में स्थापित करने का है, जो विश्वसनीय चाइनीज व्यंजन किफायती कीमत पर उपलब्ध कराएगा। यह युवाओं के लिए एक ब्रांड रहेगा, जिसका लक्ष्य मुख्यत: छात्र समुदाय, युवा पेशेवर और परिवार पर केंद्रित होगा। मेरा लक्ष्य इसे अगले पाँच साल में राष्ट्रीय स्तर पर पहचान दिलाने का है।'

'तुमने चाइनीज व्यंजनों पर ही काम करने का क्यों सोचा?' जॉयदीप सिंह ने पूछा।

'मैंने इसमें गहन शोध किया है, और नतीजा यह निकला कि युवाओं में सबसे ज्यादा चाइनीज व्यंजन ही पसंद किया जाता है। दरअसल, यह भारत में दूसरा सबसे ज्यादा ऑर्डर किया जानेवाला व्यंजन है। उदाहरण के लिए अमेरिकन चॉप्सी न तो अमेरिका में और न चीन में ही देखने को मिलती है, बल्कि यह सबसे ज्यादा भारत में ही बिकती है। इसके अलावा, मैं ऐसी चीज पेश करना चाहता हूँ, जिसे लोग सामान्यतया घर में नहीं बनाते। तो इन सब वजहों को ध्यान में रखते हुए, चाइनीज एक अच्छा विकल्प है।'

जॉयदीप सिंह कुछ पलों के लिए सोचने लगे और फिर पूछा, '…और तुमने यो! चाइना नाम ही क्यों चुना?'

'यो! चाइना से युवा आभास मिलता है और देखने में भी यह ट्रेंडी लगता है, साथ ही बोलने में एक ऊर्जा महसूस होती है। यह सरल है और इसका सीधा मतलब भी समझ में आता है।'

'इंजीनियरिंग और उद्यमिता के अलावा, तुममें रचनात्मक सोच भी भरी हुई है—यो! चाइना…दिलचस्प है,' जॉयदीप ने टिप्पणी की।

'नहीं, नहीं, यह मेरा आइडिया नहीं है। हमने दो विज्ञापन पेशेवरों, फ्रेडी और नेविड, से इस पर बात की थी तो उन्होंने यह नाम सुझाया है। वे अन्य संवाद तत्त्वों पर काम कर रहे हैं और ब्रांड को कैसे विकसित किया जाए, इस

जॉयदीप सिंह कुछ पलों के लिए सोचने लगे और फिर पूछा, '…और तुमने यो! चाइना नाम ही क्यों चुना?' 'यो! चाइना से युवा आभास मिलता है और देखने में भी यह ट्रेंडी लगता है, साथ ही बोलने में एक ऊर्जा महसूस होती है। यह सरल है और इसका सीधा मतलब भी समझ में आता है।'

पर वे हमें आंतरिक तौर पर सुझाव देते रहेंगे,' आशीष ने जानकारी दी।

'दरअसल, निवेश करने में समस्या नहीं है। मैं निवेश करूँगा, लेकिन मैं सोच रहा था कि इसमें मैं भी कुछ चीजें जोड़ सकता हूँ। क्या मैं इसमें मार्केटिंग सलाहकार के तौर पर जुड़ सकता हूँ? मुझे इस आइडिया में ढेर सारी संभावनाएँ नजर आ रही हैं।'

'ओह, बिल्कुल। दरअसल, मैं ऐसे लोगों को खोज रहा हूँ, जो अपनी लगन और जुनून हमारे साथ बाँट सकें। आपका स्वागत है।'

बिना किसी प्रेजेंटेशन या औपचारिक बातों के, आशीष को उसका दूसरा निवेशक और एक टीम सदस्य मिल गया।

~

'मेघना, जीवन वास्तव में उसी तरह है जैसा पॉओलो कोएल्हो ने बताई है। जब आप वाकई किसी चीज को दिलोजान से चाहते हैं, तो पूरी कायनात आपके लिए जुट जाती है। न केवल मुझे निवेशक मिल गए, बल्कि मेरे पहले संस्थापक भी हैं वे। याद करो, मैंने जॉयदीप सिंह के बारे में बताया था। निवेश के साथ-साथ, वे हमारे साथ काम भी करना चाहते हैं। उनका मानना है कि यो! चाइना एक शानदार आइडिया है।' आशीष उत्साह से लबरेज आवाज में बोला।

'यह तो जबरदस्त खबर है!'

'कुछ और भी है! ईश्वर वाकई मेहरबान है, और हर चीज बिल्कुल सही जगह जाकर बैठ रही है। मैं संपत तलवार और मंधीर सोनी से चर्चा कर रहा था, और संयोग से, वे भी बतौर संस्थापक हमसे जुड़ रहे हैं। यही नहीं, याद करो, मैंने तुमसे कहा था कि मुझे फूड इंडस्ट्री से एक साथी की तलाश है। मेरे एक दोस्त ने मुझे अजय से मिलवाया, जो कि टर्क्वायज कॉटेज के मालिक हैं। आज मैं उनसे मिला, और सोचो क्या हुआ होगा! उन्होंने भी हमसे जुड़ने में दिलचस्पी दिखाई। इस तरह हम छह लोगों की टीम तैयार हो गई है।' आशीष उत्साहित था।

'वाह, यह तो शानदार खबर है! अजय तो इस तरह के रेस्तराँ चला ही रहे हैं। मुझे हैरत है कि वे तुम्हारे साथ क्यों जुड़ना चाहते हैं? तुमने तो अब तक रेस्तराँ खोला भी नहीं और फिर भी वे सहमत हैं। तुमने क्या जादू चलाया है?' मेघना चकित थी।

'वाह, यह तो शानदार खबर है! अजय तो इस तरह के रेस्तराँ चला ही रहे हैं। मुझे हैरत है कि वे तुम्हारे साथ क्यों जुड़ना चाहते हैं? तुमने तो अब तक रेस्तराँ खोला भी नहीं और फिर भी वे सहमत हैं। तुमने क्या जादू चलाया है?' मेघना चकित थी।

'यह मेरा स्टाइल है, तुम देखना। मैं रील लाइफ में हीरो नहीं बन सका तो क्या, रियल

लाइफ में हीरो बनकर दिखाऊँगा।' आँख मारकर उसने कहा।

'अब हमें आगे बढ़ना चाहिए…' उसने आशीष को रोकते हुए कहा।

'दरअसल, मैंने यह स्पष्ट कर दिया है कि हमारी एक प्राइवेट लिमिटेड कंपनी होगी और हम सब उसके सह-संस्थापक होंगे, न कि साझेदार। हालाँकि वे सभी 10 से 15 साल मुझसे बड़े हैं, फिर भी मैं ही प्रबंध निदेशक रहूँगा और सारी रिपोर्टिंग और प्रक्रियाएँ संगठन के तय ढाँचे के अनुरूप चलेंगी।'

'ठीक है, यह अच्छा है,' उसने टिप्पणी की।

'ऐसा लग रहा है कि हमारा सफर अच्छे से बेहतर की ओर जाएगा।'

'क्या तुम हमारी शादी के बारे में बात कर रहे हो या यो! चाइना के बारे में?'

'दोनों,' आशीष ने कहा और मुस्कराया।

यो! चाइना का पहला आउटलेट खुलने के दो महीने पहले आशीष और मेघना ने शादी कर ली, हालाँकि उनके जीवन का बेहद अहम हिस्सा, यानी उनका पहला रेस्तराँ खोलने में काफी लंबा वक्त लगा।

~

'जॉय, यह आपने बहुत अच्छा किया, जो कपिल देव को हमारे उद्घाटन के मौके पर बुलाया।' आशीष उछल पड़ा था, जब जॉयदीप ने उसे उद्घाटन समारोह में कपिल के शामिल होने की बात बताई थी।

'वे इनकार नहीं कर सकते। मैंने उन्हें बताया था कि यो! चाइना अपने आपमें अनूठा है। यह ऐसा रेस्तराँ है, जो अंतरराष्ट्रीय मानकों से मेल खाता है, जहाँ आप डिस्प्ले किचन पाएँगे। कपिल देव के अलावा, मैंने 100 से ज्यादा मेहमानों को भी बुलाया है,' जॉयदीप ने कहा।

'कुल मिलाकर 350 से 400 मेहमान होंगे। बस मैं यही सोच रहा हूँ कि कितने मेहमान मौके पर पहुँचेंगे।' आशीष ने जानना चाहा।

'मुझे नहीं लगता कि आनेवालों की संख्या 70 से ज्यादा होगी,' इंडस्ट्री में काफी लंबा वक्त गुजारने के चलते उनके अनुभव के आधार पर कही बातों को ही फाइनल माना जाता था।

अचानक शालिनी, जो कि बिजनेस डेवलपमेंट का काम देख रही थी, भागी-भागी आई। 'आशीष, हम परेशानी में फँस गए हैं। मुझे अपने फर्नीचर वेंडर के यहाँ से फोन करके बताया गया है कि वह हमें आज फर्नीचर नहीं दे पाएगा।'

'इसका क्या मतलब है कि वह आज नहीं दे पाएगा? हमें कल से ही सबकुछ शुरू कर देना है। बिना फर्नीचर के हम क्या करेंगे? लोग बैठेंगे कहाँ? और ऐन मौके पर वह पीछे कैसे हट सकता है। उसने पुष्टि की थी,' आशीष ने टिप्पणी की।

उसके चेहरे पर चकित होने के भाव साफ देखे जा सकते थे। वह रेस्तराँ प्रबंधन सीखने-समझने से पहले खुद को आपदा प्रबंधन के बीच पा रहा था। लॉञ्चिंग का उत्साह भय में तब्दील होने लगा। आशीष ने फर्नीचर वेंडर को फोन किया और बुरी तरह डाँट लगाई। अजय और मंधीर ने दूसरे दुकानदारों से बात की और किराए पर फर्नीचर की व्यवस्था की।

आशीष हैरान था कि हर चीज वास्तुशास्त्र के अनुसार करने, और लॉञ्चिंग के लिए बुधवार को पवित्र दिन के तौर पर चुनने के बावजूद, वह खुद को अस्त-व्यस्त स्थितियों के बीच पा रहा था।

'हरी, एसी ऑन करो। बेहद गरमी है यहाँ,' उसने कहा।

'सर, न एसी काम कर रहे हैं और न एग्झॉस्ट,' हरी ने काँपती आवाज में कहा।

हर कोई हरी की तरफ मुड़ गया। किसी ने एक शब्द भी नहीं कहा। आशीष अपने साथियों को अविश्वास से देखता रह गया। 'पहले, फर्नीचर का मामला गड़बड़ाया और अब एसी, खराब संकेत है यह,' उसने सोचा और उसके सामने 'द अल्केमिस्ट' के दृश्य घूम गए।

'आशीष, संयोग से एक दुकानदार फर्नीचर सप्लाई के लिए मान गया है, लेकिन उसके पास केवल ऑफिस कुरसियाँ ही बची हुई हैं,' 20 सप्लायरों से बात करने के बाद अजय ने उसे सूचित किया।

'क्या बकवास है? हम अपना पहला रेस्तराँ केवल ऑफिस की कुरसियों संग करेंगे। इसका मतलब होगा पूरा माहौल खराब कर देना।'

आपातकाल घोषित हो गया। हर कोई अपने स्तर से चीजों को व्यवस्थित करने में जुट गया और हर फर्नीचर दुकानदार को हर आधे घंटे पर लगातार फोन किया जाने लगा।

अंततः, दिन खत्म होते होते, रेस्तराँ में ऑफिस की कुरसियों से ही काम चलाना पड़ा।

'हमारा सपना अगर किसी समझौते के साथ पूरा होता दिखता है तो बेहद कष्टकारी होता है,' आशीष ने अपनी पत्नी मेघना से कहा, जो कि रेस्तराँ ठीक करने में उसकी मदद कर रही थी। शादी के बाद आशीष और मेघना ने खुद के लिए छुट्टी नहीं ली और यो! चाइना को स्थापित करने में जी-जान से जुट गए थे।

'मुझे अब भी उम्मीद है कि हमें अच्छी प्रतिक्रिया मिलेगी।'

~

7 मई, 2003, गुड़गाँव के एम.जी.एफ. मॉल में यो! चाइना का उद्घाटन था। सह-संस्थापक, मेघना और बाकी स्टॉफ उस बड़े दिन की व्यवस्था में जुटे हुए थे।

अचानक, आशीष को अपने माथे पर पसीने की एक बूँद सी महसूस हुई। 'आज मैं

अचानक नर्वस क्यों हो रहा हूँ?' उसने सोचा और तब महसूस किया कि एयर कंडिश्नर काम नहीं कर रहा था।

'हरी, एसी ऑन करो। बेहद गरमी है यहाँ,' उसने कहा।

'सर, न एसी काम कर रहे हैं और न एग्झॉस्ट,' हरी ने काँपती आवाज में कहा।

हर कोई हरी की तरफ मुड़ गया। किसी ने एक शब्द भी नहीं कहा। आशीष अपने साथियों को अविश्वास से देखता रह गया। 'पहले, फर्नीचर का मामला गड़बड़ाया और अब एसी, खराब संकेत है यह,' उसने सोचा और उसके सामने 'द अल्केमिस्ट' के दृश्य घूम गए।

'सर, पिछली रात मैंने सभी एसी और एग्झॉस्ट चेक किए थे। सभी बेहतरीन ढंग से काम कर रहे थे, लेकिन आज, जब मैंने एसी ऑन किया, तो वहाँ पानी का लीकेज और कुछ अन्य तकनीकी समस्याएँ नजर आने लगीं। हालाँकि मैं उन्हें ठीक कर सकता हूँ, लेकिन उसमें काफी समय लग जाएगा, और हमारे पास उतना समय नहीं है। मुझे बेहद अफसोस है, लेकिन हम अभी फिलहाल कुछ नहीं कर सकते,' हरी, जो कि घर का बिजली मिस्त्री था, हर किसी के भय को पुख्ता कर रहा था।

'जब किसी चीज को गड़बड़ होना होता है तो, वह जरूर होती है। ऐसा मैं नहीं कहता, मर्फी ने कहा था। यह मर्फी का नियम है,' आशीष ने अजय की तरफ देखते हुए कहा, जो सपाट तरीके से उसे ही देख रहा था। 'अजय, अब मुझे वाकई आमंत्रित मेहमानों को लेकर चिंता हो रही है। हमने 400 मेहमानों को आमंत्रित किया है। अगर आधे भी आ गए, तब क्या होगा? हम कैसे उन्हें सँभालेंगे? इन सबके ऊपर एसी भी काम नहीं कर रहे हैं, न एग्झॉस्ट। बाहर बेहद तीखी गरमी है। हमारे पास एक डिस्प्ले किचन ही मौजूद है। उसमें काम के दौरान जो धुआँ भरेगा, तो उसका हम क्या करेंगे?'

'मैं केवल यही प्रार्थना कर सकता हूँ कि मेरा अनुमान गलत हो जाए?' कुछ चिंतित और कुछ हैरान अजय ने घटनाओं पर टिप्पणी की।

शाम के 7.30 बजते-बजते, लोगों ने आना शुरू कर दिया, और जल्दी ही, उनकी संख्या बढ़ती चली गई, जो रुकने का नाम नहीं

> ***'आशीष, खाने के बारे में कुछ कहने से ज्यादा, लोग हमें इस टॉर्चर के लिए कोस रहे होंगे। हम इस महक और धुएँ का क्या करें? हमारे एग्झॉस्ट काम नहीं कर रहे हैं। हर किसी की आँख धुएँ से जल रही है। कपिल देव की तरफ देखो। उनकी आँखें लाल हो गई हैं। वे एक हाथ से चम्मच पकड़े हुए खा रहे हैं और दूसरे हाथ में लिये टिशू पेपर से अपनी आँखें पोंछ रहे हैं,' जॉय ने कहा। वहाँ मौजूद उत्साह जल्दी ही क्षुब्धता में बदलने लगा था।***

ले रही थी। 9 बजे रात तक, उन्होंने मेहमानों का स्वागत किया। जल्दी ही, हालात उनके नियंत्रण से बाहर होने लगे।

'आशीष, खाने के बारे में कुछ कहने से ज्यादा, लोग हमें इस टॉर्चर के लिए कोस रहे होंगे। हम इस महक और धुएँ का क्या करें? हमारे एग्झॉस्ट काम नहीं कर रहे हैं। हर किसी की आँख धुएँ से जल रही है। कपिल देव की तरफ देखो। उनकी आँखें लाल हो गई हैं। वे एक हाथ से चम्मच पकड़े हुए खा रहे हैं और दूसरे हाथ में लिये टिशू पेपर से अपनी आँखें पोंछ रहे हैं,' जॉय ने कहा। वहाँ मौजूद उत्साह जल्दी ही क्षुब्धता में बदलने लगा था।

वहाँ पूरी तरह अव्यवस्था फैल चुकी थी; कोई समझ नहीं पा रहा था कि हालात को कैसे सँभाला जाए। हर किसी की आँखें लाल हो रही थीं और उनमें जलन हो रही थी। चाइनीज मसालों जैसे कि वेनेगर, सोया और चिली सॉस के कारण, धुआँ और जलन बढ़ा रहा था।

अंतत: उनके जीवन के सबसे लंबे चार घंटे खत्म होने को आए और वे लोग निराशा में भरे अपने-अपने घरों की तरफ निकल गए। यह अपने आपमें एक त्रासदी थी, जिसकी उसने अपने बुरे-से-बुरे सपने में कभी कल्पना भी नहीं की थी।

'मेघना, आज असल मायने में ऑनर किलिंग हुई है। हम बुरी तरह से अव्यवस्थित रहे। लोग निश्चित तौर पर हम पर हँस रहे होंगे।'

'यह कुछ समय की ही बात है। यह कोई बड़ा मुद्‌दा नहीं था। लोगों की याददाश्त छोटी होती है। यहाँ तक कि वे बड़े-बड़े घोटाले तक भूल गए। अगली बार, उन्हें एक अच्छा माहौल और अच्छा खाना परोसना, वे निश्चित तौर पर कल की घटनाओं को भूल जाएँगे,' मेघना ने आशीष को आश्वस्त किया।

'मैं भी यही उम्मीद करता हूँ।'

~

रात के 11.30 बजे, उस दिन ग्राहकों को विदा करने के बाद, कुरसियाँ एक तरफ कर दी गईं और रेस्तराँ की रोशनी डिस्को लाइट में बदल दी गई। हालाँकि कर्मचारियों की पार्टियाँ यो! चाइना में आम बात थी, लेकिन इस बार मामला कुछ खास था।

जब हर कर्मचारी स्थिर हो गया, तब आशीष ने अपनी बात शुरू की।

'साथियो, इतनी रात गए आप किसी तरह का भाषण सुनने के आकांक्षी तो बिल्कुल नहीं होंगे; आप निश्चित तौर पर खाने और नाचने के लिए बेताब हो रहे होंगे।'

'मैं सीधे-सीधे मुद्‌दे पर ही आ जाता हूँ। अगर अपनी भयानक शुरुआत को हम छोड़ दें, तो हमने सात महीने में ही अपनी लागत वसूल ली है, जो कि शानदार भी है और अनपेक्षित भी। हमने बेहद विनम्र शुरुआत की—मैंने ऑर्डर लेने शुरू किए,

मेघना ने रिसेप्शन का जिम्मा सँभाला, अजय ने किचन का काम देखा, जॉय ने कैश का मामला सँभाला, संपत और मंधीर ने संचालन और वित्तीय मामलों पर नजर रखी। तमाम रविवार ऐसे भी गुजरे, जिस दौरान हमें दोपहर में ही अपना रेस्तराँ बंद करना पड़ा, क्योंकि हमारा माल खत्म हो जाता था। यह एक बेहद सुखद एहसास है कि हम इस कदर भीड़ खींचने में सफल रहे हैं, और अब हमारी स्थिति यह है कि हमने अब ज्यादा बड़े ग्राहक तबके को सँभालने की काबिलीयत विकसित कर ली है। इसके लिए आप सब तारीफ के काबिल हैं।

'यहाँ तक कि मीडिया ने भी हमारे प्रयासों को पहचानना शुरू कर दिया है। हाल में ही, एच.टी. सिटी के संपादक यो! चाइना आए हुए थे, और उन्होंने रविवार के अंक में इसकी समीक्षा भी छापी है। उन्हें यह रेस्तराँ कुछ इस कदर पसंद आया कि उन्होंने अपने खास फोटोग्राफर को यहाँ फोटो लेने के लिए भेजा। मैं आप सबसे निवेदन करूँगा कि समय निकालकर इस रविवार के एच.टी. सिटी अंक को जरूर पढ़ें और अपने दोस्तों और रिश्तेदारों से भी निवेदन करें। यह हम सबके लिए एक गौरवमयी क्षण है। अब आप जमकर पार्टी करें और अपनी सफलता और अपने प्रयासों का जश्न मनाएँ।'

पार्टी देर रात तक चली और आशीष ने यह सुनिश्चित किया कि उसके कर्मचारियों को जश्न मनाने का भरपूर मौका मिले। उसने हमेशा कर्मचारियों के बीच जुड़ाव को तरजीह दी। चाहे किसी कर्मचारी का जन्मदिन हो या कोई अन्य त्योहार, उसकी टीम हमेशा साथ खड़ी रहती थी।

वह रविवार की सुबह ही थी और आशीष उस दिन अन्य दिनों की अपेक्षा जल्दी ही उठ गया था। बीती रात, उसने एक सपना देखा था, अखबार के पहले पेज पर बड़ा लेख छपा था, जो यो! चाइना की शान में कसीदे काढ़ रहा था। 'लोग कहते हैं कि सुबह का सपना सच होता है,' उसने सोचा, और मुस्कान अपने चेहरे पर बिखेरते हुए उसने मेघना से अखबार लाने को कहा। 'मेघना, मुझे अखबार देना,' उसने माँगा।

~

वह रविवार की सुबह ही थी और आशीष उस दिन अन्य दिनों की अपेक्षा जल्दी ही उठ गया था। बीती रात, उसने एक सपना देखा था, अखबार के पहले पेज पर बड़ा लेख छपा था, जो यो! चाइना की शान में कसीदे काढ़ रहा था। 'लोग कहते हैं कि सुबह का सपना सच होता है,' उसने सोचा, और मुस्कान अपने चेहरे पर बिखेरते हुए उसने मेघना से अखबार लाने को कहा। 'मेघना, मुझे अखबार देना,' उसने माँगा।

'छोड़ो जाने दो,' झिझकते हुए वह बोली, और अखबार को उसने कसकर पकड़ लिया। उसका चेहरा मुरझाया हुआ था।

'इसका क्या मतलब है? आज पहले पन्ने पर हमारे बारे में समीक्षा छपनी थी।' वह उसकी प्रतिक्रिया से हतप्रभ था।

'दरअसल, यह अच्छी समीक्षा नहीं है! जितना मैंने पढ़ा है यह सबसे घटिया समीक्षा छापी है उन लोगों ने। यह रेस्तराँ की पहली समीक्षा है और उन्होंने हर चीज माहौल, खाना, सर्विस, में कमी निकाल रखी है! हर चीज खराब कैसे हो सकती है?' हेडलाइन 'यो नो नो' पढ़कर ही वह सदमे में आ गया था। उसने अविश्वास में दोबारा पढ़ा उसे।

मेघना उसके बोलने का इंतजार करने लगी। अंतत: एक घंटा सन्नाटे के बाद उसने चुप्पी तोड़ी। 'तुम जानती हो मुझे ऐसा लग रहा है जैसे किसी ने मुझे कसकर तमाचा मारा हो। जी.ई. के साथ ऐसा नहीं होता। मेरा मतलब, मैं इसे निजी तौर पर नहीं लेता, अगर किसी ने जी.ई. को गाली दी होती तो। हो सकता है कि जब एक इनसान उद्यमी बन जाता है, तो वह अपने काम से जुड़ जाता है। यह बिल्कुल उसी तरह है जैसे कोई फिल्म हिट होती है, तो सारा श्रेय मुख्य कलाकार को जाता है, लेकिन जब वह फ्लॉप होती है, तो उसकी पूरी जिम्मेदारी निर्देशक पर आ जाती है।' वह रुका और फिर बोलने लगा, 'तुम जानती हो, मैं जिस किसी को भी जानता था, उन सभी से निवेदन किया था आज का अखबार पढ़ने के लिए।'

'अब छोड़ो हटाओ ये सब। इस मामले में अब हम कुछ नहीं कर सकते।'

'हम कर सकते हैं,' वह उठा और तैयार होने लगा, मेघना चौंक गई।

'तुम कहाँ जा रहे हो?' उसने पूछा।

'मैं उस शख्स से मिलने जा रहा हूँ, जिसने यह लेख लिखा है। मैं उसे अपने साथ ले आऊँगा, और हर चीज पर उससे चर्चा करूँगा। मेरे लिए, वह एक निराश ग्राहक की तरह है, और मुझे उस व्यक्ति की निराशा का कारण जानना है, ताकि मैं उन चीजों को सुधारने पर काम कर सकूँ। मुझे पता है कि मैं उसे जीत लूँगा,' उसने कहा और निकल लिया।

'मैं उस शख्स से मिलने जा रहा हूँ, जिसने यह लेख लिखा है। मैं उसे अपने साथ ले आऊँगा, और हर चीज पर उससे चर्चा करूँगा। मेरे लिए, वह एक निराश ग्राहक की तरह है, और मुझे उस व्यक्ति की निराशा का कारण जानना है, ताकि मैं उन चीजों को सुधारने पर काम कर सकूँ। मुझे पता है कि मैं उसे जीत लूँगा,' उसने कहा और निकल लिया।

'क्या हो रहा है ? यह हमारे होम डिलिवरी विभाग का पहला दिन है और फोन की घंटी बंद ही नहीं हो रही है,' रिसेप्शनिस्ट करण ने हताशा में आशीष से कहा। 'दोपहर के दो बज रहे हैं और मैं अब तक 40 ऑर्डर लिख चुका हूँ। एक ऑर्डर पूरा नहीं होता, तब तक फोन की घंटी बजने लगती है। पागलपनवाली स्थिति आ चुकी है। मैं कैसे इतने सारे ऑर्डर पर एक साथ नजर रख सकता हूँ ?'

'यह तो हमारी कल्पना से परे है। हमने अब तक 15 हजार रुपए के ऑर्डर महज दो घंटे में ही इकट्ठे कर लिये। हम अब भी ऑर्डर ले रहे हैं। अजय, हम इतनी सारी डिलिवरी कैसे सँभालें ? हम इतने सारे लोगों को परोसने के लिए तैयार नहीं हैं। तुमने टर्क्वायज कॉटेज में हालात कैसे सँभाले थे ?' आशीष ने पूछा।

'वहाँ होम डिलिवरी व्यवस्था नहीं थी,' उसने जवाब दिया।

'तो आपने यहाँ के लिए इसे क्यों सुझाया ?'

'आशीष, नाराज मत हो। हम हमेशा से भौतिक दायरे को तोड़कर ज्यादा-से-ज्यादा लोगों तक पहुँचना चाहते थे। होम डिलिवरी विस्तार के सिलसिले में हमेशा से अच्छी रणनीति साबित हुई है, इससे हमारी बाजार पर पकड़ और बढ़ जाएगी। असल समस्या यह है कि हम इतनी बड़ी संख्या में ऑर्डर पूरा कर पाने में सक्षम नहीं हो सके हैं,' अजय ने आपत्ति व्यक्त करते हुए कहा।

'सर, अब तक 60 ऑर्डर बुक हो चुके हैं, और ऑर्डर पहुँचने में देरी को लेकर ग्राहक शिकायत कर रहे हैं और कुछ तो बहुत ज्यादा नाराज हो रहे हैं। वे हम पर चिल्ला रहे हैं,' मैनेजर ने जल्दी-जल्दी हाल बयाँ किया। यहाँ तक कि कर्मचारी भी उस तेजी से ऑर्डर तैयार नहीं कर पा रहे थे, जिस तेजी से ऑर्डर उन तक पहुँच रहा था।

'अब आपने क्या करने का सोचा है ? ग्राहकों की प्राथमिकता के आधार पर ऑर्डर तैयार करा पाना मुमकिन नहीं है,' शेफ ने कहा।

'यह एक जबरदस्त झटका साबित होगा यो! चाइना के लिए। हम अपनी छवि कैसे बचा पाएँगे ?' अजय ने इसके अप्रत्यक्ष प्रभाव का आकलन करते हुए पूछा।

'हमें इसके समाधान के बारे में जल्दी सोचना होगा,' आशीष ने कहा।

'मुझे लगता है कि हमें दो तरह के पार्सल बनाने चाहिए—वेजिटेरियन और नॉन-वेजिटेरियन। हम हर घर जाएँ, देरी के लिए माफी माँगें और उनकी प्राथमिकता के आधार पर मुफ्त में उसे बाँटें,' जॉयदीप एक समाधान के साथ आगे आए।

'जॉय, आप ठीक तो हैं ? आप यह कहना चाह रहे हैं कि 20 हजार रुपए से ज्यादा के ऑर्डर हम मुफ्त में बाँट दें!' अजय अवाक् रह गए।

'अजय, दरअसल, यह एक मौलिक सुझाव है। इससे दो उद्देश्य पूरे होंगे। यह न केवल हमारी गलती का परिमार्जन होगा, बल्कि ग्राहक को सुखद अनुभूति देगा। इसे

मार्केटिंग क्रिया के तौर पर देखें। उद्यमी के तौर पर, हमें गैंडे की चमड़ी और शेर का कलेजा रखकर काम करना पड़ता है,' आशीष ने बात पूरी की।

'हाँ, तुमने सही कहा। सारे पार्सल मेरी कार में डालो। उफ, इस अव्यवस्था में, हम आज मेहमानों को कैसे सँभाल पाएँगे?' अजय अब भी हैरानी में था।

रात 11 बजे, आखिरी ऑर्डर की डिलीवरी करने के बाद आशीष ने राहत की साँस ली। नाराज होने की बजाय, लोग रेस्तराँ मालिक द्वारा स्वयं खाने के ऑर्डर पहुँचाने और वह भी बिना किसी पैसे के देखकर हैरान थे।

'यह मेरी जिंदगी का दूसरा सबसे अव्यवस्थित दिन था, होम डिलिवरी सर्विस का पहला दिन। लोगों के फोन मेरी अपेक्षाओं से कहीं ज्यादा थे, 100 लोगों ने ऑर्डर किया, और हमने सभी के पास ऑर्डर पहुँचाया...यह देश अनंत संभावनाओं से भरा हुआ है। आप जब तक करते नहीं हैं, तब तक इन चीजों को नहीं समझ सकते। मुझे खुशी है कि मैंने कर दिखाया,' घर लौटते वक्त आशीष ने मेघना से कहा।

जल्दी ही रेस्तराँ और होम डिलिवरी ऑपरेशन पटरी पर आ गए। भर्तियों और कर्मचारी संख्या बढ़ाने के मुद्दे हल कर लिये गए। अब समय था अगला कदम बढ़ाने का।

~

'आशीष, अजय, संपत और मंधीर, आज की मीटिंग का उद्देश्य यह है कि अब हमें विस्तार पर ध्यान देना चाहिए। हमने हर चीज परख ली है, और मैं सोचता हूँ कि अब हमें आगे बढ़ने की जरूरत है। आप सब क्या कहते हैं?' जॉय ने कहा।

'हाँ, जॉय, आप बिल्कुल ठीक कह रहे हैं। यह सही समय है, जबकि हमें अपना अगला आउटलेट खोल देना चाहिए। मेरा मानना है कि हमें अपनी शुरुआती योजना पर एक बार फिर लौटना चाहिए। हमने उन जगहों की पहचान की थी, जहाँ हम अपना रेस्तराँ खोल सकते थे। लेकिन हमें काफी संख्या में वेंचर कैपिटलिस्ट (वी.सी.) चाहिए होंगे, जो हमारे अगले आउटलेट में निवेश कर सकें। हमारे पास अपने व्यापार में इतना पैसा नहीं है, और वी.सी. के समर्थन से ही हम तेजी से आगे बढ़ सकते हैं। क्या सोचते हैं आप?' मंधीर ने सुझाया।

'हाँ, जॉय, आप बिल्कुल ठीक कह रहे हैं। यह सही समय है, जबकि हमें अपना अगला आउटलेट खोल देना चाहिए। मेरा मानना है कि हमें अपनी शुरुआती योजना पर एक बार फिर लौटना चाहिए। हमने उन जगहों की पहचान की थी, जहाँ हम अपना रेस्तराँ खोल सकते थे। लेकिन हमें काफी संख्या में वेंचर कैपिटलिस्ट (वी.सी.) चाहिए होंगे, जो हमारे अगले आउटलेट में निवेश कर सकें।

'निश्चित तौर पर हम हमेशा से इस बात

को लेकर स्पष्ट थे कि हमें यो! चाइना को रेस्तराँ की चेन बनाने की जरूरत है, और वी.सी. से संपर्क करना अवश्यंभावी है,' जॉयदीप ने दृढता से कहा।

'तब हमारा पहला कदम तत्काल प्रेजेंटेशन तैयार करने पर होना चाहिए।' आशीष ने कहा और जॉय की तरफ देखकर मुस्कराया, जिसने नाखुशी जैसी प्रतिक्रिया चेहरे से दी।

'ऐसा क्यों होता है कि सारे-के-सारे वी.सी. कोई भी कारोबारी योजना बगैर प्रेजेंटेशन के समझ ही नहीं पाते? क्या यह रॉकेट साइंस जैसा कुछ होता है? मुझे हैरत है कि जिन उद्यमियों के पास कंप्यूटर नहीं होते होंगे, उनको वी.सी. को समझा पाना कितना दुष्कर होता होगा,' जॉयदीप ने कहा। वे स्वयं कंप्यूटर से अनजान थे, और आशीष ने ही उन्हें कंप्यूटर पर मेल खोलना और कंप्यूटर से जुड़ी मूलभूत चीजें सिखाई थीं।

'चिंता न करें, हमारे बीच जी.ई. का साथी बैठा हुआ है, जो एम.एस. ऑफिस का मास्टर है।' आशीष मुस्कराया।

'मुद्दे पर आते हैं,' अजय ने बीच में रोकते हुए कहा, 'हमें उन सवालों के जवाब तैयार करने होंगे, जो वी.सी. हमसे पूछ सकते हैं। वे हमसे कुछ भी पूछ सकते हैं, यहाँ तक कि—यो! चाइना का मतलब क्या होता है, से लेकर हम किन लोगों पर ध्यान केंद्रित करेंगे,' और 'हमारी यू.एस.पी. क्या होगी' जैसे सवाल। इसलिए हमें इन्हें लिख लेना चाहिए।'

'हमें सबसे पहले इस पर ध्यान केंद्रित करना चाहिए कि आखिर यो! चाइना के क्या मायने हैं। जी, यो! चाइना एक युवा ब्रांड है, जो किफायदी कीमत पर भरोसेमंद चाइनीज फूड की विस्तृत शृंखला उपलब्ध कराता है, और इसमें इंडियन चाइनीज शामिल नहीं होता?' संपत ने कहा और सभी की तरफ उनकी सकारात्मक प्रतिक्रिया के लिए देखने लगा। '…इसके साथ ही यह अपने अंतरराष्ट्रीय माहौल और मानक के लिए भी जाना जाता है,' उसने और आगे जोड़ा।

'हमें सबसे पहले इस पर ध्यान केंद्रित करना चाहिए कि आखिर यो! चाइना के क्या मायने हैं। जी, यो! चाइना एक युवा ब्रांड है, जो किफायदी कीमत पर भरोसेमंद चाइनीज फूड की विस्तृत शृंखला उपलब्ध कराता है, और इसमें इंडियन चाइनीज शामिल नहीं होता?' संपत ने कहा और सभी की तरफ उनकी सकारात्मक प्रतिक्रिया के लिए देखने लगा।

'दरअसल, यो! चाइना के चार स्तंभ हैं। पहला, इसकी गुणवत्ता, हम भरोसेमंद चाइनीज व्यंजन परोसते हैं। दूसरा, किफायती, इसे चखने के बाद जो अनुभव होता है, वह इसकी कीमत से कहीं ज्यादा होता है। तीसरा, त्वरित उपलब्धता, हमारे विकास की तरह, हमारी सर्विस भी सुपरफास्ट है, और चौथा,

अंतरराष्ट्रीय माहौल और मानक, आशीष ने हर बिंदु को लिखते हुए कहा।

'ऐसी कौन सी खासियत होगी, जो हमें सबसे अलग करेगी?' जॉय ने पूछा।

'हमारे चार स्तंभ ही अंतर पैदा करनेवाले माने जाएँगे। हमारा माहौल चाइनीज ड्रैगन की तरह का नहीं है, जैसा कि हर चाइनीज रेस्तराँ में नजर आता है। हमारे पहले रेस्तराँ की तरह, हम परिष्कृत और चमकदार माहौल पेश करेंगे, और हम अपनी सर्विस खास बनाएँगे। फिलहाल भारत में, चाइनीज व्यंजन बाउल (कटोरा) में परोसा जाता है। हम उसे और भव्य और अच्छे तरीके से प्लेट में परोसेंगे, और हमारे मेन्यू में, हम कॉम्बो मील्स के रूप में पेश करेंगे,' आशीष ने जवाब दिया।

पूरा महीना प्रस्तुतीकरण को निखारने में ही बीता। इससे पहले कि वे वी.सी. से संपर्क साधते, वी.सी. खुद उनसे संपर्क साधने लगे, और जल्दी ही पहले राउंड की फंडिंग हो गई। फंडिंग के साथ कंपनी में वी.सी. का हिस्सा, विशेषज्ञता और मार्गदर्शन भी शामिल हुआ।

≈

'एक रेस्तराँ के मुनाफे की बात तो समझ में आती है, लेकिन जब बात रेस्तराँ की शृंखला की आती है तो यह बिल्कुल अलग तरह का केस बन जाता है। मैं इसके विस्तार को लेकर आपका नजरिया जानना चाहता हूँ,' एक वी.सी. ने पूछा।

'हम एक बेस किचन तैयार करने की सोच रहे हैं,' अजय ने बताया, 'ताकि भौगोलिक दायरे के अंदर हमारा हर उत्पाद एक ही पैमाने पर तैयार हो। हमारे व्यंजन के रंग से लेकर स्वाद और खुशबू तक, हर चीज एक समान रहेगी।'

'अच्छा, जब आप स्वाद और प्रक्रिया तैयार कर लेंगे, तब आप सप्लाई चेन और इन्वेंटरी मैनेजमेंट पर ध्यान केंद्रित करेंगे। लेकिन ये सब संचालन से संबंधित मुद्दे हैं। ब्रांडिंग को लेकर आपका नजरिया कैसा होगा? यो! चाइना के माध्यम से आप लोगों के मन में किस तरह की छवि उकेरना चाहते हैं?'

आशीष ने अब सवालों के जवाब देने का जिम्मा खुद पर ले लिया। उसने दिलचस्प ढंग से चार स्तंभवाला कॉन्सेप्ट उन लोगों के सामने रख दिया। 'हम युवाओं को ध्यान में रखते हुए एक आकांक्षाशील ब्रांड बनाना चाहते हैं। हम यो! चाइना को कूल और ट्रेंडी हैंगआउट का परिचायक बनाना चाहते हैं।'

'लेकिन आप ऐसा कैसे सोचते हैं कि इस देश का युवा इस आकांक्षाशील ब्रांड पर खर्च करेगा?'

'सर, मध्यवर्ग की खर्च करने लायक आय तेजी से बढ़ रही है, और हमारे देश में लगभग 45–50 फीसद तक युवा आबादी है। कॉल सेंटर्स और बी.पी.ओ. संस्कृति के चलते, युवा कुछ इस तरह खर्च कर रहे हैं, जैसा पहले कभी देखा नहीं गया था।'

आशीष ने विस्तार से बताया।

‘हाँ, ग्रेट इंडियन मिडिल क्लास! आप क्या सोचते हैं कि बिग बाजार, मैक्डॉनल्ड, डोमीनोस, विशाल मेगा मार्ट आदि ब्रांड क्या कर रहे हैं? वे आकांक्षा बेच रहे हैं या जरूरत? देखिए, मैं यह बताने की कोशिश कर रहा हूँ कि आकांक्षा से जुड़े उत्पाद में मूल्य का खेल शामिल होता है, जबकि जरूरत पूरी करनेवाला उत्पाद मात्रा से जुड़ा खेल है। तो कारोबार क्या स्तर तक हासिल कर सकेगा? इसलिए मैं केवल यह सलाह दूँगा आपको कि आप इस पर दोबारा सोचें। आप आकांक्षा से जुड़ा उत्पाद तैयार करने की दिशा में काम करेंगे या एक मूल्यवर्धित समीकरण पर काम करेंगे?’

‘हाँ, ग्रेट इंडियन मिडिल क्लास! आप क्या सोचते हैं कि बिग बाजार, मैक्डॉनल्ड, डोमीनोस, विशाल मेगा मार्ट आदि ब्रांड क्या कर रहे हैं? वे आकांक्षा बेच रहे हैं या जरूरत? देखिए, मैं यह बताने की कोशिश कर रहा हूँ कि आकांक्षा से जुड़े उत्पाद में मूल्य का खेल शामिल होता है, जबकि जरूरत पूरी करनेवाला उत्पाद मात्रा से जुड़ा खेल है। तो कारोबार क्या स्तर तक हासिल कर सकेगा? इसलिए मैं केवल यह सलाह दूँगा आपको कि आप इस पर दोबारा सोचें। आप आकांक्षा से जुड़ा उत्पाद तैयार करने की दिशा में काम करेंगे या एक मूल्यवर्धित समीकरण पर काम करेंगे?’

‘वे मुझसे यह कैसे कह सकते हैं कि यो! चाइना के मूल या आधार को दोबारा या नए सिरे से परिभाषित किया जाए?’ आशीष सोच में पड़ गया। हमारी सोच सही है, ‘हमारा प्रदर्शन इस बात को साबित करता है, लेकिन वह एक अनुभवी व्यक्ति है। अगर वह कुछ मुद्दे उठा रहा है, तो वह निश्चित तौर पर उसके पीछे तर्क होगा। मुझे पक्षपात नहीं करना चाहिए। वह मुझसे ज्यादा बाजार के बारे में जानता है। वह कंपनियों में पैसा लगाने और उद्यमियों को सिखाने का काम करता है। मुझे संभवत: उसके बताए अनुसार ही चलना चाहिए।’

‘आशीष, क्या आप हैं यहाँ? क्या आप सुन रहे हैं? वी.सी. ने आशीष को कहीं खोया हुआ देखकर उससे पूछा। ‘अरे हाँ, काफी कुछ। मैं समझता हूँ कि आप सही हैं,’ आशीष ने कहा, जॉयदीप की तरफ देखते हुए उसने कहा, जो बहुत ज्यादा प्रभावित नहीं हुआ था।

‘एक और मुद्दा है यहाँ। जब आप भौगोलिक रूप से विस्तार करेंगे, तो खेल के नियम भी बदल जाएँगे। अगर आप तैयार नहीं हैं तो कृपया अगला कदम मत उठाइए। इस सेट में जो हिस्सा तय होगा, वह अब तक के हिस्से के मुकाबले ज्यादा होगा। एक कंपनी का गठन करने और उसे विस्तार देने में काफी बड़ा अंतर होता है। स्कूल में हर

कक्षा के साथ, कठिनाई का पैमाना बढ़ता जाता है और छात्र को सक्षम शिक्षक की जरूरत पड़ती है, ताकि वह उसे परीक्षा के अनुसार मार्गदर्शन कर तैयार करा सके। उसी प्रकार, जब कारोबार बढ़ता है, तो कारोबारी को अनुभवी लोगों की जरूरत पड़ती है, ताकि वे उसे उस दौर से आगे ले जा सकें। अपनी कुशलता को और निखारने और कारोबार की गतिशीलता को बेहतर ढंग से समझने के लिए, आप और आपके सह-संस्थापकों को किसी की निगरानी में काम करना पड़ेगा। मुझे उम्मीद है कि आपको यह पसंद आएगा, क्योंकि यह आपके कारोबार के ही हित में है।'

आशीष ने यह सुनकर अजय और मंधीर की तरफ देखा, जो वी.सी. के सुझाव से चकरा गए।

'ये हमारे ऊपर बॉस बैठाने की बात नहीं कर रहे हैं, लेकिन क्या कारोबार हम सबके ऊपर नहीं है?' आशीष ने सोचा।

~

आशीष गुड़गाँव के एमजीएफ मॉल के पास बने चर्च, अपने पहले आउटलेट के पास ही खड़ा था। वह लंच का समय था और सभी सीटें खाली थीं। वह यो! चाइना का स्टार आउटलेट था, जहाँ व्यस्त समय में, बाहर तक लंबी कतारें नजर आती थीं। अचानक आशीष को याद आया कि किस तरह एचटी सिटी ने उसके रेस्तराँ की बेहद खराब समीक्षा छापी थी। वह एकदम से निराश हो गया था, और फिर भी वह जब रेस्तराँ आता, तो बाहर तक कतार लगाए लोग नजर आते थे। आज, वह 40 मिनट से इंतजार कर रहा है और एक भी व्यक्ति ने रेस्तराँ में कदम तक नहीं रखा।

आशीष गुड़गाँव के एमजीएफ मॉल के पास बने चर्च, अपने पहले आउटलेट के पास ही खड़ा था। वह लंच का समय था और सभी सीटें खाली थीं। वह यो! चाइना का स्टार आउटलेट था, जहाँ व्यस्त समय में, बाहर तक लंबी कतारें नजर आती थीं। अचानक आशीष को याद आया कि किस तरह एचटी सिटी ने उसके रेस्तराँ की बेहद खराब समीक्षा छापी थी। वह एकदम से निराश हो गया था, और फिर भी वह जब रेस्तराँ आता, तो बाहर तक कतार लगाए लोग नजर आते थे।

ज्यादातर फायदे में रहनेवाले आउलेट गिरावट की ओर अग्रसर थे, और वे धीरे-धीरे दिवालियापन के शिकार होने की तरफ बढ़ रहे थे। वह प्रतिक्रिया, जो कभी बेहतरीन कही जाती थी, अचानक नकारात्मक होने लगी। 'भयानक यो! चाइना,' 'सर्विस का क्षरण,' और 'यो, नहीं और कभी नहीं' जैसे मेल उसे वेबसाइट पर मिलने लगे। दूसरी तरफ, रेस्तराँ के रजिस्टर में ग्राहकों का फीडबैक एक अलग ही कहानी थी।

'सफलता रेत की तरह है। चाहे कोई कितनी भी कोशिश कर ले उसे पकड़ने की, वह हमारी मुट्ठी से फिसल ही जाती है,' यह सोचते हुए उसने अपने हाथों की तरफ देखा। उसने महसूस किया कि कोई लिफाफा उसने पकड़ रखा है। उसने वह खोला और पढ़ने लगा, फिर दोबारा पढ़ा उसे। हेड ऑफ ऑपरेशंस का वह इस्तीफा था। उसने चार लोगों को नौकरी पर रखा था और सभी ने एक-एक करके नौकरी छोड़ दी थी।

हालाँकि अजय और जॉय उसके निर्णय के पक्ष में नहीं थे, आशीष ने ही जिद ठान रखी थी। आशीष कारोबार को बढ़ाना चाहता था। वह आश्वस्त था कि यह मतभेद कभी मनभेद में नहीं बदलेगा।

'आशीष, वी.सी. के पास काफी अनुभव होता है, और उनसे सीखना ज्यादा अहमियत रखता है। अंत में, यह हम पर निर्भर करता है कि हम उनका अनुसरण करते हैं या नहीं। उनके और हमारे नजरिए में काफी अंतर होता है। इसमें कुछ भी गलत नहीं है, लेकिन गलत यह है कि तुम खुद पर और हम सब पर शक कर रहे हो। मैं यह नहीं समझ पा रहा हूँ कि तुम हमारी ब्रांड पोजिशन क्यों बदलने पर तुले हो? यह हमारा आइडिया था। हमने इसे लागू किया, और हम ही इसे आगे ले जाने में सक्षम हैं,' अजय ने बहस में कहा था।

'समय पड़ने पर हम अपनी और उनकी, जो हमारे आसपास हैं, क्षमताओं को कम करके आँकते हैं,' उसने सोचा। वह उस समय 'चाइनीज फूड ऐट चाइनीज प्राइस' लिखे पोस्टर की ओर देख रहा था।

अक्सर हादसे तब होते हैं, जब हम काफी तेज गति में आगे बढ़ते हैं और गलतियाँ करने की हमारी संभावनाएँ काफी बढ़ जाती हैं। कुछ ऐसा ही हुआ था यो! चाइना की साख के साथ। विस्तार की मृग-मरीचिका में आशीष ने महत्त्वाकांक्षी होने और कीमतें कम रखने के बीच के अंतर को दरकिनार कर दिया था। साथ ही 'चाइनीज फूड ऐट चाइनीज प्राइस' को अमल में लाने से यो! चाइना की ब्रांड छवि पर भी असर पड़ रहा था। आशीष ने अजय को बुलाया और उसके बतौर ऑपरेशंस हेड दिए इस्तीफे पर बात की और अपनी गलती कबूल की।

~

'आशीष, आओ हम लंच के बाद मिलें। यह उचित समय है, जबकि हमें हालात सुधारने के लिए कठोर फैसले लेने होंगे। हम दिवालिया होने की कगार पर पहुँच चुके हैं। मेरे मन में कुछ चीजें चल रही हैं, जिन पर चर्चा करने की जरूरत है। जॉय को सूचित कर दो, और मैं दूसरों को भी इसमें शामिल होने के लिए कहता हूँ। लंच के बाद मिलते हैं।'

आशीष ने जब फोन काटा, तो उसके चेहरे पर संतोषभरी एक मुस्कान तैर गई।

'हम गलत साबित हुए, बहस की ओर असहमत भी हुए, लेकिन हर सह-संस्थापक मेरे साथ अब भी है और सभी ने अपना जुनून साझा किया है। यही सबसे बड़ी संपत्ति है, जो एक उद्यमी की उपलब्धि होनी चाहिए।'

लंच के बाद कॉफ्रेंस रूम में हर कोई मौजूद था। अजय ने मीटिंग का एजेंडा सुना दिया।

'जैसा कि आप सब जानते हैं, हमारी कंपनी एक कठिन दौर से गुजर रही है। हमारे विकास के पथ पर हमने कुछ गलत मोड़ ले लिये, जिससे हम बीच में अपना रास्ता भटक गए। यह मीटिंग उन्हीं चीजों का आकलन करने के लिए बुलाई गई है कि हमने क्या गलतियाँ कीं और किस तरह से निर्णय हमें लेने चाहिए, ताकि पहले बिगड़ चुकी स्थिति को सुधारा जा सके। आशीष हमें उन गलतियों के बारे में बताएँगे, जो हम बीते समय में कर चुके हैं, और हम साथ-साथ चीजों को दुरुस्त करने पर मंथन करेंगे।'

आशीष ने सफेद बोर्ड पर 'पोजिशनिंग' शब्द लिख दिया।

'हमारी पहली गलती तो यह है कि हम अपने शुरुआती प्लान से भटक गए और खुद को सस्ते रेस्तराँ के रूप में स्थापित करने लगे। भारतीय ग्राहक मूल्यों के प्रति जागरूक हैं, लेकिन हमने इसे समझने में गलती की। मूल्य का मतलब केवल कीमत से नहीं है, बल्कि खाने की गुणवत्ता, ताजगी, माहौल और अनुभव से भी जुड़ा हुआ है। न केवल हमने ग्राहक गवाँए, बल्कि हमने चाइनीज व्यंजन बेचने के शौक को भी अपनी अपेक्षाओं की कीमत पर खो दिया।

'हमने कुछ ऑपरेशनल गलतियाँ भी कीं। हमने जबरदस्त बिक्रीवाली श्रेणी में छोटे आकार की आठ डिमसुम तक परोसे, बजाय पाँच बड़ी डमसुम के। हमने सोचा कि ग्राहक ज्यादा संख्या देखकर खुश होंगे, लेकिन हमारा सोचना गलत साबित हुआ। लोगों ने शिकायत करनी शुरू कर दी कि हम उन्हें लुभाने के लिए दकियानूसी प्रयोग कर रहे हैं। इस तरह हम पर सस्ता होने का टैग लगा दिया गया।

'हमारे सामने पहला काम अपनी छवि को सुधारने का है। तो हम इसी पर मंथन करें कि इसे कैसे हासिल किया जा सकता है।'

'पोजिशनिंग के मुद्दे पर, हमें अपनी मौलिक सोच पर वापस जाने की जरूरत है और चाइनीज व्यंजन बेचने पर ध्यान केंद्रित करना चाहिए और उसके साथ एस्पिरेशनल वैल्यू जोड़ने पर मंथन करना चाहिए,' ऑपरेशंस हेड संदीप ने कहा।

'बिल्कुल! यह उचित समय है, हमने अपनी टैगलाइन को भस्म कर दिया था 'चाइनीज फूड ऐट चाइनीज प्राइस', जॉयदीप ने जोड़ा।

'अगर हम अपने मेन्यू में कुछ बदलाव करें तो कैसा रहेगा? कुछ नए व्यंजन भी जोड़ सकते हैं, ताकि ग्राहकों को कुछ नया मिले,' संपत ने सुझाया।

‘बिल्कुल! हमें न केवल मेन्यू में, बल्कि माहौल में भी कुछ बदलाव करना चाहिए। ताकि जब ग्राहक रेस्तराँ में प्रवेश करे, तो वह बदलाव महसूस कर सके,’ जॉय ने जोड़ा।

‘हाँ, यह ठीक रहेगा। कुछ और सुझाव भी हैं क्या?’ आशीष ने पूछा और जवाब का इंतजार करने लगा। ‘ठीक है फिर, अगला मुद्दा यह है कि हमने आक्रामक विकास के मद्देनजर बहुत भारी-भरकम निवेश करके गलती की है। पिछले कुछ सालों में, रियल एस्टेट हर वर्ग और श्रेणी में विकसित हुआ है—मॉल, हवाई अड्डे और मेट्रो स्टेशन आदि। हर पड़ाव कारोबार के नजरिए से आकर्षक बन गया है और इसलिए हमने खुद को भी उसी क्रम में ढालने की कोशिश की और उसके लिए निवेश किया।’

‘हमने कुछ ऑपरेशनल गलतियाँ भी कीं। हमने जबरदस्त बिक्रीवाली श्रेणी में छोटे आकार की आठ डिमसुम तक परोसे, बजाय पाँच बड़ी डमसुम के। हमने सोचा कि ग्राहक ज्यादा संख्या देखकर खुश होंगे, लेकिन हमारा सोचना गलत साबित हुआ। लोगों ने शिकायत करनी शुरू कर दी कि हम उन्हें लुभाने के लिए दकियानूसी प्रयोग कर रहे हैं। इस तरह हम पर सस्ता होने का टैग लगा दिया गया।

‘हालाँकि कुछ मॉल खुले नहीं, कुछ तो अपेक्षित छाप नहीं छोड़ पाए। हमारी भी विस्तार की रणनीति को झटका लगा। हमने सोचा कि मॉल हमेशा सही जगह साबित होंगे, लेकिन वह एक गलती थी। आदर्श रूप में, वह जगह उचित होती है, जहाँ हमारा ग्राहक समूह रहता हो, और वह जगह होती है सड़कें और गलियाँ। हमने इस चीज से सीख ली—विकास का पैमाना यह नहीं होता कि हमारे कितने आउटलेट खुले हैं, बल्कि हम अपने सीमित आउटलेट से कितने व्यंजन उचित लोकेशन पर परोसते हैं, उससे विकास तय होता है।’ आशीष ने कहा।

‘सच्चाई यह है कि ज्यादा-से-ज्यादा रेस्तराँ खोलने की आपाधापी की कीमत हमारे मौजूदा रेस्तराओं को भुगतनी पड़ी,’ मंधीर ने जोड़ा।

‘सुधारात्मक प्रक्रिया के तहत, हमें कठोर निर्णय लेकर घाटे में जा रहे आउटलेट बंद कर देने चाहिए। यह ऐसी चीज है, जिसे हमने अपने जुनून और प्रयासों से तैयार की थी, और फिर भी हमें इसे बंद करना ही होगा। बंद करना और कर्मचारियों को अलग करना, एक ऐसी अवस्था है, जिसे कोई भी उद्यमी नहीं करना चाहेगा। यह दर्दनाक होता है कि जिन कर्मचारियों के साथ हमने छह महीने तक काम किया, अब उन्हें अलविदा कह दिया जाए।’ अजय भावुक हो गया और अपने रास्ते से भटक गया। ‘ज्यादातर समय, लोग सोचते हैं कि परिस्थितियों को चलते रहने देना और उनसे चिपके

‘हमें स्थानीय सप्लाई चेन पर अधिक ध्यान देना होगा। अपने केंद्र से दूसरी जगह माल भेजने से बचना होगा। अगर स्वाद में थोड़ा-बहुत उतार-चढ़ाव आता है तो हमें उसको बरदाश्त करना चाहिए, कम-से-कम तब तक, जब तक मेहमानों का अनुभव गौर कर रहे हों, साथ ही हमें उनकी संतुष्टि सुनिश्चित करनी होगी और अच्छी समीक्षा भी हासिल करनी होगी।’

रहना ताकत की निशानी माना जाता है। ऐसे समय की पहचान करना कि कब हमें चीजों को छोड़ देना चाहिए, इसमें और ज्यादा साहस की जरूरत पड़ती है।’

‘हमें काफी संख्या में रेस्तराँ कम करने और शहरों की संख्या भी सीमित करने पर ध्यान देना चाहिए,’ आशीष ने बात पूरी की।

‘हमें अपने रेस्तराँ बंद करने की क्या जरूरत है? क्या हम घाटे में चल रहे रेस्तराँ को फायदेमंद नहीं बना सकते? हमें अपने कर्मचारियों को बचाने पर भी विचार करना चाहिए। हम वी.सी. से और पैसा लेकर अपने ऑपरेशंस को व्यवस्थित क्यों न करें?’ संपत ने पूछा। उसकी आँखों में भी दर्द झलक रहा था।

‘आप जो कह रहे हैं वह असंभावित है, लेकिन हमें यह समझने की जरूरत है कि पैसा हासिल करना एक जरूरत है, यह कोई अवसर या कार्यक्रम नहीं है। महज इसलिए कि हम पैसा हासिल कर सकते हैं, इसके लिए हम पैसा बाजार से उठा लें, बुद्धिमानी नहीं कहलाएगी। हम पैसे फेंककर कारोबार नहीं बढ़ा सकते हैं। फिलहाल हमें अपने पैसे को सही जगह लगाना है, और हमारे आधारभूत तथ्य रेस्तराँ ऑपरेशंस से जुड़े हैं,’ आशीष ने स्पष्ट किया।

‘हमें प्रति यूनिट इकोनॉमिक्स पर ध्यान देने की जरूरत है, हर रेस्तराँ को फायदे में लाना जरूरी है, और इसके लिए, हमें कॉरपोरेट लागत घटाने की जरूरत है। पहला काम यह कि हमें बिना तामझाम के छोटे ऑफिस में जाने की जरूरत है। हमारा कारोबार आमने-सामने पर आधारित है। आदर्श रूप में, हर किसी को रेस्तराँ में ज्यादा-से-ज्यादा समय बिताने की जरूरत है, इसलिए हमें तड़क-भड़कवाले ऑफिस की जरूरत नहीं है,’ जॉय ने सुझाया।

‘पैसा गवाँने से बचने के क्रम में हमें विकास को भी रोकने की जरूरत है,’ आशीष ने जोड़ा। ‘हमने भयानक गलतियाँ की हैं, लेकिन अब जबकि हम सब सहमत हो गए हैं, तो हम अब उन गलतियों को दोहराएँगे नहीं, लेकिन फिर भी हमें नए रास्ते बनाने की जुगत में लगे रहना होगा।’

‘नए लोगों के लिए फिलहाल हमारे पास कोई जगह नहीं है। बीते हुए कल की गलतियों का बोझ काफी ज्यादा है। जब भी हम उन गलतियों के बारे में सोचते हैं तो

यह पागलपन ज्यादा लगने लगता है, लेकिन अब हम मानदंडों वाले लोग बन चुके हैं। हम इस कदर परिष्कृत हो चुके हैं कि उदाहरण के लिए, हमें पता है कि चिकन सूप में चिकन का आकार हमारे हर रेस्तराँ में किस तरह का होना चाहिए, और इसे सुनिश्चित कराने के लिए, हमने कच्चा माल अपने बेस किचन से ही दूसरे स्थानों पर भिजवाए। हम स्वाद को लेकर कितने सनकी हैं कि अपनी आइसक्रीम का स्वाद हर जगह एक समान रखने के लिए हमने मदर डेरी की आइसक्रीम ही अपने हर रेस्तराँ लोकेशन पर विशेष व्यवस्था करके उपलब्ध कराई। यहाँ तक कि मदर डेरी भी ऐसा नहीं करती, लेकिन हमने किया और इसका नतीजा यह हुआ कि हमारी लागत कल्पना से भी परे चली गई,' आशीष ने बात खत्म की और जॉय ने अपनी बात रखी।

'हमें स्थानीय सप्लाई चेन पर अधिक ध्यान देना होगा। अपने केंद्र से दूसरी जगह माल भेजने से बचना होगा। अगर स्वाद में थोड़ा-बहुत उतार-चढ़ाव आता है तो हमें उसको बरदाश्त करना चाहिए, कम-से-कम तब तक, जब तक मेहमानों का अनुभव गौर कर रहे हों, साथ ही हमें उनकी संतुष्टि सुनिश्चित करनी होगी और अच्छी समीक्षा भी हासिल करनी होगी।'

'आखिरी बात, सबसे अहम है खुद में और अपने कॉन्सेप्ट में विश्वास बनाए रखना।' अजय ने कहा और आशीष की तरफ देखकर मुस्कराया।

'बिल्कुल! चूँकि हम कारणों और सुधारात्मक उपायों पर बात कर चुके हैं तो अब हमें दोबारा उछाल लेने की जरूरत है, हमारा एकसूत्री एजेंडा यही होगा कि अब हम करके दिखाएँ।'

'एग्जीक्यूशन, एग्जीक्यूशन और कठोर एग्जीक्यूशन, यहाँ तक कि अगर रात भर जागना पड़े तो भी हम जागेंगे। हमारे पास दूसरा विकल्प नहीं है सिवाय दोबारा उछाल लेने के,' आशीष ने जोर देकर कहा।

~

आशीष और मेघना घूमने के लिए गए। लंबी दूरी तय करना उनके लिए तनाव घटाने का एक तरीका होता था। रास्ते में, छतरपुर के पास साईं बाबा मंदिर पर वे रुके। इस मंदिर की उनके जीवन में विशेष अहमियत थी। पूजा करने के बाद, वे दोनों मंदिर की सीढ़ियों पर ही बैठ गए।

'क्या तुम आज भी एक लड्डू चाहते हो?' मेघना ने पूछा और आशीष की तरफ नटखट नजरों से देखने लगी। वह मुस्कराया और उन यादों को इकट्ठा करने लगा, जब उसकी माँ दक्षिण अफ्रीका में उसे साईं बाबा के सत्संग में ले गई थीं। वह वहाँ जाने को अनिच्छुक था, लेकिन उसकी माँ जबरन उसे ले गईं। अंतत: हार मानकर वह उनके साथ गया। जीवन में पहली बार उसने अद्भुत पलों का अनुभव किया, जब गुरुजी ने उसका मन

पढ़ लिया। जब वह दिल्ली वापस आया, तो एक दिन वह छतरपुर के मंदिर पहुँचा, और रहस्यमय तरीके से, एक महिला उसके पास आई और उसने यह कहते हुए एक लड्डू उसे दिया कि गुरुजी ने उसके लिए भेजा है और अब वह अपना रेस्तराँ खोल सकता है।

'आशीष हकीकत में वापस लौटो,' मेघना उसे अच्छी तरह जानती थी।

'कभी-कभी जीवन में इस तरह की रहस्यमयी घटनाएँ पेश आती हैं। शायद यह सही है कि कभी-कभी पूरा ब्रह्मांड ही आपकी मदद करने के लिए तिकड़म करता है।'

'सही, लेकिन उससे पहले तुम्हें खुद की मदद करनी जरूरी होती है,' मेघना ने कहा।

'हाँ, हम भी बिल्कुल यही कर रहे हैं। यो! चाइना के लिए अब हालात बेहतर लग रहे हैं। हम बदलावों को लागू कर रहे हैं, और अगले चार से पाँच महीने में, मुझे लगता है कि हालात बदल जाएँगे। हालाँकि तमाम रेस्तराँ बंद करना दर्दनाक है, लेकिन इससे हमें ध्यान देने का मौका मिल पाएगा। पहले, हम जब होर्डिंग लगाने की सोचते थे तो दस शहरों के लिए दस होर्डिंग लगाने की बात होती थी और हम कभी ऐसा न कर पाते। अब एक होर्डिंग ही सारा उद्देश्य पूरा कर देता है, क्योंकि हमारा ध्यान हर शहर में रेस्तराँओं की संख्या पर केंद्रित है और इस तरह इसकी देख-रेख करना ज्यादा आसान है।'

'शुक्र है, तुम्हारे दौरे भी अब घट गए हैं,' मेघना ने राहत की साँस ली।

'कम-से-कम मैं अपने पुराने आउटलेट्स पर जाने का समय तो निकाल लेता हूँ! जिस तरह मैं अलग-अलग शहरों में नए रेस्तराँ खोलने के लिए सफर कर रहा था, वह तो पागलपन की हद थी। कौन जानता था कि फीता काटने का मतलब फायदे में भी कटौती करना है। सौभाग्य से, अब चीजें सकारात्मक नजर आने लगी हैं। हमारा पहला आउटलेट, एम.जी.एफ. मॉल वाला सही, रास्ते पर आ गया है। अपने पुराने ग्राहकों को लौटता देखना बेहद सुकून भरा होता है। साथ ही हम अपना बेहतरीन प्रदर्शन भी कर रहे हैं और बाकी सब हमने ब्रह्मांड पर छोड़ दिया है,' आशीष ने उम्मीद भरी मुस्कान के साथ बात खत्म की।

'क्या हुआ जो गुरुजी यहाँ नहीं हैं तो? मैं ही तुम्हें भाग्यशाली लड्डू दे देती हूँ, जिसमें मेरी भी शुभकामनाएँ तुम्हारे साथ हैं कि तुम जल्दी ही फायदे में आ जाओगे और गर्व करोगे।' चेहरे पर चमकदार मुस्कान बिखेरते हुए उसने प्रसाद उसके हाथ में रख दिया।

~

'हम अब 60वें, 61वें, 62वें और अब 63वें फ्लोर पर हैं! अंततः हम दुनिया के सबसे बड़े ओपन एयर रेस्तराँ पर पहुँच गए हैं। यो!' संदीप अपना उत्साह अंदर न रख

सका और खुशी से चीख उठा। टीम का हर सदस्य बाहर घूमने के दौरान उल्लसित था। यह बहुप्रतीक्षित डिनर था। एक साल के संघर्ष के बाद यह मौका हासिल हुआ था। यो! चाइना एक बार फिर अपनी पुरानी गरिमा और गौरव के दिनों में लौट आया था।

इसका जश्न मनाने के लिए, आशीष अपनी टीम को बैंकॉक ले गया था, जहाँ वे दुनिया के सबसे ऊँचे ओपन एयर रेस्तराँ सिरोक्को में रात के खाने पर इकट्ठा हुए थे। यह इमारत थाईलैंड की दूसरी सबसे ऊँची इमारत थी।

रेस्तराँ में प्रवेश करते ही वे सब बैंकॉक की आभा देखकर विस्मृत हो उठे और उनकी साँसें ठहर सी गईं। पीछे की तरफ बह रही शाओ फ्राया नदी भी अद्‌भुत नजारा पेश कर रही थी। 'आशीष, यह तो जन्नत है! मैंने इस तरह की सुहानी हवा और सितारों से सजी रात आज तक नहीं देखी। आकाश कितना करीब लग रहा है!' अजय ने कहा।

रेस्तराँ में प्रवेश करते ही वे सब बैंकॉक की आभा देखकर विस्मृत हो उठे और उनकी साँसें ठहर सी गईं। पीछे की तरफ बह रही शाओ फ्राया नदी भी अद्‌भुत नजारा पेश कर रही थी।

'आशीष, यह तो जन्नत है! मैंने इस तरह की सुहानी हवा और सितारों से सजी रात आज तक नहीं देखी। आकाश कितना करीब लग रहा है!' अजय ने कहा।

धीरे-धीरे सुबह हो गई। सूरज की लालिमा ने आकाश को नारंगी-लाल रंग से भर दिया और लाइव जैज ने बीती हुई रात में जीवन भर दिया था। टीम का हर सदस्य ऊर्जा से भरपूर और जिंदादिल हो गया था।

उन लोगों ने रेस्तराँ का मुआयना किया, आशीष एक कोने में चला गया और वहाँ से आकाशीय नजारे की तसवीरें लेने लगा। उसने जब 63वें तल से नीचे देखा तो वहाँ का नजारा एक लघु चित्र की तरह नजर आ रहा था। वह उसी तरह नजर आ रहा था जैसे आशीष की दशा साल भर पहले थी। उसने याद किया कि किस तरह वह दिवालियापन का शिकार हो चुका था। पूरी टीम ने पूरी ताकत से ब्रांड को पुनरुज्जीवित किया और पटरी पर ला खड़ा किया। आउटलेट्स का बंद होना, कर्मचारियों को हटाना, कॉलेज से सीधे युवाओं को काम पर रखना, हर अनुभव ने उन्हें मजबूत बनाया और उन्हें ब्रांड को स्थापित करने के बेहद करीब तक पहुँचाया। हर आउटलेट को बेहद सूक्ष्म तरीके से सँभाला गया और यह सुनिश्चित किया गया कि जो भी व्यंजन और सर्विस दी जाए, वह तय पैमाने पर ही रहे। ग्राहकों की तरफ से सकारात्मक फीडबैक खजाने की तरह बन गई थी।

अचानक, उल्लास भरी तेज आवाज उसे यादों से वापस खींच लाई। मुड़कर उसने

'यो! चाइना अब एक अनौपचारिक डायनिंग रेस्तराँ के रूप में आ रहा है, जिसका नाम है यो! चाइना कैफे, जिसकी टैगलाइन होगी—चिल्ड आउट चाइनीज। यह पूरी तरह ताजा कॉन्सेप्ट है और युवा पीढ़ी को ध्यान में रखकर तैयार किया गया है। यो! चाइना कैफे वाकई मौज-मस्ती से भरपूर जगह है, जहाँ अपने करीबियों के साथ चाइनीज व्यंजनों का लुत्फ उठाया जा सकता है,' समीक्षा में कहा गया था।

देखा तो टीम शैंपेन की बोतल खोल रही थी। उसे महसूस हुआ कि जब वह विचारों में खोया हुआ था, तब वे लोग उसे बार-बार पुकार रहे थे। अपनी टीम को हँसते, मजाक करते और आनंद उठाते देखकर वह बेहद खुश था। वह मुस्कराया और खुद से बुदबुदाते हुए बोला, 'यह तो है असली यो! चाइना, मजे करो और आनंद उठाओ।'

'मैंने यहाँ से बढ़िया खाना आज तक नहीं खाया, वाकई, यो! चाइना के खाने को छोड़कर,' संदीप ने कहा, वह अपने मस्ती भरे अनुभव में खोया हुआ था।

'संदीप, कितने पैग लगा चुके हो?' आशीष ने पूछा। 'तुम मेडिटेरेनियन व्यंजन खा रहे हो। चाइनीज से इसकी तुलना मत करो।'

'ऐसा है क्या? तब तो मैं अगला ऑर्डर चाइनीज का देता हूँ! चाइनीज मुझे बेहद पसंद है और मैं सबसे ऊपर हूँ,' संदीप ने टकीला शॉट गड़प (एक बार में पीते) करते हुए कहा।

'हम सब ऊपर हैं, क्योंकि यो! चाइना ऊँचाई पर है,' आशीष ने संतोषजनक मुस्कान के साथ कहा।

कुछ घंटों के खाने और पीने के बाद उन्होंने शेफ को बुलाया।

'सर, हम आपके पकवानों से अभिभूत हैं। हमने इतना बेहतरीन खाना आज तक नहीं खाया। हर चीज, मेन्यू में जो भी चीजें उपलब्ध हैं, बनाने की विधि और प्रस्तुतीकरण, हर चीज बेहतरीन है,' अजय ने कहा।

अगले कुछ घंटे शेफ के साथ बातचीत में गुजरे। इस बातचीत के दौरान, आशीष ने उन्हें यो! चाइना और अपने अगले सपने, एक शानदार रेस्तराँ के बारे में बताया। उनकी बातचीत आंतरिक रूप से बेहद सफल साबित हुई। शेफ ने बारीकियों, चुनौतियों और जटिलताओं के बारे में उनकी अवधारणा स्पष्ट कर दी। बातचीत इस कदर गहरी हो गई कि लोगों को पता ही नहीं चला कि रेस्तराँ बंद करने का समय हो गया है।

बैंकॉक का दौरा दोहरे तरीके से लाभदायक साबित हुआ, जिसमें उनको न केवल शानदार अनुभव हासिल हुआ, बल्कि रणनीतिक रूप से भी उन्हें कुछ सीखने को मिला।

~

आशीष चाहता था कि वह फाइन-डाइन चाइनीज रेस्तराँ की लंबवत् चेन के रूप में विस्तार करे, लेकिन आगे के रास्ते को लेकर वह आश्वस्त नहीं था। सिरोक्को की एक शाम ने उसे स्पष्ट तस्वीर दिखाई और वह उस तरीके से वाकिफ हो गया, जिस पर उसे आगे बढ़ना था। संयोग से, वह और उसकी टीम के सदस्यों ने रेस्तराँ के शेफ से अच्छे संबंध विकसित कर लिये, जो कुछ महीनों बाद ही, बैंकॉक से डिमसुम ब्रदर्स के फाइन-डाइन चाइनीज रेस्तराँ की चेन खोलने में उनकी मदद करने के लिए पहुँचा।

आशीष अखबार को पूरी तन्मयता से पढ़ रहा था। आखिरकार, इसमें एक शानदार समीक्षा छपी थी—यो! चाइना कैफे के साथ यो! चाइना का नया चेहरा।

'यो! चाइना अब एक अनौपचारिक डायनिंग रेस्तराँ के रूप में आ रहा है, जिसका नाम है यो! चाइना कैफे, जिसकी टैगलाइन होगी—चिल्ड आउट चाइनीज। यह पूरी तरह ताजा कॉन्सेप्ट है और युवा पीढ़ी को ध्यान में रखकर तैयार किया गया है। यो! चाइना कैफे वाकई मौज-मस्ती से भरपूर जगह है, जहाँ अपने करीबियों के साथ चाइनीज व्यंजनों का लुत्फ उठाया जा सकता है,' समीक्षा में कहा गया था।

उसने कई बार उस समीक्षा को पढ़ा और पहले वाली समीक्षा की कड़वी यादें उसकी आँखों के सामने अनायास आ गईं—यो! नो, नो। वह तो बेहद खराब समीक्षा रही होगी, जो अब तक के इतिहास में किसी रेस्तराँ को लेकर की गई रही होगी।

किसी को भी आलोचनाओं से घबराना नहीं चाहिए। इसकी बजाय, लोगों को खामोशी से जरूर डरना चाहिए। आलोचना स्वास्थ्यकर होती है। इससे लोगों को अपने काम के बारे में सोचने का मौका मिलता है। वहीं खामोशी के साथ दुःखद पहलू यह है कि वह ब्रांड को मारने का सबसे घातक हथियार है। आलोचना से सुधार पर ध्यान केंद्रित किया जा सकता है।

उत्कृष्ट समीक्षा ने आशीष को ज्यादा सजग और केंद्रित बनाने में भूमिका निभाई। उसने अपने ग्राहकों को वापस जीतने को अपनी चुनौती बनाई। उसने 'द हिंदुस्तान टाइम्स' के संपादक की तरफ से उक्त समीक्षा में गिनाई गई कमियों को दर्ज किया और उन पर एक-एक करके काम करते हुए उन्हें सशक्त बनाया। एक साल बाद उसी संपादक ने यो! चाइना की शान में कसीदे काढ़े और उसे एच.टी. सिटी गाइड की तरफ से 'सर्वश्रेष्ठ फास्ट फूड चेन' अवॉर्ड से सम्मानित किया गया।

आशीष ने उस शेल्फ की तरफ देखा, जहाँ तमाम अवॉर्ड रखे हुए थे। ये सभी अवॉर्ड उनके कठोर परिश्रम और प्रयासों पर मुहर की तरह थे, लेकिन एच.टी. की तरफ से दिया गया अवॉर्ड उनके लिए सबसे ज्यादा अहमियत रखता था।

यह अवॉर्ड ही उसकी असली परीक्षा थी। यह एक और चीज को साबित करता था कि उसने अपने असंतुष्ट ग्राहकों को भी वापस हासिल कर लिया और वह भी एक

स्टाइल के साथ। आशीष इस बात को अच्छी तरह मानता था कि कंपनी का विकास उसके संतुष्ट ग्राहकों की संख्या से सीधे अनुपात में जुड़ा होता है।

~

आशीष ने घड़ी की तरफ देखा। दोपहर के दो बज रहे थे। लंच के बाद उसे नए कर्मचारियों को प्रशिक्षण देने जाना था। हालाँकि यो! चाइना 14 शहरों में 51 रेस्तराँ के साथ बुलंदी पर था, फिर भी आशीष ने यह सुनिश्चित किया कि इंडक्शन कार्यक्रम के दौरान, वह नए कर्मचारियों से खुद बात करेगा।

आशीष ने घड़ी की तरफ देखा। दोपहर के दो बज रहे थे। लंच के बाद उसे नए कर्मचारियों को प्रशिक्षण देने जाना था। हालाँकि यो! चाइना 14 शहरों में 51 रेस्तराँ के साथ बुलंदी पर था, फिर भी आशीष ने यह सुनिश्चित किया कि इंडक्शन कार्यक्रम के दौरान, वह नए कर्मचारियों से खुद बात करेगा।

कर्मचारियों से परिचय और कंपनी की संक्षिप्त जानकारी देने के बाद उसने कहा, 'आप साथियों को अपने दिल से एक चीज महसूस करनी होगी कि हमारा हर कदम ग्राहक की खुशी, तृप्ति और संतुष्टि की ओर ही उठना चाहिए। हम मजबूती से यह भरोसा करते हैं कि डायनिंग का मतलब महज खाना ही नहीं होता। यह एक अनुभव है। हम चीन और अन्य पूरबी सभ्यताओं के व्यंजन ही तैयार नहीं करते केवल, बल्कि उन्हें स्वाद और खुशबू से आनंद की अनुभूति प्रदान करते हैं। हालाँकि हमारा माहौल बेहद शांत है, फिर भी हमें ग्राहकों के समक्ष गरमजोशी भरे व्यवहार की झलक पेश कर उन्हें जीतना होता है। ग्राहक की संतुष्टि को लक्ष्य मानते हुए, हमें प्रतिज्ञा करनी चाहिए कि हम अपने हर ग्राहक को खुश करेंगे। हम उन्हें 100 फीसद शुद्ध चाइनीज परोसेंगे, और यह सुनिश्चित करेंगे कि हमारा ग्राहक यहाँ बिताए 100 फीसद समय में 100 फीसद संतुष्ट हो सके! हमेशा ध्यान रखें कि हमारा विकास आउटलेट-दर-आउटलेट से प्रेरित नहीं है। यह व्यंजन-दर-व्यंजन निर्भर है,' आशीष ने अपनी बात पूरी की।

यो! चाइना!

अहम नसीहतें

पंकज आचार्य

पंकज आचार्य पर्पल फोकस ग्रुप, जो कि एक विज्ञापन और मार्केटिंग कम्युनिकेशन कंपनी है, के संस्थापक और प्रबंध निदेशक हैं। वे एक शृंखलाबद्ध उद्यमी हैं और उन्होंने साझेदारी में सेंट्स ऐंड वारियर्स कम्युनिकेशंस प्राइवेट लिमिटेड और फ्यूजन इवेंट्स प्राइवेट लिमिटेड जैसे सफल कारोबार भी शुरू कर रखे हैं। उनको प्रतिष्ठित एशिया प्रशांत उद्यमिता अवार्ड्स के सर्वाधिक होनहार उद्यमी अवॉर्ड से नवाजा जा चुका है।

~

ब्रांडिंग के क्षेत्र में 'यो! चाइना!' की कहानी बेहद महत्त्वपूर्ण सीख प्रस्तुत करती है। जो गलतियाँ उन्होंने चीजें तय करने, दोबारा तय करने और कारोबारी निर्णय लेने में कीं, उनसे वाकई सीखने की जरूरत है।

ब्रांड एक कारोबार है

ब्रांड और लोग हमेशा बातचीत में शामिल होते हैं, चाहे प्रत्यक्ष या अप्रत्यक्ष। यह अहम है कि ब्रांड का आचरण एक समान हो, केंद्रित हो और रणनीतिक रूप से योजनाबद्ध हो, जिसका पूरा ध्यान ग्राहक के मानस-पटल और हृदय-पटल पर अपनी छाप छोड़ना होना चाहिए।

निरंतरता कुंजी है

यो! चाइना ब्रांड का आधार अगर शांति, वास्तविक चाइनीज अनुभव के स्तंभों पर

आधारित था, तो बेहतर यह था कि वह उससे अलग न जाकर उसे ही विकसित करते। यह उचित तरीका हो सकता था।

आकांक्षाओं की समझ

'यहाँ तक कि एक भूखा भिखारी भी मिठाई की अपेक्षा रखता है, न कि सूखी ब्रेड की।' मानव स्वभाव को समझने के लिए इससे बेहतर लाइन नहीं मिल सकती। इसमें हर चीज का सार छिपा है और इस तरह किसी भी कारोबार का रवैया ब्रांड पोजिशनिंग की तरफ ही होना चाहिए। हमारा पूरा क्रियाकलाप दो मूलभूत प्रेरक तत्त्वों से संचालित होता है—लालच और भय। आकांक्षा भी लालच का ही एक हिस्सा है। मानव होने के नाते हम आगे बढ़ने के लिए बनाए गए हैं और इस तरह हम आकांक्षी बने रहते हैं। आकांक्षा भी इनसान के अंदर छिपी हुई जरूरत की तरह है। कोई भी ब्रांड आकांक्षा के स्तंभ को अपनी पोजिशनिंग से दरकिनार नहीं कर सकता, चाहे वह कितना भी बड़ा जनता को लुभाता हुआ ब्रांड ही क्यों न हो!

मूल्य अहम हैं, कीमत नहीं

लोग आकांक्षा और विशिष्टता को लेकर भ्रमित हो जाते हैं। आकांक्षा एक भावना है और वह मूल्य आधारित स्थापन (वैल्यू पोजिशनिंग) से अहम जुड़ाव रखती है। ब्रांड अपने बरताव को कुछ इस तरह से बनाए रखता है कि कैसे उसे भावनात्मक जरूरत बनाकर गहराई तक जोड़कर उसके प्रति एक समझ तैयार कर दी जाए। यहाँ तक कि वैल्यू पोजिशनिंग के मायने अनुभव से जुड़े होते हैं, न कि कम कीमतों के आधार पर। लोग मूल्यों के प्रति सजग होते हैं, न कि कीमतों के प्रति। 'लोग अपनी पहुँच में आनेवाली बेहतरीन चीज ही खरीदते हैं।'

मूल्य = निवेश पर कमाई। इसे कुछ इस तरह कहा जा सकता है, 'मैं वह अनुभव करूँगा, जिसकी कीमत मैं अदा करूँगा।'

बतौर ब्रांड 'चाइनीज कीमतों पर चाइनीज व्यंजन' ग्राहक को बताता है कि इस लाइन के

लोग आकांक्षा और विशिष्टता को लेकर भ्रमित हो जाते हैं। आकांक्षा एक भावना है और वह मूल्य आधारित स्थापन (वैल्यू पोजिशनिंग) से अहम जुड़ाव रखती है। ब्रांड अपने बरताव को कुछ इस तरह से बनाए रखता है कि कैसे उसे भावनात्मक जरूरत बनाकर गहराई तक जोड़कर उसके प्रति एक समझ तैयार कर दी जाए। यहाँ तक कि वैल्यू पोजिशनिंग के मायने अनुभव से जुड़े होते हैं, न कि कम कीमतों के आधार पर। लोग मूल्यों के प्रति सजग होते हैं, न कि कीमतों के प्रति। 'लोग अपनी पहुँच में आनेवाली बेहतरीन चीज ही खरीदते हैं।'

जरिए सस्ते खाने के बारे में बात कही जा रही है। वह उसमें निहित मूल्यों की बात नहीं करता। यहाँ तक कि आशीष और उनकी टीम ब्रांड को कम कीमत के आसपास रखना चाहते थे, ताकि वे ज्यादा-से-ज्यादा लोगों को आकर्षित करे, उन्हें ब्रांड की तरफ से किए जा रहे वादे पर टिके रहने को लेकर बहुत सावधान रहना चाहिए था, जो कि 'कम कीमत पर बेहतर अनुभव' से उचित संकेत देता, बजाय कि वैसा ही खुद को दिखाने के।

ब्रांड के नाम से कहीं ज्यादा बड़ा होता है ब्रांड

ब्रांड पोजिशनिंग तय करती है बिजनेस पोजिशनिंग के बारे में और यह कारोबार पर लंबे समय तक छाप छोड़ती है। किसी की भी अपेक्षा से कहीं बड़े पैमाने पर। इसलिए यह अनिवार्य है कि पोजिशनिंग के चयन को लेकर बेहद, बेहद सतर्क रहने की जरूरत होती है। ब्रांड के तहत यह महज एक कथन नहीं है, बल्कि एक फिलॉसफी और ब्रांड का आचरण है।

यो! चाइना की कहानी ब्रांडिंग को लेकर बेहद खास सीख देती है। साथ ही यह भी दरशाती है कि ब्रांड को दोबारा ग्राहक की आकांक्षाओं और उम्मीदों के अनुरूप तैयार करना और ऊँचाई प्रदान करना संभव है, जैसा कि आशीष ने कर दिखाया।